Carlotta

oder

Die Lösung aller Probleme

Das Leben handelt nicht von Sonderangeboten.
Das Leben handelt im Grunde von etwas Wesentlichem.

Henning Mankell: Die italienischen Schuhe

Klaus Jäger

Carlotta

oder

Die Lösung aller Probleme

Roman

Verlag Tasten & Typen

Prolog

Carlotta deckte ein. Das *Principe Umberto* war eines der wenigen Hotels auf der kleinen Insel, das sich eine eigene Küche leistete. Und das Abendessen war nun mal die wichtigste Mahlzeit des Tages.

Carlotta deckte gerne ein. Das war eine Tätigkeit, die so etwas Sauberes hatte, etwas Unberührtes, ja etwas Unberührbares. Die Tischdecken blütenweiß, das Geschirr und die Gläser makellos, manche noch warm von der Spülmaschine. Sie arrangierte die Gedecke, schob hier einen Teller zurecht, rückte dort eine Gabel gerade. In zwei Stunden würde hier Trubel herrschen, würden die ersten Speisereste und Rotweinflecken die Decken verunzieren, würde sie die schmutzigen und schmierigen Teller abräumen und gehörig ins Schwitzen gekommen sein.

Matteo tauchte im Eingang des *Ristorante* auf.

„*Ciao Carlotta*“, rief er. Carlotta winkte. Matteo machte Feierabend, die Rezeption übernahm nun die Nachtschicht. Matteo war auch so eine treue Seele. Vor zehn Jahren hatte er im *Principe* angefangen, hatte die Gäste vom Hafen abgeholt, war Mädchen für alles. Inzwischen war er Empfangschef, und jetzt büffelte er auf der Handelsschule, um einen betriebswirtschaftlichen Abschluss nachzuholen. Er würde noch mal das Hotel übernehmen, witzelten die Kollegen, und so mancher stellte sich schon jetzt vorsorglich gut mit ihm. Carlotta nicht. Sie hatte das nicht nötig. Sie wusste, was sie als Kellnerin

konnte, und sie verstand sich gut mit Matteo. Es hatte einmal einen Punkt in ihrem Leben gegeben, an dem sie beschloss, sich künftig nicht mehr zu verstellen, sich und anderen nichts mehr vorzumachen. Das tat ihr gut.
Ein Vibrieren in der Gesäßtasche ihrer Jeans kündigte eine eingehende Nachricht an. Francesco.
Carlotta trat ans Fenster, von wo aus man einen fantastischen Blick auf den Golf von Neapel hatte. Francesco hatte ein Foto geschickt – er im ölverschmierten Unterhemd, in Siegerpose. Ob sie sich heute Abend treffen können, hatte er gefragt. Würde Francesco ein guter Mann für sie sein? Francesco arbeitete als Mechaniker in der *Officina* unten zwischen dem Hafen und der Via Libertà. Er reparierte und wartete die Busse und Micro-Taxis, die auf der Insel unterwegs waren. Ein guter Job, wenn auch nur mäßig bezahlt. Würde Francesco das Geld immer nach Hause bringen? Würde er nicht anfangen zu trinken, zumindest nicht übermäßig? Würde er gut zu ihr sein und sie nicht schlagen? Und vor allem: Würde er ihren Kindern ein guter Vater sein? Sie träumte.
Carlotta drehte sich um, ließ ihren Blick noch einmal über die Tische im Restaurant schweifen. Alles in Ordnung. Perfekt. Die Gäste könnten kommen. Dann sah sie wieder auf den Golf hinaus. Wenn kein Dunst das Meer verschleierte, sah man als weißen Tupfer den Leuchtturm auf dem *Capo Miseno* gegen den blauen Himmel. Doch, sie konnte mit ihrem Leben zufrieden sein, sie hatte es gut getroffen. Nur bisweilen, so wie jetzt, beschlich sie eine unbekannte Sehnsucht. War es Fernweh?
Und da, plötzlich ein Aufblitzen. Sie nahm es nur aus den Augenwinkeln wahr, als sie verträumt in Richtung Festland blickte. Vermutlich nur der Reflex der Sonne in der Scheibe eines Fischerbootes oder einer Fähre. Von denen gab es viele im Meer.

1. Kapitel

Und plötzlich ein Aufblitzen. Er nahm es nur aus den Augenwinkeln wahr, als er mit dem Pinsel das zweite Mal durch den kleinen Plastiktiegel fuhr, um sich sein Gesicht weiter einzuseifen. Es mochte nur ein Lichtreflex des aufschwingenden Fensterflügels gewesen sein, doch er zwang ihn, hinüberzublicken. Hinüber zu der Frau, die er zwar schon oft gesehen hatte, von der er aber nicht einmal den Namen wusste. Sie trug wieder ein weißes Unterhemd aus Feinripp, das sich fest um ihre kleinen Brüste, ihren kleinen Bauch und ihren Rücken schmiegte, gerade dort, wo die Wölbung des Hinterns begann. Unten war sie nackt. Das konnte Laurenz zwar nicht mehr sehen, aber er erkannte es an der geradezu schamlosen Geste, wie sie mit dem Lappen in der Hand wieder und wieder nach unten griff, um sich zwischen den Beinen zu waschen. Obwohl ihm der Anblick der sich waschenden Frau längst nichts Unbekanntes mehr war, so berührte er ihn doch jedes Mal sehr eigenartig. Er schuf eine seltsame Vertrautheit, ja fast eine Intimität zwischen ihnen, gerade so, als wüschen sie sich gemeinsam in einem Raum. Er sah nicht wirklich auffällig hin, wegschauen war ihm aber gleichermaßen unmöglich. Auch sie war sich offenbar der Präsenz des Mannes auf der anderen Seite der engen Gasse bewusst, der sich jeden Morgen um die gleiche Zeit das Gesicht einseifte, um es danach sorgfältig zu rasieren. Er konnte sich nicht mehr erinnern, wann es war, doch eines Tages, als er sie zufällig auf dem

Markt sah, wo sie umständlich die Qualität von Artischocken prüfte, nickte er ihr freundlich zu, als sich ihre Blicke trafen. Und bald schon erwiderte sie sein höfliches und zurückhaltendes *Buon Giorno* mit dem wesentlich unverbindlicherem *Ciao*. Dazu freilich ließ er sich nie hinreißen, sie war die Signora und er ein wohlerzogener Mann.
Hinzu kam, dass sie doch jünger war als er. Über vierzig, glaubte er aus den ersten Fältchen in ihrem Gesicht und an ihrem Hals herauslesen zu können, obwohl ihre Figur und ihr elastischer Gang etwas anderes sagten. Er hatte die fünfzig hinter sich gelassen, und obwohl er größten Wert auf eine einigermaßen gesunde Lebensweise legte, wölbte sich an seinem ohnehin recht kräftigen Körper ein stattlicher Bauch von, wie er fand, unangenehm weißer Farbe. Er trug ihn dennoch mit der Selbstverständlichkeit und mit dem Selbstbewusstsein des Genießers. Auch seine einst semmelblonden Haare waren in den letzten sechs, sieben Jahren so schnell ergraut, dass er gar nicht richtig zu sagen vermochte, ob sie noch grau oder schon weiß waren. Er machte nicht viel Aufhebens um die Angelegenheit. Doch bisweilen, zum Beispiel jetzt, wie er so mit dem Rasierer in der Hand vor dem Spiegel stand, schlich sich ein leises Bedauern ob seiner körperlichen Veränderungen in seine Gedanken.
Nun, als die Frau von gegenüber sich gerade ihr Höschen anzog, was er wiederum nur an ihren Körperbewegungen ablesen konnte, bedauerte er noch ein Weiteres: Er hatte es nie übers Herz gebracht, die schöne Signora auf einen Kaffee einzuladen. Noch war es nicht zu spät, er würde erst in ein paar Wochen abreisen. Doch er käme sich feige vor, würde er ausgerechnet jetzt einen ernsthaften Kontaktversuch starten, jetzt, wo sein Abschied aus Rom schon fest geplant war. Dann doch lieber nur einen letzten Blick am Morgen oder auf dem Markt.
Eine Taube setzte zum Landeanflug auf den gegenüberliegenden Fenstersims an, gewahrte eine Bewegung und stob entsetzt davon. Die Frau, die offenbar ihre Morgentoilette been-

det hatte, ging ans Fenster, hob die Arme und schloss beide Flügel. Beinahe sah es so aus, als würde sie dabei lächeln. Laurenz Stadler wischte sich mit dem Handtuch den restlichen Rasierschaum aus dem Gesicht und strahlte. Es würde ein guter Tag werden. Trotz allem.

Noch im Unterzeug öffnete er die Tür zum Flur. Nur einen Spalt, gerade so, dass er hinausspähen konnte. Micio war nicht da. Du kleine Streunerin, dachte er in einem Anflug von Zärtlichkeit. Sie würde sich ihr Frühstück heute woanders erbetteln müssen. Er nahm eine Flasche Milch aus dem Kühlschrank und füllte ihr Schälchen, das er neben den Fußabtreter gestellt hatte. Micio wurde im Haus geduldet und mit Respekt behandelt. War er mal tagsüber zu Hause, so ließ er sie in die Wohnung. Abends auch, natürlich. Aber wenn es Schlafenszeit war, dann ging er zur Wohnungstür, rief nach dem Kätzchen, und sie stolzierte prompt hinaus – den Schwanz hoch erhoben und ihn keines Blickes würdigend. Keiner weiß, wie sie in das Haus hinein- und wieder hinausgelangte. Das gehörte zu Micios tiefen Geheimnissen.

Als sie das erste Mal auf seinem Fußabtreter lag, hatte er überall geklingelt, um zu erkunden, wem das schöne schwarze Tier gehörte. Doch keiner kannte die Katze. Wie er dann den Schlüssel ins Schloss steckte – er wollte mit einem großen Schritt über das Tier steigen –, räkelte und streckte sie sich, blickte ihn aus großen bernsteingelben Augen an und mauzte. Seitdem war es gewissermaßen seine Katze. Und warum auch nicht? Stadler mochte Katzen, mochte sie sogar sehr. Er wusste, dass sie ihm nicht unähnlich waren. Schweigsam, unabhängig, eigensinnig und immer ihre eigenen Wege gehend. Schon als Kind waren ihm die halbwilden Katzen und Kätzchen in der Scheune lieber als die angeketteten und kläffenden Dorfhunde, die stets liebedienerisch ihren Herrchen zuhechelten. Eine Katze bekommst du nie dazu, sich deinem Willen zu beugen, eine Katze unterwirft sich dir höchsten zeitweise und immer nur freiwillig. Er hätte sich gerne eine Katze gehalten, aber er wusste genug über diese Tiere, um sie nicht in einer

Wohnung ihrer Freiheit zu berauben. Und als Alleinstehender hätte er das Tier einsperren müssen. Als er vor ein paar Jahren eine neue Wohnung näher dem Zentrum hin suchte, wollte er den Makler schon beauftragen, nach einem Quartier mit Katzenklappe in der Wohnungstür zu suchen, um sich eine Katze als Gefährtin zuzulegen, aber die Römer benutzten so etwas nicht. Tür auf, Katze raus, so einfach war das. Immerhin liebten die Römer ihre Katzen, und das nicht erst, seit sie als Kulturgut unter besonderen Schutz gestellt wurden. Schon oft ist Stadler diese Katzenliebe aufgefallen, nicht nur am Largo Torre Argentina und seiner berühmten Katzenkolonie. In jedem Viertel gab es Streuner zuhauf, die immer gut ernährt und gut gepflegt waren. Das Risiko einer römischen Stadtkatze, eines Tages vom Auto überfahren zu werden, war weitaus geringer als das ihrer deutschen Artgenossen. Eher ließen es die Römer auf einen Auffahrunfall ankommen.

Irgendwann hatte er sie Micio getauft. Inzwischen hörte sie ganz gut auf diesen Allerweltsnamen.

Er ging über die knarrenden Dielenbretter hinüber in die kleine Kammer, die ihm als Schlafraum diente, und nahm aus dem alten Schrank mit den immer klemmenden Türen eine Hose und ein frisches weißes Hemd. Er zog den Gürtel fest, wählte ein paar hellbraune Slipper und prüfte nachlässig den Inhalt seiner Aktentasche. Er entschied sich gegen ein Jackett, ließ den Schlüsselbund in seine Hosentasche gleiten, schloss die Fensterläden und zog die Tür zu seinem Appartement von außen zu.

Noch einmal rief er leise „Micio, Micio“, doch das Getrappel ihrer Ballen auf der Treppe war nicht zu hören.

Heute müsste doch ein besonderer Tag sein, dachte er, während er die Treppen hinunterstieg. Ich sollte weinen, traurig sein, mich aus dem Fenster stürzen oder irgendetwas anderes Verrücktes anstellen, anstatt ins Büro zu gehen und mit der Arbeit zu beginnen, als wäre nichts geschehen. Die stellen dir den Stuhl vor die Tür, Laurenz, auf nichts anderes läuft es hinaus. Und doch schlenderte er wie annähernd jeden Tag in den vergangenen Jahren hinüber zu Francos Bar gleich neben der *Edicola*, dem kleinen Kiosk an der Bushaltestelle. Er griff sich den *Messaggero* von dem Tischchen neben dem Tresen. Francos kleine Schwester stellte ihm nach einer artigen Begrüßung seinen *Caffè* hin. Er brauchte seine Zeitung am Morgen, und zwar zum Frühstück. Es war nicht hilfreich, dass im Büro ein ganzer Packen Zeitungen auf ihn wartete: die wichtigsten italienischen und internationalen Blätter vom Tage. Nur die Wochenzeitungen kamen einen Tag verspätet. Die großen Regionalzeitungen aus Italien las er online. Dabei kamen dem *Il Giorno* und dem *Il Mattino* derzeit wegen der anstehenden Bürgermeisterwahlen in Mailand und Neapel die höchste Priorität zu.

Lagen keine Termine an, dann beschäftigte er sich fast zwei Stunden mit der Zeitungsschau. Das Lesen von Zeitungen gehört zu den wichtigsten Aufgaben eines Korrespondenten. Das hatte er schnell lernen müssen. Ob er über Ereignisse in den Provinzen direkt vom Schauplatz des Geschehens berichtete oder nur nach Quellenstudium der Provinzzeitungen und Agenturen sowie Telefonaten mit Bekannten oder Kollegen vor Ort, hing unter anderem vom aktuellen Etat seiner Zeitung ab.

Als das verheerende Erdbeben in den Abruzzen vor zwei Jahren die Stadt L'Aquila in Schutt und Asche legte, gehörte Laurenz Stadler zu den Korrespondenten, die direkt aus dem Erdbebengebiet berichteten. Und seine nächste Dienstreise sollte ihn eigentlich nach Neapel führen, um im Vorfeld der Bürgermeisterwahlen sozusagen live berichten zu können. Doch nach den jüngsten internen Nachrichten aus München könnte es gut sein, dass die Neapel-Reise ins Wasser fiel. Dabei hatte er sich vor allem auf die dortige Freizeit gefreut. Der Vesuv war ihm gleich bei seinem ersten Besuch in der brodelnden Stadt ein seltsamer Vertrauter geworden. Und bislang war es ihm noch nicht ein einziges Mal gelungen, ihn zu besteigen.

Es gab noch einen weiteren Grund für das intensive Studium der Provinzzeitungen: In Zeiten, die an hauptstädtischen Nach-

richten eher arm waren, wollte die Redaktion daheim dennoch mit Geschichten gefüttert werden; man bezahlte ihm sein Korrespondentengehalt nicht fürs Schaulaufen in der Via del Corso. Und so viel Urlaub hatte er nicht, dass er die Parlamentsferien in seiner eher frischen Heimat statt im Backofen von Rom verbringen könnte. In den Provinzzeitungen fand ein geübter Journalist immer den Hinweis auf interessante Geschichten oder Personen, über die zu berichten sich lohnte. Dann schlug die Stunde der wahren Schreiber, derer, die über ein seltenes Volksfest oder einen traditionellen Handwerker ein größeres Lesestück für die Wochenendbeilage zusammenbekommen würden.
Wie dem auch sei, zum Frühstück las er die Zeitung nicht wie ein Journalist, sondern wie ein Römer, auch wenn er nie einer werden würde, wie ihm seine Sekretärin Lella wieder und wieder unter die Nase rieb, wenn sie ihn necken wollte. Zwar könnte er auch den *Messaggero* in seinem Büro lesen – sein Freund Giuseppe hatte ihm ein Mitarbeiterexemplar organisiert – aber er liebte diesen Bummel am Morgen, mischte sich gerne unter die Menschen, trank seinen *Caffè* und nahm die Zeitung vom Haken. Mehr noch als jedes Weiterbildungsseminar oder jede beschwörende Mail aus der Verlagsgeschäftsführung zeigten ihm nämlich tagtäglich eingerissene Ecken oder Marmeladenflecken, wie hoch die gedruckte Zeitung auch im Online-Zeitalter von den Menschen gebraucht und geschätzt wurde. Zeitung war nicht nur für ihn vor allen Dingen ein sinnlicher Genuss. Du kannst das Papier rascheln hören und auch riechen. Stadler verstand die Studenten, die man jetzt allüberall mit ihren aufgeklappten Laptops sah, auf Parkbänken und Brunnenrändern, auf Treppenstufen und in den Cafés, aber er beneidete sie kein bisschen. Für ihn selbst wäre die papierlose Kommunikation kein Modell. Laurenz Stadler war ein Dinosaurier seiner Branche und wusste das auch ganz genau. Ändern konnte und wollte er es nicht.
Gestern wurde deutlich ausgesprochen, dass seine Arbeit nicht mehr gebraucht würde. Länger als eine Stunde dauerte

das Telefonat mit Hans Böhringer. Sein Chefredakteur hatte ihm dabei eröffnet, dass der *Worst Case* eingetreten war, das, was er, Böhringer, schon bei seinem letzten persönlichen Treffen ihm, Stadler, als Befürchtung angedeutet hatte. In der internen Kommunikation würde der Satz ganz lapidar klingen: Herausgeber und Gesellschafter haben sich entschieden, ab dem zweiten Halbjahr auf die Korrespondentenstelle in Rom zu verzichten. Natürlich waren es Effizienzgründe, die man in den Chefetagen ins Feld führte. Es waren immer Effizienzgründe.

Laurenz wunderte sich schon während des Gespräches darüber, wie ruhig er geblieben war. Er hätte toben müssen. Schreien. Aber er hatte die Nachricht annähernd regungslos hingenommen. Und außerdem danach gut geschlafen. Wer weiß, vielleicht würde sich das wahre Trauma erst später einstellen, so, wie es manchmal bei schweren Verletzungen oder beim Verlust von nahestehenden Menschen war.

Dabei war Böhringer durchaus fair. Er hatte erst am Abend angerufen und auf Stadlers Privatanschluss. Er deklarierte das Gespräch als privat, weil die offizielle Mitteilung schriftlich kommen würde und er ihm das, was zwischen den Zeilen gesagt werden musste, lieber persönlich sagen wollte. In Wirklichkeit, so dachte Stadler, wollte Böhringer nur vermeiden, das, was zu sagen war, auch schriftlich zu fixieren. Zum einen, weil die beiden vor vielen Jahren mal enger befreundet waren und Böhringer sich die Peinlichkeit ersparen wollte. Zum anderen aber auch, um nichts schriftlich zu dokumentieren, was im Zweifel gegen das Unternehmen ausgelegt werden könnte – eine durchaus gängige Praxis in der Medienbranche und nicht nur da. Stadler selbst hatte in den letzten Jahren wegen der explodierenden Lebenshaltungskosten in Rom zwei Mal um eine Gehaltserhöhung gebeten. Schriftlich. Die abschlägige Antwort kam grundsätzlich nur per Telefon. Es gab kein Vertrauen mehr zwischen den verschiedenen Etagen der Hierarchie, hatte Stadler gelernt.

Nach dem Gespräch mit Böhringer hatte er sich dann in aller Ruhe ein Glas Weißwein eingeschenkt, den Stuhl ans offene Fenster gezogen, auf das gegenüberliegende Haus gesehen und den Lärm von der Straße wie Musik auf sich wirken lassen.
Eine ganze Weile hatte er so dagesessen. Reglos, den Kopf leicht geneigt und dem Konzert lauschend. Dann war er mit einem Ruck aufgestanden, hatte die Nummer von Giuseppe Bartali gewählt und ihn zum Mittagessen am Folgetag eingeladen.
„Gerne", freute sich Giuseppe, als er ihm die *Osteria* des *Gusto* vorschlug. Um gleich darauf vorsichtig nachzusetzen: „Es ist doch alles in Ordnung mit dir?"
„*Non ti preoccupare*", hatte ihn Laurenz beruhigt. „Sei unbesorgt. Aber wir müssen reden."
Giuseppe war ihm vertraut wie ein Bruder. Vielleicht war er das ja auch, der Bruder, der ihm nie vergönnt war. Als Stadler im Jahr 2000 das erste Mal römischen Boden betrat, war Giuseppe sein *Guida*, sein Führer, und das erste, was er von Giuseppe gelernt hatte, waren die Ausnahmen von der Regel der Endungen männlichen Substantive. *La Guida*, der Begleiter, gehörte ebenso dazu wie *il Duca*, der Herzog, oder *il Collega*, der Kollege. Am Hauptbahnhof wollte Giuseppe Laurenz damals nicht abholen. Erster Treffpunkt sollte die Piazza del Popolo sein, bat er sich bei den frühen telefonischen Absprachen aus. Schließlich seien dort die Fremden von jeher angekommen, auch Goethe, insistierte er. Nun, gegen Goethe war nur schwerlich etwas einzuwenden. Giuseppe Bartali war ein Feingeist mit einer rauen Schale und fand in Laurenz rasch einen Gleichgesinnten.
Auf der Piazza del Popolo, direkt am noch heute rätselhaften Obelisken Flaminio, haben drei schnurgerade Straßen ihren Beginn: Die Via del Corso, die direkt in Richtung historisches Zentrum zielt und an deren Ende man halb versunken im Dunst der Großstadt das *Monumento Emmanuele Vittorio II.* sehen konnte. Die Via del Babuino, die direkten Weges ins frühere Fremdenviertel führte und deren Mittelpunkt heute

die Scala di Spagna, die spanische Treppe bildet. Und schließlich rechter Hand die Via Ripetta, die an der Ponte Cavour fast den Tiber berührt. Der Empfang hatte Laurenz damals so beeindruckt, dass diese drei Straßen ihm späterhin sehr vertraut werden sollten, und er selbst Gäste in Rom gerne an diesen historischen Platz führte. Auch seine Mutter übrigens, obwohl sie in den elf Jahren, die Laurenz als Korrespondent in Rom tätig war, nur einmal die Kraft fand, die Alpen zu überqueren und sich von ihrem einzigen Sohn die Ewige Stadt zeigen zu lassen. Am Ende jedoch erwies sich auch das für die betagte Dame eher als eine Tortur, eine Tortur, für die sich Laurenz sogar ein bisschen schämte. Zwischen der Ripetta und dem Corso lag auch das Restaurant, in dem er heute mit Giuseppe speisen würde. Es war nicht ganz preiswert, aber er wusste, dass er seinem Freund damit eine große Freude bereiten würde. Der nämlich aß hier nur zu besonderen Tagen. Schließlich, es war ein besonderer Tag.
Laurenz brachte den *Messaggero* wieder auf das Tischchen zurück, legte Francos Schwester das Geld auf den Tresen und ging zielstrebig zur Bushaltestelle. Seit er aus dem Municipio Prenestino in den Stadtteil Trastevere umgezogen war, musste er zwar einmal umsteigen, um in sein Büro zu kommen, fuhr dafür die wesentlich attraktivere Linie. Zumindest, wenn er einen Sitzplatz ergatterte und aus dem Fenster sehen konnte. Da ging es nicht mehr die holperige Casalina bis zur Stazione Termini, sondern am Tiberufer entlang und am Capitol vorbei. Selbst nach Jahren noch genoss er die Strecke, auch wenn, wie heute, die Sonne unbarmherzig glühte, die Busse zum Bersten voll waren und die geöffneten Seitenscheiben unter dem Dach nur mehr warme Luft ins Innere ließen.
Sein Büro lag in der Via Flavia unweit vom Landwirtschaftsministerium. Auch der Quirinalspalast war nicht weit.
Es war heiß in Rom. Dabei, es war erst Mai und die große Hitze würde noch kommen. Laurenz Stadler mochte die Hitze nicht. So sehr er sich auch in den letzten Jahren in die Stadt verliebt hat, an die Temperaturen gerade in den Sommermo-

naten würde er sich nie gewöhnen. Er kam vom Land, aus dem Allgäu, wo auch an den heißesten Tagen noch immer ein Wind für Abkühlung sorgte.
Er hatte schon in den ersten Monaten seiner Anwesenheit in Italien rasch begriffen, warum sich gerade in den kleineren Städten die Häuser so dicht aneinanderdrängten, dass er die Enge der Gassen geradezu als bedrohlich empfand. Dadurch waren sie schattig und ließen wenig direkte Sonneneinstrahlung in die Häuser – im Sommer ein wahrer Segen.
In Rom hingegen, wo man, zumindest früher noch, Geld hatte und Platz, da wurden großzügige Straßen angelegt, prachtvolle Häuser mit hohen Stockwerken und großen Fenstern gebaut, da heizten sich die Mauern schon an den Frühlingstagen so auf, dass es bis Oktober nicht abzukühlen schien. Ab Juli, manchmal ab Juni schon, war die Stadt ein Backofen, und der Wind, wenn er träge die glutheißen Straßen entlangstrich, brachte kaum mehr mit, als weggeworfenes Papier, Staub und stickige warme Luft.
Gottlob konnte er es bislang immer einrichten, seinen Urlaub um *Ferragosto* herum zu nehmen, den Tag, den er bis zu seinem Eintreffen in Rom nur als Mariä Himmelfahrt kannte. Seiner Mutter hatte er nie erzählt, dass er in Wahrheit die Hitze floh. Sie glaubte bis zu ihrem letzten Atemzug, dass ihr Laurenz wegen der schönen Lichterprozession, der strahlenden Gewänder, der prachtvollen Monstranz, die Hochwürden unter dem Baldachin vor sich her trug, stets im August auf Urlaub kam. Er ließ sie in dem Glauben, er wollte sie nicht beunruhigen, wollte ihr ohnehin fragiles Weltbild nicht erschüttern, das sich gerade in ihren letzten Lebensjahren nur noch um ihren Herrgott gedreht hatte, während er hinter den Priestern immer öfter die geschäftstüchtigen Showmaster Gottes zu sehen glaubte. Aber vielleicht war ja Letzteres eine römische Besonderheit, und es gab die Kirche, auf die seine Mutter baute, tatsächlich irgendwo.
Wo würde er in diesem Jahr Mariä Himmelfahrt verbringen? In seinem Haus? Bei der Prozession? In München in der Redak-

tion? So sehr er sich auch bemühte, er konnte sich nicht auf eine Antwort konzentrieren, nicht jetzt. Wahrscheinlich wollte er das auch gar nicht. Laurenz Stadler war unschlüssig. Ein Zustand, den er nur allzu gut kannte, ein Zustand, in dem er geneigt war, ruhelos im Zimmer auf und ab zu laufen.
Er brauchte Bedenkzeit.
Bedenkzeit.
Nur, was gab es zu bedenken? In neun Wochen würde er sein Büro abschließen können. Das war es dann. Aus. Auch wenn die Klischees, die die Zeitungen selbst, die Fernsehen oder Bücher verbreiteten, anderes behaupteten, aber Journalisten sind Schreibtischtäter, das hatte er längst über seinen Beruf herausgefunden. Nur war es ein gewaltiger Unterschied, ob sein Schreibtisch in der Via Flavia oder in der bayerischen Landeshauptstadt stand. Ob er Reportagen über Menschen und Ereignisse schreiben würde oder Nachrichten redigieren. Ob er übers Land reisen und Menschen kennenlernen könnte oder morgens die Zentrale betrat, die ihn abends wieder ausspuckte, während er zwischendrin Agenturmeldungen bearbeitete. Und, beinahe am Schlimmsten: ob er sein Büro für sich hatte oder in einem dieser neumodischen Großraumbüros saß.
Teamleiter sollte er werden, hatte Böhringer ihm vorgeschwärmt. Und er, Stadler, hatte nicht den Mut gehabt, ihm zu sagen, dass er mit diesem Begriff so gar nichts anfangen konnte. Was ist das, ein Teamleiter? Was macht denn so ein Team? Er wollte rausgehen, recherchieren und seine Geschichten schreiben. Idealerweise zu Themen aus Kultur und Kunst. Kein Mensch brauchte dafür ein Team, was redete der Böhringer da zusammen?
Dabei, Böhringer hätte es wissen können, ach was, wissen müssen. Er kannte Stadler schon seit der gemeinsamen Studienzeit in Eichstätt. Hat er dort nicht bemerkt, dass Stadler ein Einzelgänger war, ein Einzelgänger sein wollte und ein Einzelgänger bleiben würde? Er glaubte sogar, sich zu erinnern, dass Böhringer es einst als einen Vorzug gepriesen hatte, dass Stadler allein besser arbeitete. Und lieber, musste man der

Wahrheit zuliebe schon hinzufügen. Doch, Böhringer musste das wissen. Also war es Absicht, ihn zu demütigen. Danke für deine Freundschaft, dachte Stadler.
Es war damals ein schöner Frühlingstag, die Knospen an den Bäumen vor Böhringers großzügig verglastem Büro brachen gerade auf und Stadler träumte davon, dass in Rom wohl ewiger Frühling wäre. Sie hatten in einem der immer seltener gewordenen Zwiegespräche – seit Böhringer Chefredakteur war, konnte er sich um die soziale Fellpflege seiner Weggefährten immer weniger kümmern – das Für und Wider erläutert, das mit der Besetzung der Korrespondentenstelle mit ihm, Stadler, einhergehen würde.
Draußen huschte die Kreuzung der vier Brunnen vorbei, gleich hinter den Quirinalsgärten, und Laurenz Stadler schob sich langsam in Richtung Ausgang vor. Er stieg immer eine Haltestelle früher aus, als er müsste. So konnte er schon im Freien sein, bevor das übliche Geschiebe und Gedränge begann, mit denen die Römer auf die Annäherung an den Endpunkt der Linie, den Busbahnhof vor der Stazione Termini reagierten.
Er mühte sich redlich, möglichst wenig Körperkontakt zu den Umstehenden zu bekommen, gleichwohl wusste er, dass das vergeblich war. In den ersten Monaten seines Aufenthaltes hatte Stadler einige Male eine Metro oder einen Bus abfahren lassen, weil er ihm gar zu voll vorkam. Doch alsbald stellte sich heraus, dass es zur Hauptverkehrszeit in Rom gar nicht möglich war, ein nur wenig besetztes Verkehrsmittel zu finden.
Er erinnerte sich an einen der ersten freien Tage. Ein Sonntag war es, und er hatte sich vorgenommen, mit dem Bus, den er auch sonst täglich benutzte, ins Zentrum zu fahren und sich mit ein paar Sehenswürdigkeiten vertraut zu machen. Er wusste, dass der Bus sonntags nur jede Stunde fuhr. Er wusste bis dahin allerdings noch nicht, dass die *ATAC*, die römischen Verkehrsbetriebe, die Taktfrequenz ihrer Busse so justiert haben, dass sie auch ja ordentlich ausgelastet würden.
Laurenz Stadler mied Menschenansammlungen. Das war nicht ideal in seinem Job, deshalb behielt er das gerne für

sich. Geradezu klaustrophobische Panik überfiel ihn jedoch, wenn die Menschen in so drangvoller Enge um ihn standen, dass man sich nicht mehr umdrehen konnte, ohne jemanden anzurempeln, dass man noch durch die Kleidung die Körperwärme des Nachbarn spürte. Und schierer Ekel packte ihn, wenn seine Hand beispielsweise den stark behaarten Unterarm eines schwitzenden Nachbarn streifte.
Als er noch fürs Feuilleton arbeitete, gelang es ihm leichter, solchem Gedränge auszuweichen. Natürlich stehen die Menschen auch im Foyer einer Oper dicht aneinander. Aber dort konnte man meistens auf eine weniger belebte Stelle ausweichen. Und im Saal selbst hatte schließlich jeder einen exakt abgegrenzten Platz für sich.
Doch die Italiener, ja, besonders die Römer, so schien es ihm, konnten von Nähe gar nicht genug bekommen. Zum Essen suchten sie sich zielgerichtet die Restaurants heraus, wo es besonders laut und bevölkert war. Eine lärmende Fröhlichkeit, die Stadler nicht nachvollziehen konnte. Und in den Verkehrsmitteln schien es ihnen nichts auszumachen, sich förmlich aneinander zu kuscheln, auch bei Temperaturen, bei denen einem schon im Schatten der römischen Pinien der Schweiß ausbrach.
Endlich an der frischen Luft. Auch wenn ihm Rom heute wieder einmal wie ein Backofen vorkam – alles war besser, als eingezwängt im Linienbus zu stehen. Das letzte Stück ging er zu Fuß, was seine Nerven beruhigte. Den Straßenlärm konnte er inzwischen sogar fast vollständig ausblenden.
Dort, wo eine Verkehrsinsel die Fahrspuren der Venti Settembre teilte, bog er für gewöhnlich in die verkehrsberuhigte Zone der Antonio Salandra ein. Dort verebbte endlich der Lärm, und auf den letzten paar hundert Metern würde er an einigen kleinen Kneipen vorbeikommen, deren Personal ihn stets freundlich grüßte. Sie kannten ihn, weil er oft nach der Arbeit bei ihnen eingekehrt war, um ein einfaches Essen zu sich zu nehmen und sich einen anständigen Wein empfehlen zu lassen.

Doch heute passierte nichts von dem. Jenseits der Kreuzung ging das Leben nicht seinen gewohnten vormittäglichen Gang. Eine Menschenansammlung hatte sich gebildet, Ambulanzen mit dem aggressiven Auf und Ab ihrer Sondersignale heulten heran, Polizisten herrschten die Passanten an.
Stadler schob sich durch die Menge, ein paarmal energisch „*Stampa*" oder „*Scusate*" rufend. Dann kam er bis zu einer Polizeiabsperrung und sah, was ihm schon durch das Murmeln der Menge klar geworden war. Ein Mann hatte sich offenbar aus großer Höhe auf den Gehweg gestürzt und sich das Leben genommen. Er hatte keine Chance. Der Mann lag auf dem Bauch, ein Bein unnatürlich verrenkt, die Arme ausgebreitet. Der Kopf war geplatzt wie eine Melone, die man unabsichtlich fallen gelassen hatte. Kein schöner Anblick, aber man konnte ja wegsehen, wenn man wollte. Stadler wollte. Sein Blick suchte Halt bei den Polizisten und Rettungskräften, von denen der arme Tropf umringt war. Er wusste nicht so recht, wie er sich verhalten sollte. Für seine Zeitung galt auch in Italien der deutsche Pressekodex. Und der beinhaltete eine freiwillige Selbstzurückhaltung in allen Fällen von Suizid. Ausnahmen gab es unter anderem dann, wenn der Selbstmord eine größere öffentliche Aufmerksamkeit erregte. War das hier der Fall? Nein, beschloss Stadler für sich. Rom ist eine Millionenstadt. Wenn da hundert Leute von so einer Verzweiflungstat Notiz nahmen, so war das für ihn noch keine „größere öffentliche Aufmerksamkeit".
Er zückte seinen Presseausweis, hielt ihn einen von den Polizisten vor die Nase und fragte nach dem Einsatzleiter. Bei diesem erkundete er, ob die Polizei von einem Suizid ausging, drängte sich dann wieder durch die Menge und schlug den Weg zu seinem Büro ein. Falls sich an der Einschätzung durch die Polizei etwas änderte, oder falls sich der Fall doch als öffentlichkeitsrelevant herausstellte – sei es, weil Fremdeinwirkung zum Tode geführt hat, sei es, weil es sich bei dem Springer um einen Prominenten handelte –, würde er es aus dem Polizeireport erfahren.

In seiner Kindheit hatte das Thema Suizid gar keine Rolle gespielt, erinnerte er sich, während er in Richtung Büro ging. Da, wo Laurenz Stadler aufgewachsen war, brachte man sich nicht um. Der einzige Herr über Leben und Tod war der liebe Gott. Alles andere war eine Todsünde. Einmal, ja, da gab es Gerüchte über den ältesten Sohn des Loibl-Bauern. Der war eines Tages verschwunden, und es gab großen Aufruhr im Dorf. Nach der offiziellen Version war er zur Lehre in die Stadt gezogen. Etwas anderes durfte man auch nicht behaupten, sonst drohten Schläge. Entweder vom alten Loibl selbst oder, in Laurenz' Fall, auch von der Mutter. Doch das mit dem Wegzug in die Stadt konnte einfach nicht stimmen. Zum einen, weil die Loibl-Bäuerin von da an ein ganzes Jahr lang Schwarz getragen hatte, zum anderen, weil Laurenz ein Gespräch zwischen seiner Mutter und einer ihrer wenigen Freundinnen belauschte, nachdem der Loibl-Sohn auf ewig in der Hölle brennen werde. Laurenz hatte sich sofort wieder zurückgezogen. Die Hölle, wie sie ihm seine Mutter schilderte, war immer eine danteske Hölle gewesen, eine Hölle voller Foltern und Martern, eine Hölle, in der in Eingeweiden gewühlt, Augen ausgebrannt und Gliedmaßen verstümmelt wurden. Eine Hölle, in der der Tod, der zweifellos eine Erlösung wäre, einfach nicht vorkam. Und wenn also der große Loibl-Sohn bis ans Ende der Welt in einer solchen Hölle schmoren würde, dann hatte er sich schwer versündigt. Eine größere Sünde als den Selbstmord konnte sich Laurenz nicht vorstellen. Das passte also. Und zwei, drei Jahre später – der Älteste vom Loibl-Bauern war nie wieder aufgetaucht – sprachen auch Laurenz' Altersgefährten hinter vorgehaltener Hand darüber: In der Scheune soll er sich aufgeknüpft haben, der Loibl Sepp. Während die anderen sich mit möglichst detailgetreuen Schilderungen des grauenvollen Geschehens übertrumpfen wollten, wurde Laurenz ganz übel. Er dachte an die von seiner Mutter ausgemalte Hölle.

2. Kapitel

Das Gebäude, in dem das Korrespondentenbüro des *Münchner Boten* lag, war ein altes Bürgerhaus, das sich nahtlos in die Straßenfront einfügte. Im Erdgeschoss residierten eine Anwaltskanzlei und ein Steuerbüro, im ersten Stock waren eine Wohnung und eine logopädische Praxis untergebracht. Der *Münchner Bote* und ein weiterer Anwalt hatten sich im dritten Stock eingerichtet. Darüber befanden sich noch einmal Wohnungen, was sich als günstig für den Lärmschutz erwies, denn das fünfte und sechste Geschoss wurden als Hotel genutzt.

Die Zimmerhöhe war mit 3,50 Meter beachtlich, aber nicht ungewöhnlich. Wäre es Stadlers Privatwohnung gewesen, so hätte er sich in einem Zimmer eine Bücherwand bis unter die Decke eingerichtet. So aber gab es eine schlichte Büroausstattung, die vielleicht vor 20 Jahren mal modern gewesen war. Der Verlag bemühte sich nicht sonderlich um die Einrichtung. Hatte Laurenz Stadler früher immer gedacht, das liege an der doch beträchtlichen Entfernung zwischen München und Rom, so dämmerte ihm langsam, dass es wohl eher so war, dass der Verlag schon seit Jahren keinen Hafer mehr für ein totes Pferd kaufen wollte.

Den klassischen Schnitt einer Wohnung sah man dem Büro nur noch an, wenn man sich anstrengte. Schon lange vor seiner Zeit hatte man den Flur kurzerhand zugemauert, sodass Besucher nur noch nach rechts in den lediglich mit einer schlichten Garderobe und einer kleinen Warteecke ausgestatteten Vorraum kamen. Eine Tür weiter bewachte seine Sekretärin Lella Motoni die kleine deutsche Enklave. Erst von dort aus führte eine weitere Tür in den Flur und eine in Laurenz Stadlers Arbeitszimmer. Dem gegenüber lag noch ein ebenso großer Raum, der mit zwei weiteren Arbeitsplätzen ausgestattet war. Die allerdings waren in letzter Zeit stets verwaist. Noch im Vorjahr hatte es ab und an eine Praktikantin oder einen Praktikanten gegeben. Die konnte man gut für kleine Recherche-Aufgaben, für Presseschauen und Ähnliches einsetzen. Einmal hatte die Zentrale aus München sogar für vier Monate einen Volontär geschickt, mit dem sich Stadler am Ende gut verstand, und der ihm die Arbeit gehörig erleichterte. Doch das war inzwischen alles Geschichte, und nun weiß man ja auch, warum. Schlimmer noch: In den nächsten Tagen sollte er wie ein Bittsteller im Goethe-Institut vorsprechen. Dort nämlich würde man den fest eingeplanten Austauschredakteur kurzfristig umleiten müssen. Böhringer hatte es nicht mal für notwendig erachtet, selbst im Institut anzurufen, sondern Stadler gebeten, das für ihn zu erledigen. Nun wollte er wenigstens einen Anstandsbesuch in der *Via Savoia* machen, die Sache diplomatisch erklären und seine Hilfe bei der Vermittlung des Kollegen an eine andere Redaktion anbieten.

Stadler führte das Korrespondentenbüro des *Münchner Boten* für gewöhnlich als ein Haus der offenen Türen. Das erschien ihm wichtig, weil der Journalismus ein Geschäft war, das von Kommunikation lebte, von offener Kommunikation. Ohnehin waren er und Lella in den letzten Monaten meist allein, und zu zweit machten geschlossene Türen erst recht keinen Sinn. Lella hatte ihm schon einen Kräutertee gekocht und ihn abkühlen lassen. Die Gute wusste, was für ein Getränk Laurenz Stadler bei großer Hitze am liebsten trank. Die Tasse hatte sie auf seinen Schreibtisch gestellt. Ein Ritual, das er sehr vermissen würde. Dennoch blieb er heute kurz angebunden. Er

lobte ihre Fürsorglichkeit und wies sie kurz an, die *Cronaca nera* wegen des Springers im Auge zu behalten. Dann ging er ohne ein weiteres Wort stracks in sein Refugium, wo er heute umgehend die Tür schloss und sich auf seinen alten Drehstuhl setzte. Den hatte er bereits von seinem Vorgänger Bernkopf in einem abgewetzten Zustand übernommen; der Stuhl und der Schreibtisch waren die einzigen Einrichtungsgegenstände, die dem nüchternen Büroraum eine persönliche Note verliehen.
Er nahm einen Schluck Tee und blickte missmutig auf die geschlossene Tür. Es war falsch, er spürte das, doch er konnte jetzt weder den jüngsten Stadtklatsch ertragen noch die Aufmerksamkeit seiner Sekretärin. Zudem hatte er sich noch nicht die Worte zurechtgelegt, mit denen er Lella Motoni darauf vorbereiten wollte, dass sie in wenigen Wochen ihre Halbtagsstelle verlieren würde. Ein echtes Problem, denn ihm lief ein wenig die Zeit davon. Spätestens am Wochenende würde Lella einen Brief mit der schlechten Nachricht der Verlagsgeschäftsführung erhalten. Vorher musste unbedingt er das Gespräch mit ihr führen, er konnte den ersten Schritt nicht einfach dem Verlag überlassen.
Stadler fühlte sich in hohem Maße Lella gegenüber verpflichtet. Schließlich war er es gewesen, der die 40-Jährige vor vier Jahren in sein Büro holte, nachdem sie, eine ausgebildete Anwaltsgehilfin, bei der renommierten Kanzlei Bandini & Ascari rausflog. Eine wohlhabende Mandantin, die mit Lellas Ex liiert war, hatte die Societät massiv unter Druck gesetzt.
Flapp, flapp, flapp. Der große Deckenventilator mühte sich und wälzte doch nicht mehr als warme Luft. Laurenz Stadler residierte eben in einem alten Gebäude. Das ließ die Mieten erträglich bleiben, zumindest, wenn man bedachte, dass sein Büro im Regierungsviertel lag. Nicht unbedingt eine Top-Lage, aber immerhin im Regierungsviertel. Jahr für Jahr hatte er sich vorgenommen, bei seinem Verlag um eine Klimaanlage nachzusuchen. Er tat sich in solchen Sachen immer etwas schwer – Laurenz sah sich als Schreiber, nicht als Bürovorsteher. Für die Technik war im Verlag eine eigene Abteilung

zuständig, von der er nicht mal den Namen kannte. Für ihn gab es nur journalistische Ansprechpartner. Und ja, vor drei Jahren, wenn er sich richtig erinnerte, hatte er sogar Böhringer selbst eine entsprechende E-Mail geschrieben, nachdem dieser ihn in einem Telefonat dazu förmlich aufforderte. Aber es gab nie eine Antwort. Inzwischen wusste er ja, woran das lag. Nun jedenfalls würde er nicht mehr nach einer Klimaanlage fragen müssen. Auch so ein Punkt, der sich erledigt hat, dachte er mit einem Anflug von Bitterkeit.
Fünf Gesprächsnotizen hatte Lella sorgfältig auf seinem Schreibtisch geordnet, vier davon drehten sich um die Bürgermeisterwahlen in Mailand und Neapel – allemal wichtiger als ein Lebensmüder in der Via XX Settembre. Das politische Rom kannte derzeit kein anderes Thema als diese Wahlen, die richtungsweisend für die künftige Politik des Landes sein würden. Die Wahl in Neapel würde sich zwischen dem linksliberalen Luigi de Magistris und dem Mitte-Rechts-Kandidaten Giovanni Lettieri entscheiden. In Mailand war der Stuhl des *Sindaco* noch heißer umkämpft. Der Mitte-Links-Kandidat Giuliano Pisapia würde Ende des Monats in der Stichwahl gegen Amtsinhaberin Letizia Moratti antreten müssen – das Berlusconi-Lager feuerte aus allen Rohren gegen den Juristen, um zu verhindern, dass erstmals ein Linker in Mailand, quasi in Berlusconis eigenem Wohnzimmer, an die Macht kommt. So hatte Laurenz an diesem Morgen eine Menge Zeitungen und Agenturmeldungen zu wälzen.
Zudem würde er Andrea anrufen müssen, einen alten Bekannten, der von Mailand aus beim *Foglio* arbeitete, um mit ihm die derzeitige Stimmung in der nördlichen Metropole zu erkunden. Spätestens 16 Uhr wollte er seinen Bericht über die aktuelle Situation fertig haben und nach München senden.
Schließlich war da noch die Sache mit Johannes Paul II., dem von den Römern so geliebten Papst. Dessen Nachfolger Benedikt XVI. hatte ihn erst am Sonntag seliggesprochen. Nur sechs Jahre nach Johannes‘ Tod – das kam einer Rekordzeit gleich. Nicht nur, dass das internationale Medienecho auf die-

ses Ereignis gewaltig war und sich die Nachrichtenticker heiß liefen, nein, München wollte von ihm noch eine tiefgründige Analyse darüber haben, wie unter diesen neuen Voraussetzungen die Chancen für eine Heiligsprechung des seligen Johannes stehen. Er würde noch heute damit anfangen.

Laurenz Stadler hatte Johannes Paul II. immer gemocht. Das lag weniger daran, dass er selbst als Katholik aufgewachsen war. Das lag vielmehr daran, dass er in dem betagten Polen ein Symbol sah, das weit über dessen Wirken als Heiliger Vater hinausging. Abgesehen davon, dass er bei der Wahl Karol Wojtylas erst 21 Jahre alt war – er hätte sich nie vorstellen können, wie eminent der Einfluss eines Papstes auf die weltliche Politik, ja auf die Weltpolitik war. Wojtyla galt im Westen als ein Schlitzohr und als ein Aufrührer im Osten. Wie für viele andere war er auch für Laurenz Stadler ein Hoffnungsträger. Wenn ein polnischer Kardinal Papst werden konnte, dann war der Osten auch noch nicht ganz an den Kommunismus verloren.

Johannes Paul II. starb langsam.

Und es war ein öffentlich inszeniertes Sterben. Natürlich hatte das Gründe, und jeder, der damals als Korrespondent in Rom war oder sich anderweitig für die Kurie interessierte, kannte diese Gründe. Zum Tod seines Vorgängers Johannes Paul I. 1978 gab es eine ganze Reihe von Gerüchten, ja es hielten sich sogar Verschwörungstheorien. So wurde damals rasch kolportiert, dass es wohl der Kardinalstaatssekretär war, der als letzter am Totenbett des Papstes stand. Die Eingeweihten indes wussten, dass das nicht stimmte, nicht stimmen konnte. Eine Krankenschwester war es, die nach dem Sterbenden sah. Aber eine Frau mit dem Heiligen Vater allein im Zimmer? Das war natürlich für die Kurie ein Unding. Und mit der Legende vom Sekretär begannen die Gerüchte.

Johannes Paul II. wollte das besser machen. Klänge es nicht zynisch, so könnte man formulieren, er lud die Presse dazu ein, sein Sterben öffentlich zu begleiten.

Hätte Laurenz damals gewusst, dass das Sterben des Papstes und das Sterben seiner Mutter auf so tragische Weise miteinander verknüpft waren, er hätte rechtzeitig um seine wenigstens vorübergehende Ablösung gebeten.
Hätte er? Er weiß es und er weiß es nicht und er wird die Antwort auf diese Frage auch niemals mehr erfahren.
Indes war die Fragestellung an sich schon kompliziert genug. Wer hätte ihn denn vertreten sollen? Können? Menschen, zumal wenn sie über besondere Fähigkeiten verfügen oder an besonderen Stellen sitzen, neigen ja gerne dazu, sich als unersetzbar zu sehen. So weit weg von der Wahrheit waren sie damit gar nicht. Natürlich war jeder ersetzbar, aber eben nur pro forma. Sonst würde das Weggehen oder gar das Sterben eines Menschen ja keine Lücke hinterlassen. Stadler hatte sich nie darüber Illusionen gemacht, was wohl passiere, wenn er den ganzen Bettel hinwerfen würde. Böhringer würde einen anderen schicken. Er würde einen anderen schicken, und das war schon alles. Das System Zeitung war ein Kommunikationsnetz. Er war lediglich einer der Knoten darin. Und wenn dieser Knoten nicht mehr funktionierte, dann würde das System diesen Knoten eliminieren und einen anderen knüpfen. Die eigentliche Frage war doch nur die, ob dieser andere die Arbeit genauso gut machen könnte wie Stadler.
Fest stand, Stadler hat nicht um seine wenigstens vorübergehende Entlastung gebeten, weil es nicht die geringsten Anzeichen für eine Verkettung solcher Umstände gegeben hat, wie sie sich dann in seine Biografie einbrannten. Nein, der nahende Tod des Heiligen Vaters schien eher ein Markstein in seiner beruflichen Laufbahn zu werden. Dass ein Rom-Korrespondent in seinem Berufsleben überhaupt ein Konklave mitmacht, ist ziemlich unwahrscheinlich, Stadlers Vorgänger jedenfalls war es nicht vergönnt. Und auf ein Drei-Päpste-Jahr wie 1978 konnte man ja schlecht spekulieren.
Johannes Paul II. starb langsam.

Obwohl: Der Anfang vom Ende war wahrlich furios. Die in Rom akkreditierten Auslandskorrespondenten feierten Anfang Februar ihren großen Jahres-Ball, den *Stampa Esterna*. Auch wenn Stadler sicherlich nicht das war, was man einen Partylöwen nannte und zudem ein Solist ohne weibliche Begleitung; den Ball wollte er sich dennoch nicht entgehen lassen. Es war ein für Journalisten alljährlich wichtiges Sehen-und-Gesehen-Werden, ein Pflichttermin, wenn man nicht als *out* gelten wollte. Zugleich stellte der Ball einen Abend des Smalltalks mit Vertretern von Politik und Wirtschaft dar. Also zog sich Stadler seine Gala-Uniform an – einen weißen Dreiteiler mit schwarzem Hemd und leuchtend roter Fliege, übrigens auch eine Empfehlung von Lella Motoni –, nahm sich ein Taxi und ließ sich ins Hilton kutschieren. Auf dem Höhepunkt der Party, die Uhr ging schon auf Mitternacht, platzte die Nachricht buchstäblich wie eine Bombe: Der Papst ist ins Krankenhaus eingeliefert worden. Und das zum zweiten Mal binnen kürzester Zeit. Hektik brach aus. Vor allem die Fernseh- und Radioleute kannten plötzlich nur noch ein Ziel: Die Universitätsklinik „Agostino Gemelli" im Nordosten der Stadt. Der Zeitpunkt konnte für Stadler nicht ungünstiger liegen. Funk und Fernsehen würden in jedem Falle schneller sein als die Zeitung. Aber am nächsten Tag abschreiben, was *ANSA* und die Funkmedien meldeten, verbot sich von selbst. So wartete Stadler in Ruhe ab, bis sich die erste Unruhe gelegt hatte, und fuhr dann selbst zur Klinik.
Noch in derselben Nacht sickerte durch, dass der Papst einen Erstickungsanfall erlitten hatte. Die Lage war ernst. Mit einer Erkältung rang er schon eine ganze Zeit. Inzwischen zählte der Papst 84 Jahre und war von Parkinson gezeichnet. Da hatte er der schweren Atemwegsinfektion, an der er seit einer Woche litt, nicht mehr allzu viel entgegenzusetzen.
Chefredakteur Böhringer entfaltete von diesem Tag an einen Druck, wie ihn Stadler noch nie erlebt hat.
Johannes Paul II. starb langsam.

Noch bis zum April ließ er sich dafür Zeit. Aber schon an diesem Tag im Februar war allen klar, dass es zu Ende ging. In diesen zehn Tagen im Februar war Stadler noch zwei Mal auf dem Kamerahügel, wie man die Erhebung neben dem Haupteingang des Gemelli-Krankenhauses alsbald bezeichnete. Er ließ sich von einem Freelancer mitnehmen, dem er schon einige Aufträge verschafft hatte. So wurde Stadler rein zufällig Augenzeuge, als der Papst viel zu früh aus dem Krankenhaus in den Vatikan zurückkehrte. Nicht etwa in aller Stille, nein, mit dem Papamobil ließ er sich abholen. Es wurde beinahe ein Triumphzug.

Zwei Wochen später wurde der Papst erneut eingeliefert. Die Kardinäle im unmittelbaren Dunstkreis des Papstes waren in zwei Lager gespalten. Die einen verlangten den unmittelbaren Rücktritt seiner Heiligkeit. Dabei ging es ihnen gar nicht um das Machtkalkül, sondern eigentlich um die Gesundheit des Papstes. Diesem nämlich drohte durch die Infektion seine Stimme endgültig zu versagen. Und in sieben Wochen wäre Ostern, das wichtigste Fest der Christenheit, das Fest, an welchem der Stellvertreter Gottes seinen Segen *Urbi et Orbi* zu erteilen hatte. Mit Stimme. Die andere Gruppe von Kardinälen empfand jede Rücktrittsforderung als Grenzüberschreitung zur Blasphemie. Zu ihnen gehörte auch Kardinal Joseph Ratzinger, der Präfekt der Glaubenskongregation, der später sein Nachfolger wurde. Diese Kardinäle waren sich sicher, dass Johannes Paul II. nach wenigen Wochen wieder seinen Amtsgeschäften wie gewohnt nachgehen konnte.

Das waren die Hintergründe, die Laurenz Stadler von gleich zwei seiner Quellen im Vatikan erfuhr. Eine davon war der Sekretär eines Kardinals, der mit Stadler einen sehr offenen Umgang pflegte, weil der Kirchenmann zu jenen gehörte, die auf Fakten anstelle von Legenden setzten, diese Fakten gleichwohl aber aus Gründen der Subordination nicht selbst in die Welt tragen durften und so die Kontakte zur Presse nutzten, um der Wahrheit ihren Lauf zu ebnen.

Johannes Paul II. starb langsam.

Drei Wochen dauerte der zweite Aufenthalt im Gemelli. Als er wieder entlassen wurde, war er hinfälliger denn je. Wenig später sickerte in Korrespondentenkreisen durch: Johannes Paul II. hatte sich bei den Ärzten bedankt und erklärt, dass er in dieses Krankenhaus nicht zurückkehren wird. Eine Aussage, die nur eine einzige Interpretation zuließ.
Es war, am Ende auch für die Medien, ein Auf und Ab der Gefühle, ein Hoch und Tief der Nachrichtendichte. Ging es dem Papst an dem einen Tag besser und gaben die behandelnden Ärzte in ihren, über den Papst-Sprecher vermittelten und manchmal rätselhaft verklausulierten Bulletins Grund zur Hoffnung, dann folgten am nächsten Tag wahre Schreckensnachrichten. Am Ostersonntag erfuhr dann die ganze Welt, wie es um den Papst stand. Offensichtlich unter unsäglichen Schmerzen mühte er sich am Fenster, den Segen zu sprechen. Dennoch brachte er nur unverständliche Laute heraus und griff sich schließlich an den Hals, wie um den Tausenden Wartenden zu zeigen, warum er nicht sprechen konnte.
Er starb am Samstag, dem 2. April, am Vorabend des Sonntages der heiligen Barmherzigkeit, des einzigen Feiertages übrigens, den er während seines 27 Jahre dauernden Pontifikats eingerichtet hat.
In derselben Nacht erlitt Laurenz Stadlers Mutter ihren ersten Herzinfarkt. Sie verbot den behandelnden Ärzten strikt, ihren Sohn zu benachrichtigen.

3. Kapitel

Bis zum Mittag hatte Stadler kaum ein Wort mit seiner Sekretärin gewechselt. Lella Motoni war eine kluge Frau, klug genug, um zu wissen, wann sie schweigen musste. Sie wusste, dass ihr Chef schon mit ihr reden würde, wenn die Zeit gekommen war. Instinktiv, da war sich Stadler sicher, ahnte sie ja, dass ihn etwas bedrückte, schließlich kannte sie sein alltägliches Verhalten und konnte es mit jenem vergleichen, das er gerade heute an den Tag legte. Obwohl – als seine Mutter damals so schwer krank war, hatte er sich ebenfalls bemüht, sich nichts anmerken zu lassen, und sie hatte keinen Verdacht geschöpft.

Nun aber ... Ob sie trotz ihrer ausgeprägten Intuition auch nur den geringsten Schimmer davon hatte, worum es gehen mochte?

Karina Mayer könnte etwas ausgeplaudert haben, die Sekretärin von Chefredakteur Böhringer in München. Obwohl sich die beiden noch nie gesehen hatten, mochte Lella Karina, und Stadler hatte den Eindruck, dass das auf Gegenseitigkeit beruhte. So etwas bekommt man mit, wenn man ganz offiziell oder auch unfreiwillig Ohrenzeuge von Telefonaten wird. Sekretärinnen, wenn sie gute Sekretärinnen sind, genießen das Vertrauen ihrer Chefs und sind die Hüter derer Geheimnisse. Das machte sie miteinander verwandt, das einte sie wie Verschwörer, von denen idealerweise auch jeder genau so viel weiß, wie zur Erfüllung seiner geheimen Pflicht notwendig.

Wenn dann noch ein wenig persönliche Sympathie hinzukam wie bei Karina und Lella, da wurde schnell mal ein Geheimnis ausgetauscht – jeder wusste ja vom anderen, dass er es bewahren konnte. Karina jedenfalls musste etwas von den Vorbereitungen zur Auflösung der Korrespondentenstelle in Rom mitbekommen haben. Sie führte Böhringers Terminkalender, bei ihr gingen die Anrufe aus der Verlagsgeschäftsführung ein, sie las die Korrespondenz, ob nun analog oder digital, kurz: die Vorbereitung eines solchen Schrittes würde nicht unbemerkt an einer Chefsekretärin vorbeigehen. Warum sollte sie auch? Durchaus möglich, dass die beiden, freilich unter dem Siegel der Verschwiegenheit, darüber geplaudert haben. Und Lella, er kannte sie gut genug, würde geduldig auf ihre Stunde warten. Auf seine Stunde eigentlich. Die letzten Rätsel von Lella würde er ohnehin nicht mehr lösen können, dafür war die Zeit, die ihnen blieb, zu kurz.
Zur Mittagszeit ließ sich Stadler von Lella ein Taxi rufen, der Weg zum Restaurant per Bus war ihm zu stressig. Der Fahrer umkurvte geschickt den üblichen Stau in der Via XX Settembre südlich und Laurenz war fast verärgert, dass er nicht den von vielen gewählten Weg über den Pincio nahm. Dieser Weg ist zwar länger und wäre damit auch teurer geworden, hätte ihm aber andererseits ein paar Impressionen geschenkt, vor deren Hintergrund er sich möglicherweise besser auf das Gespräch mit dem Freund hätte vorbereiten können.
Begann jetzt seine sentimentale Phase? Wollte er nun, da sein Abschied von Rom zu einem klar definierten Zeitpunkt feststand, noch einmal alle Eindrücke in sich aufsaugen? Wollte schauen, an welcher Fassade die Gerüste gefallen sind?
Giuseppe wartete bereits auf ihn. Mit theatralisch weit offenen Armen nahm er den älteren Kollegen in Empfang. Giuseppe Bartali war schon immer ein Mann der großen Gesten. Aber er war kein Wichtigtuer, bei ihm war das tatsächlich nur eine liebenswerte Eigenart.
„Lorenzo, mein Freund“, herzte er ihn rechts.
„Wie geht es dir?“, herzte er ihn links.

Giuseppe nannte ihn seit Jahren Lorenzo, am Laurenz wollte er sich der beiden aufeinanderfolgenden Vokale wegen stets die Zunge abbrechen, und wenn er es dennoch versuchte, dann klang der Name immer wie ein La-urenz. Da hatten sie sich irgendwann auf Lorenzo geeinigt.
„Wie war es in Neapel?“
Laurenz sah Giuseppe erstaunt an.
„Neapel?“, fragte er. „Ich fahre nächste Woche nach Neapel.“
„Habe ich da was durcheinandergebracht?“, fragte Giuseppe. „Na macht nichts, erzähl trotzdem“, sprudelte er weiter.
„Was erzählen? Wie es in Neapel war?“ Laurenz schmunzelte und schob den Freund ins Restaurant. So kannte er seinen Giuseppe: Scheinbar schwatzhaft, stets unverbindlich und doch immer für ihn da, wenn er ihn brauchte.
Wie immer, wenn sie gemeinsam zu Mittag aßen, beschränkten sie sich auf etwas Antipasti, auf den ersten Gang und einen guten Wein. Ungewohnt schweigsam stocherte Laurenz in seinem Tatar nach Piemonteser Art herum. Nicht einmal die Trüffel aus Alba, die der Kellner hauchfein über das Kalbfleisch gehobelt hatte und die die Vorspeise sündhaft teuer machen würden, begleitete er wie sonst, nämlich genießerisch mit der Zunge schnalzend.
Giuseppe schwieg diplomatisch und Laurenz war ihm dankbar dafür. Natürlich spürte er, wie ihn sein Gegenüber verstohlen musterte, wie der Freund, scheinbar schweigend mit dem Essen beschäftigt, herauszufinden versuchte, was ihn bedrückte. Und er selbst wandte erhebliche Anstrengungen darauf, das Essen zu genießen und sich eben nicht von seinen Gedanken trübsinnig machen zu lassen.
War es das schon? Begann jetzt das Trauma depressiver Verstimmungen? Würde er gleich anfangen zu jammern? Doch er riss sich noch zusammen und prostete Giuseppe mit dem wunderbar fülligen Primitivo zu, den der Freund ausgewählt hatte. Ein großartiger Wein. Tiefrot und mit einem Bukett von Pflaumen, Beeren und süßen Gewürzen.

Genießerisch schmatzend und schlürfend erreichten sie den *Primo Piatto*, der für sie bereits den Hauptgang bilden würde. Die *Bucatini alla matriciana*, eine römische Spezialität, die Laurenz als junger Mann für Nudeln mit Tomatensauce abgetan hätte, gleichwohl er in der Mensa für das Gericht geschwärmt hatte, gab es auf diese Art so nirgendwo in Rom. Giuseppe vermutete, dass das an dem Speck lag, der hier angeblich noch wirklich aus der Schweinebacke geschnitten wurde. Es war köstlich, und erst nachdem die Serviette schon mit Fett und mit Soße verschmiert war, nahm Laurenz den Faden wieder auf.
„Wenn ich überhaupt nach Neapel fahre", sagte er und nahm noch einen Schluck Wein.
Giuseppe tat so, als wäre das Gespräch nie unterbrochen worden, nippte seinerseits an dem fruchtigen Roten und fragte wie nebenher: „Wieso das?"
„Ich bin entlassen", sagte Laurenz Stadler und es sollte so beiläufig klingen wie möglich. Er konnte allerdings nicht verhindern, dass er plötzlich einen Kloß im Hals hatte und Giuseppe Bartali das nicht überhören würde.
„Wie, entlassen?" Bartalis Gesicht spiegelte mehr Irritation als Erstaunen wider.
„Entlassen", wiederholte Laurenz. „Aus, *finito*. Meine Stelle gibt es nur noch bis Ende Juni."
„Ach, Lorenzo," Giuseppes Stimme nahm eine gönnerhafte Nuance an, das Glas mit dem Wein schwenkte er weit ausholend in den Raum und verströmte dabei alle Zuversicht der Welt. „Das können die doch nicht machen. Eine wichtige Zeitung wie deine wird doch nicht so eine wichtige Stelle wie deine streichen."
„Sie wird", beharrte Laurenz, nun fast störrisch. Es nervte ihn immer ein wenig, wenn sein Freund ihn nicht ernst nahm.
„Wird sie nicht", sagte Giuseppe fest, doch in seine Stimme schlich sich eine Spur Unsicherheit.
„Hat sie eigentlich schon", sagte Laurenz störrisch, und ließ dabei den letzten Rest Primitivo in seinem Glas kreisen. „Es

wird nur noch ein paar Tage dauern, bis es über den Ticker läuft, alles ganz hochoffiziell. Ich hatte gestern ein langes Gespräch mit Böhringer, meinem Chefredakteur. Ich wollte einfach, dass du es als Erster erfährst. Nicht einmal Lella weiß bis jetzt davon."

Nun schwieg auch Giuseppe eine Weile. Er orderte eine zweite Flasche Wein und Laurenz Stadler protestierte nicht, schaute ihn nur fragend an. Ob das eine gute Idee war, an einem so heißen Tag zwei Flaschen Wein zum Mittag zu trinken?

„Wo geht er hin, der Journalismus?", fragte Giuseppe schließlich philosophisch, aber dem Tonfall nach erwartete er keine Antwort.

„Ich glaube, der bleibt, wo er ist." Laurenz kramte nach Worten. „Er ... er verändert sich nur. Auslandskorrespondenten sind eine aussterbende Spezies. Das Internet hat in den letzten zehn, fünfzehn Jahren so vieles verändert, hat den Informationsfluss viel schneller gemacht."

„Sagt dein Chefredakteur?" Der beißende Spott in Giuseppes Stimme war nicht zu überhören.

„Sagen die Tatsachen", entgegnete Laurenz. „Du erinnerst dich sicher an das Grubenunglück vorigen Herbst in Chile. Bei der *HNA* hat ein spanisch sprechender Redakteur einfach die Internet-Auftritte der chilenischen Zeitungen ausgewertet, mit den Agenturmeldungen verschnitten und zu Berichten gemacht. Sein Chefredakteur hat sich sogar noch damit gerühmt. Für Regionalzeitungen sind die Korrespondenten eine aussterbende Spezies, schlussfolgerte er."

„Ach komm schon", sagte Giuseppe schließlich. „Das hast du doch auch schon mal so gemacht. Ob sie nun die Agenturmeldungen drucken, natürlich auch, ohne sie zu überprüfen, oder ob du ein wenig bei den Kollegen aus der Provinz nachliest ..." Er warf die Hand über die Schulter. „Who cares?"

„Wo bleiben denn die großen Reportagen? Wo sind sie denn hin? Wolf von Lojewski in Washington und New York? Ulrich Wickert in Paris, die Krone-Schmalz und Thomas Roth in Moskau. Wo sind die? Wo sind die Kollegen mit deren Charisma,

und wo, vor allem, sind ihre legitimen Erben?" Laurenz redete sich in Rage.
„Fernsehen", winkte Giuseppe ab. „Nimm doch deine eigenen Reportagen. Keiner hat die Kulturszene in Rom so ..., ach was sage ich, keiner hat die Kultur in ganz Italien in Deutschland so lebendig werden lassen wie du."
„Danke für die Blumen." Laurenz lachte. „Aber nicht in Deutschland werde ich gelesen, nur in Süddeutschland. Besser gesagt nur im Großraum München. Und auch dort nur von den Abonnenten des *Boten*. Es gibt noch mehr Blätter im Süden. Wir sind ja nicht mal der Platzhirsch. Denk an die *Süddeutsche*. Oder den *Merkur*."
„Aber Rom wimmelt doch nur so von deutschen Korrespondenten. Und dabei rede ich nicht nur von den Agenturen oder von den Fernsehanstalten, die Köpfe für ihre bewegten Bilder brauchen. Auch in der Zeitungsbranche tritt man sich doch fast auf die Füße. Denk mal an die großen Pressekonferenzen: *FAZ* und *WAZ*, *Generalanzei*ger, die *Welt* und die *Zeit*, die *Südwestpresse ...*"
„Ich weiß nicht." Laurenz machte eine Pause, um behutsam aufzustoßen. Er hielt sich dabei schicklich die Serviette vor den Mund. „Ich habe trotzdem das Gefühl, dass wir immer weniger werden. Außerdem sind die Kollegen meist nur kurz hier. Und sie müssen oft den ganzen Mittelmeerraum bedienen. Mir kommt es immer so vor, als seien das nur noch Nachrichtenjäger, keine Reporter mehr. Zugvögel der Katastrophenberichterstattung. Nimm den Frühling in der arabischen Welt, den Anfang. Wenn die Leute von *Reuters* und *CNN* aus dem Brennpunkt des Geschehens wieder rausgehen, wenn also schon alles vorbei ist, dann kommen die Deutschen, stellen Antonia Rados vor eine rauchende Ruine und halten einfach die Kamera drauf, während die Rados mit bedeutungsvoller Miene die Welt erklärt. Die deutschen Korrespondenten sind doch nur noch zweite Garnitur."
Giuseppe lachte.

„Ein schönes Bild“, lobte er und hob das Weinglas in Stadlers Richtung. „Aber du siehst das zu schwarz. Was ist mit diesem Fernsehkorrespondenten, diesem Udo Gümpel? Der ist doch ganz gut, oder?“
„Ja, den lass ich gelten“, brummte Laurenz und hob seinerseits das Glas.
„Was ist mit Ulrich?“, bohrte der Freund weiter.
Stefan Ulrich. Vier Jahre war er für die *Süddeutsche* in Rom – der unmittelbare Konkurrent von Laurenz. Und ein ernsthafter Konkurrent, sowohl die Qualität seiner Arbeit als auch die Größe der Leserschaft betreffend. Stadler erkannte einen guten Artikel, wenn er ihn las.
„Komisch, du weißt immer ganz genau, wie du mich ärgern kannst.“ Laurenz Stadler kniff ein Auge zu und fixierte Bartali mit dem anderen durch das Weinglas. „Aber Ulrich ist Geschichte. Außerdem hat der sich längst drauf verlegt, mehr oder weniger humorvolle Bücher über Rom zu schreiben. Mich wundert es, dass ihr Römer euch nicht veralbert gefühlt und ihn zum Teufel gejagt habt. Aber vielleicht war sein Weggang nach Paris ja eher eine Flucht. Soll er nur die Franzosen nerven, mir kann es recht sein. Außerdem ist er noch jung, der kann noch was anderes machen.“ Die Frotzeleien entspannten die Situation. Der Wein tat ein Übriges.
„Du bist auch noch jung“, hielt ihm Giuseppe entgegen.
Laurenz verschluckte sich fast am Wein.
„So ein Quatsch. Red‘ mich nicht schön, Giuseppe. Ich bin 54 Jahre alt und man sieht mir jedes einzelne davon an.“ Er klopfte sich auf seine stattliche Wampe.
„Hast du dir schon überlegt, was du machen wirst, wenn du hier gehen musst?“, fragte Giuseppe schließlich, nun wieder ernster.
„Böhringer hat mir eine neue Stelle angeboten.“
„Wieder im Ausland?“
Laurenz lachte. „Nö, eingesperrt in München.“
„Was sollst du tun?“
„Ich soll den Newsroom übernehmen, Nachrichtenführer nennt er das.“

„Ach, diese neue Geschichte, von der du mir schon mal erzählt hast."
„... aber jetzt geht sie der Verlag mit Vehemenz an. Die Ressorts sollen alle aufgelöst werden. Dann gibt es nur noch Reporterpools und Blattmacher. Bei den Blattmachern soll ich dann die Aufsicht führen."
„Aber ..." Giuseppe zögerte. Dann setzte er neu an. „Aber du bist doch Einzelgänger, sozusagen."
„Deswegen kann ich mich auch nicht so recht damit anfreunden. Im Moment klingt das für mich wie das letzte Abstellgleis auf einem großen Bahnhof. Für sieben Jahre soll ich das machen, dann will er mir den Ruhestand anbieten."
„Du bist unentschlossen?"
„Ich brauche Bedenkzeit."
Bedenkzeit. Bedenkzeit. Wie ein Mantra wiederholte Laurenz Stadler für sich das Wort, als er sich, wiederum in einem Taxi, nach Hause bringen ließ. Der Tag war zwar noch viel zu jung, um ihn nicht mit Arbeit zu füllen, aber der Wein hatte seine Wirkung nicht verfehlt, zumal bei der Hitze. Den Terminkalender hatte er schon am Vormittag überprüft, der sah nichts weiter für ihn vor. Zumindest nichts Wichtiges. So rief er bei Lella an, entschuldigte sich für den Nachmittag und gab ihr frei.
Dann legte er sich in Unterwäsche auf das kühle Bett.
Nachrichtenführer also. Er hatte das Wort schon früher gehört, und er musste sagen, es gefiel ihm nicht. Nachrichtenführer, das klang so nach Militär, nein, sogar fast nach Drittem Reich. So wie Schriftleiter. Und überhaupt. Dass der Journalismus sich an angelsächsischen Modellen orientierte, hatte doch gar nichts mit Werten zu tun, wie man den Redakteuren immer weismachen wollte. Es war Ultra-Liberalismus, Unternehmertum pur, das Spiel der freien Märkte. Was aus Amerika kommt, das kann ja schließlich nur gut sein. Nun, seiner Meinung nach konnte sich das nur negativ auf den Journalismus auswirken.

Beim *Münchner Boten*, so hatte es ihm Böhringer anvertraut, sollte die Einführung eines Newsdesks für die Blattmacher und reinen Nachrichtenredakteure so ausfallen, dass nicht etwa zusätzliche Leute diese Aufgaben übernähmen und damit die reinen Schreiber entlasten, sondern dass sogar noch Personal abgebaut würde. Also nicht nur Schreiber zu Blattmachern ernennen und sie damit aus den Redaktionen abziehen, sondern die Redaktionen auch noch zusätzlich ausdünnen. Weniger schreibendes Personal, das war eine Grundüberzeugung von Laurenz Stadler, die sich in seinem Berufsleben auch schon mehrfach bestätigt hat, bedeutet immer zugleich eine sinkende Qualität der Zeitung.
Er hatte sich in dieser Sache schon mit Böhringer gestritten, hatte es am Ende auf eine simple Formel gebracht, die seinem Chef schon deswegen sauer aufstieß, weil er sie nicht entkräften konnte: Wenn weniger Journalisten das gleiche Artikelvolumen produzieren müssen, haben sie für den Einzelbeitrag weniger Zeit. Ergo: Entweder haben sie bislang einen Teil ihrer Arbeitszeit vergammelt oder würden künftig weniger in die Tiefe gehen können. Den dritten Weg sprach Stadler nie aus, es war der, auf den die Schreiber gedrängt werden sollen: Länger arbeiten. Für gleiches Geld, versteht sich.
Für Stadler selbst wäre das gar nicht so dramatisch, da er sich außerhalb seiner Arbeit ohnehin nur für die kulturellen und kulinarischen Genüsse interessierte. Einen Kollegen mit Familie könnte diese Lösung schon in äußerste Bedrängnis bringen.
Stadler spürte, wie sich sein Gedankenfluss verlangsamte, als der Schlaf ihn langsam überrollte. Mit solchen Überlegungen einschlafen, bringt nur Albträume, sagte er sich. Ich brauche ein schönes Bild. Und er stellte sich vor, wie er als kleiner Bub in kurzen Lederhosen über die große Weide rannte, die sich vor dem Bachlauf ausbreitete. Sattgrün und dicht mit prächtigen Butterblumen bewachsen. Das half.
Vielleicht würde er sich am Abend noch für zwei, drei Stunden hinter den Rechner klemmen. Nach dem Gespräch mit

Andrea über die Lage in Mailand. Bis dahin könnte der Bericht nach München auch noch warten.

Der Junge in den Lederhosen würde seinen Ausflug noch schwer bereuen. Es war erst Anfang Mai, und es war ein frischer Tag. Vielleicht hätte er besser seine langen Hosen angezogen. Die dicken Strümpfe. Eine lange Jacke. Doch gegen das Unheil, das dieser Tag in sich barg, hätte auch andere Kleidung nichts mehr ausgerichtet. Unten am Bach angekommen, kroch er auf dem Bauch unter dem Koppelzaun durch, der damals noch aus Stacheldraht war – einen elektrischen Weidezaun konnte sich nur der Berghofer leisten, der Bauer mit dem größten Viehbestand im Umkreis von drei, vier Dörfern. Der Junge presste sich ganz fest auf den Boden, als er unter dem Draht durchrobbte. Lieber ein paar Grasflecken auf dem Hemd als hinten einen Riss, diese Lektion hatte er bereits gelernt.

Das Ufer auf beiden Seiten säumte eine Reihe an Kopfweiden, von denen sich der alte Alois Specht regelmäßig die Ruten schnitt. Er brauchte sie für seine Korbwaren. Der Junge hatte ihm schon mal bei der Arbeit zugesehen und war vor allem vom Werkzeug des Korbmachers fasziniert – einem Messer mit großem Heft, aber einer ganz kurzen und gebogenen Klinge. Ganz klein sah es in seinen großen Händen aus. Specht brauchte nur eine sparsame Drehbewegung, so aus dem Handgelenk, und die lange Weidenrute fiel langsam wie ein großer Baum. Mit einer geschickten Bewegung seiner Finger, die dick und schwielig waren und denen man so eine Beweglichkeit gar nicht zugetraut hätte, hielt sie der Korbmacher daraufhin fest. Bis er ein ganzes Bündel in der Hand hatte, das er mit einem Streifen Rinde umwickelte und auf seinen Handwagen warf.

Die Weide, an der Laurenz am liebsten spielte, war schon teilweise vom Bach unterspült, dessen Lauf genau hier eine schön anzusehende Schleife in die Wiesen schnitt, dass dazwischen fast so etwas wie eine Insel entstand. An der engsten Stelle war die Landzunge nur zwei oder drei Meter breit. Ein paar Wurzeln der Weide ragten ein wenig in die Luft, um dann senkrecht nach dem Boden zu tasten. Im letzten Sommer hatte er ein Stück Plane gefunden, das er über eine dieser Wurzeln gehängt hatte. So entstand ein kleiner Unterstand, in den er sich kauern konnte. Von der Koppel oder gar vom Weg aus war er nicht mehr zu sehen, und seine eigene Aussicht beschränkte sich auf den dahineilenden Bach und das gegenüberliegende Ufer. Einmal hatte er dort sogar ein Pärchen beobachtet, das Händchen hielt und auf der kleinen Landzunge, genau gegenüber seinem Beobachtungsposten, knutschte. Wenn er wieder gehen musste, verwahrte er die Plane zusammengerollt in einer Höhlung der schon älteren Weide.

Heute würde er sein geheimes Versteck gar nicht erst erreichen.

In den Bergen war der Schnee noch nicht ganz weggetaut, und die Sonne sorgte dafür, dass sich der Bach unaufhörlich aus kleinen Rinnsalen speiste und der Wasserspiegel recht hoch war. Einiges an Treibholz hatte sich an den Wurzeln verfangen, das war im Frühjahr immer so. Treibholz konnte er prima als Baumaterial für seinen Unterstand gebrauchen, den er in diesem Sommer ausbauen wollte.

Doch schon beim ersten Ast, nach dem Laurenz greifen wollte, passierte es: Sein linker Fuß, mit dem er vorsichtig am Ufer Halt gesucht hatte, wurde plötzlich weggerissen, als hätte ihn jemand am Knöchel gepackt. Er warf noch die Arme in die Höhe, da war er auch schon im eiskalten Wasser. Ein Strudel riss ihn weg, und als er schreien wollte, hatte er den Mund voll Wasser und wurde nach unten gezogen. Lieber Herrgott, mach, dass ich jetzt nicht sterbe, dachte er. Instinktiv grabschte er mit den Händen umher und erwischte genau die Wurzel, die im Sommer seine Plane getragen hatte. Er klammerte sich fest und das Wunder geschah – die Wurzel der alten Weide hielt und wurde so zu seinem Lebensretter. Der Moment, in dem er Halt fand, gab ihm plötzlich ausreichend Kraft, sich aus dem Wasser zu zerren und ans Ufer zu kriechen. In seinem

klatschnassen Hemd raste sein kleines Herz, als wollte es zerspringen. Mit der Kälte, die er erst jetzt, am Ufer spürte, kroch eine namenlose Angst in ihm hoch. Doch es war nicht der Schreck über den Unfall, der ihn um ein Haar das Leben gekostet hätte, es war die lähmende Furcht vor dem Nachhausekommen.
Seine Mutter hatte ihm eingetrichtert, sich auf jeden Fall vom Wasser fernzuhalten. Es würde eine furchtbare Tracht Prügel setzen, wenn er mit nassen Sachen bei ihr aufkreuzte. Dabei würde es überhaupt nichts helfen, dass sein Vater nicht da war, dass sein Vater nie zu Hause war. Auch Mutter hatte einen Riemen, mit dem sie ihm das Fell gerben konnte, bis sein Hintern rot glühte.
So hockte er sich in einem sicheren Abstand zum reißenden Bach, dessen schmatzende und gurgelnde Geräusche ihm jetzt wie die eines kinderfressenden Monsters vorkamen, in die Sonne und hoffte, sie würde ihm recht schnell die Sachen trocknen. Als er schließlich nach Hause ging, schlugen seine Zähne vor Kälte schon ein furchtbares Stakkato, er konnte den Unterkiefer gar nicht mehr ruhig halten. Seine Mutter wusste sofort, was los war. Sie eilte aus dem Zimmer. Doch während er sich duckte, als sie wieder hereinkam, brachte sie nur ein großes Frotteehandtuch mit, das Badetuch, das es sonst nur samstags gab und herrschte ihn an: „Zieh dich aus!" Sie rubbelte ihn ab, bis er puterrot war, aber es wärmte ihn nicht.
An die nächsten Tage konnte er sich nicht mehr erinnern, nur noch daran, dass er grausige Albträume hatte, dass er bisweilen schwitzend und durchnässt im Dunkeln aufwachte und sich seine Mutter mit rotglühenden Augen über ihn beugte.

Laurenz zuckte zusammen und brauchte eine Weile, um zu realisieren, dass er in seiner Wohnung in Rom war – schwitzend und durchnässt wie damals, als er sich als kleiner Junge beim Sturz in den Bach eine handfeste Lungenentzündung geholt hatte.

Also doch der Albtraum, dachte Stadler missmutig. Er hatte viele Jahre von seiner Mutter als glutäugigem Monster geträumt, und er wusste seit langem, dass ihr ein solches Bild nicht gerecht wurde. Doch diesen, früher immer wiederkehrenden Traum hatte er schon lange nicht mehr gehabt. Es mussten die aktuellen Ereignisse sein, die ihn wieder so durcheinandergebracht haben. Existenzielle Ängste, wie früher, als er sich vor dem unwiderruflichen Urteil seiner Mutter fürchtete.
Warum, so fragte er sich, während seine Pulsfrequenz allmählich auf einen normalen Wert zurückging, hat man überhaupt Ängste vor der Existenz? Er würde sich jetzt nicht als außergewöhnliches Weichei bezeichnen, aber ausgesprochen mutig war er auch nicht gerade. Und dennoch war da dieser Rumor in den Eingeweiden, der trockene Mund und die Probleme beim Durchatmen, wenn er an die Dämonen aus der Vergangenheit dachte. Oder an die Dämonen der Zukunft.
Nachrichtenführer. So ein Schmarrn.
Ein Abstellgleis, das Gnadenbrot vor dem Ausscheiden aus der Firma. Ein vergiftetes Geschenk. Sollten sie ihn doch gleich rauswerfen. Der Gedanke vom Morgen drängte sich wieder in den Vordergrund: Was wäre, spränge er einfach aus dem Fenster oder vom Dach. So wie der Typ heute Morgen in der Settembre. Allen eine Nase drehen. Kein Korrespondent in Rom, kein Nachrichtenführer in München. Der Firma und ihren Plänen zuvorkommen. Dem Altern ein Schnippchen schlagen, ja dem Tod selbst. Einfach verschwinden. Das weiße Licht am Ende des Tunnels. Der Gedanke faszinierte ihn, sorgte aber gleichermaßen für eine gewisse innere Unruhe – deswegen schob er ihn energisch beiseite.

Stadler zog sein verschwitztes Unterhemd, seine Unterhose und seine Socken aus und schlurfte zur Dusche, die mal wieder nur tröpfelte. Er würde unbedingt mit dem Hausmeister reden müssen, er hatte es sich schon lange vorgenommen.
Eine Stunde später schaltete er seinen Laptop ein.

4. Kapitel

Es war schon fast 20 Uhr, als Laurenz Stadler seinem Rechner den Befehl zum Herunterfahren gab. Er klappte ihn nicht zu, sondern starrte noch eine Weile auf den Bildschirm, sah dem Rechner beim Abschalten zu, wofür dieser fast 20 Minuten brauchte. Stadler war keiner von diesen Computerfreaks, die mit ihren neuesten Errungenschaften prahlten wie andere mit ihren Autos. Beides war ihm fremd. Obwohl er immerhin einen Führerschein hatte und sich selbst für einen ganz passablen Autofahrer hielt, konnte er sich für die Details der Technik nicht recht begeistern. Autos hatten ihn sicher und einigermaßen bequem von A nach B zu bringen, die Computer hatten ihn in eine Lage zu versetzen, seine Texte zu erfassen und seine Fotos zu bearbeiten und zu archivieren. Punktum.

Der Laptop indes, den ihm seine Firma zur Verfügung gestellt hatte, das hatte er auch als Laie schnell begriffen, war schon ein kleines Wunderwerk. Eingerichtet wurde er von München aus von einem Techniker der IT-Abteilung mittels Fernsteuerung. Stadler hatte sich sogar den Terminus technicus dafür gemerkt: Remote-Zugriff nannte man es, wenn der Bildschirm kurz schwarz wurde und dann der Mauszeiger wie von ganz allein in einer atemberaubenden Geschwindigkeit auf dem Schirm herumfuhrwerkte. Natürlich war das der Techniker in München, aber Stadler fand den Gedanken, dass der Computer ein gewisses Eigenleben entfaltete, geradezu erheiternd, ungeachtet des bedenklich ernsten Hintergrundes.

Nun grub sich der Rechner, so hatte es ihm der Techniker erläutert, noch unter dem Internet hindurch einen sicheren Tunnel, um ihm ein Einloggen in das Firmennetz zu ermöglichen. Das war sehr wichtig, denn es wäre nicht auszudenken, wenn Schadprogramme oder, Gott bewahre, Hacker Zugriff auf die Technikzentrale des *Münchner Boten* erhielten und anderentags keine Zeitung bei den Abonnenten im Briefkasten stecken würde.
Deswegen auch das lange Herunterfahren des Rechners. Wahrscheinlich, so mutmaßte Stadler, brauchten die kleinen digitalen Heinzelmännchen so lange, um den Tunneleingang erst hermetisch abzuriegeln und dann zur Sicherheit auch noch zu verschütten. Für das Öffnen beim Neustart indes schienen sie sich mit Sprengstoff zu behelfen, das nämlich gelang vergleichsweise zügig.
Stadler war mit seinem Beitrag über den Wahlkampf nicht in Bedrängnis, er hatte die verspätete Lieferung in der Politik-Redaktion rechtzeitig angekündigt, sodass die Kollegen ihm einen Platz freihalten konnten.
Stadler stand auf, ging zum Kühlschrank, goss sich den Rest Weißwein von gestern ins Glas, zog sich einen Stuhl ans offene Fenster und lauschte in die beginnende Dämmerung hinaus. Da waren die Geräusche der Stadt, die Hauptstraße einen Häuserblock entfernt, von der beständig auf- und abschwellend der Verkehrslärm herüberwehte. Ab und an rollte langsam ein Wagen auf der Suche nach einem Parkplatz durch die Straße oder knatterte eine Vespa vorbei. Ein schon älteres Pärchen in dem Haus auf der gegenüberliegenden Straßenseite, in dem Haus, in dem auch die schöne Signora wohnte, stritt lautstark. Sie taten das öfter, aber sie schienen sich im Grunde zu vertragen. Es war die Leidenschaft, ihre *Passione* und sein *Furore*, die sie so laut werden ließen. Stadler musste nicht aus dem Fenster schräg nach unten spähen, er konnte die beiden auch mit geschlossenen Augen sehen. Er säße wieder im Unterhemd und mit Hosenträgern am Tisch, in der Hand eine Flasche Moretti. So lief er den ganzen Tag zu Hause rum. Wenn

er das Haus verließ, hatte er eine saubere Jeans an und ein ordentliches T-Shirt, an Wochenenden auch ein Jackett darüber. Aber zu Hause war das Unterhemd seine Uniform. Irgendwo in Stadlers Haus fing jetzt jemand an zu singen, eine weibliche Stimme, noch etwas unreif, Stadler konnte sie nicht recht zuordnen. Erst später am Abend, wenn auch vorne an der Hauptstraße der Verkehrslärm nachließ, würden die Vögel auf der Suche nach einem Schlafplatz in das großstädtische Konzert einfallen. Und irgendwo saß seine Katze und lauschte ihnen aufmerksam, während sie mit den Augen blinzelte.

Es hatte viele Gründe gegeben, warum Hans Böhringer ausgerechnet Laurenz Stadler nach Rom schickte. Die überraschend geäußerte Bitte von Stadlers Vorgänger Bernkopf um Ablösung lieferte dafür nur den äußeren Anlass. Böhringer, der Stadler seit den gemeinsamen Studientagen in Eichstätt gut kannte, wusste, dass er die Stelle nur pro forma ausschreiben müsse. In einem Vorgespräch mit Stadler, das den Chefredakteur drei Stunden Lebenszeit und zwei Flaschen Barolo kostete, hatte er nicht sonderlich viel Mühe gebraucht, seinen Mann aus der Kultur für den Posten in Rom zu begeistern. Stadler, sonst von eher ruhigem Naturell, hatte in Sachen Italien genau die Leidenschaft, die seinem Vorgänger abging, was man auch an dessen Italien-Berichterstattung in der letzten Zeit ablesen konnte. Als musisch gebildeter Mensch legte Stadler mehr Wert auf die Kultur, was den Intentionen des Blattes entgegenkam: Der Strom politischer Nachrichten wurde beständig durch die Ticker der Agenturen gespeist, das gesellschaftliche und kulturelle Leben indes bedurfte einer intensiveren Beachtung und Betrachtung. Auch seine römisch-katholische Konfession kam Stadler zugute. Sein Vorgänger – vor Jahren aus dem Hessischen importiert –, war konfessionslos. Mochte das im piefigen München gerade noch so durchgehen, so galt er damit in Rom geradezu als Heidenkind. Während sein Vorgänger diesen Umstand in der Heimat noch einigermaßen kaschieren konnte, trübte er doch beständig seine Beziehungen zum Vatikan. Das bekam Laurenz Stadler jedoch erst später mit, als er begann, sich mühsam ein paar Beziehungen in den Kirchenstaat aufzubauen. Ganz Rom indes feierte gerade das *Giubileo*. Ein Jahr lang zelebrierte der Vatikan den runden „Geburtstag“ Christi, ein Jubiläum, bei dem Rom und ganz Italien mitfeiern wollte. Nun, und letztlich besaß Laurenz Stadler auch entsprechende sprachliche Qualifikationen; er sprach nicht nur fließend Englisch, sondern konnte sich auch auf Italienisch hinreichend gut verständigen.

Die Sprache selbst hatte er zunächst auf der Volkshochschule gelernt, als junger Bursche noch, heimlich, immer nach dem Unterricht im Musikgymnasium. Die Liebe zu Mozart und dessen Opern hatten den Wunsch in ihm geweckt, auch zu können, was das Wunderkind eigens für seine Opern lernte – italienisch. An Stadlers spartanische Italienisch-Kenntnisse und dessen Opern-Faible erinnerte sich Böhringers Vorgänger, als 1992 eine Einladung aus Parma kam. Für eine halbe Woche reiste Stadler stellvertretend in die Emilia-Romagna, wo die Kulturwelt die 150. Wiederkehr von Verdis *Nabucco* feierte. Stadler lieferte nicht nur einen Bericht über die Feier, sondern auch eine fundierte Story über das Wirken des geheimnisumwitterten „Club der 27“, eigentlich *Gruppo appassionati Verdiani*, in den man nur aufgenommen werden konnte, wenn ein anderes der 27 Gruppenmitglieder ausschied. Diese Gruppe hielt mit Leidenschaft das Andenken an Giuseppe Verdi aufrecht, organisierte Konzerte und Kolloquien. Dort, während der Recherchen in Parma und Busseto, in Le Roncole und Sant'Agata entstand auch die bis heute andauernde Freundschaft zu Giuseppe Bartali, der damals noch Redakteur bei der *Gazzetta di Parma* war und ebenfalls über die Feierlichkeiten berichtete. Später war es Stadler selbst, der mithilfe des Goethe-Institutes dafür sorgte, dass Bartali als Austauschredakteur für ein paar Wochen beim *Münchner Boten* arbeiten konnte.

Wer also, wenn nicht Laurenz Stadler, sollte den Posten in Rom besetzen?

Dennoch ging es ihm damals viel zu schnell. Lediglich vier Wochen billigte man ihm zu, sich auf seine neuen Aufgaben vorzubereiten. Da blieb gerade mal Zeit für einen individuellen Intensivkurs Italienisch, um seine schon ganz ordentlichen Sprachkenntnisse auf Hochglanz zu polieren. Zwei oder drei längere Telefonate mit seinem Vorgänger Uwe Bernkopf gaben ihm einen Einblick in seine künftigen Pflichten. Glaubte man dessen Schilderungen, so war die Arbeit eine langweilige Abfolge von Protokollterminen und Pressekonferenzen und beschränkte sich ansonsten auf die Auswertung von Ausschnittdiensten.
Dennoch brannte Stadler für seine neue Aufgabe, ja, sie schien ihm nach den vielen Jahren in der Münchner Redaktion eine ganz neue Motivation für seinen Beruf zu geben. Seine Vorfreude nahm geradezu enthusiastische Ausmaße an, sodass er dem offen geäußerten Widerwillen von Bernkopf keinerlei Bedeutung zumaß.
Drei Speditionskisten mit Kleidung, Büchern und persönlichen Dingen waren rasch gepackt. Die blieben noch ein paar Wochen in seiner Münchner Wohnung, bevor er eine passende Bleibe in der italienischen Hauptstadt gefunden hatte.
Seine Mutter hatte Mühe, ihren Stolz unter der Maske der demütigen Kirchgängerin zu verbergen. Diese zu wahren, erforderte vor allen Dingen Selbstbescheidung und Zurückhaltung. Ihr Sohn würde direkt aus Rom aktuell berichten, ja, er würde gar vom Heiligen Stuhl berichten, du meine Güte, sie konnte ihr Glück gar nicht fassen.
Stadlers erster Monat in Rom war der letzte für seinen Vorgänger Bernkopf. Es wurden vier Wochen eines weiteren Intensivkurses, nur stand diesmal nicht die Sprache im Mittelpunkt, sondern die geografische, politische und kulturelle Topografie der italienischen Hauptstadt. Bernkopf selbst war dabei keine große Hilfe, er hatte sich schon weitestgehend von der Arbeit verabschiedet, wobei Stadler bis heute nicht klar war, was den Mann, der drei Monate später freiwillig aus dem Leben schied, aus Rom vertrieben hatte.

Stadlers Stütze in dieser Zeit hieß Giuseppe Bartali, der sich in der ersten Woche sogar drei Tage frei genommen hatte, um dem Neuankömmling Rom, sein Rom, zu zeigen. Als Stadler in einem persönlichen Telefonat Böhringer anvertraute, was für eine Schlaftablette sein Vorgänger wirklich war, genehmigte ihm der Chef überraschenderweise für die zweite Hälfte der Einarbeitungszeit ein Praktikum bei Giuseppes Zeitung, dem *Corriere Romano*.

Es war ein Montagmorgen, als Laurenz Stadler zum ersten Mal das Redaktionsgebäude des *Corriere* betrat. Es beeindruckte ihn auf der Stelle. Das Haus erinnerte Stadler an das berühmte Flatiron-Gebäude in der Fifth Avenue in Manhattan. Nur, dass dieses hier keinen keilförmigen Grundriss hatte, sondern insgesamt sehr schmal war. Erst im Innern erkannte man den architektonischen Kniff: Es gab keinen mittigen Gang mit Zimmern auf der rechten und linken Seite, sondern lediglich ein seitliches Treppenhaus und eine Büroreihe auf der Nordseite. Und während dieses Treppenhaus vollständig mit Beton verkleidet war, waren die drei anderen Seiten komplett verglast.

In dem Haus hatten sowohl die Redaktion als auch der Verlag des *Corriere* ihren Sitz, ferner ein lokaler Fernsehsender und ein Radiosender. Alle drei, so erfuhr Stadler erst viel später, gehörten demselben *Consorzio*.

Die strenge *Receptionista* wollte den Fremden mit dem deutschen Presseausweis auf gar keinen Fall allein durchs Haus gehen lassen. Sie rief Bartali nach unten, der seinen Freund mit theatralisch weit offenen Armen empfing. Giuseppe Bartali schien ein Mann der großen Auftritte. Doch der Eindruck täuschte, das wusste Stadler schon damals. Sein Freund war ein ernsthafter und tiefgründiger Mann.

Der *Corriere Romano* belegte zweieinhalb Etagen in dem schlanken Gebäude. Herzstück war ein Großraumbüro von 30 Metern Länge – größer als alles, was Laurenz Stadler bis dato je gesehen hatte. Die Arbeitsplätze waren zu kleinen Satelli-

ten gruppiert, was erstaunlicherweise gut funktionierte. Saß man in seiner Koje, einem Kreisviertel mit brusthohen Trennwänden, dann konnte man ungestört arbeiten, vorausgesetzt, man konnte die Geräuschkulisse ausblenden.
Genau damit hatte Stadler seine Probleme, sein Gehör war einfach zu fein. Ihm gegenüber saß Gianluca, gleich ihm ein großer massiger Mann, der beim *Corriere* für die *Cronaca nera*, die Polizeinachrichten, verantwortlich war. Auf Gianlucas Schreibtisch stand ganz offen ein Funk-Scanner, mit dem er den ganzen Tag den Polizeifunk abhörte, und der auch dann eingeschaltet blieb, wenn Gianluca gar nicht im Büro war. Die anderen schien es nicht zu stören. Stadler hingegen machte das ständige Rauschen und Knacken, die pausenlosen Durchsagen auch der banalsten Dinge, völlig verrückt, vor allem, wenn er sich konzentrieren musste. Es lenkte ihn ab, weil er instinktiv versuchte, den Gesprächen zu folgen, und dabei gehörige Mühe hatte. Doch er hatte sich nicht getraut, das Gerät leiser zu drehen, um in Ruhe arbeiten zu können.
Es wurden zwei Praktikumswochen, die ihm sehr viel über die italienische Art, Zeitung zu machen, über die Arbeitsweise der italienischen Kollegen verriet, was ihm in den Folgejahren oft zugutekam. Eine intensive Zeit, noch nach Jahren erinnerte er sich mit einem verträumten Lächeln an einzelne Episoden.
So schockierte ihn geradezu die fast schon deutsche Pünktlichkeit, mit der die Römer ihre Mittagspause einhielten. Um 13 Uhr leerte sich das Großraumbüro, ja, am zweiten Tag war er über die Mittagszeit sogar ganz allein, bevor er sich am dritten entschloss, ebenfalls das Gebäude zu verlassen. Erst später fand er heraus, dass die Journalisten in dieser Zeit nicht etwa ein Mittagsschläfchen hielten, sondern sich mit Aufgaben auswärts beschäftigten. Sie trafen sich mit Gesprächspartnern in Parks oder zum Essen oder zogen sich in die schattigen Lesesäle von Bibliotheken zurück. Manchmal wurde die Pause auch genutzt, um persönliche Einkäufe zu erledigen oder die Kinder von der Schule abzuholen. Zwei Stunden später,

als hätten sie gemeinsam mit dem Blick auf die Uhr vor dem Fahrstuhl gewartet, waren alle wieder an ihren Plätzen.
Überrascht war er auch, dass die Bildreporter, und nicht nur in Rom, grundsätzlich einen freischaffenden Status hatten. Als *il Freelance* hatte der Pressefotograf gar Eingang in die italienische Sprache gefunden. Einen „richtigen" Bildredakteur hatte zwar auch der *Corriere*, der aber kümmerte sich nur um die Koordination der Einsätze der Freelancer und, gewissermaßen als Art Director, um die Auswahl der passenden Fotos für die aktuelle Produktion.
Als dritten gravierenden Unterschied schließlich machte Laurenz Stadler die Erscheinungsweise aus. Denn in Italien waren die meisten Tageszeitungen auch wirklich Tageszeitungen, sie erschienen auch sonntags. Das hatte nur auf den ersten Blick negative Auswirkungen auf die Arbeitszeit der Journalisten und Redakteure. Bei genauerem Hinsehen ergaben sich sogar Vorteile gegenüber dem Arbeitsrhythmus der deutschen Kollegen. Zumindest beim *Münchner Boten* schleppten viele einen Packen noch ausstehender freier Tage mit sich rum, weil das Wochenende immer gesondert gewertet wurde. Das schaffte Frust, weil man um die freien Tage, die einem zustanden, regelrecht betteln musste. Ob sich das mit der geplanten Einführung des Newsdesk-Modelles in München zum Positiven ändern würde, blieb erst einmal dahingestellt. Beim *Corriere* arbeiteten die Journalisten in einer rollenden Woche im Einschichtbetrieb. Das garantierte ihnen in festen und berechenbaren Abständen zwei oder drei freie Tage. Für Stadler auch heute noch das bessere Modell, obwohl er sich eingestand, dass die Kollegen mit Familie dies möglicherweise anders sehen könnten.
Die Arbeitsatmosphäre beim *Corriere* war kollegial und entspannt. Die Redakteure gingen freundlich, ja fast freundschaftlich miteinander um. Das Verteilen von *Baci* hatte damit nichts zu tun, die Küsschen bekam ein jeder. Nein, es war eine Freundlichkeit, die auch wirklich vom Herzen kam. Schnell fand Stadler heraus, woran das lag: mehr Gelassen-

heit und weniger Missgunst. Vor allem Letzteres. Beim *Corriere* in Rom hätte jeder dem anderen den Hauptgewinn im Lotto gegönnt, beim *Boten* in München neidete so mancher dem anderen das Sonnenlicht. Deutsche Verbissenheit; Stadler wunderte sich so manches Mal, warum dies nicht ein vagabundierendes Wort war, das längst Eingang in die italienische Sprache gefunden hat, so wie beim Fleischer der *Speck* oder an der Bar der *Kirsch* und der *Kümmel*.
Die Arbeit in den Praktikumswochen blieb überschaubar. Giuseppe hatte sich beim *Direttore*, dem Chefredakteur, dafür eingesetzt, dass Stadler nur mit ganz wenigen eigenen Aufträgen bedacht, aber als Hospitant Kollegen mehrerer Ressorts zugeteilt wurde. Alle rissen sich um den Deutschen als Exoten, er war in den Abteilungen wohl gelitten.
Der Chefredakteur Domenico Martilotti geriet bei Stadler wegen seiner tadellos sitzenden blauen Anzüge, seinem unaufdringlichem Dauerlächeln und seiner scheinbar unerschütterlichen Freundlichkeit rasch in den Verdacht, ein Mafioso zu sein. Absurd, dies an Äußerlichkeiten festmachen zu wollen, aber bei jeder Beobachtung bestätigte sich Stadler selbst sein Vorurteil, manchmal machte ihm dieses Denkschema wider besseren Wissens sogar richtig Spaß, und er suchte nach Bestätigungen.
Martilotti erschien wie ein moderner Patriarch. Grauhaarig und mit fein geschnittenen Zügen, sparsam mit Worten und Gesten dirigierte er unauffällig das Geschehen in dem modernen Redaktionsgebäude. Stets korrekt gekleidet, legte er Jackett und Krawatte frühestens am Nachmittag ab – und auch das nur, wenn es sehr warm war. An der Wand in seinem immer offenen Büro mit den zwei großen Glasfronten hingen historische Ausgaben des *Corriere*, diverse Urkunden und ein Schwarz-Weiß-Foto seines Vaters, groß wie ein Poster. Der war vor Domenico Martilotti Chefredakteur des Blattes. 35 Jahre lang. Ob die Familie Martilotti Anteile an der Zeitung hält, weiß niemand in der Redaktion. Behauptete zumindest Giuseppe Bartali bis heute.

Offiziell gehörte das Blatt einem Konsortium von Industrie-Unternehmen. Das stieß Laurenz Stadler, der die Pressefreiheit für eine der Grundsäulen der Demokratie hielt, zunächst sauer auf. Doch Bartali überzeugte ihn mit einem simplen Argument von der Nützlichkeit dieses Arrangements: dadurch war die Zeitung unabhängig vom Medienimperium Silvio Berlusconis – ein wichtiges Kriterium für die Glaubwürdigkeit nicht nur bei Berlusconi-Gegnern. Doch unausgesprochen war diese Konstellation für Stadler nur eine weitere Bestätigung seiner Vorurteile Martilotti gegenüber.
Zweimal täglich gab es Redaktionssitzungen beim *Direttore*, um 11 Uhr und um 16 Uhr. In lockerer Runde besprachen dabei die Ressortleiter ihre Pläne für die Seiten und den jeweiligen Arbeitsstand. Martilotti selbst sprach stets leise, korrigierte, fragte, forderte, lächelte. Am letzten Tag seines Praktikums musste Stadler sein Bild von der unerschütterlichen Freundlichkeit des *Padrones* korrigieren. Ein wichtiges Konkurrenzblatt hatte das Gerücht über einen Finanzskandal bei der *Torchio 2000 S.R.L.* aufgegriffen und mit dem Vorstandsvorsitzenden gesprochen. Schon in der Morgenkonferenz der Ressortleiter klatschte der *Direttore* das Konkurrenzblatt auf den Tisch und forderte in brüskem Ton vom Wirtschaftsredakteur eine Stellungnahme. Stadler begriff das Umschlagen der Stimmung zunächst gar nicht, bis ihm Bartali zuflüsterte, dass die *Torchio 2000*, ein in Italien bedeutender Hersteller von Druckerpressen, zum Konsortium der Eigentümer gehörte, und der *Direttore* persönlich mit dem Geschäftsführer der *Torchio* befreundet war. Der Wirtschaftsredakteur legte zunächst in ruhigem Ton dar, dass er selbst mehrfach versucht hat, den Geschäftsführer zu erreichen, dieser sich aber durch sein Sekretariat habe verleugnen lassen. Nicht einmal seine hingefläzte Körperhaltung korrigierte er dabei – eine Haltung, die am Beratungstisch einer deutschen Chefredaktion ohnehin unmöglich gewesen wäre. Dem Chefredakteur, der schon puterrot angelaufen war, schwoll eine Ader auf der Stirn. Man konnte sie beinahe pulsen sehen. Plötzlich schlug er mit der

Faust auf den Tisch. *„Non sono stupido!"*, brüllte er los. Und als der andere weiterreden wollte, noch einmal: *„Non so-no stu-pi-do!"* Ich bin nicht dumm! Ein Satz, der sich Stadler schon wegen der eindringlichen Art, mit der er vorgetragen wurde, so einprägte, dass er ihn sein Lebtag lang nicht vergessen würde. Im Übrigen bestärkte auch diese Episode nur seinen Eindruck von der Verstrickung des Chefredakteurs in irgendwelche mafiösen Beziehungen.

Erst viel später lernte er, das seltsame Geflecht von gegenseitigen Abhängigkeiten und Gefälligkeiten im gesellschaftlichen, politischen und wirtschaftlichen Leben Italiens, an dem niemand Anstoß zu nehmen schien, nicht mehr mit dem tatsächlichen Wirken der Mafia zu verwechseln, das an der Oberfläche kaum zu erkennen war. Dieses seltsame Gebaren gehörte zur italienischen Alltagskultur. Wie eben auch diese merkwürdige Eigentümerkonstruktion. Neunzig Prozent dessen, was Laurenz Stadler in seinen ersten Monaten in Italien als mafiös bezeichnet hätte, beruhte auf einer gewachsenen Kultur des Schweigens. Weil sich auch die Mafia dieser Kultur bediente, wurde das von Außenstehenden gerne gleichgesetzt.

Ein schönes Beispiel für diese Kultur des Schweigens, ein Beispiel, das Stadler erst sehr viel später begriff, erlebte er bei seinem Besuch im *Teatro Argentina*, einem der beiden Nationaltheater in Rom. Giuseppe hatte erfahren, dass Laurenz Stadler von Haus aus Kulturjournalist war und hatte zwei Karten für Arthur Millers „Tod eines Handlungsreisenden" besorgt, das gerade gezeigt wurde. Ungeachtet seiner doch schon respektablen Italienisch-Kenntnisse hatte Stadler doch Mühe, dem Stück zu folgen.

Allerdings erspähte er in einer eigenen Loge den Industriellen Franco Cannavo, eine schillernde Figur, die es sogar schon in die deutschen Illustrierten geschafft hatte, allerdings in seiner Eigenschaft als sagenhaft reicher Playboy vor allem in die Glamour-Blätter. Cannavo hatte offenbar eine eigene Loge im *Argentina*, ließ sich von gleich drei reizenden jungen

Damen begleiten und interessierte sich nicht die Bohne für das Geschehen auf der Bühne. In Deutschland wurde ganz offen darüber spekuliert, ob Cannavo der illegitime Spross von Fiat-Patriarch Giovanni Agnelli war. Zu geheimnisvoll war der rasche Aufstieg von Cannavo in die Spitze des damals noch eher familiär ausgerichteten Fiat-Konzerns, zu überraschend sein Abgang in Turin, zu spektakulär seine plötzlichen Firmenbeteiligungen in Rom. Zudem war Agnelli bei Cannavos Geburt erst 32 und Cannavos Mutter, eine zwar eher mittellose, aber außerordentlich attraktive Assistentin in der Konzernzentrale von Fiat.

Als Laurenz Giuseppe nach der Aufführung noch in eine Bar einlud, um sich für die Theatertickets zu revanchieren, fragte er ihn unverblümt direkt nach dem Gerücht. Bartali indes riss die Augen auf, legte den Finger auf den Mund und beschwor ihn, dass man darüber doch nicht öffentlich sprechen könne. Warum, wollte Stadler wissen und erfuhr: Es könnte schließlich jemand von der Familie – gemeint war natürlich Cannavos Familie – in der Bar sitzen oder gar ein Freund des Unternehmers.

Man schweigt besser darüber. Stadler hatte Bartali angesehen, als wolle er prüfen, ob dieser sich einen seiner üblichen Scherze mit ihm erlaube. Doch Bartalis Miene blieb todernst. Ein Spruch von Obelix ging Stadler durch den Kopf: Die spinnen, die Römer. Aber natürlich sagte er nichts.

Man schweigt besser darüber. Diesen Satz hatte er in Rom noch oft gehört.

Diese Wochen Praktikum beim *Corriere* wirkten auf Laurenz Stadler wie ein Intensivkurs italienischen Lebens und Arbeitens. Noch Jahre später ertappte er sich dabei, Recherchetricks anzuwenden, die man ihm dort gezeigt hatte. Und wenn er irgendwo das Rauschen und Fiepen eines Polizeifunk-Scanners hörte, dann erwartete er förmlich, dass Gianluca seinen massigen Schädel um die Ecke schieben und spitzbübisch grinsen würde.

Doch das würde mit Sicherheit nicht mehr passieren – Gianluca war vor zwei Jahren tödlich verunglückt, als er mit seinem schweren Motorrad und einem Freelancer auf dem Sozius zum Airport Ciampino raste, auf dessen Vorfeld ein Airbus bei der Kollision mit einer Militärmaschine in Brand geraten war.

5. Kapitel

Am nächsten Morgen verpasste er die schöne Signora am Fenster gegenüber. Als er ins Badezimmer kam, war sie bereits angezogen und tuschte, das Gesicht dicht vor dem Spiegel, ihre Wimpern. Sie war dabei so konzentriert, dass sie seine Anwesenheit gar nicht wahrnahm, auch dann nicht, als er den Fensterflügel weit öffnete, um die noch frische Luft hereinzulassen. Beinahe war er geneigt, zu winken oder anders auf sich aufmerksam zu machen. Wir haben nur noch sehr wenig Zeit, schöne Signora, hätte das signalisieren sollen. Unsere Tage sind gezählt. Doch er wusste freilich, wie albern so ein Ansinnen war. So sah er noch einen Moment melancholisch zu ihr hinüber, bevor er sich anzog, um ins Büro zu gehen.

Der *Messaggero* brachte zu den Themen, die Stadler derzeit am meisten bewegten, nichts Neues. Vielleicht ließ ja auch seine Anteilnahme am politischen und gesellschaftlichen Leben in Italien schlagartig nach, jetzt, wo sie ihm den Stuhl vor die Tür gesetzt hatten. Er stürzte seinen *Caffè* hinunter, lächelte Francos kleiner Schwester zu und verließ die Bar, deren fröhlicher Lärm ihn plötzlich nervte.

So ertappte er sich dabei, wie er vor den Schaufenstern der kleinen Läden stand und überlegte, was er wohl für Souvenirs mitbringen werde. Aber wem? Renate Hausdörfer, die Frau, die sich um das Haus seiner Mutter kümmerte – es als sein Haus zu betrachten, fiel ihm noch immer schwer – würde er ohnehin mit einem großen Geschenkkorb überraschen. Oder

diese hübsche Schale dort mit den farbigen Murmeln aus Glas, die würde ihr vielleicht auch gefallen. Wer, so fragte sich Laurenz Stadler plötzlich, freute sich überhaupt auf seine Rückkehr aus Rom. Böhringer? Der hätte ihn am liebsten noch gewähren lassen, der hatte offenbar ein ungutes Gefühl, ihm diese seltsame neue Stelle anzudienen. Stadler hatte es an Böhringers Unsicherheit in dem entscheidenden Telefonat vor zwei Tagen gemerkt. Und er hatte ihn in der Unsicherheit belassen. Soll er doch ein schlechtes Gewissen bekommen.
Niemand vermisste ihn in Deutschland. Er stellte es ohne Wehmut fest, so, wie er auch über einen Dritten einen solchen Fakt nüchtern registrieren würde. Antrainierte Reflexe eines langen Journalistenlebens. Es wären eher einige Vertraute in Rom, die ihn vermissen würden. Giuseppe natürlich, aber auch Lella würde sich an ihn erinnern. Und er sich an ihre unaufdringliche Fürsorglichkeit. Sie war ihm eine gute Sekretärin, eine, die wie selbstverständlich auch über das geforderte dienstliche Maß hinaus aufmerksam war. Die ihn diskret in Modefragen beriet und manchesmal sogar ungefragt dringende Einkäufe erledigte. Lella Motoni war für Laurenz Stadler das, was man in altbackenen Filmen gerne als „gute Seele" bezeichnet hätte.
Das war sicherlich ein Stück weit ungerecht. Obwohl Lella durchaus das war, was man eine attraktive Frau nannte, hatte Stadler sie nie wirklich als Frau betrachtet, er sah in ihr immer nur die Sekretärin, bestenfalls, wenn sie ihm ein Stück Recherche abnahm, so etwas wie eine Kollegin, eine Teampartnerin.
Lella Motoni hätte es auch ohne seine Sonderwünsche im Leben schwer genug gehabt: Seit der Scheidung musste sie ihre drei Kinder allein durchbringen. Auch wenn ihr Beata, die Große, mit ihren 14 Jahren schon eine Menge abnahm, die Verantwortung blieb dennoch bei ihr selbst hängen. Und Rom war nicht die bayerische Provinz. Hier gab es für ein minderjähriges Mädchen Verlockungen und Gefahren buchstäblich an jeder Straßenecke. Lella war aber auch nicht ein Sonnen-

scheinchen, das immer gute Laune ausstrahlte. Eher introvertiert, mit Sachlichkeit glänzend, auch in der Konversation meist auf das Dienstliche konzentriert. Möglich, dass sie dies in der Anwaltskanzlei gelernt hatte. Möglich auch, dass es eben ihre Art war, sich selbst vor zu viel Nähe zu schützen.
Viele Italiener, das hatte Laurenz Stadler rasch gelernt, waren in ihrem Bemühen um einen freundlichen Umgang miteinander allzu schnell bereit, Freundschaft vorzugaukeln, wo noch gar keine wachsen konnte. Vornehmlich in Rom traf er auf eine Bussi-Gesellschaft, in der jeder bereit war, den anderen anzustrahlen, als wäre das Leben eine permanente Geburtstagsparty. Die Frage nach dem Befinden wurde selbst dann mit „Blendend!“ beantwortet, wenn der Angesprochene so ein Zahnweh hatte, dass es ihm schier den Schädel sprengte. Den Schmerz zeigen konnte man schließlich wieder, wenn der Gesprächspartner weitergegangen war.
Bei Lella Motoni war das von Anfang an ein wenig anders, sie kam Laurenz gleich ein bisschen in sich gekehrt vor. Zum Vorstellungsgespräch eingeladen hatte er sie auf Empfehlung einer Reuters-Kollegin, deren Tochter gemeinsam mit Lellas Ältester in die Schule ging. Seine vormalige Sekretärin, ein hübsches, blitzgescheites, aber ziemlich faules Ding von Mitte 20 hatte plötzlich gekündigt, nachdem sie sich mit einem schon älteren Radiologen verlobte. Er schenkt mir sein Geld, ich schenke ihm meine Jugend, hatte sie ihre Entscheidung begründet, dem Arzt fortan das Haus in Ordnung zu halten und zu schmücken.
Nach dem ersten Gespräch mit Lella Motoni hatte Laurenz Stadler beschlossen, ihr eine Chance zu geben, und eine zweiwöchige Probearbeit vereinbart. Anfangs war er nicht ganz so überzeugt gewesen, ob sie die richtige für den Job war – ihre Vorgängerin konnte lästige Gesprächspartner einfach schneller und freundlicher abwimmeln. An die Wand reden, das wäre vielleicht sogar ein treffenderer Ausdruck.
Doch rasch erwies sich Lella als die sachkundigere und verlässlichere Mitarbeiterin. Auf Dauer zählten eben doch nicht

das farbenfrohere Make-up und die Anzahl der verteilten Bussis. Wirkliche Vertrautheit stellte sich erst ein, wenn man sein Gegenüber länger kannte, wenn man Stunden miteinander verbrachte, Tage, Wochen. Gemeinsame Arbeit war so ein Faktor. Telefonierte man mit dem *Dentista*, ließen sich die Schmerzen nicht mehr weglächeln. Schimpfte Lella am Telefon oder auf dem Redaktionsflur mit ihrer großen Tochter, die langsam in jenes Alter kam, das man euphemistisch als das schwierige bezeichnete, dann war es mit dem honigsüßen Beiklang der Stimme vorbei, dann schimmerten Härte und Durchsetzungsvermögen unter der Oberfläche auf.
Und nach wenigen Wochen war das Korrespondentenbüro ohne Lella Motoni gar nicht vorstellbar. Nicht nur, dass sie schnell gelernt hatte, Wichtiges von Unwichtigem zu unterscheiden. In ihrer unauffälligen Art machte sie sich unentbehrlich: Sie führte ein neues Terminmanagement ein und reorganisierte sowohl das Ablagesystem als auch das Archiv. Schon bald übernahm sie kleinere journalistische Aufgaben, bereitete ihm die nicht ganz so wichtigen Meldungen so vor, dass er sie im Prinzip nur noch abnicken und ins System hängen musste. Nach einem Jahr war es Laurenz Stadler, der sich in München vehement dafür einsetzte, dass Lella Motoni neben dem Umgang mit den offenen Bürosystemen auch Zugang zum internen Redaktionssystem bekam.
Als er an diesem Morgen das Büro betrat, wusste er: Er musste es endlich mit Anstand hinter sich bringen. Noch bevor er den Kräutertee, der wie immer schon etwas abgekühlt auf seinem Schreibtisch wartete – wann machte sie den eigentlich? –, auch nur anrührte, bat er Lella zu einem Gespräch. Machen Sie sich auch einen Tee oder einen Kaffee, forderte er sie auf, um einen unverbindlichen Plauderton bemüht, der ihm nicht recht zu gelingen schien.
Er ärgerte sich darüber, wie immer, wenn es ihm so vorkam, er sei leicht zu durchschauen. Warum eigentlich, so fragte er sich, hatte er Lella nie das Du angeboten? Gegenüber Kollegen hatte er sich ja auch nicht so. Drei, vier gemeinsame

Termine und schon schlich sich die vertraulichere Form ein. Zunächst ertappte er sich immer dabei, wie er die direkte Anrede umging, dann wartete er meist, bis sein Gegenüber ihn einmal im Gespräch wie beiläufig duzte, und von da an schien die neue Form gesetzt. Nur wer sich gar zu großspurig gab, wurde von Laurenz von vornherein aus dem Du-Kreis ausgeschlossen. Daran änderte auch eine jahrelange Bekanntschaft nichts. Warum er das Du bei Lella vermied, darüber hatte er nie richtig nachgedacht. Vielleicht war es ja das formelle Unterstellungsverhältnis, das ihm den Sprung über diese Hürde unmöglich machte. Außerdem: Man konnte auch verbindlich und nett sein, wenn man sich siezte. Aber heute kam er sich vollkommen verkrampft vor. Er führte solche Gespräche nicht gern, er tat niemandem gern weh, schon gar nicht in einem persönlichen Gespräch. Doch nun schien genau das unumgänglich zu sein.

Er hörte Lella in der Küche hantieren und den Kaffeeautomaten giftig fauchen. Als sie schließlich in sein Büro kam, standen auf dem Tablett außer einem *Caffè* auch zwei Gläser Wasser und ein kleiner Teller mit Gebäck. Sie trug einen für ihre Verhältnisse etwas zu langen Rock und eine weiße, ärmellose Bluse mit altmodisch erscheinenden Rüschen. Laurenz konnte sich sicher sein, dass im Vorzimmer eine exakt auf den Rock abgestimmte Kostümjacke hängen würde. Dem strengen Business-Look setzte sie einen Kontrapunkt entgegen: Einen roten BH, der nicht nur ein wenig durch die Bluse schimmerte, sondern dessen Träger auch immer wieder an den Schultern sichtbar wurden. Er wunderte sich darüber, dass er heute ihre Kleidung musterte. Er hätte nicht sagen können, was sie gestern angehabt hatte. Oder vorgestern.

Sie stellte das Tablett auf den Beratungstisch, der zwischen einer kleinen und gedrungenen Ledercouch und zwei modernen Freischwingern stand. Der Tisch war ein missglückter Kompromiss. Er erwies sich für die auf der Couch Sitzenden als zu hoch und für die auf den Stühlen als zu niedrig. Stadler hatte nie daran gedacht, diesen Zustand zu ändern; einen Etat

dafür hatte er ohnehin nicht. Er nahm sich seinen Kräutertee, ging um den Schreibtisch herum und ließ sich auf einem der Stühle nieder, bis zur letzten Sekunde überlegend, wie er nun das Gespräch beginnen solle.
„Der *Münchner Bote* wird die Korrespondentenstelle in Rom auflösen", begann er schließlich ohne Umschweife.
„Ja", sagte seine Sekretärin, und es war unmöglich herauszuhören, ob das eher eine Feststellung oder eine Frage war. Und nun? Einfach Ja, und das war es? Stadler hätte mit allen möglichen Reaktionen gerechnet, nur nicht mit diesem übertrieben neutralen Ja.
Sie zog ihren Rock ein wenig straffer und machte damit einen vollkommen unnahbaren Eindruck. Lella Motoni war eine sehr attraktive Frau, deren Figur auch die Geburten ihrer drei Kinder nur wenig anhaben konnte, stellte Stadler mit einer irritierten Zerstreutheit fest, als würde er seine Sekretärin erst heute als Frau wahrnehmen. Aber vielleicht war das ja auch so.
„Der Verlag wird Sie sicherlich in den nächsten Tagen informieren", setzte Stadler fort. „Auch ich habe es bislang nur informell erfahren, aber aus sicherer Quelle."
„Ich habe es auch schon gehört", sagte sie leise.
Sie hatten nur selten Gelegenheit, sich Zeit für ein richtiges Gespräch zu nehmen. Meist flogen die Sätze nur bei geöffneter Tür zwischen ihren Zimmern hin und her. Oder einer von beiden stand im Türrahmen, um mal etwas zu sagen, was nicht zwingend mit der Arbeit für die Zeitung verbunden war. Ein oder zwei Mal im Jahr trafen sie sich an dem Beratungstisch zu einem Schwatz, meist zu Geburtstagen oder ähnlichen Gelegenheiten. Da konnte es schon mal vorkommen, dass sie ins Plaudern gerieten. Heute, der Anlass ließ ja auch nichts anderes zu, schien Lella regelrecht zugeknöpft.
„Im Sekretariat der Chefredaktion geht schon seit einer Woche so ein Gerücht um", setzte sie hinzu, um ihren Kenntnisstand zu erklären.
Böhringer, der alte Fuchs. Hatte der Chefredakteur also nicht nur ihn informiert, sondern zugleich fein abgestuft dafür ge-

sorgt, dass alle Beteiligten schon das Wetterleuchten sahen, bevor der Blitz einschlagen würde. Erst der Bürotratsch, dann das „vertrauliche“ Gespräch, schließlich, irgendwann, der Ukas. Der förmliche. Der mit Briefkopf und Unterschrift.

„Und nun?“, fragte Lella nach einer Weile. Fast klang es ungeduldig, gerade so, als wollte sie das Gespräch rasch beenden, um sich wieder dem Tagesgeschäft zu widmen. Hatte sie es noch nicht realisiert oder verdrängte sie?

Stadler nippte an seinem Tee, setzte dann die Tasse mit Bedacht wieder ab und hob in einer ratlosen Geste die Hände.

„Ich weiß es nicht“, sagte er. „Man wird Ihnen wohl kündigen, denke ich.“

„Das ist mir schon klar. Aber was wird aus Ihnen?“

Das war wieder so typisch. Das war so Lella. Was aus Stadler würde, wollte sie wissen, was aus ihrem Leben würde, danach fragte sie nicht – zumindest nicht ihn. Dabei, er war Redakteur, ihn würde die Firma irgendwie auffangen, das müsste ihr doch klar sein. Ihm wurde ja nicht gekündigt, seine Stelle fiel nur weg. Für Lella Motoni stand in Deutschland kein Arbeitsplatz zur Verfügung, sie würde auch kaum mitkommen wollen.

„Man hat mir eine andere Stelle in München angeboten“, sagte er vage.

„Das klingt, als ob da noch ein ‚Aber‘ käme ...“ Unmerklich hatte sie die Führung des Gesprächs übernommen. Wieder so eine Fähigkeit, die Stadler verblüffte. Zudem bewies sie mit der fragenden Bemerkung, wie gut sie ihn kannte. Stadler lächelte ein wenig und es wurde ein schiefes, ein gequältes Lächeln.

„Ich bin mir nicht sicher, ob ich annehmen soll.“ Er sah an ihr vorbei in die Ferne. Sie schien zu verstehen und fragte nicht weiter.

„Bei Ihnen ...“, fing er an, obwohl er sich sicher war, dass es unbeholfen klingen würde, „wie wird es denn nun bei Ihnen weitergehen?“

„Ich komm schon durch", sagte sie und blickte auf ihre Knie. Es war klar, dass sie sich schon Gedanken gemacht hatte, aber sie wollte wohl keine Details preisgeben. Noch nicht. Oder ihm nicht.
Stadler überlegte. Man würde die Kündigungsschutzfrist einhalten müssen, das war schon klar. Aber er kannte sich mit Arbeitsrechtsfragen nun überhaupt nicht aus und daher wusste er auch nicht, welche Zeitspanne hier in Frage käme. Einen Monat? Drei Monate? Nein, sicher zu viel, sie arbeitete erst vier Jahre für den *Boten*. Müsste man ihr dann für die Zeit noch das Geld zahlen? Und was war mit Abfindung? Ein Monatsgehalt für ein Jahr Firmenzugehörigkeit, hatte er mal gehört. Sicherlich kannte sie sich damit besser aus, sie hatte eine juristische Ausbildung, wenngleich nur im italienischen Recht. Gerne würde er jetzt irgendetwas Tröstendes sagen.
„Machen Sie sich mal keine Sorgen, ich finde schon was", sagte sie. Er sah überrascht auf. Tröstete sie jetzt etwa ihn? Dabei hörte sich das schon ein wenig nach dem Pfeifen im Walde an. Die Arbeitslosenquote in Italien stieg in diesem Jahr wieder sprunghaft an, lag jetzt schon bei fast acht Prozent. Eine Quote, bei der in Deutschland längst alle Warnlampen leuchten und die Maschinerie eines staatlichen regulierenden Instrumentariums anspringen würde. Eine soziale Hängematte wäre zu knüpfen. Auffanggesellschaften gründen, Initiativen der Arbeitsagenturen starten.
In Italien sah man so etwas wesentlich gelassener. Habe ich dieses Jahr keine Arbeit, habe ich möglicherweise nächstes Jahr welche. Und irgendein Cousin oder eine Tante, irgendein Freund oder jemand, der mir noch einen Gefallen schuldet, wird schon ein *Ristorante* haben, in dem ich wenigstens aushilfsweise unterkommen könnte. Und betrieb nicht Lellas Schwester draußen in Richtung Ostia eine Gärtnerei? Er wagte nicht, zu fragen. Nicht sie. Aber vielleicht sollte er bei Bartali mal nachbohren, ob der *Corriere* sie unterbringen könne. Er fühlte sich zunehmend unbehaglich, mit Schweigen kam er nur schwer zurecht. Wir sind wie ein Ehepaar, das soeben

das erste Mal offen über Trennung gesprochen hatte, dachte er. Beide nippten an ihrem Getränk und beide schienen genau deshalb nichts sagen zu wollen, weil sie beide Angst hatten, es wäre etwas Falsches. So kannte er sie gar nicht.
Sie war es dann, die das Schweigen brach. Sie atmete einmal tief durch, räusperte sich dann und sagte mit fester Stimme: „Vielleicht sollten wir erst einmal die offiziellen Schreiben abwarten und dann überlegen, was als Nächstes zu tun ist."
Eigentlich mein Text, dachte er. Irgendwie bekam er heute keinen klaren Gedanken auf die Reihe.
„*Allora*, dann werde ich mal wieder", sagte sie abrupt und stand auf. Täuschte er sich, oder klang Lella plötzlich etwas unterkühlt.
Stadler nickte.
„Wir können ja auch später noch ...", sagte er, ohne auszuführen, was man denn später noch könne. Aber sie war ohnehin bereits aus dem Zimmer und drückte von außen sanft die Tür zu.
Das war nun weder das, was er sich vorgestellt hatte, noch das, was man unter einem erfolgreichen Gespräch verbuchen konnte. Er nahm seine Teetasse und ging zu seinem Schreibtisch.
Den würde er vermissen. Er hatte ihn auf dem Antiquitätenmarkt in Arezzo aufgestöbert. Das war vier Jahre her, aber ihm kam es wie eine Ewigkeit vor. Er wollte für die Wochenendausgabe über den Markt berichten, der in vielen Reiseführern als der größte Antiquitätenmarkt Italiens angepriesen wurde. Laurenz Stadler war gegenüber Superlativen aller Art misstrauisch, aber zumindest hatte Arezzo alle seine Erwartungen übertroffen.
Er streifte stundenlang durch die Straßen, die im weiten Rund um die Piazza grande für die Autos gesperrt und den Händlern vorbehalten blieben. Ja, es entstanden sogar zusätzliche Straßen, vor allem dort, wo die Möbelhändler Aufstellung genommen hatten. Hunderte Meter reihte sich Bauernschrank an Bauernschrank und der Journalist in ihm hatte Mühe, gegenüber dem Flaneur die Oberhand zu gewinnen. Er lernte

einen florentinischen Hotelier kennen, der sich hier regelmäßig das Mobiliar für die Zimmer zusammenkaufte. Er sprach mit einem sächsischen Briefmarkensammler, der auf der Jagd nach seltenen toskanischen Marken aus der Epoche des *Risorgimento* war. Und er musste sich von einem Militaria-Händler Prügel anbieten lassen, bei dem er sich nach dem allgegenwärtigen Mussolini-Kult erkundigte.
Schließlich fand er wieder zu den Möbelhändlern zurück und verliebte sich auf der Stelle in diesen Schreibtisch. Dabei war das Stück weder besonders alt noch besonders prunkvoll. Aber er verkörperte genau die Vorstellung, die Stadler von einem idealen Schreibtisch hatte: Zwei mächtige Schubkastensäulen rechts und links, eine massive Eichenholzplatte mit geschwungen profilierten Kanten und einer dunkelgrünen Schreibunterlage mit Goldverzierung. Schließlich wurde das Schreibmöbel noch von einem kleinen Aufsatz gekrönt, den ein niedriges Geländer mit gedrechselten und polierten Streben begrenzte.
Mit dem Händler war er sich schnell einig. Als der Mann erfuhr, dass Stadler ein deutscher Journalist sei, der über den Markt in Arezzo schreibt, bot er ihm sogleich an, gegen eine Erwähnung in dem Beitrag den Transport des Stückes nach Rom zu veranlassen. Zu diesem Zeitpunkt hatte Laurenz Stadler bereits genug Italien-Erfahrung, um nicht mehr verbissen an den hehren Maßstäben des deutschen Pressekodex‘ zu hängen. Kleine Verbindlichkeiten und Gefälligkeiten waren in Italien Teil akzeptierter gesellschaftlicher Konventionen und nicht der Beginn der Korruption. Der Vertrag wurde per Handschlag besiegelt, die Hälfte bar angezahlt und die andere Hälfte gab es dann, als ein abenteuerlicher Bursche mit seinem Helfer in der Woche darauf das schwere Stück in den dritten Stock und in Stadlers Büros an der Via Flavia wuchtete.
Laurenz Stadler hatte sich damals fest vorgenommen, die Stadt noch einmal zu besuchen, wenn nicht so viel Trubel

war. Doch auch dazu wird es wohl nun nicht mehr kommen. Von Rom aus war es nur ein Katzensprung, gerade mal zweieinhalb Stunden mit der Bahn war man unterwegs. Für einen Ausflug von München aus bot die toskanische Provinzhauptstadt einfach zu wenig. Den Markt hatte er schließlich schon gesehen. Lediglich um die Medici-Festung tat es ihm ein bisschen leid.

Den Schreibtisch würde er auf jeden Fall mit nach Deutschland nehmen, auch wenn diesmal die Speditionskosten bedeutend höher wären.

Er strich fast liebevoll über das grüne Leder, holte dann sein Schlüsselbund aus seiner Hosentasche und entriegelte die unterste Schublade auf der rechten Seite, die einzige, die er immer abgeschlossen hielt. In ihr befanden sich mehrere schmale Klemmmappen mit schützenswertem Arbeitsmaterial und der Brief, den er in der Woche nach dem Tod von Johannes Paul II. aus dem Klinikum Kempten erhielt.

Sechs Jahre erst, doch die Kanten, an denen der Brief gefalzt war, wurden bereits brüchig. Hatte er ihn wirklich so oft schon in der Hand gehalten? Immerhin konnte er den Inhalt inzwischen annähernd auswendig. Er faltete ihn sorgfältig auf und strich ihn mit der Hand auf der Schreibtisch-Unterlage glatt. Dann las er zum werweißwievielten Male den Brief seiner Mutter.

Mein lieber Junge,
ich will mich nun auch wieder einmal melden. Hoffentlich hast Du inzwischen nicht bei uns zu Hause angerufen. Da hättest Du mich gar nicht erreicht. Stell Dir vor, ich mußte ins Krankenhaus. Ist aber schon wieder viel besser, Du mußt Dich jetzt nicht sorgen.

Schon seit letztem Donnerstag hatte ich es auf der Brust. Ich habe mich ein wenig eingerieben, aber es wollte nicht vergehen. Am Freitag kamen Rückenschmerzen hinzu und am Samstag konnte ich meinen Arm nicht mehr bewegen. Da habe ich nach dem Doktor gerufen. Der hat aber gleich eine Ambulanz geschickt.

Der Doktor hier im Krankenhaus hat mir gesagt, daß er Recht daran getan hat. Der kommt aus Bulgarien, der Arzt, jedenfalls, ich hätte es mit dem Herzen, einen Infarkt. Aber das will ich nicht recht glauben, denn mit so einem Infarkt, da schlägt man doch lang hin und ich war ja die ganze Zeit auf den Beinen, also meist jedenfalls. Auf jeden Fall haben die mich noch operiert, in der Nacht auf den Sonntag, stell Dir vor, zur selben Zeit, wo der Herrgott den Hl. Vater heimgeholt hat. Wenn das nicht ein Zeichen ist?!?
Ich schreibe Dir nur, daß Du Dich nicht sorgst. Der Doktor wollte Dich nämlich anrufen, und ich habe es ihm verboten, weil Du doch gerade mit dem Hl. Vater so viel zu schreiben hast.
Du sollst mich auch nicht besuchen, hörst Du! Das hätte keinen Sinn, weil ich, wenn es mir wieder besser geht und ich entlassen werde, gleich zur Kur fahren soll. Die wissen aber noch nicht, wohin.
Um das Gärtchen und die Mieke kümmert sich solange die Frau Hausdörfer, die jetzt auch in Rente ist. Also die junge Frau Hausdörfer, ihre Mutter ist schon vor einem halben Jahr heimgegangen. Du musst Dir also wirklich um nichts Sorgen machen. Ich habe alles geregelt.
Wenn ich zur Kur bin, melde ich mich wieder.
Behüt Dich der Herrgott, mein Sohn,
Deine dich liebende Mutter

Wieder betrachtete er die zitterige Handschrift mit den steilen und hohen Buchstaben, die er immer als ein Zeichen dafür gedeutet hatte, dass sie das Schreiben noch in Sütterlin erlernte. War sie auch bei früheren Briefen so zitterig gewesen? Er hatte keinen aufbewahrt. So viele hatte er auch gar nicht von ihr erhalten.
Ihr Verhältnis hatte sich erheblich verbessert, seit er nach Rom berufen wurde, wie sie es immer ausgedrückt hatte. Herzlich wurde es jedoch nie. Aber seine Mutter war auch keine Frau, die ihre Gefühle wirklich zeigen konnte. Zum einen war das

mit Sicherheit eine Frage ihrer Generation, einer Generation, die den verheerenden Krieg als Teenager kennengelernt hatte, die noch wusste, was es bedeutet, zu hungern, die überzeugt war, dass alles, was nicht ans Leben geht, auch nicht tragisch ist. Zum anderen führte Laurenz die emotionale Kälte seiner Mutter, unter der er spätestens seit seiner Einschulung litt, auf ihren religiösen Fanatismus zurück. Fast, so denkt er bisweilen, müsse er ihr dafür dankbar sein, schließlich ging er dadurch schon in seiner Jugend auf eine kritische Distanz zum Katholizismus, die ihm vor allem während seiner Arbeit in Rom zugutekam.
Schade, dass es zwischen ihm und seiner Mutter zu keiner richtigen Versöhnung mehr gekommen ist. Nach ihrem Besuch in Rom, dem einzigen, waren sie so kurz davor.
Vielleicht war es das, was er sich am Ende seines Lebens vorwerfen würde. 32 Jahre hatte er mit seiner Mutter nur das Nötigste gesprochen, obwohl sie sich beide auf Distanz liebten, vielleicht brauchten. Und die Gelegenheit zur Versöhnung ließ er ungenutzt verstreichen.
Jeder hat nur einen Versuch, dachte Laurenz, und man musste das Beste daraus machen, nicht wahr? Hatte er das Beste daraus gemacht?
War er gar mit seinem Versuch gescheitert? Nein, eine Korrektur war wohl nicht mehr möglich, höchstens ein ... vorbei, aus und vorbei.
Stadler erschrak vor dem Gedanken. Und er glaubte, sich zu erinnern, dass es nicht der erste Gedanke in diese Richtung war. Sowohl der Reporter Stadler als auch der Mensch Stadler waren offenbar nicht mehr gefragt. Die Entscheidung über die Streichung der Korrespondentenstelle war keine Entscheidung eines Verlegers, war keine Entscheidung des Herzens. Hier sprach die scheinbare Vernunft des Geldes, in der der Wert nur an der Effizienz gemessen wurde. Er war nicht mehr effizient, er war alt. Überflüssig. Was war schlimmer?
Und wer würde schon nach ihm als Mensch fragen? Warum nicht ein Suizid, um den wissenschaftlich klingenden Begriff

zu verwenden, hinter dem sich der Freitod gerne verbarg. War doch unglaublich praktisch. Der Betreffende selbst wird dabei aller Sorgen enthoben. Und was die anderen darüber denken würden – nun, in seinem Fall müsste ihn das auch nicht weiter beschäftigten. Laurenz musste lächeln. Vielleicht sollte er diese Art der Konfliktlösung überdenken. Das Spiel mit dem Verschwinden. Einfach mal überdenken, man muss es ja noch längst nicht tun. Schriftsteller tun es schließlich auch.

6. Kapitel

Dafür, dass er noch gestern Nachmittag über einen selbst inszenierten Tod nachgedacht hatte, wachte Laurenz Stadler erstaunlich tatendurstig auf. Er schlug das dünne Bett zurück, damit es lüften könne und riss die Fensterläden weit auf. Als er sich mit der üblichen Sorgfalt rasierte, schielte er wieder zur schönen Signora auf der anderen Straßenseite hinüber. Ein bisschen Wehmut ergriff ihn. So oder so würde er ihren so seltsam vertrauten Anblick nicht mehr lange genießen können.

Das Frühstück nahm er in seiner Wohnung ein. Er hatte ein paar Eier im Kühlschrank, die er verquirlte. Etwas Speck und Zwiebel angebraten, das Ei dazu, zwei schöne weiche Tomaten reingeschnitten, zum Schluss etwas Schnittlauch und eine Scheibe Vollkorntoast. Obschon durchaus ein Freund sinnlicher Genüsse, wollte aus Laurenz kein richtiger Koch werden. Zwar war er Junggeselle und im Haushalt von jeher auf sich allein angewiesen, aber das Kochen gehörte in Kindheit und Jugend nicht zu seinen Prioritäten. Er wurde weder von der Mutter dazu angehalten, noch konnte er der Küchenarbeit irgendetwas Positives abgewinnen. Kochen war ein lästiges Übel, um anschließend essen zu können. Trotz gelegentlicher Versuche, diese Einstellung durch fantasievolle Ausflüge an den Herd zu ändern, ist es doch dabei geblieben.

Er ließ etwas Ei übrig, das er auf eine Untertasse schob und Micio hinstellte, die heißhungrig in seine Wohnung schoss, als er die Tür einen Spalt öffnete. Sie schmatzte und schnurrte zeitgleich. „Wer wird sich wohl um dich kümmern, kleine Streunerin?“, fragte Stadler leise und strich ihr über den Rücken, sodass sie unwillkürlich einen Buckel machte. Es war eine rhetorische Frage. Micio war eigensinnig und selbstbewusst. Sie würde schnell über seine fortdauernde Abwesenheit hinwegkommen. Offenbar erwartete das Tier noch mehr Behaglichkeit – er musste sie aus seiner Schlafkammer drängen, als er das Bett machte, und sie folgte ihm nur unwillig, als er die Wohnung verließ.

Doch Stadler zog es hinunter in Francos Bar. Er brauchte am Morgen seinen *Caffè*. Den konnte niemand so gut brauen wie Francos kleine Schwester. Dinge, die wir vermissen werden, dachte Stadler, als er an dem kochend heißen Sud nippte. Hatte er nicht vor kurzem von einem Buch mit diesem Titel gelesen? Für den *Messaggero* nahm er sich nur wenig Zeit, er blätterte rasch in den Politikteil, um zu sehen, was es Neues in Sachen Wahlen gab. Dann nahm er sein Notizbuch und schlug eine frische Seite auf.

„Tod“ schrieb er oben rechts in die Ecke, und fügte mit Gedankenstrichen gegliedert eine Reihe von Synonymen hinzu: Freitod, Selbstmord, Suizid, Selbsttötung, Harakiri, Selbstentleibung, Tod durch eigene Hand. Ein Sammelsurium von Begriffen, hinter denen immer wieder anderes und doch stets dasselbe zu stecken schien. Selbstmord – schwang hier nicht der Vorwurf einer schweren, verdammungswürdigen Straftat mit? Harakiri – da hatte er gleich das Bild des Samurai vor Augen, der sich ein Kurzschwert in den Bauch rammte. Und der „Tod durch eigene Hand“ schien ihm ein sehr schwammiger Begriff zu sein, denn er implizierte, dass man ihn händisch herbeiführen müsse. Dabei wäre es so simpel, an einem Abgrund einfach weiterzugehen. Man müsste nicht „Hand“ an sich legen. Fußläufig in den Himmel. Stadler musste ob der Vieldeutigkeit lächeln.

Er schluckte den Rest seines *Caffè* und unterstrich das Wort Freitod. Hier schwang Würde mit, Selbstbestimmung und

Stolz. Wenn er denn einen Freitod jemals ernsthaft in Erwägung ziehen sollte, so dachte er nun, dann wollte die Sache sorgfältig geplant sein. Wie ein Projekt müsste er es angehen. Er war durchaus nicht verzweifelt, als er das dachte, nein, das nicht. Er war mehr in einer ziemlich vernünftigen Weise des Lebens überdrüssig.
Aber wenn es denn so sein solle, müsse man sich freilich als Erstes über das Wann und das Wie im Klaren werden. Wobei ihm das Wann wichtiger erschien. Sollte er gleich losziehen und sich vom *Monumento* auf den tief darunter liegenden Sockel stürzen? Keine gute Idee, befand Stadler. Er wollte auch im Tod niemanden zur Last fallen, und so ein Sturz richtete sicherlich eine ziemliche Schweinerei an. Außerdem könnte er unschuldige Touristen verstören, am Ende noch Kinder. Nein, das käme nicht infrage. Zumal das schöne Wetter heute solche Gedanken von vornherein verbot. Außerdem wollte er sich ja erst noch darüber Klarheit verschaffen, ob so ein Freitod überhaupt eine Alternative sei. Münchner Großraumbüro versus kühle Gruft. Vielleicht müsse man sich ein Ultimatum stellen. Man weiß ja nicht, wie sich die Angelegenheit entwickelt. Am Ende verlor er die Lust am Spiel. Oder er würde etwas finden, für das es sich wieder lohne. Bedenkzeit hatte er sich vor zwei Wochen ausbedungen. Er brauche Bedenkzeit, hatte er auch gegenüber Giuseppe beteuert. Doch plötzlich erschien es ihm um einiges verlockender, freiwillig aus dem Leben zu scheiden, als in der Gestalt eines sterbenden grauen Bürohengstes im flackernden Neonlicht eines Münchner Großraumbüros dahinzuvegetieren. Nun ja, vielleicht nicht verlockender, aber doch als eine bedenkenswerte Alternative.
Nein, nicht Bedenkzeit brauchte er jetzt. Er hatte Beratungsbedarf, doch es wollte ihm partout niemand einfallen, an den er sich wenden könnte. Alle würden ihm nur abraten. So mussten sich junge Frauen fühlen, die unerwünscht schwanger wurden und über einen Abbruch nachdachten. Während in Deutschland das Zetern um den Paragrafen 218 Anfang der 1970er Jahre nachgelassen hatte, war es in Italien gar nicht

erst zu hören gewesen. Eine Frau hatte nicht abzutreiben und basta. Das war Konsens. Sie hatte aufzupassen. Und die doch abtrieben, taten es so heimlich, dass ihr Umfeld nichts davon merkte. Die meisten der Priester, die Stadler kannte, würden nach der Inquisition schreien, erführen sie von einem konkreten Fall. Nein, er wüsste wirklich niemanden, an den er sich in dieser Frage mit der Bitte um Beratung wenden könnte. Nicht einmal Giuseppe käme infrage, dabei war er doch der Bruder, den Laurenz nie hatte.
Stadler steckte sein Notizbuch wieder ein, hängte den *Messaggero* an den Haken und trat in die Sonne. Er nahm sein Handy, rief Lella an, um ihr zu sagen, dass er sich verspäten würde.

Er ließ sich durch die Via San Francesco a Ripa treiben, eine schmale, aber lange Straße, die schräg durch das ganze Viertel schnitt. Sie lud nicht unbedingt zum Bummeln ein, es herrschte auf den winzigen Bürgersteigen und dem holperigen Pflaster eher ein geschäftiges Treiben, aber sie war gesäumt mit unglaublich vielen Trattorien und Bars, mit kleinen, inhabergeführten Ladengeschäften. Hier eine Buchhandlung in enger Nachbarschaft mit einem kleinen Lederwarengeschäft, dort auf dem Gehweg ein *Farmacista* im trauten Gespräch mit dem Betreiber eines Internetcafés, das um diese Zeit noch wenig Zulauf hatte. Hier ein Kunstladen, daneben ein Biomarkt, an der Ecke zur Viale di Trastevere der Conad, in den Stadler selbst ab und zu ging, wenn er es eilig hatte.
Plötzlich, er stand gerade vor dem Schaufenster eines Einrichtungshauses, war es wie eine Erleuchtung. Eine Schale mit mittelgroßen dekorativen Glaskugeln fesselte seinen Blick. Murmeln – das war es. Mit Murmeln konnte man etwas abzählen, könnte er eine Zeitspanne bemessen. Er erinnerte sich an die Murmelspiele der Kinder im Dorf. Laurenz selbst hat nie Murmeln besessen, aber zwei, drei der Kinder im Dorf spielten manchmal damit. Murmeln aus Ton oder Stein, erdfarben oder hübsch gesprenkelt wie die fast türkisfarbenen

Eier der Bachstelzen. Oder die eine, die sich so gut in der Hand anfühlte: Sie war von einem ganz tiefen Dunkelgrün und hatte eine polierte Oberfläche. Glasmurmeln waren damals kein Thema, keine Ahnung, warum.
Doch die hier waren aus Glas, wenngleich ein bisschen zu groß zum Murmeln. Vielleicht, wenn er kleinere kaufte und sie in eine Schale legte, so wie die, die er dieser Tage im Auge hatte, als er über ein Mitbringsel für Renate Hausdörfer nachdachte. Jede Woche könnte er eine herausnehmen, und so anhand der kleiner werdenden Menge der Murmeln genau sehen, wie viel Zeit ihm noch bliebe, bis er sich entscheiden müsse. Oder er sich entscheiden wolle.
Der Gedanke, freiwillig aus dem Leben zu scheiden, das spürte Stadler in seinem Innersten, hatte etwas durch und durch Blasphemisches an sich – allerdings passte er genau zu seiner in den letzten Jahren stark gewandelten Einstellung zum Katholizismus: Nicht der liebe Gott würde damit über sein Wohl und Wehe entscheiden, sondern er selbst. Er selbst würde sich seine Lebensspanne bemessen. Aber wie lang sollte die sein? Handeln Selbstmörder nicht aus dem Affekt heraus? Hatte er nicht selbst bei einer überaus spannenden Recherche zu einem mysteriösen Freitod, bei dem die Gerüchte nicht verstummten, der Verblichene wäre des Erbe wegens vom Leben zum Tod befördert worden, die Versicherungsbestimmungen studiert? Liegt der Vertragsabschluss länger als ein Jahr zurück, glaubte er sich zu erinnern, dann zahlte die Versicherung auch bei einem Freitod, weil niemand so lange im Voraus so eine Tat planen würde.
Andererseits: Was spräche denn gegen eine solche Planung? Er dachte an die vielen Menschen mit unheilbaren Krankheiten, die ganz bewusst und ja, auch ganz geplant, aus dem Leben schieden. Manche organisierten sich illegal durch Vertraute oder ihre Lieben eine Sterbehilfe, andere fuhren mit Ankündigung in die Schweiz, um ihren letzten Weg anzutreten, ohne ihre Verwandten in die Nähe einer Straftat zu rücken.

Der vierte Mai, der Tag, an dem er erfahren hatte, dass er nach Ansicht seiner Geschäftsführung überflüssig war, war ein Mittwoch gewesen. Würde er jeden Mittwoch eine Murmel aus der Schale entfernen, könnte er anhand der verbleibenden Murmeln genau im Auge behalten, wie viel Zeit ihm noch verblieb. Wie viel Zeit bis zu einer endgültigen Entscheidung. Ob ein Jahr eine sinnvolle Zeitspanne war? Die Zeit, die als Risikofall in den Versicherungen kalkuliert war? So ein Schritt wollte wohlüberlegt sein, denn er war schließlich nicht revidierbar. 52 Murmeln, für jede Woche eine? Also eher 50. Das war nicht nur eine runde Zahl, sondern es passte auch zu der selbst gesetzten Zeitspanne, sein ganz persönlicher schwarzer Mittwoch lag ja schon zwei Wochen zurück.
Eine junge Frau kam die Straße entlanggestöckelt. Vor ihr stolzierte ein winziges Hündchen mit Strass-Halsband. Die Frau hatte ihre Bluse eine Handbreit über dem Gürtel ihrer Hose geknotet und zeigte stolz ihren bronzefarbenen flachen Bauch. Stadlers Augen folgten ihr mit Wohlgefallen. Über ihrem kleinen Hintern spannte der Stoff der Jeans. Wie schön. Fast schämte er sich seines Gedankens, einfach Schluss zu machen. Schluss mit allem. Zu schade. Andererseits würde freilich auch ein ganzes Leben nicht reichen, all das zu betrachten, was es Schönes auf der Welt gab. Und er würde sich ja noch Zeit nehmen können. Immerhin hatte er ja fünfzig Wochen.
Er sah wieder auf die Schale im Schaufenster hinüber. Nein, eine solche Schale wäre für fünfzig kleine Glasmurmeln dann doch überdimensioniert. Vielleicht wäre ein gläserner Zylinder genau das richtige, ein Messglas, eine Form, wie sie für große galileische Thermometer verwendet wird. Da könnte er direkt am Füllstand die Zeit im Auge behalten.

Ziellos ließ er sich durch die Straßen treiben. Erst vor einem Spielwarenladen machte er halt. Ein großer Pinocchio drehte ihm eine lange Nase, als wolle er ihn auslachen. Tja, Laurenz, dachte er bei sich: Wie entschieden ist dein Plan? Er fasste

beherzt die Klinke an und drückte die klemmende Tür auf. Eine mechanische Ladenglocke kündigte ihn an.
Es war ein herrlicher Laden, dicht und prallvoll die Regale, eng und verwinkelt die Gänge dazwischen; so hatte er sich als Kind immer das Paradies vorgestellt. Irgendwo in den Tiefen des Ladens wurde er bemerkt. „*Vengo subito*" knurrte die Stimme einer alten Frau. Laurenz stand staunend vor den Regalen: Traktoren und andere Landmaschinen aus Plastik oder Metall hinter den blitzenden Sichtfenstern der Pappschachteln; Brettspiele wie Bücher übereinander gestapelt, Puppen, schon etwas angestaubt; kleine Tiere für den Bauernhof; eine Holzeisenbahn vor plüschigen Panda-Bären; Blechflugzeuge, die von der Decke hingen; kurz: ein Sammelsurium von Spielzeug ohne eine ersichtliche Ordnung, also genau das richtige für kleine Entdecker.
Die alte Frau entpuppte sich als kleiner alter Mann. Breite Hosenträger hielten eine olivgrüne Hose aus grobem Kord über dem Bauch. Er trug eine Art Unterhemd mit Knopfleiste, sein dünnes weißes Haar stand in einzelnen Büscheln auf dem in der Mitte schon kahlen Kopf.
„Wie kann ich Ihnen helfen, mein Herr?", fragte er mit seiner Frauenstimme. „Ein Geschenk für die Enkelchen vielleicht?"
Laurenz lächelte.
„Ich suche eher etwas für mich. Und zwar kleine Glasmurmeln in verschiedenen Farben, wissen Sie?"
Der Mann nickte und kratzte sich die silbrigen Stoppeln an seiner Wange.
„Glasmurmeln, soso." Er nickte immer noch und schien zu überlegen, wo er in seinem weitläufigen Paradies die Murmeln versteckt hatte.
„Glasmurmeln also", wiederholte er, drehte sich um und schlurfte zurück. Laurenz bemerkte, dass die Füße des Alten in Pantoffeln steckten, in altmodischen karierten Kamelhaarpantoffeln, gerade solchen, wie sie Laurenz noch aus seiner Kindheit wohlvertraut waren. Er folgte dem Mann durch das wundersame Labyrinth der Gänge. Dann blieb der Händler

abrupt stehen und griff in eine Holzschale. Während er mit der Hand darin herumwühlte, blinzelte er Laurenz listig zu. „Glasmurmeln, eh", sagte er ein drittes Mal. Dann förderte er ein kleines engmaschiges Netz zutage, in dem es blitzte. Glasmurmeln.
„Meinen der Herr so etwas?"
Laurenz strahlte.
„Genau so etwas."
„Also doch für die Enkel", triumphierte der Alte.
Laurenz ließ ihn in dem Glauben. Die Murmeln schienen ihm etwas groß. Er wollte sie aber auf jeden Fall immer bei sich tragen können.
„Haben sie auch noch andere?", fragte er.
Der alte Mann knurrte und fischte wieder in der Holzschale herum.
„Solche vielleicht?", fragte er, indem er ein weiteres Netzsäckchen fast direkt vor Laurenz' Augen hielt. Diese Murmeln waren von gleicher Größe, aber sie hatten eindeutig die schöneren Farben. Waren die Murmeln im ersten Netz alle grün mit blauen und gelben verlaufenden Einsprengseln, so zeigten sich die im zweiten Netz von klaren Farben: tiefrot wie ein guter Wein aus dem Süden, blau wie das Meer vor Sardinien, grün wie Beryll und honigfarben wie der Bernstein. Laurenz nahm dem Händler das Netz aus der Hand und hielt es gegen das Licht.
„Die sehen edel aus, nicht wahr", sagte die Stimme hinter ihm.
In den Glasmurmeln schwammen goldene Splitter wie Sterne. Das Licht brach sich in ihnen.
„Großartig", bestätigte Laurenz. „Ich brauche 50 Stück."
Der Händler verzog das Gesicht.
„Fünfzig Stück? Soll ich die Ihnen etwa abzählen? Ich kann die nur im Beutel verkaufen."
Laurenz wog die Murmeln in der Hand, versuchte, ihre Zahl wenigstens grob zu schätzen. Es waren kleine Netze, auf keinen Fall enthielten sie 50 der Glaskugeln.

„Kein Problem, dann geben Sie mir bitte zwei Beutel von diesen hier", sagte er. Ein weiteres Mal fingerte der Mann in der Holzschale.
Laurenz Stadler zahlte, verstaute die beiden Säckchen in seiner Aktentasche und ging. Entschlossener jetzt. Er hatte die Schwelle überschritten. Nicht den Rubikon, nein, den nicht, aber eine Schwelle von der Idee zum Handeln. Er hatte ein greifbares Äquivalent seiner möglichen Lebensspanne in der Tasche. Jetzt schritt er zügiger aus. Jetzt schaute er wieder auf seine Uhr, jetzt wollte er sich an sein Tagwerk machen.
Es war schon Mittag, als er in der Via Flavia eintraf. Lella hatte ihm einen Zettel mit Gesprächsnotizen auf den Tisch gelegt. Ganz unten fand sich neben der Uhrzeit der Hinweis, dass sie für eine Stunde aus dem Haus sei. Stadler sah auf die Uhr – seine Sekretärin war gerade mal zehn Minuten fort.
Er öffnete die beiden kleinen Netze mit den Murmeln und zählte sie in den großen Aschenbecher, der nur für alle Fälle auf dem Beratungstisch stand. 76 Glasmurmeln hatte er vor sich liegen. Das waren fast anderthalb Jahre, wenn jede Murmel für eine Woche stünde. Die Murmeln waren auch gar nicht mehr so groß, als sie in dem Ascher lagen. Er zählte fünfzig ab, stand auf und steckte sie probeweise in seine Hosentasche. So müsste es gehen, dachte er. Allerdings bräuchte er noch ein angemessenes Behältnis für seine gläsernen Zeitmesser. Die kleinen Netze würden ebenso schnell reißen wie die Naht der Hosentasche. Außerdem war ein einzelnes Netz zu klein, um fünfzig Murmeln zu fassen, das merkte er, als er eines damit füllen wollte.
Stadler zog eine der unteren Schreibtischschubladen auf und legte seine Murmeln hinein. Die anderen 26 steckte er sich lose in die Hosentasche. Nach einem weiteren Blick auf die Uhr beschloss er, sich ein *Tramezzini* zu holen, vielleicht unten an der Piazza Fiume, wo es im Kaufhaus *Rinascente* einen brauchbaren Imbiss gab.
Doch dann schlug er die entgegengesetzte Richtung ein. Er suchte einen kleinen Park, eine Grünanlage, einen Sandkasten

wenigstens, in dem Kinder spielten. Ihnen wollte er die 26 Murmeln schenken, die sich in seiner Tasche befanden. Doch erst am Platz der Unabhängigkeit, auf der Grünfläche direkt vor dem Redaktionsgebäude der *Gazzetta dello Sport*, fand er zwei Kleine, die mit Stöckchen im Dreck neben den Bäumen kratzten. Er sprach sie an und zeigte seine Murmeln vor. Der Junge sprang auf, zog seine Schwester am Arm hoch und zog mit zornigem Misstrauen im Blick davon. Eine Sekunde lang stand Laurenz perplex da, dann erst erfasste er die Situation: Ein alter Mann, der Kinder mit Glasmurmeln lockt. Wenn er nicht bald von hier verschwände, müsste er damit rechnen, dass die Polizei ihm ein paar unangenehme Fragen stellte.
Er schüttelte den Kopf ob seiner eigenen Unvernunft und betrachtete die Murmeln in seiner Hand. 26 Wochen. Was für eine lange Zeitspanne für so ein paar Murmeln.

7. Kapitel

Er schlug die Augen auf und musste nicht auf den Wecker sehen, um zu wissen, dass es irgendwo zwischen 6.45 und 7 Uhr war. Es war auch nicht der Stand der Sonne, der ihm die Uhrzeit verriet. Er wachte jeden Morgen um dieselbe Zeit auf. Das ging schon seit einigen Jahren so. Hätte man ihm früher prophezeit, dass er mal freiwillig vor sieben Uhr morgens aufstehen würde, er hätte nur gelacht. Laurenz Stadler wusste, dass dieses frühe Aufstehen etwas mit dem Alter zu tun hatte. Sein Schlafbedürfnis ließ nach. Ein Prozess, der sich nun von Jahr zu Jahr beschleunigen würde. Begonnen hatte das um seinen 50. Geburtstag. Da merkte er, dass er tatsächlich nach acht Stunden ausgeschlafen hatte. Jetzt brauchte er höchstens noch siebeneinhalb. Irgendwann würde er bei sechs Stunden landen. Oder weniger. Bei seiner Mutter war es auch so gewesen.

Das fiel ihm ein, als er eines Morgens Schlag vier Uhr aufwachte und so putzmunter war, dass es keinerlei Sinn ergeben hätte, liegen zu bleiben. Er duschte und rasierte sich, zog sich an und ging auf die Straße. Es war ein fantastischer Morgen. Er konnte den Männern von der Straßenreinigung zusehen, wie sie mit einer Kehrmaschine und mit reichlich Wasser, mit Besen und Schaufel den Staub und den Müll des Tages aus dem Pflaster spülten. Andere wässerten mit einem Schlauch, der an einem winzigen Tankwagen angebracht war, das ohnehin spärliche öffentliche Grün in der Stadt. Aus einer Back-

stube drangen die Geräusche geschäftigen Treibens, Blumen- und Fischhändler nahmen ihre Lieferungen entgegen. Und das alles, obwohl es noch Schlafenszeit war. Fast zwei Stunden bummelte Laurenz durch die Straßen und Gassen, staunte, wie wenig Verkehr um diese Zeit herrschte und wie kitschig schön die aufgehende Sonne den Tiber färbte. Als er in seine kleine Wohnung kam, fühlte er sich den Schläfern um diese zwei Stunden voraus, ja, er fühlte sich ihnen um diese zwei Stunden überlegen. Ein gutes Gefühl.
Immer wieder faszinierten ihn Berichte über vermeintliche oder tatsächliche Kurzschläfer. Über Napoleon gibt es die Legende, dass er mit wenigen Stunden Nachtschlaf auskam, dafür auf seinem Pferd öfter einnickte. Die „eiserne Lady" Margaret Thatcher soll selten mehr als vier Stunden geschlafen haben und bei Thomas Edison sollen es fünf Stunden gewesen sein. Was könnte man in der gewonnenen Zeit nicht alles lesen, fragte sich Laurenz mit einem wehmütigen Gedanken an seine immer größer werdende Bibliothek und seinen immer kleiner werdenden Zeitfonds. Wenn ich mal Rentner bin, tröstete er sich dann stets.
Was, so fragte er sich heute, stand auf dem Plan? Plötzlich verharrte er irritiert. Stopp mal. Es war zwar Freitag, aber er würde einen freien Tag genießen können.
Zwei Wochen lebte er jetzt mit der Gewissheit, dass seine Zeitung ihn hier in Rom für überflüssig hielt. Zwei Wochen, die anstrengend genug gewesen waren, um sich eine kleine Auszeit zu gönnen. Zudem hatte er am letzten Wochenende durchgearbeitet und war dann bis Mittwoch gut mit Wahlanalysen beschäftigt gewesen. In Mailand und Neapel hatten die Linkskandidaten Pisapia und Magistris die meisten Stimmen geholt, und dem Berlusconi-Lager eine empfindliche Niederlage beigebracht. Beide würden nun am letzten Maiwochenende in die Stichwahl gehen. Nicht nur Stadler, auch die meisten anderen Auslandskorrespondenten, die er kannte, teilten die Meinung, dass die beiden auch in der Stichwahl ihre Kontrahenten besiegen würden. Ein kleiner politischer

Erdrutsch, das war es, womit sich Laurenz Stadler aus Rom verabschieden würde, auch wenn er ihn natürlich nicht beeinflusst, geschweige denn ausgelöst hatte. Die Macht der Presse, so hatte er im Laufe seines Berufslebens erfahren, wurde allgemein eher über- als unterschätzt.
Gestern hatte er sich im Sekretariat der Chefredaktion gemeldet und angekündigt, in ein langes Wochenende gehen zu wollen. Frühestens Dienstagmorgen würde er wieder an seinem schönen alten Schreibtisch sitzen. Dann würde es weitergehen: Wie war in den beiden Metropolen die Stimmung vor den Stichwahlen?
Stadler schüttelte den Kopf. Er wollte und konnte nicht verstehen, wie sich seine Zeitung ausgerechnet in diesem Frühjahr entscheiden konnte, die Korrespondentenstelle aufzulösen. Es hatte aus politischer Sicht seit Jahren kein so spannendes Frühjahr in Italien gegeben. Silvio Berlusconi, einer der umstrittensten Regierungschefs Europas, der sich mit seinem Medienkonzern und einer unvorstellbaren Rücksichtslosigkeit an die Macht zurückgekämpft hatte, stand in seiner vierten Amtszeit offensichtlich unmittelbar vor dem politischen Aus. Vier Prozesse liefen gegen den *Cavaliere*, wobei es vor allem die wohl minderjährige Marokkanerin Ruby war, die dem mächtigsten und einem der reichsten Männer Italiens das politische Genick brechen würde.
Den Gipfel jedoch: Die Regierung Berlusconi hatte eine gesetzliche Bestimmung über die „rechtmäßige Verhinderung des Ministerpräsidenten und der Minister am Erscheinen zur Strafverfolgung“ auf den Weg gebracht. Sprich: Der *Cavaliere* wollte kneifen, wollte gar nicht erst vor Gericht. Angesichts der laufenden Verfahren gegen ihn eine anmaßende Frechheit. Angesichts des Ausmaßes von Bürokratie und Korruption in Italien eine Ohrfeige für jedes gesittete europäische Rechtssystem.
Stadler war davon überzeugt, dass das Referendum in diesem Jahr auf der ganzen Linie Erfolg haben würde. Er hatte indes Mühe, seine Chefredaktion in München davon zu über-

zeugen, auch wenn Hans Böhringer eine Art Urvertrauen in seinen Italien-Korrespondenten hatte. So erschienen viele Beiträge, die eigentlich nachrichtlichen Inhaltes waren, als Meinungsbeiträge.
Ach, und es ging ja noch weiter: Überall im Land liefen seit diesem Monat Prozesse gegen Mitglieder der kalabresischen 'Ndrangheta an. Mehr als 150 sollen es insgesamt werden. Und zu Monatsbeginn gab es beim Polverino-Clan in Neapel eine Razzia, bei der es zu 39 Verhaftungen und zur Beschlagnahme von Firmen, Grundstücken und Jachten im Wert von hunderten Millionen Euro gekommen ist. Besonders pikant: Unter den Verhafteten befanden sich zwei Kommunalpolitiker von Berlusconis Partei.
Nein, er konnte auch mit einem gewollt unternehmerischen Blick auf die Lage zum gegenwärtigen Zeitpunkt absolut kein Verständnis für den Schritt seiner Zeitung aufbringen. Deswegen, so nahm er sich fest vor, würde er auch während seiner freien Tage keine Spur von schlechtem Gewissen verspüren.
Die Römer hatten da eine nette Redensart: Rom, so sagten sie, ist noch viel schöner, wenn man es immer wieder verlässt. Dennoch waren die freien Tage nicht für eine kleine Reise vorgesehen. Stadler wollte in der Stadt bleiben, die Füße hochlegen, einmal schön essen gehen und ein wenig lesen. Doch, da gab es noch einen Ausflug auf seiner Wunschliste, einen, den er schon viel zu lange vor sich herschob. Je näher der 30. Juni rückte, desto mehr fürchtete er, keine Zeit mehr dafür zu haben: Stadler wollte einmal noch ausgiebig durch die *Cinecittà* bummeln. Seit dem großen Brand vor ein paar Jahren war er nicht mehr dort gewesen. Vielleicht hatten die Römer ja ihre *Cinecittà* noch schöner aufgebaut, als sie vorher war. Auch wenn es viele Bausünden in dieser Stadt gab, die man die ewige nannte, aber in Sachen Museen gab man sich immer viel Mühe. Vielleicht sollte er diesen Ausflug gleich heute in Angriff nehmen. Einmal noch in die Welt von Federico Fellini abtauchen, einmal noch die Ekberg im Trevi-Brunnen sehen – das wären schöne Bilder im Kopf für später. Doch er dürfte nicht allzu lange im Bett faulenzen. In

öffentlichen Dienst begann das Wochenende für viele schon am Freitagmorgen. Spätestens Mittag würde die Metro, deren A-Linie praktischerweise bis zur *Cinecittà* fuhr, hoffnungslos überfüllt sein.
Ach, es gäbe noch so viel zu sehen, bevor er ginge.
In Italien gab es in Sachen Kultur wunderbare Privilegien. Senioren durften vom 65. Lebensjahr an kostenlos die Museen besuchen. Auch Journalisten genossen dieses Vorrecht. Laurenz Stadler, der seine Einstellungen zu Vergünstigungen während der vielen Jahre in Rom grundlegend änderte, nahm es als selbstverständlich hin, betrachtete es als Teil des freien Zugangs zum Wissen. Viele Museen räumten auch Lehrern mit einem entsprechenden internationalen Ausweis das Privileg des kostenfreien Eintritts an. Man konnte das auch positiv sehen, nämlich als Beleg dafür, dass die Italiener mit dem Begriff „Bildungsauftrag" noch etwas anfangen konnten. Würde es ihn nicht persönlich betreffen, ergäbe das eine reizvolle Vorlage für einen bissigen Kommentar in einer deutschen Zeitung, dachte Stadler.
Wie viele Museen es in Rom tatsächlich gab, war vermutlich ebenso unbekannt wie die genaue Zahl der Kirchen. Selbst heute noch stieß Laurenz Stadler in der Stadt, bei der Lektüre von Zeitungen und Zeitschriften, aber auch durch Hinweise von Kollegen auf Einrichtungen und Sammlungen, von denen er noch nie gehört hatte. Aber auch die Museen, die ihn wirklich interessierten, hatte er noch längst nicht alle besichtigt. Der Palazzo Barberini war so ein Beispiel. Obwohl Stadler ein Freund der Renaissance und des Frühbarock war und sich daher für die Caravaggio-Sammlung im Palazzo Barberini interessierte, hatte er noch nie einen Fuß hinter das gewaltige schmiedeeiserne Tor in der Via delle Quattro Fontane gesetzt. Als er den Besuch nach mehreren vergeblichen Anläufen fest an einem freien Tag geplant hatte, klingelte sein Handy und rief ihn in einer wichtigen dienstlichen Sache zum Einsatz. Die Sache selbst hatte er vergessen, so wichtig kann sie demzufolge nicht gewesen sein.

Auch die *Centrale Montemartini* hätte ihn noch interessiert. Lella hatte ihn auf dieses merkwürdige Nebeneinander von technischem Denkmal und klassischen Statuen in dem ehemaligen Elektrizitätswerk aufmerksam gemacht. Doch als er sich einmal auf den Weg machte, war er im *Eataly* hängen geblieben, diesem faszinierenden Slow-Food-Tempel gleich am Bahnhof Ostiense.
Und schließlich EUR. Der Stadtbezirk mit dem für deutsche Ohren seltsamstem Namen und möglicherweise auch der seltsamsten Geschichte hatte er noch gar nicht erkundet.

Urlaub war die einzige Lösung. Ja, Urlaub. Er würde Hans Böhringer um einen Urlaub unmittelbar im Anschluss an seinen letzten Arbeitstag bitten, und das würde diesen überraschen. Denn Laurenz Stadler konnte eigentlich mit dem klassischen Urlaub nicht viel anfangen. Die Italiener, für die gab es in ihren freien Wochen nur zwei Ziele – das Meer oder die Berge. Dann fielen sie wie eine Heuschreckenplage über die Urlaubsorte her. Meist ganz in Familie zogen sie morgens fröhlich und lärmend an den Strand, über und über mit Gepäck beladen, mit Provianttaschen und Schwimmtieren, Sonnensegeln und langen Stoffbahnen als Sicht- und Windschutz. Dort schwatzten sie gerne, bis die Sonne wieder unterging, um dann in den Ferienanlagen weiterzulärmen. Abgesehen davon, dass Laurenz Stadler für diese Art Urlaub der Anhang fehlte, ein Umstand, den er sehr zu schätzen wusste, würde er mit solch einem Tagesablauf nicht glücklich werden.
Aber das zu machen, was die meisten seiner deutschen Landsleute Urlaub nannten – in einem Reisebüro ein Hotel in einem fernen Land buchen, sich auf einen Flug in die Karibik freuen, um sich unter südlicher Sonne am Strand braten zu lassen und abends an der Bar Cocktails zu schlürfen, nein, auch das war nichts für ihn. Der Schrecken dieser Vorstellung ließ sich nur noch durch den Urlaub in einer Reisegruppe toppen. Ganz und gar in einer Gruppe unterwegs zu sein, im Autobus von Sehenswürdigkeit zu Sehenswürdigkeit gekarrt zu werden,

mit zwanzig anderen im selben Hotel, mit der anerkannten gesellschaftlichen Konvention, sich mit wildfremden Menschen verbrüdern zu müssen, um nicht als Sonderling zu gelten, jeden Abend die gleichen flachen Witze zu hören – das wäre für Laurenz Stadler geradezu eine Horrorvorstellung.
Wie er inzwischen über sich wusste, war es seine Kindheit, in der die Saat für diese Einstellung gelegt wurde. Denn damals mochte er zwar die Ferien im Sinne der frei verfügbaren Zeit, doch waren ihm Reisen stets suspekt. Aus heutiger Sicht konnte er nicht mal mehr sagen, ob zuerst das Unwohlsein da war, und daraus seine Abneigung gegen Ferienfahrten erwuchs, oder aber die Abneigung der Grund für seine Übelkeitsanfälle war. Als Kind weiß man noch nichts von psychosomatischen Reaktionen, gleichwohl man sie erleiden muss.
Ferienfahrten mit Gleichaltrigen jedenfalls schloss er sich nur ungern an. Er galt bei seinen Mitschülern, namentlich den Buben, als Sonderling. Zum einen, weil er wie der Sohn einer Magd zur Miete wohnte und nicht mit der Größe des eigenen Hofes prahlen konnte. Zum anderen, weil er keinen Vater vorzuweisen hatte, weil der ja, wie er anfangs noch glaubte, ständig auf Reisen war. Hinzu kam, dass Laurenz Stadler bis zur Pubertät eigentlich ein schmächtiges Kerlchen war, was ihn den anderen körperlich unterlegen machte. So wurde er gerne als Opfer auserkoren, wenn es um beißenden Spott oder kleine Raufereien ging. Kinder, so wusste er heute, können sehr grausam sein.
Einmal, er war gerade elf Jahre alt, schickte ihn die Mutter für eine Woche in eine Ferienfreizeit nach Oberfranken. Dort war er mit lauter fremden Kindern zusammen. Es war nur in den ersten Tagen angenehm. Das kleine Nest, in denen sie in einer Art Baracke untergebracht waren, hatte einen winzigen Dorfladen, drei Brauereien und einen schlichten Fußballplatz. Ansonsten gab es nur Wanderwege und Wälder. Am dritten Tag war er der Gemeinschaft so überdrüssig, dass er nach dem Mittagessen ausriss. Er hatte einen kleinen Rucksack dabei, aus einem karierten Stoff mit einer Metallschließe und einem

Plastikboden. Sein kleiner Teddy und die Prinzenrolle, die er sich am Vortag von seinem Taschengeld im Dorfladen gekauft hatte, sollten ihm Trost und Nahrung spenden. So stahl er sich vom Bolzplatz am Dorfrand davon. Niemand versuchte, ihn aufzuhalten. Im Wald, wo er sich vorgenommen hatte, streng den kleinen farbigen Markierungen für die Wanderwege zu folgen, verlief er sich jedoch. Am späten Abend wurde er auf der Bundesstraße bei Hollfeld von einer Funkstreife aufgesammelt und zur Wache gebracht – er war statt in Richtung Süden nach Norden gelaufen. Telefonisch verständigten sich die Beamten mit seiner Mutter. Deren Entscheidung war klar. „Der Bub bleibt im Lager", hatte sie die Polizisten angewiesen, die ihn daraufhin wieder zu den anderen Kindern brachten, wo er von den beiden Aufsichtspersonen, jungen Betreuerinnen des Bayerischen Roten Kreuzes, sehnsüchtig erwartet wurde. Am nächsten Tag erntete er von den anderen Kindern Hohn und Spott. Muttersöhnchen, hieß es. Die Aufsicht, die ihn noch am Vorabend an ihren gewaltigen weichen und warmen Busen drückte, hatte den anderen Kindern verraten, er habe Heimweh gehabt. Mehr Erinnerung gestand Laurenz sich nicht zu.

War Laurenz Stadler mit seiner Mutter auf Reisen, war es gleichermaßen schlimm. Mutter ließ ihn keine Sekunde aus den Augen, er hatte ihr zu folgen wie ein kleiner Schoßhund. Sie bevorzugte als Urlaubsquartiere billige Häuser mit Vollpension. Oft landeten sie in schmutzigen kleinen und verstörend leeren Hotels oder in Fremdenzimmern mit einem wie selbstverständlichen Anschluss an die vermietenden Damen. Viermal täglich saß er dann bei den ältlichen Fräuleins an Esszimmertischen mit gehäkelten Deckchen und durfte keinen Mucks von sich geben, während die Erwachsenen eine artige Konversation führten. Diese war dann so langweilig, dass Laurenz oft Mühe hatte, seine Augen offen zu halten. Ausflüge gab es nur in Form von sittsamen Spaziergängen.

Besonders gern führte Mutter ihn in die Kirchen, wobei das Besichtigen noch der angenehmere Teil war, oft saßen sie aber

auch in Gottesdiensten, natürlich immer in der letzten Reihe, schließlich waren sie Fremde in den Kirchengemeinden der Urlaubsorte, und hörten sich die gleichförmigen Liturgien an. Laurenz gefiel durchaus der Prunk, mit dem die Kirchen ihrem Herrgott huldigten. Wenn gerade nicht gebetet wurde, dann ließ er seinen Blick über die Heiligen in ihren Nischen schweifen, über die vergoldeten Statuetten und Strahlenkränze, über die mit prachtvollem Stuck ausschweifend verzierten Balkone und Emporen. Manchmal züchtigte die Mutter ihn allein damit, dass sie ihm einen ihrer strengen Blicke zuwarf. Gaff nicht, bedeutete das. Dann senkte er brav die Augen, blinzelte nur noch zwischen den Wimpern nach vorn in den Altarraum, das Prachtstück jeder Kirche, mit dem leidenden Gottessohn am Kreuz. Und er seufzte leise, denn so wie der liebe Herr Jesus unter dem Kreuz, so litt auch er unter der Mutter und ihrer Auslegung des Glaubens. Nach dieser Lesart, und eine andere kannte er ja nicht, war Gott einer, den man zu fürchten hatte. Das Fegefeuer erschien ihr pädagogisch wertvoller als das Paradies. Sie hielt es offenbar für besser, wenn er die ihm irgendwann ohne Zweifel bevorstehenden Höllenqualen mehr fürchtete als ihre Hand, die hart zuschlagen konnte, wenn es sein musste. Das funktionierte viele Jahre. Was er schon damals als kleiner Junge nicht begriff, war der Kontrast zwischen dem glänzenden Prunk der Kirchen und dem strengen Regelwerk, das die Gläubigen auf die Knie zwang. Er redete nicht viel darüber, aber ihm kamen später die Gottesdienste der reformierten Kirchen, die er gelegentlich dienstlich besuchte und in denen die Menschen Gott regelrecht feierten, wärmer und menschlicher vor.
Als Kind waren ihm solche Gedanken natürlich fremd. Ihn faszinierte die schiere Größe der Kirchen. Mit einem älteren Jungen aus dem Dorf, der schon als Messdiener helfen durfte, hatten sie einmal in einem der vielen Nebengelasse heimlich geraucht. Daher wusste er, wie viele Räume so ein Gotteshaus hatte, auch versteckte Kammern. Da gab es die Sakristei und einen Vorraum, Abstellkammern und Beichtraum, einen Turm,

der wiederum kleine Kammern in sich barg, und dann erst die vielen Nebeneingänge und Nischen oder diese Schränke und Verschläge unter den Treppenschrägen. Für die Kinder ein wunderbarer Abenteuerspielplatz. War er mit der Mutter unterwegs, dann durfte er nie unbeaufsichtigt eine Kirche erkunden. So sehr er sie auch anbettelte, nie hätte die Mutter gewagt, eine der vielen Türen zu öffnen. Dabei war er schon damals neugierig, ahnte schon, dass jedes Gotteshaus viel mehr zu bieten hatte als nur das Taufbecken und die harten Bänke. Doch für Mutter gab es nur Strenge und Gebete und Gesänge. Sie war, so vermutete er später, schon mit gefalteten Händen auf die Welt gekommen.
Es war kein Wunder, dass der Junge in seinen Ferien lieber in Sichtweite seines Dorfes blieb. Auch dort gab es schließlich jede Menge zu entdecken.
Dass er die erste große Liebe seines Lebens dann tatsächlich in Sichtweite des Dorfes fand, ist eine andere Geschichte. Außerdem: Eigentlich war nur vom Kirchturm des einen Dorfes aus der Kirchturm des anderen zu sehen. Stand man am Dorfrand, dann lag der Ausläufer eines gewaltigen Rückens dazwischen. Stadler und seine Liebste entdeckten diesen Umstand, als sie ihn einmal mit nach oben genommen hatte. Dort hatten sie mit ihren hämmernden Herzen gestanden und sich leidenschaftlich geküsst.
Aber wirklich entspannt war Stadler nur in einem einzigen Urlaub. In den ersten Semesterferien war das. Da waren Hans Böhringer und er noch Freunde fürs Leben, da hatte die heute so unterschiedliche soziale Stellung – hier der mächtige Chefredakteur mit Verantwortung über hunderte Mitarbeiter, dort der kleine Auslandskorrespondent, der inzwischen, wie beiden bekannt, ziemlich überflüssig war – noch keinen Keil der Entfremdung zwischen sie getrieben.
Böhringer fuhr damals einen klapprigen Käfer und kam auf die Idee, dass die beiden doch per Zelt durch Südfrankreich reisen könnten. Das war ein wahres Abenteuer. In einem glutheißen Juli wurde der Käfer zum Backofen. An eine Klimaanlage war ja damals noch gar nicht zu denken. Geld hatten

beide keins, so wurde unglaublich viel improvisiert. Und zum Übernachten hatten sie sich ein sogenanntes Bergzelt organisiert, das nur auf dem Papier für zwei Personen ausreichend war. Das Zelt war wirklich winzig. Vorne am Eingang gerade mal hüfthoch, fiel es nach hinten nicht nur in der Höhe ab, sondern lief auch spitzer zu, sodass in den „Fußraum“ in der Tat nur die vier Füße passten.

Doch auch Campingplätze kosteten Geld, sodass die beiden dazu übergingen, wild zu zelten. Sie fuhren mit dem klapprigen Auto in einen Wald- oder Feldweg, suchten sich einen schwer einsehbaren Platz und bauten im Sichtschatten des Autos ihr kleines Zelt auf. In einer Nacht hatten sie zwischen der Schlucht von Verdon und der Cotê d'Azur wild gecampt und wurden von einem heftigen Regen überrascht, bei dem sie feststellten, dass ihr Zelt überall dort das Wasser durchließ, wo sie während des Regens die Zeltbahn prüfend mit der Hand angefasst hatten. Mitten in der Nacht flüchteten sie in den Käfer, dessen Scheiben schnell beschlugen. Und weil der Regen auch am nächsten Morgen noch nicht aufgehört hatte, warfen sie Luftmatratzen, Decken und Zelt klatschnass ins Auto. Am Abend mussten sie lange suchen, bis sie in einem kleinen Nest namens Montferrat ein Hotel fanden, das sie nicht nur übernachten ließ, sondern in dessen Heizungskeller sie auch Zelt und Decken trocknen konnten.

In diesem Urlaub war es auch, wo die beiden Studenten feststellten, dass keiner von ihnen so katholisch war, wie es ihre Elternhäuser erwarten ließen, und wie es die geistlichen Eliten der Universität von Eichstätt gern gesehen hätten. Für Kurzweil sorgten schon die vergnügungssüchtigen Mädchen an der Cotê d'Azur, die von den beiden jungen Deutschen durchaus angetan waren. So überließen sie sich beide so manches Mal das Zelt für ein Schäferstündchen mit einer Begleiterin, ja einmal sogar durfte sich Böhringer, der mit seiner schlanken Figur und den jesusgleichen langen Haaren der eindeutig attraktivere war, eine ganze Nacht mit seiner Flamme in dem winzigen Zelt amüsieren.

Bei der Erinnerung an die Tage in Südfrankreich musste Stadler lächeln. Plötzlich schoss ihm ein Gedanke durch den Kopf: Ja, er würde Hans Böhringer um Urlaub bitten, aber um deutlich mehr als die vier Wochen Auszeit, die dieser ihm von sich aus angeboten hatte. Und warum denn nicht? Warum denn nicht noch all das ansehen, was er sich bislang versagen musste, weil es dienstlich keinen Grund gab, zu diesen Zielen zu reisen, und weil er nur wenig Sinn darin erkennen konnte, seinen Urlaub in dem Land zu verbringen, in dem er arbeitete. Warum nicht einige der Bücher schon jetzt lesen, deren Lektüre er in Gedanken immer wieder auf den Ruhestand verschoben hatte. Oder solche, die er gerne mehrfach las. Zum Beispiel Goethes „Italienische Reise", obschon er sie dann bereits zum dritten Mal lesen würde. Immerhin, es blieben ja noch fast 50 Wochen.
Bei dem Gespräch mit seinem Chefredakteur würde er ihn auch an die gemeinsamen Abenteuer in Frankreich erinnern. Das könnte durchaus förderlich für meine Pläne sein, dachte sich Stadler.
Vielleicht hälfe das Reisen ja auch gegen seine trübsinnigen Gedanken. Und wenn er des Reisens dann doch überdrüssig wäre, könne er sich noch immer überlegen, sofort nach München zurückzukehren oder ... ach, er dachte ja schon wieder daran.

8. Kapitel

Es war nicht der Gang nach Canossa, der Laurenz Stadler an diesem Tag ins Goethe-Institut führte. Er hatte schließlich die Entscheidung seiner Zeitung weder zu verantworten noch auszubaden. Doch er hatte ein gutes Verhältnis zum Institut insgesamt und zu dessen Chefin Susanne Höhn im Besonderen. Schon oft hatte ihm das Institut Praktikanten für die Arbeit vermittelt. Mehrfach hatte auch er über die Aktivitäten dieses *Centro Culturale Tedesco* berichtet. Direkt dem Auswärtigen Amt in Berlin unterstellt, kümmerte sich das Goethe-Institut im weitesten Sinne um die Verbreitung deutscher Sprache und Kultur im Ausland. Hier in Rom beinhaltete das Sprachkurse ebenso wie Schreibwettbewerbe, kleine Filmfestivals, Autorenlesungen und Workshops. Es gab eine recht beachtliche Bibliothek, es wurde eine Studienberatung angeboten, kurz, in Sachen deutsche Bildung und Kultur war das Institut die erste Anlaufstelle in der Hauptstadt schlechthin.

Cambio d'Aria, was man gut mit Tapetenwechsel übersetzen kann, lautete in diesem Jahr ein interessantes Projekt des Goethe-Institutes. Dabei wurden italienische und deutsche Journalisten in das jeweils andere Land geschickt, um Vorurteile und Klischees zu prüfen. Entweder um sie zu widerlegen oder um sie bestätigt zu finden. Eine spannende Sache, in deren Verlauf die Teilnehmer 14 italienische und deutsche Städte und Arbeitsplätze kennenlernen konnten. Parallel wurden Filme gedreht, Karikaturen gezeichnet und durchquerten

zwei Journalisten als Tandem Europa von Lissabon bis Moskau.
Stadlers Part bei diesem Tapetenwechsel wäre eine vier Wochen lange Betreuung eines Thüringer Journalisten in Rom gewesen. Wäre gewesen – der *Münchner Bote* hatte vor Monatsfrist sein Engagement in dem Projekt für beendet erklärt, die Gründe dafür waren Stadler inzwischen bestens vertraut: Zu dem Zeitpunkt, an dem der Partnertausch beginnen sollte, würde es kein Korrespondentenbüro in Rom mehr geben.
Cristina Corti von der Stabsstelle, die den Austausch koordinierte, war zunächst ratlos. Wohin mit einem Thüringer Journalisten in Italien? Vor zwei Wochen etwa hatte sie Laurenz Stadler angerufen und um einen Rat gebeten, was man mit dem Burschen anfangen könne. Er sicherte ihr Hilfe zu, und tatsächlich, eines Morgens unter der tröpfelnden Dusche, als er sich an sein Praktikum beim *Corriere* erinnerte, kam ihm eine Idee, die so naheliegend war, dass er sich wunderte, nicht schon früher darauf gekommen zu sein. Doch Giuseppe Bartali winkte ab. Der *Corriere Romano* nahm derzeit grundsätzlich keine Praktikanten an, schon gar nicht aus dem Ausland. „Mit dir haben wir schon genug ausgestanden“, machte Giuseppe einen von den Scherzen, die Laurenz manchmal nur schwer verstand. Vor allem am Telefon, wo er nicht an den Augen seines Freundes ablesen konnte, wie ernst es ihm damit war.
Stadler hatte ein paar Tage weitergebrütet und wollte im Institut schon absagen, da rief ihn Bartali kurz vor Mitternacht an und sprudelte gleich los. Alte Bekannte, die ihm noch einen Gefallen schuldeten, ... man kennt das ja.
Dieser Tag war für die Lösung des Problems gleich in mehrfacher Hinsicht günstig: Zum einen sah Stadlers Terminkalender ohnehin eine Pressekonferenz im Goethe-Institut vor, wo das Bildungs- und Kulturprogramm für das zweite Halbjahr vorgestellt werden sollte. Zum anderen war das der einzige Termin des Tages, noch dazu einer, der nicht erforderte, dass er nach den Minuten schielte. Ja, er konnte noch am spä-

ten Nachmittag einen Beitrag fertig machen, der zuständige Ressortleiter in München wollte ohnehin nur eine 30-Zeilen-Nachricht bringen. Kultur und Bildung in Rom – das rangierte aus der Münchner Sicht unter ferner liefen. Laurenz kannte das, er wollte sich aber nicht darüber aufregen. Nun sicherlich nicht mehr.
Das Goethe-Institut in Rom lag in einem prunkvollen Viergeschosser nahe der Villa Albani. Es war nur eine kleine Runde, die sich zur Pressekonferenz eingefunden hatte. Neben Stadler war ein halbes Dutzend Kollegen anwesend. Die Pressechefin begrüßte die Anwesenden, verteilte Pressemitteilungen, die Rede der Institutsleiterin im Wortlaut und die Heftchen mit dem Halbjahresprogramm. Dann sprach Susanne Höhn selbst, schließlich gab es noch die Gelegenheit, Fragen zu stellen, worauf allerdings die meisten verzichteten. Nur die Vertreterin der *ANSA* hatte zwei, drei Zusatzfragen, die Stadler ein wenig naiv vorkamen. Entweder hatte die junge Frau noch nie etwas vom Goethe-Institut gehört oder die Agentur hatte eine Praktikantin geschickt. Am Alter war so etwas für Stadler nur noch schwer ablesbar. Im Frühjahr hatte er auf einer Station in der Gemelli-Klinik mit so einer jungen Frau gesprochen, nach seiner Einschätzung eine Schwesternschülerin. Er wollte sie schon bitten, mal eine richtige Ärztin zu holen, bis er auf das Namensschildchen schielte und feststellte, dass er die Oberärztin persönlich bereits vor sich hatte. Nein, beim Schätzen des Alters nahm die Zahl seiner Fehldiagnosen proportional zu seinem Lebensalter zu.
Endlich war der nun wirklich langweilige Termin vorüber. Stadler nutzte den anschließenden Smalltalk, um sich von Susanne Höhn zu verabschieden, die ihm alles Gute für die Zukunft wünschte. Sicherlich war die Kunde vom schofligen Verhalten seiner Zeitung schon bis zu ihr gedrungen, und schließlich, was sollte sie ihm sonst wünschen?
Cristina Corti schien ihn schon zu erwarten.
„Kommen Sie“, zog sie ihn förmlich am Ärmel. „Haben Sie Lust, mich nach draußen zu begleiten?“ Ja, Stadler hatte.

Nichts täte er jetzt lieber. Er lud sie zu einem *Caffè* ein. Doch auf der Straße wurde ihm schnell klar, dass sie ihn nur nach draußen gebeten hatte, um endlich eine Zigarette rauchen zu können. Sie gingen wieder vor bis zur wesentlich belebteren Via Salaria, in der sie eine kleine Bar fanden, wo sie sich setzen konnten.
„Es ist sehr nett, dass Sie sich bemühen", fing sie an, nachdem der *Barista* ihnen die Getränke hingestellt hatte.
„Nun ja, ich fühlte mich schon ein klein wenig schuldig", sagte Stadler. Eigentlich war das eine Lüge. Er war vielmehr wütend auf seine Zeitung, dass sie ihn in dieser Angelegenheit in so eine Klemme manövriert hatte. Die italienischen Partner hatten fest mit ihm gerechnet. Dort, wo man als einziger Repräsentant seiner Zeitung unterwegs war, machten die Italiener keinen Unterschied zwischen der Person und der Institution.
„Das müssen Sie doch aber nicht", beruhigte ihn Corti und legte ihm ihre Hand auf den Unterarm. „Wir haben auch schon unsere Fühler ausgestreckt."
Stadler lächelte und blinzelte zufrieden in die Sonne. „Hatten Sie denn Erfolg dabei?", fragte er neugierig.
„Noch nicht ganz", wich Corti aus. „Aber wir könnten wahrscheinlich noch jemanden in Neapel beim Radio unterbringen."
„Neapel? Da sitzt doch schon der Mann von der Westdeutschen Allgemeinen."
„Ja, aber der ist bei einer Zeitung. Radio hat natürlich ganz andere Möglichkeiten."
„Aber zwei Deutsche in einer Stadt?" Stadler wiegte den Kopf.
„Ja, sicher nicht das Optimale. Es ist ja auch noch nicht fest. Und Sie, haben Sie denn eine Idee?"
Stadler nippte an seinem *Caffè* und blinzelte sie listig an.
„Ich denke schon", sagt er. „Ich habe vor fast 20 Jahren bei einer Zeitung in Parma einen Freund kennengelernt, der heute hier in Rom beim *Corriere* arbeitet. Der hat ein wenig gehol-

fen und alte Kontakte aufgefrischt. Da gibt es noch einen bei der *Gazzetta di Parma*, der ihm einen Gefallen schuldet."
Corti hatte sich aufrecht hingesetzt und spitzte die Ohren.
„Das klingt interessant", sagte sie.
„Ist es auch. Die *Gazzetta* ist die älteste Tageszeitung Italiens, ich habe das mal recherchiert. Und ihr Chefredakteur steht der Sache nicht ablehnend gegenüber. Es gibt da allerdings gewisse Hindernisse ..."
„Aha, der berühmte Pferdefuß."
„Bei der *Gazzetta* haben sie keinen Dolmetscher und nur zwei Kollegen, die ein wenig Deutsch können. Wenn der deutsche Redakteur also nicht wirklich fließend italienisch spricht ..."
Er machte eine Pause.
„Ja, sicher", sagte sie, aber es klang eher verunsichert.
„Könnten Sie das herausfinden?", bat er sie.
„Es wäre schon ein großer Zufall, wenn der deutsche Journalist so gut italienisch könnte, wie es erforderlich wäre. Unser Programm ist ohnehin so aufgestellt, dass wir mit einem Übersetzer arbeiten müssen. Nur in Parma haben wir keinen."
„Hm. Schade. Es war eben ein Versuch."
„Er ist auch noch nicht gescheitert", sprang sie ihm schnell bei. „Wir haben eine Übersetzerin in Mailand. Die betreut zwar schon einen anderen Projektteilnehmer, aber ich kann sie ja fragen. Unsere Übersetzer werden nach Zeilen bezahlt. Wenn sie nicht gerade bis über die Ohren in Arbeit steckt, freut sie sich vielleicht darüber."
„Fein", sagte Stadler.
„Sehr fein", bestätigte Cristina Corti und lächelte ihn an. „So erweist sich unsere Zusammenarbeit erneut als fruchtbar – unabhängig von der Entscheidung ihrer Zeitung."
Ihm fiel ein Stein vom Herzen. Offenbar konnte die junge Frau sehr wohl zwischen persönlichem und fremdem Unwillen differenzieren.
Er bestand darauf, die Rechnung zu begleichen, und verabschiedete sich mit ein wenig Wehmut von der Stabschefin. Zwar hatte er in den vergangenen Jahren nur vier oder fünf

Mal mit ihr zu tun gehabt, aber die Gewissheit, dass dieser Abschied mit aller Wahrscheinlichkeit ein Abschied für immer war, versetzte Stadler in eine melancholische Stimmung. Corti schien es nicht zu bemerken. Sie drückte ihm kräftig die Hand und ging federnden Schrittes wieder zurück in Richtung Institut.

Er hatte noch reichlich Zeit vor seinem nächsten Termin und entschloss sich spontan zu einem kleinen Spaziergang hinüber zum Pincio. Auf der langen Via Sicilia hinunter mit ihren Wohn- und Geschäftshäusern, den kleinen Hotels und den Kirchen war er noch mit den Römern alleine. Doch je näher er dem ehemaligen Fremdenviertel kam, umso dichter wurde der Strom der Touristen. Dann ging es scharf rechts in die Sistina und in Richtung der Kirche der Dreifaltigkeit. Den Obelisken vor der Kirche sah er schon von weitem. Immer dichter wurde das Gedränge der Touristen, immer babylonischer das Sprachengewirr. Unter ihm breitete sich die Spanische Treppe aus, wie sie die Deutschen nannten.

Unterhalb der oberen Terrasse verschnaufte Stadler. Er setzte sich wie die vielen jungen Römer, die Studenten und auch viele Touristen einfach auf eine der Stufen und blickte auf das Treiben. Es war ihm durchaus bewusst, dass er nicht mehr oft in den Genuss dieses Anblickes kommen würde. Unten, hinter dem immer dicht umlagerten Brunnen zog sich im tiefen Schatten der Häuser wie eine dunkle Schneise Roms berühmteste Einkaufsstraße hin, die Via Condotti, eine Straße, in der seit jeher mehr geschaut als gekauft wurde.

Laura Biagiotti, Italiens Modegöttin Nummer eins, hatte dort unten einen Laden. Und genau hier, hatte Stadler vor ein paar Jahren deren Tochter Lavinia kennengelernt. Während einer Modenschau war das, und die Begegnung hatte durchaus etwas Heiteres. Denn obwohl Lavinia Biagiotti zu den römischen *Celebrità* zählte, kannte er sie nicht, oder, besser gesagt, erkannte er sie in diesem Moment nicht. Das hing damit zusammen, dass Stadler einfach keine Antennen für solche Frauen hatte, die er gerne „beliebige Schönheiten“ nannte. Ebenmäßig

Zähne, mit dem Eisen glatt gebügelte Haare, Solariumbräune und eine üppige Oberweite waren nichts, was ihn als Ensemble reizte. Solche Frauen konnte er täglich auf den Titelseiten der Illustrierten sehen, solche Frauen flanierten zu Dutzenden auf den Boulevards und erfreuten sich an den mehr oder weniger verstohlenen Blicken der Männer. Nichts für Laurenz Stadler. Er mochte Frauen lieber, die über unverwechselbare Eigenheiten verfügten. Das durfte durchaus eine krumme Nase, eine kleine Lücke zwischen den Schneidezähnen, ein kleiner Busen oder auch ein breites Becken sein. Hauptsache, sie war ein Typ und keine wie alle. Jedenfalls, Lavinia Biagiotti hatte bei der Modenschau neben ihm gestanden und eine Bemerkung über irgendein Model gemurmelt, da hatte er sie angesprochen. Ob sie oft zu Modenschauen gehe? Sie hatte sich an den Brillenbügel gefasst, die Sonnenbrille ein Stück heruntergezogen und sah ihn mit einer Mischung aus Skepsis und Erstaunen an. Ja, sagte sie, schon öfter. Sie lächelte fast belustigt und das verwirrte ihn. Sie merkte es.
„Ich bin Lavinia“, sagte sie.
„Angenehm, Laurenz“, sagte er mit einer angedeuteten Verbeugung.
Nun, sie belustigte das noch mehr, er war noch mehr verwirrt. Da klärte sie ihn auf und natürlich war es ihm peinlich. Ihr nicht.
„Es ist die Hitze in Rom“, entschuldigte er sich höflich bei ihr. „Da kriegt man ja Zustände.“
„Rom ist ein Zustand“, konterte sie. Ein Spruch, über den er erst einen Augenblick nachdenken musste, was sie mit wohlwollender Aufmerksamkeit bemerkte.
Dann eilten zwei junge Dressmen die Treppe hinauf, jeder schwenkte eine an einer Kette hängende Kugel, aus der Rauch quoll. Stadler roch ihn und Bilder aus seiner Kindheit drängten sich auf. Keine schönen Bilder. Er auf schmerzenden Knien in der Kirchenbank, seine Mutter daneben, die Hände gefaltet, der Blick starr auf den Boden und irgendwelche Gebete murmelnd.

„Das ist Myrrhe“, klärte die junge Modemacherin auf.
„Ich weiß“, sagte Stadler. Er hatte einen Kloß im Hals.
„Wir machen viel mit Myrrhe.“
Stadler hatte schon eine unschöne und zynische Bemerkung auf der Zunge, beherrschte sich aber. „Ach ja“, sagte er nur.
„Ja“, antwortete sie beflissen. „Viele unserer Parfums haben Myrrhe als wichtige Note.“
„Wem es gefällt“, murmelte Stadler ausweichend.
„Die Römerin der Antike sah in der Myrrhe einen Duft, den Mann an sich zu binden“, erklärte sie. Und nach einer kleinen Pause schob sie ihm ihren Kopf entgegen. „Riechen Sie mal“, forderte sie ihn auf.
Er schnupperte und fand es erwartungsgemäß abscheulich.
„Ganz nett“, log er.
Ihr schien seine Zurückhaltung zu gefallen. Wahrscheinlich ist sie es gewohnt, von allen Männern angebaggert oder doch zumindest angehimmelt zu werden, dachte er. Nun traf sie auf einen, der weitestgehend uninteressiert schien. Sie flirtete noch ein wenig mit ihm, er genoss das Spiel.

„*Scusi Signor*“, wurde er plötzlich angesprochen. Er wusste erst gar nicht, wo die Stimme herkam, eindeutig die Stimme einer Ausländerin, während er aus seinen Gedanken auftauchte. Als er den Kopf hob, sah er direkt auf den goldfarbenen Reißverschluss einer viel zu eng sitzenden Jeans in Übergröße, die sich um ein gewaltiges Gesäß spannte.
„Ja?“, fragte er, in die Sonne blinzelnd.
Ob er sie vor der Kirche fotografieren könne, bat ihn eine dicke junge Brasilianerin mit auffällig rot geschminkten Lippen in einem fleischigen Gesicht, auf welches sie mit einer verspiegelten Sonnenbrille aufmerksam machte. Ja, natürlich, das könne er, antwortete er zerstreut, worauf sie ihm das Handy überließ und er sich alle Mühe gab, den Blickwinkel so zu wählen, dass sie möglichst vorteilhaft aussah. Er sah ihr noch eine Weile nach, wie sie, ihr ausladendes Hinterteil schwenkend, behutsam die Treppe hinunterging, und musste lächeln.

Probleme mit dieser Treppe hatte er auch, aber sie lagen glücklicherweise nicht an seiner Leibesfülle: Die Stufen der *Scalinata* waren spiegelglatt und es passierte recht oft, dass ein unvorsichtiger Passant hier ausglitt. Zum Glück waren die Stufen sehr flach und die Treppe nicht steil, sodass wirklich schwere Stürze meist ausblieben.
Auf halbem Weg kam der Brasilianerin ein auffälliges Pärchen entgegen. Ungeachtet des Sommers trug der Mann einen schwarzen Anzug und ein bordeauxrotes Hemd mit abgestimmter Krawatte. Er schien sichtlich zu schwitzen, lächelte aber die ganze Zeit wie entrückt. Die Frau hatte sich bei ihm eingehängt und trug dasselbe Lächeln zur Schau, vielleicht ein wenig gequält. Treppauf trat sie nur ganz behutsam auf, und den rechten Fuß setzte sie ein wenig schräg. Sie war noch auffälliger gekleidet als er: ein festliches Kleid mit geradem Ausschnitt und gerafften Volants an den Seiten, ein kurzes Bolerojäckchen, beides im selben Bordeauxrot wie sein Hemd, aber seidig glänzend. Auf dem Kopf saß ein wenig schräg und keck ein ebenfalls roter runder Hut mit einer Krempe aus Gaze, und in der rechten Hand trug sie ein Bouquet aus roten Rosen. Die beiden kamen allein, waren aber so klar erkennbar wie ein Hochzeitspaar gekleidet, dass viele Römer ihnen Glück wünschten, wofür sie sich artig bedankten – ebenfalls Ausländer, wie er beim Näherkommen am Dialekt hörte. Beide hatten die Fünfzig schon klar überschritten, also lag der Gedanke näher, dass das Paar wohl eher ein Ehejubiläum feierte. Der Mann hatte eine Spiegelreflexkamera über der rechten Schulter hängen. Beinahe fürchtete Stadler, dass das Paar ihn auch um ein Bild bitten würde – manchmal gab es ja solche Tage, an denen man sich fühlte, als würden sich die Ereignisse immerfort wiederholen –, doch sie hatten schon weiter unten einen jungen Mann gebeten, sie mit *La Scala*, wie die Römer die berühmte Treppe nannten, im Hintergrund abzulichten. Dabei posierten sie wie ein Hochzeitspaar, er nahm sie in den Arm, sie stand eine Stufe höher, um den Größenunterschied ein wenig auszugleichen. Als sie Stadlers Sitzplatz erreichten,

merkte er, dass es Deutsche waren. „Du musst die Schmerzen einfach weglächeln“, hörte er ihn sagen. „Ja“, pflichtete sie ihm bei, „das ist schließlich unser Tag.“ Stadler nickte ihnen freundlich zu, ohne etwas zu sagen. Auch ihnen sah er nach und versuchte, sich eine Geschichte darauf zusammenzureimen. Das machte er ohnehin gerne – „Menschen gucken“ nannte er das dann.
Er rollte seine Notizen zusammen, steckte sie in die Jackettasche und erhob sich schließlich mit einem leisen Ächzen. Man saß tief auf der *Scalinata*, das machten die flachen Stufen. Genug gerastet.

9. Kapitel

Marilyn Monroe, Jean-Paul Sartre, Pablo Picasso, Mahatma Gandhi oder Susan Sontag – er hat sie alle vor der Linse gehabt. Laurenz Stadlers fast verehrende Liebe zu Henri Cartier-Bresson fing schon vor seinem Studium an, als das Kulturzentrum in der nahen Stadt eine Ausstellung mit Porträts zeigte, die Cartier-Bresson 1961 von dem Bildhauer Alberto Giacometti fertigte. Das Plakat dieser Ausstellung hatte sich Laurenz mit Tesa-Film von innen an die Tür seines Kinderzimmers gepinnt – freilich unter den missbilligenden Blicken seiner Mutter. Ja, wäre es ein Porträt von Mozart oder Beethoven gewesen, das hätte sie möglicherweise gutgeheißen. Aber mit Giacometti konnte die Mutter nichts anfangen. „Das ist ja nicht einmal scharf", hatte sie getadelt. Und in der Tat, Giacometti selbst, eine Büste in der Hand und eine Zigarette im Mundwinkel, war durch die lange Belichtungszeit auf dem Foto verwischt. Stadler könnte das Bild auf dem Plakat noch heute zeichnen – es hatte sich tief in sein Gedächtnis gebrannt: Der Meister eilte förmlich durch sein Atelier. Dabei war sein Oberkörper leicht nach vorn gebeugt, und er nahm damit unbewusst genau die Haltung ein, die auch die leicht angeschnittene Statue am rechten Bildrand zeigte. Erst später hatte Stadler recherchiert, dass es sich dabei um die Figur *L'Homme qui marche I* handelte, die 1960 entstand, ein Jahr bevor Cartier-Bresson den Schweizer Künstler porträtierte. Nach dem Besuch der Ausstellung hatte Stadler geglaubt,

Giacometti zu kennen. Er war tief beeindruckt, dass man mit einer Fotokamera das Wesen eines Menschen so behutsam und doch präzise einfangen kann, wie es Cartier-Bresson getan hatte. Das war auch Anlass für ihn, sich während seines Studiums in einer Seminararbeit mit der Agentur *Magnum Photos* zu beschäftigen, die Cartier-Bresson gemeinsam mit Robert Capa gegründet hatte. Dabei entdeckte Stadler den Reporter Henri Cartier-Bresson, später auch den Fotografen von Akten, entdeckte seine Street-Fotografie und freilich auch seine weltberühmten Pfützenspringer. In den acht Jahren, in denen er für das Feuilleton des *Münchner Boten* arbeitete, bemühte er sich vergeblich darum, den inzwischen betagten Fotografen interviewen zu dürfen. Es ergab sich einfach keine Gelegenheit.
Nun, an diesem Tag, da war er sich sicher, würde er noch weitere Facetten dieses von ihm so hoch verehrten Ausnahmekünstlers kennenlernen dürfen. Denn die Ausstellung mit fast 600 Werken, die ab heute in der *G.O.T.A. Roma*, der *Gallery of Temporary Art* gezeigt werden würde, offerierte auch das Spätwerk, das ausschließlich aus Zeichnungen bestand.
Stadler hatte sich fein herausgeputzt: ein cremefarbener Dreiteiler, dazu eine malvenfarbene Krawatte. Ein bisschen widerstand er der Versuchung, sich noch einen Spazierstock zu besorgen – er hatte das Gefühl, das wäre ein Aufzug, der Cartier-Bresson möglicherweise imponiert hätte, mit dem er allerdings bei den anderen Gästen der Vernissage nur unangenehm aufgefallen wäre. Schließlich, er war dienstlich hier und hatte zu arbeiten. Und dann, wohin mit so einem Spazierstock, wenn er seinen Notizblock zücken und schreiben müsste. Dennoch, irgendwann würde er sich so ein versnobtes Attribut zulegen. Die Gefahr, dass ihn dann alle für einen englischen Konsul halten würden, nahm er gerne in Kauf.
Laurenz Stadler freute sich darüber, dass er noch im letzten Monat seiner Dienstzeit im Ausland so einen angenehmen Kulturtermin hatte, obwohl die Werkschau im Feuilleton seiner Zeitung mit Sicherheit wieder unterbelichtet dargestellt werden würde. Der zuständige Redakteur vom Wochenend-

dienst hatte ihm schon signalisiert, dass er über einen Fünfspalter im Keller hinaus keinen Platz haben würde. Und da war das Bild schon eingerechnet. Sei es drum, Termin war Termin und Stadler würde nun doch noch einen Beitrag über Cartier-Bresson schreiben können, wenn auch sozusagen nur posthum.
Er war gerade in die Betrachtung eines Bildes vertieft, als er eine raue Frauenstimme dicht neben sich vernahm.
„Ich staune, dass dieses Bild überhaupt in Rom gezeigt werden darf", sagte sie.
Stadler drehte sich langsam um. Neben ihm stand eine Frau von vielleicht Ende 30, deren gut und eng sitzendes Kostüm farblich exakt auf seinen Anzug abgestimmt war. Eierschale mit dunkelblauen Ziernähten. Die Frau hatte einen rabenschwarzen Kurzhaarschnitt und funkelte ihn aus dunklen Augen angriffslustig an.
„Schauen Sie doch nur: Mit ein wenig Fantasie geht das doch glatt als Pornographie durch", sprach sie weiter, und es war an ihrem Tonfall nicht zu erkennen, ob sie das Foto deswegen verabscheute oder ob es ihr gerade deswegen gefiel.
Das Bild zeigte, offensichtlich vom Ufer aus fotografiert, den Rücken eines jungen Mannes mit dunklen, lockigen Haaren, der bis zu den Rippen in einem Fluss oder See stand. Vor ihm lag rücklings eine Frau im Wasser, die Beine um seine Hüften geschlungen und die Arme ausgebreitet. Den Kopf der Frau sah man nicht, aber ihre weiße und schwere Brust mit einer winzigen erigierten Knospe. Es war nicht recht zu erkennen, ob das Paar komplett nackt war. Es war auch nicht ersichtlich, ob der Betrachter hier Zeuge einer körperlichen Vereinigung war, insofern hatte die Dame mit ihrer Bemerkung durchaus recht. Andererseits schwang in dem Bild so viel sommerlich leichte Poesie mit, dass Stadler den Begriff Pornographie dafür strikt ablehnen würde, selbst wenn es sich hier um einen sexuellen Akt handeln sollte.
Er fasste sich ans Kinn und wandte sich der schönen Unbekannten zu.

„Nun, vielleicht liegt die Kunst eben auch hier im Weglassen“, versuchte er sich in einem behutsamen Kommentar. „Wir wissen nicht, was die beiden hier treiben. Und wenn sie sich ungeniert vor der Kamera lieben, dann wären wir doch eher aufgefordert, uns still an ihrem Glück zu erfreuen, als nach einem Sittenwächter zu rufen, finden Sie nicht?“ Er deutete eine leichte Verbeugung an, die sie auch als Entschuldigung hätte auslegen können.

„Unbedingt!“, pflichtete sie ihm bei. „Das war auch eher als Kritik an der prüden und doppelzüngigen Haltung der Kulturoffiziellen gedacht.“

„Nun“, griff er den Faden auf, „selbst bei schlechtem Willen – Pornographie ist die Hurenmalerei, davon ist Cartier-Bresson doch wohl weit entfernt.“

„Obwohl er immer wieder Huren fotografiert hat“, fiel ihm seine neue Bekannte beinahe ins Wort.

„Da haben Sie allerdings recht“, sagte er.

Er ging langsam weiter, sie folgte ihm wie ein Schatten. Das war ihm nicht unangenehm, er war durchaus gerne in weiblicher Begleitung. Vor allen Dingen freute er sich immer, wenn er Gesprächspartner fand.

„Sie sind aber kein Römer“, hakte sie nach. Sie sprach vom *Originario Roma*, also vom gebürtigen Römer. „Das höre ich an Ihrem Dialekt.“

„So so.“ Er lächelte sie an. „Wo würden Sie mich denn dem Dialekt nach verorten?“

„Ich tippe auf Norditalien, eventuell die Emilia-Romagna, vielleicht sogar Südtirol. Da ist so was Hartes in ihren Konsonanten.“ Stadler strahlte. Er war immer stolz, wenn man in ihm nicht sofort den Deutschen erkannte.

„Da sind Sie auf jeden Fall dichter dran, ich bin aus Süddeutschland.“

„Aus Deutschland?“ Sie wandte sich um und taxierte ihn mit leicht zusammengekniffenen Augen. „Da muss ich Ihnen ein Kompliment machen. Das merkt man kaum.“

„Danke", sagte er und hoffte, dass sich das sowohl auf die Sprache als auch auf seine Kleidung bezog. In diesen beiden Fragen war er stets ein wenig eitel.
Sie war schon wieder bei den Bildern.
„Schauen Sie doch mal hier, was für eine kraftvolle Sexualität." Sie zeigte auf eines der Bilder, die Cartier-Bresson in Mexiko aufgenommen hat. Stämmige Huren, auffällig geschminkt und mit starker Ausstrahlung.
Er machte sie auf die Bilder an der gegenüberliegenden Wand aufmerksam. „Da drüben sind noch welche, die hat er in Spanien fotografiert, in Alicante. Ihn interessierte das pralle Leben." Er dachte an Tänzer, an Kinder, an Straßenszenen und an Feste.
„Eben. Und da gehört doch Sex dazu, oder?" Sie blickte ihn herausfordernd von der Seite an.
„Unbedingt", pflichtete er ihr bei.
Sie drehte sich zu ihm, um ihm ihre ganze Aufmerksamkeit zu widmen.
„Monica", sagte sie. „Monica Cavalcanti." Sie hielt ihm die Hand hin.
„Freut mich, Laurenz Stadler", tat er es ihr gleich und deutete einen Handkuss an.
„Sie sind Journalist?", wollte sie wissen.
„Ertappt." Er lachte.
„Ich habe vorhin gesehen, wie Sie sich Notizen gemacht haben, bei der Eröffnungsrede."
„Schuldig." Er legte in theatralischer Geste eine Hand aufs Herz. „Ich bin Korrespondent einer süddeutschen Zeitung. Aber nicht mehr lange."
„Ach?"
„Ja, meine Zeitung hält es für besser, das Korrespondentenbüro aufzulösen."
„Sie meinen, Ihre Zeitung hält es für billiger."
Klug ist sie auch noch, dachte Stadler anerkennend. Er mochte Frauen, mit denen man sich auf Augenhöhe unterhalten konnte. Wenn sie dann auch noch hübsch waren, umso besser.

„Sie sprechen, als verstünden Sie was vom Zeitungsgeschäft“, tastete er sich vor.
„Ach das täuscht.“ Sie winkte ab. „Aber es ist doch überall dasselbe. Überall werden doch derzeit Leute eingespart, wird Service abgebaut und werden die Preise erhöht. In Deutschland offenbar ebenso wie in Italien. Da habe ich einfach eins und eins zusammengezählt.“
„Und liegen damit gar nicht so falsch“, lobte er.
Inzwischen waren sie bei den Porträts angelangt und warfen sich gegenseitig die Namen der zeitgeschichtlichen Personen zu, die von Cartier-Bresson fotografiert wurden.
„Da wird sich Ihre Frau aber freuen, wenn Sie Rom verlassen“, sagte Monica Cavalcanti wie nebenbei.
„Ich habe keine Frau“, sagte er, und es klang schroffer als beabsichtigt. Die Aussage, dass er solo sei, wäre netter rübergekommen, dachte er. Doch sie ging mit keiner Silbe darauf ein, sondern plauderte weiter über die Fotos. Wollte sie etwas von ihm? Der Gedanke schmeichelte ihm.
Nach einer Weile verstärkte sich noch der Eindruck, als sie sich wieder umdrehte und ihm mit dem Finger auf die Brust tippte.
„Sagen Sie, Laurenz, hätten Sie Lust, nachher mit mir noch etwas trinken zu gehen?“ Sie lächelte ihn einladend an. „Oder müssen Sie gleich wieder ins Büro eilen?“
„Muss ich nicht“, sagte er zögernd.
„Klingt nach einem Aber ...“. Sie hatte seine Unsicherheit bemerkt.
„Nein, nein“, beeilte er sich zu versichern, „da ist kein Aber. *Andiamo!*“
Kurzerhand bot er ihr den Arm an, sie hängte sich ein und sie strebten dem Ausgang zu.

Laurenz Stadler hatte durchaus das, was man Erfahrungen mit Frauen nannte. So war er in seiner Studentenzeit einmal beinahe verlobt gewesen und hatte ein anderes Mal eine länger andauernde Beziehung mit einer Kollegin vom Wirtschaftsressort, eine Beziehung, die sicherlich eine Zukunft gehabt hätte, wäre sie nicht verheiratet gewesen. Während dieser Affäre hatte er gemerkt, dass er sich auf die Ausflüchte und Winkelzüge einer heimlichen Liaison nicht verstand. Das Verstecken vor den Kollegen, die verschwiegenen Treffen ... Bald nahm das Konstruieren von Legenden einen größeren Teil ihrer Beziehung in Anspruch, als der Genuss der Zweisamkeit. Das Ende kam rasch.

Auch in den elf Jahren in Italien gab es ein paar Frauen. Ein Sonderfall freilich war die Signora von gegenüber, mit der er über die Straße hinweg gewissermaßen optisch intim war. Einen Sonderfall stellten auch die römischen Huren dar – Stadler hatte sich ein paar Mal Damen von sogenannten Escort-Services in seine Wohnung kommen lassen. Nicht, dass er besonders stolz darauf gewesen wäre, er maß dem nicht diese Bedeutung zu, nicht dieses Drama, das andere daraus machten. Er nannte sie auch nicht Huren, für ihn waren es eben Frauen, die spezielle Dienste anboten.

Mit einer dieser Escort-Damen hatte er sich sogar außerhalb bezahlter Dienstleistungen getroffen. Es handelte sich, wie sich herausstellte, um eine „späte" Studentin, eine überaus attraktive Frau von Anfang 30, die nach einer ein wenig verkorksten Karriere noch ein Studium begonnen hatte und sich mit ihren Liebesdiensten den Lebensunterhalt und die teuren Fachbücher finanzierte. Schon beim zweiten Treffen merkte Stadler, dass sie ein wenig Deutsch konnte. Und nach ein paar gezielten Fragen – der Journalist in ihm blieb immer neugierig – erfuhr er, dass sie an der Universität *Tor Vegata*, einer der vier staatlichen römischen Unis, *Lingue e Letteratura straniere* studierte, wobei sie Deutsch als Hauptfach belegte. Beim dritten Besuch unterhielten sie sich ausschließlich über die deutsche Literatur und sie weigerte sich, Geld von ihm zu nehmen. Dann trafen sie sich in einem Café, gingen gemeinsam essen oder im Park spazieren. Ein-, zweimal hatte sie sogar bei ihm übernachtet. Ja, Laurenz hatte damit begonnen, ungeachtet oder vielleicht sogar wegen ihres zweifellos

sündigen Lebens, von dem seine Mutter selbstverständlich nie ein Sterbenswörtchen erfahren dürfte, über eine gemeinsame Zukunft nachzudenken. Doch als er sie bat, von ihren Eskapaden zu lassen, wurde sie zornig, und alsbald hatte er das Gefühl, ihr ging es gar nicht so sehr um die Finanzierung des Studiums, ihr ging es viel mehr um die Art von Macht, die sie nur als Hure über die Männer hatte. Jedenfalls trennten sich ihre Wege bald darauf.
Laurenz hatte nichts gegen die zuverlässige, aber eben doch oberflächliche und auf den Moment bedachte Befriedigung, die aus einer monetär gesteuerten Beziehung hervorging. Grundsätzlich war ihm jedoch eine Liaison, auch eine flüchtige mit einer Frau lieber, die ihn um seiner selbst willen mochte.

Was mochte nun aus der Begegnung zwischen ihm und Monica werden? Sie hatte sich bei ihm untergehakt und er betrachtete sie verstohlen von der Seite, als sie wie ein vertrautes Paar durch die sonnendurchfluteten Straßen gingen. Was wollte diese Frau von ihm? Und warum? Oder war es so simpel, wie es ihm vorkam: Suchte sie einfach ein wenig Gesellschaft und vielleicht auch ein bisschen mehr als das. Journalisten neigen aus gutem Grunde dazu, dem ersten Gefühl zu misstrauen: Im Regelfall versuchen alle Gesprächspartner, Journalisten zu instrumentalisieren.
Sie suchten sich ein kleines Café, setzten sich nach draußen und ließen sich zwei Gläser kühlen Weißwein bringen. „Monica Cavalcanti." Er rollte und kostete den Namen auf der Zunge wie den ersten Schluck des erfrischenden Weins.
„Gefällt dir mein Name nicht?"
„Muss ich ihn schon mal gehört haben?", fragte er.
Sie lachte und warf dabei den Kopf nach hinten, präsentierte ihm ihren Hals. Einen schönen Hals.
„Musst du nicht", sagte sie. „Ich habe in Testaccio einen kleinen Fotoladen mit einem Aufnahmestudio."
„Oh, das ist bei mir ganz in der Nähe, ich wohne auf der anderen Seite des Flusses."

„Nun sag schon, gefällt dir mein Name oder nicht?“ Sie blieb hartnäckig.
„Doch schon, er klingt gut“, sagte Stadler. „Er klingt so ... nach Leidenschaft.“ Da war er, der nächste Schritt. Und er hatte ihn getan. Sei es, um ihre wahren Absichten zu erkunden, sei es, weil er sich über seine eigenen Absichten noch nicht ganz im Klaren war. Oder vielleicht ja doch.
„Worauf du dich verlassen kannst“, sagte sie und befeuchtete sich wie zufällig die Lippen mit der Zunge.
Stadler spürte etwas an seiner Wade. Sie hatte einen Schuh ausgezogen und berührte ihn dort mit dem Fuß. Eine Geste, die keiner weiteren Erklärung bedurfte. Er sah ihr aufmerksam in die Augen und freute sich schon jetzt wie ein kleines Kind darauf, sie von ganz Nahem sehen zu dürfen. Wenn sie den Kopf drehte und die Sonne in einem bestimmten Winkel ihr Auge traf, glaubte er, so etwas wie goldene Einsprengsel in ihrer Iris zu sehen. Das versetzte ihn augenblicklich in Erregung, denn solche Einsprengsel hatte er schon einmal gesehen. Und zwar ganz von Nahem.
Raffaela hieß sie und war auch so ein Sonderfall. Raffaela war fuchsrot mit grünen Augen und ganz heller Haut, die über und über mit Sommersprossen übersät war. Stadler hatte sie später alle erkundet und gezählt, war durcheinandergekommen und fing wieder von vorne an. Doch das dauerte seine Zeit, denn Raffaela kam ihm zwar von der ersten Minute sehr nahe, jedoch nur beruflich. Raffaela war Zahnärztin. Dass er sich in sie verguckt hatte, war eigentlich ihre Schuld.
„Wenn es Ihnen unangenehm wird, schauen Sie einfach direkt in meine Augen“, hatte sie ihm empfohlen, als er hilflos ausgeliefert auf ihrem Stuhl lag, und sie mit Händen und Werkzeugen beinahe in seinem Mund verschwand. Er nahm ihr Angebot an, musste dazu nur ein klein wenig den Blick heben, der sonst starr zur Decke gerichtet war, und erschrak zunächst, wie dicht sich ihr Gesicht an seinem befand. Erst wandte er sofort den Blick wieder ab, ja, war beinahe peinlich

berührt, ihr so nahe gekommen zu sein. Doch sie schien es gar nicht zu registrieren. Und es war ja umgekehrt: Sie war ja ihm nahe gekommen. Da versuchte er es wieder. Erneut blieb sie davon unbeeindruckt, und dann fiel ihm auch auf, warum. Natürlich konnte er als Patient hinsehen, wohin er wollte, sofern er seinen Kopf nicht bewegte. Ihr blieb diese Freiheit verwehrt, sie hatte sich ausschließlich um seine Zähne zu kümmern und hielt den Blick daher starr auf die dortige Baustelle gerichtet. So wagte er einen dritten Blick, und zum dritten Mal raubte es ihm den Atem. Die kleinen Bürstchen ihrer Augenbrauen schimmerten rotgolden, hoben sich aber kaum von der Haut darunter ab, weil ihre Sommersprossen von derselben Farbe wie ihre Augenbrauen waren. Goldene Einsprengsel sah er auch in ihren grünen Augen, deren Helligkeit zu changieren schien. Er verliebte sich auf der Stelle in diese Zahnärztin, die, ginge es nach ihm, fortan die seine werden sollte. Glücklicherweise bestellte sie ihn zwei Wochen später zu einer Nachkontrolle, sodass er keine Ausrede brauchte, um in ihre Nähe zu kommen. Allerdings hatte die Sache einen Haken: Beim Zahnarzt spricht meist nur einer, und das ist der *Dentista* selbst. Ja, es bleiben sogar Fragen unbeantwortet, weil der Patient nicht sprechen kann. Meist nicken Zahnärzte dann verständig, als hätten sie sich die Antwort selbst gegeben.
Sollte er sie nach der Behandlung einfach zum Essen einladen? Und würde er sich nicht unsterblich blamieren, wenn sie verheiratet war? Er lud sie ein, und am Ende wurde er nicht mit ihr glücklich.
Daran musste er denken, als er ein zweites Glas Wein für Monica und sich bestellte. Monica Cavalcanti. Ob er sich den Nachnamen wirklich merken musste oder ob es am Ende so werden würde wie bei Raffaela?
Er schalt sich einen Esel. Warum sollte er es kompliziert machen. Monica war an seiner Gesellschaft interessiert und er an ihrer. Sie wollte offensichtlich mehr und sie wollte nicht warten. Und sie waren beide alt genug, um die günstige Ge-

legenheit nicht mit unangebrachten Gewissensbissen zu vertändeln.
Stunden später, als ihre Körper sich genug voneinander erzählt hatten, ging Monica in die Küche, um sich eine Untertasse zu holen – im spartanisch eingerichteten Junggesellenhaushalt in Laurenz' kleiner Wohnung gab es keine Aschenbecher. Sie ging ganz unbefangen und splitternackt und er bewunderte ihre Figur. Ein Hesse-Vers fiel ihm ein.

Und jedem Anfang wohnt ein Zauber inne,
Der uns beschützt und der uns hilft, zu leben.

Er sah ihr wieder in die Augen und da waren sie wieder, die kleinen goldenen Einsprengsel. Wie bei Raffaela. Am Ende hatte sich seine Beziehung zu der Zahnärztin totgelaufen. Sie waren glücklich miteinander, wann immer sie zusammen Zeit verbringen konnten. Sie besuchten einander, sie blieben über Nacht, sie hatten Sex in einer Art, die Stadler durchaus als leidenschaftlich bezeichnen würde. Aber es kam keinem von den beiden in den Sinn, mit dem anderen über eine gemeinsame Zukunft zu sprechen. Raffaela hatte ihre Zahnarztpraxis und Laurenz hatte seine Redaktion. Die Arbeit blieb in ihrer Beziehung ebenso ausgespart wie ihre Familien. Keiner wäre auch nur auf die Idee gekommen, von einer gemeinsamen Wohnung zu sprechen, keiner wollte sein Territorium und seine Routine aufgeben. Kurz: Sie lebten nur miteinander, wenn sie beieinander waren, im Ganzen war es dann wohl doch nur ein Nebeneinander. Irgendwann wurden die Besuche und die Verabredungen seltener, bis sie ganz ausblieben. Keiner von den beiden gab sich oder dem anderen dabei die Schuld, es passierte einfach. Wenn sie sich heute zufällig in der Stadt begegneten, so gab es einen flüchtigen Kuss, immerhin auf den Mund, das unterschied ihn von den Begrüßungsritualen, und ein kurzes, freundliches Gespräch.
Wenn er sich aber einen Termin bei ihr holte, weil es etwas an den Zähnen zu reparieren galt oder auch nur nachzusehen –

seine deutsche Krankenkasse bestand darauf, dass der Zahnarzt einmal jährlich nach dem Rechten sah –, dann achtete sie darauf, dass ihn einer ihrer Kollegen behandelte. Die goldenen Einsprengsel in der Iris ihrer grünen Augen hatte er das letzte Mal von Nahem gesehen, als sie beieinander lagen, und das war nun auch schon ein paar Jahre her. Ihre Pupillen waren vor Erregung geweitet und er konnte in diesen schwarzen Brunnen sein Gesicht wie in einem Spiegel sehen, während seine Hände ihren schweißnassen Rücken umklammert hielten. Hach. Es war zum Seufzen, wenn er daran dachte, was schon noch ab und zu geschah.
Raffaela war durchaus das, was man „die Richtige" nannte. Möglicherweise war er zu diesem Zeitpunkt schon zu alt, um sich Hals über Kopf in ein neues Leben zu stürzen. Oder zu wenig abenteuerlustig, was im Ergebnis freilich auf dasselbe hinauslief. Raffaela hingegen, so hatte er aus ihrem Stückchen gemeinsamen Leben gelernt, war zu stolz auf ihre so hart erkämpfte Unabhängigkeit – sie hatte sich erst drei, vier Jahre vor ihrer ersten Begegnung von einer miserablen Ehe befreit –, als dass sie ihr Leben schon wieder für einen Mann umstellen könnte.
Doch Warten wäre sinnlos. Für Beziehungen solcher Art gab es ein Zeitfenster, und wenn sich das einmal geschlossen hatte, dann war es für immer zu. Nein, man musste das wirklich so sehen. Laurenz Stadler hatte Erfahrungen mit Frauen, war den Frauen auch durchaus zugetan. Aber er war kein Mensch, der sich dauerhaft an eine Frau binden wollte. Nun nicht mehr. Das wollte er keiner Frau antun.
„Bist du noch bei mir?"
Monica strich ihm behutsam über die Wange.
„Verzeihung, ich war wohl eingedöst."
Sie lächelte.
„Ich muss", sagte sie.
Und plötzlich verflog alle Poesie. Mit sparsamen, raschen Bewegungen zog sie sich an und war schon fertig, kaum, dass er sich im Bett aufgerichtet hatte.

„Es war zauberhaft mit dir“, sagte sie und hauchte ihm einen Kuss auf die Stirn. „Aber ich muss wirklich. Vielleicht ruf ich dich an.“
Dann stand er am Fenster. Nur in Unterhose stand er da und sein Bauch berührte die kühle Scheibe. Sie eilte über die Straße, drehte sich um und winkte noch einmal. Er winkte zurück und versuchte, sich an das ganze Gedicht von Hermann Hesse zu erinnern. Doch ihm fielen nur die Zeilen rings um das beliebte Zitat vom zauberhaften Anfang ein.

Es muß das Herz bei jedem Lebensrufe
Bereit zum Abschied sein und Neubeginne,
um sich in Tapferkeit und ohne Trauern
In andre, neue Bindungen zu geben.
Und jedem Anfang wohnt ein Zauber inne,
Der uns beschützt und der uns hilft, zu leben.

Wie passend, dachte er mit einem Anflug von Bitterkeit. Was sollte er nun von dieser Begegnung halten?
Er winkte noch einmal, doch Monica Cavalcanti konnte ihn schon nicht mehr sehen. Dafür die schöne Signora, die gegenüber an ihrem offenen Badezimmerfenster stand und die Szenerie offenbar beobachtet hatte.
Laurenz Stadler hob zaghaft die Hand und winkte ein drittes Mal. Diesmal hinüber zur Nachbarin.
Doch die schloss energisch das Fenster und zog mit einem Ruck die Gardinen zu.
„Hermann Hesse“, murmelte Stadler, „so ein Schmarrn.“

10. Kapitel

Nur noch zwei Wochen bis zu seinem letzten Arbeitstag.
Die Ergebnisse des Referendums entsprachen einem kleinen politischen Erdbeben und übertrafen noch Stadlers Erwartungen. Mehr als 90 Prozent Zustimmung bei einem gültigen Referendum hatte es das letzte Mal vor 20 Jahren. Mit Silvio Berlusconi ging es weiter bergab.
Die Auflösung der Korrespondentenstelle hatte für Laurenz Stadler den Schrecken verloren – die angekündigte Umsetzung auf den Posten eines „Nachrichtenführers" an einen wie auch immer gestalteten Desk noch lange nicht.
Die meisten persönlichen Dinge wie Bücher und Erinnerungsgeschenke hatte er bereits aus seinem Büro geräumt. Es bedurfte einiger Gespräche und sogar Telefonkonferenzen zwischen Laurenz Stadler, Chefredakteur Hans Böhringer und der Geschäftsführung, um den Verfahrensmodus festzulegen. Soll er bis zum letzten Tag aus Rom senden? Wer soll die Auflösung des Büros beaufsichtigen? Was geschieht mit dem Verlagseigentum?
Die wichtigste Entscheidung für Stadler war jedoch die über seinen großen Urlaub. Neuland für ihn, bislang hatte er noch nie in seinem Leben seine persönlichen Interessen vor die seines Arbeitgebers gestellt. Er hatte lange überlegt, wie er sich angemessen von Italien verabschieden sollte. Dann war es Böhringer selbst, der ihm ein aus Sicht der Zeitung wirklich großzügiges Angebot unterbreitete und damit in Stadlers

Hirn eine Idee pflanzte, einen kleinen Keim nur, der von Tag zu Tag wuchs: Er, Stadler, könne sozusagen als Gratifikation für die elf Jahre Auslandseinsatz einen ganzen Monat Sonderurlaub in Italien machen. Die Wohnung in Rom dürfe er weiter auf Verlagskosten nutzen, was für den Verlag freilich leicht war. Denn wegen der Kündigungsfrist müsste München ohnehin bis November die Miete bezahlen. Reisekosten oder andere Auslagen würden ihm nicht erstattet, aber das Gehalt könne man ihm fortzahlen. Sein eigentlicher Urlaub bliebe ihm erhalten. In Anbetracht der Situation fand Stadler das Angebot zumindest, nun ja, zumindest anständig.
Dennoch bat er sich Bedenkzeit aus, um ein paar Tage darauf drei Monate einzufordern. Drei Monate, von denen zwei als unbezahlte Freistellung gelten sollten. „Bevor ich gehe", hatte Stadler gesagt, „will ich noch einmal durch das Land reisen, durch das ich bis jetzt immer nur aus dienstlichen Gründen gefahren bin." Bevor ich gehe – erst am Abend war ihm die Doppeldeutigkeit dieser Worte eingefallen und ihm lief ein kalter Schauer über den Rücken ob seiner Gedanken. Doch ungeachtet dieses schwer von der Hand zu weisenden Argumentes dauerte es wieder lange, musste wieder verhandelt und abgestimmt werden, schließlich willigte Böhringer ein, nicht jedoch, ohne Stadler zu signalisieren, dass er „so etwas" von ihm nie erwartet hätte. Einmal ist immer das erste Mal, hatte Stadler gedacht, aber wohlweislich geschwiegen.
Vom 1. Juli bis Ende September würde Stadler nun freigestellt sein, im Oktober und November allerdings dürfe er dann keinen anderen Urlaub nehmen. Schließlich soll er sich auf seiner neuen Position ordentlich einarbeiten. Nun, Stadler hatte inzwischen eine eigene Meinung zum Thema Newsdesk. Wäre der neue Posten des Nachrichtenführers wirklich so wichtig, wie Böhringer ihm weismachen wollte, wieso konnte er dann noch zwei beziehungsweise drei Monate auf seine Besetzung warten? Das stank doch bis Rom. Nein, Stadler war immer mehr davon überzeugt, dass man ihn auf einen Arbeitsplatz komplimentieren wollte, der ihm einerseits den Eindruck ge-

ben sollte, man nähme ihn wichtig, in Wirklichkeit jedoch nur eine Schaufensterfunktion hatte. Der Nachrichtenführer als Frühstücksdirektor, ein Posten, auf dem er keinen Schaden anrichten konnte. Dieser Eindruck wurde noch durch die offizielle Verlautbarung in einer firmeninternen Rundmail der Chefredaktion verstärkt.

Liebe Kolleginnen, liebe Kollegen,
mit Wirkung vom 30. Juni 2011 wird das Korrespondentenbüro in Rom seine Arbeit einstellen.
Ebenfalls zum 30. Juni 2011 wird Kollege Laurenz Stadler seine Arbeit als Korrespondent in Rom beenden. Herr Stadler begann seine Tätigkeit bei unserer Zeitung im September 1980 als Lokalredakteur in Kempten, die er von 1983 bis 1984 leitete. Im Oktober 1984 wechselte er als Redakteur ins Feuilleton. Im Mai 2000 hat er die Korrespondentenstelle in Rom übernommen.
Ich bedanke mich bei Herrn Stadler für seine langjährige Arbeit in Rom. Herr Stadler wird in unserer Zeitung die Leitung des Newsdesk übernehmen und damit die Verantwortung über das operative Tagesgeschäft. Ich wünsche ihm für seine neue Tätigkeit viel Erfolg.
Herzlich
Hans Böhringer
Chefredakteur

Es war, man konnte kaum einen anderen Begriff dafür finden, eine ausgesprochene Sauerei. Stadler hatte mit Kollegen in der Redaktion telefoniert, deren Vertrauen er hatte, und dabei erfahren, dass es absolut keine andere Aussage über das Korrespondentenbüro in Rom gab als die in dieser E-Mail genannte. Mit anderen Worten: Niemand erhielt eine Begründung. Überflüssig zu sagen, dass auch Nachfragen in dieser Angelegenheit unerwünscht waren. Sie wurden einfach nicht beantwortet.

Im Korrespondentenbüro des *Münchner Boten* in Rom und in Laurenz Stadlers Wohnung herrschte schon längst das Chaos. Überall standen halb gepackte Kartons herum, beim Postamt kannte man ihn schon, weil er in der vergangenen Woche allein fünf Mal dort war, um ein Paket in die alte Heimat zu schicken. Renate Hausdörfer, die gute Seele in seinem Heimatdorf, würde sie in Empfang nehmen.
Seine Münchner Wohnung gab es ja schon lange nicht mehr. Er hatte sie aufgegeben, nachdem sein erstes Jahr in Italien absolviert war. Damals zweifelte er keine Sekunde lang, dass die Korrespondentenstelle ein Job für die Ewigkeit sei, er brannte dafür, er schien endlich seine Berufung gefunden zu haben, und er war davon überzeugt, dass er die Wohnung in München einfach nicht mehr benötigen würde. Ja, es hatte ein wenig Ärger mit seiner Mutter gegeben, aber für kritische Gespräche war er gut gewappnet, auch wenn ihm das im Nachhinein ein bisschen schlitzohrig vorkam. Immer, wenn sie nörgelte, ließ er eine Bemerkung über den Vatikan fallen. Schließlich gehörten die Kurie und der Heilige Stuhl – er betonte das vor seiner Mutter gerne, genau in dieser getragenen Wortwahl – auch zu seinem Themenkreis. Dass es nicht sein Hauptthema war, hielt er für nicht weiter erwähnenswert. Und die Strategie ging auf: Kaum war das Wort Vatikan gefallen, schon war seine Mutter mit der schrecklich großen Entfernung zu ihrem Laurenz versöhnt.
Seine persönlichen Dinge hatte er, als er die Münchner Wohnung aufgab, in das Haus der Mutter gebracht, wo sie in seinem „Kinderzimmer“, wie es die Mutter bis zu ihrem letzten Atemzug nannte, auf ihn warten würden; die Möbel aus seiner Wohnung schenkte er einem Sozialkaufhaus.
Jetzt war er praktisch in derselben Situation, nur dass seine Kleidung und seine Bücher von Rom aus auf die Reise zurück nach Deutschland gingen.
Dass er demnächst drei Monate lang keine Aufträge würde erledigen müssen, erfüllte ihn mit einer seltsamen Unruhe. Er konnte es sich einfach noch nicht vorstellen, länger als drei

Wochen am Stück frei zu haben. Ja, er müsste sich bis zum Herbst nicht einmal mehr den Wecker stellen müssen, wenn er das nicht wollte.
Immer mal wieder, wenn er auf freischaffende Kollegen traf oder mit Schriftstellern, Malern und anderen Künstlern sprach, beneidete sie Stadler um ihre Freiheit. Dabei – an seinen Arbeitgeber war er zwar gebunden, aber in der Gestaltung des Tages wesentlich freier als die Kollegen, die in der Heimat in den Redaktionen arbeiteten. Er hatte keinen täglichen Redaktionsschluss, er hatte keinen Soll an Zeilen, Beiträgen oder gar Seiten abzuliefern, es stand ihm frei, sich auch mal für ein paar Tage zu einer Rechercheреise zu verabschieden. Sein Chef wusste: Auf Laurenz Stadler war Verlass, der würde immer wieder mit spannenden Themen von seinen Reisen zurückkommen, der würde auch kein wichtiges Ereignis der italienischen Politik versäumen. Mehr noch, oft war es Stadler, der das Stammhaus in München erst auf einen lohnenden Aspekt der Berichterstattung aufmerksam machte. Nein, er hatte schon seine Freiheiten, aber er hatte nicht die Freiheit.
Nun, die wird er auch jetzt nur zeitlich begrenzt erhalten. Aber für einen Menschen, der schon von Kindesbeinen an unter der entschlossenen Kuratel seiner Mutter zur eifrigsten Erfüllung wechselnder Pflichten herangezogen wurde, war es schon ein seltsames Gefühl, drei Monate, also mehr als zwölf ganze Wochen Ferien zu haben.
Noch zwei Wochen Arbeit.
Und dann? Was wird er denn tun mit seiner Freiheit, die ihm in diesem Moment, da sie so nah ist, so fern erscheint. Und so unsicher.
Nachdem ihm Hans Böhringer damals die Korrespondentenstelle in Rom antrug, ließ er ihm zugleich einen Tag Bedenkzeit. An diesem Tag streunte Stadler ziellos durch sein liebstes Antiquariat, einfach nur, um auf andere Gedanken zu kommen. Dabei fiel ihm Goethes „Italienische Reise“ in die Hände, im Klein-Oktav-Format, Kröners Taschenausgabe von 1925, sehr preiswert noch dazu.

Früh drei Uhr stahl ich mich aus Karlsbad, weil man mich sonst nicht fortgelassen hätte.

Es war Liebe auf den ersten Satz, und er kaufte das kleine Bändchen vom Fleck weg. Die Entscheidung war gefallen: Wenn er schon Deutschland, seine Heimat, verlassen sollte, verlassen durfte, um in Italien, seinem geliebten Italien zu leben und zu arbeiten, dann sollte ihn Goethe begleiten, dieser Inbegriff der deutschen Kultur schlechthin. Noch am selben Abend begann er, das Buch abermals zu lesen, das er schon auf dem Musikgymnasium verschlungen hatte. Freilich las er es nun mit anderen Augen und ihm war fast, als läse er einen anderen Text. Das hatte er schon oft bei Büchern festgestellt: Das gelebte Leben verändert den Blick auf die Texte, ihre Wirkung ist eine ganz andere. Und so manches Buch, von dem er in der Kindheit begeistert war, las er heute mit einem seltsamen Befremden, es schmeckte fade. Es kam auch vor, dass er Bücher, vor allem solche aus dem Lesekanon der Schule, die ihm damals zuwider waren, plötzlich ganz großartig fand, Heines Wintermärchen beispielsweise.
Sein „Kröner“ mit der italienischen Reise hatte einen festen Platz in seinem römischen Büro gefunden. Nach ein paar Jahren suchte er dann nach Ideen für ein Projekt, die italienische Reise fürs Feuilleton seiner Zeitung in Häppchen zu zerlegen. Der Brenner und Verona, Venedig und Padua, Ferrara und Rom, Neapel und Caserta, Sizilien mit Palermo und Girgenti, und das Ganze dann wieder zurück.
Doch so oft er seine dünne Mappe mit den Notizen auch hervorkramte und in den seltenen Mußestunden darüber brütete, es wollte und wollte ihm kein Bindeglied einfallen, das alle Stationen einte. Dazu war Goethe einfach zu sprunghaft in seiner Themenwahl, ließ sich an manchen Orten nur seitenlang über mineralogische oder geologische Untersuchungen aus, fokussierte mal auf die Botanik und die Landwirtschaft, mal auf ethnische Untersuchungen. Dabei hatte er Beobachtungen gemacht, die auch heute durchaus aktuell waren.

Ich finde in diesem Volk die lebhafteste und geistreichste Industrie, nicht um reich zu werden, sondern um sorgenfrei zu leben.

Nein, er kam auf keinen gemeinsamen Nenner, und in den zwei oder drei Gesprächen mit dem Feuilleton-Chef oder mit Böhringer selbst, in denen er das Thema auf die Tagesordnung setzte, hatte er nicht den Eindruck, dass sich einer der beiden für eine derartige Italien-Reise interessierte. Irgendwann hat er das Projekt dann auch selbst aufgegeben.
Aber jetzt, in diesen drei Monaten, die er seinem Blatt abgetrotzt hat, könnte er sich doch selbst auf Goethes Spuren begeben. Die Kröner Taschenausgabe unter dem Arm und noch einmal auf eine große Reise. Einmal den Stiefel von oben nach unten und retour bitte. *Avanti e indietro* gewissermaßen.
Ob er allerdings ganz im Norden anfangen würde, da war er sich dann doch nicht ganz sicher. Schließlich wollte er nicht nur dem Buch, sondern auch seinem Herzen folgen. Und dem Gardasee konnte Stadler noch nie etwas abgewinnen. Das rührte noch aus der Zeit, als er sich für das Land zu begeistern begann. Je tiefer er bei seinen Erkundungen ins Landesinnere vordrang, umso mehr widerte ihn das prahlerische Geschwätz vieler deutscher Landsleute an: Italien? Kenne ich! Wir waren schon sooo oft am Gardasee. Nein, der Gardasee war Laurenz Stadler eindeutig zu deutsch.
Aber ganz in den Süden, das müsste er unbedingt. Als Korrespondent war man ja aufgrund seiner praktischen Erfahrungen geneigt, Sizilien lediglich mit der Mafia und mit der Umweltverschmutzung zu verbinden, als ehemaliger Feuilletonist höchsten noch mit den Stätten antiker Architektur und mit Andrea Camilleris genialem *Commissario Montalbano*. Stadler selbst war in den ersten Jahren seines Italienaufenthaltes öfter in Sizilien, meist aber als Katastrophenberichterstatter über die schweren Ausbrüche des Ätna. Nun würde er gerne noch einmal mit Muße über die Insel pilgern, seinen Goethe mit sich herumtragend wie dieser vor über 200 Jahren sei-

nen Reiseführer: „... *es ist der treffliche von Riedesel, dessen Büchlein ich wie ein Brevier oder Talisman am Busen trage*“, schrieb Goethe über „Reise durch Sicilien und Großgriechenland“ von Johann Hermann von Riedesel. Der spätere preußische Diplomat hatte 20 Jahre vor Goethe die Insel bereist und die erste Landesbeschreibung durch einen Deutschen verfasst. Goethe kam auch sehr schnell zu der Schlussfolgerung: „... *Italien ohne Sizilien macht gar kein Bild in der Seele: Hier ist erst der Schlüssel zu allem.*“
Eine Schlussfolgerung, zu der sich Stadler gerne selbst ein Bild verschaffen würde.
Das Postamt in der Viale Trastevere konnte Laurenz Stadler mit dem Bus direkt erreichen – er hatte keine Lust, die schweren Pakete immer zu Fuß bis zur Post zu schleppen. Außerdem kannte man ihn in der kleinen Einrichtung neben der Kirche gut, was andererseits auch für neugierige Fragen und langwierige Palaver zu den Umständen seines Wegzuges führte. Die Römer würden ihn nicht vermissen, die Freundlichkeit in seinem Quartier speiste sich im Wesentlichen aus der Tatsache, dass er als in Rom lebender Deutscher, der sich zudem gut integrierte, einen gewissen Status als Exot hatte. Zwar galten die Römer zu Recht als weltoffen, aber neugierig waren sie eben auch.
Im Postamt hatte sich eine kleine Schlange gebildet. Er legte das Paket vor sich auf den Boden und schob es mit den Füßen nach, wenn der Mann vor ihm ein Stück weiterrückte. Normalerweise stellt man ein Paket nicht in den Dreck, es könnte schließlich schmutzig werden. Aber sie waren schwer und sein Rücken schmerzte.
Stadler erinnerte sich noch gut an das erste Paket, das er hier aufgegeben hatte. Auch das war in dem so schicksalhaften April 2005 gewesen. Seine Mutter wurde nach ihrem Infarkt nicht so schnell aus dem Krankenhaus entlassen, wie sie glaubte und er hoffte. Auch nicht zur Reha geschickt. Aber Stadler konnte sich unmöglich beurlauben lassen, bevor nicht das Konklave einen neuen Papst bestimmte. Natürlich hätte

Böhringer ihm frei gegeben, wenngleich zähneknirschend. Doch seine Mutter, die sich brennend für die Ereignisse in Rom interessierte und vom Krankenbett aus alles ganz genau verfolgte, hatte es ihm schlichtweg verboten. Auch er selbst hätte es nicht gewagt. Eine Papstwahl ist ein einmaliges Ereignis im Leben eines Rom-Korrespondenten. Zumal es die Spatzen von den Dächern pfiffen, dass mit Kardinaldekan Joseph Ratzinger, der erst Tage zuvor das Papstbegräbnis zelebriert hatte, ein Deutscher die größten Chancen auf das Pontifikat hatte. Nein, er konnte Rom nicht verlassen.

Natürlich war Stadler damals in höchster Anspannung. Mit dem Infarkt gerade am Todestag des Papstes und der damit verbundenen beruflichen Stresssituation stand er unter enormem Druck. Das Konklave, das spätestens am 20. Tag nach dem Papsttod beginnen musste, rückte immer näher. Ein Konklave, von dem niemand wusste, wie lange es dauern würde. Zwar haben die Kardinäle 1978 nur zwei Tage gebraucht, um sich auf den Polen als Papst zu einigen, es hatte aber auch schon Konklaven von mehreren Wochen, ja von Monaten gegeben. Nein, niemand hatte jemals eine Ahnung, wann der *fumata bianca* aus der Sixta aufsteigen und verkünden würde, dass die Kardinäle ihre Wahl getroffen haben.

In dieser Situation zog Stadler los und kaufte für seine Mutter ein. Alles Dinge, von denen er wusste, dass seine Mutter sie mag, sich aber niemals selbst kaufen würde, sei es aus wie immer falsch verstandener Demut, sei es aus Sparsamkeit oder nun, im Alter, aus Geiz. Ein schweres Paket war es, und Stadler hatte sich entschlossen, es unten in der Viale Trastevere aufzugeben, weil das Postamt so schön dicht an der Bushaltestelle lag.

So schließt sich der Kreis, dachte Stadler beinahe grimmig, als er nun sein Paket mit dem Fuß ein Stück weiterschob.

Die Sendung von 2005 indes hat nie ihre Adressatin erreicht. Das Konklave erwies sich als überraschend kurz und schmerzlos. Giuseppe wollte für Stadler und für den Kirchenredakteur des *Corriere* einen Beobachtungsposten in einer Wohnung

besorgen, von der aus man einen annähernd perfekten Blick auf die Benediktionsloggia hatte, den Balkon, auf dem der neu gewählte Papst verkündet werden würde und auf dem er seinen ersten Auftritt hätte. Die Wohnung gehörte einem Bekannten eines seiner Cousins, der diesem noch einen Gefallen schuldete. Doch die Wohnung hat Stadler nie betreten.
Gerade mal 26 Stunden nach dem Zusammentreffen des Konklaves von 2005 wurde Joseph Ratzinger zum ersten deutschen Papst seit 482 Jahren gewählt. Stadler hatte bis heute die ersten brüchig klingenden Worte des neuen Papstes im Ohr, der von sich selbst als von „einem einfachen und bescheidenen Arbeiter im Weinberg des Herrn" sprach. Für Stadler klang das wie Hohn; er gehörte zu denen, die Ratzinger seit Jahren sehr skeptisch betrachtet hatten. Der neue Papst, der fortan den Namen Benedikt XVI. führte, galt durchaus als einer der Scharfmacher im Vatikan. Zu verdanken hatte er das vor allen Dingen seiner harten Haltung in Sachen Zölibat, Sexuallehre und pluralistischer Öffnung der Kirche während seiner Zeit als Präfekt der Glaubenskongregation. Dass er die Archive der Inquisition öffnen ließ, bewerteten seine Kritiker lediglich als Beschwichtigungsgeste. Und im Übrigen: Der neue Papst war vor ein paar Tagen 78 Jahre alt geworden. Johannes Paul II. war bei seiner Inthronisation 20 Jahre jünger.
Nicht nur, dass Stadler durch das hohe Alter des neuen Papstes an die früheren Wahlen der Generalsekretäre im Ostblock erinnert wurde, von denen ein Kollege aus dem Politikressort mal gefrotzelt hat, das sei wie Schlange stehen vor der Toilette im Altenheim. Die Chancen für Stadler, in seinem Berufsleben noch ein weiteres Konklave zu erleben, stiegen mit dieser Wahl beträchtlich, auch wenn der Gedanke daran schon ein wenig zynisch war. Für seine Mutter gar wäre er pure Blasphemie.
Jener Dienstag wurde ein sehr langer Arbeitstag für Stadler, und die Nacht darauf im Gegenzug eine sehr kurze. Schließlich mussten am Mittwoch neben den Tageschroniken die entscheidenden Hintergrundberichte geliefert werden, da half

es auch nur wenig, dass er einiges davon schon auf Verdacht vorgeschrieben hatte. Als er dann am späten Abend – seinetwegen hatte man in München den Andruck auf Mitternacht verschoben – erschöpft in seine Wohnung zurückkehrte und rein mechanisch den quietschenden Briefkasten kontrollierte, fand er dort ein Telegramm von Renate Hausdörfer.

Seine Mutter Maria war zu der Stunde, da die Kardinäle den neuen Papst wählten, an einem zweiten Herzinfarkt gestorben.

Er wusste, dass es schlecht um seine Mutter stand. Sie war schon zu ihren besten Zeiten nur ein zierliches Persönchen gewesen, sie hatte nichts zuzusetzen, wie man in ihrer Generation noch sagte, und der erste Infarkt gut zwei Wochen zuvor hatte sie vollkommen entkräftet. Irgendwo in den Tiefen seines Bewusstseins war er auf diesen Tag vorbereitet. Ein Mensch von achtzig Jahren ist ein Mensch, der auch mal einfach so sterben kann, um wie viel höher ist da das Risiko nach einem Infarkt. Doch der Trubel in Rom hatte immer wieder die Sorgen überdeckt, ihn abgelenkt von den familiären Problemen. Zudem wusste er sie im Herzzentrum in den besten Händen, hätte im Gegensatz zu den Spezialisten in der Heimat in Sachen Gesundheit nichts für seine Mutter tun können.

Doch als er dann im trüben Licht des Hausflurs das Telegramm in den Händen hielt, da traf es ihn mit einer Wucht, mit der er nicht gerechnet hätte. Wie ein Leberhaken war das, wie ein Schlag, der einen plötzlich schwarz vor Augen werden lässt. Er schnappte nach Luft, ihm wurde speiübel und schwindelig, er tastete nach dem Geländer, um nicht gegen die Wand zu torkeln. Seine Mutter war tot. Wir haben einen Papst.

Seine Hand konnte sich am Geländer nicht mehr halten, und er rutschte langsam mit dem Rücken an der Wand zu Boden. Er blinzelte in das Licht der vom Fliegendreck schon fast blinden nackten Glühbirne und zwang sich, auf seinen Herzschlag zu achten. Es ist nur ein kleiner Schwächeanfall, redete er sich ein. Der Arbeitstag hatte ihn fertig gemacht, das Telegramm ihm den Rest gegeben. Nur mit Mühe war es ihm gelungen, sich hinauf in die Wohnung zu schleppen, ein Glas kaltes Leitungswasser verschaffte nur geringe Linderung. Erschöpfung und Kummer sollten dennoch später dafür sorgen, dass er tief und fest schlief. Das Telegramm hielt er die ganze Nacht in seiner Hand.

Die nächsten Tage erlebte Laurenz Stadler wie in Trance. Er funktionierte, aber es war nur die Maschinerie der Berichterstattung, dieser stetige breite und mächtige Mahlstrom von Informationsgewinnung und Informationsverarbeitung, in den er eingebunden war wie ein Rädchen in einem seit Ewigkeiten laufenden bizarren Mobile, das ihn am Laufen hielt. Per Telefon und hinter dicht geschlossenen Türen kümmerte er sich um die notwendigen Formalitäten, klärte die kleinen Dinge des Alltages mit Renate Hausdörfer, der Frau, die sich schon seit zwei Wochen um das Haus kümmerte und die seine Situation gut verstand, weil sie selbst erst vor Jahresfrist die Mutter verlor. Vor seiner Sekretärin und vor seinem Freund suchte er den Kummer zu verbergen. Mochten sie denken, er sei einfach überarbeitet.

Den Sonntag schaffte er noch, er war wichtig, weil Benedikt bei einem Festgottesdienst auf dem Petersplatz die Insignien seines Petrusdienstes, den Fischerring und das Pallium erhielt. Den Bericht von der Zeremonie schrieb er in großer Hast. Dann verabschiedete er sich von Lella in eine Urlaubswoche – für sie vollkommen überraschend. Und als sie ihn nach dem Grund für die hastige Abreise fragte, konnte und wollte er es ihr auch nicht länger verheimlichen, auch wenn er zu einer Beinahe-Lüge griff, als er ihr sagte, dass seine Mutter erst am Vortag gestorben war. Er ließ sich ein Taxi kommen, holte den schon vorbereiteten Reisekoffer aus seiner Wohnung und ließ sich nach Fiumicino fahren, wo er die Abendmaschine der Lufthansa nach München gerade noch so erwischte.

Seltsam, dachte er, als er sein Paket wieder ein Stück nach vorn beförderte, nun nur noch drei Wartende vor sich, seltsam, dass er bis heute nicht wusste, was eigentlich aus dem Paket an seine Mutter geworden war. Damals jedenfalls hatte es ihn nicht interessiert, er hatte andere Sorgen.

Natürlich war der Tod der Mutter auch eine Art Befreiung gewesen, ein Tor in eine neue Zeit, in eine Zeit ohne das permanent schlechte Gewissen, von dem er glaubte, dass sie es ihm eingeredet hatte. Jetzt stand er erneut vor so einem Tor. Genau wie damals wusste er nicht so recht, wohin ihn seine Wege führen würden. Und wäre es der Weg in den eigenen Tod, so wäre das auch eine Art Befreiung. Für ihn wie auch für andere.

11. Kapitel

Neapel war ein Dreckloch.
Laurenz Stadler hasste Neapel, und obwohl ihn so manche Dienstreise in den vergangenen Jahren in die Stadt brachte, die gemeinhin als Pforte in den Süden galt, und die von den Touristen regelmäßig überschwemmt wurde, konnte er sich nicht recht mit ihr anfreunden. Stadler hatte lange gebraucht, um zu begreifen, dass es die Enge dieser Stadt war, die ihm im unangenehmen Sinne des Wortes den Atem raubte. Wenngleich nur ein Drittel so groß wie Rom, hatte Neapel eine mehr als vier Mal höhere Bevölkerungsdichte. Die Fassaden der Hochhäuser zeigten deutlich, wie beengt die *Napolitani* aufeinandersaßen. Das Schönste an Neapel, so fand Laurenz, blieben der Vesuv und die Ruinen von Pompeji. Mit der Stadt selbst wollte er wirklich nichts zu tun haben. Zumindest nichts Außerdienstliches.
Er hielt Distanz zu der Stadt, das Goethe-Diktum galt:
„Das Schreckliche zum Schönen, das Schöne zum Schrecklichen, beides hebt einander auf und bringt eine gleichgültige Empfindung hervor. Gewiß wäre der Neapolitaner ein anderer Mensch, wenn er sich nicht zwischen Gott und Satan eingeklemmt fühlte."
Zwei Mal stand Neapel in den letzten Jahren im Fokus, in beiden Fällen ging es um den allgegenwärtigen Müll. Und dieses Jahr kam Stadler glücklich um eine weitere Dienstreise herum, weil die *Napolitani* ihren neuen *Sindaco* auch ohne ihn gewählt hatten.

Die Ruinenstadt Pompeji hingegen hatte ihn gleich bei seinem ersten Besuch so in ihren Bann geschlagen wie keine andere der antiken Stätten in Italien, stärker noch als etwa das Forum Romanum mit seinen vielen kleinen Geheimnissen. Ärgerlich nur, dass es die Touristen genau so sahen.
Dabei waren es eher einzelne Bilder, die sich in sein Gehirn gebrannt hatten. Die selbstverständliche Gegenwart der Perspektivmalerei beispielsweise. Als hätten die stolzen Bürger von *Pompeji* die Renaissance schon mehr als 1300 Jahre vor ihrem Beginn verhöhnen wollen. Oder die hohen Trittsteine auf den Straßen, über die man auf die andere Seite gelangen konnte, ohne im Kot zu versinken – Abfälle, schon damals ein Problem, wenngleich ein lösbares, obschon auf etwas anrüchige Weise. Die Lücken in Wagenbreite, die man gelassen hat, damit die Fuhrwerke und Kutschen nicht über die Steine rumpeln mussten. Das Lupanar, das frühere Bordell mit seinen steinernen Lagern und seinen Sprüchen an den Wänden. *Glyco cunnum lingit assibus* – die Erfindung des Cunnilingus gewissermaßen. Sprüche, wie man sie heute in einer ähnlich derben Form an den Wänden öffentlicher Toiletten wiederfindet. Und noch ein Bild würde er wohl nie aus dem Kopf bekommen: Den in fötaler Haltung zusammengekauerten Mann, der glaubte, er könne sich auf diese Art vor dem Ascheregen und der tödlich glühenden Luft schützen. Überhaupt der Garten der Fliehenden. Das Bewusstsein, dass es sich bei den Skulpturen – vor neugierig tatschenden Touristenfingern sorgsam durch ein Gitter geschützt – nur um ausgegossene Hohlräume handelte, in denen die wirklichen Menschen in der Vulkanhitze innerhalb eines einzigen Atemzuges verglühten.
Laurenz Stadler hatte sich im Hotel *Vittoria* eingemietet, einem schon ziemlich heruntergekommenen Haus, das dicht an der Porta Marina liegt, dem Hauptportal in die Ruinenstadt.
Fast einen ganzen Vormittag verbrachte Stadler in den Ruinen von Pompeji, verweilte an seinen Lieblingsplätzen, dem Lupanar, dem Anfiteatro und dem Forum mit seinen Säulen-

reihen. Am Nachmittag gönnte er sich eine Siesta im Hotel, verfasste einige Notizen, von denen er noch nicht so recht wusste, wofür er sie verwenden sollte, und las nach, was Goethe über die Besteigung des Vesuv geschrieben hat.

„Wir waren ungefähr funfzig Schritte in den Dampf hinein, als er so stark wurde, daß ich kaum meine Schuhe sehen konnte. Das Schnupftuch vorgehalten half nichts, der Führer war mir auch verschwunden, die Tritte auf den ausgeworfenen Lavabröckchen unsicher, ich fand für gut, umzukehren und mir den gewünschten Anblick auf einen heitern Tag und verminderten Rauch zu sparen. Indes weiß ich doch auch, wie schlecht es sich in solcher Atmosphäre Atem holt."

Stadler klappt seinen kleinen E-Book-Reader wieder zu und kehrt aus der sengenden Hitze des Balkons in die Kühle des Hotelzimmers zurück. Mit Goethe wäre er gerne auf den Vesuv gewandert. 1787 muss das noch ein wahres Abenteuer gewesen sein. Heute musste man sich wundern, wieso der *Monte Vesuvio* nicht längst von Touristen platt getreten war. Oder warum er nicht durch eine gewaltige Eruption all jene von seinen Flanken sprengt, die ihn nur noch durch die kümmerliche Optik ihrer Smartphones und Tablets betrachten. Mit Linienbussen direkt von Neapel beziehungsweise von Ercolano oder Pompei aus konnte man sich bis auf den großen Parkplatz auf etwa 1000 Meter Höhe herankarren lassen. Von dort aus ging es zu Fuß weiter – steil und beschwerlich, aber halt im ewigen Strom der Touristen. Jedes Reiseführer-Büchlein von Neapel oder Kampanien nannte die Besteigung des Vesuvs einen Pflichttermin.

Stadler hatte sich für den Folgetag mit einem Bergführer verabredet. Er wollte auf gar keinen Fall darauf warten, zwischen den Touristen hindurch einen Blick auf die Landschaft erhaschen zu können. Und schon gar nicht inmitten Deutscher.

Wie deutsche Touristen sich aufführten, erlebte er täglich in Rom. Dort bekam das Wort vom Fremdschämen sofort eine ganz neue Dimension. Kein Wunder, dass die Italiener im Allgemeinen und die Römer im Besonderen nur in Klischees von den Deutschen dachten. Da tröstete auch wenig, dass er selbst anders war. Bei den italienischen Kollegen trug er den Beinamen *Il Tedesco elegante*, der elegante Deutsche, und sogar römische Kollegen sprachen diesen Namen aus wie einen Ehrentitel. Er hatte es wohl registriert, allerdings ohne Genugtuung. Er wusste ja, dass er auf ein wenig Eleganz und Stil Wert legte. Und er würde sich schließlich auch in Deutschland ein wenig aus der Masse abheben. Sein Leben letztlich hatte ihn zu dem gemacht, der er war, und da gehörte eine gewisse Kultiviertheit dazu, die anderen oft wie Snobismus oder Überheblichkeit vorkam. Er scherte sich nicht darum.

Für die Fahrt in das etwas abgelegene Pompei erwiesen sich die Verbindungen des öffentlichen Nahverkehrs, wie fast immer in Italien, als brauchbar und preiswert. Er musste nur am Zentralbahnhof in die *Circumvesuvio* umsteigen und wurde rasch zu seinem Ziel gebracht. Rasch und schmutzig, musste man gerechterweise ergänzen, aber das hätte er in Neapel auch nicht anders erwartet.

Auf der Terrasse des *Vittoria* ließ er sich am Abend, aber noch immer in großer Hitze, ein halbes *Chicken 'n' Chips* bringen, eine Art touristisches Nationalgericht, dazu eine Flasche leichten Rotwein. Ungefähr das, was Goethe möglicherweise ein *„frugales Mahl"* in *„einem geringen Gasthof"* genannt haben könnte, wie es in seiner italienischen Reise hieß.

Am nächsten Morgen zog er sich seine Wanderkluft an, ein lächerlicher Aufzug, wie er fand, aber dennoch sicherlich praktisch für sein Vorhaben: Stadler trug hellbraune Jeanshosen, die er unten mehrfach umgeschlagen hatte, knöchelhohe Wanderschuhe, ein kariertes Freizeithemd und einen kleinen Rucksack, in dem er eine große Flasche Wasser und ein Lunchpaket transportierte, das ihm das Hotelrestaurant vorbereitet hatte. Schuhe, Hemd und Rucksack hatte er sich erst in Pompei gekauft.

Der Bergführer hatte ihm schon am Vortag gute Hoffnungen gemacht, dass heute das Wetter halten würde. Auch seismische Aktivitäten hatten sich nicht angekündigt. Grünes Licht also: *Vengo subito, Vesuvio*!

Stadler fuhr mit dem Bus bis zu einem kleinen Bed-and-Breakfast-Hotel im Nordwesten von Ercolano, dem vereinbarten Treffpunkt. Dort stieg er in den Geländewagen seines *Guida* um, und sie kurvten an der Flanke des Berges in engen Schleifen noch eine Weile nach oben.
Der Wanderweg, den ihm der Bergführer nach einem ausführlichen Gespräch empfohlen hatte, entsprach zwar dem Schwierigkeitsgrad „leicht“, hatte aber eine Länge von 8,5 Kilometern, was unter Berücksichtigung der Steigung für Hin- und Rückweg einer Wanderung von sieben Stunden gleichkam. Eher acht Stunden, meinte der Bergführer nachsichtig lächelnd, als er ihn vor seinem gewaltigen Auto begrüßte. Dafür entsprach der Weg dem historischen Aufstieg auf den Vesuv, dürfte also der von Goethe gewählten Route recht nahe kommen. So genau ließe sich das bei diesem Berg ohnehin nicht sagen, klärte ihn der Bergführer auf, da der Vulkankegel bei jedem Ausbruch Gestalt und Höhe ändere.
Stadlers Hauptsorge, als sie dann endlich zu Fuß unterwegs waren, galt seinen Füßen. Er war durchaus kräftig, hatte aber auch hundert Kilogramm mit sich herumzuschleppen – wobei der Rucksack noch gar nicht eingerechnet war – und trug Schuhwerk, das noch nicht eingelaufen war. Für den Schuhkauf hatte er eigens einen sogenannten Outdoor-Laden aufgesucht, hatte sich gründlich beraten lassen und auch mit dem Geld nicht gegeizt. Zwar konnte er dem Verkäufer und dessen Stakkato von Fach- und Fremdwörtern kaum folgen, aber das Wort „Goretex“ sagte ihm etwas, und dass die Schuhe besonders leicht und dennoch stabil waren, wurde ihm vorgeführt. Auch wenn er als Journalist darauf geeicht war, alles zu hinterfragen, und sich stets einer zweiten Quelle zu bedienen, hatte er auch gelernt, bei Dingen, bei denen er sich nicht auskannte, einem Fachmann zu vertrauen. Sonst hätte er beispielsweise bis heute noch kein Smartphone. Ihm blieb immerhin die Hoffnung, der Verkäufer war auch ein Mann vom Fach und nicht nur ein Experte im Generieren von Umsatz.

Während der Fahrt im Geländewagen waren sie durch eine Nebelwand gekommen. Jetzt sah er den Nebel wie eine Wolke unter sich. Vielleicht war es ja auch wirklich eine Wolke. Sie schien zu steigen und sie würden alsbald von ihr eingeholt. Es könnte klamm werden, sagte der Bergführer, aber die nachfolgende Sonne würde die Sachen schneller trocknen, als ihnen lieb sei. Was danach an Feuchtigkeit käme, wäre nur ihr Schweiß. Der *Guida* blickte ihn an, als erwarte er genau an dieser Stelle Beifall für das Bonmot, und Stadler tat ihm den Gefallen und griente. Er hatte auf einmal einen Höllenrespekt vor dem Aufstieg, obwohl dieser gar nicht so schwer werden würde.
Nach einem gut zwei Stunden dauernden Marsch durch das Naturreservat, bei dem ein Steineichenwald alsbald von einem dichten Pinienbestand abgelöst wurde, überquerten sie ein breites und, abgesehen von vereinzelten Macchia-Sträuchern und Moosflecken fast gänzlich pflanzenloses Lavafeld, und es eröffnete sich ein atemberaubender Blick über den Golf von Neapel. Wie nah das Meer und die Stadt dem Berg waren, sah man eindrucksvoller von oben als von unten, dachte Stadler, und er bekam eine Ahnung von der Begeisterung der Menschen für diesen gewaltigen Vulkankegel. Sie rasteten.
Der Blick auf Neapel selbst war noch teilweise durch die Bäume verstellt. Die Stadt könne man am besten von der Flanke aus sehen, versprach ihm sein Führer, der Francesco hieß, und sie würden noch an die entsprechende Stelle kommen. Nach Osten hin sah man den gewaltigen Felsen von Ischia aufragen, davor den kleinen graublauen Schatten der Insel Procida. Aus dem Süden grüßte Capri herauf; kaum zu unterscheiden allerdings von der sorrentischen Halbinsel, jener Landzunge, die dem Golf seine runde Form verlieh und jetzt wie ein Sinnbild für die ewige Sehnsucht nach Italien lockte.
Stadlers Mutter hatte viel vom Vesuv erzählt, aber niemals, ob sie auch selbst hier oben war. Einen Moment war er versucht, den Bergführer zu fragen, ob die Besteigung bereits in den fünfziger Jahren zum Pflichtprogramm gehörte. Ja, er

holte schon Luft, doch als er dem kräftigen jungen Mann ins Gesicht sah, brach er ab.
Was würde dieser Bursche wohl von den fünfziger Jahren wissen? Vermutlich war er zur Jahrtausendwende noch Schüler. Vermutlich hatte er noch auf dem Teppichboden des Wohnzimmers mit Autos gespielt, als über den Fernsehschirm die Nachrichten vom Fall der Mauer flimmerten. Warum sollte er so einen nach der Vergangenheit fragen? Nein, diese Frage müsste er sich aufsparen, bis er auf einen älteren *Napoletano* traf. Aber, war ihm die Antwort denn wirklich so wichtig? Selbst wenn seine Mutter jemals den Aufstieg gewagt hätte – bei ihrem vorsichtigen Naturell eher unwahrscheinlich, aber wer weiß, schließlich war ihr Italien-Urlaub nach allem, was er inzwischen wusste, eher ein Abenteuer –, so hätte sie einen ganz anderen Blick nach unten gehabt. Die Vegetation veränderte eine Landschaft rasend schnell.
Er hatte das schon frühzeitig erfahren. Einmal, als er an einem freien Wochenende von Eichstätt aus Mutter besuchte, ging er hinüber zu seinem Zauberberg, an dessen Weidehängen ihm einst ein Schäfer das Flötenspielen beigebracht hatte. Doch er erkannte nichts wieder. Nicht nur, dass ganze Waldwege verschwunden und neue angelegt worden waren, auch der Wald selbst hatte sein Gesicht verändert. Und an den Wegen, die sich durch die Wiesen zogen, wuchsen andere Pflanzen. In seiner Kindheit kannte man noch Windschutzstreifen. In seiner Jugend hatte man die Landwirtschaft so intensiviert, dass große zusammenhängende Flächen die kleinen Parzellen abgelöst hatten und die kleinen Kuhställe hinter den Gehöften großen, Fabriken nicht unähnlichen, Stallanlagen mit gewaltigen Futtersilos gewichen waren. Ob man heute zwischen Feldern und Wald Bienenweiden angelegt hatte und dem Bach wieder seinen natürlichen Verlauf ließ? Oder überlegte, sie wieder anzulegen? Stadler hatte keine Ahnung. Wenn er jedoch an die Sturheit und Beschränktheit vieler seiner ehemaligen Klassenkameraden dachte – und sie müssten inzwischen

alle die Höfe ihrer Väter übernommen haben –, dann glaubte er nicht so recht daran.
Nein, den Wald, den seine Mutter hier gesehen haben könnte, den gab es längst nicht mehr. Wahrscheinlicher jedoch war, dass sie den Vesuv nur von dessen Fuß aus bestaunt hatte. Von Neapel aus oder von einer der Inseln da draußen. Einen Urlaub hatte sie in Italien verbracht, einen einzigen. Doch dieser Urlaub hatte eine Spur in ihrem Herzen hinterlassen, die ihre Augen immer wieder zum Glänzen brachte, wenn sie von diesem Land sprach, gerade so, als läge genau hier das vom Pfarrer versprochene Paradies.
Schon als Schulbub war Laurenz mit einer raschen Auffassungsgabe gesegnet, so merkte er recht schnell, dass es neben den kleinen Problemen des Alltags, die seine Mutter immer mit einer energischen Tüchtigkeit anging, durchaus auch Themen gab, die sie aus dem seelischen Gleichgewicht brachten. Fragte er beispielsweise danach, warum seine Kameraden alle einen Papa hatten, er aber nicht, dann antwortete sie anfangs ausweichend, späterhin aber immer ungeduldiger und hartherziger. Fragen nach dem Vater, so lautete diese elementare Lektion, waren im Hause Stadler nicht gelitten.
Das Thema, das regelmäßig die gegenteilige Reaktion auslöste, war Italien. Bald konnte er die Mutter nach Belieben in einen Zustand schwebender Glückseligkeit bringen, indem er geschickt genug das Gespräch auf Italien lenkte. Und wenn sie ihm zürnte oder wenn er keine Lust auf komplizierte Mathematik-Hausaufgaben hatte, zog er flugs den großen Schulatlas aus dem Ranzen, legte ihn auf den Tisch und fragte wie beiläufig: „Mama, wo liegt eigentlich dieser Berg Apennin?“
Dann wischte sie sich die Hände an ihrer Schürze ab, auch wenn sie gar nicht feucht waren, setzte sich ihm gegenüber an den Küchentisch oder lehnte sich an das Spülbecken, und auf der Stelle trat dieser träumerische Glanz in ihre Augen, den er sonst nie bei ihr wahrnahm. Und sie erzählte von dem Land, in dem die Zitronen blühen.

Das war allerdings noch zu Zeiten gewesen, als er seine Mutter bedingungslos liebte, als ihr gesprochenes Wort für ihn noch über dem Evangelium stand, vor dem alle so viel Ehrfurcht hatten. Das mit den Zitronen übrigens hatte er sich immer wieder wörtlich vorgestellt, als ob aus den Früchten noch einmal riesige weiße Blüten wüchsen. Dass Goethe damit die Zitronenbäume meinte, kam ihm gar nicht in den Sinn.
Erst späterhin, die Mutter war längst entzaubert, wurde Laurenz klar, dass Italien nicht das gelobte Land war, auch wenn es immer wieder gelobt wurde.
Einen Urlaub hatte sie dort verbracht, einen einzigen. Es war auch nicht ganz Italien, das sie gesehen hatte, sondern nur einen winzigen Teil. Mit der Bahn ist sie damals gefahren, von München über den Brenner nach Verona und von dort mit dem Schnellzug nach Neapel. Auf den Inseln war sie gewesen, und sie hat sie stets als wunderschön geschildert.
War die Mutter mit ihrer Schwärmerei fertig, blickte der Junge auf und sah aus dem Küchenfenster den fernen Grünten, den Wächter des Allgäus, wie man ihn ehrfürchtig nannte. Und wenn er die Augen ein wenig zusammenkniff, dann ähnelte dessen Silhouette der der Holzstubben, die im Winter bemalt und mit Augen versehen wurden, um sie im Sommer den Touristen zu verkaufen. So ein Stubben mit einer rauchenden Pfeife im Mund, so stellte sich Laurenz Stadler den Vesuv vor.
Die Worte Vesuv und Vulkan, die so eng miteinander verwandt schienen, hatten ihn schon immer beeindruckt. Schon allein, dass der Berg von Zeit zu Zeit wirklich und wahrhaftig rauchte, verlieh ihm den Status eines Zauberbergs, und wer weiß, vielleicht war er ja so etwas wie ein nur halbwegs gut verschlossener Eingang in die Hölle. Denn die, so hatte er es gelernt, bestand ja auch aus Glut und Feuer und Rauch.
Das, so schoss es Laurenz urplötzlich durch den Kopf, wäre doch ein fulminanter Abtritt: sich einfach über den Kraterrand in den rauchenden und glühenden Schlot zu stürzen. Am Ätna damals wäre es ein Leichtes gewesen. Und das Einatmen der heißen Gase, so hieß es schon bei Plinius, als er den großen

Ausbruch schilderte, würde zum Tode führen, noch ehe die rotglühende Lava ihn in ihre feurigen Arme nehmen könne.
„*Andiamo?*“, fragte der Bergführer und berührte seinen Schützling sanft am Arm. Laurenz Stadler zuckte zusammen, viel zu weit weg war er inzwischen gewesen. Er nickte, nahm noch einen tiefen Zug aus der Wasserflasche, deren Inhalt allmählich lauwarm wurde, beschattete dann seine Augen mit der Hand und blickte noch einmal hinüber zu den Inseln. Er dachte an den Holzstubben mit der rauchenden Pfeife und musste lächeln.
„*Andiamo*“, sagte er entschlossen, erhob sich und schulterte seinen Rucksack.
Nun lächelte auch Francesco, und so machten sie sich erneut auf den Weg. Wieder und wieder begegneten ihnen kleine Touristengruppen. Der Vesuv war sicherlich ein faszinierender Berg, doch als Vulkan im Vergleich mit seinem großen Bruder Ätna nachgerade uninteressant. Nur halb so hoch wie der Ätna und nicht einmal halb so aktiv. Stadler erinnerte sich, wie er 2002 von der vollkommen zerstörten Touristenstation Ätna-Nord berichtete. Ein Sizilianer zeigte ihm an der Nordostflanke sein Haus, in dessen Schlafzimmer glühende Lava geflossen war, die nun eine schiefe Ebene aus Stein bildete, aus der noch verkohlte Reste jener Balken ragten, die zuvor sein Bettgestell trugen. Auch Goethe hatte den Ätna bestiegen, von Catania aus kommend, Stadler hatte es in der italienischen Reise gelesen. Vier Hauptkrater und ungezählte Nebenkrater fanden sich auf dem Ätna, an jeder Ecke spuckte der Berg Rauch, immerfort drohend, rotglühende Lava nachzuschieben.
Der Vesuv war dagegen ein friedlicher Vulkan, ein stiller Berg. Daran dachte Stadler, als sie sich dem Kraterrand näherten. Als Journalist kannte er natürlich die Fakten. Er wusste, dass sich 18 Ortschaften in der roten Zone befanden, dass mehr als eine halbe Million Menschen dort lebten, die in akuter Gefahr waren, auch wenn die Regionalregierung von Kampanien ihnen einredete, dass die bereitliegenden Evakuierungspläne

schon funktionieren würden, wenn es so weit wäre. Und dass dem Vesuv noch einmal eine gewaltige Eruption bevorstand, war hinlänglich bekannt, die Magma-Kammer, das können Vulkanologen messen, war gut gefüllt und aktiv; die Frage war nur, wann das geschieht und wie lange vorher die Wissenschaftler vor der Eruption warnen können. Die Entladung kann noch in diesem Sommer erfolgen oder auch in hundert Jahren – so exakt kann man gerade das nicht berechnen.

Und dann standen sie endlich am Rand des Kraters und Laurenz Stadler war einigermaßen enttäuscht: geschotterte Wege rings um den Schlund, ziemlich stabile Geländer, die allzu Neugierige davor bewahren sollen, sich zu weit über den Rand zu beugen. Im Inneren des tiefen Loches Geröll über Geröll, und an den Flanken ein spärlicher Bewuchs mit Farnen, Gräsern und Flechten, zwischen denen sich die eine oder andere gelb leuchtende Blume behauptete. Nichts Geheimnisvolles. Sein Herz machte keinen Hüpfer vor Freude, und es setzte auch nicht aus.

Wollte er sich hier in den Krater stürzen, er hätte erst über eine der Holzbarrieren klettern müssen, und auch dann wäre er höchstens ein paar Meter über den losen Schotter gerutscht und wäre dann liegengeblieben. Von einer gefährlichen Kulisse war hier keine Spur, von Todesgefahr war man weiter entfernt als in den Bussen, die unermüdlich die Touristen ankarrten. Lediglich ein leichter Schwefelgeruch hing hier und da in der Luft. Und dort, wo die Wände wirklich steil waren, kam man gar nicht erst hin. Als sein *Guida* sich abwandte, um weiterzugehen, fischte er eine Murmel aus der Hosentasche und warf sie in hohem Bogen in den Krater. Schon wieder eine Woche vorbei.

Hätte er gewusst, was ihn erwartet, er hätte auf den dann doch relativ teuren Führer verzichtet und sich einfach an die ausgeschilderte Route gehalten. Doch er wollte nicht grollen. Ging er auf dem schmalen Kraterrundweg ein Stück weiter, dann bot sich ihm ein wahrlich prächtiger Blick auf Neapel und den Golf von Neapel. Insofern war der Führer dann doch wertvoll

– er hatte ihm den perfekten Tag für so einen Aufstieg vorgeschlagen, den perfekten Tag mit dem perfekten Wetter.
Und wie er so stand und über das Wasser blickte, das im Nirgendwo blassblau mit dem ebenso blassblauen Himmel zusammenstieß, da wusste er plötzlich, was er in seiner Auszeit, was er in seinem *Sabaticino* unternehmen würde. Er würde nicht die Fahrt in den ihm weithin unbekannten Süden, den *Mezzogiorno* antreten: Die Reise in die Basilikata würde warten müssen. *Addio* ihr Seen von Monticchio, ihr Höhlen von Matera; den Lammkopf mit Schafskäse – Stadler war immer empfänglich für die lokalen kulinarischen Spezialitäten, und von diesem Lammkopf hatte er schon viel gehört – würden dann eben andere verspeisen. Genau. Diese Provinzen wären ja für ihn nicht verloren. Für den Fall, dass er seine selbstmörderischen Pläne nicht umsetzte, würde es auch in den nächsten Jahren noch Urlaube geben und damit ausreichend Gelegenheit, diese Reise nachzuholen. Aber sicher, sicher konnte er sich dabei nicht sein. Die Einsamkeit der schwedischen Wälder oder die der Masuren reizten ihn ebenso wie die raue Atlantikküste oder die Gärten in Südengland.
Doch wer weiß, vielleicht würde er sich nach der Verrentung für immer in Italien niederlassen. Das Angebot seines Chefredakteurs war eindeutig: Sieben Jahre Innendienst am Newsdesk, dann der vorgezogene Ruhestand. Die Jahre bis zum Fälligwerden seiner üppigen Lebensversicherung im Presseversorgungswerk würde seine Zeitung überbrücken, und wenn es nicht ganz reichte, dann hatte er ja auch noch ein paar Rücklagen. Und was ihm dann ausgezahlt würde, könnte durchaus für ein Häuschen auf dem Land reichen, mit einem schönen Grundstück, auf dem er sich einen großen Rasen gönnen würde. Die Berge zwischen Florenz und Lucca schienen ihm dafür gut geeignet. Die Berge sind nicht so hoch und die Wälder nicht so tief wie in den Apenninen, aber vor allem die Südwestflanke ist so zersiedelt, dass für ausreichend Abstand zum Nachbarn gesorgt wäre.

Den Wunsch nach so einem Häuschen hatte Giuseppe in ihm geweckt, als er ihn zu einem Wochenende auf das „Landgut“ seines Vaters eingeladen hatte. Bartali senior residierte in den Bergen nördlich von Palestrina, gar nicht so weit weg von Rom. Es war ein überraschend kleines Häuschen – vielleicht 80 Quadratmeter Wohnfläche auf zwei Etagen mit einem kleinen Eckturm. Unten befanden sich ein großes Wohnzimmer mit Kamin und Terrasse, die Küche, ein WC und ein Bad. Oben gab es zwei Schlafzimmer und ein weiteres Bad. Am schönsten war zweifellos das Turmzimmer, vom *Soggiorno* aus über eine kleine eiserne Wendeltreppe zu erreichen. Es war quadratisch und hatte an allen Seiten Fenster. Bartali senior hatte sich hier ein bescheidenes Atelier eingerichtet, wo er kleine Landschaftsbilder in Öl malte. Zu dem Haus gehörten fast 4000 Quadratmeter Land und ein bisschen Nebengelass. Nach unten hin war das Land kultiviert, zog Bartali eine Menge Gemüse und standen ein paar Olivenbäume, nach oben in Richtung Wald fand man sich in einem dicht bewachsenen und wenig gepflegten Park wieder.
Ein schönes Objekt, aber in einer für Stadlers Geschmack viel zu dicht besiedelten Gegend. Oben auf der Straße herrschte ständig Verkehr, waren Lieferfahrzeuge unterwegs und am Wochenende die Römer, die es in ihre *Campagna* zog, in die Sommerfrische. Für die Bewohner der Hauptstadt gab es am Wochenende nur zwei Ziele – das Meer oder die Berge, alles andere galt nicht.
Nein, Stadler würde gerne noch ein wenig mehr Einsamkeit haben. Ihm machte es nichts aus, mit dem Auto zum Einkaufen ins nächste Dorf fahren zu müssen, ihn würde es auch nicht stören, wenn sich außerhalb der Grundstücksgrenzen nur dichter Wald erstreckte, er brauchte weder nahe Nachbarn noch den anonymen Trubel der Großstadt.
Und von seinem präferierten Gebiet aus wäre er mit dem Auto auch in einer Dreiviertelstunde im geliebten Florenz – für Stadler die Kulturhauptstadt der Welt schlechthin. Doch, so ein Häuschen in der Toskana wäre durchaus nach seinem Geschmack.

Doch vorerst galt es, einen Traumsommer im Süden zu verbringen. Und nein, er würde die Basilikata streichen. Abwählen, sagten die Jugendlichen heute. Er würde sich auf eine Reise in die Vergangenheit begeben, eine Fahrt auf den Spuren seiner Mutter unternehmen. Er würde die drei Inseln im Golf von Neapel erkunden, und mit Procida würde er anfangen; der kleinsten, aber der, von der Mutter am meisten geschwärmt hatte. Noch während des Abstieges schmiedete Laurenz Stadler die nächsten Reisepläne.

12. Kapitel

Eine kräftige Brise sorgte für reichlich Bewegung auf dem Meer, als die Fähre ihre Nase ein Stückchen aus dem Golf von Neapel streckte und immer weiter nach Westen drehte. Laurenz Stadler hatte eine relativ langsame Verbindung mit einem *Traghetto* gewählt, einer Fähre, die auch Autos mitnahm. Es war die „Naiade“ der Reederei Caremar, die via Procida nach Ischia fuhr.

Vom Hauptbahnhof aus hatte er sich mit einem Taxi zum Hafen kutschieren lassen, weil italienische Häfen, er wusste das aus Erfahrung, nicht sehr übersichtlich waren, was die Ausschilderung von Anlegestellen anbetraf. Und der Hafen von Neapel gehörte zu den größten des Landes.

Es dauerte nicht lang, da kam ein weißer Leuchtturm auf einem schroffen Felsen in Sicht. Das war *Capo Miseno*, wie ihm ein Mitfahrer verriet. Von hier aus war auch bereits die Festung von Procida zu erkennen. Hinter der Insel sah man wie einen dunkelblauen Schatten die vergleichsweise gewaltige Silhouette von Ischia aufragen, der weitaus größeren Schwesterinsel von Procida.

Die Fähre schaukelte ordentlich auf den Wellen. Jedes Mal, wenn ihr Bug nach einem Wellenberg wieder auf dem Wasser aufschlug, klatschte es und die Gischt spritzte hoch bis zur Reling des unteren Decks. Laurenz Stadler stand weit vorn, aber ein Deck höher. Für einen absurden Moment sah er sich selbst als cineastische Galionsfigur á la „Titanic“. Er verspür-

te ein Kitzeln, wenn seine weichen weißen Haare wie ein zerzauster Heiligenschein auf und nieder waberten, und musste lächeln.
Würde ich jetzt die Arme ausbreiten und mich fallen lassen – wäre das eine Möglichkeit, dem Leben zu entfliehen? Stadler hatte davon gelesen, wie es sein musste, zu ertrinken; ein kaltes nasses Grab. Die auf hoher See über Bord gingen, schwammen bis zur Erschöpfung, sie würden sozusagen schlafend versinken. Andererseits war Ertrinken wohl einer der qualvollsten Tode, die man sich vorstellen konnte: Der Zwang, Luft holen zu müssen, das kalte Wasser, das statt des ersehnten Sauerstoffs in den Mund, in die Kehle, in die Lungen strömt; das reflexive Würgen und gleichzeitige Luftholen, die aufgerissenen Augen, wenn du merkst, du erstickst jetzt an Wasser ... Laurenz Stadler riss die Augen wieder auf. Lächerlich, der Gedanke, hier den Tod suchen zu wollen. Er würde nur vor dem Bug ins Wasser klatschen, von der Bordwand zur Seite geschoben und im Strudel der Schiffsschraube eine Weile gegen den Sog ankämpfen. Der angeborene Überlebensreflex würde ihn über Wasser halten. Und dann: Der Aufschrei der Mitreisenden, der Rettungsring, der über die Reling flog, die Maschinen, die gestoppt werden würden, die sofortige Umkehr des Schiffes. Nein, hier wäre die denkbar schlechteste Gelegenheit, in Würde zu sterben.
Er griff in die Hosentasche, befühlte das weiche Ledersäckchen mit den Murmeln. Noch in Rom hatte er, vor einer *Tabaccheria* stehend, die plötzliche Lösung für die Glasmurmeln. Er kaufte sich einen kleinen Tabaksbeutel, der oben mit einer einfachen dünnen Kordel zum Zuziehen versehen war. Es war ein helles Leder und es roch sehr gut. Jetzt lag das Säckchen jeden Abend auf seinem Nachttisch. Tagsüber trug er es in der Hosentasche mit sich herum. Schnell hatte er sich an das Gewicht gewöhnt, es nahm ja auch Woche für Woche ab. Derzeit – Stadler wusste es, ohne sie zählen zu müssen – befanden sich noch genau 43 Murmeln in dem Lederbeutel. Erst gestern hatte er eine der Murmeln „entsorgt“. Als er vor

dem Hauptbahnhof auf das Taxi zusteuerte, ließ er die kleine Glaskugel in einen Gully rollen.
Stadler sah sich verstohlen an Bord um. Es gab eine Menge Touristen, aber er sah auch offensichtlich Einheimische und beäugte sie wie ein fremdes Volk. Was waren das für Leute, die freiwillig auf so einem winzigen Eiland von gerade mal vier Quadratkilometern lebten?
Ein Grüppchen Jugendlicher unterhielt sich angeregt. Sie waren im gleichen Alter und trugen alle diese gleichen modernen Umhängetaschen. Waren es Schüler, die auf dem Festland einen Beruf erlernten?
Ein Soldat mit einem Seesack hielt sich wie er an der Spitze des Schiffes auf. Er stand leicht breitbeinig, um die Bewegungen auszugleichen, gerade so, als sei er das gewohnt. Sein Blick war fest geradeaus gerichtet, wie der eines Matrosen im Ausguck alter Segelschiffe. Krähennest, fiel Laurenz ein. Krähennest nannten es die Seeleute. Er war in der Materie durchaus bewandert, wenngleich die Erinnerung an dieses Wissen allmählich verblasste. Laurenz dachte an die zahllosen Bücher über Piraten, Seefahrer und Entdecker, die er in seiner Kindheit verschlungen hatte. In seinen ersten Jahren als Leser, als er noch die Volksschule besuchte, war er freilich auf die Bücher seiner Mutter angewiesen, ein Bestand, der aus heutiger Sicht eher mager war, für die fünfziger Jahre auf einem Kuhdorf im Allgäu jedoch geradezu üppig ausfiel. Vor allem auf die Abenteuerbücher war er dabei ganz versessen. Seine Mutter hatte, aus welchen Gründen auch immer, offensichtlich ein Faible für die Seefahrt und zwar nicht nur die christliche. Bestimmt ein Dutzend Jugendbücher widmeten sich den Abenteuern auf See. In seiner Fantasie war Laurenz dabei stets Schiffsjunge oder Leichtmatrose auf den Briggs und den größeren Barken, auf den Schonern und den Handelskoggen gewesen, den Part des Kapitäns hingegen hatte er stets seinem Vater zugeschrieben. So waren die beiden wenigstens bei der Lektüre diverser Abenteuerbücher vereint. Vielleicht rührte ja daher seine beharrlich vorgetragene Erklä-

rung auf die Frage nach seinem Vater, dieser sei ein Seemann, ja, sogar erster Offizier auf einem Handelsfrachter. Später, als er allmählich mehr ahnte als begriff, dass der von ihm so schmerzlich vermisste Vater – die anderen hatten schließlich alle einen – nie wiederkommen würde, und dass er von seiner Mutter diesbezüglich keine Wahrheiten zu erwarten hatte, modifizierte er das Ende dieser ersonnenen Geschichte. Die ganze Welt, so verbreitete er nun, hatte sein Vater mit der Handelsmarine bereist, bevor sein Schiff in einem Sturm vor Kap Hoorn unterging. So oft hatte er es erzählt, so viel hatte er in Büchern darüber gelesen, dass er es am Ende wohl selbst glaubte. Spätestens als Sextaner auf dem Gymnasium bekam er Zugriff auf die scheinbar bis ins Unendliche reichenden Regalmeter einer richtigen Stadtbibliothek. Büchertürme, die bis in den Himmel wuchsen. Seine Vorliebe für die Abenteuer der Seefahrer ebbte allmählich ab. Er entdeckte die Romantiker und die Klassiker für sich, las stets mindestens zwei Bücher auf einmal, von denen eines immer eine Biografie sein musste, und bewältigte zusätzlich noch den Schulstoff, wozu wiederum das Büffeln mit Büchern notwendig war.
Hinter der schützenden Wand der Aufbauten des Fährschiffes saß eine junge Schwangere, mit der linken Hand unablässig ihren Bauch streichelnd, und mit der rechten an einem vielleicht fünf Jahre alten quengelnden Jungen herumzupfend. Es hatte den Anschein, als ob dieser lieber das Schiff erkunden wollte, während seine Mutter ziemlich erschöpft war. Stadler überlegte einen Moment, ob er freundlich sein und sich des Jungen annehmen sollte. Nicht, weil er Kinder besonders mochte, eher, weil der Anblick der schwangeren jungen Frau – sie schien auch noch nicht lange dem Teenager-Alter entwachsen zu sein – eine Art Beschützerinstinkt in ihm weckte. Freilich wusste er nicht, wie es auf die Mutter des Jungen wirken würde, böte er sich jetzt an, dem kleinen Entdecker das Schiff zu zeigen. Er hoffte schon, dass sie sich nicht vor ihm, dem Fremden, fürchtete, hoffte, dass er nicht wie ein Sittenstrolch aussah. Aber auf einem Schiff war das Risiko einer

Entführung sicherlich nicht allzu groß. Denn schließlich, wo könnte er denn schon hin?
Doch dann schwenkte die Fähre auch schon wieder und hielt auf die beiden schützenden Molen zu, die den Hafen von Procida wie eine Zange umklammerten, und er verwarf den Gedanken. Im Schutz der Mauern würde das Meer wieder glatt wie ein Spiegel sein.
Als sich der Seegang etwas legte, ging Stadler, sich vorsichtig am Geländer festhaltend, die steile Treppe zum Hauptdeck herunter und zum Standplatz für das Gepäck, zerrte seinen gewaltigen Rollkoffer aus dem Gewühl und platzierte sich in der Nähe des Ausstiegs, wo schon zwei ältere Damen mit großen Handtaschen warteten. Die beiden waren ganz offensichtlich Tagestouristen, die ihre voluminösen Hüte mit einer Hand fest auf den Kopf drückten, auf dass sie der Wind nicht fortblies. Nachdem die „Naiade“ angelegt hatte, staunte Stadler, dass doch allerhand Touristen in Procida von Bord gingen.
Procida war eine kleine Insel. Dennoch hatte ihm der Hotelmanager empfohlen, sich abholen zu lassen. Fast zwei Kilometer seien es vom *Principe Umberto* bis zum Hafen, das wolle er sich mit all dem Gepäck doch wohl nicht antun. Nein, das wollte er tatsächlich nicht. Zumal sein Koffer ziemlich schwer war. In ihm steckte nicht nur Kleidung für zwei Wochen, sondern auch noch einiges an Büchern und CDs. Auf dem Bügelgriff war noch eine kleinere Tasche befestigt, die sich auch bequem umhängen ließ, wenn er etwa bei einem Bummel mehr als nur die Geldbörse mit sich führen wollte.
Sig.ra Stadler stand fett gedruckt auf dem Zeichenkarton, den der junge Bursche an der Hafenmauer in die Höhe hielt. Stadler lächelte – offenbar hatte er sich in der ersten Urlaubswoche doch schon ein wenig entspannt. Eher belustigt wies er den Burschen auf die verbale Geschlechtsumwandlung hin. Schließlich lachten sie beide. Auf dem Parkplatz stutzte Stadler für einen Moment. Wie ein Gäste-Shuttle sah der alte kleine Fiat nicht aus, dessen Kofferraum der junge Mann jetzt

aufschloss. Das Auto war so staubig, dass man seine Farbe kaum noch erkennen konnte, und der rechte hintere Kotflügel, dem schon eine Ecke fehlte und der tiefe Kratzer und Beulen aufwies, war mit einer kleinen Metallspange am Rest der Karosse festgeschraubt. Damit wäre er in Deutschland schon beim ersten Anblick durch den TÜV gefallen.
Der Bursche hielt ihm höflich die Türe auf und Stadler nahm zögerlich Platz. Eine dicke Staubschicht bedeckte das Armaturenbrett, vergilbte *Scontrini* und anderer Papierkram lagen herum. Vermutlich war Procida nicht nur per Luftlinie, sondern auch in puncto Sauberkeit näher an Neapel, als Stadler lieb war.
Der Bursche, der sich als Massimiliano vorgestellt hatte, schnallte sich gar nicht erst an. Lässig mit einer Hand chauffierend, den linken Arm aus dem Fenster hängend, fuhr er sanft wie mit einer Kutsche und lobte seinen Fahrgast für dessen weisen Entschluss, ausgerechnet auf dieser Insel und ausgerechnet in „seinem" Hotel Urlaub zu machen. Er rollte durch das Gedränge der Fußgänger und Rollerfahrer am Hafen und bog scharf um eine Kurve, hinter der es ordentlich bergan ging. Er fuhr immer schneller und nahm nicht einmal den Fuß vom Gas, als ihm ein kleiner Lastwagen im Gegenverkehr bedrohlich nahe kam. Breit lachend bedeutete Massimiliano seinem Fahrgast, dass diese Straße die breiteste der Insel sei, weil sie hinunter zum Hafen führe. *„Nostra autostrada"*, sagte er und lachte wieder, als er mit der rechten Fahrzeugseite beinahe einen Fußgänger streifte. Er schien ihn nicht einmal bemerkt zu haben. Als Stadler im Außenspiegel nach dem Fußgänger sehen wollte, stellte er fest, dass es rechts gar keinen Rückspiegel gab. Der Bursche, der seinen Blick bemerkte, erklärte ihm nun, dass man hier auf der Insel keinen Rückspiegel benötige. Er deutete auf den auf der Fahrerseite, der zwar da war, aber eingeklappt. „Wir orientieren uns hier", sagte er und tippte auf den Innenspiegel. Und während er ein Hotel madig machte, an dem sie gerade vorbeifuhren, lenkte er schon scharf ein und donnerte in eine Gasse, die wirklich gerade so breit war

wie das Auto. Kein Wunder, wenn die hier alle zerschrammt und zerbeult sind, fuhr es Stadler durch den Kopf. Doch er hatte gar keine Zeit, den Gedanken zu vertiefen, denn ein Rollerfahrer kam dem Auto entgegen. Keiner der beiden Fahrer bremste, beide schienen um ein Haar die Mauern zu berühren – und doch fuhren die beiden Fahrzeuge aneinander vorbei, ohne dass es zu einem Unfall kam. Massimiliano hatte nicht einmal die zweite Hand ans Steuer genommen. Noch ein paar solcher Begegnungen gab es während der kurzen Fahrt, noch ein paar Mal war Massimiliano abgebogen, sodass Stadler vollkommen die Orientierung verloren hatte.

Das Hotel erwies sich als größer, als es die enge Bebauung der Gassen vermuten ließ. Stadler hatte aber auch sorgfältig gewählt. Nachdem er auf dem Vesuv den Entschluss gefasst hatte, seinen Urlaub den Inseln zu widmen, entkorkte er noch am selben Abend auf dem Balkon seines Domizils in Pompei eine Flasche Wein, fuhr den Laptop hoch und sah sich im Internet die Hotels auf der Insel an. Schließlich fand er eines, das die meisten seiner Wünsche erfüllen würde: Ein Hotel, scheinbar nur einen Spaziergang vom Zentrum entfernt und doch in ruhiger Lage – mit Seeblick sogar. Das Zimmer verfügte über einen kostenlosen Internetzugang und andere kleine Annehmlichkeiten, die er inzwischen zu schätzen wusste. Das Haus schien zudem nicht so überlaufen zu sein; vielleicht würde er ja hier etwas Ruhe finden.

Die hatte er bitter nötig, er fühlte sich zunehmend vom Lärm gestresst. War es denn tatsächlich nur eine Einbildung von ihm, dass diese Welt immer lauter wurde? Als Stadler noch ein kleiner Bub war, waren Traktoren und Landmaschinen, vor allem Dreschmaschinen, die Dinge, die am lautesten lärmten. Aber war ein Traktor erst einmal vorbeigerollt, dann konnte man wieder die Vögel singen hören. Mit jedem neuen Lebensabschnitt betrat er jedoch eine Welt, die lauter war als die vorhergehende. Zunächst die Kleinstadt, in der er die Musikschule besuchte. In seinem Dorf hatte man nicht die Fenster schließen müssen, wenn man Klavier spielte, im Gegenteil, dort blieb so manche Bauersfrau einen Moment auf der Straße stehen und genoss das kleine Konzert. Doch an der Musikschule drang der Straßenlärm in den Übungsraum, sodass einem selbst an einem heißen Sommertag nichts weiter übrig blieb, als die Fenster geschlossen zu halten. Man hatte sogar Fensterdichtungen eingeklebt, um bei den alten Doppelflügelfenstern wenigstens ein klein wenig Lärmdämmung zu erreichen. An Schallschutzfenster war damals noch nicht zu denken.

Beim Studium im Altmühltal war es weniger der Verkehrslärm, der stresste, sondern der höhere Takt, in dem das Leben pulste. Und als er irgendwann seine Arbeit in München antrat, da schien ihm an manchem Tag schier der Schädel zu platzen vor lauter Geschäftigkeit und Lärm. Er glaubte, eine Steigerung wäre gar nicht mehr möglich. Bis er die Korrespondentenstelle in Rom antrat.

Selbst wenn er in der Villa Doria Pamphili spazierenging, einem der wenigen Orte in Rom, wo es passieren konnte, dass man, zumindest wenn man in einer der zahlreichen Senken stand, ringsum bis zum Horizont keinen anderen Menschen sah, war die Großstadt immer präsent. Man hörte quasi als Geräuschkulisse das Rauschen des Verkehrs oder eines dieser atemlosen Sondersignale, mit denen die Rettungswagen durch die Stadt eilten.

Dabei war es ja nicht nur der Lärm, der ihm zu schaffen machte, ja, der an manchen Tagen regelrecht an den Nerven zerrte. Es war auch der Lärm, der Aufwand, der Wind, der um die kleinsten Verrichtungen gemacht wurde. Warum mussten Türen stets geknallt werden, man konnte sie doch langsam schließen? Warum musste in jedem *Ristorante* die Musikanlage laufen? Man konnte sich doch viel besser unterhalten, wenn keine Nebengeräusche das Gespräch störten. Warum mussten sich Müllfahrer anbrüllen, wenn sie ihre Tonnen in die dafür vorgesehenen Haken ihrer Transportfahrzeuge hängten? Warum musste man aus jedem Quiz im Fernsehen eine knallbunte laute Show machen, in der sich immer jüngere Frauen immer schamloser immer mehr auszogen?

Laurenz hatte mit niemandem über diese Lärmflut gesprochen. Es konnte auch sein, dass er mit seinem besonders feinen musikalischen Gehör in Sachen Lärm auch besonders empfindlich war. Es war wohl Trend der Zeit, der sich nicht wieder umkehren ließ, zumal eine immer höhere Siedlungsdichte auf der Welt dafür sorgen würde, dass die Ruhe-Inseln, auf denen man wirklich allein war, immer kleiner würden. Nein, Laurenz Stadler war sich sicher, dass Stille in Zukunft ein echtes Privileg sein würde. Ein Privileg der Reichen noch dazu, die sich Ruhe im wahrsten Sinne des Wortes erkaufen konnten.

Im Moment konnte er das auch, noch, und bislang genügte es, dafür ein gut gelegenes Zimmer in einem ruhigen und gediegenen Hotel zu finden, in dem der Wille des Gastes, nicht gestört zu werden, noch als heilig gilt.

Das Auto war inzwischen angekommen. Massimiliano hatte ihm die Beifahrertür weit aufgerissen, bevor er zum Kofferraum eilte, um das Gepäck auszuladen. Inzwischen war Stadler froh, auf das Angebot eingegangen zu sein, sich abholen zu lassen. Frisch stieg er aus seinem Taxi und wurde schon an der Hoteltür vom *Padrone* empfangen.

Obwohl es mitten in der Saison war, schien das Hotel nicht ausgelastet. Das Foyer war ebenso verlassen wie die Rezeption, an der Decke flappte ein großer Ventilator und hinter der Glastür zur Terrasse lag ein Golden Retriever und blinzelte verschlafen in die Welt.

Stadler hatte ein *Monolocali* gebucht, das über eine kleine Kochecke verfügte. So konnte er sich rasch mal einen Imbiss machen, wenn er über die Mittagszeit im Hotel sein sollte. Er hatte in den letzten Jahren einige der italienischen Essgewohnheiten angenommen. So war das Abendessen für ihn die wichtigste der Mahlzeiten geworden, während er mittags auch mal mit einem Sandwich oder einem Paar *Tramezzini* auskam, diesen wunderbar ungesunden Schnitten mit Wurst oder Käse, Thunfisch oder Salat, fast immer aber mit einer Schicht leckerer Remoulade versehen. Außerdem würde er

sich hier Tee kochen können. Und um seinen Wein zu trinken, müsste er auch nicht, wie in den meisten Hotels, das Zahnputzglas benutzen.
Stadler trat auf den kleinen Balkon. Die Aussicht war schlicht grandios. Richtete er den Blick geradeaus, sah er direkt auf das Meer. Er konnte sogar die weißen Schaumkronen auf den Wellen erkennen, die unermüdlich auf das Ufer zurollten. Allerdings – blickte er nach unten, schaute er auf ein Terrassendach. Hier könnte es abends etwas unruhig werden. Das würde von der Gästezahl abhängen.
Er hatte schon recherchiert, dass das Hotel ziemlich dicht am Wasser lag. Er würde gleich in Badeschuhen vom Hotelzimmer aus losgehen können, ohne Anstoß zu erregen.
Dann kontrollierte er das Funktionieren aller Systeme. In italienischen Hotels hatte er schon die verschiedensten Erfahrungen gemacht. Die wichtigste lehrte ihn, dass man hierzulande nicht so pingelig war, dass das Wort Installation im Italienischen offenbar eng mit dem Wort Improvisation verwandt zu sein schien. Nun, die Klimaanlage klapperte ein wenig, aber sie funktionierte tadellos, und nach ein paar Minuten würde er sich an das gleichförmige Geräusch gewöhnt haben. Auch die Wasserversorgung schien in Ordnung, obwohl die Toilettenspülung eine ziemliche fragile und lockere Konstruktion war, die man achtsam bedienen musste, um sie nicht eines Tages in ihren Einzelteilen in der Hand zu halten. Sei es drum. Die Badewanne war alt und verschlissen, aber er würde kaum darin sitzen müssen, denn sie verfügte über eine Dusche, aus der auch ein ordentlicher Wasserstrahl kam. Hauptsache, das warme Wasser ging nicht vor der Zeit zu Ende, dachte Stadler.
Er setzte seinen Rundgang fort, knipste das Licht an und aus und prüfte, ob ihm die Vorhänge beim Zuziehen nicht entgegenkommen würden. Dabei warf er beinahe ein Galileisches Thermometer herunter, das auf einem Fensterbrett stand. Er sah zu, wie die tanzenden Glaskugeln wieder zur Ruhe kamen und musste lächeln. Dann inspizierte er die Küche. Eine Kaffeemaschine billigster Bauart stand einträchtig neben einer

stabilen kleinen *Moka*, in der er sich seinen *Caffè* kochen konnte. Ein zweiflammiger Herd wurde von einer simplen Gasflasche gespeist, die sich hinter einem Vorhang verbarg. Das Geschirr war einfach, aber sauber und ordentlich. Der kleine Kühlschrank würde ihm vollkommen ausreichen, er verfügte sogar über ein Eisfach.

Auch das Bett schien hinreichend bequem. Es war alt und durchgelegen, aber nicht so weich, wie befürchtet. Kurz: Laurenz Stadler war sicher, sich hier wohlfühlen zu können. Länger als drei oder vier Tage würde er ohnehin nicht brauchen, um die kleine Insel zu erkunden.

Er wuchtete seinen schweren Koffer auf das Bett und begann damit, seine Sachen auszupacken. Der Schrank, dessen Türen ein wenig klemmten, war rasch eingeräumt. Er würde sich aber unbedingt erkundigen müssen, ob es im Hotel einen Wäscheservice gäbe. Gerade seine leichten Sommersachen, die luftigen Hemden sowie die Hosen und Jacketts in Leinenoptik zerknitterten schnell. Wie aus dem Ei gepellt herumzulaufen, bereitete ihm nach wie vor größtes Vergnügen. Übrigens nicht zuletzt deshalb, weil er damit in der Lage war, eine gewisse Distanz zu seiner Umwelt aufzubauen. Das war ihm schon kurz nach seiner Studentenzeit aufgefallen.

Er hatte gleich in seinem ersten Dienstjahr als Lokalredakteur die Aufgabe erhalten, ein Porträt über einen angesehenen Heimatdichter zu schreiben. Anlass war dessen 80. Geburtstag. Nun, der Heimatdichter war alt und stockkonservativ, Stadler war jung und fühlte sich eigentlich als Rebell. Das hätte eine schwierige Begegnung werden können. Um trotz seiner Jugend eine respektheischende Erscheinung abzugeben, kaufte sich Stadler eigens für diesen Termin eine klassische Kombination aus Jackett, Hemd, Krawatte und Tuchhose. Er zog ordentliche und auf Hochglanz polierte Halbschuhe an. In diesem Aufzug klingelte er bei dem Alten, der ihn in Gebirgstracht empfing – wie auch sonst, schließlich war er Heimatdichter. Und siehe: Der alte Mann respektierte den jungen Burschen als Gesprächspartner in Augenhöhe. Ob es nun an dem Aufputz gelegen hat oder nicht, Stadler lernte schnell, was korrekte Kleidung bewirkte. Sie machte ihn älter und ein wenig unnahbarer. Vor allem: Sie verschaffte ihm ein gewisses Maß an Respekt und Autorität. Auf den Dörfern sorgte das für eine gesunde Distanz, sprach man ihn mit „Sie“ an und nicht mit dem plumpen „Du“.

Seine Gesprächspartner waren ausnahmslos älter als er. Ob die Verwaltungsspitzen oder die Vereinsvorsitzenden, die Polizeichefs oder die Unternehmer: Wenn sie auf seine Fragen antworteten, fühlte sich Laurenz Stadler immer ein bisschen wie belehrt. Am schlimmsten war es, wenn sie dann so einen väterlichen Ton anschlugen oder, Gott bewahre, ihm gar die Hand auf die Schulter legten. „Sehen Sie mal, junger Mann ...“.

Da half der kleine Trick mit der Kleidung sehr gut. Dabei kaufte er nicht vom Feinsten und Teuersten. Aber es musste gediegen sein, es mussten „seine Farben“ sein. Und das waren im Sommer eben bevorzugt helle Cremetöne bis hin zu einem strahlenden Weiß, jeweils kombiniert mit einem farbigen Kontrast, wie er mit einem Blick in seinen Koffer beziehungsweise inzwischen in den Schrank seines Hotelzimmers feststellen konnte.

Das Mittagessen ließ Laurenz Stadler ausfallen. Er bummelte lieber ohne Gepäck zurück in Richtung Hafen und beobachtete die jungen Leute in ihren Shorts und Sommerfähnchen, wie sie sich an der Hafenpromenade gegenseitig zu imponieren versuchten. Vielen baumelten die winzigen Kopfhörer ihrer MP3-Player oder Smartphones aus dem Hemd beziehungsweise aus dem Kragen des T-Shirts. Die jungen Leute nannten sie „In-Ears“, er bevorzugte den Begriff Ohrhörer. Dass es feine Unterschiede gab, war für Stadler unwichtig.

Ein wenig beneidete Laurenz die junge Generation um ihren souveränen Umgang mit der neuen Technik. Er hatte zwar schon einmal die winzigen Ohrhörer seines Smartphones benutzt, wusste aber nicht so recht, wie man sich Musik aus dem Internet herunterlud. Dass so etwas funktioniert, war ihm freilich bekannt.

Seine eigenen Erfahrungen mit „tragbarer Musik“ endeten Mitte der 80er Jahre, als er sich nicht mehr traute, langsam als Redakteur im Feuilleton des *Münchner Boten* Fuß fassend, mit dem Walkman herumzulaufen, der ihm jahrelang so gute Dienste geleistet hatte, ja, der als Statussymbol galt. Doch der verrauschte Klang der Musikkassetten unter den schlechten Kopfhörern war ohnehin nicht die von Stadler favorisierte Art des Musikhörens. Er hatte sich schon nach einem halben Jahr als Lokalredakteur so viel Geld zusammengespart, dass er sich an seine relativ simple Stereoanlage zwei sündhaft teure und fast hüfthohe Boxen anschloss. Boxen, die allerdings auch als Statussymbol durchgingen. Und natürlich war es Klassik, die er damit hörte. Seine Plattensammlung, vornehmlich mit Werken von Mozart, war schon damals recht respektabel. Die eigentlich noch bescheidene Sammlung von vielleicht 300 Platten stand in seinem ehemaligen Kinderzimmer auf dem Fußboden herum. Er hatte zwar seine Mutter gebeten, die Platten aufrecht nebeneinander aufzustellen, doch als er das erste Mal von Rom aus nach Hause fuhr, fand er sie in mehreren riesigen Stapeln einfach in der Zimmerecke vor. Und er konnte noch heute die missbilligenden Blicke im Rücken spüren, mit denen ihn seine Mutter bedachte, während er die Schallplatten sorgsam um- und dabei aufrecht hinstellte. Dennoch dürften die empfindlichen Scheiben mehr oder weniger hin sein – sein Zimmer befand sich schlecht isoliert direkt unter dem Dach, und so würden die Temperaturschwankungen dieselben sein wie in seiner Kindheit. Er konnte sich noch gut daran erinnern, dass er im Winter auf sein Federbett noch zusätzlich eine Steppdecke bekam und dennoch beim Hineinschlüpfen vor Kälte mit den Zähnen klapperte. Im Sommer hingegen war es ungeachtet des weit geöffneten kleinen Giebelfensters glühend heiß. Temperaturen, die auf Dauer den Platten zusetzen würden. Er hatte schon öfter daran gedacht, sie zu digitalisieren, aber auch dazu fehlte ihm das technische Verständnis. Und eine Firma damit zu beauftragen, erschien ihm am Ende zu aufwendig. Zudem traute er den zu erwarten-

den Ergebnissen nicht über den Weg – er hatte sich mit anderen Musikfreunden noch nicht darüber austauschen können.
Am späten Nachmittag erst lief er gemächlich wieder zu seinem Hotel zurück. Wieder in seinem Zimmer, sah er sich noch einmal um: Ein riesiger Flachbildschirm war vorhanden, ein Radio indes vermisste er. Er liebte es, nach einem langen Arbeitstag mit einem Glas Rotwein am Fenster zu sitzen, während das Radio leise Musik dudelte. Nicht nach Schwerem stand ihm dabei der Sinn, eher nach Swing, Jazz, unaufgeregtem Pop.
Er legte sich aufs Bett, schaltete den Fernseher ein und zappte träge ein wenig herum. Doch ein Musiksender fand sich nicht – bis auf die üblichen Kandidaten, die ausschließlich für jugendliche Ohren beziehungsweise Schlagergedudel sendeten. Sollte er besser ein wenig lesen?
Dann kam ihm eine Idee. Er fingerte nach seinem Handy. Vor ein paar Wochen war ihm wieder aufgefallen, dass ja das Smartphone eine Radio-Funktion hatte. Er wischte durch die bunten Seiten, suchte das entsprechende Symbol und tippte darauf. Ein stilisierter metallener Drehknopf erschien und Laurenz musste lächeln. Er holte das Head-Set aus dem Nachttisch, stöpselte es ein und drückte sich die kleinen Lautsprecher in die Ohren.
Der erste Sender, den das Radio fand, brachte klassische Musik. Eine Violinsonate wurde gespielt. Eine Sonate von Antonio Vivaldi, einer der Favoriten von Laurenz Stadler. Laurenz war überrascht von der Klangqualität, die die kleinen Ohrstöpsel lieferten. Er träumte ein wenig den Tönen hinterher, ärgerte sich jedoch alsbald, dass die empfindliche Antenne, also vermutlich das Kabel seiner Ohrhörer, nicht die kleinste Kopfbewegung erlaubte, ohne zu knistern und zu rauschen. Nein, dann doch keine Klassik.
Ohnehin empfand Laurenz Stadler die Einstellung selbst kulturvoller Menschen zur klassischen Musik als ziemlich verstörend. Mit Jazz und Rock, Pop und Country aus dem Radiolautsprecher hat niemand ein Problem. Das wird beim

Bügeln ebenso gehört wie beim Essen. Nur die klassische Musik scheint längst von unserem realen Leben abgekoppelt zu sein, dachte er. Um klassische Musik zu hören, zieht man sich fein an und geht ins Konzert. Damit schickte man die Hörer in die Isolation.

13. Kapitel

Nach dem Frühstück im Hotel verließ er rasch das Haus, um nachzuholen, was er am gestrigen Tag versäumte, den Aufstieg zur *Terra murata.* Dort, wo die Aussicht auf den Bilderbuchhafen von Corricella am schönsten war, dort war die Insel eigentlich am traurigsten. Die Salita Castello führte hinauf zum *Carcere*, zu der Festung, in der einst besonders gefährliche Verbrecher wie Räuber oder Mörder eingekerkert waren. Erst im Juli 1988, so hatte Laurenz Stadler gelesen, wurden die letzten der Häftlinge entlassen. Das Gefängnis interessierte ihn, so wie ihn alle Orte magisch anzogen, an denen man, aus welchen Gründen auch immer, spurlos verschwinden konnte. Er hatte sich lediglich sein Handy eingesteckt und ein Notizbuch. In seiner linken Hosentasche steckten ein wenig Kleingeld und zwei oder drei zusammengefaltete Scheine, nur für den Fall, dass er unterwegs ein paar schöne Dinge sah oder irgendwo einkehren wollte. In der rechten wusste er den Tabaksbeutel mit den Murmeln. Eine wollte er heute wieder loswerden.

Terra murata, eingemauertes Land, nennen die Leute hier die Siedlung auf dem Hügel, der höchsten Erhebung der Insel, die man schon sieht, wenn man von der Fähre aus das *Capo Miseno* erkennen kann und die winzige Insel vor sich liegen sieht. Würde Stadler darüber schreiben müssen, hätte er *Terra murata* wahrscheinlich korrekt mit „eingefriedetes Land“ übersetzt. Dabei war „Einfriedung“ seiner Empfindung nach ein völlig irreführender Begriff. Einfriedungen bringen keinen Frieden. Einfriedungen sind befestigte Grenzen, und die sind das sichtbare Zeichen von Unfreiheit. Wer etwas einfriedet, will ausgrenzen. Meist die anderen, man sieht das deutlich bei Mauern um Grundstücke. In Wirklichkeit grenzen sich die Menschen mit Einfriedungen selbst aus, sperren sich ein hinter Mauern. Die Schweden, dachte er plötzlich, die Schweden machen es richtig. Die kennen keine Zäune und Mauern um ihre Grundstücke. Dabei hat er sie gar nicht als so gastfreundlich empfunden wie die Italiener.

Der Aufstieg raubte einem den Atem und dies im wahrsten Sinne des Wortes. Nicht der schönen Aussicht wegen, sondern weil er so steil war. Es war ein schwacher Trost für Stadler, dass auch erheblich Jüngere stehenbleiben mussten. Scheinbar, um den Blick auf Hafen und Bucht von Corricella zu genießen, in Wahrheit jedoch, um Luft zu schöpfen und den Puls ein wenig herunterzufahren.

Die Zitadelle, die sich mächtig und drohend vor ihm aufbaute, schien direkt aus dem Fels zu wachsen. Der Hotelportier hatte schon von ihr erzählt, abenteuerliche Geschichten waren das, von Sträflingen, die beim Versuch zu fliehen, in den Tod gestürzt waren. Andere versuchten tagelang, sich auf der Insel zu verstecken und wurden dann doch wieder gefasst. Das Recht, so habe man früher gemunkelt, sei hinter den dicken Gefängnismauern außer Kraft gesetzt gewesen. Es habe Folterungen und Experimente gegeben. Stadler blieb gelassen. Als Journalist kannte er die Mechanismen der Mythenbildung: Ein Informationsvakuum bildete schon immer den Nährboden für Gerüchte und Spekulationen. Und beim Weitererzählen wurde immer noch eins draufgepackt, nicht wahr? Doch der Portier bestand darauf, der ehemalige Gefängnisarzt hätte es ihm selbst erzählt. So wurden Häftlinge, die durchgedreht sind, an Pritschen gefesselt, sie wurden nicht mal für ihre Notdurft losgebunden, dafür diente ein etwa eimergroßes Loch in der Mitte der Matratze. Man band sie nackt auf das Bett. Und dann die großen Zellen – der *Carcere* war ja nicht als moder-

nes Gefängnis gebaut worden. Bis zu 30 Gefangene mussten sich eine Zelle teilen. Die Flucht, da solle sich Stadler mal sicher sein, die Flucht ist keinem richtig geglückt. Zumindest von der Insel ist keiner runtergekommen, sagte der Portier und wackelte vielsagend mit der Hand.
Schon von Corricella aus waren die schwarzen Löcher im Mauerwerk zu erkennen. Kam man näher, boten sich dem Blick Details. Die hohen Rundbogenfenster hatten zwar noch ihre Rahmen, ihre Scheiben fehlten jedoch. An den Wänden, selbst denen, die üppig von der Sonne beschienen wurden, wucherten Schimmel und Salpeter. Großflächig war der Putz ausgebrochen. Ließ man den Eingang links liegen und ging geradeaus, so bildete die frisch verputzte und pastellgelb strahlende Kirche *Santa Margarita Nuova* einen krassen Gegensatz zu den Fensterlöchern auf der linken Seite. Dem Kircheneingang gegenüber waren Kanonen aufgebaut, deren Rohre über die Bucht von Corricella wiesen. Hier fotografierten sich die Touristen zu Dutzenden.
Er hätte auch einen dieser Insel-Busse nehmen können, dachte Stadler, als sich so ein kurzes, hohes und schmales Exemplar röhrend durch den Torweg zwängte.
Dieser führte durch ein großes hohes Gewölbe, an dessen Frontseiten in den Fels gehauene Nischen möglicherweise früheren Wachen als Unterstand gedient haben könnten. In Gedanken rechnete Stadler nach: Wenn die Anlage seit 1988 nicht mehr als Gefängnis genutzt wurde, dann könnten hier höchstens seit zwanzig Jahren Menschen wohnen. Indes sahen die Häuser aus, als seien sie seit mindestens fünfzig Jahren nicht mehr saniert worden. Möglicherweise waren es früher die Wohnungen des Personals. Er würde fragen müssen.
Das hier links könnte das Verwaltungsgebäude gewesen sein. Der langgestreckte Dreigeschosser verjüngte sich symmetrisch mit jedem Stockwerk, gerade so, als hätte man drei Bauklötzer aufeinandergestapelt. Diesen Block hatte man aufs Feinste saniert. *Casa di Riposo della Gente di Mare* ver-

kündete eine Marmortafel neben dem Eingangsportal. Nett, dachte Stadler, ein Altenheim für Meeresleute.
Rechterhand ging es weiter hinauf. Am Ende des kurzen und steilen Aufstiegs konnte er sich entscheiden – für die schöne Aussicht ging es nach links, zur Abtei San Michele und zum „Kulturpalast“ mit dem „Haus der Graziella“, der Inselheiligen, nach rechts. Der Aussichtspunkt hielt, was er versprach. Etwas diesig waren die Felsen von Capri zu sehen, gegenüber der Golf von Sorrent.
Auch von diesem Punkt konnte er Teile des Kerkers sehen, Stadler wunderte sich, dass die Touristen diesen fast nicht wahrnahmen. Die einzige Informationstafel, die Stadler unten gleich hinter dem Toreingang gesehen hatte, verwies auf den berühmten Film „Il Postino“, der auf der Insel spielt und in den 1990er Jahren auf der Insel gedreht wurde. Ein Film übrigens, der seinerzeit für Aufsehen sorgte. Er wurde mit vielen Preisen bedacht und, wenn sich Stadler recht erinnerte, für vier oder fünf Oscars nominiert. Über den Kerker sollte man einmal einen Film drehen, dachte er. Er sah sich missmutig um und beschloss, sich ein wenig mit dem Strom der Touristen treiben zu lassen.
So kam er über einen Nebeneingang in die kleine Abtei, die ebenfalls über eine prächtige Aussichtsplattform verfügte. Abseits der Leute setzte er sich auf eine Steinmauer und blinzelte in das Blau des Himmels. Azurblau, sagen die Deutschen. Die Italiener sind noch einen Schritt weiter gegangen. Sie haben den Azur als *azzurro* gleich per definitionem zur Farbe erklärt. Jetzt die Zeit anhalten. Herrlicher Müßiggang. So sollte es bleiben. Wird es aber nicht.
Wenn sich schon die Erinnerungen, im Guten wie im Bösen, so in die humane Festplatte einbrennen, dass sie sich nicht mit anderem überschreiben lassen, was bleibt dann, wenn ich gehe, fragte sich Stadler. Wenn ich endgültig gehe. Wenn da niemand mehr ist, mit dem ich diese Erinnerungen teilen könnte. Und wieso „niemand mehr“? Es war ja nicht einmal jetzt jemand da, mit dem er den Moment teilen könnte, geschweige denn die Erinnerungen.

Aufschreiben, sicher, aufschreiben könnte er alles. Doch war sein bisschen Leben des Aufschreibens wert? Würde es jemanden geben, der das Geschriebene dann auch lesen wollte? Würde er es denn wollen, dass Wildfremde lesen, was ihm widerfuhr?
Immerhin, seine Beiträge würden Bestand haben. Für die Ewigkeit in den Archiven. Doch was bedeutete das schon. Er schrieb für eine Tageszeitung. In seinen ersten Jahren als Journalist tröstete ihn ein erfahrener Kollege, als sich unbemerkt ein Fehler ins Blatt geschlichen hatte, ein vermeidbarer Fehler, ein Fehler, der Laurenz Stadler peinlich war. „Mein Gott, das ist eine Tageszeitung", hatte der Kollege gedröhnt. „Im günstigsten Fall scheißen morgen Abend die Wellensittiche drauf." Es hatte eine Weile gedauert, bis er den Witz begriffen hatte. Gelacht hatte er dennoch nicht darüber. Denn dieser Trost beinhaltete zugleich eine fast schmerzliche Gewissheit, die er freilich damals noch nicht erkannte: Bei aller hehren Chronistenpflicht – für eine Tageszeitung zu schreiben heißt, vergänglich zu sein. Journalismus kam von *to jour*, für den Tag; da gab es keine nennenswerte Halbwertzeit.
Aber genau das ist das Problem, dachte sich Stadler.
Wem kann er, der Kinderlose, etwas weitergeben? Die Lehren seiner scheinbar so hartherzigen Mutter, die sich mit seinem eher sanften Leben, seinem Streben nach Kultur und Harmonie und der rauen Wirklichkeit des politischen Treibens in Rom zu einer so merkwürdigen Melange verquickten.
Ein Grashalm, auf dem er gedankenverloren herumkaute, schmeckte schon ein wenig nach Heu. Seine Gedanken sprangen in das Allgäu, in seine Kindheit. Der Geschmack erinnerte ihn auch an einen vorzüglichen Tafelspitz, den er einmal in einem schon gehobeneren Restaurant in Südtirol serviert bekam: Er war in einem Heubett zubereitet. Das Fleisch war von einer Kuh, die ihr Leben auf Bergweiden verbracht hatte. So schmeckte man die Würze der Bergkräuter nicht nur in dem mageren, aber kräftigen Stück Fleisch, man schmeckte auch den Duft des Heues.

Laurenz Stadler war längst allein auf der Terrasse, als ein Geräusch ganz in seiner Nähe ihn aufschreckte. Es hörte sich an, als sei direkt neben ihm etwas ins Gras gefallen. Er öffnete träge die Augen und sah, wie sich am Rande seines Gesichtsfeldes etwas Dunkles bewegte. Mit einem Ruck richtete er sich auf und sah einer rabenschwarzen Katze direkt ins Gesicht. Die Katze, die wohl nach Beute gehascht hatte, war ebenso erschrocken wie er. Mit weitaufgerissenen bernsteingelben Augen starrte sie ihn eine Sekunde lang verblüfft an, sprang dann fast senkrecht nach oben und stob davon.
Micio, du lässt mich nicht gehen, dachte er in einer Mischung aus Schreck und Freude.
Stadler spuckte den Halm aus, stand auf und befahl sich Realismus. Er klopfte sich den Staub und das Gras aus der Kleidung.

Wenig später hörte er ein leises Plätschern, als würde sich hier in der Höhe, zwischen Fels und Stein sogar noch eine Quelle befinden. Langsam hielt er auf das Geräusch zu und kam dabei den Kerkermauern immer näher. Er trat vorsichtig auf, immer auf der Hut vor plötzlichen Fußangeln oder Hohlräumen, aber mehr noch vor Schlangen, für die dieses Areal doch das Paradies sein musste. Je näher er dem Geräusch kam, umso mehr veränderte es sich. Aus dem leisen Plätschern war erst ein Sprudeln geworden, inzwischen hörte es sich an wie ein Brodeln. Und dann, er war höchstens noch zwanzig Meter von den mächtigen Mauern entfernt, sah er es: Zwischen ihm und dem Gefängnis tat sich ein gewaltiger Schlund auf, der bis hinunter ins Meer reichte. Und das Geräusch kam von den Wellen, die sich brüllend und schäumend an den Felsmauern abarbeiteten. Er prüfte sorgfältig, ob seine Füße noch Halt fanden, und beugte sich ein wenig vor. Da konnte er die Gischtkronen sehen. Ein falscher Tritt und du bist weg, würdest unten auf den Felsen zerschellen, ein willkommenes Futter für die Fische. Dein Skelett würde niemand finden, diese schmale, tosende Schlucht befuhr sicherlich niemand mit seinem Boot.

Und wenn es nicht ein falscher Tritt wäre, sondern eine ganz bewusste Entscheidung? Laurenz stellte sich vor, wie er an der Kante zu dem Abgrund stand. Die Augen geschlossen, die Arme weit ausgebreitet. Ein letztes, ein ehrliches Gebet zum Schöpfer, nur die Ankündigung, dass man gleich komme, und dann nach vorn kippen. Wie Fliegen würde es sein, wenn der Körper den Kontakt zum Boden verliert. Das Meer noch so unendlich weit und doch rast es auf dich zu. Unsagbar schön und unsagbar schnell. Er würde tot sein, wenn er unten aufschlägt. Und doch könnte er fliegen, dieses kurze lange Stück den Felsen entlang, mit den Uferschwalben um die Wette, die sich und ihn verwundert ansähen auf seinem Flug. Man sagt, dass in den Momenten vor dem Tod das Leben an einem vorbeizöge. Was würde er sehen? Sein ganzes Leben? Dafür reichte die Zeit nicht. Die ganze Welt? Die ganze Wahrheit? Oder doch nur die Schaumflocken, die der Wind den Wellen entriss, und das Blau des Wassers, im Sonnenlicht aufblitzend wie funkelnde Diamanten. Nur Sekunden, bis der Tod ihm kreischend entgegenflog.
Er zuckte zusammen, erschrocken wich er einen Schritt zurück. Wie lange hatte er hier gestanden? Hatte er wirklich die Augen geschlossen gehabt? Wie leichtsinnig.
Er zog das Ledersäckchen mit den Murmeln aus seiner Hosentasche, wog es in der Hand. Er fingerte eine Murmel heraus, ging vorsichtig wieder einen Schritt nach vorn und warf die Murmel in hohem Bogen in die Schlucht. Im gleichen Augenblick hatte er sie aus den Augen verloren.
Laurenz Stadler heftete seinen Blick wieder auf die Festung. Wie erst, so fragte er sich, müsste diese Schlucht den Insassen des Kerkers vorkommen? Kleine Fenster waren in die Mauern gelassen, mit Eisenstäben gesichert und von einer Größe, die er von hier aus nicht abschätzen konnte. Einmal zuckte er zurück. Waren da nicht zwei Hände zu sehen, die sich an die Gitterstäbe klammerten? Eine optische Narretei. Wenn so ein Strafgefangener, eingesperrt vielleicht auf Lebenszeit, denn die kleinen Fische kamen schließlich nicht nach

Procida, wenn so ein Strafgefangener nach lange vorbereitetem Fluchtplan, mit einem stabilen Strick zum Abseilen um den Leib dann die Gitterstäbe überwunden hatte, wie groß musste seine Enttäuschung sein, wenn er in den Abgrund blickte. Die Lücke war keine zehn Meter breit – sie hätte für die Menschen auf beiden Seiten genauso gut zehn Kilometer breit sein können, sie war schlicht unüberwindbar, bemühte man nicht die Fantasie eines Ian Fleming, dessen James Bond wohl auch diese Kluft mittels irgendeines cineastischen Tricks überwunden hätte.

Stadler wandte sich um und suchte sich einen Rückweg. Am Durchgang zu den Arkaden saß wieder eine schwarze Katze mit gelben Augen. War das dieselbe, die ihn vorhin aus dem Schlaf geholt hatte? War sie ihm etwa gefolgt? Sie schien ihn gar nicht zu beachten, erst als er verharrte, wurde sie aufmerksam. Als er „*Micio, Micio*!" rief, lief sie mit steif aufgerichtetem Schwanz davon. Vielleicht verstand sie ja kein Italienisch.

Laurenz Stadler war nicht abergläubisch, aber ungeachtet seiner Abkehr vom Wunderglauben der katholischen Kirche war er sehr wohl davon überzeugt, dass es zwischen Himmel und Erde Dinge gab, die sich dem Zugang durch die sogenannten Naturwissenschaften auf Dauer verschließen. Und er glaubte daran, dass es zwischen Lebewesen, so unterschiedlich sie auch sein mochten, rätselhafte Verbindungen gab. Natürlich konnte dieses wiederholte Zusammentreffen zufällig sein, außerdem könnte es eine ganz andere Katze sein. Aber *wenn* es sich um dasselbe Tier wie vorhin handelte, dann hatte diese zweite Begegnung auch ihren Sinn.

So ein Schmarrn, wischte er seine vagabundierenden Gedanken beiseite.

14. Kapitel

Laurenz Stadler hatte es sich in Rom zur Angewohnheit gemacht, auch die zweite Tageshälfte so zu beginnen wie den Morgen. Einen *Caffè* an der Bar, dazu ein kurzes und unverbindliches Gespräch, und schon konnte es weitergehen. In seinem kleinen Insel-Hotel hielt er es anders. Hier setzte er sich nach dem Mittagsschlaf in dem angeschlossenen *Ristorante* an den Tisch und bestellte einen *Caffè corretto*. Für den nahm er sich Zeit und träumte sich in den Nachmittag hinein. Sie hatten sich in den letzten Tagen schon ein wenig aneinander gewöhnt, der kränklich blasse Kellner, der immer ein wenig unrasiert aussah, und der ruhige Gast aus der Fremde, der alle Zeit der Welt zu haben schien. Ab dem dritten Tag schien das anämische Kerlchen schon auf ihn zu warten. Betrat Stadler den Gastraum, stand er wie zufällig an den Tresen gelehnt, ein Serviertuch lässig über den rechten Unterarm geworfen. Heute würde er ihn nach seinem Namen fragen, nahm sich Laurenz Stadler vor.

Doch heute stand der Kellner nicht lauernd am Tresen. Laurenz nahm Platz, musste lange warten und wurde schon ungeduldig. Er war der einzige Gast zu diesem Zeitpunkt und musste annehmen, dass man ihn schlicht und einfach noch nicht bemerkt hatte. Dann kam ein Mädchen hastig aus dem rückwärtigen Bereich geschossen. Er vermutete, es sei die Tochter des Hauses auf dem Weg in die nachmittägliche Freizeit, so wieselflink war sie unterwegs, und er wollte sie schon

stoppen, um sie nach dem *Cameriere* zu fragen, doch dann, als hätte sie seine Frage geahnt, stand sie plötzlich vor seinem Tisch.
„Bitteschön?", fragte sie, und er sah erstaunt auf. Was will dieses Mädchen von mir, dachte er irritiert. „Was darf ich Ihnen bringen?", fragte sie nun etwas nachdrücklicher.
„Sag deinem ...". Etwas ungehalten kramte Stadler nach Worten, bis er erfasste, dass es sich bei dem Mädchen nicht um die Wirtstochter, sondern um eine Kellnerin handelte. Sein Blick hellte sich eine Spur auf und er bestellte seinen *Caffè corretto*.
Auf dem Hacken drehte sich die Kleine. Ihm blieb der Blick auf eine ansehnliche Kehrseite. Das Mädchen ging durch eine kurze Pendeltür hinter die Bar, wo sie sich am Kaffeeautomaten zu schaffen machte – einem Gerät, das sich bei Laurenz Stadler durch sein gefährlich klingendes Fauchen immer einen Höllenrespekt verschaffte. Nie würde er freiwillig so einer Dampfmaschine zu nahe kommen und Gefahr laufen, sich durch einen ungeschickten Handgriff zu verbrühen.
Ein paar Mal sah er sie hinter dem Tresen hin und her huschen, schließlich brachte sie ihm seine Bestellung.
„Ach, Signorina", fasste er sich ein Herz, „sagen Sie, der Kellner, der hier bedient, ist wohl heute nicht da?"
Sie stützte sich mit beiden Händen auf die Lehne des gegenüber stehenden Stuhles.
„Eh – Sie meinen Toni? Toni ist hier nicht der Kellner, er hat mich nur während meines Urlaubs vertreten. Toni ist noch Schüler, müssen Sie wissen."
„Tatsächlich?" Sein Erstaunen war echt. „Danke."
Sie stand noch eine Weile so da, mit dem Bein wippend, bevor sie wiederholte: „Toni ist meine Vertretung, ich bin für Sie da, Signor Stadler. Wenn Sie etwas brauchen, sagen Sie es ruhig."
Er sah erstaunt auf.
„So, meinen Namen kennen Sie also auch schon?"
Sie errötete ein wenig.

„So viele allein Reisende haben wir derzeit nicht, dass ich mir die Namen nicht einprägen könnte“, sagte sie, deutete einen Knicks an und verschwand wieder.
Stadler rührte Zucker in seinen *Caffè*. Er hielt immer so viel auf seine Menschenkenntnis, aber hier hatte er sich offenbar wieder einmal beim Alter gehörig verschätzt. Dieser kleine mädchenhafte Lockenkopf also war die Kellnerin und Toni, in dessen stets ein wenig leidend wirkendem blassen Gesicht immer der Schatten eines rabenschwarzen Bartes zu hängen schien, war noch ein Schüler. Wie kann man sich nur so täuschen? Es ist wirklich so, wie ihm Giuseppe Bartali neulich noch sagte, als sie von einem bequemen Sitz im Straßencafé aus die Leute beobachteten: Siehst du heute eine junge Italienerin, so kann sie genauso gut 13 wie 23 sein oder gar schon 33. Wie alt mag diese Kellnerin sein, fragte er sich, während er den *Caffè* beinahe kalt rührte. Wahrscheinlich hatte er noch nicht ganz ausgeschlafen. Hätte er mal lieber einen *Doppio* bestellt.
Als sie wieder durch das Restaurant wuselte, kniff er behutsam die Augen zusammen und fixierte sie. Wie alt? 23 oder 33? Alles relativ. Für Giuseppe war 23 jung und 33 alt. Für ihn war 33 noch ganz jung und 43 jung.
Beim Alter, so war Stadler überzeugt, kam es immer auf das Bezugssystem an: Schulmädchen sind immer im Schulmädchenalter, junge Mütter immer junge Mütter und auch die Alten, die schon am Stock gehen, werden immer Alte sein, die am Stock gehen. Schulmädchen und junge Mütter und Alte – sie alle kann man von einem kommoden Platz im Café aus beobachten. Und das kann man auch in zehn Jahren. Und in zwanzig. Nur man selbst altert. Der eigene Platz in diesem Bezugssystem verschiebt sich, alles andere bleibt als Konstante.
Die Kellnerin hatte kurze Beine. Das sah er aber erst, als sie beim Kassieren unmittelbar neben ihm stand. Bei Toni hatte er am zweiten Tag einfach sein Geld auf den Tisch gelegt,

nach ihr rief er, um zu zahlen. So musste sie sich ein weiteres Mal um ihn kümmern, und er konnte sie ein weiteres Mal betrachten. Diesmal jedoch war die sanfte Spottlust aus ihren Augen verschwunden. Sie sah gelangweilt aus. Wechselst du so schnell deine Laune, dachte er bei sich. Ihre Hose schmückte eine emaillierte Zierschnalle. Er bemerkte es, als sie nach dem Kleingeld kramte. Die Schnalle hatte die Form eines Schmetterlings, dessen Flügel türkisfarben und deren Ränder von winzigen Strasssteinchen besetzt waren. Das lenkte den Blick auf die paar Zentimeter Haut, die ihr Oberteil am Bauch frei ließ. *Canella*, eine Haut wie mit Zimtpulver bestäubt. Eine straffe Haut, so jung. Mit ganz feinen Poren und einem kristallenen Glitzern wie von winzigen Schweißperlen. Wenn er sich Mühe gab und intensiv die Luft einsog, würde er ihre Haut vermutlich sogar riechen können.
Er sah ihr beim Fortgehen nach, sah auf ihren knackigen Po und ihren elastischen Gang. Auf dem Streifen Haut, den er über den Jeans auf dem Rücken sah, würden sich vermutlich winzige goldene Härchen befinden.
Mit einem Ruck riss er sich von dem Anblick los. Was bringt es, der Zeit hinterherzutrauern. Er ging, langsam zwar, aber unaufhaltsam, auf Mitte fünfzig zu. Kein Alter also, um von junger Haut zu träumen.
Für dieses Alter war er aber doch noch überraschend fit, sagte er sich. Was ihn aber nachdenklich machte, war der einfach so dahin gesagte Spruch des Portiers gestern Nachmittag. Es sei ein Wetterchen, um den Tag mit den Enkeln am Strand zu verbringen. Wie selbstverständlich hatte der vorausgesetzt, dass Stadler Kinder habe, Enkel gar. Doch Laurenz wusste, dass dieser Zug für ihn endgültig abgefahren war, ja, er konnte von diesem Zug nicht einmal mehr die roten Lampen sehen, die am letzten Waggon angebracht waren. Und wieder drängte sich eine Frage ans Licht: Was bleibt, wenn ich nicht mehr bin? Ein Häufchen Asche? Ein Namenszug, in einen Obelisken an einer Gemeinschaftsgrabstätte gemeißelt?

Mit diesen Gedanken wachte er am nächsten Morgen auch auf. „Ich will den Beweis, dass ich existiert habe." Er hatte es laut gesagt und er schmunzelte, als er es merkte. „Na toll, ich rede mit mir selbst", murmelte er verdrossen.
Vielleicht sollte er aufschreiben, was er erlebt hat. Aufschreiben und es dann veröffentlichen. Er streckte seine Fersen in Richtung Fußende, bis er alle Beinmuskeln wohltuend spürte. Eine Autobiografie?
Er stand auf und schlurfte statt ins Badezimmer zu dem kleinen Schreibtisch, wo er sich in der Schlafanzughose hinsetzte, das Briefpapier näher an sich heranzog, und sich ein paar Stichpunkte notierte: Memoiren, Biografie, Autobiografie, Tagebuch. Ihm fielen eine Menge Spielarten autobiografischen Schreibens ein. Er starrte eine Weile auf die Wörter, dann strich er das Wort Tagebuch. Nach abermaligem Nachdenken schrieb er es wieder hin: „Tagebuch = Rohstoff für jede Form autobiografischen Schreibens".
Schließlich stand er auf, zog die Hose noch aus, warf sie aufs Bett und ging ins Bad, wo er die Dusche aufdrehte.
Seine Biografie aufzuschreiben, erschien ihm vollkommen unsinnig. Wer war er schon, dass sich die Leute für seinen Lebensweg interessieren? Biografien waren vielleicht das adäquate Mittel für Künstler, für Politiker, für Menschen, die etwas Bedeutsames geleistet haben. Groß genug war der Markt der Eitelkeiten, war die Schwemme der Biografien über Stars und Sternchen, der Autobiografien von Prominenten und solchen, die sich dafür hielten. Nein, in diesen Buchregalen hätte eine Beschreibung seines Lebensweges nun wirklich nichts zu suchen.
Er stellte das heiße Wasser ab und seifte sich mit dem Duschbad ein.
Andererseits, so überlegte er, gab es neben reinen Biografien auch Lebenserinnerungen. Hier würde er anekdotisch erzählen können, würde nur ganz bestimmte Abschnitte und Episoden aus seinem Leben herausgreifen und sie verarbeiten. Hajo Friedrichs fiel ihm ein, der frühere „Mister Tagesthemen".

Der hatte seine Lebenserinnerungen „Journalistenleben“ genannt. Das wäre auch eine Option für ihn – ganz gezielt nur aus seinem Berufsleben zu berichten, seiner „Erwerbsbiografie“, wie man das neudeutsch nannte.
Er spülte sich mit heißem Wasser die Seife wieder ab, drehte den Temperaturregler und ließ so lange eiskaltes Wasser über seinen Körper laufen, bis die Muskeln schmerzten.
Nun, dann gab es ja neben den populären Werken auch die rein literarischen Spielarten autobiografischen Schreibens. Man denke an Giacomo Casanova oder an Goethes „Dichtung und Wahrheit“. Er war nicht Goethe, und er hatte mit Sicherheit nicht einmal einen Bruchteil der Zahl der angeblichen glamourösen Abenteuer von Casanova erlebt, die er der Nachwelt auftischen könnte; ganz abgesehen davon, dass er das auch nicht gewollt hätte – aber er würde über diese Form der Lebenserinnerungen nachdenken. Schließlich könnte er hier dramaturgische Fiktionen mit Fakten aus seiner Vita vermischen.
Oder Memoiren. Ja, Memoiren erschienen ihm als das geeignetste Mittel, um sowohl dokumentarisch als auch literarisch schreiben zu können. Memoiren allerdings blieben dicht an der Autobiografie. Zu dicht für seinen Geschmack. „Laurenz Stadler und das 20. Jahrhundert“. Oder durfte er auch schreiben, „das 21. Jahrhundert“? „Jahrtausendsprung“. Er grinste. Aber wo gehörte er eigentlich hin?
Und warum nicht einen Roman, wenn wir schon beim literarischen Schreiben sind? Allzu groß wird er schon nicht sein, der Unterschied zwischen Memoiren und einem Roman. Schließlich, alle großen Schriftsteller haben nichts weiter gemacht, als pausenlos aus ihrem Leben zu erzählen. Hat nicht Günter Grass, über fast alle Zweifel erhaben seit der Verleihung des hochverdienten Nobelpreises, immer nur über seine kaschubische Heimat geschrieben? Dabei dachte Stadler nicht nur an die „Blechtrommel“, sondern auch an den „Butt“. Ja, gerade der Butt machte den Eindruck, als sei er ein autobiografisches Lied in neun langen Strophen. Oder Mario Vargas Llosa. Hat

er nicht im „Grünen Haus“ seine Erlebnisse auf der Militärschule und seine ersten sexuellen Erfahrungen verarbeitet? Aber er, Laurenz, war kein Schriftsteller und schon gar kein großer. Er war nur ein kleiner Schreiberling, der sein Lebtag lang für die Zeitung geackert hat. Immer seine Pflicht erfüllt, genau, wie es ihn die Mutter gelehrt hat. Immer an dem Platz, der ihm zugewiesen wurde. Wenn man schon Karten spielen muss, so hatte es ihm die Mutter eingebläut, dann mit dem Blatt, das der liebe Gott einem gegeben hat.
Und welches Kapitel seines Lebens würde denn überhaupt die Keimzelle eines Romans in sich tragen? Ihm fiel spontan nur eine einzige Begebenheit ein, ja, er war sich sicher, auch nach angestrengtem Nachdenken zu keinem anderen Ergebnis kommen zu können. Aber um diesen einen Vorfall herum hätte er partout keinen Roman stricken können, da war das Schicksal selbst der gewagteste Dramaturg.

Sicherlich, das Leben eines jeden Menschen war einmalig und wertvoll, war es wert, aufgeschrieben zu werden. Schließlich war jedes Leben so unverwechselbar wie ein Fingerabdruck. Die Frage war doch nur die, für wen eine solche Lektüre hilfreich sein würde, wen sie neugierig machen, wen sie bereichern würde. Schriebe jede deutsche Hausfrau ihre Lebenserinnerungen auf, dann wären auch diese lesenswert – für die Kinder und Kindeskinder, für Verwandte, Freunde und einige Bekannte.
Aber stürbe man in einem Alter, in welchem ein Leben schon naturgemäß als vollendet gilt, wären das eben nur noch ein paar Dutzend Menschen. Und wie viele interessieren sich für ihn? Vielleicht nicht mal ein Dutzend.
Es erschien ihm unsinnig, sich der Mühe zu unterziehen, seine Erlebnisse und Gedanken aufzuschreiben, wenn sich dann nur eine Handvoll seiner Kollegen, eine Handvoll seiner regelmäßigen und treuen Leser, die es durchaus gab – er wusste das durch den einen oder anderen Leserbrief – und nicht einmal eine Handvoll von Leuten aus seinem alten Dorf

dafür interessieren würden. Kein Verlag würde so etwas drucken wollen, für die Verlage zählte verständlicherweise nur die Menge der potenziellen Leser, ach was, es zählte nur die Menge potenzieller Käufer. Und sein Geld einem der zahllosen Druckkostenzuschussverlage in den Rachen zu werfen, konnte sich Laurenz Stadler nun wirklich nicht vorstellen. In England nannte man solcherart Verlage sehr treffend die *Vanity Press*, die Eitelkeitsverlage. Die würden sogar gesammelte Einkaufszettel drucken und dem Schreiber schon im Vorfeld attestieren, sein „Buch“ hätte „gute Marktchancen“.
Selbstverständlich bildeten Autobiografien und Memoiren einen Markt, einen recht großen Markt. Für „Biografisches Schreiben“ gab es sogar Kreativkurse. Doch diese gerieten durch windige Geschäftemacher in Misskredit. Deren Werbung war manchmal so leicht zu durchschauen, dass es einen grauste. Hier wurde mit Lebenserinnerungen Schindluder getrieben. Um die älteren Leutchen tanzten Kleinstverleger in Erwartung künftiger Einnahmen erfolgsbesoffen mit Euro-Zeichen in den Augen herum. Denn die Schreiber verpflichteten sich oft zu einer Mindestabnahme einer bestimmten Büchermenge zu horrenden „Sonderpreisen“.
Nein, nein, er wollte schon vor dem ersten Wort ganz sicher sein, was und für wen das Geschriebene war.

Nach dem Frühstück entschloss sich Laurenz Stadler zu einem Bummel am Hafen. Diesmal würde er dort fortsetzen, wo er das letzte Mal abgebrochen hatte, bei der Inspektion der Fischerboote. Häfen lockten ihn seit jeher an. Er mochte die abenteuerliche Atmosphäre dort, träumte sich oft an Deck der verschiedenen Boote. Am liebsten war es ihm, er fand in Hafennähe ein kleines Café. Dort konnte er sitzen und mit allen Sinnen das Leben aufsaugen. In Gedanken fuhr er mit den Fischern hinaus und half ihnen, ihre Netze auszubringen. Oder er war Eigner einer stolzen Jacht, lief über die schmalen Stege leichtfüßig an Bord. Er begab sich selbst hinter das Steuer, manövrierte sorgsam aus dem Hafen hinaus und gab dann, auf der offenen See, richtig Gas – sein Boot würde sich aufbäumen wie die Tragflächenboote, das Meer hinter ihm würde von der ungebärdigen Kraft der Schiffsschraube aufgewühlt und ihn würde es in den Sitz pressen, während ihm der Fahrtwind das Haar flattern ließ. Vielleicht aber wäre er auch der zahlende Kunde auf einer der Jachten, ein wohlstandsverwöhnter Großwild-Jäger der Meere. Dann würde er mit seinem teuren Equipment an Bord gehen. Auf der offenen See könnte er es sich in einem der Stühle bequem machen, die einem Zahnarztstuhl nicht unähnlich waren, vielleicht auch einem Gynäkologenstuhl, in dieser Frage kannte sich Laurenz nicht aus, jedenfalls einem Stuhl mit hoch angesetzten Fußstützen, einem Stuhl ganz aus Leder und Chrom. Er könnte seine Angel auswerfen und auf einen kapitalen Thunfisch oder einen Schwertfisch hoffen, einen Marlin, für den Fall, dass man den nicht nur in der Karibik angeln konnte.

Vielleicht war es ja die ewige Sehnsucht nach dem Vater, den er nie hatte, die ihn immer wieder in die Nähe eines Hafens trieb. Denn die Geschichten, die er sich als Kind rund um seinen Vater zusammenfabulierte, bildeten ja den Nährboden für seine heutigen Fantasien.

Ob er das auch in Memoiren verarbeiten könnte? Immerhin war ja nicht nur seine offenkundige Vaterlosigkeit, unter der er früher so litt, sondern auch seine hilflosen Versuche, diese Lücke zu füllen, prägend für das, was er heute war.

Mehr als zwei Stunden schaute er sich das Treiben im Hafen an, still und vergnügt genoss er es, von außen dem Leben zuzusehen. Ein oder zwei Mal ertappte er sich bei dem Wunsch, sich eine Notiz zu machen. Seine Tage nicht schreibend zu verbringen, seine Eindrücke nicht festzuhalten, war eine Fertigkeit, die er in diesen Monaten wohl erst noch lernen müsste.

Aber der Reflex zum Schreiben war wenigstens ein Zeichen dafür, dass seine Antriebslosigkeit nachließ. Vielleicht hatte ihn ja der Blick in den Abgrund am Kerker aus seiner Lethargie geholt. Oder es war das flinke Mädchen, das sich um seine Bestellungen im Hotel kümmerte.

Die bediente ihn dann auch wieder beim Essen. Wie ihm die Insel gefalle, wollte sie unvermittelt von ihm wissen. Er hatte nicht mit einer solch plötzlichen Vertraulichkeit gerechnet, zu scheu erschien sie ihm gestern. Zunächst verblüfft, antwortete er ihr doch wahrheitsgemäß: Die Insel sei sehr hübsch, sehr malerisch, aber ein wenig klein. Und ein wenig eng. Doch ungeachtet des Lärms in den Straßen komme er hier prächtig zur Ruhe. Und das, so lobte er, habe wohl mit der schönen Anlage des Hotels zu tun. Sie nickte knapp, als hätte sie nur diese eine Information von ihm haben wollen, nahm die Bestellung auf und eilte in die Küche. Wenig später kam sie wieder heraus, bediente noch ein Ehepaar, und schließlich brachte sie den Wein, um erneut an seinem Tisch stehen zu bleiben und den Gesprächsfaden wieder aufzunehmen. Es müsse doch schön sein, so lange Urlaub zu haben, bohrte sie nach.
Laurenz lächelte sie freundlich an.
„Ich habe den längsten Urlaub meines Lebens", vertraute er ihr in einem Anfall von Leutseligkeit an.
Sie hielt sich erschrocken die Hand vor den Mund.
„Sind Sie etwa schon Rentner", fragte sie und ihm gefiel ihr Entsetzen, weil es ihm bewies, dass sie ihn noch nicht wirklich als Senior eingestuft hatte. Das passierte nämlich oft, schließlich war sein Haar schon schlohweiß.
„Nein, nein", beschwichtigte er sie rasch, „ich nehme mir zwischen zwei beruflichen Herausforderungen eine Auszeit."
Das klang hochtrabend und er ärgerte sich darüber, es nicht einfacher formuliert zu haben, auch wenn es im Grunde die Wahrheit war. Doch sie schien es gar nicht zu bemerken.
„Ach, das ist aber schön", sagte sie, „dann bleiben Sie noch länger mein Gast."
Er schmunzelte. ‚Mein Gast', hatte sie gesagt. Offenbar legte sie Wert auf seine Anwesenheit, legte Wert darauf, ihn persönlich zu bedienen. Er fühlte sich zum zweiten Male geschmeichelt.
„Mal sehen, wie lange ich es hier aushalte." Damit ließ er alles in der Schwebe.

„Sie bleiben schon noch ein bisschen, ich werde alles nach Ihren Wünschen richten“, sagte sie.
Ein nettes Mädchen, dachte er. Als sie wieder in Richtung Küche verschwand, bewunderte er ihren raschen und elastisch federnden Schritt. Zudem wusste sie, was sich gehört, das bewies sie allein schon dadurch, dass sie ihn vollkommen in Ruhe ließ, nachdem sie ihm das Essen servierte.

Weil er schon fast den halben Morgen am Hafen rumgedöst hatte – prokrastinieren nannte das fälschlicherweise die junge Bildungselite, die viel Wert auf den sogenannten Lifestyle legte – machte er sich nach dem Mittag auf den Weg zur Marienkirche der Insel, die hier als Wallfahrtskirche bezeichnet wurde. Er brauchte Bewegung. Die Kirche war ein wunderbarer Barockbau, der durch seinen gelb- bis ockerfarbenen Anstrich und die Mauerabschlüsse schon fast etwas Afrikanisches an sich hatte.
Auch wenn die Italiener auf eine ganz andere Art als die Deutschen ihre Gotteshäuser schmücken, war er in Kirchen immer wieder seltsam berührt. Diese hier war im Innern fast schlicht, in Weiß oder hellem Grau gehalten. *In me omnis gratia* stand über dem Altarbild, das Maria mit dem Kinde zeigte, beide mit auffälligen goldenen Kronen. Der Glauben steckte tief in Stadler. Warum auch nicht. Zwar hatte er längst nichts mehr mit dem katholischen Wunderglauben seiner Mutter am Hut, zwar hatte ihn seine Arbeit in Rom, ganz in der Nähe der Kurie, am System Kirche insgesamt zweifeln lassen, aber die Institution Kirche war schließlich nicht der liebe Gott, nicht wahr. Die Kirche war immer nur die Kirche. Und so hielt Laurenz Stadler schon seit ein paar Jahren lieber eine stumme Zwiesprache mit Gott, als sich als Schaf unter Schafen gehorsam in der Herde den starren Ritualen der Glaubensausübung zu unterwerfen. So wollte er es auch hier in der *Santuario Santa Maria delle Grazie* halten. Er setzte sich stumm auf eine der blankpolierten Bänke und versuchte, zur inneren Ruhe zu kommen. Erst eine junge Frau mit Flipflops, Jeans

und einem T-Shirt störte ihn. Mit einem Staubsauger begann sie, den Teppichboden im Altarraum zu reinigen. Die katholische Kirche in Italien war auch nicht mehr das, was sie mal war, dachte Stadler verstimmt, erhob sich und ging wieder hinaus.

Es gab mehrere Experimente in der Literatur, bei denen ein und dieselbe Geschichte aus verschiedenen Perspektiven erzählt wurde. Dabei handelte es sich aber stets um Fiktionales. Stephen King fiel ihm ein. Der hatte seinen Roman *Regulator* unter dem Pseudonym Richard Bachman veröffentlicht. Die Horrorgeschichte war nicht gerade ein literarisches Meisterwerk, sondern bekräftigte eher Kings damals noch schlechten Ruf. Interessant wurde sie durch ein Stilexperiment. Denn zeitgleich veröffentlichte King unter seinem richtigen Namen den Roman *Desperation*, der dieselbe Geschichte aus einer anderen Sichtweise erzählt. Wäre dies ein Ansatz für seine Memoiren? Laurenz Stadler konnte sich das nicht recht vorstellen. Wer könnte sein Leben aus einem anderen Blickwinkel beschreiben? Seine Mutter? Das nun auf keinen Fall. Schade, der Vater käme ja nicht in Frage.
Doch vielleicht sollte man ein solches Experiment tatsächlich wagen. Der unbekannte Dritte, dem gegenüber man schuldig geworden war. Aber eigentlich meinte Laurenz, da könne es niemanden geben. Nicht mehr. Gerade, wenn er über diese junge Kellnerin nachdachte, ging ihm das durch den Kopf. Nur mal angenommen, daraus würde sich eine Romanze entspinnen, so würde er auf diese Beziehung eine ganz andere Sicht als sie haben. Hielte man eine solche Romanze nun für die Nachwelt fest und schriebe man sie einmal aus seiner und einmal aus ihrer Sicht, ergäbe sich dann aus zwei subjektiv gebrochenen Erinnerungen nicht ein etwas objektiveres Bild? Oder gibt es an ein Ereignis genau so viele Erinnerungen, wie es Beteiligte gibt?
Am Ende ergibt es eine ganz neue Beziehung. Verändern sich die Ereignisse, wenn wir uns an sie erinnern? Wenn wir uns

nach Jahren an sie erinnern? Almut Förster fiel ihm ein. Almut, seine erste Liebe, seine große Liebe. Die, die ihn noch heute berührt. Hätte er vor knapp vierzig Jahren die Geschichte von Almut aufgeschrieben und weit weggelegt, und schriebe er sie heute auf – er war sich sicher, dass sich die Geschichten unterscheiden würden. Hätte Almut dasselbe getan, so hätte man jetzt vier verschiedene Geschichten. Und gäbe es einen Beobachter, der ebenfalls damals und heute eine Geschichte über die Beziehung verfertigte, Stadler fiel sofort Almuts Vater ein, dann wären es schon sechs Versionen. Welche würde stimmen? Vermutlich keine, dachte er grimmig.
Es war wie die Frage nach Subjektivität und Objektivität in seinem Beruf. Einen objektiv richtigen journalistischen Beitrag kann es nicht geben. Zum einen, weil es keine objektive Wahrheit gibt, zum anderen, weil journalistische Texte stets von Subjekten verfasst werden, von Menschen, in deren Hirn die Informationen verarbeitet werden und durch deren Hirn die Informationen zumindest modifiziert wurden. Ein junger Vater würde ein Kinderfest mit anderen Augen sehen als ein Großvater. Eine jugendliche Volontärin wieder anders, eine 50-jährige Kinderlose hätte eine weitere Sicht auf die Dinge. Und auch wenn sich alle um die sogenannte Objektivität bemühten, kämen doch vier subjektive Geschichten dabei heraus. Nein, eine Objektivität kann es im Journalismus nicht geben, höchstens eine größtmögliche Neutralität.

„Ach, Signorina, verraten Sie mir doch bitte, wie Sie heißen", sagte er später, gleich nachdem ihm das Mädchen unaufgefordert seinen *Caffè corretto* hingestellt hatte.
„Ich bin Carlotta."
„Carlotta!" Seine Überraschung war nicht gespielt. „Was für ein schöner Name", rief er aus.
„Er klingt so ..." Beinahe hätte er „kraftvoll" gesagt, glücklicherweise fiel ihm rechtzeitig ein, wie blöde das klingen musste. Sie schaute ihn erwartungsvoll an, mit großen Rehaugen.

„Ja?“, fragte sie.
Klug sah sie aus. Er wurde sich der peinlichen Pause bewusst und setzte noch mal an. „Carlotta klingt so ... schön eben.“ Besser ging’s nicht.
Sie lachte und warf den Kopf auf.
„Carlotta bedeutet ‚die Kraftvolle‘ “, verriet sie ihm mit einer Stimme um eine ganze Oktave tiefer, als wäre es ein Geheimnis. „Meine Eltern wollten mich auf diese Weise schützen. Ich bin nämlich zu früh auf die Welt gekommen.“
Er kommentierte das nicht weiter, und es war auch nicht ersichtlich, ob sie eine Antwort erwartete. Sie stand einfach vor seinem Tisch und drehte das runde Tablett wie geistesabwesend in den Händen. Ein peinliches Schweigen machte sich zwischen ihnen breit.
„Eh,“ sagte sie schließlich mit einem bezaubernd verlegenen Lächeln, „ich muss dann mal wieder.“ Sie machte auf dem Absatz kehrt und ging in Richtung Küche.
Will dieses Mädchen etwas von mir? Was könnte er ihr geben? Die Weisheit des Alters? Das Mädchen könnte vom Alter her seine Tochter sein, ja die Tochter von ihm und Almut, wenn es nach ihr gegangen wäre.
Diese Carlotta schien so ... so interessiert an ihm. Oder trog der Schein und sie wollte nur nett zu diesem freundlichen älteren Touristen aus *Germania* sein, der immerhin so gut ihre Sprache sprach, dass man sich mit ihm auch über etwas anderes als über die Speisekarte unterhalten konnte.
Aber nein, ihre Fragen zeugten vielmehr von einer fast privaten Neugier, von einer Anteilnahme, als würde sie es schade finden, nicht mehr von ihm zu wissen.
Und er mochte dieses Mädchen, von dem er nicht einmal wusste, wie alt sie war. Ob das ein väterliches Gefühl war? Mangels Erfahrung fehlte ihm da jeder Vergleich. Dabei, wenn er sich prüfte, konnte er sich in seiner Fantasie durchaus mehr vorstellen als nur einen gemeinsamen lehrreichen Museumsbesuch. Also fielen Vatergefühle sicherlich aus. Und andere wollte er sich nicht gestatten. Man denke nur, Carlotta

könnte gut und gerne zwanzig, dreißig Jahre jünger sein als er. Wahrscheinlich hätte er nicht einmal genügend gemeinsame Gesprächsthemen, um es eine Woche mit ihr auszuhalten. Abgesehen davon genügte ein morgendlicher Blick in den Spiegel, um ihn vom Makel der Begierde zu befreien.

Er wusste wohl, dass diese spezielle Art Empathie Carlotta gegenüber eine journalistische Grundtugend war. Wer die Leidenschaft in den Augen eines sardischen Messerschmiedes nur bemerkt hat, kann dessen Begeisterung für sein Metier noch lange nicht weitergeben. Er muss diese Leidenschaft erst nachvollziehen können, muss sich in den anderen und dessen Welt hineinversetzen können, muss ein Höchstmaß an journalistischer Empathie mitbringen. Und dann sollte er auch noch einigermaßen sicher im Umgang mit der Sprache sein, sollte die Bereitschaft haben, einen richtigen Ausdruck gegen den einen treffenden auszutauschen.

15. Kapitel

Es war einer jener Tage, an denen man zu schier gar nichts Lust hatte. Laurenz Stadler war nach dem Frühstück einfach wieder aufs Zimmer gegangen und hatte sich aufs Bett gelegt. Ihm ging der Gedanke an die Memoiren nicht mehr aus dem Kopf. Was würde er alles aufnehmen an Erinnerungen? Was würde er ausblenden wollen? Und zwar so, dass es seine Biografie nicht glättet.

Dabei, er wollte gar nicht intensiv nachdenken, er wollte eigentlich ... gar nichts. Draußen in dem kleinen Garten hinter dem Hotel sitzen und dem Tag dabei zusehen, wie er vergeht, das wäre eine Alternative. Andererseits erforderte das, sich vom Bett zu erheben und aktiv zu werden. Das kam gar nicht infrage.

Träge nahm er die Fernbedienung vom Nachttisch und schaltete den Fernseher an. Entgegen seinen sonstigen Erfahrungen mit italienischen Hotels nutzte dieses hier geradezu exzessiv die neuen technischen Möglichkeiten. Ein Kabelfernsehen, das nicht nur die italienischen, sondern auch die deutschen, ach was, alle wichtigen europäischen Sender berücksichtigte, Pay-TV einschließlich der Schmuddelkanäle, die „pikanten Sender“, wie ihm der Portier ein paar Tage nach seiner Ankunft mit verschwörerischem Augenzwinkern und hinter buchstäblich vorgehaltener Hand verkündete. Selbst diverse Video-on-Demand-Angebote wurden auf einem riesigen Flachbildschirm präsentiert, den man sowohl vom Bett als auch vom Schreibtisch aus betrachten konnte.

Das Berlusconi-Fernsehen brachte schon am frühen Morgen diverse Rate-Shows, durch die sparsam gekleidete Blondinen führten, die sich zum Verwechseln ähnlich sahen. Laurenz Stadler hatte keine Ahnung, wohin diese systematische Verflachung des Programms, diese systematische Verblödung des Publikums noch führen würde. Die Privatsender des Berlusconi-Konzerns wären ein guter Grund, Italien schnell zu verlassen und nie wiederzukehren. Doch Silvio Berlusconi, auch das war Laurenz klar, würde über kurz oder lang zumindest von der politischen Bildfläche verschwinden. Inwieweit der *Cavaliere* auch von der Mattscheibe verschwinden würde, stand auf einem ganz anderen Blatt.
Es gab da in der Tat Shows, die waren in aller Munde, er hatte jedoch erhebliche Probleme, dieses Phänomen zu begreifen. Ungeachtet seiner Einfühlungsgabe vermochte er sich das Dauerpublikum dieser Fernsehsender nicht vorzustellen. Möglicherweise sahen sie ja aus wie die Protagonisten der nachmittäglichen Talk- und Reality-Sendungen im deutschen Privatfernsehen – Abziehbilder wirklicher Menschen.
Bei Carlotta hatte er seltsamerweise kein Problem, sich in ihre Welt hineinzuversetzen, trotz ihrer jugendlichen Ausstrahlung, die schon eine erhebliche natürliche Kluft zwischen ihnen bildete. Es machte ihm geradezu ein Vergnügen, wenn er abends auf dem Bett lag, sich als stiller Beobachter in ihre Wohnung zu träumen. In seiner Fantasie sah er sie abends nach ihrer Musik tanzen, vor der er sich noch vor Tagen gegruselt hätte. Sie würde barfuß tanzen, dessen war er sich sicher. Kurz vor dem Einschlafen sah er dann auch, wie sie sich auszog, ja, er begann, von ihrer Unterwäsche zu träumen, nachdem er diese über dem Saum ihrer Jeans gesehen hatte, und er wollte sich diese Träume kaum selbst eingestehen.
Eines Tages, er und Carlotta pflegten inzwischen schon einen recht vertrauten Umgangston, kam beim Frühstück der *Padrone* an seinen Tisch. Er schaute sich demonstrativ um, ob sie auch nicht belauscht werden würden, beugte sich dann vor und fragte ihn im Flüsterton: „Sagen Sie, Signor Stadler, fühlen Sie sich durch unsere Carlotta belästigt?“

Stadler brauchte eine Weile, ehe er den Sinn der Frage erfasste, dann wehrte er ab. „Wo denken Sie hin, ich unterhalte mich prächtig mit der Kleinen."
„Schön", sagte der Wirt und machte eine vage Handbewegung. „Sie haben bei unserer Carlotta ja einen mächtigen Stein im Brett, Sie sind ein richtiger Glückspilz." Das bin ich wohl, dachte sich Stadler, zugleich ein wenig beunruhigt, weil das trauliche Verhältnis der beiden offensichtlich schon Gesprächsthema beim Personal war.
An diesem Nachmittag trug Carlotta einen engen schwarzen Minirock über ebenfalls schwarzen Nylons. Der Rock war so eng, dass sich Laurenz fragte, wie man in einem solchen Rock überhaupt noch richtig laufen konnte. Aber es sah teuflisch gut aus. Natürlich sah es gut aus. Irgendwie, so fand er, sah an ihr alles gut aus – sie hätte sich einen Müllsack überstülpen können und Laurenz hätte es für fabelhaft gehalten. Er war klug genug, um die leichte Eintrübung seines Urteilsvermögens zu registrieren, dennoch nahm er sie hin wie einen leichten Weinrausch. Einfach ein netter Urlaubsflirt, sagte er sich. Und er beschloss, Carlotta bestimmt nicht mehr zu vergessen, wenn er wieder daheim im grauen Deutschland war. Sie bescherte ihm durch ihre bloße Anwesenheit gute Laune. Beim Kassieren stellte sie sich neben ihn, verschränkte die Arme auf dem Rücken und drehte sich kokett in der Hüfte.
„Sagen Sie, Signor Stadler", fing sie an.
„Ja?", fragte er aufmerksam und legte ihr einen Fünfer auf den Tisch.
„Mögen Sie mich eigentlich?"
„Was für eine Frage?" Stadler lachte. „Natürlich mag ich Sie. Ein Mädchen wie Sie muss man doch einfach mögen."
„Dann habe ich eine große Bitte", sagte sie feierlich.
„Ich höre."
„Sagen Sie doch bitte Du zu mir." Sie ging vor ihm in die Hocke und legte die Hand auf seinen linken Unterarm. Er spürte die Hitze, die von ihrer Hand ausstrahlte und ihn ganz gefangen nahm – die Wärme ihrer Haut schien förmlich in seine Blutbahn überzugehen.

Er legte seine Rechte auf ihre Hand, die davon vollständig bedeckt war.
„Aber nur, wenn Sie auch Du sagen“, ging er mit belegter Stimme auf ihre Bitte ein. „Ich bin Laurenz.“
„Ich weiß.“ Sie kicherte leise. „Aber ich kann es nicht aussprechen. Darf ich Lorenzo zu dir sagen?“
„Klar, ein Freund in Rom macht das seit Jahren so.“
Sie drückte seinen Unterarm mit ihrer kleinen Hand.
„Danke“, hauchte sie. Und wurde nicht einmal rot dabei.
Er hätte sie jetzt am liebsten geküsst. Und er erschrak kein bisschen bei diesem Gedanken.
Auf der Treppe hinauf zu seinem Zimmer fühlte er sich federleicht. Und als er über den Gang schlenderte, war ihm nach Tanzen zumute.

Stadler hatte sich einen Block mit unliniertem Papier gekauft. Das war gar nicht so einfach. Es gab einen kleinen Laden mit allerlei Bürobedarf unten im Ort, ganz in der Nähe des Hafens, aber die Auswahl war nicht groß. Er hatte es sich schon vor Jahren angewöhnt, auf einfachem weißem Papier zu schreiben. Waren Linien darauf, dann bekam er nicht all das unter, was er notieren wollte. Außerdem schrieb er dann stets zu groß. Hatte das Papier kleine Kästchen, dann schrieb er zu klein. Kästchen-Papier nutzte er nur für Tabellen, die er, auch dafür hatte die Computerisierung des Lebens gesorgt, kaum noch anfertigte. Die Gewohnheit mit dem unlinierten Papier hatte sich eigentlich nur aus Bequemlichkeit so ergeben. Wollte er im Büro etwas handschriftlich festhalten, was nicht in den chronologischen Ablauf seiner Arbeitskladden gehörte, dann nahm er sich einfach etwas Papier aus dem Vorratsfach des Druckers.
Für das, was er vorhatte, würde er einiges an Blättern benötigen. Doch einen ganzen Packen Kopierpapier, wie ihm die Verkäuferin empfohlen hatte, wollte er dann doch nicht nehmen. Schließlich, er musste das Zeug wieder mit sich herumschleppen, wenn er ... ja, wohin, wenn er nach Hause fuhr?

Wenn er nach München fuhr? Sein Zuhause in den letzten Jahren war Rom gewesen.
Laurenz Stadler machte sich Notizen zu seinem Leben. Noch ungeordnet, aber es unterschied sich schon beträchtlich von einer Biografie, von einem bloßen Auflisten seiner Lebensdaten. Noch prüfte er, ob er überhaupt eine „Erzählstimme" für so ein Unterfangen finden würde. Das war sogar schon wesentlich schwieriger als das Kaufen eines Blockes mit unliniertem Papier.
Heute hatte er den ganzen Vormittag über seinen Notizen gebrütet, und nun, nach dem Mittagsschläfchen, freute er sich auf seinen *Corretto* und einen Spaziergang danach.
Carlotta empfing ihn fröhlich. Sie schien überhaupt ein rechtes Sonnenscheinchen zu sein und nicht nur selbst immer gute Laune zu haben, sondern sie auch noch freigebig zu verströmen und ihre Umwelt damit anzustecken.
„Na", fragte sie, als sie die Espresso-Maschine in Gang setzte, um ihm sein Getränk zuzubereiten, „hast du heute wieder geschrieben?"
„Mhh." Stadler nickte zufrieden und noch etwas schläfrig.
„Ich möchte zu gerne wissen, woran du schreibst. Eine Reportage über die Insel wird es ja wohl nicht sein, da müsstest du viel neugieriger fragen."
„So neugierig wie du?", fragte er und lächelte nachsichtig.
Sie lachte. „Zum Beispiel."
Eine Weile hantierte sie schweigend an dem Gerät und entkorkte eine neue Grappaflasche, um dem heißen Schluck Kaffee einen Schuss Alkohol beizugeben.
„Ich habe einen großen Wunsch", druckste sie schließlich ein wenig herum.
„Ach ja? Habe ich dir nicht heute Morgen erst einen Wunsch erfüllt?" Stadler hob in gespieltem Erstaunen die Brauen. Was würde jetzt kommen?
„Ja, aber ich traue mich nicht, dich zu bitten."
„Trau dich ... du weißt, dass ich dich mag, da werde ich dir doch keinen Wunsch abschlagen können."

„Ich würde gerne mal mit dir spazieren gehen."
Laurenz schluckte. Das war wirklich tollkühn.
„Mit mir? Da wäre dir nur langweilig."
„Bestimmt nicht. Ich habe dich mal in der Stadt gesehen, wie du spazieren gegangen bist. Ganz zufällig. Es war sehr interessant und ich habe mir vorgestellt, was du dabei denkst. Wenn du stehen bleibst und dir ein Haus ansiehst. Oder wenn du an einem Strauch riechst. Du läufst so langsam, aber scheinst pausenlos beschäftigt zu sein."
Stadler war verblüfft. Sie beobachtete ihn also. Und sie machte sich Gedanken darüber, was er mit diesem Flanieren bezweckte. Langsam laufen und dennoch pausenlos beschäftigt sein. So hatte er es noch gar nicht gesehen. Dabei, er nutzte die Spaziergänge eigentlich nur, um seine Gedanken zu ordnen, ein wenig Zwiesprache mit sich selbst zu halten und, ja, das auch, um etwas über den Weg zu erfahren, den er da gerade nahm. Der Weg, der beim Spazierengehen so oft das einzige Ziel ist. Inzwischen dachte er bei seinen Erkundungen sogar ab und zu an Carlotta, suchte zu ergründen, was sie von ihm wollte, was er von ihr wollte. Und bei so einem Spaziergang sollte er sich nun von Carlotta begleiten lassen?
Er zögerte.
„Weißt du, Carlotta …" begann er, verlor aber den Faden.
„Ja?" Sie schaute ihm erwartungsvoll in die Augen.
„Ich weiß nicht, ob das so eine gute Idee ist", setzte er behutsam neu an. „Wenn ich einen Spaziergang mache, dann bin ich vielleicht nicht so ein guter Gesellschafter. Dann will ich so ein bisschen mit mir selbst Zwiesprache halten, verstehst du?"
Der Glanz in ihren Augen erlosch.
„Schon gut, ich verstehe", sagte sie, drehte sich abrupt um und ging in Richtung Küche.
„Nein, so war das nicht …" Doch sie war schon verschwunden. Regelrecht abgerauscht. Stadler ärgerte sich über sich selbst. Warum musste er sie so vor den Kopf stoßen? Was wäre denn schon dabei gewesen? Der Gedanke an einen gemeinsamen

Spaziergang war ihm doch gar nicht unangenehm.
Zwei Tage lang bemühte sich Carlotta, ihm aus dem Weg zu gehen, dann schien der Groll verflogen. Das Thema jedoch rührte sie nicht mehr an.
Bei einem seiner Streifzüge über die Insel ertappte er sich dann dabei, wie er sie in Gedanken schon einbezog.
Das musst du Carlotta erzählen, dachte er. Oder: Was würde wohl Carlotta dazu sagen, was wären ihre Ansichten zu dieser oder jener kleinen Szene, die er bei seinen Spaziergängen beobachtete?
Als ihr nächster freier Tag unmittelbar bevorstand – der Portier hielt ihn über solche betriebsinternen Details stets ungefragt auf dem Laufenden – war er es, der die Initiative übernahm. „Wie ist es, Carlotta", fragte er bei seinem *Corretto*, „gilt dein Angebot mit dem Spaziergang noch?" Sie strahlte übers ganze Gesicht und machte eine Bewegung, als wolle sie ihm sofort um den Hals fallen.

Vom Gang auf seiner Etage konnte er sehen, wie sie vor der Einfahrt auf und ab ging, gerade so, als warte sie auf ihre Verabredung. Sie trug ein dünnes Sommerkleidchen, bedruckt mit farbenfrohen großen Blütenblättern. Von ihrem Po war mehr etwas zu ahnen als zu sehen. Aber man sah ihre Beine, dünn, aber makellos und von dieser angenehmen Zimtbräune. Das Wissen, dass diese Frau, dieses Mädchen, auf ihn, den weißhaarigen und leicht übergewichtigen älteren Mann wartete, irritierte ihn auf eine äußerst angenehme und zugleich verwirrende Weise.
Als er aus dem Hotel trat, und sie ihn sah, lief sie ihm leichtfüßig ein paar Meter entgegen und begrüßte ihn mit *Baci* auf beide Wangen. Sie waren nur flüchtig hingehaucht, aber Stadler empfand sie als besonders zärtlich. Am liebsten hätte er sie jetzt in die Arme genommen und einfach ein Weilchen gehalten.
Sie schlugen den Weg nach L'Olmo ein. Damit hatte Laurenz ohnehin seine Probleme: Procida war schon allein wegen sei-

ner Winzigkeit eine recht dicht besiedelte Insel. Corricella, L'Olmo, Centane oder Chiaiolella, man konnte die Dörfer nicht recht unterscheiden. Keine Ortsschilder, keine Bebauungsgrenzen, nein, man lief einfach die Straße weiter und befand sich unversehens in einem anderen Ort.
Carlotta, die während der ersten Minuten immer ein paar Schritte vor Laurenz lief und dann wieder zurück tänzelte – wie ein junges Fohlen, dachte er –, passte sich rasch an sein eher gemächliches Tempo an. Bald kamen sie in eine Art Hohlweg: Rechts und links der schmalen Straße mit ihren abbröckelnden Asphalträndern erhob sich eine vielleicht 1,80 Meter hohe Mauer aus unbehauenen Feldsteinen. Stellte sich Laurenz auf die Zehenspitzen, konnte er darüber hinweg in kleine und einfache Obstgärten sehen. Carlotta hingegen blieb der Blick verwehrt. Also erzählte er ihr, was er sah. Dort, wo die Mauer, deren Krone keiner geraden Linie folgte, etwas niedriger war, überprüfte sie das Gesagte und kommentierte es. So erfuhr Laurenz unmerklich winzige Details ihrer Lebensansichten. Dass sie einen Garten ohne Beete als unnütz empfand, beispielsweise.
Als er sie auf die Eidechsen aufmerksam machte, die immer wieder über die sonnenbeschienenen Steine huschten, wollte sie wissen, woran er gerade denkt. Wahrheitsgemäß antwortete er, dass er sich gerade in die Eidechse hineinversetze, wie breit und tief ihr diese eine Mauerritze vorkommen musste, in der sie saß und äugte, ob auch der Weg nach draußen, in die wärmende Sonne, frei von Gefahren sei.
Carlotta lachte. Es war ein aufrichtiges Lachen, ein unverstelltes, aber nicht so, als würde sie sich über ihn lustig machen. „Erzähl mir immer, was du gerade denkst", forderte sie ihn auf. „Nimm mich mit in deine Welt."
Nun, das tat Laurenz nicht. Was würde wohl passieren, nähme er sie wirklich mit in seine Welt. Dieses junge Ding, dieses so unbefangene Wesen, das so eine innere Wärme verströmte. Wie die Eidechse aus ihrer Mauerritze lugte er in eine mögliche Beziehung, die vielleicht weiter ging, als es gut für sie beide war. Er sah da nur Gefahren lauern.

An diesem Abend fühlte er sich wieder heiter und beschwingt. Und jünger. Zehn Jahre, mindestens. Ein wenig ahnte er, womit das zu tun hatte. Das Wetter war es jedenfalls nicht.

So gingen die Tage dahin in einer angenehmen Ereignislosigkeit, nur durch das Prickeln ihrer wachsenden Zuneigung aufgelockert, das er immer wieder dann verspürte, wenn Carlotta im Restaurant Dienst hatte und zu einem kurzen verstohlenen Dialog an seinem Tisch verweilen konnte. Dabei wollte er ihre Beziehung nicht vorantreiben. Es war ein Spiel mit Worten, ein Spiel, das auch sie manchmal mit dem Verweis auf andere Gäste abrupt beendete. Ob es ihr dabei zu heiß wurde oder ob er sie einfach überforderte, war für ihn nur schwer zu erkennen.

Das, was man ein Tagebuch nennen konnte, führte Stadler erst seit dem Tod des Papstes. Zunächst nur als stichpunktartige Chronik, um sie auch später in andere, außerrömische Tagesereignisse einordnen zu können, nach dem Tod der Mutter jedoch auch, um sich seiner eigenen Gefühle zu vergewissern. Seine Mutter war alt, aber er hatte einige Jahre das ungute Gefühl, sie in der schwersten Zeit ihres Lebens allein gelassen zu haben. Doch auch bei einem solchen Schmerz galt am Ende, dass die Zeit alle Wunden heilte. Heute hatte er seinen Frieden gemacht, mit seiner Mutter ebenso wie mit sich selbst.
Hätte er von jeher ein richtiges Tagebuch geführt, eines, das diesen Namen auch verdiente, dann würde ihm das Schreiben seiner Memoiren freilich leichter von der Hand gehen. Noch immer sortierte er dafür Entwürfe und Gliederungen, überlegte, was er überhaupt seinen Lesern mitteilen sollte.
Und wenn ihm nichts einfallen wollte, wenn er in seinen konzeptionellen Überlegungen auf der Stelle trat, dann schrieb er eben Tagebuch. Das allerdings nicht auf weiße Blätter, sondern in große Ringbücher. Da war die Gefahr geringer, ein-

zelne Blätter zu verlegen. Auch die Verlockung, ganze Seiten nach nochmaliger Prüfung wegzuwerfen, war kleiner.
Seinem Tagebuch vertraute er auch die Gedanken um Carlotta an. Doch meist waren es nur Fragen, die er notierte. Bahnte sich hier eine Romanze an? War er als der Ältere und Erfahrenere nicht verpflichtet, der Entwicklung Einhalt zu gebieten, bevor es Tränen gab? Gebrochene Herzen gar?
Als er gerade wieder über solchen Fragen brütete, klopfte es leise an die Tür seines Hotelzimmers. Das war in den ersten vier Wochen seines Aufenthaltes gar nicht geschehen. Stadler erstarrte, blickte zur Tür. Wer mochte das sein? Hatte er etwas im Restaurant liegengelassen, dann hätte es ihm der Portier übergeben.
„Ja“, rief er leise, und klappte sein Tagebuch zu.
Die Tür öffnete sich einen Spalt und Carlotta lugte herein, ganz vorsichtig, nur mit dem Kopf.
„Darf ich dich stören?“, fragte sie.
„Komm herein“, sagte Stadler. Sie huschte ins Zimmer und schloss die Tür. Er schob ein leeres Blatt Papier über das Ringbuch. Sie müsste nicht sehen, woran er gerade arbeitete. Aber sie interessierte sich gar nicht dafür. Sie legte die Arme auf den Rücken, senkte den Kopf und drehte sich in der Hüfte wie ein kokettes Schulmädchen. Ob sie um ihre Wirkung wusste?
„Lorenzo, du“, sie schien zu zögern. „Ich habe heute früher Schluss und ich würde dich gerne einladen.“
„Einladen?“, wiederholte Laurenz. Er wollte Zeit gewinnen.
„Ja, das Wetter ist so herrlich, und ich wollte dich fragen, ob du mit runter zur Promenade kommst. Nur auf einen Spritz oder irgendeinen anderen Cocktail.“
Er druckste ein wenig herum, sah hilflos über seine Papiere.
„Also, ähm ...“
„Du musst nicht, wenn du nicht magst, es war nur so eine Idee. Aber du würdest mir eine große Freude machen, wenn du den Nachmittag mit mir verbringst.“

„Da kann ich natürlich nicht widerstehen, wenn ich dir eine Freude bereiten kann“, sagte er, klang aber noch immer ein wenig verunsichert. „Ich mache mich rasch fertig.“
Sie wartete wieder außerhalb des Hotels, an der Auffahrt. In der Lobby zu warten, erschien ihr als Angestellte wahrscheinlich unschicklich. Und nicht ganz zu Unrecht. Der *Padrone* beäugte die beiden schon eine ganze Weile. Aber er war nicht unfreundlich. Im Gegenteil. Oft zwinkerte er Stadler verschwörerisch zu. Und Carlotta hatte nie erwähnt, dass der Chef oder die Kollegen irgendeine missbilligende Bemerkung zu ihr gemacht hätten, weil sie sich um gerade diesen Gast über das Dienstliche hinaus bemühte. In Deutschland, überlegte Stadler, während er zügig durch die Lobby schritt und den Portier knapp grüßte, würde Carlotta mit ihrem Verhalten ihren Job riskieren.

Sie fanden eine kleine Bar, ein wenig abseits des Trubels, von der aus sie dennoch einen schönen Blick auf das Treiben am Hafen hatten. Der Kellner, natürlich kannte er Carlotta, sie kannte viele *Procidani*, das war ihm schon aufgefallen, meinte es besonders gut. Die großen bauchigen Cocktail-Gläser waren annähernd bis zum Rand gefüllt, und auch mit Aperol hatte der Bursche nicht gespart. Sie würden einen beschwingten Heimweg haben.
„Es ist schön, mit dir hier zu sitzen“, freute sich Carlotta, nachdem sie an ihrem Getränk genippt hatte, und er gab das Kompliment artig zurück.
Sie kommentierten das geschäftige Hin und Her an den Liegeplätzen der Schiffe und Boote. Stadler war angenehm überrascht, wie ernsthaft Carlotta sein konnte. Zum Beispiel, als sie ihm über die Arbeits- und Lebensbedingungen der Fischer berichtete und darüber, wie dieser Job von Jahr zu Jahr immer schwerer wurde – Überfischung war ebenso ein Grund wie die harte Konkurrenzsituation drüben auf dem Fischmarkt in Neapel und der Preisdruck großer Restaurantketten.

Dann kam sie wieder auf ihn zu sprechen. Auf das Schreiben und auf die Memoiren. Ob er sich denn für Lebensgeschichten interessiere. Eine Frage, die Stadler nur bejahen konnte. Vor allem gut geschriebene Biografien reizten ihn. Ja, er las mehrere Biografien zu einer Persönlichkeit, vor allem, wenn sie mit großem zeitlichem Abstand erschienen waren. Kriegserinnerungen hatte er bereits genauso konsumiert wie Biografien über Staatsmänner oder von Literaten und Musikern. Über John F. Kennedy, zu Kästner gab es auch reihenweise Literatur. Und über Wolfgang Amadeus Mozart musste man ja wohl Stadler gegenüber kein Wort verlieren, was freilich Carlotta nicht wissen konnte. Aber er galt zumindest im Bekannten- und Kollegenkreis als der Mozart-Experte schlechthin. Dabei – auch das war am Ende nur angelesenes Wissen. Etwas über interessante Menschen zu erfahren, was nicht beziehungsweise nicht so detailliert in der Zeitung steht, oder etwas, das bei omnipräsenten Persönlichkeiten der Zeitgeschichte das Leben bündelt – genau das machte das Lesen von Biografien und oft auch Autobiografien für ihn so reizvoll.
Carlotta lauschte interessiert, Laurenz redete sich in Rage. Bis sie ihm die Hand auf den Arm legte und ihn unterbrach.
„Also Lorenzo, du willst deine Erinnerungen aufschreiben, das merke ich doch. Du musst es tun."
Stadler stutzte. In der Tat, so hatte er es noch gar nicht gesehen. Auch die Beschäftigungen in den letzten Wochen liefen alle auf dieses Ziel hinaus: Stadler rechtfertigte sich vor sich selbst, dass er den Wunsch hatte, seine Memoiren zu verfassen. Und gerade eben übte er an Carlotta.
Er schaute sie aufmerksam und zugleich irritiert an. Wie klug sie doch war.
„Ich hatte dich nur gefragt, weil ich dir einen Tipp geben will."
Stadler nickte. „Nur her damit", sagte er. Er fühlte sich wohl und ihm gefiel, dass Carlotta ihre kleine Hand auf seinem kräftigen Unterarm mit dem weißblonden Flaum liegen ließ.

Er genoss die Wärme ihrer Haut.
„Siehst du den gutaussehenden Burschen da unten am Kai, der in dem dunkelgrünen Boot spricht?"
„Ja, ich sehe ihn."
„Nun, das ist Mauro. Mauro Paolini. Ihm gehört hier ein kleiner Buchladen, gar nicht weit weg vom Hafen. Das heißt, eigentlich ist es eine Bar. Mit Buchladen. Mauro ist ein großer Buchliebhaber. Schau dir aber nicht nur die Regale in der Bar an. Da gibt es eine kleine Treppe, da kommst du in den nächsten Raum. Und dahinter liegt sein richtiger Bücherladen, äh, sein Antiquariat."
„Das klingt ja wie ein verborgener Schatz", sagte Stadler.
„Es ist auch einer," bestätigte Carlotta. „Wenn Mauro nicht von allein draufkommt, dann sagst du ihm einen schönen Gruß von mir, und er möchte dir doch bitte mal die Schatzkammer öffnen."
„Die Schatzkammer?"
„Genau. Und dort findest du Lebensgeschichten oder Memoiren, was auch immer, in Hülle und Fülle."
„Du machst es ja richtig spannend. Nun sag schon, was sind das für Lebensgeschichten?"
„Finde es doch einfach heraus." Sie zwinkerte ihm listig zu.
„Da werde ich auf jeden Fall hingehen", versprach Stadler.
Er betrachtete sie aufmerksam. Sie war nicht nur jung, sie war auch so schön, dass er sich immer wieder schmerzlich seines Alters bewusst wurde. Mit der ins Haar gesteckten Sonnenbrille und dem Lächeln, das eine Reihe kleiner und sehr weißer Zähne enthüllte, hätte sie ein Reklamebild für einen Urlaub auf Procida abgeben können, vor allem, wenn der Wind ihr Haar zerwühlte. Stadler atmete tief durch.
„Hast du Sorgen, Lorenzo", erkundigte sie sich.
Stadler lächelte.
„Ach du", sagte er. „Du bist jung und du bist schön und du bist klug ..."
Sie lachte laut auf und warf den Kopf nach hinten.

„Und du bist ein Charmeur“, rief sie.
„Du bist jung und du bist schön und du bist klug. Und du kennst so viele junge und schöne und kluge Männer. Aber mit mir altem Narren gehst du aus.“
So. Das musste mal raus, das brannte ihm auf den Nägeln.
„Ach, mein Lorenzo“, sagte sie. Ihre Hand, die bislang angenehm warm auf seinem Arm ruhte, begann ihn nun zu streicheln. Sanft, zärtlich fast. „Es ist schön, mit dir zusammen zu sein, willst du das denn nicht verstehen? Magst du mich denn gar nicht? Wenigstens ein bisschen?“
„Schon ...“ Stadler druckste herum.
„Aber“, fragte sie, „... wie geht der Satz weiter.“
„Nein ...“
Carlotta lachte wieder. „Da, schon wieder ... da fehlt noch ein Aber. Sag schon.“
Stadler wusste nicht recht, wie er es formulieren sollte, ohne Gefahr zu laufen, entweder zu viel in ihre Beziehung hinein zu interpretieren oder sie gar zu verletzen. „Wir wissen schließlich nicht, wohin das führt.“
„Wir finden es heraus. Einverstanden? Lass es uns entdecken.“
Er nahm für einen Moment ihre Hand und lächelte sie an.
„Einverstanden“, sagte er dann.

16. Kapitel

Inzwischen mochte er den Fußweg in Richtung Hafen. Der Weg führte ihn durch eine normale Wohnbebauung, so konnte er die *Procidani*, sofern sie sich nicht hinter ihren dicken Mauern verkrochen hatten, beim Leben beobachten. So liebte er sein Italien am meisten.
Auf eine Jacke hatte er verzichtet, aber seinen Hut aufgesetzt. Es war ein Strohhut, aber fein geflochten und von seiner Lieblingsfarbe weiß. Zudem schmückte ihn ein schwarzseidenes Hutband, sodass er sich gut angezogen fühlte. Und sicher. Bei seinem schon etwas lichten Haarschopf wollte er keinen Sonnenstich riskieren – und das Wetter, so hatte er es im Hotel an der Tafel mit der *Previsioni del Tempo* gelesen, würde heute wieder prächtig werden.
Laurenz Stadler konnte nicht verstehen, was die Leute an Kalifornien fanden, dem sogenannten Sonnenstaat. Er war zwar auch nicht der Typ, der stundenlang am Strand braten konnte, aber dennoch fand er durchaus Gefallen am Promenieren. Ja, in Italien, wo man die nachmittägliche *Passegiata* pflegte, hatte er es sogar regelrecht liebgewonnen. Und er musste zugeben, dass ihm auch die zur Schau gestellten jugendlichen Körper gefielen. Eine gewisse Wehmut schwang da mit.

Als Sechszehnjähriger kannte er keinen Müßiggang. Er wäre schlicht unvorstellbar gewesen, an den Strand in den Urlaub zu fahren. Zwar hatte seine Mutter selbst Urlaub am Meer

genommen. Aber Müßiggang war Sünde. Und schließlich, sie war von Gott schwer dafür bestraft worden. Bisweilen ließ sie ihn in dem Gefühl, er selbst sei diese Strafe Gottes. Baden unten im Bach war das einzige unbeschwerte Sommervergnügen, das er sich ab und zu gönnen durfte. Aber da war er schon längst der Außenseiter, trug nicht die mutigen engen Badehosen, mit denen seine Altersgefährten die Dorfschönheiten auf sich aufmerksam machten. Zudem war er ein sehr heller Hauttyp, einer, der sich rasch einen Sonnenbrand holte.
Als er selbst seine Urlaubsziele festlegte, war er schon ein paar Mal am Meer gewesen. Nordsee, Cotê d'Azur, Adria. Aber das waren mehr die klassischen Bildungsurlaube. Da hängte er an die Woche Florenz mal zwei Tage Mittelmeer in Viareggio. Doch die Zeit allein mit einem Buch am Strand verbringen, war auch nicht das Wahre – da saß er auf der Hotelterrasse bequemer.
Zwei Mal war er für die Zeitung bei der Biennale in Venedig. Das war, als der *Münchner Bote* noch richtig Geld hatte und sie die exotischen Dienstreisen in den Ressorts noch aufteilten, meist nach Dienstalter. Auch zur berühmten Fotoausstellung in Arles ist er auf diese Art und Weise gekommen.
Und einmal war er auch in Kalifornien. Zur Verleihung der Oscars. Es war eine der letzten Verleihungen im legendären Dorothy Chandler-Pavillon, und der Film „Braveheart" von und mit Mel Gibson war der Abräumer schlechthin – es gab fünf Oscars und, natürlich, stehende Ovationen. Laurenz Stadler hatte für cineastische Helden-Epen nicht viel übrig, ihm reichten die auf der Opernbühne vollständig aus. Er erinnerte sich vielmehr an eine äußerst reizende Susan Sarandon, mit der er sogar kurz ins Gespräch kam, an ein langes Interview mit dem deutschen Ingenieur Peter Denz, der für irgendeine spezielle Videokamera den Oscar „für technische Verdienste" erhielt, und an das schreckliche Wetter in Los Angeles.
Nein, er hielt Kalifornien in Sachen Sonne für maßlos überbewertet. Und wer brauchte schon Kalifornien, wenn er Italien haben konnte. Die Sommer glutheiß und trocken, die Früh-

jahre üppig blühend und herrlich mild, und selbst die Monate September und Oktober, wenn es würzig nach sonnenverbrannten Gräsern duftete, verwöhnten mit reichlich Sonne. Procida schien auch so eine Sonneninsel zu sein. Vier Wochen war er nun hier und hatte noch nicht eine Regenwolke gesehen. Dennoch waren die Temperaturen angenehm, wahrscheinlich durch die feuchte Kühle, die morgens vom Meer kommend die steilen Hänge der Insel hinaufkroch.

Laurenz Stadler musste nicht lange suchen, um die Bar zu finden. Am Ende der Via Roma, der Hafenpromenade, ging es noch ein paar Schritte auf dem hellen Kalksteinpflaster bergauf, bis man direkt an der Ecke auf die Lokalität stieß. In weißer Schreibschrift mit kühnem Schwung stand der Name auf einer blassblauen Holztafel: *Il Capitano*. Und darunter, etwas kleiner: *Tabaccheria * Bar * Libreria*. Eine interessante Mischung, fand Stadler. Er hatte Ähnliches schon gesehen; das Café Feltrinelli RED in Florenz zum Beispiel, wobei das RED für *Read*, *Eat* und *Dream* stand, oder das Café Scriptorium in Mailand.

Doch als er die ebenfalls blau gestrichene und schon etwas verwitterte Holztür aufdrückte, und ein kleines Glöckchen die Ankunft des neuen Gastes verkündete, wusste er, dass er so etwas wie hier doch noch nicht gesehen hatte. Dies hier war eine kleine Kneipe mit dunklen Holztischen und -stühlen und einer sauberen und blitzenden Theke. Der Fensterfront gegenüber fanden sich eingebaute Bücherregale, ebenfalls aus dunklem Holz, deren Bretter unter ihrer Last teils bedenklich nachgaben.

Den Wirt und Eigentümer hätte er auch erkannt, wenn Carlotta ihm diesen nicht schon gezeigt hätte. Er stand hinter dem Tresen. Sonst könnte man ihn auch leicht für einen Gast halten. Dieser Wirt verkörperte jedes Klischee des italienischen Gigolos: Schwarze Hosen, ein dezent blaues Hemd mit andersfarbigem Innenkragen und asymmetrischen Knöpfen, ganz wie es jetzt in Mode war, die schwarzen kurzen Locken wie frisch geölt und in die Haare gesteckt eine moderne Sonnen-

brille – gerade so, als würde man hier drin eine solche brauchen.
Doch der Mann ließ ihm keine Zeit, die Bücherschätze zu betrachten.
„Was darf ich Ihnen bringen, Signor", kam er gleich um den Tresen geeilt. Stadler bestellte einen *Caffè*, blieb aber vor der Bücherwand stehen. Die Rücken waren abgegriffen und sahen schäbig aus. Es waren Allerweltstitel, die meisten schon älter als zehn Jahre und der überwiegende Teil hatte sich früher entweder auf den Bestsellerlisten oder an den Wühltischen gefunden. Und die sahen in Italien nicht anders aus als in Deutschland. Die warme Abluft des Banalen eben. Billig eingekaufte amerikanische Lizenzen, Nackenbeißer-Romanzen, die Millenium-Trilogie von Larsson, immerhin, die italienischen Krimihelden wie Camilleri, Vicchi oder Biondillo. Erfreulich wenig Betroffenheits-Schmonzetten, fand Stadler. Dennoch war er enttäuscht. Carlotta hatte ihm die Bar als den ultimativen Buchladen der Insel angepriesen. Nun ja, man sollte das nicht überbewerten. Manche Menschen lesen eben nicht so viel und so gern, manchen fehlt auch einfach die literarische Kompetenz. Ja, Laurenz Stadler kannte Kollegen, die setzten Bestsellerlisten mit Bestenlisten gleich und wunderten sich dann bei der Vergabe von Literaturpreisen, dass sie die Namen der Preisträger noch nie gehört hatten.
„Sie interessieren sich für Bücher?"
Stadler schreckte auf. Der Wirt stand direkt hinter ihm, das winzige Kaffeetässchen in der Hand.
„Nun ja." Er wusste nicht so recht, was er sagen sollte. Schließlich, er wollte seinen Gastgeber nicht beleidigen, aber auch keine falschen Hoffnungen wecken, was sein Urteil über diese zumindest quantitativ wohl gefüllte Bücherwand anbetraf.
Der Buchhändler nun begann mit einschmeichelnder Stimme auf ihn einzureden.
„Ich bin Mauro. Mauro Paolini, der Inhaber des *Capitano*." Er drückte Stadler den *Caffè* förmlich in die Hand, sodass die Tasse im Stehen den Besitzer wechselte.

„Wenn Sie sich für Bücher interessieren, dann sollten Sie mit in den nächsten Raum kommen. Hier ist nur der Leseraum für die Gäste."
Stadler hob die Augenbraue.
„Schön", sagte er vorsichtig.
„Ja", setzte Paolini fort. „Hinten ist noch diverse Neuware, darunter sehr schöne Reiseführer über Neapel und die Inseln im Golf, auch Bildbände über das Meer." Er machte eine einladende Handbewegung.
Stadler rührte in seiner Kaffeetasse, die er wieder in die Hand genommen hatte. Reiseführer. Bildbände. Wahrscheinlich auch Ansichtskarten und die ganze Touristenpalette. Aber er wollte den Mann nicht enttäuschen.
„Ach, eigentlich suche ich nichts Bestimmtes", antwortete er ebenso ausweichend wie abschwächend.
„Umso besser, hier ist auch ein idealer Ort zum Stöbern." Paolini umschlich ihn wie ein Teppichhändler sein sicher gewähntes Opfer. In Stadlers Mundwinkel stahl sich ein Lächeln.
„Na dann zeigen Sie schon", sagte er.
Paolini eilte voraus zu einer kleinen dreistufigen Treppe mit einem kurzen Handlauf. Sie schien direkt in die Bücherwand hinein zu führen.
„Wenn der Herr vielleicht hier herauf ..."
Erst jetzt entdeckte Stadler die unscheinbare Tür, hinter der sich die eigentliche *Libreria* befand, so verkündete es zumindest ein kleines, in altertümlicher Schrift bemaltes Schild auf Augenhöhe. Der Raum hinter dem Gastraum lag gut einen halben Meter höher – das Haus schien sich der Steigung des Geländes gleich hinter dem Hafen anzupassen.
Stadlers Befürchtungen fanden sich bestätigt, aber nur zum Teil. In den Regalen und in den Ständern an der rechten Wand fanden sich Postkarten von der Insel; deren Umriss war auch auf Trinkbecher, Basecaps und Halstücher gedruckt. In einem Korb standen Wanderstöcke, auf einem Drehgestell hingen Sonnenbrillen und da hinten, im letzten Regal, da waren tat-

sächlich Bücher aufgereiht. Wie versprochen: Reiseführer und Bildbände.
Links stand ein schöner und alter Schreibtisch aus dunklem Walnussholz, stumpf, aber reich verziert und mit einer dunkelgrünen Schreibunterlage, ähnlich seiner in Rom. Darauf eine alte Registrierkasse, die offensichtlich noch in Betrieb war. Und dahinter begann das, was das Schild schon an der Tür versprochen hat: ein kleiner Buchladen. In eine Längswand war ein raumhohes Regal eingebaut, ähnlich dem im Gastraum. Gegenüber standen drei Regale frei im Raum, nein, eigentlich waren es sechs, weil sie jeweils Rücken an Rücken lehnten. Stadler, dessen Blick eher gelangweilt über die Touristenware geglitten war, hob erstaunt die Augenbrauen. Das war tatsächlich eine Bar mit einem Buchladen, gerade so, wie es ihm Carlotta vorgeschwärmt hatte.
Paolini sah seinen Blick und strahlte.
„So etwas haben Sie gesucht, nicht wahr?“ Immer noch sprach der Wirt eilfertig, gerade so, als wolle er ihm etwas aufschwatzen. „Das ist die beste Buchhandlung der Insel“, schwärmte er, um etwas leiser hinzuzusetzen. „Es ist aber auch die einzige.“ Er zwinkerte Stadler verschwörerisch zu. Dieser brauchte eine Weile, bis er den Scherz begriffen hatte und auflachte.
„Ja dann ist es natürlich kein Wunder“, sagte er und begann, die Buchtitel zu inspizieren. Nun ja, eine große Überraschung blieb aus – es handelte sich um ein verkleinertes Abbild der wenigen großen Buchhandlungen in Italien. Und um eine aktuellere Ausgabe der Regale im Gastraum. Bemerkenswert war die Ecke mit den Bildbänden gleich neben dem Fenster. In das Regal gehängt war ein praktisches kleines Lesepult. So konnte man den jeweiligen Band, den man herausgezogen hatte, gleich betrachten, ohne die Seiten beim Umblättern zu beschädigen. Vor allem Bände mit Landschaftsaufnahmen und Naturfotografie waren hier zu finden. Und das Meer. Immer wieder das Meer, Schiffsansichten, Inseln, Kreuzfahrten, das Leben im Wasser, Traumstrände und so weiter. Stadler

fuhr anerkennend mit dem Finger vorsichtig über die Buchrücken.
Was diese Buchhandlung hier von allen anderen unterschied, war die Bücherdichte. Da war nichts luftig gestellt, da wendete kein Buch dem Betrachter seinen Einband zu, da waren noch quer auf die gestellten Bücher weitere Titel gelegt, da bogen sich die Bretter so bedenklich, dass sie vermutlich ihre Form behalten hätten, nähme man die Bücher wieder herunter. Und so ging es bis unter die Decke fort. Ja, sogar noch auf dem Fußboden befanden sich Bücherstapel, kleine Türme, die drohten, bei der geringsten Berührung einzustürzen. War es nun Einbildung oder nicht, aber auch der Fußboden schien unter der Last der Bücher nachzugeben. An einigen Stellen federte es bedrohlich.
In einem auffälligen Kontrast zur Unordnung der Bücher waren die kleinen Täfelchen an den Regalen. In denselben Farben wie das Ladenschild und in derselben alten Schrift wie das Hinweisschild an der Tür, benannte es die jeweiligen Rubriken, die der Kunde beziehungsweise der Bücherfreund in den Regalen finden würde. „Romane K-M“, „Frauenschicksale“, „Kinderbücher“ oder die italienische Variante des englischen Do-it-your-selfs, das *Fai da te*, mit dem Stadler anfangs nichts anfangen konnte.
Mauro Paolini ließ seinen Gast keine Sekunde aus den Augen. Aber es lag kein Misstrauen in seinem Blick, es war vielmehr, als wollte er die Gedanken des Kunden erraten, vielleicht sogar seine Wünsche.
Stadler trat dichter an ein solches Schild heran. Es stellte sich als ein kleines Holztäfelchen heraus, in einem dunklen Blau gestrichen, fast so wie deutsche Straßenschilder. Die Buchstaben waren mit einem Pinsel aufgetragen, sorgsam und offenbar frei Hand.
„Das war meine Schwester“, beantwortete Paolini die unausgesprochene Frage. „Meine Schwester kann sehr gut malen, von ihr sind auch die Holzfiguren.“ Er wies wieder in die Touristenecke.

Stadler nickte anerkennend.
„Ja, das sieht wirklich schön aus", sagte er.
Der ganze Laden machte den Eindruck, als wäre es schon lange her, dass hier jemand ein Buch gekauft hätte. Vermutlich begnügten sich die Touristen mit dem Souvenir-Angebot, holten sich die *Procidani* eben nicht so häufig ein Buch. Vielleicht lasen sie ja auch lieber vorn im Gastraum – der kam Stadler ohnehin wie eine gemütliche Leseecke in einer älteren Bibliothek vor.
Am Ende seines kleinen Rundganges, aufmerksam beobachtet von Mauro Paolini, kam Stadler wieder an einer kleinen Treppe an, die zu einer weiteren Tür führte. Und auch hier fehlte es nicht an dem kleinen Schild mit dem sorgsam gepinselten Hinweis. *Antiquariato* stand darauf. Wieder hob Stadler die Brauen und wieder blieb das Paolini nicht verborgen.
„Ganz recht", nickte er. „Ich habe auch noch ein Antiquariat. Sie wollen es sicherlich sehen." Der Bücher-Wirt zog die richtigen Schlüsse, registrierte Stadler, und vergab einen Sympathiepunkt. Er drehte unschlüssig sein Kaffeetässchen in der Hand.
„Stellen Sie die Tasse ruhig hier ab", forderte ihn Paolini auf und wies auf den Schreibtisch.
Die Tür knarrte beim Öffnen. Der perfekte Sound für ein Antiquariat.
Der Raum schien noch ein wenig größer als der mit dem Buchladen. Doch Stadler war schlecht im Schätzen von Flächen, es konnte gut sein, dass er den Eindruck nur gewann, weil hier die Souvenir-Ecke fehlte und es ausschließlich Bücher gab. Doch dann entdeckte er ein mächtiges Sofa, das, wie Fußböden und Regale auch, einen ein wenig staubigen Eindruck machte.
Stadler überflog die Regale und nickte zufrieden. Aus Paolinis Blick sprach die Bitte um Beifall für das Geschaffene, ja, purer Besitzerstolz blitzte in seinen Augen auf. Er schien zu spüren, dass sein Gast ziemlich beeindruckt war. Diesmal suchte Stadler gleich als erstes nach einer weiteren Tür, die

ihn möglicherweise in einen vierten Raum brachte. Und in der Tat gab es da eine weitere Treppe, diesmal sogar noch ein wenig höher, und eine weitere Tür an der rechten Wand. Er holte schon zu einer Frage aus, da hörte man leise die Ladenglocke schellen. Sie klang wie aus weiter Ferne, und so war es ja auch. Nichts war Laurenz Stadler jetzt ferner als eine kleine Bar in Hafennähe. Für Paolini freilich war es die reale Welt.
„*Scusi*“, entschuldigte er sich, zum vertraulichen Du übergehend, und ließ Stadler mit den Büchern allein.
Der genoss es. Ein, zwei Mal atmete er tief den Duft der Bücher ein, diese Mischung aus Staub und Papier, nach verblassender Säure und leichtem Moder. Ein Geruch wie eine Melange aus beginnendem Zerfall und einem Hauch Unendlichkeit. Aus einer anderen Welt drang gedämpft ein Gespräch an sein Ohr. Offenbar redete Paolini mit einem Neuankömmling.
Stadler wandte seine Aufmerksamkeit der lindgrünen Tür zu, die in einen weiteren Raum führte. *Sala del Tesoro* stand auf dem Schild. Die Schatzkammer also. Das war geradezu poetisch. Ob es erlaubt war, einfach die paar Stufen hinaufzusteigen und die alte geschwungene Klinke niederzudrücken? Sicher war die Tür verschlossen. Und die Stufen würden knarren. Es knarrte schon, als er vor der Treppe verharrte. Andererseits, das Geräusch würde nicht bis in den Gastraum zu hören sein, und ihn sah ja auch niemand. Obschon sich einige Bücher links und rechts von dem Treppenaufgang wie stumme Wächter ausnahmen. Da, die vielleicht zwölfbändige Literaturgeschichte mit ihren hoch aufragenden hellen Bücherrücken. Den Schutzumschlag, der einmal weiß gewesen sein mochte, hatte die Sonne vergilben lassen, auf dem Rücken von Band 5 zog sich ein dünner Wasserfleck mit braunen Rändern von oben nach unten.
Laurenz Stadler wandte sich wieder von der Treppe ab und schlenderte an dem langen Regal an der Rückwand des Raumes entlang. Er war fasziniert. Ein Haus, dessen Mauern aus Büchern zu bestehen schienen. Und was für Bücher. Feine Leinenausgaben aus den fünfziger Jahren, in blassen Farben

mit goldgedruckten Titeln, opulente in Leder gebundene Titel, die hundert und mehr Jahre auf dem Buckel haben dürften. Eine jüngere *Encyclopaedia Britannica* stand traulich unter einer etwas luxuriöseren Brockhaus-Ausgabe. Auf dem englischen Lexikon fand sich ein vergleichsweise winziges und an den Ecken schon stark abgestoßenes Büchlein von Ripleys *„Believe it or not"*, das dem äußeren Anschein nach aus den zwanziger Jahren stammen musste. Auf der Innenseite des inneren Buchdeckels, dort, wo in deutschen Antiquariaten der Preis des Buches notiert wurde, war mit weichem Bleistift 20.000 vermerkt. Stadler nahm an, dass das der Preis in Lire war, das würde heute etwa zehn Euro entsprechen. Er legte es wieder hin und trat einen Schritt zurück.
Die Weltläufigkeit des Angebotes war freilich nur vorgegaukelt. Es fanden sich fast ausschließlich italienischsprachige Bücher in diesem Antiquariat. Wer weiß, in welchem Nachlass Paolini die wenigen englischen, französischen und deutschen Ausgaben gefunden hatte. Überhaupt: Wie kam der Bücher-Wirt zu seinen Schätzchen? Stadler beschloss, ihn zu fragen, sobald er zurückkam. Und er würde auch etwas kaufen, allein schon, um Paolini für seine bibliophile Gastfreundschaft zu entschädigen.
Stadler widmete sich dem nächsten Regal, einem, das quer zum Raum stand und hinter dem sich das große Sofa verbarg. Hier fanden sich Unmengen von Belletristik, allerdings nur grob sortiert, alphabetisch nach Autorennamen. Aber ungeachtet der beinahe sympathischen Unordnung – auch hier standen und lagen die Bücher kreuz und quer und bis unter die Decke – stellte Stadler mit Vergnügen fest, dass sich hier die Großen der Weltliteratur versammelt hatten. Er fand John Steinbecks *La valle dell'Eden* ebenso wie Updikes *Corri, Coniglio*, das die Deutschen unter „Hasenherz" kannten. Und mit *Il Giorno dello Sciacallo* von Forsyth erschloss sich Stadler gar eine neue Vokabel, die sich schon aus dem Klang des Wortes ergab – mit Schakalen hatte Stadler in seinem journalistischen Alltag eben nichts zu schaffen. Ah, selbstverständ-

lich durfte Hermann Hesse nicht fehlen. *Il lupo della steppa*, der Steppenwolf, natürlich. Auch *Demian* und das Glasperlenspiel, dessen italienischer Titel *Il giuco delle perle di vetro* nur wenig klangvoll war. Glasperlen – es wurde wieder einmal Zeit für eine Murmel. Was für eine schöne Verbindung, dachte Stadler, zog das Buch aus dem Regal, nestelte eine Glasmurmel hervor und deponierte sie hinter dem Hesse. 38 Murmeln noch.

Dann stieß er auf ein Buch, dessen Titel er schon einmal gehört zu haben glaubte: *L'Isola di Arturo.* Doch nein, nicht der Titel war es, der Name der Autorin kam ihm bekannt vor. Elsa Morante. Laurenz Stadler fühlte sich nicht sonderlich bewandert in der italienischen Literaturgeschichte, aber bei diesem Namen hörte er etwas klingen. Er nahm das Buch, setzte sich auf das Sofa und sah aus dem Fenster. Die Sonne gleißte und ließ im Licht den feinen Staub der Bücher tanzen. Hatte er den aufgewirbelt?

Der Klappentext verriet ihm mehr: Elsa Morante hatte vor mehr als fünfzig Jahren den *Premio Strega* erhalten, einen ziemlich angesehenen Literaturpreis. Und plötzlich erinnerte er sich, woher er den Namen Elsa Morante kannte. Sie ist inzwischen selbst Namenspatronin eines Literaturpreises. Während er den Klappentext überflog, fielen ihm nacheinander auch die Details ein, wie die Stichwörter auf einem Notizzettel: Elsa Morante war mit Alberto Moravia verheiratet; sie galt als eine der wichtigsten italienischen Schriftstellerinnen der Nachkriegszeit. Und – noch viel überraschender – der nach ihr benannte Preis wird jährlich und hier auf der Insel Procida vergeben und: „Arturos Insel“ spielt auf Procida, ja Arturos Insel ist Procida.

Er klappte das Buch auf. Ein Gedicht. Ein nur wenige Zeilen langes Vorwort. Das erste Kapitel, überschrieben mit „König und Stern des Himmels“. Der erste Satz. *Uno dei miei primi vanti era stato il mio nome.* – Eines der ersten Dinge, mit denen ich angab, war mein Name.

Laurenz Stadler blätterte in dem Buch, las hier einen Satz und dort, bis ein Knarren der Dielen Besuch ankündigte. Mauro Paolini kam zurück. Laurenz Stadler klappte das Buch zu und erhob sich. Das war es, genau das. Er würde Elsa Morantes *Isola di Arturo* kaufen.
„Entschuldige, dass ich dich warten ließ", sagte Paolini. „Gefällt es dir bei mir?"
„Es ist ... überwältigend." Laurenz Stadler musste sich für das Kompliment nicht verstellen. Er klopfte auf den Buchdeckel. „Das hier will ich kaufen."
„Eh, Elsa Morante, eine gute Wahl", lobte Paolini genießerisch. Er sah sich mit leicht zusammengekniffenen Augen im Raum um. „Ich glaube, ich habe noch eine Originalausgabe von 1957", sagte er. Stadler nahm sich vor, ihn bei Gelegenheit nach dem Ursprung seiner offenbar profunden Literaturkenntnisse zu befragen.
Doch zunächst gab es ein ganz anderes Ziel. Er zeigte mit der freien Hand auf die nächste Tür. „Eine Schatzkammer?", fragte er. „Haben Sie dort Ihre ganz besonders wertvollen Bände?" Das Du wollte ihm noch nicht so recht über die Lippen. Schließlich, sein Gegenüber könnte sein Sohn sein.
Paolini kratzte sich hinter dem rechten Ohr und zog eine Grimasse. „Eh", machte er. „Das ist schon richtig, es ist eine Schatzkammer. Aber diese Schätze haben einen Wert, der den Preis bei weitem übersteigt."
Stadler nickte verständnisvoll. „Das ist ja bei Büchern oft so."
Paolini runzelte die Stirn und wiegte skeptisch seinen Kopf. „Bei diesen sogar noch mehr."
Stadler spürte, dass sich sein Gegenüber nur zum Schein sträubte, ihm seine Schatzkammer zu öffnen. Was mochte sich hinter der Tür verbergen? Eine FSK-18-Ecke mit historischen Sittenbüchern, wie man frühere pornografische Literatur gerne leicht verbrämend bezeichnet? Alte Kirchenbücher, unverkäuflich, weil von Hand geführt? Oder gar Diebesgut? Hehlerware? Geschmuggelte Bücher? Inseln waren ja schon

immer ein beliebter Umschlagplatz für heiße Ware. Hochseejachten und Schnellboote beziehungsweise eine Kombination von beidem werden auch heute noch gerne genutzt, um Schätze verschwinden zu lassen, die dann urplötzlich auf dem Kunstmarkt wieder auftauchen. Doch auch wenn ihm Mauro Paolini ein wenig schlitzohrig vorkam, wäre er ein Krimineller, würde er nicht unübersehbar „Schatzkammer“ an die Tür schreiben und mit einem Fremden so lange kokettieren, bis er sie öffnen dürfe.
Auf jeden Fall gibt es hier auch Memoiren, dachte er. Carlotta hatte es ja schon angekündigt, und er hatte nicht den Eindruck, dass sie ihn dabei veralbern wollte. Sollte er sie nicht von allein entdecken, dann würde er den Wirt darauf ansprechen.
Paolini deutete eine leichte Verbeugung an und wies mit der Hand zur Tür. „Komm, ich zeige dir meine Schatzkammer.“ Er grinste verschmitzt, als er die Tür öffnete.
Wieder stand Laurenz Stadler in einer Bibliothek. In einer großen Bibliothek, in der es bestimmt dreihundert Bände gab. Was hier in den Regalen stand, war alles nach gleicher Art gebunden: Leinenrücken, schwarz oder blau, rot oder grün, aber immer sehr gedeckt, sehr dunkel. Geprägte Goldbuchstaben für die Titel, sortiert nach Größe, wobei es nur zwei Größen zu geben schien – die einen hatten etwa die Höhe eines Aktenordners, die anderen waren etwa ein Drittel kleiner. Rechts und links eine lange Regalreihe, in der Mitte noch eines, quer wie ein Raumteiler. In diesem standen Hardcover verschiedener Größe mit glänzenden Rücken. Und während Mauro Paolini ihn Beifall heischend ansah, stand Stadler vor Verblüffung beinahe der Mund offen.
„Aber ...“, begann er vorsichtig. „Was ist das?“
Er trat näher an das lange Regal zur Linken heran. „Das Meer“ stand auf einem Buchrücken. „Abenteuer auf dem Meer 1/3“ auf dem nächsten, dem die Bände zwei und drei folgten. „Auf den Weltmeeren zu Hause“, „Ich und mein Fischkutter“, „Wer die Welt gesehen hat“, „In Stürmen erprobt“ und so weiter und so fort. Alles Literatur über das Meer.

„Darf ich?“, fragte er und fasste nach einem der größeren Bände.
„Nur zu“, ermunterte ihn Paolini.
Stadler zog einen Band heraus. Der Wolkenmarmor des Pappdeckels war schmucklos, das Buchleinen zog sich nur über den Rücken. Er sah den Wirt unsicher an, der jedoch nickte eifrig. Mach auf, schien das zu bedeuten.
Er schlug das Buch auf – und hielt beinahe den Atem an. Die Seiten waren von Hand beschrieben, in einer steilen und engen, aber sehr akkuraten Handschrift und in schwarzer Tinte. An einer beliebigen Stelle begann er zu lesen: „Wir ließen uns nicht lange Zeit mit dem Löschen der Ladung. Die Brasilianer hatten erneut die Liegegebühren erhöht und wir hatten schon zwei Tage Verspätung.“
„Das ist ...“ Stadler zögerte noch immer mit einer Erklärung, er war sich nicht ganz sicher.
Doch Paolini nickte. „Das sind Memoiren von Kapitänen. Wusstest du nicht, dass Procida auch die Insel der Kapitäne genannt wird? Die besten Kapitäne und die schönsten Mädchen der Welt kommen von hier. Tausende. Das *Istituto Nautico* ist die berühmteste Seefahrerschule in ganz Europa.“
Nun, das mit den Tausenden hielt Stadler denn doch für übertrieben, aber die schlichte Anzahl der hier vorhandenen Bücher konnte schwer beeindrucken. Er zog einen weiteren Band heraus, ebenfalls im A4-Format. Dieses Buch war nicht von Hand geschrieben, sondern mit Maschine getippt, eine alte Times-Schrift mit langen Serifen. Und mit Buchstaben, die ein wenig aus der Reihe tanzten.
„Aber das sind ja ... das sind dann ja alles Unikate“, stellte er fest, obwohl es noch immer wie eine Frage klang.
„Richtig“, bestätigte Paolini. „Jedes Buch in diesem Raum ist einmalig. Von den getippten Erinnerungen haben sich viele Kapitäne noch einen Durchschlag behalten, für die Enkel und so. Aber im Prinzip sind alle Bücher einmalig.“
„Und die hier?“ Stadler wies auf die schmaleren Bände mit den glänzenden Rücken.

„Das sind Fotobücher", erklärte Paolini. „Nicht ganz so interessant, weil noch nicht so alt. Die jungen Bootsführer, die hier Touristen rumschippern, haben gefragt, ob sie sich auch an unserem Projekt beteiligen können. Und warum denn nicht."
Stadler zog sich eines der Bücher hervor und blätterte. Landschaften, Picknick, Fotos von Festen an Bord, von Tauchlehrgängen. „Mhh", machte er, und schob es wieder an seinen Platz zurück. „Bei unserem Projekt?", fragte er dann. „Wer ist ‚wir'?"
Mauro Paolini rieb sich das Kinn. „Wir, ja, wer sind wir? Das ist das *Consorzio del Navigatore e Pescatore.* Aber nicht nur Fischer und Seefahrer dürfen dort beitreten, es gibt auch Fördermitglieder. Das ist eine große Solidargemeinschaft, und unter anderem sorgen wir auch dafür, dass das Gedächtnis der Kapitäne erhalten bleibt. Komm, ich zeige dir noch was", sagte er und ging voraus in einen weiteren Raum. Wieder war die Tür auf der rechten Seite und Stadler verlor allmählich die Orientierung.
In diesem Raum, etwa so groß wie die bisherigen, waren überhaupt keine Bücher zu sehen. Schräg gegenüber der Tür stand eine breite und bequeme Liege mit sorgfältig zusammengelegten Wolldecken am Fußende. Sie ließ sich mit einem grauen Vorhang vom Rest des Raumes abtrennen, gerade so wie in einer Klinik.
In der Mitte befand sich ein großer Esstisch mit sechs hochlehnigen Stühlen, und an der Wand neben der Tür standen zwei schlichte Schreibtische, einer davon mit einem Computer.
Stadler musste Paolini nicht mehr mit fragendem Blick ansehen. Der Wirt hatte längst verstanden, dass sein Gast Feuer gefangen hatte, dass ihn alles, was mit den Büchern, den Memoiren und den Fischern zusammenhing, brennend interessierte. Mit weitausholender Geste begann er: „Hier haben wir einen Raum eingerichtet, in dem die Kapitäne schreiben können oder im Internet recherchieren."
Stadler kniff die Augen ein wenig zusammen. „Die kommen hier her zum Schreiben?", fragte er ungläubig.

„Einige“, schränkte Paolini ein. „Vor allem die, die zu Hause oder im Kapitänsheim nicht die nötige Ruhe finden.“ Er dachte einen Moment nach. „Oder die ein keifendes Weib zu Hause haben“, setzte er dann zwinkernd hinzu.
Kapitänsheim, dachte Stadler. Auf den Scherz achtete er gar nicht. Ich muss unbedingt nachfragen, was es mit diesem Kapitänsheim auf sich hat. Doch vorerst wollte er den Redefluss seines Gastgebers nicht unterbrechen.
„Wir machen auch ein Menü zum Sonderpreis für unsere Kapitäne“, erzählte dieser gerade. „Sie sollen bei uns ein zweites Zuhause haben. Außerdem können sie sich hier auch ein wenig ausruhen.“ Er wies auf die Liege hinter dem Vorhang.
„Aber ...“ Stadler zögerte, bevor er die Frage stellte, die ihm schon seit einigen Minuten auf der Zunge lag.
„Frag nur“, ermunterte ihn Paolini.
„Aber, warum tut ihr das alles?“
„Eine seltsame Frage“, wunderte sich Paolini und formulierte langsam. „Weil wir unsere Traditionen bewahren wollen. Weil wir unsere Alten ehren. Weil es das ist, was diese Insel ausmacht. Du solltest mal zur *Sagra del Mare* kommen. Da sind alle Einwohner hier unten im Hafen. Da könntest du wirklich etwas über Traditionen lernen, etwas, was nicht im Reiseführer steht.“
Stadler nickte bedächtig. „Ja, ich glaube schon“, sagte er schließlich.
„Lass uns einen Grappa trinken“, schlug der Wirt vor. „Hast du so viel Zeit?“
„Ja, eine gute Idee“, stimmte Stadler zu.
Natürlich hatte auch der Aufenthaltsraum für die Kapitäne einen Ausgang. Diesmal ging es nach der Tür gleich einige Stufen bergab, und sie kamen in einen langen Flur, in dem links zunächst die Küche, dann die Toiletten lagen. Die Tür geradeaus stand offen, sie führte wieder auf die Straße hinaus. Und durch die Tür rechter Hand kamen sie seitlich der Bar wieder in den Gastraum. In diesem hatte sich inzwischen eine

Handvoll Gäste eingefunden, die von einem Mädchen bedient wurde, das sich sichtbar noch im Schüleralter befand.
„Meine Tochter Claudia“, stellte Paolini vor. Claudia machte einen artigen kleinen Knicks, und ihr Vater schenkte zwei Grappa ein. Als die beiden Männer versonnen die Stiele ihrer Gläser drehten, machte Stadler dem Wirt ein Kompliment: „Also ich bin wirklich sehr beeindruckt. Das habe ich nicht erwartet, als ich ... das hier gesehen habe.“ Er zeigte mit dem Glas auf die Regale im Gastraum.
„Ja“, freute sich Paolini. „Das habe ich gemerkt. Deswegen habe ich dir auch gleich alles gezeigt.“ Sie prosteten sich zu, tranken einen Schluck. „Sag mal, bist du ein Schriftsteller oder ein Buchhändler?“
Stadler lachte. „Ganz dicht dran. Ich bin Journalist.“
„Eh“, Paolini freute sich. „Und schreibst du über die Insel?“
Stadler roch noch mal an seinem Schnaps und feilte dabei an einer Antwort. „Ich glaube nicht“, sagte er dann. „Aber ich komme auf jeden Fall wieder. Diese Bücher von den Seefahrern, diese Memoiren ... was geschieht mit ihnen?“
„Du kannst sie kaufen.“
„Wie? Ich kann einfach hier reinspazieren und so ein Unikat mitnehmen.“
„Nun ja“, Paolini wackelte mit der Hand. „Billig sind sie nicht.“
Wollte er sich bitten lassen? Wollte er verhandeln?
„Na komm schon.“ Stadler stieß ihn mit der Schulter an.
„Also es gibt drei Preise“, begann Paolini.
Stadler nickte und der Wirt senkte die Stimme.
„Am teuersten sind die Handschriften. 1800 Euro zahlst du dafür.“
Stadler pfiff leise durch die Zähne und überschlug blitzschnell.
„Für ein Unikat? Das ist doch eigentlich unbezahlbar.“
„Du sagst es, mein Freund. Wir garantieren auch, dass es nur ein Exemplar gibt. Aber die Blätter sind eingescannt und der Verfasser hat die einzige Kopie.“

„Und da kriegt er nur 1800 Euro gewissermaßen für sein Lebenswerk?"
„Nein." Paolini schüttelte den Kopf. „Er kriegt nur 900 Euro. 700 gehen an die Genossenschaft und 200 bleiben für die Unkosten und so weiter bei mir."
„Und bei den maschinegetippten Manuskripten?"
„Da ist es ähnlich, die kosten aber nur 900 Euro. Dafür gibt es von jedem fünf Exemplare."
„Was ist dann die dritte Preisklasse?"
„Die dritte Preisklasse sind die Erinnerungen, von denen wir beliebig viele Kopien verkaufen dürfen. Die kosten 199 Euro pro Stück. Das ist ja alles immer noch Handarbeit, gewissermaßen. Auch der Buchbinder will bezahlt sein." Paolini sprach, als wolle er sich entschuldigen.
„Ist schon gut, ich denke, der Preis geht in Ordnung", sagte Stadler rasch.
„Möchtest du so einen Band kaufen?", fragte Paolini, und jetzt klang er wieder genau wie der türkische Teppichhändler.
Stadler schüttelte den Kopf, stürzte den Rest von seinem Grappa hinunter und klopfte auf das Buch in seiner Hand. „Für heute bleibt es wohl bei diesem hier und bei den Getränken. Aber ich würde gerne wiederkommen."
„Nun, der Grappa geht aufs Haus. Und für das Buch müssen wir nach hinten gehen, das läuft über eine andere Kasse."
Stadler warf für den *Caffè* zwei Euro auf den Tresen und folgte dem Wirt.

17. Kapitel

Laurenz Stadler ging die *Libreria* von Mauro nicht mehr aus dem Kopf. Ein paar Tage rang er mit sich um eine Entscheidung. Er war nicht geizig, das nicht, und es wäre auch genug Geld da, um ein Memoiren-Buch zu erwerben. Aber er war sich nicht sicher, ob er wirklich seine Freude daran hätte. Zu austauschbar schienen ihm diese Bücher mit ihren banalen Titelversprechen: Das Meer. Die Häfen. Die Sehnsucht. Das Geschäft. Der Fisch. Eigentlich immer wieder „Der alte Mann und das Meer", dachte Stadler belustigt. Passt freilich auch.
Doch er benötigte dringend Ablenkung. Das Buch von Elsa Morante war zweifellos gut und schön. Aber es fesselte nicht, der Text ließ zu viele Gelegenheiten zum Ausstieg, immer wieder ertappte er sich dabei, an etwas ganz anderes zu denken. Dann musste er sich zurück ins Buch zwingen.
Denn da war noch etwas, was ihn über alle Maßen beschäftigte: Carlotta. Sie hatte sich in seinen Kopf gestohlen und sie würde niemals daraus verschwinden. Er wusste das. Nein. Er ahnte es mehr, als er es wusste, aber dieses kategorische *niemals*, das würde wohl Bestand haben.
Doch, Laurenz hatte durchaus Erfahrungen mit der Liebe, aber seine festen Beziehungen schienen immer wieder zum Scheitern verurteilt. Mit Almut Förster hatte das Unglück vor mehr als dreißig Jahren seinen Anfang genommen. Da-

mals hätte sich so eine Liebe noch zum gemeinsamen Leben formen können. Bei Raffaela, der Zahnärztin, hatte er dann schon gespürt, wie es war, wenn man sich allzu fest im Beruf und im Leben eingerichtet hatte.
War Carlotta eine Chance für eine feste Beziehung? Eine, die sich nie wieder ergeben würde? Sollte er sie ungenutzt lassen? Aber der Altersunterschied! Konnte das überhaupt gut gehen?
Hätte er sich mal lieber um ein zweites Treffen mit der heißblütigen Fotografin Monica bemüht, die war nur unwesentlich jünger als er selbst. Und die Adresse ihres Ladens in Testaccio hatte er ja. Dass er nach der ersten stürmischen Begegnung die Flinte ins Korn warf, geschah aus lauter Furcht, sie könnte in ihm nur einen One-Night-Stand sehen. Die verpassten Gelegenheiten. Mit ein bisschen Wehmut dachte er auch an die schöne Signora, die in Rom gleich gegenüber gewohnt hatte, und von der er nicht mal den Namen kannte.
Fort mit den Grübeleien, er hatte für heute Pläne. Leichtsinnigerweise hatte er eine Einladung von Carlotta angenommen. Sie wollte ihm ihre liebste Badestelle zeigen.

Der Strand von Ciracciello war schmal. Sein feinkörniger Sand hatte sich den ganzen Tag über so mit Hitze aufgeladen, dass er jetzt noch ganz wunderbar warm war. Laurenz Stadler konnte nicht glauben, dass er jetzt hier saß, nur mit der Badehose bekleidet und eine aufregend schöne Frau neben sich.
Als sie an diesem Strand ankamen, krempelte er die Hosenbeine hoch, stopfte die Socken in seine Halbschuhe und ging barfuß über den heißen Sand bis zu der Badestelle, die sie sich in der Bucht ausgesucht hatte. Carlotta lachte, als er sich in diesem Aufzug auf die Decke setzen wollte. Sie streifte in einer einzigen Bewegung das Kleid ab und präsentierte sich ihm in einem knallroten Bikini, der großartig zu ihrer Hautfarbe passte.
„Nun aber runter mit den Klamotten“, sagte sie, „oder soll ich das übernehmen?“

Eine Drohung im Scherz, auf die Laurenz reagieren musste: Wollte er das Gesicht wahren, musste sein Beinkleid fallen. Es war ihm am Anfang zwar ein wenig peinlich, doch ihre Natürlichkeit ließ seinen Schamgefühlen keinen Raum. Als sie ihn dann bei der Hand nahm und übermütig in die Wellen rannte, wurde auch er mit jedem Schritt wieder jünger. Schließlich ließen sich beide prustend ins Wasser fallen und schwammen ein paar kräftige Züge in Richtung Sonnenuntergang. Das Wasser war überraschend warm und Stadler wähnte sich im Paradies. Sie schwammen ruhig und ganz auf ihre Schwimmbewegungen konzentriert, doch immer, wenn sich ihre Blicke begegneten, strahlte Carlotta ihn an.
Dann lagen sie erschöpft im Sand, als ihre Hand die seine suchte und hineinschlüpfte. Er ließ es zu. Er konnte endlich loslassen, konnte sich endlich seinen Gefühlen überlassen, ohne ihr Verhältnis ständig zu hinterfragen. Ganz ohne Zweifel, sie hatten sich ineinander verliebt, und er gestattete sich zumindest, das Ganze noch ein wenig wie ein Wunder zu betrachten.
Dann strichen sie sich gegenseitig den Sand von den Rücken. Dabei entdeckte er tatsächlich einen feinen Flaum goldener Härchen über dem Rand ihrer Bikini-Hose. Den Flaum, den er schon geahnt hatte, als er sie das erste Mal in Jeans und kurzem Oberteil gesehen hatte.
Auf der Decke packte Carlotta ihren Picknickkorb aus: mit Schinken, Käse und Salat belegte Baguettes, dazu eine Flasche Rotwein, einen Nero d‘ Avola, ein feuriger Sizilianer.
Nun lag er auf dem Rücken, döste ein wenig vor sich hin und genoss ihre Nähe. Sie hatte sich auf den Ellbogen gestützt und fuhr mit den Fingerspitzen über seinen Bauch. Schließlich kroch sie näher an ihn heran.
„Du hast hier noch einen Brötchenkrümel“, sagte sie leise, strich mit dem Finger über seinen Mundwinkel und er schnappte spielerisch nach ihrem Finger. Dann war sie plötzlich über seinem Gesicht. Köstliche Lippen, die seinen Mund verschlossen, als er überrascht etwas sagen wollte. Eine har-

te Zungenspitze, die seine Lippen öffnete, über seine Zähne glitt. Da konnte er nicht mehr. Er rollte sich auf die Seite, umfing sie mit seinen Armen und zog sie heftig an sich. Sie wand sich lustvoll in seinem Griff, küsste ihn noch leidenschaftlicher und schmiegte sich an ihn. Ihre Münder feierten ihre erste Begegnung, nass und gierig, als hätten sie viel zu lange darauf warten müssen. Carlotta wäre schon an diesem Abend, als der Himmel am Horizont, dort, wo ihn vor einer knappen Stunde die Sonne geküsst hatte, schon tief dunkelrot war, noch weitergegangen. Als ihre Hand über seinen Bauch in seine große unförmige Badehose wanderte, stoppte er sie.
„Nicht", bat er leise. „Heute nicht."
Sie richtete sich auf. „Ist alles in Ordnung mit dir?"
„Ja", sagte er, „aber ich möchte nicht, dass wir etwas tun, was wir vielleicht schon morgen bereuen."
Sie lachte leise. „Warum sollten wir das bereuen?", fragte sie.
Er schwieg.
Der magische Moment war dahin.
Sie umschlang ihre Knie, legte ihre Wange darauf und musterte ihn gründlich.
„Du bist ein seltsamer Mann, Lorenzo", sagte sie schließlich. „Seltsam, aber ich will dich haben, ganz. Ich glaube, du hast manchmal Angst vor dir selbst. Kann das sein?"
Er zuckte mit den Schultern. Vielleicht hatte sie ja recht damit. Es tat ihm gut, dass sie ihn nicht bedrängte.

Am nächsten Tag begann Carlotta, Deutsch zu lernen. Sie wollte, so begründete sie ihm, mehr von seiner Sprache verstehen als „Bitte", „Danke", „Guten Tag" und „Wie geht es Ihnen". Über andere Beweggründe schwieg sie sich aus. Sie musste auch nichts sagen, Stadler konnte es sich denken. Aber er hatte keine Angst davor. Neulich, in dieser kleinen Bar, da hatte sie einen vernünftigen Vorschlag unterbreitet. Einfach herausfinden, wohin sie der gemeinsame Weg führen würde.
Am selben Tag führte ihn sein Weg erneut in Mauros *Libreria*.
Er hatte sich entschieden.

Paolini begrüßte ihn wie einen alten Freund. Umarmungen, *Baci*, Schulterklopfen.
„Ich wusste doch, dass du wiederkommen wirst. Wie hat dir Elsa Morante gefallen?"
Stadler machte ein paar artige Komplimente, er wusste ja, dass die Morante für die *Procidani* eine Säulenheilige war. So und so und doch, er komme voran. In der Tat hatte er ja schon über 30 Seiten gelesen, und auch wenn Morantes Sprache ein wenig antiquiert wirkte, in ihrer bescheidenen Schnörkellosigkeit war sie sehr wohl der Insel und ihren Bewohnern angemessen.
„Ich habe noch mal über deine Schatzkammer nachgedacht", sagte Stadler, und in Paolinis Gesicht machte sich ein Grinsen breit.
„Eh, ich wusste doch, dass du ein Kenner bist", sagte er.
Stadler lächelte schwach.
„Es ist dieses Außergewöhnliche, das mich reizt, verstehst du? Da teilt ein Wildfremder sein Leben mit dir. Und nur mit dir. Oder fast nur mit dir. Das finde ich sehr berührend."
„Ja, du wirst staunen, was wir alles hier haben", schwärmte Paolini. „Ich zeig dir ein paar Sachen und dann kannst du dich entscheiden, okay?" Während er sprach – wieder mit dieser Klangfarbe des türkischen Teppichhändlers, hantierte er an seinen Geräten, die zischend und fauchend gehorchten und zwei *Caffè* in die Tässchen drückten.
Sie hoben die Tassen, als wollten sie sich zuprosten, und Stadler schlürfte vorsichtig an dem heißen und süßen Getränk.
„Du musst zunächst mal wissen, was du wirklich lesen willst", machte ihm Paolini klar und stürzte das heiße Gebräu in einem Zug hinunter. „Willst du an Abenteuern teilnehmen, die sich auf der ganzen Welt abspielen? Ich habe hier mehrbändige Erinnerungen von einem Kapitän auf hoher See, der fünfzig Jahre die Weltmeere bereist hat. Immer Frachtgut, immer andere Routen. Nicht alle haben so viel Glück." Er winkte Stadler, ihm in die hinteren Räume zu folgen. „Aber es ist nicht immer die Anzahl der Häfen, die so einen Lebensbe-

richt interessant machen. Du bist Journalist, ein kluger Mann, du weißt, wie das mit dem Schreiben ist. Es wird dir keine Freude machen, auf 100 Seiten oder mehr immer wieder zu lesen ‚Und dann ...‘, oder ‚Am nächsten Tag‘. Es gibt auch Kapitäne, deren Lebenserinnerungen sich wie ein Logbuch lesen. Tag, Wetter, Kurs, Anzahl der Seemeilen, und was es zu essen gab.“
Er war jetzt beim *Sala del Tesoro* angelangt, und wie schon beim ersten Mal deutete er eine leichte Verbeugung an, nachdem er die Tür geöffnet hatte. „Der Signor dürfen eintreten.“
Wie bei seinem ersten Besuch überfiel Laurenz Stadler sofort Ehrfurcht. Nur, dass sie dieses Mal aus dem Wissen gespeist wurde, dass hier die Ergebnisse unendlicher Mühen versammelt waren, die Summe von Tausenden Stunden ungewohnter harter Schreibarbeit, die Summe der Erfahrungen vieler hundert Leben, alle bereit, sich dem Leser mitzuteilen. Und das nur im Flüsterton, schließlich waren diese Bücher keine Massenware, die aufdringlich „Kauf mich“ schrie, sondern einmalige Werke, bestimmt für nur wenige Augen.
„Hier.“ Mauro Paolini zog einen großen und gewichtigen Band aus dem Regal und reichte ihn Stadler. „Die Erinnerungen von Leif Malmqvist. Der Mann ist fünfundzwanzig Jahre bei den Hurtigruten einen Postfrachter gefahren. Immer dieselbe Linie: Rein in den Fjord, anlegen, Säcke umladen, ablegen, raus aus dem Fjord. Du denkst, das wäre langweilig? Dann musst du Malmqvist lesen. Der Mann schreibt so packend, als würdest du neben ihm auf der Brücke stehen. Und wenn du das Buch gelesen hast, weißt du alles über Fjorde und die norwegische Küste, was man wissen kann.“
„Du hast auch Bücher von ausländischen Seefahrern, interessant“, bemerkte Stadler.
„Das ist auch so eine spannende Geschichte: Der Mann ist in Norwegen geboren, aber er hasste die Kälte. Und an dem Tag, an dem er abgeheuert hat, ist er mit Sack und Pack nach Genua gezogen. Als dann seine Frau starb, hat er sich um einen Platz in unserem Heim beworben.“
Stadler staunte.

„Es sind aber nur ganz wenige Ausländer hier“, sagte Paolini schnell. „Dazu müssen wir in der Genossenschaft schon eine Ausnahme beschließen. Die meisten sind Italiener, entweder *Procidani* oder doch zumindest auf Procida ausgebildet.“
Stadler blätterte ziellos durch das Buch. Er würde es sich merken. Ein Skandinavier, der die Wärme liebt, davon hatte er noch nie gehört.
„An einem *Procidani* wäre ich auch sehr interessiert. Ich würde gerne mehr über die Insel erfahren.“
Das war nicht einmal gelogen. Seit er mit Carlotta zusammen war, hatte er das Bedürfnis, den Puls dieser Insel zu fühlen, die Menschen hier zu verstehen in dem, was sie bewegt, was ihren Stolz ausmacht.
„Ja, da haben wir auch einiges zu bieten“, sagte Paolini und ging zu einem anderen Regal.
„Hier.“ Er zog ein weiteres Buch heraus. „Cesare Capraia, sind aber zwei Bände.“
„Und der kommt von der Insel?“
„Alles, was du dir wünschen kannst: Capraia ist ein Fischersohn von Procida, der am *Istituto Nautico* ausgebildet wurde. Dann für ein paar Jahre auf einem Öltanker, schließlich erster Offizier auf einem Kreuzfahrer der *Costa Crociere*, bevor er dann Kapitän wurde. Der hat was zu erzählen: Kreuzfahrten durchs Mittelmeer, durch die Karibik, mehrfach Südamerika-Umrundungen, Feuerland und die Magellan-Straße – was für ein Leben!“ Mauro fuhr sich mit dem Unterarm über die Stirn, als wolle er den Schweiß abwischen.
Stadler überlegte. Ein Buch eines Kapitäns über einen Kapitän. Ob er sich dabei wieder seinem unbekannten Vater näher fühlen würde, den er in Gedanken immer zu einem Seemann gemacht hatte? Das lockte schon. Doch dann erführe er nichts von dieser Insel; mal von der Kindheit des Autors abgesehen, von der er auch nicht wusste, welchen Raum sie in dessen Erinnerungen einnehmen würde.
„Na ja“, sagte er dann zögerlich. „Aber dann habe ich ja doch wieder die ganze große bunte Welt. Ich wollte mehr was von hier.“

„Oh, verstehe.“ Paolini kannte sich in seinem Bücherbestand wirklich aus. Er umrundete ein Regal und hatte mit einem Griff ein weiteres Buch in der Hand.
„Paolo Tozzi“, sagte er knapp. „Ein ganz feiner Mann.“ Er überreichte das Buch Stadler. „Tozzi war ein Freund meines Großvaters, ich glaube, die beiden waren in einem Alter. Sohn eines Fischers, Enkel eines Fischers wurde Tozzi natürlich auch wieder Fischer. Er hat die Insel nie verlassen, bis auf die Kriegsjahre natürlich, wo er so etwas wie ein Held war. Von seinem Vater hatte er das Boot übernommen, später in einen Kutter investiert. Ein stolzer *Procidan*i. Er lebte für seine Arbeit, aber er konnte das natürlich auch.“
Stadler zog irritiert die Augenbraue hoch.
„Inwiefern?“
„Paolo Tozzi hatte weder Frau noch Kinder. Keine Familie, du verstehst. Da bleibt dir nur die Arbeit.“
„Und warum hatte er keine Familie?“
Mauro schüttelte den Kopf. „Das weiß niemand so recht.“ Dann wies er auf das Buch, das Stadler in den Händen hielt. „Wer weiß, vielleicht steht es ja da drin?“
Stadler lachte. Was für ein Schlitzohr dieser Mauro doch war. Immer geschäftstüchtig. Er wog das Buch in den Händen. Ein schweres Exemplar. *„Il Mare non sempre planare“* war sein Titel. Das Meer ist nicht immer glatt. Abgesehen von dem Anklang eines Reimes kein Titel, der auf einen beachtlichen Tiefgang der Geschichte schließen ließe. Aber das war bei den anderen dieser Bücher ja auch nicht der Fall.
„Und das ist nur einer der Bände?“
Paolini schüttelte den Kopf. „Das ist eine abgeschlossene Geschichte. Von Tozzi gibt es nur diesen einen Band.“
Stadler blätterte das Buch auf.
„Wenn du magst, kannst du dich rüber ins *Soggiorno* setzen und dich einlesen. Ich bringe dir gerne ein *Quarto Rosso*.“
Paolini blieb auf der Schwelle stehen. Laurenz schien zu überlegen.

„Da ist bei mir im Hotel diese Kellnerin“, sagte Stadler schließlich, „Carlotta Petacchi, ist die auch aus so einer alteingesessenen Familie?“
Paolini musste nicht lange überlegen.
„Ja, sicher, die Petacchis stammen auch aus Procida. Nettes Mädchen, die Carlotta, nicht wahr? Sie ist mit einem Cousin von mir zur Schule gegangen. Und ihre Mutter hat mal hier bei meinem Vater gearbeitet.“
Stadler lächelte. Hier war wirklich jeder mit jedem verwandt.
„Ein Quarto Rosso“, fragte Mauro noch einmal. Laurenz lächelte und nickte. Er setzte sich auf einen der hochlehnigen Stühle, rückte ihn dicht an den großen Tisch und schlug das Buch an einer beliebigen Stelle auf.

Nach dem Tod von Tante Rosa blieb nicht viel Zeit zum Trauern. Onkel Umberto war während der Aufbahrung im Schlafzimmer sehr tapfer. Er hatte sich seinen besten Anzug angezogen und hielt sogar einen Hut in den Händen. Den Hut hatte ich bei ihm noch nie gesehen, es war ein Hut wie aus einem Geschäft in Neapel. Während die Frauen laut heulten und jammerten, vergoss Onkel Umberto nicht eine einzige Träne. Stumm stand er da. Nur seine Lippen bewegten sich ein bisschen, als ob er betete. Vielleicht hat er ja später auf dem Boot ein wenig geheult. Ich weiß noch, dass Tante Rosa bis zum nächsten Nachmittag so liegen musste, und dass wir das als Kinder ganz schrecklich fanden. Onkel Umberto aber war ein richtiger Mann. Er zog mitten in der Nacht wieder sein Ölzeug an und ging auf den Kutter. Dort im Führerstand wird er sicher um seine Rosa geweint haben, als seine beiden Gehilfen mit den Netzen zu tun hatten und ihn nicht hören konnten. Aber er musste ja raus, sonst hätte er am nächsten Tag keine Fische verkaufen können. Erst am Samstag war dann die Beerdigung.

Stadler fühlte sich von den Worten sofort berührt. Der Autor hatte es verstanden, ihn mit in das Sterbezimmer der Tante zu nehmen. Als stiller Beobachter der Szenerie stand er da und wusste, dass er nun Teil eines Stücks Familiengeschichte war, die keinen Außenstehenden etwas anging. Genau das war es. Diese Nähe zu den Inselbewohnern suchte er. Er wollte jetzt und hier gar nicht weiterlesen, hatte Angst davor, sich festzulesen und dann, an einer ganz wichtigen Stelle, von Mauro gestört zu werden. Nein, diese Sache hier war entschieden zu persönlich, um sie an einem öffentlichen Ort zu lesen.
Das Schriftbild jedoch irritierte ihn. Es war in einer Courier-Schrift gedruckt, die wohl bei Schreibmaschinen am meisten verbreitete. Vielleicht sollte so der Eindruck erweckt werden, es handele sich um das Originalmanuskript. Denn das an dem nicht so war, konnte man leicht erkennen: Die Schrift war viel zu klein, es gab keine verschmutzten Typen, der Text war augenscheinlich frei von ortografischen Fehlern. Und Blocksatz geht mit einer Schreibmaschine schon gar nicht. Warum also wollte man hier optisch einen Schreibmaschinentext vorgaukeln? Vermutlich, um den Eindruck der Authentizität zu verstärken. *Form follows Function.* Indes fühlte sich Stadler davon durchaus nicht hinters Licht geführt. Mauro hatte ihm ja schon einiges zur Entstehungsgeschichte der Bücher erzählt. Nun zog Stadler sozusagen noch einmal den Hut vor dem Werk, denn offenbar steckte viel mehr Anstrengung hinter der Produktion dieser „Kleinserie", als man auf den ersten Blick annehmen sollte. Nein, es gab gar keinen Zweifel und er brauchte sich auch nicht weiter in Mauros Schatzkammer umzusehen: Dieses Buch hier wollte er haben. Dieses und kein anderes.
Bei Mauro war keine Kartenzahlung möglich, er akzeptierte nur Bares, und so viel hatte Stadler gar nicht bei sich. Doch offenbar war die Fixierung auf Bargeld kein Zeichen von Misstrauen gegenüber seinen Kunden. Stadlers Wunsch, das Buch zurückzulegen, schlug der Händler rundweg aus. Er verpackte ihm den Wälzer in Seidenpapier, wickelte noch

eine alte Zeitung drum herum und drückte es Stadler in die Hand. „Dann bezahlst du eben morgen, das ist kein Problem“, beteuerte er.
Im Hotel zurück, bemühte sich Stadler, auf gar keinen Fall Carlotta über den Weg zu laufen. Sie musste nichts von der Existenz dieses Buches wissen. Jetzt nicht und vielleicht auch künftig nicht. Sie wusste ohnehin schon viel zu viel über ihn. Vorsichtig, ja beinahe ängstlich war er darauf bedacht, sich bei ihr ja nicht lächerlich zu machen. Schon die Küsserei am Strand war ihm irgendwie peinlich, obwohl er Carlottas Lippen sofort spürte, wenn er nur daran dachte. Sein Alter würde ihr schon genug zu denken geben, sie musste nicht noch von seinen Schrullen oder von seinen Schwächen wissen. Seltsam, dass er sich dabei so eine Mühe gab. Sie hatte sein Herz berührt, das war bislang nur ganz ganz wenigen Menschen gelungen.
Wie immer die Sache hier ausgehen mochte, aber er würde sie bis ans Ende seiner Tage nicht mehr vergessen.
Das Ende seiner Tage. Der Gedanke brachte ihn wieder auf die Frage, was denn überhaupt am Ende bleiben würde. Seit dem 3. Mai, dem Tag, an dem er von der Auflösung seiner Stelle erfahren hatte, suchte ihn diese Frage wieder und wieder heim. Schon die Definition seines Status‘ provozierte diese Frage. Sah er sich selbst als gekündigt, beschwichtigte ihn Böhringer: Niemand hat dir gekündigt, nur deine Stelle wird aufgelöst. Das schlimme Wort machte es nicht einfacher: Auflösung. Ein bisschen kam es ihm so vor, als würde er selbst aufgelöst. Was bleibt denn nach so einem Leben? In solche Gedanken versunken holte er das kleine Ledersäckchen mit den Murmeln aus der Hosentasche und ließ ein paar davon in seine Handfläche rollen. Er war fasziniert von dem leisen Klicken, mit dem sie aneinanderstießen. Das Geräusch hatte so etwas ... Endgültiges, etwas Befehlsgebendes, es klang, als würde damit eine Aktion ausgelöst, ähnlich wie bei einem Mausklick.

Drei Dinge, so lehren es die Weisen und die täglichen Medien, solle ein Mann in seinem Leben tun: Einen Baum pflanzen, ein Haus bauen und einen Sohn zeugen. Ein ständig zitierter Sinnspruch, dessen Sinnhaftigkeit indes nach einer sorgfältigen Prüfung verlangte. Laurenz wusste, dass es in anderen Ländern genau zum gleichen Thema andere Sprüche gibt. In arabischen Wüstenstaaten zum Beispiel heißt es, ein Mann müsse mindestens einmal im Leben einen Brunnen bauen, da das Leben ohne Wasser nicht möglich wäre. Und schon die explizite Forderung nach einem Sohn, als ob eine Tochter weniger wert wäre, zeigt, aus welchen patriarchalischen Wurzeln sich der Spruch speist.
Nun, Bäume hatte er in seinem Leben wirklich reichlich gepflanzt. Obstbäume bei Mutter im Garten zum Beispiel. Als Schüler hatte er bei einer Aufforstungsaktion mitgeholfen. Mit einer Pflugschar hatten die Forstwirte die Erde aufgeworfen. Jeder Freiwillige bekam ein Bündel angeschnittener Reiser in die Hand. Pflanzschaufel in die Erde, Erde angehoben, das Reis schräg eingesteckt, Pflanzschaufel wieder rausgezogen. Es mögen mehrere hundert Bäume gewesen sein, die Stadler dort gepflanzt hatte.
Den Gedanken an einen Hausbau hatte er allerdings aus den Augen verloren. Ein eigenes Heim passte nicht in seinen bisherigen Lebenslauf als umherziehender Schreiber. Ihm blieb ja noch das Haus, auf das Renate Hausdörfer gerade aufpasste.
Und der Sohn? Er hatte durchaus ein gespaltenes Verhältnis zu Kindern. Vielleicht hätte es damals mit Almut geklappt, dachte er. Aber mit Almut sollte es halt nicht klappen. Außerdem konnte Laurenz Stadler generell mit Kindern wenig anfangen. Vielleicht erinnerten ihn Kinder ja viel zu sehr an seine eigene Kindheit, an seine Rolle als Sohn, an seine Rolle als einziges Kind in der Halb-Familie.
Du bist doch alles, was von mir bleiben wird, hörte er bisweilen noch heute in seinen Träumen die Mutter rufen. Es waren immer Albträume. Meist lag sie dabei auf dem Boden und

umklammerte sein Bein, während er zur Haustür strebte, fort, nur fort, und bei jedem zweiten Schritt das Bündel Mutter über die blitzblank gebohnerten Dielen zog.
Nein, Kinder waren seine Sache nicht.
Und Carlotta?
Gäbe es für sie beide eine wie auch immer geartete Zukunft, würde er mit seiner Kinderlosigkeit durchkommen? Sie war im besten Alter, Mutter zu werden, sie war Italienerin, sie stammte, soweit er das bislang einschätzen konnte, aus einer intakten Familie, aus einer Familie, der die Familie sehr viel bedeutete. Mal rein rechnerisch: Zeugte er mit Carlotta ein Kind, so wäre er Mitte siebzig, bevor es flügge würde. Nein, mit Verantwortung hätte das wohl nur wenig zu tun.
Was also bleibt?
Ob Memoiren wirklich eine Alternative zu Haus und Sohn wären? Er würde gern ja sagen und sich sogleich an die Arbeit machen, aber das wäre wohl zu billig. So ein Buch ist schließlich nur ein Buch. Und wenn er die Remittenden-Tische in Supermärkten sah, wenn er sah, wie andere ihre ausgelesenen Bücher einfach in den Müll warfen, dann hatte er seine Zweifel an der Nachhaltigkeit des Mediums Buch im heutigen Zeitalter.
Auf die Frage nach dem Sohn fände er ja vielleicht eine Antwort in den Aufzeichnungen von Paolo Tozzi. Immerhin, der Mann war Italiener, er war *Procidani*, und er war offenbar hochgeachtet, wenn er Mauros Reden Glauben schenken sollte. Und er war, für Italien so ganz untypisch, kinderlos.
Er schlug das Buch wieder auf. Diesmal begann er von vorne.

Mein Name ist Paolo Tozzi. Ich wurde am 1. August 1918 auf der Insel Procida geboren. Es war ein für den Sommer außergewöhnlich stürmischer Tag. Meine Tante Rosa hat mir später erzählt, dass das Fenster im Schlafzimmer meiner Mutter weit offen stand und man das Brüllen des Meeres bis ins Zimmer hören konnte, obwohl unser Haus ein ganzes Stück weg vom

Ufer stand. Schon mit meinem Geburtsort war mein Leben vorbestimmt: So wie eine Insel nicht ohne das Meer denkbar wäre, so würde auch mein Leben auf immer mit dieser Insel und also mit dem Meer verknüpft sein. So ist es auch bis heute geblieben.
Sechs Wochen vor meiner Geburt fiel einer meiner Onkel in der zweiten Piave-Schlacht bei Treviso. Sonst ließ der Erste Weltkrieg unsere Familie unberührt.
Es waren ganz andere Sorgen, die meine Familie in dieser Zeit beschäftigten, wie mir mein Vater später in ruhigen Stunden auf unserem Boot erzählte. Immer wieder las man in den Zeitungen dieser fernen Tage von der Spanischen Grippe. Wie die Pest soll sie gewütet und die Menschen zu Tausenden dahingerafft haben. Auf unserer Insel fühlte sich meine Familie sicher. Aber alle hatten Angst, dass die Spanische Grippe von Neapel aus auch zu uns kommen würde. Es gab Überlegungen, die ankommenden Schiffe zu kontrollieren, ihre Besatzungen in einer Art Quarantäne zu halten oder für die Insel das Betreten zu verbieten. Aber wie sollten wir versorgt werden? Vor allem: In Pozzuoli und in Neapel lagen die großen Fischmärkte. Wo sollten wir unseren Fang anlanden?
Doch wie schon erwähnt, auch davon bekam ich natürlich nicht viel mit. Ich war ein kleines schreiendes Bündel. Mein Vater konnte mit kleinen Kindern noch nicht viel anfangen, erzählte er mir ebenfalls später. Er übernahm später den Teil der Erziehung, der mich zum Mann machen sollte.

Mein Vater war Fischer wie auch sein Vater und dessen Vater und dessen Vater. Meine Mutter kümmerte sich um den Haushalt und um die Kinder, von denen ich der Erstgeborene war. Weil es mit dem Fischen nicht immer so gut klappte, ging Mutter nebenbei putzen. Vor allem beim Hafenkommandanten. Für ihn wusch sie auch und besserte die Wäsche aus. Ich weiß noch, wie stolz ich darauf war. Wenn Mutter für den Hafenkommandanten arbeitete, dann waren wir ja auch fast so etwas Bedeutendes wie Hafenkommandanten. Auf jeden

Fall etwas Wichtigeres, etwas Besseres als meine Spielkameraden. Ich prahlte gerne mit der Beziehung zu so einer hochgestellten Persönlichkeit, doch ich musste aufpassen, dass meine Eltern davon nichts mitbekamen. Wenn Vater merkte, dass ich prahlte, schlug er mich. Wir sind Fischer, sagte er immer dann, wenn er den Ledergürtel aus dem Kleiderschrank nahm. Fischer zu sein, ist schließlich mehr als Hafenkommandant. Denn wir sind unsere eigenen Herren und müssen vor niemandem kuschen. Ich zweifelte ein wenig daran, weil ich wusste, wie es in unserem Hause aussah und wie es im Hause des Hafenkommandanten aussah. Zumindest kannte ich die Diele. Dort durfte ich manchmal warten, wenn ich die Mutter abholte. Die Hose, die mein Vater zur Arbeit anzog, hatte keinen Gürtel. Durch ihre Schlaufen lief ein Hanfseil, dass er vorne mit einem geschickten Seemannsknoten verschloss, den ich als Kind immer für sehr kunstvoll hielt. Den Ledergürtel, mit dem er mir ab und zu das Fell gerbte, trug er nur zu seiner feinen Hose. Ich hatte später immer Ledergürtel, aber damals ging es uns noch nicht so gut.

Er legte das Buch beiseite, weil er sich unwohl fühlte. Hinter der Stirn baute sich ein stechender Schmerz auf, und er hatte das Gefühl, zu fiebern. Ja, sein Kopf fühlte sich richtig heiß an. Vielleicht hatte ihn der Tag und der lange Spaziergang in der Gluthitze nur überanstrengt. Auch gestern schon, nach dem Strandbesuch mit Carlotta, hatte er sich so erhitzt gefühlt, da schob er es aber auf die Erregung. In der Hoffnung, irgendwo noch ein altes Aspirin zu finden, kramte er in seinem Koffer. Ergebnislos. Frustriert trank er ein Glas Wasser und ging früh zu Bett. Schließlich, im Schlaf liegt die Gesundheit, redete er sich gut zu.
Drei Stunden später stand er wieder auf, zog sich den klatschnassen Pyjama aus und wusste, dass er krank war. Einfach so. Wütend ging er wieder ins Bett und fiel in einen unruhigen Fieberschlaf. Am Morgen war er vollkommen erledigt: Der Schädel brummte, als hätte er eine Nacht durchgezecht, die

Nase war zu und das Fieber eher gestiegen als gesunken. Das kannte er gar nicht von sich. Normalerweise blieb Laurenz Stadler von Erkältungskrankheiten verschont, er kannte keinen Schnupfen, höchstens, dass er mal in nasskalten römischen Wintern ein paar Tage vor sich hin hustete.
Er bestellte sich beim Service das Frühstück aufs Zimmer, er wollte unmöglich in diesem Zustand im Restaurant aufkreuzen. Nachdem er sich beim Rezeptionisten vergewissert hatte, dass Carlotta erst zur Nachmittagsschicht aufkreuzen würde, bat er darum, ihm diskret ein Fieberthermometer zukommen zu lassen. Die ehrliche Besorgnis des Mannes plauderte er nieder. Wenn er erst ein wenig zu Kräften gekommen war, würde er sich bei einem Spaziergang zur *Farmacia* ein paar Medikamente besorgen.
Doch er kam nicht zu Kräften. Das Frühstück rührte er kaum an, nippte nur ein wenig am Kaffee, lag frierend, schwitzend und schnaubend auf dem Bett und fühlte sich immer schlechter.
Gegen halb elf klopfte es leise an die Tür und Carlotta schob ihren Kopf herein. Der hoteleigene Geheimdienst schien ausgezeichnet zu funktionieren.
„Was machst du denn für Sachen?“, fragte sie ihn.
„Keine Ahnung, es fühlt sich wie eine schlimme Erkältung an“, sagte er.
„Hast du Fieber?“, fragte sie mit Blick auf das Thermometer auf dem Nachtschrank.
„Geht so, es sind 38 Grad“, antwortete Stadler matt.
Carlotta stellte einen Einkaufskorb auf den Tisch.
„Jetzt erst mal raus aus den Federn“, sagte sie überraschend resolut und zog ihm die Bettdecke weg. Stadler war es peinlich, dass sie ihn in diesem Zustand sah, aber sie übernahm wie selbstverständlich das Kommando.
„Du gehst jetzt erst einmal lauwarm duschen. Schaffst du das?“
Er nickte.

Als er zurückkam, war das Bett gelüftet und aufgeschüttelt.
„Heute Nachmittag bekommst du frisches Bettzeug, ich hab schon unten Bescheid gegeben."
„Aber …". Er versuchte einen schwachen Protest.
„Nix aber. Wir kriegen dich schon wieder hin."
Sie packte zwei große Flaschen Wasser und eine Trinkflasche mit einer gelblichen Flüssigkeit aus.
„Gemüsesaft, das Hausrezept eines Onkels", erklärte sie. „Den verdünnst du mit Wasser. Du musst viel trinken." Sie stellte ihm demonstrativ ein Glas hin und er schenkte sich ein.
Dann packte sie Leinentücher aus.
„Was hast du vor", fragte er vorsichtig. Der Gang zur Dusche hatte ihn geschwächt, dennoch fühlte er sich jetzt wohler.
Carlotta lachte. „Na was wohl? Wir machen dich jetzt gesund. Nur vom Rumliegen alleine wird das nichts. Du hast dir einfach eine Sommergrippe eingefangen."
Wieder versuchte er einen Protest. Er wollte ihr sagen, dass er nicht so bemuttert werden wollte, doch in ihrer energischen Tüchtigkeit ließ sie ihn gar nicht recht zu Wort kommen. Wo hat sie so was gelernt, fragte er sich, als sie ihm kunstgerechte Wadenwickel verpasste. Und als sie nach einer knappen Stunde das Zimmer wieder verließ, war er zwar noch immer weit davon entfernt, gesund zu sein, fiel aber in einen tiefen und erholsamen Schlaf.
Am Nachmittag des Folgetages unternahm er seinen ersten Spaziergang, noch nichts Anstrengendes, nur runter zum Strand und wieder zurück. Und nach drei Tagen fühlte sich Stadler auskuriert.
Als er sich bei Carlotta für ihre tatkräftige Hilfe bedanken wollte, es war bei seinem ersten *Caffè* im Restaurant, gab sie ihm nur einen flüchtigen Kuss auf die Wange.
„Pah, das war doch nichts. Das lag nur am Gemüsesaft meines Onkels."

18. Kapitel

In den Tagen vor *Ferragosto* lernte er eine ganz neue Carlotta kennen – das späte Kind nämlich. Sie war so aufgedreht, als gelte es für sie nicht, besonders hart zu arbeiten, sondern als dürfe sie in die Ferien fahren. In ihren Gesprächen alberte sie herum, nahm ihn gar nicht richtig ernst, wenn er etwas Ernstes sagte, machte wahlweise Kulleraugen oder Schmollmund, schnitt Grimassen und sagte bisweilen trotzige Sätze wie „Ich will aber!“, wobei sie auch noch demonstrativ mit dem Fuß aufstampfte. Er versuchte, diese Seite von ihr lustig zu finden. Und auch wenn es ihn manchmal nervte, ging er zum Schein darauf ein.

Als sie sich schließlich ihre Liebe eingestanden, war es ganz unspektakulär. Vor einem Souvenirladen hatten sie herumgeflachst. Sie nahm einfach eine Sonnenbrille aus dem Ständer und setzte sie ihm auf die Nase.

„Die steht dir überhaupt nicht, du brauchst etwas Jüngeres.“ Sie griff nach einer neuen Brille, eine, deren leicht gebogenen Gläser in einem stechenden Blau verspiegelt waren.

„Nein, das ist auch nichts für dich, das ist nicht deine Farbe.“ Die dritte, die sich Carlotta aus dem Ständer angelte, hatte orangefarben verspiegelte Gläser. Aber auch die verwarf sie wieder. Geduldig ließ Laurenz die Prozedur über sich ergehen. Schließlich fand sie etwas nach ihrem Geschmack. Schwarzes Gestell, schwarze Gläser, klassischer Schnitt.

„Ja!“ Sie klatschte in die Hände. „Schau mal in den Spiegel! Das ist genau das Richtige für dich. Wie in diesem uralten Film, wie hieß er doch ... ach ja, ‚Men in Black‘.“
Stadler lächelte nachsichtig, auch wegen ihrer Auffassung von „uralten Filmen“, und wollte die Brille wieder absetzen.
„Auflassen“, befahl sie. „Untersteh dich, diese Brille wieder abzusetzen.“ Sie wedelte dem Verkäufer und holte einen zerknüllten Schein aus den Taschen ihrer Jeans. Im Handumdrehen waren die beiden handelseinig geworden, hängte sie sich bei ihm unter und zog ihn weiter.
„Aber du kannst mir doch nicht einfach eine Brille kaufen“, wagte er einen schwachen Protest.
„Und ob ich das kann, schließlich liebe ich dich, da darf ich dir auch was schenken.“
Stadler blieb stehen wie vom Donner gerührt. Er wusste, dass das L-Wort früher oder später fallen würde, war aber doch überrascht, dass es dann so rasch und dahergeplappert, ja, so unromantisch war. Was hatte er sich vorgestellt? Ein Candle-Light-Dinner? Eine Flasche Wein am Strand zum Sonnenuntergang? Ja, doch, so ungefähr. Ein Satz fiel ihm plötzlich ein: Liebe ist nur ein Wort – Elefantenscheiße auch.
Sie zog an seinem Arm.
„Was ist?“, fragte sie ungeduldig. „Gefällt dir die Brille nicht oder bist du plötzlich erblindet.“
„Sag das noch mal“, bat er sie.
„Gefällt dir die Brille nicht?“
„Nein, das davor, das mit der Liebe.“
Sie zog die Nase kraus.
„Ach daaas“, sagte sie gedehnt. „Das musst du doch längst bemerkt haben.“
„Ja“, sagte er und ließ sich noch immer nicht vom Fleck ziehen. „Aber du hast es noch nie gesagt. Bitte sag es noch mal.“
Sie lächelte ihn an, hob den Kopf und küsste ihn auf die Nasenspitze.
„Ich liebe dich, mein großer weißer Brummbär. Ich liebe dich, ich liebe dich, ich liebe dich. Und mit dieser Sonnenbrille liebe ich dich noch viel viel mehr.“

Er zog sie an sich, mitten auf dem Gehsteig, nahm sie in seine Arme und küsste ihren duftenden Hals.
„Und ich liebe dich", murmelte er, „ich liebe dich, ich liebe dich."
Sie löste sich von ihm.
„Gut, aber jetzt geht es weiter", sagte sie forsch, henkelte sich wieder ein und zog ihn fort.
Stadler kam sich mit der finsteren Brille ein wenig deplatziert vor. Vielleicht würde er sich daran gewöhnen.
Ein Roller wurde neben ihnen langsamer.
„*Ciao Carlotta*" rief dessen Fahrer, ein junger schwarzhaariger Bursche.
„*Ciao Emilio!*" Carlotta winkte ihm ausgelassen.
„Führst du deinen Großvater spazieren?", frotzelte der Rollerfahrer.
Stadler legte sich eine passende Antwort parat, war aber nicht schnell genug. Carlotta riss den Arm hoch und zeigte dem Burschen einen Stinkefinger.
„Verpiss dich, du Hund!", schrie sie ihm hinterher. Passanten drehten sich um. Der Junge lachte und knatterte davon. Stadler war die Angelegenheit peinlich.
„So ein Stinker, den ich aus der Schule kenne, musst du nicht ernst nehmen", tat Carlotta die Sache ab und hakte sich erneut bei ihm unter.
Nicht nur diesen Auftritt empfand Stadler als, nun ja, als unangemessen. Ihn nervte auch ihre kindliche Ausgelassenheit, wenn sie selbst ihn mit seinem Lebensalter aufzog, sie nannte ihn mal „mein Alterchen" und manchmal auch, für Stadler besonders zum Gruseln, „*Babbo*". Wenn er sich das verbat, und zwar mit Nachdruck, weil er Vater-Tochter-Spielereien, und sei es auch nur im Scherz, in einer ernsthaften Beziehung grenzwertig fand, das hatte so einen pädophil-inzestuösen Beigeschmack, dann alberte sie noch mehr, machte sich über ihn lustig und forderte sogar, zur Bestrafung auf den Popo gehauen zu werden. Und zwar kräftig. Eine Aufforderung, die ihn bei anderen Gelegenheiten, und auch die gab es, durchaus reizte.

Ferragosto. Für Carlotta begannen zwei schwere Wochen. Jeder, der konnte, machte Ferien. Für die Angestellten des Hotels, das inzwischen annähernd ausgebucht war, bedeutete dies, dass sie an manchen Tagen Doppelschichten fahren mussten. Carlotta hatte es ihm bereits gesagt und auch der *Padrone* hatte ihm gegenüber in ziemlich umständlichen Andeutungen deutlich gemacht, dass er nun eine Weile ohne seine neue Liebe auskommen müsse. Ein komischer Kauz, dieser *Padrone.* Auf der einen Seite zog er Laurenz Stadler auch bei heiklen Dingen immer wieder ins Vertrauen, ja, manchmal holte er sich gar Rat bei seinem deutschen Dauergast. Andererseits glaubte er aber auch, durch diese Nähe das Recht zu haben, ihn ziemlich kumpelhaft behandeln zu können. Beides war nicht ganz Stadlers Art, aber er versuchte zu lernen, damit zurechtzukommen.

Durch die angespannte Lage im Hotel blieb ihm sogar mehr Zeit zur Rückbesinnung auf sich selbst. So arbeitete er wieder an seinen Memoiren, kramte aus dem Gedächtnis scheinbar nebensächliche Erinnerungen hervor. Zum Beispiel an den lindgrünen Mercedes des Landarztes, der im Dorf auch Hausbesuche machte. Dieser Mercedes hatte sogenannte Panorama-Scheiben. Sie waren groß und standen fast aufrecht, und es musste im Sommer in Autos mit solchen Scheiben recht heiß gewesen sein. Erinnerungen wie Wetterleuchten – eifrig notierte er sie sich, voller Angst, sie könnten allzu rasch wieder verblassen.

In den wenigen Stunden, die ihm in diesen Tagen mit Carlotta blieben, unternahmen sie Spaziergänge oder liebten sich hektisch. Carlotta war vollkommen überdreht. Einmal hielt sie ihn auf der Treppe fest.

„Sag, dass du mich liebst“, forderte sie.

Er lächelte.

„Aber das weißt du doch, meine Süße.“

„Du musst es sagen, du Dummer.“

„Ich liebe dich.“

Dann bekam er einen flüchtigen Kuss und sie eilte wieder davon. Auch nach dem Sex, wenn ihn eine angenehme Schläfrigkeit überfiel, nervte sie bisweilen. Erst lag sie still da, und als ihm die Augen zufielen, schoss sie hoch wie von der Tarantel gestochen.

Wie viele Frauen hast du schon gehabt, wollte sie dann wissen.

Wie waren sie?

Waren sie besser als ich?

Hast du sie geliebt?

Sag, dass du sie nicht so geliebt hast wie mich!

An einem Tag kuschelte sie sich in Fötushaltung an ihn.

„Ich lass dich nicht mehr weg“, schluchzte sie. „Du darfst diese Insel nie mehr verlassen. Sonst findest du eine andere Frau, die du auch lieben kannst. Eine schöne Deutsche, so eine mit blonden Haaren und großen Brüsten.“ Sie benutzte dafür nicht das gebräuchliche *petto pieno*, sondern den Begriff *mammella ciccia*, den man auch abfällig mit „dicke Titten“ übersetzen konnte.

Auch wenn sie für ihn im Bett die schiere Offenbarung war, kamen ihr immer wieder Zweifel, wenn sie erschöpft nebeneinander lagen. Es erregte und verwirrte ihn gleichermaßen, wenn dieses kleine zarte Wesen plötzlich ordinär wurde.

„Oh ich lieb dich so. Ich werde immer tun, was du mir aufträgst. Ich will dir immer zu Willen sein. Mache ich es so gut wie die anderen? Ich habe Angst, dass ich es nicht so gut mache wie die anderen. Möchtest du mich in den Arsch ficken? Machen das die anderen? Dann möchte ich, dass du es mir auch machst. Fick mich bitte in den Arsch.“

Manchmal blieb ihm nichts weiter übrig, als ihr mit der Hand den Mund zu verschließen. Oder mit seinem Mund.

Auch an diesem Tag hatten sie sich geliebt. Am Nachmittag. Carlotta war einfach zu ihm ins Zimmer geschlüpft. Musst du nicht bedienen, hatte er gefragt, und es klang abweisender als beabsichtigt. Ich habe früher Schluss gemacht, sagte sie, Toni hält die Stellung. Noch während sie sprach, öffnete sie ihren Rock und ließ ihn einfach auf den Boden fallen. Der zarte schneeweiße Baumwollslip, den sie trug, betonte nicht nur ihre Bräune, er betonte auch ihr schmales Becken. Das Wort Schmaltier fiel ihm ein. Schmaltiere nennt der Jäger Ricken, die noch nicht beschlagen wurden. Grotesk, was einem so durch den Kopf geht. Doch da war sie auch schon bei ihm, nestelte an seiner Knopfleiste rum und drängte ihn zum Bett.

Dann war sie über ihm gewesen, hatte sich rücklings auf ihn gesetzt, hockte mit ihren Waden, den Spann der Füße weit gestreckt, direkt auf seinen Oberschenkeln, packte sein hoch aufgerichtetes Glied fest mit ihrer kleinen Hand und führte es sich ein. Sie pfählte sich auf ihm. Sie glühte von innen. Und sie war so leicht, dass ihr Gewicht ihn überhaupt nicht belastete. Ihre Fußsohlen waren vom vielen Barfußlaufen ganz schmutzig. Jedes Mal, wenn sie ihr Becken hob, um sich mit einem leisen Stöhnen lustvoll wieder niederzulassen, konnte er den kleinen sternförmigen Muskel sehen, ganz hell und sauber und unschuldig, und er dachte an die Bitte, die sie letztens geäußert hatte.

Gott, wie jung sie ist, dachte er plötzlich, fast schmerzhaft sein eigenes Alter gewahr werdend. In diesem Moment hätte er den Sex am liebsten abgebrochen. Doch er konnte nicht, war längst nicht mehr Herr seiner selbst, weil sie sein Geschlecht mit ihrer kleinen Möse so fest packte, als würde ein enger Ring mit kleinen stumpfen Zähnen ihn umschließen, der in aufreizend langsamen Bewegungen auf und nieder fuhr. Sie konnte ihre Muskeln nach Belieben anspannen und entließ ihn nicht, bis er seine ganze Liebe mit einem lauten Seufzen in sie verströmte. Sie verharrte noch eine Weile reglos auf ihm, bis sie sich plötzlich erhob, sich neben ihn legte, sich zusammenrollte und seinen Bauch streichelte. Diesen großen weißen Fischbauch, der ihm so lange Statussymbol des Genussmenschen war, aber nun, vor diesem märchenhaften, mädchenhaften Wesen ein wenig peinlich. Es hatte nur Minuten gedauert, es war schnell und irgendwie – gründlich.

Sie hatten kein Wort gesprochen. Das war auch nicht nötig. Schließlich hockte sie sich im Schneidersitz neben ihn, nahm seine linke Hand, legte sie auf ihr Knie und begann sie zu streicheln. Langsam und mechanisch zunächst, mit einer unendlichen Sanftmut und Zärtlichkeit.
„Was für schöne Hände du hast“, flüsterte sie. „So lange und doch kräftige Finger.“ Sie fing an, ihm die Finger zu massieren. Er zuckte zusammen. „Deine Narben“, sagte sie leise. „Tut es weh?“
Er zog die Hand unwillig weg.
„Willst du mir erzählen, was passiert ist?“
Er drehte sich auf die Seite, schob die Hand unter sein Ohr, als wolle er daran lauschen, und sah sie aufmerksam an.
Ja, wollte er es ihr erzählen? Er war sich nicht sicher. Wollte er so etwas mit ihr teilen? Oder sollte er es bei Zärtlichkeiten belassen, beim Sex, bei der Zeit, die sie unbeschwert miteinander verbrachten. Sie rückte dichter an ihn heran. Er konnte ihren heißen Atem auf seiner Haut spüren.
„Du musst nichts sagen“, flüsterte sie. Sie nahm seine andere Hand, zog sie an ihr Gesicht und umschloss mit dem Mund alle vier Finger. Ihn überzog ein wohliger Schauer. Nachdem sie eine Weile wie ein kleines Hündchen an seinen Fingern gesaugt und geleckt hatte, begann sie wieder mit dem Streicheln, sanfter nun, nur durch eine unscheinbare Berührung mit den Fingerkuppen. Und direkt auf den Narben, wie er spüren konnte, die nun allerdings kein bisschen mehr schmerzten.
„Was tust du da?“, fragte er schläfrig blinzelnd. Er war erschöpft.
„Nicht gut?“, fragte sie zurück.
Er schloss die Augen.
Er habe früher Musik gemacht, sagte er. Dann schwieg er eine Weile. Sie sagte nichts, streichelte ihn nur weiter, geduldig wartend. Er spürte, dass sie auf eine Fortsetzung wartete und war sich noch immer nicht sicher, ob er ihr erzählen sollte, ob er ihr alles erzählen sollte.

Es war eigentlich eine Flucht. Wenn er mit seinen Schularbeiten fertig war, wollte er nur noch raus aus seinem Zimmer, aus dem Haus, fort von der erstickenden und strengen Fürsorge der Mutter. Eines Tages hat er den Schäfer wieder gesehen, der mit seiner Herde und seinem Wanderwagen am gegenüberliegenden Hang unterwegs war. Eine Stunde hat er bis dorthin gebraucht, weil er wegen der Brücke einen Umweg nehmen musste. Schon von weitem hat er ihn gehört, den Schäfer. Auf einer kleinen Flöte blies er ein Lied. Leise, behutsam, direkt zu Herzen gehend.
Schweigend hat sich der kleine Laurenz daneben gesetzt. Da mochte er zehn Jahre alt gewesen sein, ja, er erinnerte sich genau, er war gerade aufs Gymnasium gekommen und damit fort aus der unmittelbaren Nähe seiner Mitschüler, die an Bildung wenig oder kein Interesse hatten. Oft fehlte ihnen auch der Zugang. Und: Sie wurden von ihren Eltern nicht zum Lernen angehalten. Sie halfen im Stall und auf den Feldern; dafür gab es Lob, nicht für gute Noten. So wurden sie breitschultrig, kräftig und sportlich, ihre Scherze waren roh und derb. Während Laurenz gerne las, interessierte sie nur der Fußball, sofern ihre Eltern ihnen überhaupt Zeit zur persönlichen Verfügung zubilligten.
Dieser Schäfer nun spielte weiter seine Melodien, als sei der Junge nicht da. Nur einmal wandte er ihm den Kopf zu und zwinkerte geheimnisvoll, worauf Laurenz lächelte.
„Soll ich dir zeigen, wie man so eine Flöte schnitzt?“, fragte er dann.
Laurenz nickte eifrig.
Der Schäfer stand wortlos auf, ließ den Blick über seine Herde schweifen und ging zum nahen Bachufer. Dort brach er einen dicken Zweig von einer Weide und kam wieder zurück. Er zog ein großes Messer aus einer Lederscheide an seinem Gürtel und fing an, die Weidenrute zu bearbeiten. Keine halbe Stunde später begann er damit, dem Buben im wahrsten Sinne des Wortes die Flötentöne beizubringen.
Laurenz Stadler lachte kurz auf, als hätten ihn seine eigenen Worte belustigt.

„Du kannst Flöte spielen?“, fragte Carlotta, die das Streicheln dafür nur kurz unterbrach.
Stadler schüttelte den Kopf.
„Nur ein bisschen. Ich habe Klavierspielen gelernt und machte ziemlich schnell Fortschritte.“
Er entzog ihr seine Hand und rollte sich auf den Bauch. So war dieser wenigstens ein wenig kaschiert. Obwohl, auf dem Rücken hatte er ein paar einzelne lange Haare, weiße Haare. Am Ende konnte er sich drehen, wohin er wollte – seinen beginnenden körperlichen Verfall konnte er nicht verbergen. Dafür gewann er von Tag zu Tag mehr das Gefühl, sich vor Carlotta auch gar nicht verstecken zu müssen. Er streckte wortlos die rechte Hand nach ihr aus, eine stumme Bitte, sie möge mit dem Streicheln fortfahren. Und er erzählte weiter.
Der nunmehrige Gymnasiast Laurenz Stadler musste ohnehin täglich mit dem Bus in die Stadt, so bat er seine Mutter um Musikunterricht. Sie keifte, aber es war wohl die Eifersucht. Doch offenbar wollte sie der musischen Entwicklung ihres Sprösslings auf gar keinen Fall im Wege stehen. Und für ihn war es eine willkommene Flucht. Eine Flucht, die ihm drei Mal wöchentlich einen Ausweg aus der bigotten Enge seines Zuhauses bot, eine Flucht auch vor dem demütigenden Spott seiner Altersgefährten. Denn dort machte sich Bildung per se verdächtig.
Der introvertierte Spätstarter empfahl sich rasch durch eine ganz eigene Virtuosität für ein weiterführendes Studium. Und schon zwei Jahre später, nachdem er über eine solide Grundausbildung in Harmonielehre, Gesang und Gehörbildung verfügte, wechselte er auf das Musikgymnasium. Schon die Aufnahmeprüfung hatte er als sehr streng im Gedächtnis behalten. Da wurde viel theoretisches Wissen verlangt. Doch gerade in Sachen Gehör war es für ihn ein Kinderspiel: Intervalle hören, Tongeschlechter erkennen oder ganze und halbe Noten in einem geklopften Rhythmus-Diktat, das fiel ihm nicht schwer. Der Gesang bereitete ihm viel mehr Schwierigkeiten.

Auf dem Musikgymnasium erhielt er die Chance, neben dem Klavierunterricht seine Allgemeinbildung zu vervollkommnen. Er erlag rasch der Faszination von Wolfgang Amadeus Mozart und schwärmte derart von dessen Opern, dass er zusätzlich auf der Heimvolkshochschule Italienisch lernte. Stadlers Interpretationen Mozartscher Klaviermusik lassen ihn zumindest im Allgäu zu einem Jungstar werden, bald haftet ihm der Nimbus eines „späten Wunderkindes“ an und mit 17 Jahren gab er sein erstes eigenes großes Solo innerhalb eines Konzertes, freilich mit Orchesterbegleitung. Natürlich war es, wie kann es anders sein, das Klavierkonzert Nr. 21 von Mozart. Köchelverzeichnis Nummer 467, er würde diese Zahl nie in seinem Leben vergessen. Danach war er vollkommen fertig, erlebte aber auch den Rausch seiner ersten *Standing Ovations*.

Carlotta hauchte ihm einen Kuss auf sein Schulterblatt.
„Mein kleiner Pianist“, flüsterte sie.
Dass er mit seinen Erfolgen bei den Gleichaltrigen seines Heimatdorfes nicht punkten konnte, lag auf der Hand. Doch mit jeder neuen Erfahrung lag ihm auch weniger daran. Zuhause fühlte er sich zunehmend unwohl. Mit wachsender menschlicher Reife kam zu dem Zorn auf seine Mutter auch eine Art Nachsicht hinzu. Er versuchte, sie zum Gehen zu überreden, in der Stadt, so meinte er, werde sie gewiss ebenfalls eine Stelle finden, sie müsse nur bei den entsprechenden Behörden mit dem entsprechenden Nachdruck darum ersuchen. Doch nichts fruchtete. Sie wehrte sich immer bitterer. Sie hatte Schuld auf sich geladen, sie wollte die Schuld abtragen – durch pflichtschuldigsten Fleiß im Beruf, durch Demut im gesellschaftlichen Leben und durch glühenden Eifer in den Kirchbänken. Ein Umzug in die Stadt wäre ihr hoffärtig vorgekommen. Ja, sie benutzte wirklich dieses Wort, ein Wort, dessen Bedeutung Laurenz damals erst nachschlagen musste. Laurenz indes träumte von einer Karriere als Musiker. Und er hatte allen Grund dazu.

Schnell hatte er begriffen, dass das Klavier das Instrument des Dirigenten war. Ein Klavier ist ein Orchester, man kann ganze Opern darauf begleiten. Du kannst Orgel- oder Harfenmusik darauf spielen, sogar Streichquartette. Das ist die höchste Stufe der Musik. Seine Entscheidung für das Klavier war nicht nur die Entscheidung eines außerordentlich begabten Musikers, es war auch die Entscheidung des introvertierten Einzelgängers. Ein Sinfonieorchester kennt kein Klavier – der Klavierspieler ist immer der Solist. Und wenn er ein guter ist, dann wird er auch von Orchestern hinzu gebucht. Das kann den Lebensunterhalt sichern.

Stadlers Erzählfluss stockte. Immer wieder spürte er ihre Lippen auf seinem Rücken, sanft wie der Flügelschlag eines Schmetterlings. War er glücklich? Sollte er an diesem Tag herrlichster Wonnen, an einem Tag, wo er spürte, was wirklich wichtig war, sollte er an so einem Tag also vom schwärzesten in seinem Leben erzählen?

„Sprich weiter, Lieber", flüsterte sie, und er konnte die Sprechbewegung ihrer Lippen direkt auf der Haut spüren.

Doch. Er musste. Gerade weil es wirklich wichtig war. Wenn er schon teilen wollte, warum nicht jetzt und hier, wo sie sich schon den Geruch der benutzten Laken teilten.

Er schloss die Augen und träumte sich zurück in diesen wolkenlosen Tag mit dem makellosen Sonnenschein. Er sah die Bänder am Maibaum flattern und hörte die Burschen in der Dorfkneipe singen. Seine Mutter, die Handtasche auf dem Schoß und ein kleines weißes Taschentuch zerknüllt in der Hand. Doch dann verdunkelte sich die Szenerie. Plötzlich sprang da am Klavier dieser Junge auf. Die Augen vor Entsetzen unnatürlich weit aufgerissen, ein gellender Schrei übertönt den Gesang ...

In Laurenz Stadler schoss eine Hitzewelle hoch, sein Herz raste, Panik drohte, sich seines Körpers zu bemächtigen. Mit einem Ruck richtete er sich auf.

„Warte", keuchte er. Er sprang auf und eilte ins Bad. Dort setzte er sich mit fliegendem Puls für einen Moment auf die

Klobrille. Er hatte einen Schwindelanfall, fürchtete, in Ohnmacht zu fallen. Als er sich wieder aufs Atmen konzentrieren konnte, drehte er das Wasser auf und warf sich ein, zwei Handvoll kaltes Wasser ins Gesicht. Er trocknete sich ab, und als er das Handtuch vom Gesicht nahm, sah er im Spiegel Carlotta, die in Rahmen der Badtür lehnte.
„Ist alles in Ordnung, Liebster“, fragte sie besorgt.
„Ja“, sagte er. „Oder nein. Mir ist einfach ein wenig schwindelig.“
„Brauchst du was?“
Am liebsten hätte er sie gebeten, ihn einfach in Ruhe zu lassen, doch sie würde es wohl nicht verstehen. Nicht in dieser Situation.
„Es geht schon“, log er.
„Komm, leg dich wieder hin“, bat sie und legte den Arm um seinen Oberkörper, wie um ihn zu schützen.
Für einen Augenblick sah er ihrer beider Bild im Spiegel: Der alte Mann, weißhäutig und übergewichtig auf den Rand des Waschbeckens gestützt, und die junge braungebrannte Frau mit der so perfekten Figur, die ihren Arm um ihn legt. Noch ein Grund, auf der Stelle resigniert zusammenzubrechen, sagte er sich, ließ sich aber bereitwillig zum Bett führen.
Fürsorglich breitete sie eine Decke über ihm aus.
„Es ist deine Erinnerung, die dich krank macht, habe ich recht?“ Sie flüsterte mit heißen Lippen und heißem Atem, direkt an seinem Ohr.
Er fühlte sich elend. Er nickte.
„Dann erzähl nichts mehr davon. Denk nicht mehr daran. Denk jetzt an etwas Schönes.“
Er lächelte matt.
„Schön. Du musst mir das nicht erzählen, hörst du. Es darf dein Geheimnis bleiben. Ich will dich nur weiter lieben dürfen.“
„Aber das darfst du doch“, sagte er.
„Du wirst für mich Klavier spielen. Es wird herrlich sein mit uns. Nimmst du mich mit? Du musst mich mitnehmen. Nicht wahr, du schickst mich nicht fort.“

Er schloss die Augen. Da war es wieder, das quengelnde kleine Kind in Carlotta. Möglich, dass sie jetzt einen Schmollmund hatte. Er wollte es nicht sehen.
Dennoch: Weil sie ihn nicht unter Druck setzte, was seine Erinnerungen betraf, war er unendlich erleichtert. Die Anspannung fiel allmählich von ihm ab. Als sie das Zimmer schließlich auf leisen Sohlen verließ, merkte er es gar nicht mehr.

Als er wieder aufwachte, war es schon dunkel. Die aufregenden Liebesspiele mit Carlotta und die quälenden Erinnerungen an seine auf so tragische Weise beendete Pianistenkarriere hatten ihn mehr erschöpft, als er sich eingestehen wollte. Das Laken neben ihm duftete noch nach Carlotta, nach ihrer Leidenschaft, nach der Hitze ihrer Lenden. Laurenz lächelte. Nackt wie er war, trat er hinaus auf den kleinen Balkon. Die Sonne konnte noch nicht lange untergegangen sein, die Glut des Tages schwebte noch über der Veranda. Erst in ein, zwei Stunden würde die Nachtluft würzig, würde nach Ginster, Oleander und Rosmarin riechen. Er hatte nicht übel Lust auf einen Strandspaziergang. Vielleicht sollte er das Säckchen mit den Murmeln mitnehmen und ihnen mit den Händen im Sand ein heimliches Grab schaufeln. Er könnte doch noch einmal ganz von vorne anfangen oder etwa nicht?

19. Kapitel

Laurenz Stadler hatte sich an den Strand zurückgezogen. Nicht an den Strand, der zu seinem Hotel gehörte, der war ihm noch immer zu überlaufen, obwohl in dem Haus nicht so viele Familien zu Gast waren, dass der Lärm der fröhlichen Kinderschar ihn stören würde. Nein, heute würden ihn Menschen ganz allgemein stören. Nicht einmal Carlotta hatte er verraten, dass er heute allein sein wollte. Mit Strohhut, weißem weiten Hemd und weißer Hose, die er fast bis zu den Knien hochgekrempelt hatte, und den Sandalen in seiner Hand sah er aus wie ein älterer Herr, der gemächlich am Meer entlang wanderte. Einzig der Leinenbeutel, in dem das Buch steckte, das er bei Mauro erstanden hatte, passte nicht so recht ins Bild.

Von Massimiliano, der einen neuen Gast abholte, hatte er sich bis hinunter zum Hafen mitnehmen lassen, um von dort aus wieder nach Norden, in die Richtung seines Hotels zu bummeln. Er wusste wohl, dass einige wohlhabende neue oder eingesessene *Procidani* dort ihre Häuschen mit privatem Strandzugang besaßen. Private Strandzugänge waren ihm nicht fremd, aber er ärgerte sich jedes Mal darüber, weil damit der Strand plötzlich versperrt war und es natürlich keinen Fußweg um solche Grundstücke herum gab. An der Steilküste galt das umso mehr.

Doch heute kam das Laurenz Stadler sehr entgegen, denn so wurde dieser Küstenabschnitt zu einer Art Sackgasse, in der

es nur wenige touristische Strandläufer geben würde. Und die paar Liebespaare, die sich in den Schatten der Felsen zurückziehen wollten, nun ja, er würde sie nicht stören und sie ihn auch nicht.
Schließlich fand er, was er suchte: Ein Stückchen Sandstrand mit ein paar großen flachen Steinen. Den Leinenbeutel legte er auf den Stein, dann schuf er sich ein Plätzchen, indem er mit dem Fuß den Sand glatt strich und ein paar kleinere Steine und Unrat beiseite warf.
Das Buch, er hatte es bereits in Mauros *Sala del Tesoro* festgestellt, war von Format und Ausstattung her schon sehr ungewöhnlich, gerade so, als wüsste es nicht recht, ob es nun professionell oder amateurhaft daherkommen sollte. Aber vielleicht war ja auch genau diese Wirkung beabsichtigt. Schließlich waren die Kapitäne nur auf dem Meer die richtigen Profis und als Schreiber eher die Amateure. Aus feinem flaschengrünem Leinen bestand der Einband dieses Exemplars. Auf dem Buchdeckel und auf dem Rücken waren in goldenen Buchstaben Autor und Titel eingeprägt: *Il mare non sempre planare – di Paolo Tozzi*. Auf dem Buchdeckel prangte zudem ein stilisiertes dreimastiges Segelschiff auf sichtlich bewegtem Meer, ebenfalls in Gold geprägt. Ein schönes Symbol, das den Titel „Das Meer ist nicht immer glatt" sofort semiotisch zu übersetzen schien. Das Großformat war der Papiergröße A4 geschuldet. Offenbar wollte man damit dicht am Format der Manuskriptblätter bleiben.
Stadler war sehr wohl bewusst, dass er zu einem kleinen Zirkel von höchstens fünf Buchbesitzern gehören würde, die diese Zeilen zu Gesicht bekommen. Einem auserwählten Kreis? Einem berufenen? Freilich kämen die Leser hinzu, denen die Besitzer das Buch ausliehen. Es würde schon eine Art Intimität zwischen ihm und dem Autor entstehen, eine Nähe, die sich sonst bei Biografien nicht einstellen kann, weil sie im Regelfall auf ein Massenpublikum zugeschnitten sind.
Lohnt es sich, sein Leben aufzuschreiben? Und gäbe es nicht auch andere Varianten, eine endgültige Bilanz zu ziehen? Wie

oft hatte sich Laurenz Stadler diese Frage schon gestellt, seit er erfahren hatte, dass er dieses Land in absehbarer Zeit wieder verlassen würde: Was bleibt vom Leben? Ein paar Wochen arbeitete er bereits an seinen Lebenserinnerungen. Während der Arbeit freute er sich stets, gut voranzukommen. Las er dann am Abend das tags Geschriebene noch einmal durch, fragte er sich, für wen er sich eigentlich dieser Disziplin unterwarf. Und warum.
Wenn er „Das Meer ist nicht immer glatt" aufschlagen würde, dann wüsste er von vornherein, dass es ganz wenige Menschen sind, mit denen er das Wissen um dieses Leben teilen würde.
Aber auf wen würde er sich bei der Lektüre einlassen, wer würde ihm mit diesem Buch sein Leben erzählen? Er blätterte nach vorn.

Die Erinnerung ist eine launische Schlampe. Gerade bei den weit zurückliegenden Erlebnissen weiß man nie, ob man sich an das Erlebte selbst erinnert oder an die Berichte darüber, die einem in der späteren Kindheit von den Eltern immer wieder aufgetischt werden.
Die ältesten Erinnerungen, die ich habe, beziehen sich auf einen Strandausflug mit der Familie. Es muss an einem Sonntag gewesen sein, dem einzigen Tag, an dem mein Vater nicht mit dem Boot rausfuhr. Sonntags wurde die ganze Familie angeputzt und ging in die Kirche. Nach dem Beten machte Mamma den Braten. Und nach dem Braten durften wir uns wieder umziehen, Papà schnappte sich den Picknick-Korb und es ging hinunter zum Strand. Da ist so ein Moment, an den ich mich gut erinnern kann. Ich war vielleicht drei Jahre, vielleicht auch noch nicht. Papà nahm mich auf den Arm, was er sonst selten tat, und rannte mit mir ins Wasser. Dort warf er mich hoch in die Luft und fing mich wieder auf. Dieser Moment, dieser Bruchteil von einer Sekunde, in dem man sozusagen in der Luft schwebte, war für mich das Größte. Es war, als könnte ich fliegen. Dann hielt er mich ins Wasser. Auch das

war großartig. Mir ist, als könnte ich heute noch seine großen starken Hände auf meiner knochigen Hüfte fühlen. Er hielt mich fest und ich fühlte mich vollkommen sicher. Dabei rief er immer: Schwimm, schwimm, Paolo! Ich ahmte die Bewegungen nach, die ich bei ihm gesehen habe, aber natürlich konnte ich davon noch nicht schwimmen. Doch ich stellte es mir wunderbar vor, in diesem Wasser so zu schweben, wie ich es gerade noch in der Luft getan hatte. Wenn es mir eines Tages gelingt, ohne die Hände des Vaters zu schwimmen, dann bin ich auch groß. Genau so hatte ich es mir vorgestellt, und so kam es dann auch. Somit ist meine älteste Erinnerung auch die an einen der glücklichsten Tage in meinem Leben. Denn so unbeschwert wie an diesem Tag, als ich flog und als ich schwamm, war es eigentlich nie wieder.

Stadler blätterte ein wenig nach vorn.

Mit den Farben des Himmels war es so ähnlich wie mit den Farben des Meeres. In der Schule wollte man uns erzählen, dass das Meer nur deshalb blau erscheint, weil der Himmel blau ist. Denn schließlich wisse jedes Kind, dass Wasser in Wirklichkeit durchsichtig ist. Man müsse es nur in ein Glas gießen, dann werde man schon sehen. Dem Lehrer, auch das weiß jedes Kind, widerspricht man nicht. Doch wenn er uns den Rücken zugedreht hat, um an die Tafel zu schreiben, haben wir uns angesehen und dabei lustige Grimassen geschnitten. Am Nachmittag beim Spielen oder am Strand waren wir uns alle einig: Der Lehrer spinnt. Das haben wir nie offen gesagt, aber jeder wusste das. Dazu muss man wissen, dass unser Lehrer vom Festland kam und in Bologna studiert haben soll. Wir vermuteten, dass er sich das Meer noch nie richtig angesehen hat. Andererseits kam er immer mit dem Schiff von Neapel herüber. Da muss er doch mal ins Wasser geguckt haben. Aber der Lehrer hat uns im Unterricht noch andere Sachen erzählt, von denen wir wussten, dass sie nicht stimmen.

Jedenfalls, unser Meer war nicht überall blau, schon damals nicht. Es gibt Abschnitte, da ist es fast schwarz, in anderen Gegenden ist es grün. Meiner Meinung nach liegt das an den vielen Farbstoffen, die das Meer enthält. Aber wie gesagt, vermutlich hat der Lehrer auch bei den Überfahrten immer nur in seine Bücher gesehen und nie ins Meer. Ich glaube auch nicht, dass er jemals getaucht ist. Sonst wüsste er nämlich, dass das Wasser nicht durchsichtig ist. Im Gegenteil, je tiefer man taucht, desto dunkler wird es. Das haben wir schon als Kinder erkundet. Wenn man nämlich am Tage in die Sonne sehen will, ist das unmöglich. Wenn man aber an so einem Tag mit stechender Sonne nur ein paar Meter taucht und nach oben sieht, dann kann man die Scheibe der Sonne ganz genau erkennen.
Natürlich, so dachten wir uns, hat so ein Lehrer auch noch nie den Himmel beobachtet. Wir Jungs schon. Als wir in dem Alter waren, dass unsere Väter uns noch nicht mit raus zum Fischen nehmen konnten, saßen wir oft bis zum Dunkelwerden auf den Steinen am Ufer. Und wenn die Fischerboote am Horizont nicht mehr zu sehen waren, dann schauten wir in den Himmel. Wir beobachteten die Wolken und sahen zu, wie der Himmel immer dunkler wurde. Dabei konnte man an einem einzigen Abend so viele Blau- und Rottöne sehen, dass es für ein ganzes Leben reichen müsste. Aber die Natur ist freigebig, sie spendiert uns fast an jedem Tag Anblicke, die für ein ganzes Leben reichen müssten.
Heute sieht der Himmel über Procida auch ganz anders aus als früher. Wenn heute die Sonne untergeht, dann färben sich die Kondensstreifen der Flugzeuge wie die Federwolken, erst in ein ganz blasses Zartrosa, später in ein kräftiges Purpur. Es kann sogar sein, dass die Sonne schon hinter dem Horizont verschwunden ist, und das Flugzeug noch immer als metallisch glänzender Punkt am Himmel zu sehen ist.
Als wir noch Kinder waren und am Ufer saßen, um den Himmel zu beobachten, war nur ganz selten mal ein Flugzeug zu sehen. Eine Ausnahme bildeten dabei die Militärflieger, die

von Capodichino bei Neapel starteten. Die flogen niedrig und waren deutlich zu erkennen. Meist handelte es sich um Ausbildungsflugzeuge, aber einmal haben wir sogar einen Ansaldo-Schnellbomber beobachten können. Einen Flugverkehr wie heute gab es damals gar nicht, soviel ich weiß. Vom Flugplatz bei Neapel starteten die Verkehrsflugzeuge erst nach dem Zweiten Weltkrieg.

Ich erinnere mich noch gut an den Tag, als Eugenio, dessen Vater bei der Küstenwache arbeitete, ein Fernglas mitbrachte. Er sagte „Dienstglas" dazu. „Das ist das Dienstglas von meinem Vater", sagte er stolz, und dass er wohl Prügel bekommen würde, wenn sein Vater mitbekäme, dass er sich das „Dienstglas" für ein, zwei Stunden ausgeliehen hatte. Das Glas ging von Hand zu Hand. Wir prüften es ausgiebig und gaben entsprechend fachmännische Kommentare ab. Eugenio hüpfte ganz aufgeregt um jeden herum, der das Fernglas gerade in der Hand hatte. „Ja nicht auf die Linsen fassen", schrie er immer wieder. „Rührt ja die Linsen nicht an, sonst geht das Dienstglas kaputt." Jeder von uns wollte natürlich hindurchsehen und suchte mit dem Fernglas den Horizont nach Fischerbooten ab. Als ich an der Reihe war, verkündete ein Brummen aus Nordost, dass sich wieder ein Flugzeug aus Richtung Neapel näherte. Ich suchte den Himmel ab, und da wurde es auch schon über dem Capo Miseno sichtbar.

Natürlich hätte ich kein Fernglas benötigt, um die Maschine zu erkennen. Es war eine der nagelneuen Caproni Ca 100. Der obere Flügel war kürzer als der untere, und zwischen den Tragflächen gab es nur noch ein Strebenpaar und nicht mehr zwei wie bei der Pomilio. Doch mit dem Fernglas sah ich plötzlich Einzelheiten, die mit bloßem Auge niemals zu erkennen gewesen wären. Die Fliegerbrille zum Beispiel. Und ... „Der Pilot hat einen Schnurrbart", rief ich begeistert aus, worauf mir meine Freunde beinahe das Fernglas aus der Hand gerissen hätten. „Vorsicht", brüllte Eugenio immer wieder. „Vorsicht, das ist ein Dienstglas." Mit der Autorität des rechtmäßigen Besitzers forderte er es zurück, um sich selbst ein Bild vom Gesicht des Piloten machen zu können. Es dauerte eine Weile. Dann verkündete er im Brustton der Überzeugung: „Der Pilot ist glatt rasiert. Aber er hat eine Augenklappe auf der rechten Seite. Wie ein Pirat!“ Das glaubten wir natürlich nicht und wollten unbedingt das Fernglas haben. Doch Eugenio, der es inzwischen richtig mit der Angst zu tun bekam, umklammerte das Glas so fest, dass seine Knöchel ganz weiß wurden. Die Maschine war längst aufs offene Meer geflogen. Und er hatte doch einen Schnauzbart, dessen bin ich mir noch heute sicher.

Damals wäre ich gerne Pilot geworden. Ich glaube sogar, alle Jungs aus meinem Freundeskreis wären gerne Pilot geworden. Major Francesco Barraca galt allein aufgrund der Vielzahl seiner Luftsiege als Nationalheld. Der Langstreckenrekord, den italienische Flieger mit einer SIAI aufstellten, als sie von Sesto Calende aus nach Australien und über Japan zurück nach Italien flogen, erschien uns so unglaublich heroisch, dass wir Italien für die bedeutendste Fliegernation der Welt hielten und natürlich das Flugzeug für das wichtigste Transportmittel der Zukunft. Dabei darf man nicht vergessen, dass viele Geschwindigkeitsrekorde der damaligen Zeit mit Wasserflugzeugen aufgestellt wurden. Wir phantasierten sogar über den Fischfang mit Wasserflugzeugen, zumindest jedoch mit Luftschiffen.

Doch wir waren bis auf Eugenio alles die Kinder von Fischern, und weil der Fortschritt eben doch nicht so schnell kam, so würden wir auch alle Fischer werden. Dass es am Ende nicht so kam, ist eine andere Geschichte, über die ich an anderer Stelle in diesen Aufzeichnungen noch berichten will.

Laurenz lachte leise. Sieh an, sagte er sich. So ein einfacher Mann und doch so weise. Die Art, wie dieser Tozzi schrieb, amüsierte und fesselte ihn gleichermaßen. Spitzbübisch und doch unendlich klug, eine seltene Mischung. Er war sich schon jetzt, nach diesen wenigen Seiten, sicher, dass das Buch kein Fehlkauf war. Carlotta wusste, was richtig für ihn war, und Mauro hatte ihn gut beraten.

Stadler schloss das Buch und legte es wieder behutsam in den Leinenbeutel. Dann blickte er auf das Meer hinaus, sah die Fischerboote auf dem bewegten Wasser schaukeln und fragte sich, ob einem, der hier lebte, dieser Anblick nicht rasch überdrüssig wurde. Dennoch waren die Leute hier lebensfroh und freundlich, selten sah er eines dieser entmutigten Gesichter, mit denen die Deutschen ganztags herumzulaufen scheinen. Vielleicht, so dachte sich Stadler, liegt es an der einfachen Art, zu leben und zu lieben. Einer Art, wie er sie bei Carlotta kennengelernt hatte.

Er zog das kleine Ledersäckchen mit den Murmeln aus der Hose. Brauchte er die wirklich noch? War das Leben nicht schön? Die Sonne schien, die Boote schaukelten auf den Wellen, er hatte eine gute Unterkunft, eine Frau, die ihn offenbar liebte, auch wenn es ihm bisweilen noch wie ein Wunder vorkam. Warum also sollte er etwas so Kostbares wie das Leben an ein paar Glasperlen abzählen?

Und was, wenn er sie sofort und auf der Stelle vergrübe? Das Geheimnis der Murmeln hatte er mit noch keiner Menschenseele geteilt, er müsste niemandem Rechenschaft ablegen außer sich selbst.

Er sah sich um, kniete sich hin und begann, mit den Händen ein Loch in den Sand zu schaufeln. Es war eine ganze Menge Sand, die er neben dem Loch auf einen Haufen schüttete. Der Sand wurde dunkler, je tiefer er grub, bald füllte sich der Boden des Loches mit Meerwasser. Stadler legte eine Murmel hinein, eine schöne tiefrote, und betrachtete versonnen, wie sie vom Wasser umspült wurde. Würden die Murmeln dort in ihrem Grab bleiben? Oder würde das Wasser mit der Zeit den Sand ringsherum fortspülen und die Murmeln allmählich mit ins Meer ziehen?

Stadler zauderte. Die bunten Glasmurmeln waren ihm in den letzten Wochen des Zweifels zuverlässige Begleiter geworden, die die Zeit strukturierten, wie es im Frühjahr noch die Termine im Kalender taten. Er fischte die Murmel wieder heraus, wischte sie mit dem Taschentuch trocken und legte sie in das Säckchen zurück. Dann stand er auf, klopfte sich den Sand von der Hose und machte sich wieder auf den Rückweg zu seinem Hotel.

Carlotta hatte bereits Feierabend gemacht und ihm keine Nachricht hinterlassen. Er fühlte sich ein wenig gekränkt, gerade so, als hätte er mehr Aufmerksamkeit verdient. Er, der alte Narr. Glaubte er denn wirklich, dass er irgendwelche Ansprüche auf diese junge Frau geltend machen könnte? Erst vor ein paar Tagen hatte sie ihm klar gemacht, dass niemand jemandes Besitz sei. Klug klang das. Aber es war nur graue Theorie. Dass sie heute ohne Gruß und Nachricht nach Hause gefahren war, das war die Praxis. Zwei Seiten derselben Medaille. Und wenn er sie morgen wiedersehen würde, sie gar in die Arme nähme, dann hätte er wieder das Gefühl, sie sei nie weg gewesen, dann würde er diesen winzigen Stich, den sie ihm heute mit ihrer Nichtbeachtung versetzt hatte, schon gar nicht mehr spüren.

Er legte sich auf sein Bett und schaltete missvergnügt den Fernseher ein. Immer wieder ertappte er sich dabei, dass er sich hier im Hotel ganz gegen seine sonstige Gewohnheit, den Kasten zu ignorieren, träge von den bunten Bildern treiben ließ. Schlich sich hier der kulturelle Schlendrian ein? Das würde anders werden, wenn er erst konsequent an seinen Memoiren arbeiten würde. Gerade nach der heutigen Lektüre hatte er das Gefühl, er würde bald wissen, was er nun wirklich wollte. Doch er brauchte noch ein wenig Zeit.

Und wie stand es denn nun bei ihm selbst? Schon ein paar Mal hatte er in den vergangenen Tagen und Wochen daran denken müssen. Wenn er nachrechnete, dann war er 30 Jahre alt, als Carlotta geboren wurde. Zu diesem Zeitpunkt hatte er schon ein paar Jahre als Redakteur im Feuilleton gearbeitet, war ein erfahrener Mann. Wenn er sich vorstellte, dass die Babys in den Kinderwagen, die er damals gesehen hatte, Altersgefährten von Carlotta waren, dann fühlte er sich unwohl. Lag sie in seinen Armen, strich er mit den Fingerspitzen über

ihre Haare oder ihre Hüften, dann war alles in Ordnung. Er konnte es nicht richtig fassen, was zwischen ihnen vorging. Dabei, er hatte sich mit dem Thema schon früher oft beschäftigt. In der Feuilleton-Redaktion wurden regelmäßig Gespräche zu dieser Frage geführt: Was treibt junge Frauen zu alten Männern? Ein Thema, das immer aktuell war, wenn man es genau besah. Viele Antworten fielen ihm da ganz spontan ein. Geld, Macht, Prominenz zum Beispiel. Er war lange genug Kulturredakteur gewesen, um die Halbwertzeit der Ehen der Schauspielstars zu kennen. Und fast immer haben die älteren Herren jüngere Partnerinnen gewählt. Oder war es vielleicht umgekehrt, haben die jungen Frauen gewählt und erlagen die älteren Männer deren Verführungskünsten?
Viele Männer machten sich dabei zu Narren, nicht nur Schauspieler und Sportler. Vielen der jungen Frauen sah man die Motive ihrer Wahl schon an der Nasenspitze an. Manchmal merkte man es auch an ihrem Intellekt. Glaubten diese Männer denn wirklich, dass die jungen Dinger sie lieben würden? Lächerlich. Die waren auf Publicity aus. Und auf Geld. Geld und Ansehen waren schon immer starke Triebkräfte in solchen ungleichen Beziehungen. Ach ja, Macht kam auch noch dazu.
Dann waren da noch die testosterongesteuerten Reichen, die eine junge Frau an ihrer Seite brauchten wie eine edle Uhr am Handgelenk – nur zum Angeben und zum Streicheln ihres Egos. Eine Art Selbstbefriedigung in Anwesenheit des anderen Geschlechtes.
In Italien, einem Land, von dem er sich sicher war, dass es den klassischen Playboy erfunden hat, musste man überhaupt nicht lange suchen. Bei Silvio Berlusconi, da war sich Stadler sicher, waren es genau 20 Jahre Altersunterschied. Und zwar bei der Ehefrau. Das Bunga-Bunga-Mädchen, das er sich wohl gekauft hatte, war ja selbst noch keine 18. Und Flavio Briatore erst. Ein Industrieller, der das Playboy-Image noch mehr pflegte als seine graue Mähne. Das Model Heidi Klum hatte ihn zwischen ihren zwei Ehen erobert, vielleicht war es auch

umgekehrt, und sich von ihm schwängern lassen. Das müsste 2003 gewesen sein – Stadler war schon ein paar Jahre in Rom und der Fall machte gerade in der Boulevardpresse richtig Schlagzeilen. Heute ist Briatore mit der 30 Jahre jüngeren Elisabetta Gregoraci verheiratet, die ihm im Vorjahr Söhnchen Falcone geschenkt hat. Ein geläuterter Playboy, so wie einst Gunter Sachs, der sich in späten Jahren noch als Fotograf einen Namen gemacht hat? Wer weiß das schon?
Aber wie war es bei ihm selbst, fragte er sich. Ein Playboy war er gewiss nicht, und Geld konnte es auch nicht sein, was ihn für Carlotta attraktiv machte. Was war es also?
Stadler stand auf, was ihm heute merkwürdigerweise schwer fiel, und betrachtete sich im Spiegel. Nicht wie ein eitler Gockel, sondern eher wie ein Naturforscher, der beim Spaziergang eine seltene Art entdeckt hatte. Aber es gab keinen Zweifel: Es konnte auch nichts Körperliches sein, was Carlotta an ihm begehrenswert fand. Sicherlich, er war nicht gerade ein Ausbund an Hässlichkeit, er war groß gewachsen und stattlich, hatte kein unangenehmes Äußeres. Doch er schleppte bestimmt 20 Kilogramm zu viel mit sich herum, er hatte weißes und dünnes Haar, man sah ihm jedes einzelne seiner 54 Jahre an, kurz, er fand nichts an sich, was eine junge Frau anziehend finden konnte. Höchstens seine Lippen, dachte er in einem Anflug von Koketterie. Sie waren groß und weich, und er glaubte, ganz passabel küssen zu können.
Was also treibt eine junge Frau zu einem alten Mann?
Schließlich, es gab prominente Paare, denen der Altersunterschied scheinbar nichts anhaben konnte. War nicht Michael Douglas 25 Jahre älter als Catherine Zeta-Jones. Und waren sie nicht ungeachtet dieses Unterschiedes ein Herz und eine Seele, auch wenn sich die Medien zu Beginn der Beziehung vor Häme schier zerfetzt haben. Hubert Burda und Maria Furtwängler waren, so glaubte er sich zu erinnern, noch weiter auseinander. Und waren die nicht ein durchaus ernst zu nehmendes, ein seriöses Paar? Ein Paar, dem man nun wirklich nicht unterstellen konnte, nur auf Schlagzeilen aus zu sein?

Einen Sonderfall schließlich stellten wohl Jopie Heesters und dessen zweite Frau Simone Rethel dar. Er war schon fast 90, als die beiden heirateten, sie war noch keine 50 Jahre alt. Stadler war geneigt, den beiden Liebe zu unterstellen. Heesters war sicherlich nicht arm – aber er galt auch nicht als einer, dessen Millionen junge Frauen in Scharen anlockten. Und mit 90 war man dann doch ein bisschen das, was man flapsig als „weg vom Fenster" bezeichnete. Wäre Heesters Frau eine Altenpflegerin gewesen, man hätte auch noch andere Motive hinterfragen können. Doch sie war Schauspielerin, selbst einigermaßen erfolgreich, und so kam eigentlich nur noch Liebe infrage. Wo aber kommt sie her, so eine Liebe, wenn der Altersunterschied doch so groß ist? Stadler wollte keine Antwort auf diese Frage einfallen, dabei war er doch offenbar nun selbst von so einer seltsamen Liebesgeschichte betroffen. War er das wirklich?
Er trat auf den Balkon hinaus. Wieder blickte er übers Meer, das hier auf der Insel allgegenwärtig war.
Stadler hatte einmal in München so ein Pärchen kennengelernt. Sie war eine junge Literaturwissenschaftlerin, die sich gelegentlich in Buchrezensionen versuchte, die dann in der Feuilleton-Redaktion des *Boten* landeten. Als er diese junge Frau das erste Mal mit einem bekannten Theater-Regisseur zusammen sah, mit dem er lose befreundet war, dachte er gar nicht darüber nach. Beim zweiten Mal hielt er es für einen Zufall. Und beim dritten Mal gestand ihm der Regisseur, dass die beiden ein Paar seien. Stadler war zunächst schockiert – die beiden waren schließlich 20 Jahre auseinander.
Was treibt eine junge Frau in die Arme eines alten Mannes? Das Münchner Pärchen war das erste, bei dem er sich diese Frage bewusst stellte, ein Fall, bei dem er sich nicht mit den üblichen Klischees zufriedengeben wollte.
Dann erfuhr er, dass diese Literaturwissenschaftlerin ein Scheidungskind und ohne Vater aufgewachsen war. Möglicherweise suchte sie ja in dem gesetzten Mann den Vater, den

sie immer vermisst hatte. Das Vater-Syndrom nannte er diese Theorie von nun an für sich. Keine schöne Vorstellung.
Die Frage nach dem Altersunterschied gewann für ihn umso mehr an Bedeutung, je öfter er darüber nachdachte. Mit Geld, Macht und Prominenz hatte er die eine Theorie, das Vater-Syndrom war eine zweite. Doch keine davon wollte so recht auf Carlotta und ihn zutreffen.

20. Kapitel

September schon.
Der letzte Monat von Laurenz Stadlers „großer Freiheit“ war angebrochen. Das Säckchen mit den Murmeln wurde immer leichter. Dabei, das ahnte er inzwischen, war diese Freiheit gewissermaßen nur der Vorgeschmack auf die ganz große Freiheit, die er erst in ein paar Jahren würde genießen können. Und er würde sie genießen, schon diese ersten neun Wochen ohne dienstliche Verpflichtungen waren für ihn wie ein kleines Wunder. So lange hatte er noch nie frei. Gelegentlich, im Gespräch mit Kollegen, die gleich ihm in den Fünfzigern waren oder gar schon den Ruhestand genossen, hörte er Warnungen vor dem Rentnerdasein. Da fallen viele in ein Loch, hieß es, da leiden manche unter einem Bedeutungsverlust, unter dem Nichtmehrgebrauchtwerden, von Depressionen war die Rede, Trinkerkarrieren wurden an die Wand gemalt und dergleichen mehr. Laurenz Stadler hatte noch nie Angst davor, eines Tages nicht mehr morgens ins Büro zu gehen oder einen Termin wahrzunehmen. Im Gegenteil, er freute sich auf Konzerte und Ausstellungsbesuche ohne Notizblock, auf das Lesen vieler Bücher und auf Restaurantbesuche. Ohne den nach einer Weile stets erschrockenen Blick auf die Armbanduhr. Erst jetzt, in diesen Wochen der Erholung und Erbauung begann er, die immer wieder bemühte und längst ausgelutschte Phrase vom süßen Nichtstun, vom *dolce far niente* in ihrem ganzen Ausmaß zu begreifen. Es tat ihm einfach gut.

Er hätte auch richtig zur Ruhe kommen können, hätte nicht Carlotta sein Leben so grundsätzlich durcheinandergewirbelt und würde ihm diese Beziehung nicht gerade jetzt einigen Kummer bereiten.
Vor allem der Journalist in ihm staunte: Zum einen darüber, wie wenig Nachrichten am Tage man zu seinem Wohlbefinden wirklich brauchte, und zum anderen darüber, dass er tatsächlich seit dem 1. Juli noch nicht einmal mit dem *Münchner Boten* Kontakt aufgenommen hatte.
Umso mehr überraschte ihn an diesem Morgen der Anruf von Alexander Ringhofer. Ringhofer war ein Kollege aus seiner Zeit beim Feuilleton. Stadler schätzte seine sanfte und zurückhaltende Art, Ringhofer war kein Polterkopf und kein Besserwisser, aber ein exzellenter Kenner der Kunstszene. Ringhofer rief von Zuhause aus an.
„Was verschafft mir die Ehre, Alexander", fragte Stadler mit einem Anflug von Heiterkeit. Der Gedanke gefiel ihm, dass gerade jetzt in der Redaktion der Arbeitstag begann, während er sich den Kopf zerbrach, wie er sich am wohltuendsten zerstreuen konnte.
„Na sag mal, du liest wohl deine dienstlichen Mails gar nicht mehr", begann Ringhofer, und Stadler merkte sofort am ungewohnt aufgeregten und leicht vorwurfsvollen Tonfall, dass etwas ganz und gar nicht in Ordnung war. Er setzte sich auf.
„Entschuldige, Alexander, ich will ja keinen Neid wecken, aber ich bin für längere Zeit in Urlaub, wie sich herumgesprochen haben dürfte."
„Ja. Ich weiß doch. Aber warst du es nicht, der mir einmal beigebracht hat, dass man mindestens einmal täglich seinen Account prüft, weil das die Kollegen vom Politikressort stündlich machen?"
Stadler lachte leise auf. „Daran erinnerst du dich? Menschenskinder! Aber das waren auch noch andere Zeiten." Er wollte seinem Kollegen, den er durchaus schätzte, nicht auf die Nase binden, dass er seinen Dienst-Laptop mit dem letzten Paket von Rom aus an Renate Hausdörfer geschickt hatte. Nun würde dieser irgendwo in seinem Vaterhaus stehen.

„Aber worum geht es dir denn? Du rufst mich ja sicherlich nicht an, um mich an eine verpasste E-Mail zu erinnern."
„Nein." Ringhofer klang gequält. „Oder doch. Jedenfalls, bei uns hier in München steht die Medienwelt kopf."
„Was ist passiert?"
Stadler hatte sich auf das Bett gesetzt, ein Kissen ins Kreuz geschoben und die Beine hochgelegt, eine Unart, die er sich mangels anderer bequemer Sitzgelegenheiten in seinem Hotelzimmer in den letzten Wochen angewöhnt hatte. Und nun erfuhr er, dass der Abbau der Korrespondentenstellen und die Einrichtung des sogenannten Newsdesk nur der Auftakt eines größeren Zeitungsumbaus waren. Die *Schimmelpfennig Group*, die kurz vor Stadlers Berufung zum Italienkorrespondenten die Zeitung von Altverleger Graf kaufte, hatte schon im Vorjahr die Unternehmensberatung Horth damit beauftragt, den *Münchner Boten* gründlich zu durchleuchten. So weit war Stadler die Geschichte auch bereits bekannt.
Schon damals hatte es Ärger gegeben, auch zaghafte Proteste, weil Schimmelpfennig als moderner Investor galt, für den das Zeitungsgeschäft eines wie alle anderen war. Eine gefährliche Einstellung, vor allem für die Zeitungen selbst. Denn wie in kaum einem anderen Geschäft bedarf es hier weitsichtiger Verleger, die mehr als nur das nächste Geschäftsergebnis nach Steuern im Blick haben müssen. Aber fähige Zeitungsverleger waren ja ohnehin eine in Deutschland vom Aussterben bedrohte Spezies. Schimmelpfennig jedenfalls, eine Unternehmensgruppe, die von zwei Familien gelenkt wurde, wollte mit dem Boten ihr Medien-Portfolio aufstocken, wie man Neudeutsch sagt. Ein halbes Dutzend Regionalzeitungen, mehrere Zeitschriften, drei Tageszeitungen in Polen, mehrere Lokalfernsehsender sowie Beteiligungen an großen Privatsendern gehörten bereits zur *Schimmelpfennig Group*. Anfangs ließen die Eigentümerfamilien den Verlagsgeschäftsführungen auch freie Hand. 2010 jedenfalls wurde die ebenfalls umstrittene Unternehmensberatung Horth mit der Prüfung des *Boten* beauftragt.

Und nun, das war für Stadler neu, gab es ein ganzes Maßnahmebündel, das die Verlagsgeschäftsführung ziemlich rücksichtslos durchsetzte – alles unter dem Deckmantel der „Stärkung“ des Unternehmens. Ende Juli bereits gab es eine Gesamtredakteurskonferenz, bei der Chefredakteur Böhringer, assistiert vom Verlagsgeschäftsführer und einem Horth-Handlanger, das neue Zeitungskonzept vorstellte. Die Ressorts werden aufgelöst und ein Reporterpool gebildet. Das wusste Stadler schon von Böhringer selbst, er hatte es ihm anvertraut, als er ihm Details seiner neuen Aufgabe verraten hatte. Dass in diesem Zusammenhang zwanzig Redakteure gehen müssen, war neu für Stadler.
„Zwanzig?“, fragte er ungläubig.
„Zwanzig“, bestätigte Alexander Ringhofer. Und setzte dann leise hinzu: „Ich bin auch dabei.“
„Du?“ Stadler richtete sich mit einem Ruck auf. „Die wollen dich entlassen?“
„Tja, wie man es nimmt. Zumindest werde ich im Feuilleton nicht mehr gebraucht. Der Personalchef hat mir einen Platz am Newsdesk angeboten. Blattmacher soll ich werden. Ich, stell dir das mal vor.“
Wäre die Lage nicht so ernst, hätte Stadler grinsen müssen. Ringhofer war nicht nur sanftmütig und intelligent, Ringhofer war auch ein wenig, nun ja, unbeholfen wäre vielleicht der richtige Ausdruck. Als der damalige Feuilleton-Chef den jungen Ringhofer ins Team holte, hatte dieser von Journalismus wenig Ahnung. Er war Kunsthistoriker und arbeitete als Einkäufer in einer Galerie. Ab und an machte er einen Beitrag fürs Radio, bei der einen oder anderen Zeitung platzierte er einen Text – meist Kunstrezensionen oder Künstlerporträts. Und die waren einfach exzellent. Doch er stand mit Computern auf Kriegsfuß, arbeitete schlecht unter Druck, konnte weder eine Kamera noch ein Auto bedienen. Kurz, keine idealen Voraussetzungen für eine Tageszeitung. Gut, auch Ringhofer hatte sich entwickelt. Aber als puren Blattmacher, als Layouter, als Redakteur, als einer, der mit Beiträgen und Zeilenlängen so

jonglieren musste, dass einem schon vom Zusehen schwindlig wurde, das war nun wirklich nichts für den Feingeist.
„Aber das ist ja hanebüchen“, entfuhr es Stadler. „Nichts für ungut, Alex, aber du bist ein brillanter Kulturjournalist und kein Blattmacher.“
„Deswegen habe ich auch Nein gesagt.“
„Und wer soll deinen Posten im Feuilleton bekommen?“
„Meinen Posten? Dir hat wirklich noch niemand was gesagt, stimmt’s?“
„Zugegeben.“
„Meinen Posten gibt es ab nächste Woche nicht mehr.“
„Aber: Wie ist das Feuilleton denn dann aufgestellt? Wer schreibt denn dann noch alles?“
„Es wird zwei Reporter für die Kultur geben“, fing Ringhofer an, und Stadler drehte sich beinahe der Magen um. Die Wörter *Reporter* und *Kultur* wollten ohnehin nicht zueinander passen, aber darüber hinaus passten sie auch nicht auf sein geliebtes Feuilleton. Und dann nur zwei?
„Zwei? Und wenn einer in Urlaub ist?“
„Dann ist der andere noch da.“
„Du willst mich doch auf den Arm nehmen, das können die doch nicht machen.“ Stadler wusste, dass er sich gerade anhörte wie sein Freund Giuseppe Bartali, als er ihm von der Auflösung der Korrespondentenstelle erzählt hatte.
„Gruber und Moretti machen künftig die Kultur. Zusammengeschoben wird das Ganze dann am Desk. Außerdem gibt es ja noch die Zentralredaktion.“
„Gruber? Ausgerechnet Gruber?“ Stadler fuhr sich mit den Fingern durch die Haare. „Bei Gruber liest sich doch jeder Beitrag wie die Selbstbetrachtung des Schöngeistes im Spiegel.“
Ringhofer lachte.
„Schenkst du mir das?“
Nun lachte auch Stadler.
„Kannst behalten“, knurrte er gutmütig.

Die Zentralredaktion. Während Stadler dem Newsdesk-Modell bei genauem Nachdenken noch einiges abgewinnen konnte, erschloss sich ihm der Sinn einer Zentralredaktion überhaupt nicht. Sie würde künftig für alle Titel der *Schimmelpfennig Group* die Inhalte für Politik, Nachrichten und Sport liefern, so lange sich diese Themen nicht lokal festmachen ließen. Das bedeutete, dass die Leser des *Harzer Boten* zu den jüngsten Tollheiten der Bundesarbeitsministerin buchstabengetreu dasselbe lesen würden wie die des *Münchner Boten.* So viel zum Thema Pressevielfalt im Zeitalter der Medienkonzentration. Das haben sich die Väter der Demokratie auch ein wenig anders vorgestellt, dachte Stadler.

„Und was willst du jetzt machen, du bist doch noch jung?"

„Offen gestanden, hatte ich auf einen Tipp von dir gehofft, deswegen habe ich dich auch angerufen. Irgendwie warst du ja für mich immer so ein bisschen wie ein Mentor."

Dafür hast du dich in den letzten Jahren aber wenig gemeldet, dachte Stadler, behielt das aber für sich.

„Nun, das sollte mich ehren", sagte er, „aber so auf die Schnelle fällt mir da auch nichts ein." Er wartete eine Weile, aber Ringhofer schwieg beharrlich. „Du bist ein kluger Kopf, du hast in den letzten, was weiß ich, waren es 13 Jahre, eine Menge weiterer Fäden in die Kunstwelt knüpfen können – also ich an deiner Stelle würde es wieder im freien Kunstmarkt versuchen."

„Daran habe ich auch schon gedacht, aber du weißt, was die Galeristen von der Presse halten, wenn sie sie nicht gerade instrumentalisieren können. Ich fürchte, ich bin da ein bisschen verbrannt."

„Da hast du mehr Ahnung als ich. Aber vielleicht fällt mir noch was ein. Es ist schade, dass es gerade dich trifft. Besuch mich doch mal, ich komme ohnehin in den nächsten zwei Wochen nach München zurück."

„Mache ich gerne. Wo wirst du wohnen?"

„Keine Ahnung. Ich habe gerade erst mit der Wohnungssuche angefangen."

September schon. Nach dem Aufstehen hatte Laurenz Stadler in hohem Bogen eine Murmel aus dem Fenster geworfen. 33 Murmeln befanden sich noch in dem kleinen Beutel. Seit der Nacht, als er die Glaskugeln am Strand vergraben wollte, musste er sich richtig auf die Wochentage konzentrieren, um nicht den Mittwoch zu verpassen, den Tag, an dem wieder eine Murmel fällig war. Es würden noch über dreißig sein, mit denen er wieder nach München reiste, in sein altes Leben.
So einfach, wie Stadler es Ringhofer gegenüber angedeutet hat, war das gar nicht mit der Wohnungssuche. Würde er eine Wohnung für sich benötigen oder eine gemeinsame für sich und Carlotta? Die Unterschiede würden nicht nur in der schieren Größe liegen. Während er noch von Procida aus seine Fühler in Richtung München ausstreckte, lernte er auf der Insel selbst eine Wohnung kennen, nämlich die, in der Carlotta lebte.
Als er sie darauf ansprach, gestand sie ihm zwar offen ein, noch bei ihren Eltern zu wohnen, von einem Besuch jedoch war nie die Rede. Immer wieder trafen sie sich im *Principe*; zwei, drei Mal hatte sie ihn sogar gebeten, in einem anderen Hotel ein Zimmer zu buchen, vor allem, wenn sie über Nacht bleiben wollte. Mit dieser Vorsichtsmaßregel waren sie nicht nur ganz für sich, damit lief Carlotta auch nicht Gefahr, auf dem Gang eine ihrer Kolleginnen zu treffen. Auch wenn sich ihr Verhältnis auf der kleinen Insel mit Sicherheit schon herumgesprochen hat, musste man es ja nicht extra zur Schau stellen. Vielleicht, so dachte Stadler, war ja die Wohnung ihrer Eltern so hellhörig, dass sie befangen war, was das Übernachten anbetraf. Doch irgendwann, das war ihm schon klar, würde er auch ihren Eltern gegenübertreten.
Er selbst hatte wohl zu hoffen, aber nicht zu fragen gewagt, sie einmal zu Hause besuchen zu dürfen. An diesem Freitag nun sollte es sein. Carlotta hatte ihn nicht gefragt, sie erwähnte es eher beiläufig: So und so, heute Abend gehen wir mal zu mir nach Hause und danach noch bummeln. Sie müsse noch etwas holen und bei der Gelegenheit könne sie ihn gleich mit

ihren Eltern bekannt machen. Stadler war irritiert. Er hatte, wie Carlotta auch, eine katholische Erziehung genossen, von daher wusste er, wie wichtig so ein erster Besuch für gewöhnlich war. Sicher, sie waren keine Teenager mehr, und er wollte Carlottas Vater ja auch nicht gerade um die Hand seiner Tochter anhalten, aber ein bisschen befremdlich war es schon. War er ihr peinlich, weil er um so viele Jahre älter war als sie? Oder hielt sie einen offiziellen Besuch für verfrüht? Nein, er wusste beim besten Willen nicht, warum sie diesen Schritt so auf die leichte Schulter nahm.
Doch es machte ihm andererseits auch nichts aus. Er war in einem Alter, da interessierten ihn die Eltern seiner Frauenbekanntschaften weniger. Schließlich hatte er keine von ihnen heiraten wollen. Dennoch hatte er etwas Scheu vor so einem Besuch. Worüber redet man mit diesen Leuten, die womöglich nur wenig älter waren als er selbst? Dass er sich dennoch freute, lag daran, dass er hoffte, bei einem solchen Besuch Carlotta näher kennen zu lernen.
Würde sie in ihrem Zimmer penibel Ordnung halten oder eher nachlässig mit ihren Sachen umgehen? Sah man dem Zimmer an, wer es sauber hält? War es der Rückzugsort einer erwachsenen Frau oder das Zimmer eines postpubertären Mädchens, das bislang noch nicht daran gedacht hat, die Poster ihrer früheren Idole zu entfernen. Oder, Gott bewahre, war es am Ende noch ein Kinderzimmer? Nein, so genau war es noch nicht raus, ob er am Ende ihr peinlich war oder ob er von dem Anblick ihres Zimmers peinlich berührt sein würde. Und das war eine Art Spannung, der er sich eigentlich nur ungern aussetzte.
„Du bist so schweigsam, Liebster, möchtest du lieber draußen warten?“
Carlotta, die sich untergehakt hatte, ruckte an seinem Arm. „Oder bist du heute traurig? Ich möchte nicht, dass du traurig bist.“
Er streichelte ihren Unterarm und lächelte.
„Es ist nichts, ich war nur in Gedanken.“
„Wir sind gleich da.“

Die Familie Petacchi wohnte an der Via Vittorio Emmanuele, eine der längsten Straßen auf der Insel. Ihr Haus war von einem kleinen Garten umgeben und stand ein Dutzend Meter von der Straße entfernt – für die beengten Verhältnisse von Procida war das schon beinahe Luxus. Anstatt ihren Schlüssel zu benutzen, drückte Carlotta auf den kleinen fummeligen Knopf der Wechselsprechanlage, die in die Steinsäule neben dem schmiedeeisernen Tor eingelassen war. Sie will mich ankündigen, dachte Stadler und lächelte. Ein bisschen fühlte er sich wie ein fehlbesetzter Schauspieler in einem kitschigen Liebesfilm. Sollte hier nicht ein schwarzlockiger heißblütiger Jüngling stehen? Der Eindruck wurde noch verstärkt, als Carlottas Vater die Tür öffnete.
Der Mann, der da stand, war mindestens fünf Jahre jünger und dreißig Kilo leichter als Laurenz Stadler. Er steckte in knielangen Jeans, aus denen bemerkenswert braun gebrannte Beine schauten. Er trug ein braunes T-Shirt und hatte einen kräftigen Händedruck.
„*Mi piace, Signor Stadler*", sagte er, es bei der steifen Form belassend und ohne seinen Gast zu umarmen. Dann rief er über die Schulter: „*Mamma*, Carlottas Besuch ist hier." Es rumorte in der Küche, dann kam die Frau des Hauses, ebenfalls deutlich jünger als Stadler, allerdings mit einem leicht gebückten, schwerfälligen Gang, als hätte sie das Leben schwer geprüft. Stadler fühlte sich unangenehm an seine Kindheit erinnert. Was auch immer Carlotta von ihm erzählt haben mag, aber auf Besuch waren ihre Eltern nicht eingestellt. Ihre Mutter wischte sich die Hände an der Schürze ab, stemmte sie dann demonstrativ in die Hüften und wünschte Stadler kurz angebunden einen guten Tag.
„Den Grappa, *Mamma*", blaffte Carlottas Vater, und die Mutter eilte wieder hinein.
„Wie gefällt es Ihnen auf Procida?", erkundigte sich der Vater und Stadlers Unbehagen wuchs. Was sollte er auf so eine Frage antworten?

Die Mutter kam mit einer Flasche und zwei Gläsern, schenkte ein und verschwand wieder in der Küche.
„Es ist ein schönes Fleckchen Erde, und die Menschen sind nett hier“, versuchte sich Stadler an einem Kompliment, und spürte sofort, wie unbeholfen das klang.
Carlottas Vater drückte ihm das Schnapsglas in die Hand und prostete ihm zu: „Auf Procida!“
„Auf Procida!“, rief auch Stadler, obwohl er lieber auf das Wohl von Carlottas Eltern angestoßen hätte.
Carlotta, die am Treppengeländer stand, befreite ihn aus diesem erzwungen freundlichen Dialog. „Kommst du kurz mit hoch?“
„Tja, da werde ich mal“, sagte Stadler, drückte dem verdutzten Vater das Glas in die Hand und stieg rasch treppauf.
Carlottas Zimmer war ein Spiegelbild ihrer selbst: Ein wenig verspielt und chaotisch; schon lange kein Kind mehr und doch noch lange nicht erwachsen. Und ja, es sah noch ein wenig nach dem aus, was die deutschen Jugendzimmer nennen. Ihm fehlte ein Tisch, an den man sich setzen konnte. Das Zimmer war dominiert von einem großen und bequem aussehenden Bett, das lange nicht gemacht zu sein schien. Die dünne Decke war in die Ecke gedrückt, die Laken zerknittert, Wäsche lag herum. Neben dem Bett stand ein flacher Couchtisch, auf dem sich Zeitschriften befanden. Carlotta stand vor einem riesigen offenen Kleiderschrank und trug nur noch Unterwäsche.
„Sag mal, deine Eltern ...“, begann Stadler vorsichtig, kam aber nicht dazu, den Satz zu vollenden.
„Ob ich das heute Abend tragen kann“, fragte sie und wirbelte herum. An die Brust gedrückt hielt sie einen Kleiderbügel mit einer Art schwarzem Cocktailkleid.
Er war irritiert. Nicht nur, weil er keine Übung im Beantworten solcherart Fragen hatte, nein, ihn beschäftigte noch viel zu sehr diese erste Begegnung mit ihren Eltern.
„Ähm ... vielleicht ein wenig zu festlich“, sagte er, um einen unverbindlichen Ton bemüht.
„Okay.“

Was tue ich hier, fragte sich Stadler, während er die dem Bett gegenüberstehende konservative Möbelwand musterte. Sie hatte ein verglastes Teil in der Mitte, und links am Fenster einen großen Schreibtisch mit einem Bücherregal darüber. Hinter Glas stand lauter Krimskrams, Dinge auch, die mit Sicherheit noch aus ihrer Kindheit stammten. Ein kleiner Delphin aus Gummi etwa oder, in die Ecke gelehnt, eine Pinocchio-Figur aus Porzellan. Dazwischen ein paar Weingläser, ein Schmuckfächer, Ohrringe ...

„Oder das hier?" Der Minirock ebenfalls schwarz und gewagt kurz, das Shirt dazu von einem Gelb wie einer überreifen Zitrone. Sie würde auffallen damit. Noch vor ein paar Wochen hätte Stadler den Aufzug an seiner Seite nicht gemocht, inzwischen ertappte er sich dabei, die neidischen Blicke deutlich jüngerer Männer zu genießen.

„Ja doch, das geht, das sieht gut aus", sagte er.

„Fein", entgegnete sie. „Setz dich doch, ich bin gleich fertig." Sie deutete auf das Bett.

Er ließ sich unbeholfen auf das niedrige Bett sinken. In ein paar Jahren, dachte er, wird sie mir hier hochhelfen müssen. Seine Hand, bemerkte er, als er sich umsah, lag auf einem froschgrünen Frottee-Slip. Unwillkürlich musste er lachen.

„Wer trägt denn sowas?", fragte er und hielt das Höschen auf einen Finger gespießt in die Höhe.

„He, das geht dich gar nichts an!" Sie riss ihm die Unterwäsche vom Finger und stopfte sie in den Schrank. Als sie sich umdrehte, bemerkte er, dass sie rot angelaufen war, und lachte erneut.

Sie sprang fast auf ihn drauf.

„He he he", rief sie und trommelte mit ihren kleinen Fäusten auf ihn ein. Er ergab sich, ließ sich fallen und sie lag über ihm. Plötzlich wurde sie wieder ernst, nahm sein Gesicht in die Hände und bedeckte es mit Küssen.

„Schlaf mit mir", bat sie. „Nimm mich gleich hier!" Noch während sie ihn küsste und küsste, fasste sie ihm in den Schritt.

Doch er dachte an die Szene vorhin im Flur, an den Blick der Mutter, wie sie da so mit den Händen in den Hüften stand, und an die dünne Tür, die Carlottas Zimmer vom Treppenhaus trennte.

„Ich kann nicht." Er nahm ihre Hand und schob sie langsam, aber bestimmt zur Seite.

Carlotta rollte von ihm herunter und machte einen Schmollmund.

„Du liebst mich nicht mehr", behauptete sie trotzig.

„Ach Süße, nicht doch. Es ist nur ..."

Sie stützte sich auf dem Unterarm ab.

„Es ist was?", fragte sie. „Ist dir mein Bett nicht bequem genug?"

Stadler lächelte. „Es ist ein wunderbares Bett, um Liebe zu machen."

„Aber?"

„Du weißt doch, wie laut du wirst, wenn du ... wenn du mich liebst."

Sie boxte ihn auf die Brust.

„Oh, das kannst du wissen, dass ich laut werde. Ich werde schreien, wenn ich komme." Sie lachte.

„Siehst du, und ich möchte nicht, dass uns deine Eltern dabei zuhören."

„Ach die", sagte sie gedehnt und ließ sich auf den Rücken fallen. „Mach dir mal um die keine Gedanken. Die können sich ruhig daran gewöhnen, dass ich meine eigenen Entscheidungen fälle."

Ist das so, fragte sich Stadler.

„Deine Eltern mögen mich nicht, stimmt's?"

„Nein", sagte sie kurz angebunden. Sie nahm den Daumen in den Mund und lutschte daran. Seine Lolita. Sie wollte ihn provozieren, wusste, dass er das nicht mochte. Er beachtete es nicht weiter.

„Und wir wollen nichts unternehmen, das zu ändern?"

„Wollen wir nicht", kam es wie aus der Pistole geschossen. Sie hatte sich neben ihn gekniet. Plötzlich lachte sie wieder.

„Wir wollen ausgehen und uns betrinken und fröhlich sein.“
Stadler seufzte.
„Ach komm“, sagte sie, „ich dachte, du willst mit mir zusammen sein und nicht mit meinen Eltern.“
Stadler nickte.
„Alles klar“, sagte er. „Lass uns gehen.“
Die Petacchis steckten nicht einmal den Kopf aus dem Zimmer, als ihnen Carlotta mit gespielter Fröhlichkeit zurief, dass sie nun gehen würden.
Schon lange kein Kind mehr und doch noch lange nicht erwachsen. In Stadler nagten Zweifel. Mit Carlotta jedenfalls würde er nicht darüber sprechen können. Was sie gerade gezeigt hatte, war pubertär. Ätsch, ich bin schon ein großes Mädchen. Ich habe einen erfahrenen Liebhaber und ihr könnt nichts dagegen unternehmen. Ätsch, wenn ich will, kann ich auch mit ihm durchbrennen. Dabei – dafür wiederum war sie alt genug. Sie könnte ihren Arbeitsplatz im Hotel kündigen, sich ihre Papiere schnappen, einen großen Koffer packen und ihn auf der Reise nach Deutschland begleiten. Was für Überlegungen! War er auf dem Weg, genauso leichtsinnig zu denken wie sie?
Und wenn er mit ihren Eltern allein redete, fragte er sich, als Carlotta, fröhlich vor sich hin pfeifend, das Hoftor schloss. Wenn er einfach mit zwei Flaschen Wein bei ihnen aufkreuzen würde, sich an den Tisch setzen und Klartext reden: So und so, Ihre Tochter und ich, wir haben uns verliebt, es ist nicht wegen ihrer Jugend, es hat sich einfach so ergeben. Und ja, es ist was Ernstes und wir wollen zusammenbleiben.
Stadler schmeckte die Worte. Sie klangen albern und unglaubwürdig. Insofern hatte sie schon recht: Er wollte mit ihr zusammen sein und nicht mit ihren Eltern. Ob der Einfluss der *Famiglia* wirklich so groß war, wie er immer dachte? Außerdem lief ihm die Zeit davon. September schon. Keine Zeit mehr, an eine wie auch immer geartete Familienzusammenführung zu denken.

Als sie die Straße in Richtung Corricella hinunterliefen, pfiff Carlotta immer noch. Es klang heiter und verzweifelt zugleich. Du verdrängst, mein schönes Kind, dachte Laurenz Stadler. Dann nahm er ihre Hand und ließ sich willig führen.

21. Kapitel

Laurenz Stadler hatte schlecht geschlafen, was kein Wunder war: Der Anruf von Ringhofer war ihm nahe gegangen, mehr aber noch der kaum zu leugnende Konflikt mit den Eltern seiner Geliebten. Selbst Carlottas Nähe hätte er heute nur schwer ertragen können. Glücklicherweise wollte Carlotta vormittags mit ihren Eltern einkaufen und begann erst am Nachmittag ihren Spätdienst.
Vielleicht war er ja nicht trotz, sondern wegen des Schlafmangels sehr früh aufgewacht. Doch er konnte sich nicht recht zum Aufstehen entschließen. So rückte er im Bett ganz nach oben, stopfte sich das Kissen im Rücken zurecht und angelte sich das Buch mit den Erinnerungen des alten Fischers vom Nachtschrank, wo er es irgendwann heute Nacht abgelegt hatte.

Mit fünf Jahren dürfen wir Jungs das erste Mal auf dem Boot mitfahren. Nicht jeden Tag und nicht den ganzen Tag, aber doch schon mal ein Stück die Küste entlang. So will es der Brauch auf der Insel, und so war es auch bei uns Tozzis. Bei diesen ersten Fahrten lernte ich noch nichts über das Fischen. Aber ich durfte Vater, der immer zwei Gehilfen mit an Bord hatte, als Gehilfe des Gehilfen zur Hand gehen. Ich lernte, Taue zu rollen und die Fischkisten, die wenig wogen, solange sie leer waren, an Bord zu stapeln, damit sie bereit standen, wenn die Netze eingeholt wurden. Bis zum Ende der Schulzeit ging das so. Erst wenn der Lehrer der Meinung war, man hätte genug gelernt, dann durfte man jeden Tag mit raus aufs Meer. Dann musste man jeden Tag mit raus, denn dass das Leben als Fischer kein Zuckerschlecken war, weiß keiner besser als die 14- bis 20-jährigen. In diesem Alter, wenn einem der Sinn nach ganz anderen Dingen stand, lernte man richtig hart arbeiten, danach hatte man sich daran gewöhnt.

Vor meinem fünften Geburtstag hatte mich der Vater immer weggejagt, wenn ich in die Nähe des Bootes kam. Ich durfte nicht mal drauf, wenn es fest am Kai verzurrt war. Daher glaubte ich lange, es gäbe viele Geheimnisse auf dem Boot. Meinem fünften Geburtstag habe ich mit der größten Sehnsucht entgegengefiebert. Gut nur, dass ich Anfang August geboren wurde. Nicht auszudenken, wenn ich ein Februar-Kind gewesen wäre. Meinen Freund Fabrizio hatte es noch schlimmer erwischt. Der hatte im November Geburtstag. So war er schon fünfeinhalb, bevor er das erste Mal aufs Boot durfte.

Bei mir war es das Geburtstagsgeschenk. Die halbe Nacht lag ich schon wach und horchte auf das Atmen meiner Eltern. Als sie dann endlich aufstanden, kniff ich die Augen fest zu und stellte mich schlafend. Ich achtete auf jedes Geräusch von außerhalb der Schlafkammer. Die Mutter schürte die Restglut im Herd, legte ein paar Scheite nach und setzte den Pfeifkessel mit dem Wasser auf.

Der Vater, wie er sich prustend draußen am Fass den Oberkörper wusch. Wie ihm die Mutter etwas warmes Wasser in die Schüssel gab. Sogar das leise Kratzen des Rasiermessers, mit dem er sich die Stoppeln von den Wangen schabte, glaubte ich bis ins Bett zu hören. Dann zog er sich fertig an. Schließlich kam er in die Schlafkammer und stupste mit einem Finger an meine Schulter. „Du bist jetzt fünf, Paolo. Steh auf, wir fahren aufs Meer." Mit einem Satz hing ich an seinem Hals, und er schüttelte mich ab wie eine lästige Fliege. „Warst die ganze Zeit schon munter, hab mir's doch gedacht", brummte er gutmütig. So brach wieder ein glücklicher Tag in meinem Leben an.

Als er merkte, dass seine Gedanken spazieren gingen, legte er das Buch beiseite. Wann war er eigentlich so ein verkopfter Mensch geworden? Hatte der Beruf ihn so deformiert? Warum wollte er das Thema zergrübeln, warum wollte er ihre Zuneigung, ihre Zärtlichkeit, ihre Liebe nicht einfach genießen wie ein Geschenk. Schließlich konnte er sich auch an einem guten Wein erfreuen, ohne sich Gedanken um Mikroklima, Sonnenintensität oder Mineralität der Böden zu machen. Mit allen Sinnen einfach hinnehmen, auch ohne es zu verstehen – war nicht das ein Stück des Glückes, war nicht das eine der wenigen Fähigkeiten, die er an sich selbst immer geschätzt hat?
Carlotta annehmen wie ein Geschenk. Ein unverdientes, möglicherweise, aber eben ein Geschenk, ja ein Wunder. Denn war es nicht auch ein Wunder, was zwischen ihnen beiden geschah?
Carlotta war ein kleines Kraftwerk, nicht nur, aber auch im Bett. Auch das war ein kleines Wunder: Während sie Laurenz gerne mit den Augen anflirtete wie die junge Frau, die sie ja am Ende auch war, änderte sie ihr Verhalten schlagartig, sobald seine Fingerspitzen oder seine Lippen mit ihrer Haut in Berührung kamen. Dann gurrte sie kurz, schloss die Augen und ihre Körpertemperatur stieg schlagartig an. Sie drängte mit der Hüfte, dem Becken und den Schenkeln gegen seinen Körper, und sobald er seine Hand unter ihren Kleidern hatte, war sie wie ausgewechselt, bewegte sich, als würde sie gleich vor Lust bersten. Manchmal wurde sie richtig vulgär, und *ficken* schien ihr Lieblingswort beim Liebesspiel zu sein. Wenn sie mit heißem Atem und nassen Lippen ganz dicht an sein Ohr kam, wenn sie ihn dort mit der Zungenspitze berührte, war er es, durch den eine Welle der Gier wogte. „Fick mich jetzt und fick mich hart“, bettelte sie. Und meinte das durchaus wörtlich. Sie mochte es, auf den Po geschlagen zu werden, nicht nur spielerisch, sondern richtig heftig, und ihm tat es mehr weh als ihr. Sie konnte sich nie so recht entscheiden, am liebsten hätte sie ihn gleichzeitig überall gespürt, es war ihr alles recht, Hauptsache, er füllte sie ganz aus, das war

es letztlich, was sie wollte. Und er gab sich diesem Rausch hin, wollte ihr jeden Wunsch erfüllen. Jedes Mal bedauerte er die kleinen biologischen Nachteile des Mannes, fühlte sich gleichwohl jung und potent und brach danach beinahe vor Erschöpfung zusammen. Doch ihr Verlangen schien schier unstillbar – weiter und weiter trieb sie ihn, überall sollte er weitermachen, weiterspielen, bis sie schließlich ein zweites Mal kam und ihre Lust regelrecht herausschrie.
Ach, er sollte nicht daran denken, schon wieder stand es ihm, und wäre sie in diesem Moment ins Zimmer gekommen, dann hätte es wieder eine jener tobsuchtartigen Vereinigungen gegeben, bevor sie sich auch nur einen guten Morgen hätten wünschen können.
Doch, im Bett war es durchaus großartig, und obwohl Laurenz Stadler nicht ganz unbewandert in der körperlichen Liebe war – so etwas hatte er noch nie erlebt. Der Gedanke, sich bis an sein Lebensende daran zu erinnern, erfüllte ihn mit tiefer Dankbarkeit gegenüber dieser Liebe, von der er nicht wusste, wie er sie in den Alltag hinüberretten sollte.
Ein Satz von Vladimir Nabokov fiel ihm ein: „Es zahlt der Mensch mit der Moral den Preis, dass er so viel von Menschenschönheit weiß." Doch es war keine Frage der Moral, mit der er sich herumplagte. Und schon gar keine Lolita-Frage. Der Protagonist in Nabokovs Jahrhundertwerk war zwar „nur" 25 Jahre älter als Lolita, diese aber zählte erst 12 Jahre, als Humbert sich in sie verliebte, mithin, sie war ein Kind. Nein, moralische Skrupel müsste er nicht hegen, auch wenn der Altersunterschied zwischen Laurenz und Carlotta größer war. Schließlich, sie waren beide erwachsen und es geschah nichts, was sie nicht auch beide wollten. Nein, es waren nicht die moralischen Fragen, die ihn so bewegten, es waren die Fragen der Vernunft. Der sogenannten Vernunft.
Welche realistischen Chancen hätte ihre Beziehung, wenn erst der Alltag Einzug halten würde? In zehn Jahren wäre er beinahe im Rentneralter, und Carlotta wäre gerade mal Mitte dreißig.

Was, wenn Carlotta sich ein Kind wünscht? Ja, es gab viele alte Väter, aber würde er sich nicht komplett zum Narren machen, wenn er mit 58 Jahren seinen Sohn oder seine Tochter, wer wüsste das schon, in den Kindergarten bringen würde? Die Großväter heutzutage waren ja teilweise jünger. Erst später würde sich das ändern, weil die Menschen aufgehört haben, sich zu vermehren, wenn sie im besten Alter dafür waren. Vernunftgründe führten sie ins Feld, um zu erklären, warum sie sich erst mit 30, mit 35 oder mit 40 dem ersten Kind widmen könnten. Man wolle, so die inzwischen akzeptierte Konvention, dem Kind „erst etwas bieten“ können. Nein, zwischen Liebenden sollte ein Kind immer willkommen sein, nicht nur in diesem Punkt war er ziemlich altmodisch und noch immer ein klein wenig katholisch.
Ach, der Alltag. Selbst wenn er Carlotta mit nach München nehmen würde, selbst wenn sie Arbeit finden würde, wie sähe dann so eine Woche aus? Ein gemeinsames Frühstück vielleicht, falls sie nach einer anstrengenden Schicht in irgendeiner Kneipe überhaupt bereit wäre, um acht Uhr schon aufzustehen. Dann würde er in die Redaktion gehen. Und am späten Abend wären beide todmüde. Doch während Carlotta mit der Unbekümmertheit und der Kraft ihrer Jugend dann sicherlich noch Wunder erwartete, wäre er wohl eher der, der sie auf das Wochenende vertrösten müsste. Auf ein Wochenende, wo möglicherweise er oder sie oder beide arbeiten würden.
Wäre es nicht nur eine Frage der Zeit, bis Carlotta völlig entnervt von dem Umstand, mit so einem alten Sack in einem fremden Land zusammenzuwohnen, die Flucht in Richtung Süden ergreifen würde? Wäre es nicht seine Pflicht als der Ältere und Erfahrenere, sie genau vor so einem Schicksal zu beschützen, sie wenigstens zu warnen?
Andererseits.
Ist er ein Egoist, nur weil er das kleine Stückchen Glück, das ihm zugefallen ist, festhalten will? Nein, Laurenz wollte nicht von Carlotta ablassen. Er wünschte sich so sehr, dass sie bei ihm bliebe, dass er sie bis ans Ende seiner Tage um sich haben

könnte. Gleichwohl war ihm bewusst, dass das dem Wunsch eines kleinen Jungen nach einem neuen Roller gleichkam. Trotzdem.

Er wollte nicht auf ihre Offenheit, ihre Lebendigkeit verzichten, nicht auf die kindischen Albernheiten, nicht auf ihre Jugend, nicht auf ... ach, auf nichts eben. Er brauchte die Gluthitze ihres Körpers unter den Laken und das Gefühl danach, halb tot und doch ganz am Leben zu sein. Wer hätte das Recht, ihm das wegzunehmen? Höchstens er selbst.

Dass er Angst vor sich selbst habe, hatte Carlotta einmal gesagt, mitten im Gespräch. Am Strand war das. Sie hatten im glutheißen Sand gelegen, die meisten anderen Gäste waren längst verschwunden, sie war mit ihrer Hand in Richtung seiner Hose unterwegs, und wenn er nur gewollt hätte, dann hätten sie sich schon da das erste Mal geliebt. Es kam Laurenz Stadler vor, als läge dieser Tag schon Monate zurück. Dabei, es war am Strand von Ciracciello und es war erst vor sechs oder sieben Wochen gewesen. In nicht einmal zwei Wochen würde er wieder in München sein.

Ihre Beziehung war wie ein Strudel, immer tiefer zog es ihn hinab, zog es sie beide hinab, immer schneller drehten sie sich auf das schwarze Loch zu, von dem niemand wusste, was es dort unten gab.

Er war es, der der Sache Einhalt gebieten musste. Natürlich war es schon sehr spät, es würde Szenen geben, es würde Tränen geben, gebrochene Herzen. Seines war schon irreparabel beschädigt, wenn er nur an den möglichen Ausstieg dachte.

Wenn wir es jetzt beenden, dachte Stadler, dann ist es noch immer Zeit. Dann können wir das, was wir hatten, in unseren Herzen bewahren als eine wunderbare Episode im Leben. Carlotta jemals zu vergessen, dazu würde die ihm verbleibende Lebensspanne nicht ausreichen. Welchen Einfluss sie längst auf ihn hatte, merkte er an diversen Kleinigkeiten. Und er ärgerte sich darüber. Er konnte nicht mehr duschen, ohne an sie zu denken. Vom Einschlafen gar nicht zu reden.

Es gab viele Vernunftgründe, diese Beziehung zu beenden. Es waren immer Vernunftgründe. Carlotta schließlich war es, die ihm eine Liebe gezeigt hat, die nicht pausenlos nach Bilanzen fragt, die nicht aufrechnet, die einfach gibt, weil sie geben will.
Er zog ein Blatt Papier vom Stapel und nahm sich einen Edding.
„Danke, dass es dich gibt, kleine Carlotta", schrieb er darauf.
Er zerknüllte es, warf es in den Papierkorb und zog ein neues Blatt.
„Danke, dass ich dich kennenlernen durfte, Liebste", schrieb er darauf. Dann zerknüllte er auch diese Botschaft.
Was tue ich hier, fragte er sich schließlich. In Gedanken sah er sich bei ihr, wie er mit einem Lippenstift den Abschiedsgruß auf den Spiegel schrieb. Nein, eine solche Szene wird es nicht geben. Auch keinen Abschiedsbrief. Sie waren beide erwachsene Menschen, sie würden miteinander reden, wie das erwachsene Menschen tun, wenn es ein Problem zu lösen gibt.
Er fischte die beiden Seiten wieder aus dem Papierkorb, strich sie glatt, faltete sie und steckte sie in die Innentasche seines Jacketts. Er würde sie später irgendwo in der Stadt entsorgen, die Putzfrau müsste sie nicht finden.

Laurenz Stadler war sich durchaus bewusst, dass er noch Wochen frei haben würde. Doch von dem Tag an, wo der September im Kalender in der Spalte für den Monat stand, wurde er zunehmend unruhiger. Vor allem in seine Beziehung zu Carlotta kam Unruhe. Nahm er diese unverhoffte und nun so leidenschaftliche Liebe anfangs als Geschenk, so wusste er doch, dass er ihr Zusammensein in rationale Bahnen lenken müsste. Dabei verstimmte es ihn schon, dass er es sein würde, von dem die Initiative ausgehen müsse. Denn von Carlotta aus gab es gar keine Impulse, sie lebte den Tag, sie sprach nur ungern von morgen, ihre Planungen gingen selten über die nächste Schicht, den nächsten freien Tag hinaus. Bis zu einem gewissen Punkt sprach er sie frei: Sie musste sich ja nicht ändern, ihr stand ja kein Ortswechsel bevor. Gleichwohl muss-

te sie natürlich wissen, dass ihn die verrinnende Zeit plagte. Doch sie küsste die wachsende Angst weg, sorgte mit ihrem kleinen fiebrig-heißen Leib dafür, dass sich Laurenz regelmäßig erschöpfte.
Doch heute nahm er sich vor, sich nicht von ihrem weichen warmen Mund korrumpieren zu lassen. Nach ihrer Frühschicht erbot er sich, sie zu begleiten. Carlotta freute sich. Ganz aus dem Häuschen war sie, als er sie in die *Gelateria* einlud. Sie hatte schon bemerkt, dass er gern bei ihr war, aber sich nicht gern in der Öffentlichkeit mit ihr zeigte. Allerdings, das hatte sie ihm – mit dem Gesicht auf seiner nackten Brust – gestanden, zog sie die vollkommen falschen Schlüsse aus seinem Verhalten. Sie nahm nämlich an, dass er sich mit ihr schäme, weil sie ihm nicht attraktiv genug sei. In Wahrheit hatte Stadler seine eigene Verunsicherung noch nicht überwunden, glaubte er, von den *Procidani* schief angesehen zu werden. Zum einen, weil „sein Mädchen“ eine Hiesige und er ein Fremder war, zum anderen, weil der Altersunterschied nun doch sehr augenfällig war. Er wollte den Einheimischen partout nicht als eine Art Sugar-Daddy erscheinen und erinnerte sich mit Unbehagen an die kleine hässliche Szene mit dem Rollerfahrer vor dem Souvenirladen.
Doch auch er war damit einem Irrtum aufgesessen. „Weißt du“, hatte sie leise gefragt, „warum ich mit den *Procidani* nichts anfangen kann?“ Und gab die Antwort gleich selbst: „Auf unserer Insel kennt nicht nur jeder jeden, jeder scheint auch mit jedem verwandt. Und wenn ich einen jungen Mann küsse, habe ich immer das Gefühl, es wäre einer meiner Cousins.“ Auch eine Begründung, hatte Stadler gedacht und ihr wortlos das Haar gestreichelt.

Den ganzen Weg hinunter zur Eisdiele alberten sie herum. Besser gesagt, alberte sie um ihn herum, denn mit jedem Schritt, dem sie sich ihrem Ziel näherten, wurde Laurenz nachdenklicher.

Sie bestellten sich, was sie sich immer bestellten, wenn sie mal nur „auf die Schnelle" ausgingen, sie einen Erdbeer-Frappé, er eine Kugel Malaga-Eis mit einem Schuss Rum darüber. Bei ihm, so fand er, kam es auf ein paar Kalorien mehr oder weniger nicht mehr an.
Und dann, nachdem der erste Löffel des köstlichen Schmelzes seine Zunge schon ein wenig betäubt hatte, fragte er sie ganz direkt. Ob sie sich vorstellen könne, mit ihm zu gehen, wenn er die Insel verlassen müsse.
Carlotta lachte.
„Was soll ich bei dir im Norden? Und dann noch in dieser grässlichen Großstadt. Ganz ehrlich, Lorenzo, bei euch wohnen doch in einer Straße mehr Leute als hier auf der ganzen Insel."
Ihre Unbekümmertheit verletzte ihn. Machte sie sich denn gar keine Gedanken, wie es weitergehen wird.
Sie bemerkte seine Verstimmung und legte ihm eine Hand sacht auf den Unterarm.
„Schau mal! Wenn mir nach Großstadt wäre, dann würde ich auf die Fähre gehen und wäre in einer guten Stunde da."
„Aber wir könnten zusammen sein, in München, wir könnten miteinander leben."
„Das können wir hier auch."
„Komm, Liebes, du weißt, dass ich in München meine Arbeit habe."
„Und ich habe meine Arbeit hier."
Er wusste, dass diese Art Ballwechsel nicht gut war. Machten sie so weiter, gäbe es nur Verlierer. Verletzte Verlierer.
„Aber schau mal, du kannst schon so gut deutsch. Du würdest bestimmt auch in München eine Arbeit finden."
Carlotta kaute auf ihrer Unterlippe herum. Das passte zu ihrem trotzigen Gesichtsausdruck.
„Du kannst viel besser italienisch als ich deutsch. Du würdest hier auch etwas finden."
„Was soll ich tun? Eine Inselzeitung gründen?"

„Und warum nicht? Ich kann bei Signor Ambrosi vom *Procida Oggi* nachfragen. Außerdem könntest du Bücher schreiben." Sie umwarb ihn. „Komm, du schreibst doch schon an einem Buch, ich weiß das doch."
„Das ist nicht dasselbe. Weißt du, meine Memoiren sind eigentlich nicht vordergründig ..."
„Meinst du, es ist dasselbe, wenn ich in München als Kellnerin arbeite?" Sie wurde bissig, er ärgerte sich, dass er seinen Gedanken nicht hatte zu Ende formulieren können. Doch so, das spürte er, würden sie nicht weiterkommen.
Sie näherten sich einer Grenze, deren Überschreitung auf ein Ultimatum hinauslaufen würde. Zumindest aus seiner Sicht. Carlotta schien alles leicht zu nehmen. Wenn du hier bist, dann liebst du mich eben, bist du fort, bist du fort. So eine einfache Philosophie war das.
Er lenkte seinerseits ein, er wollte keinen Streit, er verschob das Thema erneut.

Am nächsten Tag lud sie ihn für abends zu sich nach Hause ein. Abendbrot mit den Eltern. Kein formelles Essen, keine Einladung der Eltern, er solle einfach nur teilnehmen. Das gefiel Stadler gut. Vater und Mutter Petacchi hatten bislang keinen Hehl daraus gemacht, dass ihnen die Beziehung ihrer Tochter zu dem älteren Mann nicht behagte. Da konnte so ein Stück Normalität durchaus zum Abbau von Vorurteilen beitragen. Hoffte Stadler.
Sogar über Verhaltensregeln hatte ihn Carlotta instruiert: Bei Tisch kein Wort über Berlusconi, der sei ein rotes Tuch für ihren Vater.
Aber der Abend war unter dem Strich eine Enttäuschung. Die Petacchis hatten ein viertes Gedeck aufgelegt, das war auch schon alles. Sein artiges Kompliment, es sei schön, die Eltern wiederzusehen, wurde von Mutter Petacchi wenigstens noch mit einem „Willkommen" beantwortet, der Vater brummte nur ein „Guten Abend".

Gabriele Petacchi, Staplerfahrer unten am Hafen, wie Stadler inzwischen wusste, gab sich sehr wortkarg. „Journalist sind sie also, eh?", wollte er wissen, nachdem sie eine Weile annähernd schweigend gegessen hatten. Es klang barsch und abweisend. Doch sein Interesse erlosch alsbald, als er erfuhr, dass Kultur Stadlers Spezialstrecke war. Offensichtlich entsprang die Frage eher einer erzwungenen Höflichkeit als ehrlichem Interesse.
Carlottas Mutter Ilaria bemühte sich wenigstens um Freundlichkeit. Sie empfahl Stadler von den Antipasti, sie legte ihm ein Stück Fleisch auf und sie schenkte Wein nach. Doch immer wieder huschten ihre Augen hinüber zu ihrem Mann Gabriele, als bäte sie ihn um sein Einverständnis, gastfreundlich zu sein.
Dann sprachen sie wieder mit ihrer Tochter über deren Arbeit und über frühere Klassenkameraden. Stadler war Luft für sie. Nur Carlotta bezog ihn in das Tischgespräch ein, legte ab und an eine Hand auf seinen Unterarm, erzählte von gemeinsamen Unternehmungen.
Für Gabriele Petacchi war Stadler offenbar Luft, stellte er fest und fühlte sich zunehmend unwohl.
Auch später, in ihrem Zimmer, als sie sich kurz entschuldigte und noch einmal hinunter zu den Eltern ging. Was reden die da, fragte er sich. Und: Was tue ich hier eigentlich? Noch am Vortag hatte er Carlotta in ein Gespräch über ein gemeinsames Leben verstrickt, hatte die Möglichkeiten dafür ausgelotet. Und nun saß er allein in diesem Zimmer, das ihm ohne Carlotta fremd und falsch vorkam. Vielleicht hatte er ja einen Platz in Carlottas Herz, in ihrer Familie würde er aber nur schwerlich einen finden. Sollte er nun um die Gunst dieser ihm fremden Menschen kämpfen oder mit ihr eine eigene Familie gründen? Schließlich, Carlottas Beziehungen zu ihren Eltern erschienen ihm auch alles andere als konfliktfrei. Vermutlich gehörte eine Frau mit 24 einfach nicht mehr ins Kinderzimmer ihres Elternhauses.

Die Wohnungssuche in München gestaltete sich etwas problematisch. Stadler war schon aufgrund der Entfernung auf das Internet angewiesen, auf die diversen Immobilien-Portale, die sich dort fanden. Aber sich für eine Wohnung zu entscheiden, die er nicht sehen konnte, das fiel ihm schwer. Er war ein Mensch der Sinne, er musste in den Räumen sein, um ihren Charakter zu fühlen. War das Haus hellhörig? Roch es im Treppenhaus, und wenn ja, wonach? Und diese Aussicht ins Grüne: Hörte man dort die Blätter rauschen oder Kinder krakeelen? Gar den Verkehrslärm – das Satellitenbild zeigt eine dicht befahrene Straße ganz in der Nähe. Nein, so ging das einfach nicht. Doch entscheiden musste er sich.
Er hatte schon ein paar Stunden mit der Suche nach einer geeigneten Bleibe verbracht, als ihm mit Entsetzen auffiel, dass er bei der Wohnungssuche ausschließlich an sich gedacht hatte. Wohnen, Schlafen, Arbeiten ... und wo blieb Carlotta? Wo blieb eventuell ein Kind, ihr Kind, ihrer beider Kind? Bei dem Gedanken an ein Kleinkind in der Wohnung wurde Stadler ganz anders. Er war sich immer noch nicht sicher, ob er Kinder mochte. Aber ihm war klar, dass ihn ein Kleinkind überfordern würde. Später, ja, wenn er ihm oder ihr Dinge beibringen könnte, wenn sie zu seinen Füßen spielten, er ihnen vorlesen konnte, das waren alles Sachen, die für ihn vorstellbar waren. Aber so ein kleiner Quälgeist, der immerfort lautstark Ansprüche stellen würde ..., das irritierte ihn dann doch sehr.
Die Frage hatte sich in seinem Leben auch noch nie gestellt. Die Beziehungen, die er zu Frauen hatte, erreichten weder die Dauer noch die Tiefe, um über einen Kinderwunsch nachzudenken oder zu reden.
Andererseits musste er keine Wohnung für sie beide suchen, bevor nicht entschieden war, ob er die Heimreise allein oder mit ihr antreten würde.
Er konnte es drehen und wenden, wie er wollte, er würde nicht um das entscheidende Gespräch mit Carlotta herumkommen. So kam es, dass die beiden nach ein paar Tagen wieder mitten im Thema waren.

Er wählte die Stunde nach dem Sex für das Gespräch, die Stunde, in der sie sich am meisten über sich erzählten. Er unterbrach sie, als sie ablenken wollte, indem sie munter über eine Freundin plapperte, die ihr ihre Mutter ausreden wollte. Die Freundin war Mitglied bei den Napoli Cheerleaders, trug ihre Röcke ultrakurz und schwärmte von irgendwelchen amerikanischen Musikern, alles Namen, die Laurenz ohnehin nichts sagten. Für Carlottas Mutter verkörperte diese Freundin all das, was ein anständiges Mädchen nie erstreben sollte; und ihr Vater, der sie über alles liebte, brachte nicht die Kraft auf, sich gegen die Mutter zur Wehr zu setzen.

Nein, so insistierte er, im Leben gehe es nicht um ehemalige Beinahe-Freundschaften, es handele sich vielmehr um etwas Wesentliches. In diesem Falle darum, ob und wie es nun mit ihnen weiterginge. Zunächst blieb das Gespräch ein Monolog, denn Carlotta hatte sich beleidigt von seiner Brust weg und auf den Rücken gerollt, die Knie aufgestellt und den Blick provozierend gelangweilt zur Decke gerichtet. So schmollte sie, während Laurenz ihr eröffnete, dass es wohl zu seinem Rückflug nach München keine Alternative gäbe. Sie beteiligte sich erst wieder an dem Gespräch, als Laurenz erwähnte, dass sich so eine räumliche Trennung auch als ein Prüfstein für ihre Liebe erweisen könne, dass sich herausstellen würde, wie sehr sie sich wirklich lieben, indem sie spürten, wie sie einander wirklich vermissen.

Sie wandte sich ihm wieder zu und musterte ihn aufmerksam. „Wie dumm du wieder redest“, wunderte sie sich. „Natürlich lieben wir uns, sonst würden wir ja schließlich jetzt nicht hier liegen, oder?“

Er holte tief Luft. Ihre Naivität konnte er jetzt überhaupt nicht gebrauchen, er ahnte, dass das wieder Bestandteil ihrer Taktik war, vom Thema abzulenken.

Sie kam herübergekrochen, legte ihren Kopf in seine Armbeuge und die kleine Hand auf seine Brust. „Ich will so sehr, dass du glücklich bist, mein Geliebter, ich werde hier einfach auf dich warten. Du machst in München, was immer du machen wirst, und sobald du frei bist, kommst du zu mir zurück. Nicht

wahr, du wirst doch zu mir zurückkommen? Du wirst mich nicht für immer allein lassen, das kannst du nicht machen."
Stadler seufzte. Dann lag er einfach nur da und schwieg. Carlotta konnte im Dunkeln nicht sehen, dass seine Kiefer mahlten. Was sollte er auch sagen? Sie hatte sich längst entschieden, aber vielleicht wusste sie es noch nicht.
Am nächsten Morgen mietete er sich eine kleine möblierte Wohnung in der Münchner Ludwigsvorstadt, ganz in der Nähe der Isar. Vielleicht ist es ja nur ein vorübergehendes Quartier, dachte er, als er aufgelegt hatte.
Einen weiteren Tag später hatte er ein Ticket für die Abendmaschine von Neapel nach München gebucht. Der *Padrone* bedauerte seine Abreise außerordentlich. Zwar habe er gewusst, dass Stadlers Urlaub im September zu Ende gehe, gleichwohl gehofft, dass dieser noch ein, zwei Wochen bleiben könne, erklärte er ihm mit salbungsvollen Worten, während er unablässig Stadlers Hand festhielt.
Carlotta hatte sich für den Tag seiner Abreise frei genommen. Doch sie kam und kam nicht. Eine halbe Stunde vor der geplanten Abfahrt rief Stadler sie auf dem Handy an, um zu fragen, ob etwas dazwischengekommen sei, ob er sich am Ende Sorgen machen müsse.
Doch sie plapperte munter drauflos. Nein, sie werde nun doch nicht kommen, es bringe Unglück, vom Hafen aus einem Abreisenden nachzuwinken, ob er das nicht wüsste, und sie wolle ihn doch so in Erinnerung behalten, wie sie ihn im Hotel verlassen habe, und sie werde immer noch da sein, sobald er zurückkehrt, und sie habe doch ihrer *Mamma* versprochen, mit ihr einkaufen zu gehen, und nein, er solle sich bloß keine Sorgen machen, es wäre doch alles in Ordnung, und ja, sie würde ihn schrecklich lieben und könne ohne ihn nicht leben, und natürlich warte sie auf ihn, egal, wie lange sie würde warten müssen.
Auch als die Leitung schon lange tot war, starrte Stadler noch einigermaßen fassungslos auf das Handy, bis Massimiliano leise klopfte, den Kopf durch die Tür steckte und ihm sagte, dass es nun Zeit sei, wenn er die Fähre nicht versäumen wolle.

22. Kapitel

Nein, den Fernseher, den Laurenz Stadler beim Einzug in seiner kleinen möblierten Übergangswohnung in der Ludwigsvorstadt vorgefunden hatte, brauchte er wirklich nicht. Aber weil er nun schon einmal da war und Stadler mit seinem großen schwarzen Bildschirm abends vorwurfsvoll anstarrte, interessierte sich dieser auch für den Kasten, wollte neugierig und fern aller Frotzeleien durch die Kollegen, auch die Details der modernen Medienwelt kennenlernen. Doch alsbald verfiel er wie schon auf Procida auf eine noch junge Kulturtechnik, in der er noch nicht sonderlich bewandert war. Und bei dem gelangweilten Zappen durch die Kanäle wurde er an diesem Abend plötzlich hellwach.

Klaviermusik ertönte, ein schöner, voller Klang, den er dem Apparat, einer zugegebenermaßen gelungenen Mischung aus teurer Elektronik und billiger Plastik gar nicht zugetraut hätte. Eine junge Frau mit ausdrucksstarken großen Augen saß in einem Leinennachthemd vor einem Klavier und spielte Schumann. Ein Déjà-vu. Das hatte er doch schon mal gesehen. Diese Frau kannte er. Er konnte aber sein Gedächtnis nicht befragen, weil die Musik im Vordergrund stand. Eine wunderbare Schumann-Interpretation. Dann plötzlich, als er die Augen schloss, um sich auf die Musik zu konzentrieren, fiel es ihm ein. Kinski. Nastassja Kinski. Damals gerade mal 20-jährig spielte sie die Clara Wieck, spätere Schumann, an der Seite von Herbert Grönemeyer, der Robert Schumann gab. Ein

Klassiker der Musikfilme und das in mehrfacher Hinsicht – es war die erste westdeutsche Produktion, die in der DDR gedreht wurde. Stadler war gerade ins Feuilleton versetzt worden und die „Frühlingssinfonie“ war seine erste Filmkritik. Zwar hatte der *Münchner Bote* eigene Filmkritiker, aber in diesem Falle wurde Stadler um die Rezension gebeten, weil dieser eine umfassende musikalische Vorbildung besaß. Im Detail konnte sich Stadler nicht mehr an die Rezension der „Frühlingssinfonie“ erinnern. Doch beim Anblick der Klavier spielenden Nastassja Kinski erinnerte ihn sein Körper sofort wieder an den Schmerz, den er empfand, als er den Film zum ersten Male sah.

Almut. Ein Name, der wie Anmut klang, wie Eleganz, wie Stil. Und genauso war sie gewesen. Almut Förster, die Liebe seines Lebens. Nicht die einzige Frau in seinem Leben, wohl aber die einzige, bei der er das hegte, was seine Generation damals noch mehr oder weniger verschämt als „ernsthafte Absichten“ bezeichnete. Die Frau, die ihn von seiner Mutter weggeführt hatte, von seiner Mutter, die er damals als so schrecklich empfunden hatte.

Auf dem Musikgymnasium lernten sie sich kennen.

Sie hatte die Augen eines Rehs, groß und braun und ausdrucksvoll und schön, aber auch den unsteten Blick eines scheuen Tieres, das Gefahr wittert. Ihr Mund war ein großer Kussmund mit geschwungenen Lippen, die auch einen erwachsenen Mann um den Verstand bringen können, dabei, er aber war doch nur ein Junge.

Das erste Mal nahm er sie beim Vorspielen wahr. Im kleinen Klaviersaal des Gymnasiums sollten sich die Schüler daran gewöhnen, regelmäßig und ohne Scheu vor Publikum zu spielen. Sicher, einige hatten schon Erfahrungen von ihren bisherigen Musikschulen, von kleinen Konzerten vor den Eltern und vor Mitschülern. Doch hier war es eine unruhige Zuhörerschaft, weil das Zuhören in diesem Falle eine Pflichtübung war, Bestandteil des Unterrichtes. Die einen waren gelangweilt, weil sie darauf warteten, dass die Stunde zu Ende ging, die anderen waren nervös und konnten sich nicht auf die Musik konzentrieren, weil auch sie gleich ihren Auftritt hatten. Almut spielte eine relativ komplizierte Passage von Mozart, und Laurenz war hellwach, weil er Mozart vergötterte und vom ersten Tage an eifersüchtig darüber wachte, dass keiner seiner Mitschüler Mozart besser spielte als er selbst. Gelang es einem, dann übte er so lange das betreffende Stück, bis es perfekt saß. Und sie, Almut, sie sah von der Tastatur auf und richtete ihren Blick direkt auf ihn. Wollte sie ihn provozieren? Wollte sie damit prahlen, dass sie diese Passage blind spielen konnte? Nein. Laurenz merkte rasch, dass sie ihn zwar ansah, ohne Zweifel nur ihn, ihn aber dabei gar nicht bemerkte. Ihr Blick hatte etwas Eindringliches oder etwas Durchdringendes, etwas, das ihn gläsern machte. Konzentriert und verträumt. Er stierte sie an, sie verhaspelte sich beim Spiel und wurde puterrot vor Scham, vielleicht auch vor Wut.

Später, auf dem Hof, als Laurenz mit anderen Jungs bei den Hecken stand und rauchte, revanchierte sie sich für den Blick: Sie stierte zurück. Wieder war es dieser durchdringende Blick, aber diesmal lag in ihm eindeutig eine Provokation, eine Aufforderung, die er nicht verstand. Er spürte nur, dass sie diesmal nicht ausweichen würde, und dass er es war, der rot anlief. Das war die erste bewusste Begegnung der beiden, aber es dauerte noch ein paar Tage, bis sie sich in der Pause aus der Mädchengruppe löste und direkt auf ihn zukam.

„Ich weiß, dass ich Mozart nicht so gut kann wie du", sagte sie fast schnippisch. „Deswegen hättest du mich nicht so anstieren müssen." Sie machte auf dem Hacken kehrt und wollte gehen, doch Laurenz, er wusste selbst nicht, wie ihm geschah, hielt sie am Ellbogen fest.

„Warte", sagte er.

Sie sah wütend auf seine Hand an ihrem Arm und er ließ erschrocken los. Doch sie lief nicht weg. Die umstehenden Jungs wurden aufmerksam.

„Komm", sagte er und nickte in Richtung Zaun.

Einer pfiff ihnen hinterher.

„Ein schönes Paar“, rief ein anderer, und Gelächter verfolgte sie.
„Als du da gespielt hast“, begann Laurenz unsicher, „ich wollte dich nicht dabei stören. Ich war nur so ... so verblüfft, dass du die Passage ohne Noten gespielt hast, sie ist schon vom Blatt schwer genug.“
Wieder errötete Almut und blickte zu Boden.
„Ach was“, sagte sie. „Gerade deswegen habe ich es auswendig gelernt. Aber du hast mich aus dem Spielfluss gebracht mit deinem ... deinem Blick.“
„Du lernst Stücke auswendig, weil sie dir vom Blatt zu schwer sind“, fragte er ungläubig.
„Ja“, sagte sie, noch immer etwas schnippisch.
„Nein“, entgegnete er, „dabei passiert etwas viel Wunderbareres.“
Sie wurde lockerer, aufmerksamer.
„Was soll da passieren?“, fragte sie. „In Wettbewerben wird das schließlich auch verlangt.“
„Ja“, pflichtete er ihr bei. „Aber beim Lernen passiert doch was mit dir.“
Sie runzelte die Stirn, zuckte verlegen mit den Schultern.
„Auswendig spielen ist genauso eine Gabe, wie nach Gehör zu spielen.“
„Ach geh‘ “, winkte sie ab. „Du musst es halt nur auswendig lernen, dann erinnern sich deine Finger an den Fluss der Melodie. So hat es Frau Floeckner gesagt.“
„Das ist nur die halbe Wahrheit“, hakte er nach. „Du prägst dir das Stück nicht durchs Gehör, sondern durch die Noten ein, du verinnerlichst es, indem du die Noten und die Melodie zusammenbringst, und du gibst es wieder, weil du die Noten dabei siehst, so vor einer Art innerem Auge.“
Stadler hielt inne, als er merkte, dass sie nur noch auf seinen Mund sah, auf die Bewegung seiner Lippen. Er war sich nicht sicher, ob und was das zu bedeuten hatte, er merkte nur, wie sein Herz anfing zu rasen.
Plötzlich verspürte er das Bedürfnis, sie zu berühren. Doch er ließ es. Noch. In diesem Moment wusste sein Körper schon,

was sein Kopf noch nicht zugeben wollte – dass er dieses groß gewachsene, aber zarte Mädchen mit den klugen Augen ganz nah bei sich spüren wollte.
Ob dieses kurze Gespräch, diese flüchtige Begegnung, die den Keim für eine tiefe Liebe legte, in seine Memoiren gehörte? Ohne Zweifel würde er sich noch an Almut Förster erinnern, wenn er dereinst als Greis auf dem Totenbett lag. Aber – müsste er nicht Almut fragen, ob er das niederschreiben dürfe? Schließlich gehörten diese Erinnerungen zur Hälfte auch ihr, Almut.
Wem gehören überhaupt Erinnerungen? Gehören sie denn jemandem, gehören sie allen Beteiligten? Vielleicht hatte Almut an dieses Gespräch ganz andere Erinnerungen. Oder gar keine.
Und was war mit ihrem ersten Mal? Inwiefern gehörte das in gedruckte Lebenserinnerungen? Für Laurenz Stadler waren die vertraulichen Gespräche, die Dinge, die nur vier Ohren hörten, von jeher wesentlich intimer als das Bett. Körperliche Vereinigung war beliebig, die praktizierten alle Paare mehr oder weniger gleich, unabhängig von der Tiefe ihrer Gefühle füreinander. Und doch wurde darum stets ein Bohei gemacht. Er hatte schon immer gerne Biografien und Autobiografien gelesen, daher war er nicht ganz unbewandert in der Frage, wie es andere mit dem Sex in ihren aufgeschriebenen Erinnerungen hielten. Niemand machte darum einen Bogen, und Stadler fragte sich, ob es nur eine Sache war, die das Marketing den Autoren in die Bücher diktierte.
Mit Almut Förster war das erste Mal sehr aufregend.
Es passierte vollkommen überraschend. Doch es war unvermeidlich, sie waren schon seit Wochen darauf zugetrieben, scheinbar ohne eigenes Zutun. Ihre Beziehung war in einer Phase, da hatten sie sich mit Worten längst verführt, da nutzten sie jede sich bietende Gelegenheit für heimliche und leidenschaftliche Küsse. In Mauernischen und in leeren Unterrichtsräumen oder im Bus auf der letzten Bank, wenn sie glaubten, niemand sähe sie. Wahre Kuss-Orgien waren das manchmal,

vor allem im Gymnasium am späten Nachmittag, wenn der Unterrichtsbetrieb abflaute. Sie hatten sich auch schon so manche Begierde gestanden, mit feuchten heißen Mündern in ihre Ohren geflüstert. Die erste Petting-Aktion war aus solch einer Situation heraus entstanden. An ihrem Ohrläppchen hatte er genuckelt, ihr dann Feuer ins Ohr gehaucht. Was er mit ihr alles tun würde, wenn sie ganz allein wären. Wie seine Hände über ihren Körper wandern würden, ihn erkunden, ertasten, liebkosen. Wie er die Fingerkuppe sanft in ihre Muschi drücken würde. Sie fing an zu keuchen und, erst ganz leise, dann immer lauter zu rufen, ja sie schrie fast in einer sich immer mehr steigernden Ekstase: „Ja und ja!“ – „Tu das!“ – „Ja, tu das!“ Und dann hatte er es einfach getan. Und sie in ihrer Hast, mit fahrigen Bewegungen, sie zerrte ihm ungeduldig das Hemd aus der Hose, zwängte ihre Hand durch den Bund. Dann, kaum hatte sie ihn in ihrer Hand, dann kam er mit einem Mal und völlig unkontrolliert und sie hatte das ganze Zeug an der Hand und als sie schließlich voneinander ließen, da spürte er den ganzen Heimweg die feuchte Klebrigkeit seiner Lust in der Hose. Und er schämte sich kein bisschen, und er dachte auch kein bisschen an seine Mutter, die ihm schon einmal, als er sich ganz für sich allein der Lust beugte, mit baldigst bevorstehender Erblindung gedroht hatte.
Almut und Laurenz hatten immer das erste Stück des Weges vom Gymnasium nach Hause gemeinsam. Mit dem Bus fuhren sie bis zum Bahnhof, von dort aus ging Almut zu Fuß in ihre nahe Wohnung, während Laurenz in den Landbus umstieg, der ihn bis in sein Dorf brachte. Eines Tages fiel der Bus aus. Sechzig Minuten hatten sie, bis der nächste fuhr, es regnete in Strömen, ein kalter Herbstguss und eine gute Ausrede, nicht zu laufen. Der Hausmeister, der schon abschließen wollte, ließ den Haupteingang noch offen, sodass das Dutzend wartender Schüler nicht draußen bleiben musste und sich im Vorraum herumdrückte oder in den Ecken des Hofes stand, um zu rauchen.
Hinter dem Rocksaum fummelte Almut plötzlich einen Schlüssel hervor, sie musste ihn dort irgendwie befestigt haben.

„Für den kleinen Klaviersaal“, flüsterte sie Laurenz zu und ihre Augen funkelten.
„Willst du noch üben?“, fragte er verständnislos, was ihm in seinen Erinnerungen ziemlich naiv vorkam.
„Nicht auf dem Klavier“, hauchte sie an seinem Ohr und nahm sein Handgelenk. „Komm!“
Sie huschten die Treppe hinauf und liefen den Gang entlang. Sie waren die einzigen im ersten Stock. Sie sperrte hinter ihnen wieder zu und hing sofort an seinem Hals, um ihn leidenschaftlich zu küssen. Er wühlte mit den Händen in ihren Haaren, die vom Regen ein wenig nass waren und ungewaschen rochen. Sie stöhnte leise vor lauter Wonne und streichelte seine Hose. Schließlich presste er sie an sich, doch als er mit den Händen nach ihrem Po greifen wollte und sich schon überlegte, wie er irgendwie unter ihren Rock käme, wehrte sie ihn ab. Schnell und lautlos wie eine Schlange glitt sie an ihm herunter, öffnete seine Hose und bereitete ihm in ihrem Mund ein warmes weiches Bett. Er hielt sich überrascht an einem Steigrohr der Heizung fest, während sie ihm wortlos und eifrig ein Geschenk machte, das er sein Leben lang nicht vergessen würde.
Eine Woche später stellte sie ihn ihren Eltern vor. Sie hatte nette Eltern. Ihr Vater war Dozent für Kunstgeschichte an der Universität, ihre Mutter arbeitete als Kulturredakteurin beim Bayerischen Rundfunk. Er wurde von ihnen sofort akzeptiert und zwar als der Freund ihrer Tochter. Ohne Wenn und Aber, ohne Vorschriften und explizit formulierten Grenzen. Laurenz‘ Befürchtungen, er würde als künftiger Schwiegersohn misstrauisch taxiert und examiniert, zerschlugen sich schon bei der ungezwungenen Begrüßung. Obwohl die ganze Familie, wie es sich gehörte, katholisch war, nahm sie ihn auf wie einen neuen Sohn. Ihre Eltern, so sah er es heute, nahmen wohl auch an, dass sie eher wie Bruder und Schwester miteinander umgingen. Dabei konnten ihnen doch die Blicke und die Worte nicht entgangen sein. Vielleicht hatten sie sich auch ein wenig vorgesehen, und vielleicht waren ihre Eltern doch ein

wenig naiv. Dennoch empfand er den Gegensatz zwischen der verbitterten einsamen Frömmelei seiner Mutter und der Offenheit im Hause der Försters als wohltuend. Mit seinem damaligen Wissensstand hätte er es kaum für möglich gehalten, dass man so mit einem Neuen, ja, mit einem Fremden in der Familie umgehen könne. Er kannte nur das krankhafte Misstrauen seiner Mutter und die vor Selbstbewusstsein platzenden Eltern seiner Klassenkameraden.

Johannes Förster, Almuts Vater, war es auch, der Laurenz Stadler an die Renaissance herangeführt hatte. Seine Augen glühten vor Begeisterung, wenn er Laurenz erklärte, wie sich die Künstler von den Dogmen des Mittelalters lösten, wie sie in ihren Porträts den Menschen individuelle Züge gaben, ja, wie sie ihn in den Mittelpunkt rückten, wie sie letztlich den Menschen in seiner Menschlichkeit feierten. Wenn bei solchen Gesprächen im Hause Förster, und davon gab es nicht wenige, Almut ihren Kopf ins Zimmer steckte, verdrehte sie theatralisch die Augen. Komm mit rüber, sollte das heißen, ich will dich für mich. Doch Vater Förster breitete seine Bildbände vor dem Jungen aus, zeigte ihm Raffael und Vittorre Carpaccio, Giorgione und natürlich Michelangelo Buonarotti. Die Loslösung von den mittelalterlichen Dogmen der Kirche und die Hinwendung zum schönen Menschen war etwas, das Laurenz tief beeindruckte. Und er empfand damals sein Vaterhaus ein wenig wie das Mittelalter und die großen hellen Räume bei Almuts Eltern wie die Renaissance, wie eine Wiedergeburt.
Natürlich war der junge Laurenz empfänglich für diese Kunstepoche, wenngleich sie in der Musik keine Rolle spielte. Doch ihr Zentrum lag in Italien. Als Laurenz Stadler Jahre später selbst das erste Mal nach Florenz reiste, stellte er sich stundenlang an, um in den Uffizien Sandro Botticellis „Geburt der Venus“ anzuschauen. Also hing auch das zumindest mittelbar mit Almut Förster zusammen. Seiner Venus.

Gar nicht zu reden von seinem Studium. Nach den schicksalsträchtigen Tagen im Jahr 1975 war es Almuts Mutter, die mit ihm behutsam darüber sprach, wie er die Liebe zur Musik mit einem anderen kreativen Beruf verbinden könne. Damit hatte er auch sein Journalistik-Studium in Eichstätt vermutlich seiner Beziehung mit Almut zu verdanken. Doch – es hätte eine lebenslange Liebe werden können.
Woran war sie zerbrochen?
An der Musik jedenfalls nicht, obwohl es auf diesem Gebiet zwischen Almut und ihm mehrfach und heftig gekracht hatte. Sie vertrat da ein paar grundsätzliche Ansichten, die er damals unmöglich verstehen konnte. So hatte Almut eine mindestens ebenso große Begabung für das Piano wie er. Mindestens, dachte er, weil er damals, als sie noch ein Paar gewesen waren, ihre Begabung sogar für die größere gehalten hatte. Schließlich war er unsterblich verliebt in die junge Frau, ach was, er hatte sie geliebt, und zwar von ganzem Herzen. Wie ein Hund hätte er sich vor ihrer Tür zusammengerollt, wenn sie das verlangt hätte. Glücklicherweise hatte sie das nicht.
Denn als es darum ging, ob sie Musik studieren solle, da lehnte sie rundheraus ab, ja, provozierte damit sogar beinahe einen Rauswurf vom Gymnasium. Auf der Liege in ihrem Mädchenzimmer hatte sie ihm, den Kopf auf seiner Brust, die Gründe verraten. Langsam gemurmelt hat sie dabei, mit einer Stimmlage, die eine ganze Oktave tiefer war als gewohnt. Die Stimme summte und brummte in seinem ganzen Körper. Sie würde es lieber haben, sagte sie damals, wenn sie weiter Freude an der Musik habe, wann immer sie sich ans Klavier setze. Die könnte sie nur behalten, wenn sie die Musik als Hobby behalte. Würde sie das Klavierspielen zu ihrem Beruf machen, laufe sie Gefahr, früher oder später die Musik zu hassen, Stücke spielen zu müssen, die ihr nicht lagen, Auftritte absolvieren zu müssen, die ihr zuwider waren und so weiter und so fort. Gleichförmig brummend wie in einem Selbstgespräch hätte sie ihr Lamento wohl endlos fortgesetzt, wenn sich Laurenz nicht plötzlich aufgerichtet hätte und sie dadurch buchstäblich von ihm rollte.

„Aber was redest du denn da“, hatte er sie aufgebracht unterbrochen. „Du kannst doch dein Talent nicht einfach so wegwerfen!“ War man denn nicht verpflichtet, von seinem Talent Gebrauch zu machen? Er erinnerte sie an das Leben von Giuseppe Verdi. Der hatte nach seiner zweiten Oper *Un giorno di Regno*, für die er bekanntermaßen ausgepfiffen wurde, das Handtuch geworfen, und niemand hatte es ihm verübelt. Doch der Direktor der Mailänder Scala hatte ihn bekniet und beredet – und letztlich zum Weitermachen förmlich überredet. Wäre ihm das nicht gelungen, hätte die Welt ohne *Nabucco* und *Rigoletto*, ohne den *Troubadour* und *Aida* auskommen müssen. Aber, verdammt, Verdi hatte den *Nabucco* geschrieben und es wurde ein Welterfolg. Almut hingegen, so versuchte er ihr klarzumachen, war wie Verdi *nach Nabucco*, als alle Welt ihm schon zu Füßen lag, als er schon wusste, was für eine große Hoffnung er war. „Wenn dir Gott so ein Talent gegeben hat, warum nutzt du es dann nicht?“, hatte er sie gefragt. Aber sie hatte nur nachsichtig gelächelt und ihn geküsst. Rätselhafte Almut.

Doch er hatte sich schon in Rage geredet. Als Pianist, so argumentierte er, könne man schließlich auch Lehrer werden oder Kammermusiker. Corepetitor am Theater wäre eine Alternative, dann trimmt man Sängern die Lieder ein, man spielt den Orchesterpart und braucht viel Ahnung in allen Musikrichtungen. Wieder hatte sie gelächelt und mit einem Kuss den Mund verschlossen. Rätselhafte Almut.

Was wohl aus ihr geworden ist?

Er hatte sie nach der Trennung nie wieder gesehen. Wie in ihrer Liebe, so zeigte sie sich auch in ihrer Trennung unglaublich konsequent. Ein Brief von ihm, den er in einem Anfall von Sentimentalität im Jahr darauf in der Weihnachtszeit geschrieben hatte, blieb einfach unbeantwortet. Allein dafür brachte er Almut auch heute noch den höchsten Respekt entgegen.

Dennoch verspürte er bisweilen den Wunsch, sie ausfindig zu machen, sie zu besuchen, einfach vor ihrer Tür zu stehen

und „Hallo Almut“ zu sagen. Was könnte passieren? Er würde sich und ihr sehr wünschen, dass sie glücklich geworden ist. In der Musik jedenfalls schien sie nicht berühmt geworden zu sein. Er hätte davon gehört. Mehr noch, er hatte vor ein paar Wochen in seinem kleinen Hotel auf Procida, als er sich spontan an Almut erinnert hatte, im Internet nach ihrem Namen gesucht. Zunächst nur nach ihrem vollen Mädchennamen, dann in allen möglichen Kombinationen ihres Vornamens mit Suchworten wie Klavier oder Piano oder Konzert. Er fand eine in Hildesheim geborene mit einem komplizierten Doppelnamen, den er sofort wieder vergaß, weil er wusste, dass seine Almut in Kempten geboren wurde. Er fand eine Berliner Pianistin mit diesem Vornamen, die sich jedoch mit th schrieb, und er fand auch mehrere Geigerinnen. Nur seine Almut, die fand er auf diese Weise nicht. Dabei hatte er noch Glück, dass Almut nicht Sabine hieß, sonst hätte er Trefferlisten erhalten, die ihn sicherlich zum sofortigen Aufgeben der Suche getrieben hätten. So aber nahm er es nach kurzer Zeit hin.
Vielleicht hatte Almut Förster ja Recht. Vielleicht machte sie heute glücklich Hausmusik, statt sich unglücklich Abend für Abend in ein drittklassiges philharmonisches Orchester zu schleppen und Stücke zu spielen, die ihr zuwider waren.
Und er? Jahrelang hatte er geglaubt, er habe auch für den Journalismus ein Talent, eine Begabung. Als Kulturredakteur hatte er sich das Futter aus dem Jackett geschrieben. Immer wieder von seinen Vorgesetzten gelobt, immer wieder an seine eigene Wichtigkeit erinnert, hatte er geplackt, sich geplagt. Dann die große Auszeichnung. Die Versetzung nach Rom. Wieder verbiss sich Stadler in den Job, gab alles für seine Zeitung und seine Leser. Doch erst mit dem plötzlichen Aus, mit dem unmissverständlichen Hinweis darauf, dass er nur ein winziges Rädchen im großen Zeitungsgetriebe war, einer, auf dessen An- oder Abwesenheit in Rom es gar nicht ankam, da fiel es ihm wie Schuppen von den Augen. Da erst merkte er, dass er im Laufe der Jahre, unmerklich, zu einem Produkt untadeliger Funktionalität geworden war.

23. Kapitel

Es waren die Kleinigkeiten, an denen er merkte, dass er älter wurde. Als Laurenz Stadler am späten Vormittag aus dem Mietwagen stieg, musste er sich erst ganz vorsichtig strecken. Das Kreuz schmerzte und die Knie wollten auch nicht mehr so richtig. Seltsam, dachte er, wenn er mit Carlotta Liebe machte, tat ihm nichts weh. Er musste schmunzeln. Das nächste Mal, so nahm er sich vor, würde er sich das Auto eine Nummer größer aussuchen, dann wäre es hoffentlich auch eine Nummer bequemer.

Zunächst stoppte er am Friedhof. Das Grab seiner Mutter war schlicht, aber angemessen. Den Schmerz im Rücken ignorierend, fegte er mit der Hand ein paar welke Blätter von der Grabplatte und legte drei weiße Rosen darauf. Zwischen die Kieselsteine rings um den Grabstein legte er eine seiner Glasmurmeln.

Dann fuhr er zum Dorfplatz. Er parkte ein wenig unterhalb seines Vaterhauses. Dort, wo früher einer der drei Brunnen stand, hatte die Gemeinde ein paar kleine Parkplätze eingerichtet, ordentlich mit einer nur kniehohen Buchsbaumhecke eingefasst. Gegenüber stand das Pfarrhaus; nicht nur in seiner Jugend, sondern bis heute einer der wenigen mehrstöckigen Bauten im Dorf. Es wirkte wichtig und behäbig mit seinen gekalkten Wänden und seinen altrosa eingefassten Fenstern.

Von der einen Stube aus konnte man das Pfarrhaus sehen. Mutter hatte sich den alten Ohrensessel, in dem sie immer strickte, so ans Fenster gerückt, dass ihr Blick auf das Pfarrhaus fiel, wenn sie den Kopf hob. Wollte sie hingegen einen Film sehen – der Fernseher bei Stadlers zu Hause war grundsätzlich kleiner als die all ihrer Nachbarn – musste sie den Kopf leicht nach links drehen. Nur ein wenig, so war es richtig, denn im Alter ließ Mutters Gehör nach, und das linke Ohr war stets „das gute“, sodass sie halb die Ohrmuschel und halb die Augen auf den Fernseher richtete.

In Gedanken nannte er das Haus immer sein Vaterhaus. Eigentlich ein irreführender Ausdruck, sein Vater hatte ja nie in diesem Haus gewohnt. Aber das war nur ein weiteres Indiz dafür, dass er sich selbst jahrelang belogen hatte. In seinem Sprachschatz war das Mutterhaus nicht vorgesehen. Im wahrsten Sinne des Wortes gab es für Laurenz weder ein Vaterhaus noch ein Vaterland, das war ihm schon klar. Doch als Kind hinterfragt man solche Begriffe nicht, sie waren einfach da und sie brannten sich ein. Vielleicht wäre es in der Stadt einfacher gewesen, aber auf dem Land, dort, wo noch heute ein strenges Patriarchat herrschte, gab es weder Mutterhäuser noch Mutterboden. Der Satz „Der Vater hat's gesagt“ galt als letzte Instanz, oft noch bedeutsamer als Gottes Wort, denn die Strafe Gottes, die gab es erst am Tag des Jüngsten Gerichts, der Riemen des Vaters indes hing stets griffbereit in der Kammer. Freilich nicht für ihn, Laurenz. Seine Mutter schlug mit dem Riemen zu. Und sie schien mit Eifer wettmachen zu wollen, was ihr an Kraft fehlte.

Die Muttersprache, die blieb als Wort erhalten, wenngleich sie in der Schule durchaus vernachlässigt wurde. Die Grundrechenarten waren wichtig, Lesen sollte man auch ordentlich können. Auf Ausdruck und auf Rechtschreibung legte man indes weniger Wert. Wie auch, wenn das gesprochene Wort der Lebenswirklichkeit vom gedruckten Wort so weit entfernt war. Was Dialekte sind, lernte Laurenz erst viel später beim Studium.

Wenn man das Haus mit den Augen eines Fremden betrachtete, so überlegte Laurenz, ist es eine rechte Kate. Streckte er den Arm nach oben aus, so konnte er mühelos die Dachrinne berühren. Von der schlichten Holztür blätterte die Farbe ab, das Schloss, früher ein einfaches Kastenschloss, aus dem ein Hebel als Türdrücker ragte, hatte Mutter erst fünf Jahre vor ihrem Tod und nur auf sein Drängen hin gegen ein modernes tauschen lassen. Die Räume waren nicht nur niedrig, sondern auch klein, die Einrichtung stets bescheiden.

Das Haus, so hatte Laurenz erst viel später erfahren, war im 19. Jahrhundert tatsächlich als Armenhaus der Gemeinde errichtet worden. Im Erdgeschoss befanden sich zwei Zimmer, von denen die Mutter eins als „gute Stube" und eins als Wohnzimmer nutzte. Eine Küche führte nach hinten zum Hof hinaus, wo sich auch das Plumpsklosett befand, von der Mutter immer *Abtritt* genannt oder *Abort*. Zudem fand sich neben der Küche noch Platz für eine kleine Speisekammer. Das Dach war hoch und spitz, so konnte man noch zwei Zimmerchen mit schrägen Wänden einrichten. Im kleineren Zimmer auf der rechten Seite schlief die Mutter, das größere auf der linken Seite der schmalen und steilen Treppe war Laurenz' Reich.

Es hatte sogar ein kleines Fenster auf der Giebelseite, an dem Laurenz oft reglos saß und darauf wartete, dass ein Auto die scharfe Kurve an der Kreuzung oberhalb des Hauses nicht bekam oder mit dem Gegenverkehr zusammenstieß, was jedoch nie passierte. Manchmal visierte er von dort aus nachts mit einem Holzgewehr die Autofahrer an, wohl wissend, dass man so etwas nicht dürfe. Irgendwann hatte ihn die Mutter dabei überrascht und ihm eine gehörige Tracht Prügel verpasst. Das Gewehr landete im Küchenofen.

Laurenz zitterte ein bisschen, als er den Schlüssel aus der Jackentasche nahm und aufschloss. Er schob es auf die anstrengende Fahrt. Im Haus roch es ein wenig muffig – und noch immer nach der Mutter. Vermutlich eine Sinnestäuschung, dachte sich Laurenz. Er knipste das Licht in dem winzigen und fensterlosen Flur an. Auf dem kleinen Schränkchen lag fein säuberlich die Post. Ein Werk von Renate Hausdörfer, die noch immer einmal am Tag nach dem Rechten sah. Laurenz ging in die Küche und öffnete die Hintertür. Dann lüftete er die Zimmer im Erdgeschoss.

In der guten Stube stand das Klavier. Es war ein Konzertpiano von Ibach. Nichts Besonderes eigentlich. Allerdings war es eine Sensation, als die Mutter das gebrauchte Instrument gekauft hatte. Schon Wochen vorher beherrschte das *Pianoforte* die Gespräche in dem kleinen Häuschen. Mutter nannte das Klavier stets das *Pianoforte*, obwohl es, wie Laurenz später lernte, eigentlich „nur" ein *Pianino* war. Ein Klavier eben. Nicht nur Wochen davor, auch Monate danach strich ihm Mutter täglich aufs Butterbrot, dass sie sich das Geld für das *Pianoforte* vom Munde absparen musste. Dabei fuhr sie sich mit der Handfläche über denselben, als gälte es, Brotkrumen abzuwischen. Es war sehr wichtig, dass sie das immer wieder betonte. Nicht nur für die Mutter selbst, die es dem stets undankbaren Kind auf diese Weise am besten verdeutlichen konnte. Auch für Laurenz wurde es wichtig, obwohl es ihm gar nicht so bewusst war. Erst viel später, als er schon sein eigenes Geld verdiente und ab und an mit der Mutter offen über Geld reden konnte, wurde ihm klar, was für Opfer sie dafür tatsächlich gebracht haben musste.

Doch zur lokalen Sensation wurde der Klavierkauf aus einem ganz anderen Grund: Es war erst das zweite Klavier überhaupt im Dorf, das erste befand sich standesgemäß im Pfarrhaus. Und so wurde seine Ankunft gebührend zur Kenntnis genommen, wobei einige der älteren und besonders strenggläubigen Frauen im Aufstellen eines Klaviers außerhalb des Pfarrhauses schon den Anfang der Blasphemie sahen. Zusätzliches Aufsehen erregten die näheren Umstände des Aufstellens. Über Stunden stand die Haustüre offen, die Möbelpacker liefen ratlos hin und her, nachdem sie sich gegenseitig angeschrien hatten. Der Flur war einfach zu schmal, um das große Instrument durch die schmale Tür in die gute Stube zu bugsieren. Am Ende musste man das extraschwere Möbelstück erst an einer Ecke anheben und dann vorsichtig in die Stube hineindrehen. Die Anstrengung lohnte sich, das Kla-

vier bekam einen würdevollen Platz und die Dörfler staunten andächtig. Von da an, so hatte Laurenz es empfunden, wurde die Mutter eine kleine Spur respektvoller im Dorf gegrüßt. Nicht, dass sie darauf Wert gelegt hätte, das ganz bestimmt nicht, dazu war sie viel zu hochmütig, die Mutter. Sie hätte das Klavier auch niemandem von den Nachbarn hergezeigt, nicht einmal, wenn sie darum gebeten worden wäre.
Er strich mit dem Finger über den Deckel, stellte fest, dass sich überraschend wenig Staub darauf befand, öffnete ihn und schlug im Stehen mit der linken Hand ein paar Akkorde an. Es klang gruselig. Er war sich noch nicht ganz sicher, welche Zukunft diesem Instrument beschieden war. Nahm er es selbst mit in sein neues Zuhause, in *ein* neues Zuhause, wo immer das sein würde, dann würde er sich dringend um einen Klavierstimmer bemühen müssen. Doch würde er denn jemals wieder auf einem Klavierhocker sitzen und spielen? In den Jahren in Italien stellte sich die Frage nicht, mehr noch, er hätte sie ohnehin rundheraus verneint. Mit diesem Teil seines Lebens hatte er endgültig abgeschlossen. Jetzt und hier, in diesem Zimmer, war er sich seiner Antwort nicht mehr ganz so sicher. Was, wenn er nicht mehr arbeitete? Was würde er mit seinem Leben anfangen? Würde ihn denn das Lesen und das Schreiben ganz ausfüllen? Würden seine so oft noch schmerzenden Finger jemals wieder zu den geschmeidigen Bewegungen fähig sein, die es braucht, um einem Klavier eine Melodie zu entlocken? Oder würde er vielmehr – die Befürchtung lag auf der Hand – selbst bei härtestem Training immer wieder nur enttäuscht sein, weil er nicht im Mindesten an die Fähigkeiten herankam, die ihm in der Jugend scheinbar keine Mühe bereiteten. Behutsam klappte er den Deckel wieder zu.
Dann nahm er seine kleine Reisetasche und stellte sie nach oben in sein Zimmer. In ihm würde er auch schlafen. Sein Nachtlager an einem anderen Platz aufzuschlagen, käme ihm nie in den Sinn. Er öffnete das Fenster, und als ein Auto die Hauptstraße herunterkam, bildete er mit den Fingern eine

Pistole und zielte darauf. Er drückte nicht ab. Das hatte er auch mit seinem Holzgewehr nie getan.
Renate Hausdörfer hatte sich wirklich rührend um das Haus gekümmert, auch noch die vielen Jahre seit dem Tod der Mutter. Sie wusste es noch nicht, aber er würde ihr als Lohn für ihre Mühe einen Teil des Verkaufserlöses schenken. Viel würde die alte Kate ohnehin nicht abwerfen, war er sich eigentlich sicher, obschon er wusste, dass in der heutigen Zeit die Preise für das Grundstück – in diesem Falle immerhin fast 2500 Quadratmeter, die Preise für das darauf stehende Haus oft weit überstiegen. Andererseits würde es ihm weh tun, wenn sein Vaterhaus abgerissen würde, weil die neuen Eigentümer mit der kleinen Kate nichts anfangen könnten.
Er streifte durch die Zimmer. Wenn er es verkaufte, dann müsste er alles, was sich in dem Haus befand, entsorgen oder verwerten oder mit in sein neues Zuhause nehmen. Der Gedanke daran schmerzte ihn schon jetzt. Doch es musste eine sinnvolle Entscheidung getroffen werden. Mutter war seit mehr als sechs Jahren tot. Renate Hausdörfer war in dieser Angelegenheit sehr viel pragmatischer als er selbst. Sie hatte ihn schon mehrfach gedrängt, die Garderobe der Mutter entsorgen zu dürfen. Sie hatte sich angeboten, die noch brauchbaren Kleidungsstücke und die Bettwäsche in Plastiksäcke zu verstauen und dem Kleidercontainer zuzuführen. Das Gleiche könnte man mit den Schuhen machen – ohnehin hatte seine Mutter immer nur das Nötigste besessen. Und die Unterwäsche, so schlug Renate Hausdörfer vor, die gehöre schlicht und einfach in den Abfall. Doch er, Laurenz, hatte sich stets mit Händen und Füßen gewehrt. Alles, was irgendwie mit seiner Mutter zu tun hatte, konnte er unmöglich mit Begriffen wie Abfall, Müll oder Entsorgung in Verbindung bringen. Und nun saß er hier in der guten Stube und wusste sich umgeben mit all den Überbleibseln eines entbehrungsreichen und oft kummervollen Lebens. Ob du da oben mit deinem Herrgott einig geworden bist, fragte er lautlos und blickte zur Zimmerdecke. Mit den Fingerspitzen strich er über die abge-

wetzten Armlehnen des Sessels, in dem seine Mutter stets saß und strickte oder fernsah. Er seufzte leise.
Dann ging er vor dem altmodischen Schrank auf die Knie, schloss die Tür unter dem Glasteil auf und zog den Karton mit den fotografischen Erinnerungen seiner Mutter heraus. Der Karton war schwarz und mit einem Muster aus unzähligen weißen Punkten bedruckt. In der Mitte prangte auf einem geschwungenen roten Banner der weiße Schriftzug KOH-I-NOOR. Briefpapier soll er einmal enthalten haben. Doch seit er denken konnte, war es der Karton für die Familienfotos seiner Mutter. Als Kind durfte er sie nie anrühren, lediglich an Weihnachten nahm seine Mutter den Karton heraus, strich ihren Rock glatt und stellte den Karton auf ihren Schoß. Die Ecken des Deckels waren schon gebrochen, und weil der Karton übervoll war, wurde er von einem dicken Gummi zusammengehalten. Nun entfernte die Mutter das Gummi, nahm einzelne Bilder heraus und zeigte sie dem Jungen, während sie endlose Geschichten dazu erzählte. Geschichten, die Stadler damals sterbenslangweilig vorkamen, vor allem wohl auch deshalb, weil diese Fotostunde zumeist direkt vor der Bescherung lag. Heute rührte ihn die Erinnerung daran fast zu Tränen. Es waren friedliche und liebevolle Stunden, nie fiel ein böses Wort.
Obenauf in diesem Karton lagen die wenigen Bilder, die Stadler seiner Mutter aus Rom geschickt hat. Meist waren es Fotos, die Kollegen von ihm bei Einsätzen geschossen hatten. Das für die Mutter wohl wichtigste Foto ihres Sohnes freilich hing an der Wand, exakt über der Mitte des Sofas. Ein Foto, auf dem Laurenz Stadler ehrfürchtig den Fischerring von Papst Johannes Paul II. küsst. Dass es sich um eine Gruppenaudienz für ausländische Korrespondenten in Rom gehandelt hat, war für Mutter wohl weniger wichtig. Entscheidend war: Seine Heiligkeit hatte ihren Sohn empfangen.
Etwas tiefer in dem Karton lagen diverse Konzertfotos aus seiner aktiven Pianistenzeit. Fotos aus dem Krankenhaus oder von der langen Zeit seiner Genesung fehlten.

Er kramte sich weiter in seine Jugend und Kindheit hinein, sah die wenigen Baby-Fotos von sich, noch mit einem gezackten Rand, das wurde bis in die frühen Siebziger so geschnitten und nannte sich Büttenrand, wenn er sich recht erinnerte. Und schließlich gelangte er sozusagen auf die archäologische Ebene, stieß in die Vergangenheit vor, in der es ihn noch nicht gab.
Ein Foto von ihrer späteren Ausbildung zur Lehrerin. Eine Erinnerung aus seiner Kindheit stand ihm plötzlich lebhaft vor Augen: Es muss in der dritten Klasse gewesen sein, als die Schüler bei einem sogenannten Unterrichtsgang durchs Dorf die Aufgabe hatten, eine Kartenskizze vorzubereiten und schließlich als Hausaufgabe zu vollenden. Nun, der kleine Bub bemühte sich auch um einen akkuraten „Stadtplan“ von Leithofen, ließ diesen aber in morgendlicher Hast zu Hause liegen. Erst in der Hofpause vor dem Heimatkundeunterricht fiel ihm das ein. Weil seine Mutter die Hofaufsicht führte, fragte er artig, ob er schnell nach Hause dürfe und die Skizze holen. Schließlich waren es gerade mal zweihundert Meter, wenn er über den Kirchhof eilte. Doch er biss auf Granit: Die anderen Kinder, so beschied ihm Frau Stadler – so hatte er sie während der Schulzeit anzureden – erhielten ebenfalls keine Privilegien. Das hätte er ja noch verkraftet. Als dann aber der Unterricht begann, kontrollierte Frau Stadler als erstes die Hausaufgaben, und Laurenz konnte sie als einziger nicht vorweisen. Die anderen Kinder verfolgten mit offenen Mündern die nun folgende Standpauke der Mutter-Lehrerin, die mit einem Eintrag ins Klassenbuch endete, der sich beim nächsten Zeugnis auf die Kopfnote „Ordnung“ auswirken würde.
Stadler legte das Bild zurück. Er musste lächeln – damals freilich war ihm nicht danach zumute.
Dann Fotos von ihrer ersten Ausbildung zur Kaufmannsgehilfin; adrett mit weißer Schürze und Häubchen stand sie hinter einem Tresen, dahinter eine Regalwand, in deren Fächern sich allerlei Lebensmittel türmten. Bilder von ihren Freundinnen, vor einem „Filmpalast“ in München, Bilder von seiner Mutter als Schülerin, in einem Fotostudio vor einer Prospektlein-

wand aufgenommen, weitere Studiofotos von ihren Eltern. Die kannte Stadler nur von den Bildern. Der Großvater war im Krieg geblieben, verschollen in Stalingrad. Die Großmutter hatte ihm jedes Jahr an Weihnachten und zum Namenstag eine Karte geschickt und eine kleine Summe auf ein Sparbuch eingezahlt. Mit ihrer Tochter allerdings wollte sie nichts mehr zu tun haben, nachdem diese „Schande" über sie gebracht hat. Ein kaltes Wort, das auch seine Mutter wie selbstverständlich verwendete. Ein Wort, das Laurenz zeitlebens Angst gemacht hat.
Würde er den Inhalt dieses Kartons, dieser Familienchronik in Bildern, in einen größeren füllen, wäre sicher noch Platz. Zum Beispiel für seine eigenen Bilder. Aber was sollte er schon hineinlegen? Laurenz Stadler fotografierte nicht viel. Und wenn, dann waren es keine Bilder von Ereignissen seines Lebens, sondern vielmehr von Begegnungen. Meist von stillen Begegnungen. Mit Landschaften beispielsweise. Oder ein Bild von einem Schmetterling, der lange genug stillhielt, um sich von ihm ablichten zu lassen.
Er legte die ältesten Bilder wieder nach unten, arbeitete sich chronologisch wieder nach vorn. Doch wie früher schon, als er noch ein Kind war und sich ab und an noch traute, nach seinem Vater zu fragen, war da kein Bild. Nichts. Es gab keinen Hinweis auf einen Erzeuger. Zwischen dem ersten Klassenfoto, das seine Mutter als frischgebackene Lehrerin zeigte, und dem ersten Babyfoto von sich lagen lediglich ein paar Postkarten und ein paar Schnappschüsse, die sie sich von ihrem Italien-Urlaub mitgebracht hatte. Der Vesuv, der Königspalast von Neapel, der Hafen von Corricella auf Procida. Handkoloriert. Bevor er das erste Mal die Häuser an der Steilwand hinter dem Hafen mit eigenen Augen gesehen hatte, hielt er die Postkarte immer für pastellenen Kitsch. Inzwischen weiß er, die Häuser sind dort tatsächlich in diesen Farben gestrichen. Die Fotos, die Mutter selbst aufgenommen hatte, waren leicht an ihrem quadratischen Format zu erkennen. Sechs mal sechs Zentimeter, es waren sogenannte Kontaktabzüge der einfachen Rollei-Box, die sie bis in die siebziger Jahre für ihre

wenigen Fotos verwendete. Schwarzweiß, unscharf, hier und da vergilbt oder nachgedunkelt, konnte man damit nicht mehr viel Staat machen. Ein Bett mit Eisengestell, darauf ein Hut und daneben ein Nachtschränkchen, wohl ihr Urlaubsquartier in Italien. Ein Foto von einem Fischerboot mit zwei Fischern darauf, ein älterer und ein jüngerer Mann laden ihren Fang aus. Ein Foto mit einer Steilküste im Hintergrund, ja, auch das könnte auf Procida entstanden sein.

Stadler lächelte, packte die restlichen Bilder wieder auf den Stapel und machte den Karton zu. Dann schob er die Kleinbildkamera, Marke „Revue", die seine Mutter bis zu ihrem Tode in Ehren hielt, behutsam beiseite und den KOH-I-NOOR-Karton wieder an seinen Platz. Er tat es so sorgfältig, als könnte seine Mutter sein unbefugtes Eindringen in ihr Refugium noch entdecken und ihn dafür schelten.

Er blickte sich noch einmal im Zimmer um – da war vieles, an dem er hing, aber nichts, was aufzuheben sich lohnte. Er würde die Erinnerungen in seinem Kopf speichern müssen. Oder aufschreiben.

Im Grunde hatte er mit dem Haus nur zwei Möglichkeiten: Entweder er nahm noch einmal Geld in die Hand und richtete sich das Haus für seine Bedürfnisse her oder er biss die Zähne zusammen, ließ es beräumen und verkaufte es. Dann aber dürfte er das Dorf nie wieder betreten. Es würde ihm das Herz zerreißen, wenn Fremde, gar eine komplette Familie mit Kindern, hier Umbauten vornehmen würden. Und so wie es war, konnte das Haus unmöglich bleiben. Laurenz Stadler war zwar großgewachsen, aber er war mit seinen Einsfünfundachtzig wahrlich kein Riese. Und doch musste er den Kopf einziehen, wenn er von Zimmer zu Zimmer ging. Nein, hier musste eindeutig etwas geschehen.

Er ging durch die Küche, die ihm oft als der gemütlichste der Räume vorkam. Hier wurde gekocht, hier warf der Herd mehr Hitze als der auch im Winter nur spärlich geheizte Ofen in der Stube, hier saß er am massiven Küchentisch und machte seine Hausaufgaben. An der Wand befand sich immer noch

der winzige klappbare Wäschehalter, auf den die Mutter so stolz war. Irgendwann um 1970 hatte sie den gekauft, ein hochmodisches Accessoire für die moderne Hausfrau – der Inbegriff von allem, was Mutter eigentlich hasste. Aber dieses Stück Plastik wurde von ihr in den höchsten Tönen gelobt. Aus dem Halter klappte man die zwei Seitenteile heraus und konnte dann eine Reihe von Stäben herausziehen, um kleinere Wäschestücke zu trocknen. Mutter verwendete ihn besonders gerne im Winter, wenn draußen in der Waschküche die Kleidung eher gefror statt trocknete. Manchmal hängte sie auch seinen Pullover hier auf, immer voller ängstlicher Zweifel, ob der Wäschetrockner auch hielt. Denn rechts war er zwar an einem stabilen Balken befestigt, aber die linke Befestigung hing im puren Lehm, bis ein Nachbar als Verstärkung ein Holzbrett quer über die Ausfachung befestigte.
Von der Küche aus führte eine Tür nach hinten auf den Hof. Diese Hintertür war im Sommer ständig offen, im Winter schützte eine einfache Wolldecke, die an einer Metallstange über dem Türsturz befestigt war, die Küche vor dem Eindringen von Frost. Die Tür klemmte auf der Schwelle, Laurenz musste erhebliche Kraft aufwenden, um das grün gestrichene Türblatt aufzudrücken. Zwei ausgetretene Steinstufen, von denen die untere an der Seite mit einem rostigen Stiefelabkratzer versehen war, führten auf den Hof. Die Stufen waren unterschiedlich hoch, doch Laurenz hätte die kleine Treppe noch bei völliger Dunkelheit trittsicher benutzen können. In einem kleinen Nebengebäude waren das ehemalige Waschhaus und das Plumpsklo untergebracht. Die Senkgrube war längs verfüllt und das Klo nur noch als Geräteschuppen in Benutzung. Als das Haus an die Abwasserleitung angeschlossen wurde, auch das war erst in den 70er Jahren geschehen, hatte die Mutter eine Abstellkammer geopfert und sich ein Wasserklosett und – aber erst nach langem Zuraten – eine winzige Badewanne einbauen lassen. Doch auch der dortige Kohleofen wurde nur samstags angeheizt.

Hinter dem Haus stieg das Gelände sanft an. Früher waren hier die kleinen Felder, auf denen die Mutter Kartoffeln und Gemüse anbaute, dahinter schloss sich ein Obstgarten an. Rasenflächen zur puren Erholung waren in seinem Dorf verpönt. So lange die Mutter noch arbeitete, hielt sie dort auch noch ein paar Hühner, um sich mit Eiern und Fleisch zu versorgen. An der Rückfront des Waschhauses standen die Kaninchenställe.
Wie viele Jahre mochte das schon her sein, dass hier die letzten verängstigten Tiere herausgenommen wurden? Laurenz war sich sicher, dass Mutter noch Kaninchen hatte, als er bereits in Rom war. Er erinnerte sich noch daran, wie er ihr im Urlaub beim Ausmisten der Ställe geholfen hatte. Seine Versuche, sie davon zu überzeugen, die Tiere, die ihr so viel Arbeit bereiteten, abzuschaffen, schlugen jedoch allesamt fehl. Geschlachtet hat sie damals freilich nicht mehr selbst. Sie gab die Kaninchen gegen kleines Geld an Interessenten ab, nicht jedoch, ohne sich zu vergewissern, ob auch ihr sicherer Tod bevorstünde. Von der in Mode gekommenen Haltung von Kaninchen als Haus- und Kuscheltiere hielt sie überhaupt nichts. „Nutzvieh“, pflegte sie dann zu betonen, „Nutzvieh ist das. Es soll uns Fleisch und Fell geben.“
Er strich mit den Fingern über die engmaschigen Gitter der Türen. Auf den von den scharfen Krallen zerkratzten Holzböden lagen noch die Reste der letzten Einstreu, ein paar Strohhalme, hier und da ein paar schwarze Köttel. Die Kaninchenställe waren ein schönes Sinnbild für das Haus, das nun schon lange das seine war.

Nein, es gab eigentlich nicht mehr viel zu überlegen. Nur zwei Lösungen standen hier zur Debatte: Entweder er zog mit seinem bisschen Hausrat von der Münchner Ludwigsvorstadt wieder hier her oder er müsste das Haus radikal beräumen und anschließend verkaufen. Würde er nichts davon tun, dann lägen die Kaninchenköttel in den Ställen auch noch in weiteren sechs Jahren. Oder in zwölf. Wie alt wäre er dann?

Vom höchsten Punkt des Gartens aus drehte er sich um. Er ließ seinen Blick über Haus und Grundstück schweifen und überlegte, was er daraus machen würde. Denkbar war einiges, aber nur weniges für ihn. Bei jeder Veränderung, die er sich vorstellte, schob sich der Gedanke in den Vordergrund, was wohl seine Mutter dazu sagen würde. Nein, er wäre eindeutig zu zaghaft in der Umsetzung neuer Ideen.
Als er den leicht abschüssigen Weg wieder hinunterging, fasste er den Entschluss, das Haus zu verkaufen. Unwiderruflich. Gleich morgen würde er mit Renate Hausdörfer reden und alles Notwendige für eine Haushaltsauflösung in die Wege leiten.

24. Kapitel

Es fiel Laurenz Stadler schwer, sich einzugestehen, dass er das Gebäude einmal modern und schön empfunden hat. Als Stadler 1980 die heiligen Hallen des *Münchner Boten* betrat, da kam er sich großartig vor. So eine große Zeitung, und er war ein Teil davon. Ja, die ersten Jahre, in denen er in der Lokalredaktion arbeitete, war er immer nur „besuchsweise" in der Metropole. Aber jedes Mal, wenn er durch die große Drehtür schritt, kam er sich besonders wichtig vor. Er war ein Teil der Macht, der vierten Gewalt. Er hatte Deutungshoheit. Er und seine Kollegen. Über zweihundert Redakteure waren es damals, zu den freien Mitarbeitern gab es nie eine verlässliche Zahl.

Und schließlich, sein Einzug ins Feuilleton. Jetzt gehörte er endgültig dazu, gehörte zu den Medienmachern, zu den Meinungsmachern. Sein Federstrich genügte, um Karrieren zu befördern oder zu zerstören. Und das war nicht übertrieben – zumindest nicht beim Feuilleton. Der Name Stadler hatte bald einen Klang und das im wahrsten Sinne des Wortes. Bewies er im ersten Jahr, wie fundiert er musikalische Aufführungen rezensieren konnte, dann galt er im zweiten Jahr schon als wichtige Stimme. Solisten luden ihn in Konzerte ein. Ensemble fühlten sich schon geehrt, wenn er nur im Publikum saß. Und ein Verriss von Laurenz Stadler konnte durchaus etwas Existenzielles sein. Er erinnerte sich gut daran: Böhringer war gerade Chefredakteur geworden, da zerriss Stadler einen

Auftritt eines kleinen philharmonischen Orchesters. Nicht, dass er etwas gegen Amateure hatte. Amateure, wie der Name schon sagt, waren Liebhaber, fachkundige Liebhaber zumeist, die so manche Interpretation liebevoller und leidenschaftlicher hinbekamen als ein mangelhaft motivierter Profi. Was diese Truppe jedoch ablieferte – Stadler hatte inzwischen ihren Namen vergessen –, war schon starker Tobak. Dass man sich an Mozart vergriff, wäre noch verzeihlich gewesen. Es war Sommer und das kleine Konzert im Burghof stand unter dem Thema „Kleine Nachtmusiken". Was aber wirklich zu hören war, war ein Katzenjammer. Man sollte, Profi hin oder Amateur her, wenigstens sein Handwerkszeug beherrschen. Wer eine Violine nicht spielen kann, aber will, der sollte Unterricht nehmen, bevor er öffentlich zum Instrument greift. In diesem Falle fehlte gleich drei Musikern das diesbezügliche Schamgefühl. Und Laurenz Stadler hatte nichts weiter gemacht, als genau das aufzuschreiben.
Der Aufruhr war groß. Erbost schrieb die Orchesterleiterin an den Chefredakteur: Was für eine Undankbarkeit, ja eine Frechheit sich der Stadler herausnehme. Ob der nicht wisse, wie sich die Musiker bemüht hatten? Ob dieser Stadler glaube, nur weil er bei der Zeitung sei, könne er sich alles herausnehmen? Ob dieser Stadler jemals ein Instrument gespielt habe? Ob das der Dank dafür sei, dass man ihn, den Stadler, zu dem Konzert eingeladen habe? Sogar eine kostenlose Eintrittskarte habe er erhalten! Da gebiete es doch die Höflichkeit ... Und so weiter und so fort. Kurz: Die Kritikfähigkeit der Dame ging gegen Null. Wer ein Konzert besucht, so der Grundtenor, habe gefälligst zu klatschen. Entweder aus Begeisterung oder wenigstens aus Höflichkeit.
Nun, Hans Böhringer schickte eine kurze, aber eindeutige Antwort an das Ensemble. Man muss ihm zugutehalten, dass er genau dieselbe Antwort geschickt hätte, wenn er nicht mit Stadler befreundet gewesen wäre. In solchen Fragen war auf Böhringer Verlass. Er stellte sich, zumindest nach außen hin, immer hinter seine Leute. Weder Hans Böhringer noch Lau-

renz Stadler hatten jemals wieder etwas von der Dame gehört. Zu einem Konzert der kleinen Philharmonie wurde Stadler jedenfalls nie wieder eingeladen.

So war das damals, im Feuilleton.

Und jetzt die Rückkehr.

Nicht nur sein Job selbst war inzwischen entzaubert. Die Zentrale auch. Der *Münchner Bote* war nichts weiter als ein Zeitungshaus, das keinen Verleger mehr hatte, sondern von den Erbsenzählern des Controllings kastriert wurde. Nicht weniger als 45 Redakteure hatten in den letzten zwei Jahren ihren Hut nehmen müssen, nachdem eine namhafte Unternehmensberatung den Eigentümern das Sparpotenzial aufgezeigt hat. Dass es in diesem Zusammenhang keinerlei betriebsbedingte Kündigungen gab, damit prahlte die Geschäftsführung noch. Stadler nahm an, dass es den Herren auch recht gewesen wäre, wenn er den Hut genommen und das Angebot, „Nachrichtenführer" zu werden, rundheraus abgelehnt hätte. Aber den Gefallen wollte er den Herren nicht tun.

Das Gebäude selbst verströmte den spröden Charme der frühen siebziger Jahre. Ein Fünfgeschosser aus Beton und Glas, die Fenster in goldfarben eloxiertes Metall eingefasst, dünne vertikale Betonstege gliederten die Fassade, horizontal zwischen den Geschossen Verblendplatten aus irgendeinem undefinierbaren Kunststoff. Die waren wohl mal türkis, machten jetzt aber nur noch einen verschwommenen blassblauen Eindruck. Auf dem Dach noch immer der meterhohe Schriftzug *Münchner Bote*, daneben ein sich drehender Globus. Das sollte Weltläufigkeit signalisieren und freilich auch die Hauptstadt des Freistaates als Mittelpunkt der Welt. Die blaue Neonbeleuchtung am Namenszug auf dem Dach war defekt, Stadler hatte das dieser Tage beim Vorbeifahren gesehen. Zwei Buchstaben waren ausgefallen, sodass nachts vom Dach nur noch der „Mü hner Bote" leuchtete. Das also war aus dem Flaggschiff der Demokratie an der Isar geworden. Ärmlich sah es aus, der einstige Glanz war ganz stumpf.

Die Griffe der großen Drehtür, die ihn damals immer an die mondänen Hotels der Weltstädte erinnerte, waren von Tausenden Händen blankpoliert, im Teppichboden, der zu der kleinen Pförtnerloge führte, waren feste Pfade eingetreten. Der Pförtner war ein behäbiger Wachmann in einem angeschmuddelten Uniformhemd, der gelangweilt in einem dicken Taschenbuch las und Stadler keines Blickes würdigte, als dieser zum Aufzug strebte. Früher, so erinnerte sich Stadler, musste man hier immer seinen Firmenausweis sichtbar hochhalten, zur Not half auch der Presseausweis.
Er drückte den Knopf für den dritten Stock. Für 10.30 Uhr war er mit Böhringer verabredet. Doch der saß noch in der Redaktionskonferenz, und so nahm Stadler auf einem der schwarzen Freischwinger Platz, die im Vorzimmer den Wartebereich markierten.
„Lerne ich Sie also auch mal kennen", freute sich Böhringers Sekretärin Karina Mayer. „Wir haben ja bisher immer nur am Telefon das Vergnügen gehabt."
„Ja, sehr angenehm", sagte Stadler etwas verlegen. Für ihn war Karina Mayer eine fremde Frau. Sie hatte mehr mit seiner Sekretärin Lella gesprochen als mit ihm. Und als er München in Richtung Italien verlassen hatte, da war an Frau Mayer noch nicht zu denken.
„Ich habe schon mal einen Kaffee aufgesetzt, Herr Böhringer wird sicherlich gleich kommen."
„Für mich bitte Tee", bat Stadler. „Kräuter, wenn Sie haben."
„Oh", machte die Sekretärin. „Kein Problem, das haben wir gleich."
Sie eilte aus dem Zimmer.
Stadler stand höflich auf, dann ging er ans Fenster. Die Birken zwischen der Rasenfläche vor dem Haus und der Straße waren mächtig gewachsen, waren große Bäume geworden. Sie schluckten inzwischen einiges von dem Verkehrslärm, der ihn allerdings nie sonderlich gestört hat, weil sein Büro nach hinten heraus ging. Das Mobiliar im Sekretariat hatte sich nicht auffällig geändert. Die Schränke, die eine ganze Längswand

einnahmen, waren bis in die Ecken maßgeschneidert, es wäre auch dumm gewesen, sie auszuwechseln. Doch der klobige Röhrenbildschirm auf dem Schreibtisch war einem modernen Flachbildschirm gewichen, einem sehr großen zudem. Das ehemals übliche Grauweiß der Computertechnik war heute ein tiefes Schwarz, ein glänzendes Schwarz, an dem die Putzfrau sicherlich keine helle Freude haben dürfte.

Schwere Schritte auf dem Flur kündeten vom Kommen seines Chefs.

„Kaffee ist gleich fertig", rief seine Sekretärin von irgendwo auf dem Flur, vermutlich aus der kleinen Küche.

Es war die große Geste, die Böhringer für die Begrüßung wählte. Er breitete die Arme aus und dröhnte: „Laurenz, schön, dich wiederzusehen!" Doch ihn wirklich in die Arme zu schließen, das brachte er dann doch nicht fertig, kann sein, etwas in Stadlers Blick hielt ihn zurück. So umfasste er nur die Schultern und rüttelte ein wenig unbeholfen daran herum.

„Alt bist du geworden, Hans", entgegnete Stadler. Das war nicht das, was man die feine englische Art nannte, aber es entsprach den Tatsachen.

„Dafür wirst du immer jünger." Böhringer boxte ihn gegen die Schulter. Er schien sich wirklich zu freuen. „Aber im Ernst, als wir dich nach Italien geschickt haben, da warst du noch blond, jetzt bist du weiß. Die haben dort gute Friseure."

Böhringer sollte nicht so tun, als hätten sie sich elf Jahre lang nicht gesehen, dachte Stadler, schließlich war ich in den ersten Jahren fast jedes Jahr für eine Stunde in diesem Büro. Doch er sagte nichts.

„Komm rein und setz dich", forderte Böhringer ihn auf. Und über die Schulter rief er: „Karina?"

„Kaffee und Tee sind schon unterwegs."

„Tee also. Hast dich nicht verändert." Böhringer grinste. „Ich dachte, ihr Italiener nehmt immer nur diesen extra starken Espresso."

„Morgens schon", sagte Stadler leidenschaftslos, während er mit leiser Wehmut an den *Caffè* bei Francos kleiner Schwester dachte.

„Ach komm, sei nicht so maulfaul! Erzähl mal: Freust du dich auf deine neue Aufgabe?"
Stadler versuchte so neutral zu gucken, wie es nur eben ging. „Gefreut hätte ich mich, wenn ich in Rom geblieben wäre", sagte er, und es klang ziemlich distanziert.
„Ach Laurenz, wie oft haben wir das durch. Du musst mich nicht behandeln, als hätte ich die Korrespondentenstelle aufgelöst. Den Verzicht auf solche zwar prestigeträchtigen, aber nicht eben effizienten Außenstellen hat man uns klar ins Pflichtenheft geschrieben. Und ganz im Ernst: In deinem Fall wurde ich nicht einmal um meine Meinung gebeten. Da hat die Geschäftsführung über meinen Kopf entschieden."
„Da hätte ich schon ein paar Fragen zu", knurrte Stadler. Sonst immer um einen moderaten Ton bemüht, schien es ihm hier sehr schwer, die Contenance zu wahren. Er war nicht darauf vorbereitet, dass der Wegfall des Postens in Rom überhaupt Gesprächsgegenstand sein sollte.
„Zum Beispiel?" Hans Böhringer, der Kommunikationsprofi. Seine nach oben gedrehten Handflächen sollten größtmögliche Offenheit signalisieren.
„Zum Beispiel, wie man die Effizienz eines Korrespondentenbüros messen will? Wer da was rechnet. Miete plus Sekretariat plus Sachkosten plus mein Gehalt durch ... ja, durch was? Misst jemand, wer wie intensiv meine Beiträge liest? Gab es eine Leserbefragung, wer sich Berichte direkt aus Rom wünscht? Welchen Stellenwert Italien in der Berichterstattung des südlichsten Regionalblattes dieser Republik hat? Hör doch auf mit Effizienz!" Stadler konnte seine Empörung nur schwer verbergen. „Du weißt ebenso gut wie ich, dass man dann auch das Feuilleton dicht machen müsste, weil es weniger teure Anzeigen generiert als etwa der Wirtschaftsteil. Und wer ist man? Man hat euch ins Pflichtenheft geschrieben. Das ist doch alles ein Schmarrn, und das weißt du auch."
Böhringer versuchte einen halbherzigen Gegenangriff. „Warum bist du so auf Krawall gebürstet? Du bist erfahren ge-

nug, um zu wissen, wie eine Zeitung funktioniert, auch wirtschaftlich. Und was die Beiträge direkt aus Rom anbetrifft: Du weißt auch, dass wir uns in einen Korrespondentenpool eingekauft haben."
„Dass ich nicht lache", unterbrach Stadler aufgebracht. „Korrespondentenpool! Und kannst du da Beiträge bestellen? Kannst du auf die Inhalte Einfluss nehmen? Kennst du die Leute, die da für dich arbeiten? Nein. Du kannst jeden Tag in den kleinen Topf mit den Berichten schauen und sehen, ob was für dich dabei ist. Wenn in Udine die Luft brennt und du nur einen Bericht über die Sanierung der *Scala* hast, dann nimmst du eben den. Korrespondentenpool, pah! Das ist doch nichts anderes, als wenn du einen Nachrichtendienst abonnierst."
Böhringer seufzte. Er stand auf und ging zum Eckschrank.
„Nein danke", sagte Stadler, „für mich bitte keinen Kognak."
Böhringer drehte sich um und grinste.
„Du kennst dich aber noch verdammt gut aus hier", sagte er. „Wann haben wir eigentlich das letzte Mal einen Kognak getrunken?"
„Zu besseren Zeiten." Stadler hatte gar nicht nachgedacht, sondern einfach gesagt, was ihm in den Sinn kam. Nun schlug er wieder einen versöhnlicheren Ton an. Böhringer persönlich konnte ja wirklich nichts dafür. Vermutlich.
„Komm, du wolltest mir doch meinen Arbeitsplatz zeigen."
„Direkt über uns", sagte Böhringer und ging voraus.
Hätte man Laurenz Stadler Fotos von dem neuen Nachrichtenraum gezeigt, dem sogenannten Newsdesk, er hätte nie vermutet, dass die Bilder beim *Münchner Boten* gemacht wurden.
Im Zuge des Umbaus waren sämtliche Zwischenwände verschwunden, sodass der Raum von der vorderen bis zur rückwärtigen Fensterfront reichte. In der Mitte standen in einer langen Doppelreihe Tische, bei der eine Sichtblende verhinderte, dass man seinem Gegenüber permanent auf den Schreibtisch sah. Die Nachbarn indes waren nicht separiert.

Alle paar Meter hingen paarweise riesige Flachbildschirme von der Decke, auf denen ein Nachrichtenkanal flimmerte. An der Stirnseite gab es zwei verglaste separate Büros, auf der anderen Seite zwei große, runde Satellitentische mit jeweils vier Arbeitsplätzen, die als Kojen voneinander abgeschirmt waren.
Hier, so erfuhr Stadler, arbeiteten der Layouter und der Online-Koordinator sowie der neu geschaffene Headliner, dessen einzige Aufgabe es war, solche Überschriften für die Beiträge zu finden, die auch eine hohe Aufmerksamkeitswirkung haben. Der Headliner, so erläuterte ihm Böhringer, war ein Zugeständnis an den Boulevard. Stadler rümpfte die Nase.
„Müssen wir uns schon mit dem Boulevard messen", fragte er.
Böhringer grinste breit. „Wir müssen nicht. Aber wir lernen vom Boulevard. Schau mal, wir haben in den letzten zehn Jahren die Hälfte der Abo-Rückgänge durch eine Steigerung des Straßenverkaufes wettmachen können. Diese Tendenz hält an – der Headliner setzt genau dort an, wo wir den Kampf am Kiosk gewinnen wollen. Seriöse Nachrichten, boulevardesk aufgemacht."
Stadler verzichtete auf eine Spitze. Dabei hätte er gerne nach der messbaren „Effizienz" eines solchen Überschriften-Erfinders gefragt. Doch er wollte seinen Chef nicht noch weiter provozieren.
Stattdessen deutete er auf die Glaskästen an der Stirnseite.
„Mein Arbeitsplatz?", fragte er zweifelnd.
Böhringer nickte. „Toll, was? Du hast den ganzen Desk im Blick, und wenn du dich mal abschotten willst, lässt du einfach die Jalousien runter."
Stadlers Begeisterung hielt sich in Grenzen. Ihn erinnerten die Glaskästen an die Büros in amerikanischen Kriminalfilmen.
„Eine Pauke bekomme ich aber nicht?"
„Eine Pauke?"
„Na ja, ist das nicht ein bisschen wie der Aufseher auf einer Galeere?" Er deutete auf die zwei Reihen Schreibtische.
„Ich soll doch die elenden Schreibsklaven dort auf den Ruderbänken antreiben, oder?"

Böhringer blieb stehen. Auch ein paar der Kollegen an den Arbeitsplätzen im Nachrichtenraum hatten die Bemerkung mitbekommen, schließlich sprach Stadler laut und deutlich.
Für ein paar Sekunden schien Böhringer nicht zu wissen, wie er reagieren sollte. Dann lachte er dröhnend los und schlug Stadler auf die Schulter.
„Du bist mir schon einer, Laurenz. Ruderbänke, ich muss schon sagen! Auf die Idee bin ich noch gar nicht gekommen."
Die Redakteure, die die Luft angehalten haben und deren Blick zwischen Böhringer und Stadler hin und her ging, lachten erleichtert auf. Sie nickten, tuschelten.
„Komm, ich zeig dir dein Reich", sagte Böhringer und schob Stadler voran. Er schloss mit einem Ratsch die Jalousien, um sich gegen die neugierigen Blicke vom Großraumbüro abzuschotten. „Das mit den Ruderbänken schafft es aber nicht gerade in die Top Ten der besten Sprüche zur Mitarbeitermotivierung", setzte er gallig hinzu.
„Ich nehme an, diese Top Ten muss ich dann auswendig können", flachste Stadler.
„Ich habe das durchaus ernst gemeint", sagte Böhringer, mit einem kleinen Spritzer Gift in der Stimme.
„Aber nun sag mal, was werden meine Aufgaben sein", fragte Stadler, der sich an den Schreibtisch gelehnt hat. Er fühlte sich seltsamerweise vollkommen gelassen und entspannt, obwohl der Graben zwischen ihnen immer tiefer wurde.
„Du wirst von hier aus alle Arbeiten am Tisch koordinieren, du bist, um es mal technisch zu sagen, die Schnittstelle zwischen dem Desk und mir. Damit wirst du zum operativen Blattmacher schlechthin. Wie der *Münchner Bote* aussieht, hängt ab morgen von dir ab."
„Ist das nicht ein bisschen viel auf einmal?" Stadler gab sich nicht nur skeptisch, er war es auch.
„Du schaffst das schon", sagte Böhringer. „Schau, du läufst bis Freitag ohnehin im Doppelpack mit Stephan Kober, deinem Vorgänger. Ein guter Mann: Jung, dynamisch, kompetent, weiß, was er will. Ich mache ihn zum CvD."

„Und was wird aus Dillinger?"
„Joseph verlässt uns auf eigenen Wunsch."
Stadler nickte. „Gut. Wie wird mein Tagesablauf aussehen?"
„Wie der von jedem anderen auch. Dein Tag beginnt um 10 Uhr mit der Redaktionskonferenz. Du kannst natürlich auch schon früher kommen, das bleibt selbstverständlich dir überlassen. Ich mache das immer so, um schon ein bisschen Informationsvorsprung zu haben. Offiziell ist also um zehn. Während die Kollegen am Desk anfangen, bist du bei mir zur Beratung. Dann überwachst du die Arbeit am Desk. Du kümmerst dich um die Dienstpläne, du machst eine Themenkonferenz, wo ihr auf den Seiten verteilt, was wo erscheinen soll und muss. Du moderierst zwischen Reportern und Blattmachern und triffst im Zweifelsfall die letzte Layout-Entscheidung, du organisierst die Seitenabnahme und du entwickelst Projekte."
Stadler lächelte. „Hört sich nach einem erfüllten Leben an."
„Ist es auch. Ich behalte die Richtlinienkompetenz, du steuerst durch den Tag. Oder, um es mit der christlichen Seefahrt zu sagen: Ich bin der Kapitän und du der erste Offizier. Ich bestimme den Kurs und du sorgst für Ordnung auf der Brücke."
„Ja, schon verstanden", sagte Stadler. „Werde ich noch selbst schreiben?"
Böhringer schüttelte den Kopf. „Nur auf Wunsch, mal hier und da eine Kolumne. Gerade im Feuilleton freut man sich auf deine gelegentliche Mitarbeit. Dort brauchen wir verschiedene Sichten auf die Dinge, aber das weißt du ja."
Nun, Stadler konnte sich nicht vorstellen, dass die Kollegen, die elf Jahre gut ohne ihn zurechtkamen, Beifall klatschten, wenn er sich wieder einmischte.
„Aber ansonsten musst du nicht mehr schreiben. Keine Themennot mehr, keine Angst vor dem weißen Blatt Papier, kein Zeitdruck mit dem Redaktionsschluss."
Stadler lachte kurz und trocken auf.
„Kein Zeitdruck mit dem Redaktionsschluss? Ich denke, ich soll hier den operativen Blattmacher mimen."

Böhringer ruderte zurück. „Ich meine, keinen Zeitdruck zur Manuskriptabgabe. Ansonsten sind wir durchaus eine Tageszeitung geblieben, da hast du natürlich recht.“ Er klang ein wenig schnippisch.
Diese erste Begegnung mit seinem neuen Job, so konstatierte Laurenz Stadler verdrossen, lief genau so, wie er es befürchtet hatte. Eine *self-fullfilling Prophecy*, wie die Soziologen und Psychologen sagen würden.

Stephan Kober war ein alerter junger Mann, einer aus der neuen Journalisten-Generation. *Cross-Over* war sein Lieblingswort. Er zog es wie eine Trumpfkarte. Stadler fühlte sich von ihm behandelt wie ein alter Mann, dem man erst beibringen musste, dass das Internet schon erfunden war. In der ersten halben Stunde war Stadler gleich dreimal in höchster Versuchung, dem *Cross-Over* von Kober ein trockenes *Print First* entgegenzuhalten. Seine Trumpfkarte. Eine, von der er wusste, dass sie noch immer stach. Doch Kober war freilich auch ein Opfer des Systems. Er war Elite-Student, hatte nach dem Volontariat beim *Merkur* ein halbes Jahr bei *Spiegel-Online* gearbeitet, war zurückgekehrt an die Isar und hatte die ersten Monate den Desk geführt. Ein Mann mit Karriere, aber ohne Charakter. Und: Kein Journalist. In spätestens fünf Jahren, so war sich Stadler sicher, würde Kober das Unternehmen wieder verlassen haben. Mit den besten Wünschen der Geschäftsführung.
Seine künftigen Aufgaben, das bekam Stadler rasch mit, würden viel weiter gehen als das, was Böhringer ihm angekündigt hatte. Dass der Alte erwartete, dass er spätestens halb zehn da war, das musste ihm Kober nicht erzählen, das hatte er schon mitbekommen, dafür kannte er Böhringer lange genug. Eine späte Themenkonferenz als Vorbereitung für den nächsten Tag, das ergab sich aus dem Arbeitsprozess, dafür hätte es keiner Belehrung durch den Jungspund bedurft. Handwerk.
Als ziemliche Zumutung jedoch empfand er die Erwartung, bis kurz vor dem Andruck anwesend zu sein, bevor er die Ausgabe der Schlussredaktion übergab. Ein permanenter Zwölf-

Stunden-Tag wäre die logische Konsequenz. Doch vielleicht, so dachte er sich, war das nur der selbstauferlegte Druck des Karrieristen-Bürschleins hier vor ihm. Möglicherweise könnte er sich hier mit der Ruhe und Gelassenheit des Alters zwei Stunden schenken. Man würde sehen – das müsste man jetzt noch nicht mit dem hier durchdeklinieren.
Er ärgerte sich dennoch, sich mit Kober arrangieren zu müssen. Der Desk-Chef und der Chef vom Dienst, der die Schnittstelle zur Technik und zur Druckerei darstellte, waren auf eine enge Zusammenarbeit angewiesen. Eine Zusammenarbeit auf Zeit, tröstete sich Stadler.

Den Weg von der Redaktion in seine neue Wohnung hätte Laurenz Stadler auch zu Fuß gehen können. Doch er war noch etwas einkaufen und trug außer seiner Aktentasche auch einen schweren Leinenbeutel, in den er zwei Flaschen Wein, etwas Gemüse und ein großes Stück Schafskäse gepackt hatte. So nahm er für zwei Stationen die Straßenbahn, wo er zwei Witwen gegenüber saß, die sich über ihre Dahingeschiedenen unterhielten und wenig Gutes an ihnen ließen.
Da schoss ihm ein Satz durch den Kopf, gehört vor Jahrzehnten auf einer Bühne, er glaubte, es war im Residenztheater am Josephsplatz. „Man muss sich einreden, dass es schön war, was man erlebt hat." War das nun von Bert Brecht selbst oder doch nur von seiner Interpretin Therese Giehse – er wusste es nicht mehr. Aber es war eine schöne Maxime. Sowohl für die beiden schwarzgekleideten Damen als auch für sein Berufsleben.

25. Kapitel

Es war an Stadlers drittem Arbeitstag in der Zentrale des *Münchner Boten*, als er einen Anruf vom Makler bekam. Stadler war gerade dabei, aus den Tagesthemen der Lokalredaktionen einen Verschnitt fürs Regionale zusammenzustellen, als sein Handy klingelte.

Für sein Vaterhaus hatten sich überraschend schnell Kunden gefunden. Eine gewisse Familie Brandner, er Radiologe im Klinikverbund Kempten/Oberallgäu, sie Chirurgin daselbst, ein Kind und angeblich ohne weiteren Kinderwunsch, wollten das Haus kaufen. Doch zu der guten ersten Nachricht kamen noch weitere: Die Familie Brandner würde ohne Wenn und Aber den Kaufpreis akzeptieren. Kein Feilschen, kein Nörgeln. Stadler staunte. Er hatte dem Immobilienmakler anfangs nicht recht über den Weg getraut. 265.000 Euro hatte er ausgepreist. Nie und nimmer war das Haus auch nur einen Bruchteil davon wert. Doch er argumentierte eben damit, was Stadler schon geahnt hatte: Das Grundstück war allein deutlich mehr wert als das Haus. Zudem: Es war Bauland, die Ortssatzung ließ sich großzügig auslegen, der Denkmalschutz hatte seltsamerweise um das Haus einen Bogen gemacht. Doch als der Makler in seiner Anzeige mit „Abriss oder Kernsanierung" warb, schwand bei Stadler der Mut. Er würde wohl mindestens ein Jahr auf dem Haus sitzen bleiben, mutmaßte er. Und nun dauerte es keine Woche. Aber es kam noch dicker: Wenn der Kaufvertrag noch im Oktober unterschrieben werden

könnte, so die Nachricht von den Interessenten, dann wären sie bereit, als Zielprämie noch einmal fünf Prozent des Kaufpreises draufzupacken. Stadler überschlug das Gesamtpaket im Kopf und zog die Maklercourtage ab. Donnerwetter. Er staunte. Nicht nur darüber, dass er, der doch so wenig Wert auf Besitztümer und Geld legte, dann plötzlich zu bescheidenem Reichtum kommen würde. Er staunte auch darüber, wie viel Geld offensichtlich bei Menschen in anderen Berufen hängen blieb. Kein Wunder, wenn Gehälter, Einkommen und Vermögen immer wieder Auslöser von Neiddebatten waren. Er hielt sich da raus. Er hatte sich noch nie über sein Gehalt beschwert. Und wenn er, was bisweilen vorkam, danach gefragt wurde, zog er seine Standard-Antwort, ein altes Bonmot: Er habe, so pflegte er dann immer zu sagen, ein Auskommen mit seinem Einkommen.
Stadler freute sich jetzt schon, die Familie kennenzulernen. Er hoffte ein wenig, dass sie das Haus erhalten und lediglich etwas umbauen wollten. Vielleicht deckten sich ja die Pläne der Brandners mit seinen Fantasien, die er bei seinem letzten Besuch entwickelt hat. Und hoffentlich würden sie und Renate Hausdörfer gute Nachbarn werden.
War kein Haken bei der Sache, konnte er selbst zufrieden sein, glaubte er doch, zwei Fliegen mit einer Klappe geschlagen zu haben. Zum einen würde er durch den Verkauf des Hauses endgültig mit der Vergangenheit abschließen und sich der Zukunft zuwenden können. Zum anderen bekam er ein erkleckliches Sümmchen in die Kasse. So müsste er sich zumindest keine Geldsorgen machen, wenn er seine noch immer ungeliebte neue Arbeit aufgeben müsste. Das wiederum hätte den Vorteil, dass er sich dann doch ernsthaft der Aufgabe widmen könnte, seine Memoiren aufzuschreiben. Mehr als eine Viertelmillion Euro – damit konnte man die neun Jahre überbrücken, bis die Betriebsrente der Presseversorgung fällig wäre. Und die, wiederum eine für seine Ansichten üppige sechsstellige Summe, wollte er sich mit einem Mal auszahlen lassen. Die Verrentung seiner Ansprüche schien ihm so unbe-

rechenbar, schließlich konnte er schon im Jahr darauf tot umfallen. Nein, existenzielle Probleme würden ihn nicht mehr tangieren. In Rom, wo er gebraucht wurde, hatte er keinen Gedanken an einen möglichen Ruhestand verschwendet. In München, wo das ganz anders aussah, lösten sich seine Probleme in Luft auf.

Er fasste in die Hosentasche, wo er das Ledersäckchen mit den Murmeln wusste. Seit der Nacht im Sommer, als er sie im Glücksgefühl seiner jungen Liebe beinahe am Strand vergraben hätte, dachte er nur noch selten an sie. Nichtsdestotrotz hatte er es bislang nicht ein einziges Mal versäumt, regelmäßig mittwochs eine der kleinen Glaskugeln zu „entsorgen". So wie gestern Abend. Da hatte er lange auf der Fußgängerbrücke über der Bahnlinie gestanden. Ein ICE war unter ihm vorbeigedonnert. Diese Spanne zwischen dem Sein und dem Nichts – so winzig klein. Eine Sekunde freier Fall. Nicht einmal eine Sekunde. Allerdings war er wohl zu alt und zu schwer, sich über die hohe Brüstung schwingen zu können. Überhaupt, so ein ICE ... Es war schon viele Wochen her, zu Zeiten, als er sich noch obsessiv mit dieser ganzen Suizid-Problematik beschäftigt hatte, da las er über die verschiedenen Methoden, sich vom Leben zum Tod zu befördern. Die Studie kam aus den USA. Obwohl man dort annähernd uneingeschränkten Zugang zu Schusswaffen hatte, kamen sie erst an zweiter Stelle der Todesursachen beim Selbstmord. Am beliebtesten, wenn man das so sagen durfte, war der Sturz aus großer Höhe. Einleuchtend. Beim Schießen kam es immer wieder zu skurrilen Situationen, über die später die Medien weltweit berichteten – die Stirnplatte wurde durchschossen, aber das Gehirn blieb unverletzt; der Schuss verletzte Hirnregionen, führte aber nicht zum Tode und so weiter. Den Sturz in den Grand Canyon aber, den überlebt man nicht. Oder den aus dem zwanzigsten Stock eines Hochhauses. Das leuchtete Stadler durchaus ein. Und es kam auch für ihn infrage. Er erinnerte sich, wie er da oben auf der *Terra murata* stand und sich schon fliegen sah. Jedenfalls in seiner Vorstellung. Es brauchte halt nur den Moment des Loslassens.

Abgesehen davon wäre Stadler als Pazifist ohnehin nicht in der Lage, eine Schusswaffe zu bedienen, schon gar nicht gegen sich selbst zu richten. Von der Schwierigkeit, in Deutschland an so ein Schießeisen zu kommen, nicht zu reden. Damit kennt sich wohl nur die jüngere Generation aus – siehe die grausigen Geschehnisse in Erfurt und in Winnenden. Nein, der Sprung würde eher zu Stadler passen. Oder der ICE. Einmal, in seinen ersten Jahren beim Boten, da hatte er gesehen, wie ein Eisenbahn-Selbstmörder, ja, so sagte man damals noch, in einem Zinksarg weggetragen wurde. Zumindest das, was von dem Mann noch übrig war. Doch, sich unerschrocken vor einen ICE zu stellen, dürfte eine sichere Todesart sein. Und wahrscheinlich auch schmerzfrei. Nur der Gedanke an den Lokführer und die Passagiere, denen man damit zwangsläufig den geplanten Tagesablauf verdarb, schreckten Stadler denn doch ab. Aber es eilte ja auch nicht. Genau 29 Murmeln befanden sich noch in dem Beutel. 29 Wochen blieben.
Stadler schreckte richtig hoch, als es an die Tür seines Glaskastens klopfte. Peter Wasner kam mit einem Layout-Plan herein.
„Darf ich?", fragte er.
„Na sicher", antwortete Stadler, noch immer etwas abwesend.
„Schau mal: Die Sonthofener wollen hier über der Eckfeld-Anzeige nur mit einer Hauptzeile arbeiten, weil sonst das Bild zu flach wird. Lassen wir das durchgehen?"
Stadler fand die neuen Layout-Regeln furchtbar. Nicht, dass sie nicht zu einem vernünftigen Aussehen der Zeitung beitrugen, darum machte er sich weniger Gedanken. Aber sie wurden viel zu starr umgesetzt. Es wurden Zeilen gezählt, es wurden Dogmen aufgestellt. Gerade so, als wäre eine Zeitung nicht ein lebendiges Gebilde.
„Na entscheide selbst", ermunterte Stadler den Kollegen. „Hänge eine Phantasie-Überschrift und Blindtext rein, ziehe dir ein Agenturbild und dann mach einen 1:1-Ausdruck, den du auf den Tisch legst. Wenn die Seite noch ein Gesicht hat, ist

es in Ordnung. Sieht sie immer noch plattgewalzt aus, dann kriegen sie zwei Hauptzeilen und wir müssen auf ein Bild verzichten."

Wasner grinste. „Ich erinnere mich", sagte er. „Das ist noch die ganz alte Schule. Ein erkennbarer Aufmacher und ein erkennbares Aufmachungsbild – das Gesicht der Zeitung."

„Na siehst du. Daran müssen wir auch in neuen Zeiten nicht zwingend was ändern", sagte Stadler, und Wasner verschwand, vergnügt mit dem Layout wedelnd.

Was für einen Zeitsprung diese elf Jahre in der Zeitung bedeuteten, wunderte sich Stadler. In Rom hatte er das tatsächlich nicht mitbekommen, weil die Veränderungen nur allmählich kamen und sie in den seltensten Fällen auf den Alltag der Korrespondenten Einfluss hatten. Aber auch sein persönlicher Stellenwert in der Firma schien sich verändert zu haben und das nicht nur seiner neuen Stellung wegen. Als er mit 43 nach Rom ging, da haben die Kollegen ihn als einen aus ihrer Mitte verabschiedet. Inzwischen aber hat die alte Garde das Blatt längst verlassen, die meisten in den Ruhestand. Mehr noch, er selbst war jetzt die alte Garde und für manche der jungen Kollegen, die nachgerückt waren, eine Respektsperson.

Der Tag verging wirklich wie im Fluge. Es kam keinerlei Langeweile auf, Stadler staunte, wie viel er in seiner neuen Funktion tatsächlich zu tun hatte. Das Schreiben vermisste er nicht. Noch nicht. Er wusste, das würde kommen. Aber er wusste auch, dass er sich dann zu Hause dem Schreiben widmen könnte. Er freute sich schon auf die Arbeit an seinen Memoiren.

Zu Hause. Zuhause. Wo würde das sein, fragte er sich, als er am Abend wieder in seiner kleinen Übergangswohnung in der Ludwigsvorstadt angekommen war, nachdem er wieder auf der kleinen Fußgängerbrücke die Bahn überquert hatte, diesmal allerdings, ohne sich irgendwelche Gedanken zu machen.

Hier wollte er auf keinen Fall auf Dauer leben. Das war allerdings eher eine Frage der Wohnung, nicht des Viertels. Denn

das schien durchaus in Ordnung. Wenn nicht gerade Oktoberfest war, ging es rund um die Theresienwiese vergleichsweise beschaulich zu. Würden im Alter die Zipperlein kommen, hätte er kurze Wege, das Klinikviertel lag gleich um die Ecke. Zum Einkaufen gab es die nahe Altstadt, wo er auch einige schöne Buch- und Musikhandlungen kannte. Obst und Gemüse könnte er sich in Klein-Istanbul holen. Zwar wäre ihm ein italienisches Viertel lieber, aber er mochte dieses gewisse südländische Treiben in der türkisch geprägten Gegend hinter dem Bahnhof.
Vielleicht könnte er umziehen, sagte er sich, als er mit einem Glas Wein ans Fenster trat und auf die Straße blickte. Ein Balkon wäre nicht schlecht. Ein Balkon hinten raus, mit ein wenig Sonne am Nachmittag und einem Blick ins Grüne. Er würde rechnen müssen. In München ließ jeder Quadratmeter mehr Wohnfläche, jeder Dezibel weniger Lärm, jeder Meter näher zu Einkaufszentren, Fußgängerzonen und U-Bahn-Haltestellen die Miete deutlich in die Höhe schnellen. Man müsste sehen, dass man in einem der schönen Gründerzeithäuser eine Wohnung bekäme. Hypermodern muss sie nicht sein, in Rom hatte er gelernt, sich zu bescheiden. Dort wurde mehr Wert auf Kleidung und Essen gelegt als auf die Wohnung.
In der Gründerzeit hatte man in Deutschland sehr solide gebaut. Hohe Räume, da könnte er den Rest seiner Bibliothek unterbringen und diese systematisch wieder auf- und ausbauen. Dicke Wände, das versprach eine gute Akustik, und man konnte Musik auch in Konzertlautstärke hören, ohne die Nachbarn zu stören.
Oder vielleicht zöge er wieder zurück aufs Land. Vielleicht könnte er sich ja von dem Erlös für sein Vaterhaus wiederum ein kleines Häuschen leisten. Irgendwo dicht am Stadtrand, mit einer guten Erschließung durch öffentliche Verkehrsmittel. Andererseits – zu einem Häuschen gehört ein Grundstück. Und um sich vorzustellen, was er damit machen könnte, fehlte ihm die Fantasie, seine Gedanken beschränkten sich da auf Rasen und ein paar Obstbäume. Doch selbst die wollten ver-

schnitten sein. Tomaten. Tomaten, so glaubte er sich zu erinnern, wuchsen fast von allein.
Er trat vom Fenster zurück und suchte sich einen Platz zum Lesen. Das war nicht ganz einfach, er hatte die Wohnung möbliert angemietet und sie entsprach so gar nicht seinem Geschmack. Eine große Eckcouch aus weinrotem Leder dominierte das Wohnzimmer. Gegenüber ein Fernseher, den er nicht brauchte, aber doch nutzte, daneben eine Essecke mit einem hässlichen dunklen Glastisch und vier Freischwingern aus Chrom und schwarzem Kunstleder, Fischgrätenparkett auf dem Fußboden, wenig Regalfläche. Ein kleiner runder Sessel stand in einer Nische am Fenster. Dort hatte er es gestern versucht, aber der Sessel war einfach unbequem. Heute setzte er sich auf das Sofa. Er wusste, er würde auf dem Lederzeug auf Dauer nicht angenehm sitzen, er hatte das schon mal in Restaurants bemerkt, irgendwann klebte die Hose am Bein, als würde man schwitzen. Ich sollte mir eine Wolldecke kaufen, dachte Stadler, und angelte sich das Buch mit dem grünen Leineneinband vom Tisch, in dem Paolo Tozzi seine Memoiren hinterlassen hat, und in dem er regelmäßig blätterte, so wie andere in ihrer Bibel.
An der Stelle, an der er letztens mit dem Lesen aufgehört hatte, befand sich Tozzi ähnlich wie Stadler in einer Umbruchphase. Gleichwohl war Tozzi zu diesem Zeitpunkt ein junger Mann. Geboren am Ende des Ersten Weltkrieges war er zu Beginn des Zweiten Weltkrieges genau im wehrfähigen Alter. Stadler war gespannt. Er rückte sich zurecht und las.

Ich war 21 Jahre alt, als Italien in den Krieg eintrat. Mein Vater, obwohl überzeugter Fascista, zweifelte daran, dass der Duce irgendwelche Rücksichten auf den Ausstattungsgrad und die Kapazitäten der Armee genommen hatte, als er England den Krieg erklärte. Mein Vater war ein kluger Mann, er hatte den Krieg schon vorhergesagt, als Hitler in Polen einmarschierte. Mich hatte er noch im Herbst 1939 am Istituto Nautico angemeldet, aber dort war kein Platz mehr frei.

Ich solle es in einem Jahr noch einmal versuchen, wurde mir gesagt. Als der Krieg begann, hoffte ich auf eine rasche Zusage. Schließlich brauchte auch die Regia Marina tüchtige Seefahrer. Heimlich hoffte ich wie auch meine ganze Familie, dass während der Ausbildung am Istituto Nautico der Krieg irgendwie zu Ende ginge. Doch ich sah mich in jeder Hinsicht getäuscht. Vier Tage nach dem Kriegseintritt fand ich mich zwar auf dem Wasser wieder, aber als Infanterist auf einem Truppentransporter. Die Marine schien unschlagbar, gerade machte die Nachricht die Runde, dass Franco Tosoni Pittoni mit seinem U-Boot vor Kreta den britischen Kreuzer Calypso versenkt hatte. Wir sollten nach Abbessinien, um unsere Kolonie in Ostafrika zu verteidigen und die dortigen britischen Truppen zu vernichten. Es war eine furchtbare Überfahrt. Schließlich kamen wir nach mehreren Tagen unbehelligt im Hafen von Mussawa an. Auf dem Landweg sollte es weiter über Harrar gehen, um die britischen Truppen in Somaliland anzugreifen. Es wurde eine Tortur. Niemand von uns einfachen Soldaten hatte eine Vorstellung von diesem Land. Für uns war Afrika der Nil und die Wüste und weiter unten der Dschungel. Doch bis auf den Küstenstreifen war das ganze Land eine einzige Hochebene.

Der Krieg war schrecklich. Er war überall schrecklich, egal ob in Nordafrika oder hier unten in Abessinien. Aber wir hatten es wahrscheinlich besser getroffen, dachte ich lange. In dieser Ecke der Welt gaukelten wir dem Gegner beständig vor, stärker zu sein als er. Er tat genau dasselbe. So lagen sich oft auf mehreren hundert Metern nur wenige Soldaten gegenüber, schossen mal ins Gebüsch und mal in die Luft. Wurde zu viel geschossen, zog sich eine Partei zurück. So kam es zu Geländegewinnen, meist aber nicht zu Opfern. Wie nah wir wirklich dem Tode waren, merkte ich eines Tages, als ich mit einem Kameraden, dessen Namen ich vergessen habe, in der Nähe unseres Camps in Wajaale auf Patrouille war. Schon tagelang hatten wir keine Feindberührung, es war

fast wie in Friedenszeiten. Am Tag darauf sollten wir verlegt werden. Wir hatten rumgealbert, es war ein schöner Tag und wir gingen auf einen baumbestandenen Hügel, von dem aus wir die Straße gut im Blick hatten, um zu rasten. Wir setzten uns an einen Baum, nahmen einen Schluck aus unseren Feldflaschen und wickelten das Dörrfleisch aus, das wir uns unter der Hand von einem der Köche besorgt hatten. Mein Kamerad erzählte mir gerade einen Witz, als er von einem Schuss getroffen wurde. Die Kugel drang vorne direkt in sein linkes Auge ein und riss ihm hinten den halben Kopf weg. Etwas Feuchtes klatschte mir ins Gesicht. Den Schuss selbst hörte ich erst einen Sekundenbruchteil später.
Ich brauchte schon ein paar Sekunden, um zu merken, was da eigentlich passiert war: Eben hatte er noch mit mir gescherzt, jetzt war sein Leben vorbei. Einfach so. Als ich begriff, was geschehen war, warf ich mich auf die Erde und nahm mein Gewehr in Anschlag. Panisch blickte ich mich um. Dann schien es mir, als bewege sich etwas im Gebüsch auf der anderen Straßenseite. In mir stieg eine unbändige Höllenwut auf, die mich unvorsichtig werden ließ. Ich sprang auf, brüllte wie am Spieß und rannte mit meinem Gewehr im Anschlag einfach hügelabwärts auf die Straße zu. Das war leichtsinnig. Mein Gegenüber hätte nur sorgfältig zielen müssen, und ich wäre meinem Kameraden ins Jenseits gefolgt. Doch drüben sprang ebenfalls jemand auf und schlug sich in die Büsche. Ich überquerte die Straße und brach durch das Gesträuch, ohne die Arme zu Hilfe zu nehmen, die hielten ja das Gewehr. Die Äste peitschten mir ins Gesicht. Aber der Streifen Buschwerk war nicht tief und als ich auf der anderen Seite wieder herauskam, lief vor mir ein Brite. Er hatte kein Gewehr mehr, das hatte er, wie sich später herausstellte, vor Schreck fallenlassen, als ich mit Gebrüll in seine Richtung stürzte. Ich verschwendete keinen Gedanken daran, auf dieses Monstrum zu schießen. Wie in Raserei rannte ich ihm nach. Ich hatte ihn fast eingeholt, da strauchelte er und stürzte zu Boden. Doch ich bremste nicht einmal. In vollem Lauf stürzte ich mich auf ihn. Er kreuzte

noch wie zur Abwehr die Arme über dem Gesicht, aber ich rammte ihm mein aufgepflanztes Bajonett in die Brust. Er wollte wegkriechen, doch ich stieß wieder und wieder zu. In den Bauch, der widerlich weich war, in den Oberkörper, ja sogar in seine Dreckfresse stieß ich das lange Bajonett. Ich beruhigte mich erst, als der Körper völlig zerfetzt und reglos vor mir lag.

Angelockt durch den Schuss war inzwischen Verstärkung aus dem nahen Camp gekommen. Als meine Kameraden sahen, was ich angerichtet hatte, nahmen sie mir das Gewehr weg und reichten mir eine Feldflasche voll Branntwein. Ich beruhigte mich schnell, aber an diesem Tag hatte ich große Angst, den Verstand zu verlieren. Die beiden armen Teufel taten mir leid. In meinen Albträumen sehe ich sie immer noch vor mir – das blutende Loch meines Landsmannes, wo vorher das Auge war, und den zerfetzten Körper seines Mörders. So war der Krieg. Heute bist du noch lebendig, morgen schon mausetot.

Der große Krieg dauerte für Italien fast auf den Tag genau drei Jahre. Dann gab es den Waffenstillstand, dann kam die deutsche Besetzung, und dann die Alliierten, es ging hin und her. Am Ende zog es sich doch bis in den Mai 1945 hin, also insgesamt auch fünf Jahre. Immerhin noch weniger als für die armen Teufel, die in den grauen Wehrmachtsuniformen steckten. Die mussten ja, wenn sie es überlebten, fast sechs Jahre den Kopf hinhalten. Aber für mich waren auch die ersten drei Jahre schon drei Jahre zu viel. Ich hatte, wenn ich das so rückblickend sagen kann, gar keine Zeit, richtig zum Mann zu reifen. Gerade noch ein junger Fischer auf dem Boot seines Vaters, schon ins Heer gesteckt. Und im Krieg hatte man keine Zeit zum Reifen. Entweder man schaffte es, oder man schaffte es eben nicht. Es gab Tage, da beneidete ich meine toten Kameraden. Doch alles in allem genommen war ich dann doch froh, dass ich den Krieg überlebte, dass ich ihn sogar unverletzt überlebte. Ich wurde als Caporale Maggiore aus dem Heer entlassen. Und ich fühlte mich wie ein alter Mann.

Ich war unangenehm berührt, als man mich nach meiner Rückkehr feierte wie einen Helden. Ich war kein Held. Ich war ein einfacher Soldat, der nie Soldat sein wollte. Warum nur konnte man mich nicht in Ruhe lassen.
Auch auf Vaters Boot kam mir plötzlich alles so fremd vor. Ich weiß noch, es war am zweiten oder dritten Tag, als ich wieder mit aufs Meer fuhr: Als die Küste nicht mehr in Sicht war, winkte mich Vater mit wichtiger Miene an die längliche Kiste, die steuerbord an der Bootswand verschraubt und mit einem schweren Vorhängeschloss gesichert war. Auf fast jedem Boot gab es so eine Kiste. Wir Kinder hatten sie immer die „Harpunenkiste" genannt, weil, wie wir wussten, dort die Harpunen aufbewahrt wurden. Nun, mein Vater kramte einen Schlüssel aus der Tasche und hielt ihn bedeutungsvoll vor mein Gesicht. „Du bist jetzt ein Mann, Paolo", sagte er. „Jetzt darfst du auch erfahren, was sich in dieser Kiste befindet." Er kniete sich andächtig davor, fummelte den Schlüssel ins Schloss und öffnete die Harpunenkiste. Ein bisschen war ich schon gespannt. Wer weiß, was mein Vater wirklich dort aufbewahrte. Doch es war tatsächlich nur eine Harpune drin. Ich spielte das Spiel mit und gab mich überrascht, wo ich doch eigentlich enttäuscht war. Mit dieser Harpune, so erklärte er mir, würde man die ganz großen Fische erledigen, einen einzelnen riesigen Thunfisch etwa oder einen Schwertfisch. Ich betrachtete meinen Vater mit einer Mischung aus Unverständnis und Abscheu. Sah er in mir wirklich noch den zum Mann gewordenen kleinen Jungen, dem man jetzt auch die gefährliche Harpune zeigen durfte. Hatte er vergessen, dass ich im Krieg war? Wusste er nicht, was dort geschah oder verdrängte er es aus seiner Welt.
Es erschien mir unsinnig, mit dieser kleinen Nussschale hinaus zu fahren, Fische zu fangen, sie zu verkaufen, schlafen zu gehen und am nächsten Tag wieder hinaus zu fahren und so fort. Jenseits der Alpen wütete noch der Krieg, schlachteten die Menschen, Fischer, Bäcker, Maurer sich gegenseitig ab, als gelte es, die Ehre der Familie wiederherzustellen.

Auf unserer Insel, das merkte ich gleich, haben sie nicht viel vom Krieg mitbekommen, sie wussten nicht, dass eine Leiche nach einem Tag in der afrikanischen Sonne riecht wie ein aufgeplatzter Fischkadaver am Strand. In diesen Tagen, Wochen, ja Monaten habe ich oft in der Kneipe gesessen und getrunken. Manchmal mehr, als mir guttat.

Kein Held, sondern ein Gestrandeter, einer, der nach einem tiefen Einschnitt sein Leben nicht mehr auf die Reihe bekam. Stadler hatte einen trockenen Mund, als er das Buch neben sich auf die Couch legte. Er dachte an Hintergrundberichte über amerikanische Soldaten, die aus dem Golfkrieg mit einem Trauma heimkehrten. Oder, in den Medien seines Landes eher verschämt und versteckt, an die Berichte über die Deutschen, die in Afghanistan kämpften. Bis zu 5000 Soldaten im Einsatz, Soldaten, die Väter und Mütter haben, Frauen und Kinder. Und dann diese dürre Berichterstattung, die an die lächerliche Glorifizierung der amerikanischen Soldaten durch deren Medien erinnerte. Das Schulterklopfen des Bundesministers beim Truppenbesuch. Die rührselige Reportage über die Kameradschaft im Camp, über Briefe in die Heimat und gemeinsames Tischtennisspielen. Wenn die Korrespondentenstellen in Zentralasien genauso ausgedünnt werden wie in Südeuropa, dann würde sich die Berichterstattung alsbald nur noch aus Pressemeldungen der Bürokraten in Berlin speisen.
Ein Gestrandeter war dieser Fischerjunge von Procida, einer, der das Grauen aus nächster Nähe gesehen hat, ein Grauen, das ihn aus der Bahn warf.
Das waren Zäsuren. Und er bärmelte schon herum, weil er sich noch nicht ganz im Klaren war, ob er es bis zur Rente bei dieser Firma durchhalten würde. Bei dieser Firma, die, wie sich nun erwies, keine Wertschätzung für die Arbeit von 31 Jahren aufbrachte, die nicht mehr von Unternehmern, sondern von Shareholdern regiert wurde.
Allerdings waren das angesichts der Kriegserlebnisse eines Paolo Tozzi wohl doch eher Luxusprobleme, die ihn da quäl-

ten. Sollte er nicht zufrieden sein? Er hatte sein Auskommen mit dem Einkommen, lebte in einer friedlichen Welt, es gab genug Essen und Trinken für ihn, und wenn er morgens vor die Tür ging, musste er keine Angst haben, erschossen zu werden. So gesehen, ging es ihm blendend.
Und warum fühlte er sich dennoch nicht wohl, warum fühlte er sich von der Situation, in der er sich befand, existenziell bedroht?
Stadler stand auf, schenkte sich ein Glas Wein ein und trat wieder ans Fenster.
Er war Journalist, er hatte das gründlich gelernt, er arbeitete, um zu leben, und er tauschte gewissermaßen über den Umweg des Geldes seine Artikel gegen Brot und Schinken und Wein ein, gegen ein Dach über dem Kopf und sauberes Wasser aus dem Hahn. Würde man ihm diese Arbeit nehmen, dann hatte das durchaus etwas Existenzielles.
Aber niemand nimmt dir die Arbeit, setzte er seinen inneren Disput fort. Du kannst schließlich jeden Morgen weiter in die Redaktion gehen und dich am Monatsende über dein vergleichsweise üppiges Gehalt auf dem Konto freuen. Oder hatte man ihm schon die Arbeit genommen, an jenem noch gar nicht so fernen 3. Mai, als ihm sein Chefredakteur eröffnete, dass man seine Beiträge aus Rom fortan nicht mehr brauchte. Schickte man ihn nun in eine Art soziale Hängematte, eine, die nur deswegen aufgehängt wurde, weil er bei Böhringer doch noch einen Stein im Brett hatte, weil dieser die Seinen nicht im Stich lassen wollte. Ein Gnadenbrot wäre das, nichts weiter.
Man müsste es einmal richtig durchrechnen. Wenn er seinen Lebensstil ein wenig umstellte, dann würde er vermutlich schon heute von seinem Ersparten leben können.
Er nahm noch einen Schluck von dem Wein und dachte an Carlotta. Die Gebundenheit an die Arbeit, sie auf Procida an ihre, er in München an seine, war einer der Vernunftgründe, die gegen ein gemeinsames Leben auf Dauer sprachen. Gäbe

er seine Arbeit auf, würde eine dieser Hürden fallen. Carlotta, eine Lösung seiner Probleme?

Alles würde sich ändern. Nachhaltig ändern. Hatte er etwa davor Angst?

Konnte er sich tatsächlich vorstellen, die Brücken zu Deutschland abzubrechen und auf dieser winzigen Insel zu leben, sich ein Häuschen zu suchen, zu lesen und zu schreiben, während Carlotta tagaus tagein in „ihr“ Hotel zur Arbeit ging?

26. Kapitel

Laurenz Stadler kündigte an einem Donnerstag. Der Kalender zeigte den 20. Oktober und die Zeiger der Uhr standen auf 16.35 Uhr. Es war ein gänzlich unspektakulärer Akt und damit das Spiegelbild des Telefonats vom 3. Mai, als Böhringer ihm mitgeteilt hatte, dass seine Stelle in Rom zum Quartalsende aufgelöst werde.

Heute hatte sich Stadler einen Kaffee vom Automaten geholt, das schon vorbereitete Schreiben aus der zweiten Schreibtischschublade links genommen und das Datum eingesetzt. Dann hatte er das Papier zwei Mal gefaltet, damit es in den Briefumschlag mit dem Fenster passte, den Umschlag zugeklebt, und zur Sicherheit noch mit einem Stück Klebestreifen versiegelt. Mit einem zweiten, gleichlautenden Schreiben an den Leiter der Personalabteilung verfuhr er ebenso. Dann marschierte er ins Sekretariat und legte Karina Mayer die beiden Umschläge auf den Tisch.

„Ob Sie die bitte weiterleiten können?“

Die Sekretärin des Chefredakteurs nahm die Umschläge, nickte und blickte dann auf die Adressaten. Daraufhin schaute sie Stadler eine Sekunde zu lange ins Gesicht. Merkte sie was? Egal, das hätte genauso gut eine Bitte um Gehaltserhöhung oder um die Abklärung einer rentenrechtlichen Frage sein können. Doch am Ende sagte sie nur: „In Ordnung.“ Stadler drehte sich um und verließ das Sekretariat.

Erst eine halbe Stunde zuvor war er mit hochrotem Kopf aus dem Büro des Chefredakteurs und quer durchs Sekretariat gestürmt. Böhringer und er hatten sich gestritten, dass die Fetzen flogen. Doch dieses Mal ging es nicht wie in der vergangenen Woche um eine Überschrift, die Stadler zu reißerisch vorkam und über deren Abschwächung sich der Autor prompt bei Böhringer beschwert hatte. Dieses Mal ging es ums Ganze. Es ging um Stadlers Job, seine gegenwärtige Aufgabe, den *Münchner Boten* im Speziellen und den Journalismus im Allgemeinen.
Stadler hatte es satt. Hätte man ihm im Frühjahr prophezeit, dass er seinen Beruf noch in diesem Jahr über hätte, wäre er wohl mit einem kleinen Heiterkeitsausbruch darüber hinweggegangen. Er liebte seinen Beruf, er liebte ihn noch immer, aber er kam nicht mit der so rapiden Änderung seines Berufsbildes in der Praxis klar. Er merkte, dass er in Rom wie unter einer Käseglocke gehockt hatte; die Korrespondentenstelle als eine Art Elfenbeinturm des Journalismus.
Dabei, er hatte selbst um den Termin bei Böhringer gebeten. Und gleich an den Überschriften-Streit in der vergangenen Woche angeknüpft.
„Wir müssen reden, Hans", hatte er begonnen. „Ich weiß, das klingt jetzt sehr altklug, aber ich glaube, bei unserer Zeitung läuft einiges schief."
Böhringer schwieg und Stadler setzte fort: „Vorige Woche, unsere Auseinandersetzung wegen dieser reißerischen Überschrift ..."
„Du fühltest dich übergangen, sag es ruhig", sagte Böhringer.
„Übergangen ist nicht das richtige Wort. Ich fühle mich so ... ein wenig aus der Zeit gefallen. Als wir hier anfingen, '80, da galten für Überschriften andere Gesetze: Leseanreiz und Informationsgehalt. So habe ich es bis heute gehalten. Inzwischen scheint es nur noch nach Einschaltquoten zu gehen. Und ..."
„Laurenz! Die Welt hat sich weitergedreht, auch die Medienwelt."

„Ja schon, aber ich ... ich weiß nicht, mir kommt einiges hier so falsch vor. Ich habe immer öfter das Gefühl, dass wir mit unserer Glaubwürdigkeit spielen.“
Böhringer holte tief Luft und seufzte.
„Ich merke schon, uns werden fünf Minuten nicht reichen. Warte mal.“ Er drückte die Taste der Wechselsprechanlage. „Bringen Sie uns bitte einen Kaffee, Karina.“
Es knackte in der Leitung. Dann fragte die Sekretärin zurück: „Kräutertee für Herrn Stadler?“
Der lächelte und nickte.
„Siehst du, wie du hier schon angekommen bist“, brummte Böhringer versöhnlich.
„Eben nicht. Ich bin nicht hier angekommen. Und es geht auch nicht um Überschriften. Ich weiß gar nicht, wie ich es dir erklären soll. Wahrscheinlich bin ich schlecht vorbereitet.“
„Du bist hier nicht in einer Prüfung, und wir kennen uns lange genug. Sprich frei von der Leber weg, wir sortieren uns das schon.“
„Erinnerst du dich an das Erdbeben von L’Aquila?“
Böhringer breitete die Hände aus.
„Wer würde sich wohl nicht daran erinnern, das ist ja auch erst ... warte mal ...“
„Zwei Jahre her, richtig. Ich erinnere mich sehr gut daran.“
„Du warst ja auch tagelang vor Ort.“
„Ja. Und ich erinnere mich auch an den Druck, den ich bekommen habe, noch mehr zu schicken. Mehr Bilder, mehr Originalton, mehr Leid – ihr konntet gar nicht genug bekommen.“ Stadlers Ton hatte unmerklich an Schärfe gewonnen.
„Sachte, sachte“, beschwichtigte Böhringer.
„Nein, du weißt schon, was ich meine, ist ja noch nicht lange her. Dein CvD hat mir die Hölle heiß gemacht, einige Mails habe ich noch behalten.“
„Du wirst ihm einfach zu ... zaghaft gewesen sein.“
„Eben. Genau das ist das Problem. Besser gesagt, eins der Probleme. Ich war zu zaghaft, zu wenig reißerisch.“
Die Sekretärin brachte die Getränke.
Dann beugte sich Böhringer über den Tisch.

„Du darfst aber nicht vergessen, unter was für einem Druck auch wir standen. Du kennst die Berichte aus dem Fernsehen: n-tv, N24, RTL – die haben stundenlange Sondersendungen gebracht. Wir müssen als Zeitung schließlich konkurrenzfähig bleiben."
„Genau! Wer von uns beiden hat denn früher in den Redaktionssitzungen darauf gepocht, dass jedes Medium eigene Kernkompetenzen hat. Hier der rasche erste Zugriff durch Funk und Fernsehen, dort die fundierten Hintergründe von den Printmedien."
„Du musst mich nicht daran erinnern, ich weiß, was ich gesagt habe. Aber nochmal: Die Welt hat sich weitergedreht, Laurenz!"
„Denkst du nicht, ich hätte sie nicht auch gesehen, die eingestürzten Häuser, die zertrümmerten Autos, die zerquetschten Leiber, die abgetrennten Gliedmaßen, die vor Trauer Zusammenbrechenden. Ich habe verwahrloste Kinder in den Zeltstädten vor Hunger betteln sehen, Waisen, um die sich niemand gekümmert hat." Er brach ab, weil er spürte, wie er sich in Rage redete.
„Ich weiß doch, ich weiß. Und du hast gut und sensibel darüber berichtet."
„Ja, und ich habe auch die Bilder dazu gehabt. Aber ich habe mich ebenso an den Pressekodex gehalten, an den Verzicht auf unangemessen sensationelle Berichterstattung. Und genau das hat meiner Zeitung nicht gepasst."
„Laurenz, ich verstehe ja deine Erregung, aber worauf willst du hinaus?"
„Darauf, dass das nur der Anfang war. Oder vielleicht nicht einmal der Anfang. Vielleicht habe ich es nur damals das erste Mal bemerkt."
„Was bemerkt?"
„Wie sehr sich der Journalismus in diesem Land geändert hat. Wir pfeifen doch heute alle auf den Pressekodex."
„Pressekodex, Pressekodex, große Worte, Laurenz, große Worte. Die Praxis, das Leben selbst setzt uns unter Druck."

Stadler lachte auf. Er stieß mit dem Finger in der Luft in Böhringers Richtung.
„Ja. Genau. Genau das meine ich. Erst ist es nur die Sensationsgeilheit, dann ist es die Sorgfaltspflicht, irgendwann sieht unser Blatt aus wie alle anderen. Die Leute werden uns einfach nicht mehr glauben, genau so, wie sie heute schon dem Boulevard nicht mehr glauben. Du selbst hast vorhin RTL angeführt."
Böhringer blies die Backen auf.
„Du willst wegen des Streits um eine Überschrift eine Grundsatzdiskussion anfangen."
Stadler winkte ab, beinahe apathisch.
„Gar nichts will ich anfangen", sagte er, ruhig und leise. „Ich will dir nur klarmachen, warum ich mit diesem ganzen hektischen Getue nicht zurechtkomme. Diesem Gefasel vom *Newsroom* und der *Deadline*."
Böhringer hob die Hand.
„Newsdesk bitte."
„Großartig! Wir geben der Sache einen neuen Namen und schon haben wir wieder ein eigenes Profil."
„Bitte werde nicht sarkastisch."
„Schon gut, vergiss es."
„Aber nun bleib doch mal auf dem Teppich, Laurenz", Böhringer hob die Stimme, „du kommst nicht zurecht, und da beschwörst du gleich den Untergang der deutschen Zeitungslandschaft – was möchtest du denn? Willst du eine andere Aufgabe?"
„Hast du denn eine?" Stadler hatte die Frage ganz leise gestellt.
Böhringer schwieg. Stadler war sich nicht sicher, ob er nun nachdachte oder ob er eine Ausrede suchte. Dann öffnete sein Chef die Handflächen.
„Offen gestanden, nein."
Stadler nahm einen Schluck Tee, setzte die Tasse geräuschvoll ab.

„Siehst du. Ich fühle mich hier auf einem hochglanzpolierten Abstellgleis, und du kannst mir nichts anderes anbieten."
„Sieh mal", begann Böhringer erneut, „du bist hier für den *Münchner Boten* ganz wichtig. Ich brauche dich, um die Qualität des Produkts Zeitung zu sichern."
„Was denn nur für eine Qualität, Herrgottnochmal? In diesem Sommer hat sich diese Zeitung von fast 20 Redakteuren getrennt. Haben denn alle bisher gefaulenzt, dass jetzt deutlich weniger dasselbe Arbeitspensum schaffen sollen?"
„Dafür haben wir ja umstrukturiert."
„Umstrukturiert? Von welchen Kaputtsanierern hast du nur solche Wörter? Gestern, du wirst dich erinnern, hast du bei der Überschriftenkonferenz gesagt, die Zeitung von morgen soll die beste werden. Ein Lieblingsspruch von dir, den kenne ich seit Jahrzehnten. Und soll ich dir was sagen: Ich habe beinahe gelacht. Denn der Spruch hört sich mittlerweile wie eine Liturgie an, oder besser gesagt: wie eine Durchhalteparole im Krieg. Dabei haben wir die Schlacht längst verloren. Schau doch, wie das Feuilleton verkümmert ist. Ein Feingeist wie Ringhofer sollte am Desk verbrannt werden. Man sollte nichts verändern, ohne etwas zu verbessern. Und was machen wir? Die Wirtschafts- und Politikseiten schneiden wir uns inzwischen aus Agenturen zusammen. Das könnten auch Praktikanten machen. Was bleibt denn da noch von der angeblich besten Zeitung? Ein bisschen Lokales. Und auch das verkommt zur lieblosen Aneinanderreihung von Vereinsnachrichten mit großformatigen Gruppenfotos. Sieht so die beste Zeitung aus? Da können sich die Kollegen das Futter aus dem Jackett schreiben – wer allein zwei oder mehr Seiten füllen muss, der ist irgendwann gezwungen, jede Nachricht zu einem Aufmacher aufzublasen, egal ob der Stoff nun trägt oder nicht. Getret'ner Quark wird breit, nicht stark. Nein, diese Zeitung ist derzeit von Qualität weiter entfernt denn je."
Böhringer lehnte sich zurück und legte die Fingerspitzen aneinander. Dann sprach er ganz leise und bemüht emotionslos.

„Dir ist schon klar, dass du gerade unser Vertrauensverhältnis grundlegend erschütterst. Ich dachte, wir wären Freunde."
Stadler nickte resigniert.
„Das dachte ich auch. Deswegen wollte ich auch ganz offen sein. Aber du scheinst nur noch ein Werkzeug von Geschäftsführung und Eigentümern zu sein, wenn du dieses Rotstiftprogramm als journalistische Qualitätsoffensive vermarkten willst. Du eignest dir ja schon deren Vokabular an."
„Ich verstehe nicht, was du damit meinst."
Diesmal klang es schon giftig.
„Was ist daran so schwer zu verstehen? Als wir zu dieser Zeitung gekommen sind, da ging es darum, wie wir unsere Leser am besten informieren. Kannst du dich nicht erinnern? Heute geht es darum, wie wir die Zuwachsraten erhalten, wie wir den Eigentümern die Millionen sichern. Alles andere ist inzwischen zur journalistischen Folklore verkommen."
„Folklore, soso. Dann weiß ich aber offen gestanden auch nicht mehr so recht, worüber wir hier reden. Du kennst die sinkenden Auflagenzahlen. "
Stadler ballte die Fäuste. Er fühlte sich ohnmächtig. Hans Böhringer war schon seit ihrem Studium ein Freund. Er hatte gehofft, wenigstens bei ihm Verständnis zu finden. Nicht in der Redaktionskonferenz am großen Tisch, das nicht, dort hätte er auch so einen Aufstand nicht gewollt, das gehörte sich einfach nicht, das widersprach Stadlers Verständnis von Loyalität. Aber wenigstens hier, in seinem Zimmer, unter vier Augen. Vielleicht hätten sie zusammen überlegen können, wie man diese für die Zeitung so schwierige Situation meistern kann – sich selbst und den Lesern gegenüber das Gesicht wahrend. Aber offenbar war das Band zwischen ihm und Böhringer längst zerschnitten, hatte sich der Chefredakteur längst im System eingerichtet. Und möglicherweise wartete er, ohne es anderen und vielleicht auch sich selbst einzugestehen, auf den Tag, an dem ihn die Geschäftsführung und die Eigentümer in den Ruhestand schicken. Die Gehälter der Führungskräfte, das wusste er seit Mai, waren frei verhandelbar. Und es wurde

gemunkelt, dass Böhringer mit mehr als einer Viertelmillion jährlich für seine Arbeit entlohnt würde. Da ließ es sich gut noch zwei, drei Jahre mit dem Rücken zur Wand stehen und nach außen den mächtigen Chefredakteur zu mimen. Stadler konnte förmlich spüren, wie verbittert er bei diesen Gedanken wurde, und er ermahnte sich dafür. Bleib bei der Sache, sagte er sich.
„Hatten wir sonst noch was“, fragte Böhringer, sich eine Arbeitsmappe vom Unterlagenstapel ziehend.
Stadler schüttelte den Kopf und atmete tief und hörbar ein.
„Nein, Hans, ich glaube, das reicht schon.“
Er ging grußlos und knallte, was sonst wirklich nicht seine Art war, die Tür kräftig ins Schloss. Dann ging er in sein Büro und holte die Kündigung aus der Schreibtischschublade. Das, was heute im Büro des Chefredakteurs seinen Abschluss fand, hatte schon seit Tagen in ihm gebrodelt. Die Hoffnung, dass er die Kündigung nach dem Gespräch zerreißen würde, war ohnehin nur sehr klein gewesen. Jetzt war er froh, dass er sich schon vor ein paar Tagen auf diesen Schritt vorbereitet hatte. Nicht auszudenken, was er zu Papier gebracht hätte, wenn die Kündigung unmittelbar nach dem Streit entstanden wäre. So aber war sie kurz und vollkommen leidenschaftslos:

Ich kündige hiermit meinen Arbeitsvertrag ordentlich und fristgerecht zum 31.12.2011.
Bitte bestätigen Sie mir den Erhalt dieser Kündigung schriftlich.
Ich bitte Sie ferner, mir zeitnah ein qualifiziertes Arbeitszeugnis auszustellen.
Für die Zusammenarbeit bedanke ich mich recht herzlich.

Mit freundlichen Grüßen
Laurenz Stadler
Leiter Newsdesk beim Münchner Boten

Er war überrascht, wie ruhig er den Rest des Arbeitstages hinter sich brachte. Ja, er verspürte beinahe eine heitere Gelassenheit, als er hinüber an den Newsdesk ging, wo bereits die ersten Seiten zur Abnahme auf seinem Stehpult lagen. „*Andiamo*“, murmelte er, „an die Arbeit.“
An diesem Tag, besser gesagt, den paar Stunden, die noch blieben, ging es ihm flott von der Hand. Er fühlte sich tatsächlich ein wenig wie ein Sklaventreiber und er hatte sogar Spaß daran. Die sind alle selbst schuld, sagte er sich, als er über die Reihe der gekrümmten Rücken vor den Bildschirmen sah, die können sich, wenn sie wollen, alle einen anderen Job suchen. Die sind noch jung. Bei der Überschriftenkonferenz fuhr er sogar dem Headliner gehörig über den Mund und zeigte ihm, wer hier der Boss war. Einfach, weil er es konnte.

Heiter und beschwingt fast ging er nach Hause, wo er es sich mit einem Glas Wein gemütlich machte. Er zog die Erinnerungen von Paolo Tozzi heran und las weiter.

Ich war schon fast 30, da erhielt ich Post vom Istituto Nautico. Man hatte meinen Studienantrag von 1939 aufgehoben und nun bearbeitet. Zu meiner Überraschung wollte man mich nun doch ausbilden. Ja, ich hätte Seeoffizier werden können, vielleicht sogar Kapitän. Mein Vater reagierte ziemlich unwirsch, meine Mutter war begeistert und sah die Post als einen weiteren logischen Schritt. Ich war verwundert. Nicht nur, weil man sich nach so vielen Jahren plötzlich an mich erinnerte. Auch, weil der Preside des Istituto nur zwei Straßen weiter wohnte und mich mindestens einmal in der Woche sah. Er hätte doch einen Ton sagen können.
Ich zerriss das Schreiben. Irgendwie hatte ich genug von Uniformen und von Menschen, die mir sagen durften, was ich zu tun und zu lassen habe. Für alles im Leben gab es seine Zeit. Meine Zeit, am Istituto zu studieren, war abgelaufen.
Von diesem Tag an fühlte ich mich auf dem Boot wieder wohl. Es schien, als fiele acht Jahre nach meiner Einberufung die

ganze Last des Krieges von mir ab. Ich hielt mein Gesicht in den Wind und merkte: Ich lebe wieder.

Stark. Der Mann hatte Charakter, fand Stadler. Und das offenbar schon in jungen Jahren. Eine klare Absage an das Institut, das gefiel ihm.

Ob sich Paolo Tozzi damals so ähnlich gefühlt hatte, wie er heute? Schließlich war auch seine eigene Absage kristallklar. Und es war eine Absage nicht nur an seine Zeitung, sondern an den Medienbetrieb, wie er sich derzeit darstellte. Sein Gesicht in den Wind halten. Ein schönes Bild, ein poetisches fast. Er staunte immer mehr über Tozzi, bedauerte, ihn nicht mehr zu Lebzeiten kennengelernt zu haben. Dabei war Stadler überzeugt, dass es auch heute noch solche Männer gab, Männer, die aufrecht durchs Leben gehen, ohne dabei viel Worte zu machen. So wäre er auch gerne, aber sein Beruf verlangte nun mal viele Worte. Die großen Schweiger werden keine Journalisten.

Stadler hatte schon wiederholt das Gefühl gehabt, von dem, was er gerade las, selbst betroffen, manchmal sogar regelrecht gemeint zu sein. Nicht nur bei Büchern ging ihm das so, auch bei Kinofilmen. Er wusste um die Mechanismen, die zu solchen Gefühlen führen, ebenso, wie die Autoren oder die Regisseure davon wussten: Identifikationspotenzial schaffen, die Leute ins Kino locken oder in die Buchhandlung, weil sie sich in den Protagonisten der Geschichte gespiegelt sehen. Doch bei Tozzis Memoiren war das freilich etwas ganz anderes. Zum einen, weil der Fischer nicht für ein großes Publikum schrieb, zum anderen, weil er ja nur das Leben spiegelte, sich selbst beschrieb und keinen ausgedachten Charakter.

Paolo Tozzi, da war sich Laurenz Stadler sicher, hätte seine Kündigung gutgeheißen. Er hob das Glas in Richtung Buch.

„*Salute Paolo*“, sagte er, „du warst ein fabelhafter Kerl.“

In dem kleinen Ledersäckchen auf der Lehne der Couch befanden sich noch 27 Glasmurmeln.

27. Kapitel

Er hatte es tatsächlich getan. Laurenz Stadler hatte beim *Münchner Boten* gekündigt. Als er am Morgen danach aufwachte, konnte er es noch immer kaum glauben. Er hatte, so würde seine Mutter es ausdrücken, „den Bettel hingeworfen“. Ein Lamento hätte sie veranstaltet, das man bis auf die Straße gehört haben würde. Jedermann hätte sie ihr Leid geklagt. Aber die Mutter lebte nicht mehr, er war nun der Letzte in der Familie.

Ungeachtet der Kündigung stand Stadler an diesem Morgen auf wie immer. Punkt sieben Uhr, dafür benötigte er mittlerweile keinen Wecker mehr. Eigentlich war er schon eine halbe Stunde vorher munter. Doch er gönnte sich den Luxus, noch ein paar Seiten zu lesen, bevor er aufstand. Egal, ob er an diesem Tag arbeiten musste oder, wie heute, getreu dem geregelten Dienstplan einen freien Tag genießen konnte. Das hatte er übrigens schon in seinem Berufsleben so gehalten.

Nun ertappte er sich dabei, wie er über seinen Beruf schon in der Vergangenheitsform dachte. Dabei, er musste noch bis zum Jahresende arbeiten, der Verlag würde sicherlich auf seine Kündigungsschutzfrist pochen.

Als ob der Verlag einen Vorteil davon hatte, dachte er verächtlich, als er sich sorgfältig rasierte. Niemand könnte etwas dagegen unternehmen, würde er seine Arbeit nur noch halbherzig verrichten. Aber das war nicht seine Art. Er würde, das hatte er sich fest vorgenommen, sozusagen bis zum letzten Tastenanschlag kämpfen, bis zur letzten Ausgabe, bis zur letzten Seite einen ordentlichen Job abliefern. Er hatte nicht vor, sich irgendetwas nachsagen zu lassen. Schon gar nicht von Böhringer. Stadler wusste, dass sein Chefredakteur seit gestern stinksauer auf ihn war. Aber er war sich auch sicher, dass Böhringer ihn, Stadler, gut genug kannte, um zu wissen, dass er bis zur letzten Ausgabe seinen Beruf tadelsfrei ausüben würde.

Der Himmel hatte sich eingetrübt, als wolle er einen frühen Novemberbeginn einläuten. Wie wohl heute das Wetter auf Procida war? Eigentlich wollte Laurenz Stadler am Vormittag bummeln gehen. Ein Buchladen, ein Antiquariat oder ein Café würden ihm Schutz vor der Witterung bieten. Am Nachmittag hatte er einen Termin für eine Wohnungsbesichtigung. Die Suche nach passendem Wohnraum gestaltete sich schwieriger als gedacht. In Sachen Mietpreisentwicklung hatte sich in den letzten Jahren eine Menge getan. Die Wohnungen, die ihm zusagten, würden Monat für Monat mehr als die Hälfte seiner künftigen Rente auffressen. Wenn er heute keinen Verhandlungsspielraum mehr herausschlagen konnte, so hatte er sich entschlossen, dann würde er seinen Makler mit der Suche nach einer Eigentumswohnung beauftragen. Einen ersten Überblick hatte er sich ja bereits im Internet verschafft, als er von Procida aus auf Wohnungssuche ging. Allerdings war er auch schon damals einigermaßen geschockt. Er wusste noch von früher, dass München ein teures Pflaster war. Aber schon für eine Zwei-Zimmer-Wohnung mit Balkon in einer einigermaßen ruhigen Lage würde er den Erlös des Hauses investieren und zusätzlich seine Ersparnisse angreifen müssen. Im Weichbild von Rom, außerhalb des Autobahnringes, würde eine Wohnung nur die Hälfte kosten. Und in solchen zu Unrecht ungeliebten Provinzstädten wie Viterbo wäre es nur ein Zehntel.

Und auf der Insel Procida selbst? An der *Grande Marina* hatte er einmal, als er auf einen dieser winzigen und klapprigen Linienbusse wartete, die Aushänge im Schaufenster eines Immo-

bilienmaklers studiert. Eine 50-Quadratmeter-Wohnung gab es hier ab 140.000 Euro. Weit unter Münchner Niveau, aber auch weit über dem, was ihm so vorschwebte. Wie gesagt, in Viterbo würde er für dieses Geld gleich drei Wohnungen kaufen können. Aber Viterbo war eben Provinz und Procida war Procida. Und Rom Rom. Würde er Rom und Procida auf eine Waagschale werfen, so würde sie sich noch immer und trotz allem zugunsten der Hauptstadt neigen. Auch wenn sie dem Außenstehenden wie ein Moloch erscheinen könnte, hier würde er sich nicht so bedrängt fühlen wie auf der Insel mit ihrer fast neapolitanischen Enge.
Was ihn auf die Frage brachte, warum er sich nicht gleich in oder bei Rom einen Alterssitz suchte. Schließlich – er würde ab dem Jahresende frei sein von beruflichen Verpflichtungen. Und vielleicht könnte er auch weiterhin gelegentlich Korrespondenzen aus Italien anbieten. Im Branchenblatt *Journalist* hatte er so manchesmal Anzeigen von Langzeitreisenden gesehen, die den Medien über einen gewissen Zeitraum oder dauerhaft Berichte aus dem Ausland anboten. So könnte er sich ein kleines Zubrot verdienen. Und wenn er bis Jahresende stille hielt, wären sogar möglicherweise seine Ansprechpartner in der Redaktion dieselben wie bisher. Denn schließlich, was war schon geschehen? Er hatte frist- und formgerecht gekündigt. Das war sein gutes Recht oder etwa nicht?

Hätte man Laurenz Stadler gefragt, wie oft er die Memoiren von Paolo schon in der Hand gehabt hatte, er hätte es nicht sagen können. Immer tiefer grub er sich in das Leben dieses Fischers ein, immer mehr Ehrfurcht erfasste ihn vor der Tiefe von Paolos Gedanken. Wie konnte ein so einfacher Mann, dessen Leben so geradlinig, ja geradezu gleichförmig verlaufen ist, so viel Weisheit in sich bündeln. Schöpfte er die nur aus seinem Alter? Das wäre eine Erklärung, die auf später hoffen ließe. Das Beste kommt zum Schluss, das war ja sogar schon mal ein Filmtitel für einen Streifen mit hervorragender Besetzung – Stadler mochte sowohl Jack Nicholson als auch Mor-

gan Freeman. Mit Nicholson hätte er sogar beinahe einmal reden können, damals, 1996, als er an der Oscar-Verleihung in Los Angeles teilgenommen hatte. Auch Nicholson war so ein Typ, der im Alter immer besser wurde. Und sprach man nicht auch immer wieder von Altersweisheit?
Dennoch.
Stadler wusste, dass es eine verbreitete Geisteshaltung unter deutschen Intellektuellen war, sich für klüger zu halten als die einfachen Menschen; manchmal ertappte er sich selbst dabei, diese Position einzunehmen. Das kam daher, dass in der deutschen Leitkultur dem Streben nach Wissen, dem Streben nach Abschlüssen und Zeugnissen so ein hoher Stellenwert eingeräumt wird. Und es führt dazu, dass viel zu oft Bildung mit Klugheit verwechselt wird. Aber Bildung ist noch keine Erkenntnis, und ein Diplom oder, wie es ja nach der europäischen Normierung der deutschen Bildungslandschaft heißt, ein Bachelor- oder Masterabschluss sind noch lange kein Ausweis für Intelligenz. Mehr noch, Stadler war davon überzeugt, und ein paar Begegnungen in seinem Berufsleben bestärkten ihn in der Ansicht, dass sogar Intelligenz und Bildung nur ab einem bestimmten Level einander bedingen. Einen ganz passablen Universitätsabschluss kann man sich auch erpauken. Und Stadler kannte in seiner eigenen Branche eine ganze Reihe von Leuten, die genau dies getan haben.
Der Dünkel entstand ja nicht dadurch, dass man zu einer Elite zählte, sondern einzig und allein dadurch, dass man sich über andere erhob. Und Weisheit war nach Bildung und Klugheit noch eine ganz andere Kategorie.
Nur mit den Fingerspitzen fuhr Laurenz Stadler über das grüne Leinen des Einbandes. Ein fein gewebtes Leinen. Die Pappe darunter stabil. Dieses Buch könnte ihn weit überdauern. Diesmal blätterte er die Titelei durch, den Teil eines Buches, der vor dem eigentlichen Text kam. Schmutztitel, Vakatseite, Impressum, alles da, was in so ein Buch gehört, auch in der richtigen Reihenfolge. Sogar eine Widmung folgte der Titelseite.

Manchmal, wenn du in der Gegenwart nicht weiterkommst, musst du in die Vergangenheit schauen, um die Zukunft zu sehen.

Was für ein Satz!
Für Laurenz Stadler war es, als fiele ein Schleier.
Natürlich. Das war es auch, was ihn die ganze Zeit umtrieb. Schon auf dem Vesuv fing das an, als er sich von einer Sekunde auf die andere entschied, nicht in die Basilikata, sondern nach Procida zu fahren. Er kam in der Gegenwart nicht weiter, also schaute er in die Vergangenheit. So einfach war das. Stadler hatte es erkannt, ohne es so klug formulieren zu können wie dieser einfache Fischer. Und wie sah er nun die Zukunft, sah Laurenz Stadler sich in der Zukunft?
Von seiner Mutter wollte er sich nun endgültig befreien. Die ersten Schritte waren getan. Es bedurfte nur noch dieses letzten Aktes, um seinen Frieden mit ihr zu machen. Seine zweite Baustelle, die Beziehung zu seinem Beruf, war geklärt. Die Kündigung lag auf dem Tisch. Er würde sich von dem Medienbetrieb, wie er sich heute zeigte, für immer verabschieden. Diese Welt war nicht mehr seine Welt, und das lag, bei Lichte besehen, sogar weniger an der Auflösung der Korrespondentenstelle in Rom als vielmehr an einer Veränderung der deutschen Medienlandschaft, die er von seinem Beobachtungsposten hinter dem Alpenhauptkamm nie so deutlich erkannt hatte wie jetzt in München.
Blieb die Beziehung zu Carlotta. Hinter der stand noch eine unausgesprochene Frage, eine Frage, die ebenfalls, wie die nach seiner Vergangenheit und die nach seinem Beruf mit dem Sinn des Lebens zu tun hatte.
Nicht so viel grübeln, ermahnte er sich.
Er schlug das Buch an der Stelle auf, die er mit einem Lesezeichen markiert hatte.

Die Deutschen, die nach dem Ende Mussolinis dafür gesorgt hatten, dass der Krieg in Italien blieb, kamen Anfang der 50er Jahre schon wieder. Sie fielen nicht nur mit ihren kleinen Autos ein, nein, ganze Busladungen an Touristen wurden über die Alpen gekarrt. Wir Procidani merkten nun erstmals auch etwas vom Tourismus. Das blieb glücklicherweise in einem übersichtlichen Rahmen, unsere Insel kann man gottlob nicht mit Ischia oder dem südlichen Capri vergleichen, aber dennoch kamen im Sommer immer mal wieder Touristen mit dem Schiff von Pozzuoli oder Neapel herüber.
Emilio, der unweit vom Hafen eine kleine Kneipe betrieb, hat sich als erster darauf eingestellt. Hinter dem Gastraum lagen eigentlich seine Privaträume, wo er mit seiner schönen Laura und den Söhnen Pietro und Umberto lebte. Das erste dieser Zimmer räumte er, besorgte sich eine Lizenz und richtete sich dort eine Tabaccheria ein. Zwar führte er das übliche Sortiment, spezialisierte sich aber auf alles, was für Touristen interessant sein könnte: Postkarten, Wimpel, Schreibgeräte mit Procida-Schriftzug, Erinnerungsteller, Fingerhüte und so weiter. Vor dem Laden standen tagsüber zwei Ständer, die Postkarten, Halstücher, Sonnenbrillen und Strohhüte feilboten.
Auch andere Procidani profitierten von Emilios Geschäftssinn. Fabrizio trug tagsüber die Post auf der Insel aus. War er damit fertig, dann saß er oft mit seiner kleinen Staffelei am Ufer und malte das Meer. Fabrizio war ein Künstler, sein halbes Haus war voll mit seinen Bildern. Emilio überredete Fabrizio, ihm seine Bilder zu überlassen, damit er sie in seinem Laden verkaufen könne. Und die Touristen stürzten sich darauf. Bald kam Fabrizio mit dem Fabrizieren seiner Aquarelle und kleinen Ölgemälde gar nicht mehr hinterher. Oft bat er die Fischer, ihm Modell zu stehen. Auch von meinem Vater malte er mehrere Bilder. Ein großes schenkte er ihm als Honorar fürs geduldige Ausharren, einige andere verkaufte er bei Emilio. Fabrizios Tochter ließ sich von seiner Begeisterung für die Malerei anstecken. Sie betreibt heute eine kleine Verkaufsgalerie gleich neben ihrem Atelier in der Vittorio Emmanuele.

Auch wenn es bei den einfachen Familien eine alte Tradition ist, beziehungsweise war, dass die Kinder stets denselben Beruf lernten wie ihre Eltern, hat sich das im Laufe der letzten Jahrzehnte sehr geändert. Da hatten mein Vater oder der Maler Fabrizio noch Glück. Bei Emilio war das nicht so. Pietro, sein Erstgeborener, auf den er stets große Stücke hielt, machte sich nichts aus der Kneipe. Er hatte nur Flausen im Kopf, wollte „ganz große Geschäfte" machen, wie er immer sagte. Doch die Sache ging schief, das tut sie bei den ganz großen Geschäften ja fast immer. Pietro verließ schon mit 17 die Insel und tauchte in den Gassen von Neapel unter. Einmal noch kam er zurück, da war er Mitte 20 gewesen. Mit eigenem Boot, eins von der Sorte, die schnittig und stark waren, aber zu nichts anderem als zum Angeben taugten. Goldkettchen, Sonnenbrille, eine dicke Brieftasche. Es gab an dem Abend mächtig Krach im Capitano, am Ende hat Emilio seinen Sohn rausgeworfen. Und Pietros Mutter, so sagt man, hat es das Herz gebrochen. Und zwar buchstäblich. Sie ist im Jahr darauf an einem Herzschlag gestorben. Doch auch für Pietro gab es kein langes Leben. Er wurde, wiederum ein Jahr darauf, auf offener Straße erschossen. Auf Procida munkelte man lange, er hätte einen eigenen kleinen Drogenhandel aufgezogen – an der Camorra vorbei. Der Narr. Aber etwas Genaues weiß man nicht. Emilio sprach nie darüber und in seiner Kneipe war das Thema tabu.

Auch mit Nesthäkchen Umberto, der gerade geboren war, als die Touristen kamen, hatte er nicht viel Glück. Umberto war auf Bücher versessen, verschlang schon als Kind alles, was er lesen konnte. Weil sein Vater sich nicht überreden ließ, Bücher in sein Sortiment zu übernehmen – von ein paar Reiseführern und Krimis abgesehen, die gingen bei Touristen immer –, ist Umberto schon als Kind losgezogen und hat bei den Leuten um „ausgelesene" Bücher gebettelt. Die gaben sie ihm lieber als Geld, und so hortete der Junge bald eine große Bibliothek in seinem Kinderzimmer. Als Umberto Mitte der 70er Jahre heiratete, stellte er seinem Vater ein Ultimatum: Entweder

er würde das Il Capitano zu seinen Bedingungen vom Vater übernehmen oder sich eine Wohnung auf dem Festland suchen. Jedenfalls wollte er nicht bis zum Tode seines Vaters dessen Gehilfe bleiben. Es ist frech, sich so gegen den Vater aufzulehnen, es war auf der anderen Seite aber auch ein vernünftiger Vorschlag. Nun, Emilio setzte seine eigenen Bedingungen dagegen. Schließlich einigten sich die beiden, und so wurde aus der Kneipe mit angeschlossenem Souvenirladen eine Kneipe mit angeschlossenem Buchladen und Souvenirvertrieb. Umberto zog aus, und das frei werdende Zimmer wurde als Buchgeschäft genutzt. Zwei Wände und ein großer Tisch in der Mitte boten moderne Bücher an, eine dritte Wand ausschließlich die alten Schwarten, die sich Umberto schon als Kind erbettelt hatte. Den Handel mit den alten Büchern betrieb er nun sogar professionell. Wenn nach einem Todesfall auf der Insel ein Haushalt aufzulösen war, stand Umberto auf der Schwelle, um die Bücher abzuholen. Für einen Apfel und ein Ei, wie man so schön sagt. So war den Hinterbliebenen ebenso geholfen wie Umberto.
Nun waren es schon drei Räume: Vorne die Gastwirtschaft, dahinter die Tabaccheria mit Souvenirladen und im dritten Raum die Bücher. Offiziell gehörte das Il Capitano nun Umberto Paolini, in dritter Generation. Er kümmerte sich mehr um seine Bücher als um die Kneipe. Doch weil Umbertos Frau die Küche übernahm und deren Schwester kellnerte und auch den Souvenirladen betreute, kam die Familie weitaus besser aus, als hätte sich Emilio, der ja längst Witwer war, einen Gehilfen genommen. Emilio stand noch 20 Jahre hinter dem Tresen, ehe ihn genau dort der Schlag traf.
Inzwischen war Umbertos Sohn Mauro alt genug, im Geschäft mitzuarbeiten. Er hatte von seinem Vater Umberto die Sucht nach den Büchern geerbt und von Großvater Emilio den Geschäftssinn. Der Junge ließ sich sogar in Neapel in der großen Feltrinelli-Filiale als Buchhändler ausbilden. Er blieb aber auf Procida. Die Geschäfte der Paolinis gingen so gut, dass sich die Familie ein kleines Häuschen gekauft und aus-

gebaut hatte. So gab es im Il Capitano erneut genügend Platz für weitere Ideen. Umberto und Mauro erweiterten wieder: In dem Raum, den Mauro später zum Sala del Tesoro erklärte, wurde ein Antiquariat eingerichtet. Der Junge zog das richtig fachmännisch auf, machte zunächst mit neapolitanischen Antiquaren und Buchhändlern Geschäfte und später, nach der Erfindung des Internets, mit der halben Welt. Ein paar Jahre nach Emilios Tod wurde ja das Internet erfunden, und so war die Insel plötzlich mit der ganzen Welt verkabelt.

Nun, um es abzukürzen: Die Geschichte wiederholte sich. Als Mauro alt genug war, gab es wieder einen Besitzerwechsel im Capitano. Nun führte Mauro in der vierten Generation den Laden – ich kenne noch seinen Urgroßvater. Mauro krempelte nichts um, er baute aus, ohne das Gebäude verändern zu müssen. Tabaccheria und Souvenirladen machen nur noch den kleinsten Teil aus. Die Kneipe erhielt neues Mobiliar und eine schicke Bar, zu den drei Räumen für die Bücher kam ein Arbeitsraum hinzu, der zuerst als Internet-Café gedacht war und heute von den Kapitänen genutzt wurde. Mauro spitzte nämlich die Ohren und als er erfuhr, dass einige alte Seeleute hier im Heim ihre Erinnerungen aufschrieben, trat er flugs der Genossenschaft bei, die das Heim betreibt, und kam auf die Geschäftsidee mit den Memoiren. Inzwischen ist sein Laden berühmt für die Lebenserinnerungen, und alle haben etwas davon: Ein Teil des Erlöses geht an die Schreiber, ein Teil an die Genossenschaft, die ihn wiederum ins Heim steckt. Und natürlich verdient auch Mauro daran, sonst wäre es ja kein Geschäft.

Das ist auch der Grund, warum ich die Geschichte des Il Capitano hier ein wenig ausführlicher aufgeschrieben habe. Ohne die Paolinis hätten SIE dieses Buch jetzt gar nicht in der Hand. Und mein Leben würde vergehen, ohne eine Spur hinterlassen zu haben. Denn Kinder waren mir nicht vergönnt, und das Meer tilgt am Ende alle Spuren.

Sieh an, sagte sich Stadler. Hier bekam er also von Paolo Tozzi, den er ganz für sich manchmal schon seinen „unbekannten Freund“ nannte, die Familiengeschichte der Paolinis geliefert. Er erinnerte sich an seinen ersten Besuch im *Il Capitano*, diesem so voller Liebe eingerichteten Buchladen, und er fühlte ein wenig die Wehmut in sich aufsteigen. Die Wehmut und die Sehnsucht nach Procida, die Sehnsucht nach Carlotta und diesem einfachen Leben fernab von Newsdesk, Deadline und dem aufgeblasenen Ego der Großstadt. Ob Mauro wusste, was Paolo da über ihn und seine Familie aufgeschrieben hatte? Fast fühlte sich Stadler ein wenig in der Pflicht gegenüber dem Buchhändler, ihn zu fragen, und, wenn er die Passage nicht kennen sollte, sie für ihn zu kopieren. Andererseits wäre das womöglich ein Vertrauensbruch gegenüber seinem unbekannten Freund, der mit ihm seine Erinnerungen teilte.
Er blickte noch einmal auf den zuletzt gelesenen Satz: „Denn Kinder waren mir nicht vergönnt, und das Meer tilgt am Ende alle Spuren.“ Laurenz klappte das Buch zu. Das wäre auch ein schöner Schlusssatz gewesen, dachte er. Doch er hatte noch eine ganze Menge Seiten an Lektüre vor sich. Und wäre das nicht auch ein schöner letzter Satz für seine eigenen Lebenserinnerungen. Kinder waren ihm nicht vergönnt, und irgendwas tilgt am Ende alle Spuren. Was würde es bei ihm sein, wenn nicht das Meer? Das Feuer der Kremierung, schoss ihm durch den Kopf, „und das Feuer der Kremierung tilgt am Ende alle Spuren“. Er musste lachen. Wie albern du bist, sagte er sich. Dann las er weiter.

Ich selbst hatte als junger Mann für die Touristen nur Abscheu empfunden. Abscheu und Eifersucht. Was wollten diese Menschen hier? Warum wollten sie mir das Meer wegnehmen? Sie hatten doch gar keine Ahnung vom Meer, wie sie da standen mit ihren albernen Badeanzügen. Wie sie hilflos im Wasser herumpaddelten. Warum kam keine Riesenwelle und spülte sie fort. Oh, das Meer konnte grausam sein. Das Meer gewinnt immer.

Ich weiß nicht mehr ganz genau, aber ich glaube, es war der Sindaco, der dann später versucht hat, es uns immer wieder einzubläuen: Die Touristen bringen Geld auf die Insel. Geld, das wir alle gut gebrauchen konnten. Doch wo ist es denn, das Geld? Ich sehe davon nichts, habe ich gesagt. Ich bekomme meine Familie nur mit Fisch satt.
Salvatore hat es dann schlau gemacht. Er hat vorgeschlagen, die Touristen mit auf das Fischerboot zu nehmen. Natürlich haben wir ihn ausgelacht. Salvatore war schon immer ein Spinner. Touristen auf das Fischerboot? Was sollten die auch dort? Sollten sie den Pescatori im Wege stehen? Sollten sie über die Taue und Netze stolpern? Ein paar Jahre später haben wir über Salvatore nicht mehr gelacht. Er hat an Tagen mit einem schlechten Fang mehr Geld von den Touristen bekommen als für seine wenigen Fische. Natürlich haben es ihm später viele nachgemacht. Ich wollte nicht. Ich wollte nicht, dass wieder so eine Eva mit blasser Haut und schönen Zöpfen daherkommt, die mir den Kopf verdreht. Es hat genug weh getan.
Aber viele meiner Freunde haben das mit den Touristen dann noch richtig ausgebaut. Stefano zum Beispiel: Er hat jede Lira, die er von den Fremden bekommen hat, beiseitegelegt. Für den Lebensabend sei das, hat er gesagt. Als er genügend beisammen hatte und sein Sohn alt genug war, kaufte er von der Hälfte des Geldes ein großes Schlauchboot, eines mit Mehrkammersystem und zwei kräftigen Außenbordern. Damit hat sein Sohn dann die Touristen rund um die Insel geschippert. Oder zum Festland. Oder nach Ischia. Je nachdem, was anlag. Das muss man sich mal vorstellen: Der Sohn eines Pescatore, und er fährt Touristen spazieren, wenn er doch fischen gehen könnte. Die Zeiten wurden allmählich wirklich immer verrückter.

Noch so ein Satz, der gut zu meiner Kündigung passt, dachte Stadler: Die Zeiten werden allmählich immer verrückter.
Heute galt es als Normalität, dass Touristen auf Fischerbooten

mitfuhren. Ganztagesausflüge wurden angeboten, ein Koch war gleich mit an Bord, und der Fang wurde an Ort und Stelle zubereitet und von den Gästen verzehrt. Auch Angelausflüge mit Profi-Fischern waren selbstverständlicher Bestandteil des Tourismus‘ am Meer, kein Mensch käme auf die Idee, hierin etwas Anstößiges zu sehen. Doch Paolo Tozzi konnte es nicht fassen, wie sich seine gewohnte Welt veränderte.

Und wenn es sich bei ihm, Stadler, ganz genauso verhielt? Wenn er der Dinosaurier war, der sich an die Zeitung klammerte, wie er sie kennengelernt hatte? In Papierform und ohne Videos, mit klaren Ressortstrukturen und ausreichend Zeit für Recherche- und Schreibprozess. Stadler ließ das Buch sinken und dachte nach. Er schloss die Augen, damit ihn nichts ablenkte.

Ein Blödsinn, schalt er sich dann. Er war ja nicht fortschrittsfeindlich. Die Zeit, als er damals 1980 als Volontär in der Lokalredaktion anfing, erschien ihm im Rückblick wie das Mittelalter. In der Redaktion hatte nicht einmal jeder Redakteur eine eigene Schreibmaschine. Die Manuskripte wurden von Hand geschrieben und dann von der Sekretärin, einer ebenso fürsorglichen wie herrischen Matrone – ein wenig erinnerte sie Stadler an seine Mutter – vom Blatt auf Vordrucke übertragen, die sich Manuskriptbögen nannten, glaubte er sich zu erinnern. Zeilen- und Anschlagszahl war vorgegeben, so dass zum Schluss auf plus minus drei Zeilen die Textlänge geschätzt werden konnte. Stadler war das irgendwann zu blöd und er brachte seine kleine grüne Olivetti mit ins Büro. Daraufhin wurde er wochenlang von der Sekretärin, die hieß übrigens Marianne, gerade jetzt fiel es Stadler wieder ein, er wurde also von Marianne wochenlang schief angesehen.

Waren die Manuskriptbögen fertig und die Textlängen ermittelt, wurden die Artikel auf große Blätter eingespiegelt. Und zwar mit Lineal und Buntstift. Rot für die Texte, blau für die Bilder. Überhaupt, die Bilder: Die Redaktion hatte einen eigenen Fotografen, der mit einer professionellen Ausrüstung im

Kleinbildformat loszog. Filme gab es auf Zuteilung, weil gern die besonders hochempfindlichen, aber auch kostspieligen Filme genommen wurden – oft musste man mit wenig Licht auskommen oder war, wie bei der Sportfotografie, auf kurze Verschlusszeiten angewiesen. In der Redaktion gab es eine Dunkelkammer, in der die Filme und die Abzüge von den Negativen entwickelt wurden. Gemeinsam mit den Spiegeln und den Manuskriptbögen kam alles in eine Manuskripttasche und wurde am späten Nachmittag von der Sekretärin auf deren Heimweg zur Bundesbahn gebracht, wo sie der Schaffner bis München mitnahm. Am Bahnhof empfing ein Zeitungskurier die mit einem schweren Vorhängeschloss gesicherte Tasche und transportierte sie in die Zentrale. Kurz: Was sich am Mittwochnachmittag ereignete, stand manchmal schon am Freitag in der Zeitung.

Und später die ersten Computer ... Er hatte noch das Sirren der Nadeldrucker im Ohr. Oder den eigentümlichen Singsang der ersten Modems. Er hatte es fast nicht glauben wollen: Per Telefon, mit Wählscheibe, wurde eine Verbindung zu dem anderen Computer hergestellt, dann drückte man den Hörer des Telefons in zwei weiche Muscheln, von denen das Fiepen und Knarren des Modems übertragen wurde. Ein Wunderwerk der Technik. Funktelefone, die ersten noch als separat zu tragende Koffer. Die erste Computermaus, der Farbbildschirm, das erste richtige Redaktionssystem mit Ganzseitenumbruch, das Internet, die ersten Homepages der Zeitung, dann um die Jahrtausendwende die Einführung der digitalen Fotografie. Alles hatte Laurenz Stadler nicht nur mitgemacht, sondern mit Begeisterung aufgenommen.

Nein, er war bestimmt alles andere als fortschrittsfeindlich. Doch was jetzt lief, das war der Abgesang auf den Journalismus, wie er ihn kannte, der Abgesang auf Chronistentum, auf Sorgfaltspflicht und auf die Berufsehre. Es war nicht vergleichbar mit dem, was den Fischer Paolo Tozzi gute 50 Jahre zuvor in Harnisch brachte.

28. Kapitel

Einen goldenen Herbst müsste man das nennen, dachte Laurenz, als er an diesem Morgen nach Leithofen fuhr. Zarte Nebel hatten sich rasch im wärmenden Licht der Morgensonne aufgelöst. Sie schien freundlich und klar vom blauen Himmel, so als wäre nicht Oktober, sondern so, als würde der Herbst erst beginnen. An den Hängen standen noch die Rinder und auf den wenigen Flächen, auf denen die Landwirte auf Ackerbau setzten, da lag die Erde blank und schwarz auf Scholle. Die Krähen hüpften munter und holten sich die Würmer aus der Erde. Die Luft roch würzig und wenn man lange genug in der Sonne stand, dann wärmten deren Strahlen noch auf der Haut.

Laurenz war sich schon darüber im Klaren, dass er die erste Oktoberdekade, die Rom fast immer spätsommerliche Tage bescherte, dort niemals wieder erleben würde. Er müsste sich wohl mit dem Altweibersommer im Allgäu bescheiden. Uns bleibt immer noch Procida, dachte er und musste lächeln. Vor seinem geistigen Auge tauchte Carlotta auf, wie sie im Sommerkleid strahlend auf ihn zueilt. Und dann Humphrey Bogart, wie er auf dem Rollfeld Ingrid Bergmann anschmachtete. Uns bleibt immer noch Paris. Rom und München, Paris und Procida. Oder am Ende doch nur Leithofen.

Eigentlich sollte es ein Wochenende wie das vorhergehende werden: Samstagvormittag ein Espresso in einem Straßencafé, ja, ein richtiges kleines *primo Colazione*, wie es die Italiener so schätzten. Dann ein Einkaufsbummel, vielleicht braucht man ja noch etwas für den Herbst. Möglicherweise würde er sich in einer Buchhandlung oder einem Antiquariat festlesen und dann irgendwo essen. Außerdem wollte er eine Erkundungstour durch das Viertel machen, in dem er vorübergehend untergekommen war. Doch dann sah er abends in der *Rundschau*, was das Wochenende für ein Wetter bescheren würde, und entschloss sich spontan, die Stadt zu verlassen und nach Hause zu fahren, auch wenn sich der Begriff „nach Hause" derzeit ziemlich falsch anfühlte.

Am Morgen packte er eine kleine Reisetasche mit dem Nötigsten für die Nacht, holte sich beim Autoverleiher einen kleinen, aber bequemen Wagen und kaufte unterwegs noch einen Strauß Blumen für Renate Hausdörfer, er wollte sie mit seinem Besuch überraschen. Es würde für sie keine gute Nachricht sein, die er überbrachte. Bislang hatte er stets das Gefühl gehabt, Frau Hausdörfer wäre es recht, wenn er in dem Haus bleiben würde. Doch klug wie sie war, müsste sie eigentlich schon etwas geahnt haben – schließlich war der Makler schon einmal mit ihm und mindestens einmal mit den Interessenten an der Immobilie auf dem Grundstück gewesen.

„Leithofen 4 km" stand auf dem schlichten gelben Wegweiser. Laurenz, in Gedanken versunken, hätte beinahe die kleine spitzwinklige Auffahrt verpasst, die über den Bergkamm ins nächste Tal führte.

Leithofen – Laurenz kostete das Wort auf der Zunge, als würde er es das erste Mal aussprechen. Er konnte sich nicht daran erinnern, wann er begonnen hatte, „Leithofen" zu sagen. Jahrzehntelang war es für ihn nur „das Dorf", ein Synonym für das Zuhausesein, für Heimat. Möglich, dass sich das allmählich mit dem Tod seiner Mutter verändert hatte, dass er damals damit begonnen hatte, sich vom Dorf zu entfremden. Von dem am Ende doch geliebten Zuhause, dem Ort, an dem er auch so viel unbesorgte Freude empfunden und an dem er so furchtbar gelitten hat. ‚Ich fahre nach Leithofen', formulierte er in Gedanken. Doch, das geht so.

Er fremdelte ja inzwischen auch mit dem Haus. Wenn er das nächste Mal käme, dann zur Schlüsselübergabe an die Brandners. Ein stiller Abschied würde es werden, dachte sich Laurenz. Er würde einfach vor der Kirche aussteigen, im Gebet ein wenig verharren, stumme Zwiesprache halten und Abschied nehmen. Er war sich nicht sicher, ob er sich überwinden könnte, sein Mittagessen im Gasthaus einzunehmen. Es hatte inzwischen zwar mehrfach den Besitzer gewechselt und auch die Einrichtung soll mittlerweile erneuert worden sein, aber die Fenster waren da, wo die Fenster schon immer waren, und gaben den Bergen denselben Rahmen wie vor vierzig Jahren. Was, wenn ihn die Erinnerung übermannte, wenn sie ihm buchstäblich auf den Magen schlug. Er wollte sein Essen genießen und nicht wieder in eine Spirale längst vergangen geglaubter Ängste geraten. Natürlich, er könnte auch ins Nachbardorf fahren oder einfach ein Stück weiter hinauf, da gab es eine Bergbaude, in der Wanderer und durchreisende Touristen einkehrten. Doch es würde nicht dasselbe sein. Und dann, nach dem Essen, plante Laurenz einen kleinen Spaziergang hinunter zum Bach. Vielleicht wäre ja „seine" Halbinsel noch da.
Er parkte am Dorfplatz und fühlte sich ein wenig steif, als er aus dem Auto kletterte. In einem schlichten Weinrot und mit Münchner Kennzeichen sah es nicht anders aus als die Autos der Sommerfrischler, die an diesem schönen Herbstwochenende von der Metropole aus in die „Seenplatte" südlich der Hauptstadt unterwegs waren. Doch er hatte die Autobahnen gemieden und war über die Bundesstraße 12 und Kaufbeuren gefahren, so hatte er mehr als zwei Stunden im Auto verbracht – selbst in den bequemsten Karossen war es für ihn eine Tortur, still sitzen zu müssen. Er wäre lieber mit der Bahn angereist, hätte lesen oder dösen können und herumlaufen, wann immer ihm danach war. Doch das wäre zu kompliziert geworden.
Oberdorf, Unterdorf, Hinterdorf – die Welt seiner Kindheit war überschaubar. Sein Vaterhaus, also das Häuschen seiner Mutter, es war immer das Häuschen seiner Mutter geblieben,

nie seins geworden, eigentlich ein Grund, über den Verkauf heilfroh zu sein, stand beinahe im Zentrum. An der Kreuzung ein kleines Stück oberhalb machte die Hauptstraße, vom Oberdorf kommend, einen scharfen Rechtsknick und führte an der Kirche vorbei in Richtung Hinterdorf. Gegenüber dem Haus, dort, wo in spitzem Winkel der Weg hinüber zur Kirche abzweigte, hatte irgendjemand seit seinem letzten Besuch eine Bank aufgestellt, aus breiten und starken Schwartenbrettern, die mit glänzendem Lack überzogen waren. Laurenz blieb eine Weile daneben stehen, wie unschlüssig, ob er sich setzen sollte oder nicht.

Für einen Moment sah er das Haus mit den Augen eines Fremden. Und wenn er sich anstrengte, konnte er auch die Baustelle ahnen, die dort spätestens im Frühjahr entstehen würde. Sein Makler hatte ihm erzählt, was Brandners mit dem Haus vorhatten. Nach hinten heraus wollten sie das Dach öffnen, palettenweise würden die Ziegel neben dem Giebel stehen. Die Rückfront wollten Brandners um vier Meter versetzen, das Dachgeschoss ausbauen, eine Dachterrasse auf den neu zu errichtenden hinteren Flachbau und eine kleine Terrasse in den Garten hinein. Schöne Pläne waren das, ihm selbst hätte es wohl auch so gefallen, indessen wäre er nie auf die Idee gekommen, an das Haus der Mutter Hand anzulegen. Und so, wie es war, glich es eher einer Kate.

Eine merkwürdige Unruhe herrschte heute im Dorf. Fenster klappten auf, Leute kamen auf die Straße. Auf einem lauten Moped fuhren zwei Jugendliche ins Oberdorf, Nachbarn begannen, miteinander zu reden. Handys klingelten – ein Geräusch, das es in Laurenz‘ Kindheit noch nicht gegeben hat. Das Tatütata eines Sondersignals lärmte zwischen den Häusern. Ein Funkstreifenwagen näherte sich der Kreuzung, nahm rasant die Kurve und verschwand im Oberdorf. Noch bevor der Sirenenton verebbte, jagte ihm ein Rettungswagen hinterher. Die Unruhe wuchs. Wie früher, dachte Laurenz. Noch immer war es hier ein Ereignis, wenn Blaulicht und Sondersignal die dörfliche Idylle störten. Vor allem: So ein Einsatz sorgte wochenlang für Gesprächsstoff im Dorf.

Dann sprach jemand in seiner unmittelbaren Nähe, es musste gleich um die Ecke der Feldsteinmauer sein, die den höher gelegenen Kirchgarten schützte. Ein Mann und eine Frau sprachen leise, aber sehr aufgeregt miteinander.
„Der Mooslechner war's."
„Der Mooslechner?"
„Ja, der ist unter seinen Traktor geraten!"
„Der junge?"
„Na, wo denkst du hin, der Schorsch selber, der Bub arbeitet doch nicht am Samstag."
Der Name traf Laurenz Stadler völlig unvorbereitet. Er fuhr ihm in den Magen und er ließ seine Hände vor Schmerz aufheulen. Der Mooslechner Schorsch. Georg Mooslechner, geboren am ersten Mai 1957, genau 17 Tage war Mooslechner älter als er selbst. Georg Mooslechner, Erbe des Mooslechner-Hofes. Sein Vater Leopold war damals der mit Abstand reichste Bauer im Dorf. Ihm gehörten Wald und Weiden, Vieh und sogar die Forellenzuchtanlage, damals noch eine Verbindung von vier aneinandergereihten Fischteichen. Georg Mooslechner, gleichermaßen Großmaul und Großbauer, Biertrinker und Sprücheklopfer, Weiberheld und Sadist. In den Jahren vor dem Gymnasium empfand Laurenz Angst, wenn er den Namen Mooslechner hörte. Später dachte er nur noch mit Verbitterung an den dicken kräftigen Kerl, der sich trefflich darauf verstand, Freunde um sich zu scharen und die kleineren und schwächeren Jungs zu quälen. Und jetzt?
Wild gestikulierend zeigten zwei Leithofener in Richtung Oberdorf. Und tatsächlich: Vom Waldrand her blitzten die Signalleuchten der Einsatzfahrzeuge. Dort oben, am Nordhang des Glaskopfes, befanden sich noch ausgedehnte Weiden, die seit jeher zum Mooslechner-Hof gehörten. Mit 15 Jahren hatte Georg dort in einem Heuschober eine „Magd" geschwängert, also eine der Lohnarbeiterinnen auf dem Hof, die von den Mooslechners zumindest damals noch immer als „Mägde" bezeichnet und oft genug auch so behandelt wurden. Und der Tölpel war dumm genug, damit im ganzen Dorf

zu prahlen. Zumindest so lange, bis ihn sein Vater grün und blau geschlagen hatte.
Neben dem Rettungswagen lag eine große grün-gelbe Landmaschine auf der Seite. Es könnte ein Traktor sein. Laurenz Stadler verstand nichts von Landmaschinen. Oder besser gesagt: Nichts mehr. Als Junge vom Dorf konnte er sich der Faszination der Technik nicht entziehen, auch wenn ihm die Musik und die Bücher stets näherstanden als der Stall und das Milchvieh. Er konnte auch nicht damit angeben, mit wie viel Jahren er schon den Traktor auf dem Hof fahren durfte oder wie ihm der Rückschlag der Kurbel beim Starten eines Lanz-Bulldog – für die anderen durchaus ein Mannbarkeitsritual – fast die Schulter brach. Erst nach der Firmung ließ ihn der Bruckner Harald, einer seiner Klassenkameraden, auf einem blassblauen Eicher-Traktor hinter der Scheune ein paar Runden im Kreis drehen. Selbst das geschah heimlich, weil es zu diesem Zeitpunkt in den Reihen der Halbstarken schon als Verrat galt, Laurenz bei irgendetwas zu helfen, ihn in die Gemeinschaft der Dorfjugend zu holen. Damals war er schon längst der Paria, wurde behandelt wie ein Aussätziger.
Aber es hatte ihm gefallen, das Traktorfahren. Später hatte er bei Bruckners förmlich gebettelt, bei der Heuernte helfen zu dürfen, und er kam mit stolzgeschwellter Brust nach Hause, als der alte Bruckner-Bauer, der nichts auf die Flausen der Kinder gab, ihm das erste Mal erlaubte, den Eicher mit angekoppeltem Kreiselheuer über die Wiese zu steuern. Dass sich Laurenz dafür von seiner Mutter einen Satz Backpfeifen fing, passte genau in seine damalige Welt: Die Einzige, bei der er sich vor den Erniedrigungen seiner Mitschüler wenngleich nicht Schutz, so doch wenigstens Beistand erhoffte, strafte ihn dafür, so sein zu wollen wie die anderen Kinder.
Stadler wusste gar nicht, wie er dorthin gekommen war, aber plötzlich fand er sich in der kleinen Schar wieder, die durchs Oberdorf und die kleine Abkürzung am Obstgarten der Hubers entlang in Richtung Waldrand pilgerte. Zehn, zwölf, fünfzehn Dörfler zog es mehr oder weniger zielstrebig zum

Ort des Unfalls. Der eine oder der andere grüßte Stadler zurückhaltend. Man kannte sich auf dem Dorf, vor allem die Außenseiter behielt man im Gedächtnis, so wie den einst blonden und nun weißhaarigen Kerl, um den damals so viel Aufhebens gemacht wurde.
Jetzt waren sie am Schauplatz des Geschehens angekommen, einer steilen Böschung, die eine Weidefläche vom darüber liegenden Feldweg trennte. Ein großer grüner Traktor war umgestürzt, Georg Mooslechner lag nur wenige Meter daneben, auf der Seite, die Rückseite den Gaffern zugewandt. Zwei Rettungssanitäter und ein Notarzt kümmerten sich um den offenbar schwer Verletzten. Einer hielt eine Infusionsflasche in die Höhe, aus Mooslechners Mund ragte ein Schlauch, Blut verklebte ihm den Haaransatz.
Die Dörfler blieben in respektvollem Abstand stehen, dort, wo die beiden Polizisten ihnen die Grenze wiesen, konnten es sich aber nicht verkneifen, das Geschehen zu kommentieren.
„Wie kann man nur versuchen, so eine Böschung hochzufahren?“, sagte der eine.
„Überhaupt, der schwere Claas hat hier oben gar nichts zu suchen, da nimmt man einen leichten Bergmeister“, wusste ein anderer.
„Freili, weil du oan Bergmeister hast“, höhnte ein Dritter. „Für den Fendt kannst dir Schare anbauen lassen, die am Hang ein Abrutschen verhindern.“
Laurenz Stadler beteiligte sich nicht an der Diskussion. Er fühlte sich wie unter einer Glasglocke, die Stimmen der anderen drangen gedämpft an sein Ohr und er war auch seltsam entrückt, wusste selbst nicht recht, warum er hier stand und fortwährend auf den einst so verhassten Mitschüler starrte. Das Hemd war diesem aus der Hose gerutscht und gab einen Teil des nackten Rückens frei.
„Besoffen ist der Schorsch schon wieder“, keifte ein älterer Mann, der Laurenz nur vage bekannt vorkam. „Der war heute früh schon im ‚Grünen Baum‘, kaum dass er aufgemacht hatte. Und als er wieder raus ist, schwankte er schon. Was der

überhaupt hier zu suchen hatte – der hat ja nicht mal Gerät am Traktor.“ Einer der Polizisten trat näher und forderte den Alten auf, sich als Zeuge zur Verfügung zu halten.
Dann kam Bewegung in die Retter. Die Infusionsflasche wurde abgeklemmt, der Notarzt redete auf die Sanitäter ein, schien Anweisungen zu rufen. Dann hastete er zu seinem Wagen, nahm eine stabile Tasche aus rotem Tuch heraus und rannte wieder zu seinem Patienten. Er zerschnitt ihm das Hemd und klebte ihm zwei Pads auf die Brust.
„Dös is a Defi“, wusste einer der Umstehenden. „Dös hoab i im Fernsehen mal gsehn.“
Das haben wir doch alle, dachte Laurenz, hütete sich aber, sich in das klugschwätzerische Geplapper einzumischen.
Es dauerte nicht lange, da zog der Notarzt die Pads wieder ab. Einer der Sanitäter fragte ihn was, er schüttelte den Kopf. Dann ging der Sanitäter hinüber zu den Polizisten und flüsterte einem was zu. Der nickte, drehte sich um und ging zum Streifenwagen. Der Notarzt breitete eine goldene Folie über den Körper des Mooslechner Schorsch aus. Er bedeckte auch den Kopf. Unruhe machte sich unter den Umstehenden breit.
„Feieroahmd“, sagte einer.
„Ist er hin?“, wollte ein anderer wissen.
Die Polizisten nickten.
„Hier gibt es nichts mehr zu sehen“, sagte einer der beiden. „Gehen Sie nach Hause. Gehen Sie!“ Er machte eine Handbewegung, als wolle er die Anwesenden fortscheuchen. Einige wandten sich auch ab und machten sich auf den Rückweg, in leise Gespräche vertieft.
Laurenz Stadler blieb wie angewurzelt stehen. Er blickte unablässig auf den Rücken seines früheren Erzfeindes, auf die Stelle, an der die Goldfolie im Wind immer wieder hochschlug und zwischen Hemd und Hose den Blick auf einen Streifen bleiche Haut zuließ. Eine ungesund bleiche Haut, auf der Haare wucherten. Müsste er jetzt nicht irgendetwas fühlen, fragte er sich verwirrt. Bestürzung vielleicht? Vielleicht Erleichterung oder Genugtuung? Doch er spürte rein

gar nichts. Der große massige Mann dort auf der Wiese, er ging ihn nichts mehr an. Stadler merkte, dass Mooslechner nicht erst mit seinem Tode für ihn den Schrecken verloren hatte, sondern schon viel früher. Der hier lag, das war ein fremder Mann. Und er war ihm egal. Ja, egal, das war wohl das richtige Wort. Obwohl es ihm im Angesicht des Todes unangemessen herzlos vorkam. Doch genauso war es. Der Tod von Georg Mooslechner war so banal, als hätte Laurenz in der Zeitung davon gelesen: Traktor stürzt um – Bauer tot. Er selbst, sein Leben, war davon nicht betroffen.
„Bitte", sagte einer der Polizisten und berührte ihn sanft am Oberarm.
Laurenz wachte auf, wie aus dem Schlaf.
„Ja, ja", sagte er hastig. „Schon gut." Er wandte sich zum Gehen.
Noch immer wie leicht benommen ging er ins Dorf zurück. Auf halbem Wege kam ihm ein junger Mann entgegen. Man musste nicht zweimal hinsehen, um zu wissen, dass es sich unverkennbar um den Sohn vom Mooslechner handelte. Wie eine Jugendausgabe von ihm. In einer grünen Latzhose, die beiden Hände fest zu Fäusten geballt und mit weit ausholenden Schritten stürmte er hügelan, einen hasserfüllten Blick irgendwo in die Zukunft gerichtet. Als er an Stadler vorbei war, war diesem, als streife ihn ein eisiger Hauch.
Der ewige Kreislauf des Lebens. So wie Georg Mooslechner als relativ junger Mann den Hof des Vaters übernommen hat, ist nun eben sein Sohn dran. Äußerlich sein Ebenbild. Die Mooslechner-Gene eben. Ob er auch im Charakter seinem Vater ähnelte? Ob er als Schüler Schwächere ebenso gequält hat wie sein Vater? Ob er auch so ein Großmaul war? Stadler wusste es nicht. Es war auch egal, es spielte keine Rolle mehr.
Als er wenig später wieder im Auto saß, konnte er nicht gleich wieder starten. Er stierte aus der Frontscheibe und wunderte sich noch immer: Wieso war er so kalt geblieben, so vollkommen gleichgültig? Jahre-, ach was, jahrzehntelang konnte er

nicht an den Namen Mooslechner denken, ohne dass ihm eine ohnmächtige dumpfe Wut, gepaart mit einer diffusen Angst, die Kehle zuschnürte. Und jetzt, wo er Augenzeuge seines Todes wurde, empfand er rein gar nichts? Wäre jetzt der richtige Zeitpunkt, Georg Mooslechner zu verzeihen? Stadler schüttelte unwillig den Kopf.
Plötzlich sah er wieder seine Mutter vor sich, wie sie ihn, damals, im Krankenhaus besuchte. Ganz verloren saß sie neben seinem Bett auf dem Stuhl und drehte unablässig ihren Rosenkranz zwischen den Fingern. Wieder und wieder erinnerte sie ihn an Lukas, 23. Kapitel: *Vergib ihnen, denn sie wissen nicht, was sie tun.* Vergeben und Verzeihen, das ist das Einzige, was der Kirche in solchen Augenblicken einfällt, hatte Laurenz damals verbittert gedacht.
Dabei stand ihm nicht der Sinn nach Vergebung, sondern er brannte auf Vergeltung. Nicht, dass Laurenz auf aktive Rache sann, nein, dagegen sprachen die Fakten, die Mooslechner allein durch seine körperliche Überlegenheit schuf. Es war vielmehr so, dass Laurenz auf eine Vergeltung durch eine höhere Macht hoffte. Eine schlimme Krankheit möge den Mooslechner befallen, ein Unfall ihm den Garaus machen. Damals hatte er schon längst nicht mehr an die Kraft des Gebetes geglaubt, gleichwohl wusste er, dass es Dinge zwischen Himmel und Erde gab, die sich die Menschen wohl nie erklären konnten.
Sehr viel später, Laurenz war längst Redakteur beim *Münchner Boten*, hielt er es mit John F. Kennedy: *„Vergib deinen Feinden, aber vergiss niemals ihre Namen.“* Nur Georg Mooslechner, so ergänzte er immer in Gedanken, soll davon ausgenommen bleiben. Er bezweifelte, dass der Verzicht auf Vergeltung bereits dem Verzeihen gleichkam. Und mit dem Vergeben konnte er – christliche Werte hin oder her – nun gar nichts anfangen. Zumindest nicht in diesem Fall.
Und nun fragte er sich, wovor er eigentlich die ganze Zeit Angst hatte, wenn er den Namen Mooslechner hörte. Das Häufchen Mensch, nein, das Häufchen Leichnam dort oben auf der Wiese, hatte schon lange seinen Schrecken verloren.

Hatte Laurenz nicht auf den Stand der Sonne geachtet? War der gefürchtete Riese Mooslechner längst nur noch der Schatten eines Zwerges gewesen?
Nein, er würde heute auf gar keinen Fall im Gasthaus essen gehen können. Dort ging es garantiert schon jetzt zu wie in einem Bienenstock. Am Ende würde es Menschen geben, die argwöhnisch wissen wollten, warum Laurenz Stadler ausgerechnet an diesem Tag zurück nach Leithofen kam. Man darf nicht vergessen, dass in der Abgeschiedenheit der Dörfer auch der Aberglaube noch immer auf fruchtbaren Boden fällt. Selbst im Nachbarort könnte er heute nicht einkehren. Wer weiß, vielleicht waren die Nachrichten oder, noch schlimmer, die Gerüchte, dort schneller als er selbst.
Nein, er würde bis in die nächste Stadt rollen, um dort unerkannt in einem schlichten Restaurant zu sitzen, wenn möglich an einem Fensterplatz und mit Blick auf einen freundlichen Marktplatz eine Mahlzeit zu sich zu nehmen.
Ein bisschen tat es ihm nur leid um den geplanten Überraschungsbesuch bei Renate Hausdörfer, die sich über Jahre so rührend erst um seine Mutter und dann um das Haus gekümmert hat. Ohnehin wäre es wahrscheinlich der letzte Besuch gewesen. Den kleinen Strauß Blumen, den er für sie gekauft hatte, könnte er irgendwo wie vergessen stehen lassen. Vielleicht freute sich ja jemand darüber.
Renate Hausdörfer würde er eben von München aus telefonisch von dem unmittelbar bevorstehenden Verkauf des Hauses unterrichten müssen. Für einen Moment überlegte er, ob er sich überrascht zeigen sollte, wenn sie ihm vom plötzlichen Tod Mooslechners erzählen würde. Doch er verwarf den Gedanken sofort wieder. In Leithofen, da war er sich sicher, würde sich die Kunde von seiner Anwesenheit am Unfallort ebenso rasch verbreiten wie die von Mooslechners Tod selbst. Zu viele erinnerten sich noch an das unheilvolle Geschehen an jenem letzten Apriltag, der nun auch schon wieder 36 Jahre zurücklag.

29. Kapitel

Ganz so einfach, wie sich Laurenz Stadler die Haushaltsauflösung seiner Mutter gedacht hatte, war sie dann doch nicht gewesen. Wenige Tage vor dem Termin beim Notar mit den Brandners hatte er sich noch einmal mit Renate Hausdörfer in seinem Vaterhaus getroffen, die ihm auch bei der Übergabe behilflich sein wollte. Einen ganzen Tag hatten sie gebraucht.

Sein Wunsch war es ja, dass sich die Frau, die sich sechs Jahre lang um das Haus gekümmert hat – eine Hausbesorgerin in des Wortes bestem Sinne also –, dort all das aussucht, was sie noch gebrauchen könnte. Dann wollte er ein paar noch verbliebene Erinnerungsstücke an sich nehmen, viel konnte es ja nicht sein. Doch was die Auswahl von Gebrauchsgegenständen oder Erinnerungsstücken anbetraf, so bestand Renate Hausdörfer darauf, dass er als Sohn selbstverständlich das Recht des „ersten Zugriffs" hatte, wie sie scherzhaft sagte. Sie habe schließlich immer nur getan, was getan werden musste. Nur, was würde mit dem Rest werden, was mit den alten Möbeln? Ein sogenannter Straßenverkauf, wie er inzwischen in Mode gekommen war, kam für Stadler nicht infrage. Auch nicht für einen guten Zweck. Schließlich einigte er sich mit Renate Hausdörfer darauf, einen Container kommen zu lassen. Einen Müllcontainer, er konnte nicht fassen, dass er so rational, ja beinahe herzlos dachte.

Beim Rundgang durch das Haus nahmen sie sich Raum für Raum, Schrank für Schrank vor. Wer weiß, scherzte sie, vielleicht hat das werte Fräulein Mutter in den letzten Jahren noch das eine oder andere Geldbündel versteckt. Zumindest hatte sie sich bisweilen so wunderlich benommen, stimmte ihr Stadler zu, dass das nicht auszuschließen war. Nun, Geld fand sich nicht. Dafür aber ein besonderes Erinnerungsstück, bei dessen Anblick Stadler schmunzeln musste. In der kleinen Kommode im Schlafzimmer, in der seine Mutter ihre Unterwäsche aufbewahrte, fand Renate Hausdörfer – natürlich musste sie diese Kommode untersuchen, Laurenz Stadler hätte nie im Leben die Unterwäsche seiner Mutter angefasst –, ein abgegriffenes und ziemlich zerlesenes Buch. „Ich denke oft an Piroschka“ von Hugo Hartung, die Erstausgabe des Ullstein-Verlages aus dem Jahr 1954, wie Stadler mit dem routinierten Blick des Bücherfreundes auf das Impressum feststellte. Nun, sicherlich kein wertvolles Exemplar, das nicht, aber doch eins, mit dem er verschiedene Erinnerungen verknüpfte.
Renate Hausdörfer fragte ihn, warum er so verträumt lächelte. Kindheitserinnerungen, gab er zurück. Und erklärte es ihr: Das Buch gehörte zu den Lieblingsbüchern seiner Mutter, wenn es nicht ganz und gar das Lieblingsbuch schlechthin war. Und nicht nur das Buch. In dem kleinen Fernseher im Wohnzimmer hatte er sich bestimmt drei oder vier Mal die Verfilmung des früheren Bestsellers ansehen müssen. Lieselotte Pulver als Piroschka und Gustav Knuth als liebevoll-strenger Vater und Stationsvorsteher Istvan. Ein wenig verliebt war der kleine Laurenz damals in die Pulver gewesen, er konnte sich genau erinnern. Und Knuth wurde sein erster Lieblingsschauspieler, wenn auch eher in Fernsehserien wie „Salto Mortale“ oder, später dann, als „Eiserner Gustav“.
Während Laurenz Stadler erzählte, hatte er in dem alten Ohrensessel Platz genommen, von welchem aus seine Mutter die Fernsehsendungen verfolgt hatte. Renate Hausdörfer saß auf dem Sofa mit den Häkeldeckchen, ja, ungefähr dort, wo er als Junge sitzen durfte. Niemals die Füße auf dem Sofa, niemals.

„Ich glaube, Mutter hat nie in ihrem Leben eine Ausstrahlung dieses Filmes verpasst", sagte er und blätterte gedankenverloren durch das Buch, als plötzlich zwei kleine Schwarzweiß-Fotos aus dem Band fielen. Stadler hob sie rasch auf, man bedenke, das Buch steckte zwischen der Unterwäsche seiner Mutter. Auch wenn er ihr das Verstecken von in irgendeiner Art kompromittierender Bilder nie zugetraut hätte, aber man konnte ja nie wissen. Renate Hausdörfer reckte neugierig den Hals.
„Nur Erinnerungen", murmelte Stadler. Die Fotos zeigten einen braungebrannten jungen Mann am Strand und, etwas unscharf, ein Fischerboot, wie es dicht unter der Küste entlangfährt. „Wohl nur Lesezeichen", setzte Stadler nach und drehte die Bilder zu Renate Hausdörfer, wie um ihr die Harmlosigkeit der Aufnahmen vor Augen zu führen. Dennoch kam ihm irgendetwas daran seltsam vor. Er konnte nicht so recht glauben, dass die beiden Fotos zufällig in das Buch geraten waren, ebenso wenig, wie er glauben konnte, das Buch habe zufällig in der Schublade mit dem Unterzeug gelegen. Er beschloss, der Sache später auf den Grund zu gehen, und legte das Buch auf den Wohnzimmertisch, wo sich schon einiges von dem angesammelt hat, das er, wohlverwahrt in einem kleinen Umzugskarton, mit nach München nehmen würde.
„Was halten Sie eigentlich davon, Herr Stadler, wenn wir jetzt eine schöne Tasse Kaffee trinken würden?", fragte Renate Hausdörfer in seine Gedanken hinein.
„Ja, das wäre angenehm", sagte Stadler. Auch wenn er Tee stets vorzog, kam ihm jetzt ein Kaffee nicht ungelegen.
„Ich geh mal welchen holen", sagte die Hausdörfer und zog sich ihre Strickjacke über.
„Machen Sie sich bloß keine Umstände." Laurenz Stadler ärgerte sich, dass er so leichtfertig ihrem Vorschlag zugestimmt hatte.
Doch sie war schon an der Haustür. „Zehn Minuten, dann gibt es frischgebrühten Kaffee", sagte sie und huschte davon.
Stadler sah sich unschlüssig im Zimmer um und setzte sich dann wieder in den Sessel.

Wer war eigentlich Renate Hausdörfer, fragte er sich, wie ein wenig abwesend? Und warum kümmerte sie sich so intensiv um die Belange, die einst die seiner Mutter waren? Nun, er wusste nur, dass es eine Nachbarin aus dem Ort war, ein paar Jahre älter als er, sodass er sich nicht mehr an eine wie auch immer geartete gemeinsame Schulzeit erinnern konnte. Und ihre Mütter müssen einst irgendwie verbandelt gewesen sein. Er würde sie schon fragen müssen, um Näheres zu erfahren. Seltsam, dass ihm das erst jetzt, nach so vielen Jahren, auffiel. Ganz offensichtlich hatte er in seiner Kindheit eine Menge nicht mitbekommen. Oder vergessen. Verdrängt?
Er nahm das Buch zur Hand und strich über den Einband. „Ich denke oft an Piroschka“. Eine Heimatschnulze, erinnerte er sich, aber eine, die er immer gerne gesehen hatte. Vielleicht ja auch nur, weil seine Mutter dabei stets heiter und gelöst war. Warum versteckt eine Mutter so ein harmloses Buch vor ihrem Kind? Peinlich war ihr die Geschichte nicht, sonst hätte er nicht so oft den Film sehen dürfen. Was also hat es mit diesem Buch auf sich? Er drehte und wendete es, wobei wieder eins der beiden Fotos unten aus den Seiten rutschte. Er legte die Bilder auf den Tisch.
Die beiden Fotos hatten ein Format von genau sechs mal sechs Zentimeter, das Papier war mit genau demselben gezackten Büttenrand geschnitten wie die Fotos, die er schon in dem KOH-I-NOOR-Karton gefunden hatte. Der stand, fest mit dem Gummiband verschlossen, bereits auf dem Wohnzimmertisch. Natürlich würde er ihn mitnehmen. Doch hier wollte er ihn nicht noch einmal öffnen. Er wollte die Neugier der Nachbarin nicht füttern, und er wusste nicht, wie lange ihre zehn Minuten dauern würden. Hatte Mutter die beiden Fotos gedankenlos als Lesezeichen verwendet? Oder hatte deren Aufbewahrung in genau diesem Buch und in genau jenem Versteck etwas Besonderes zu bedeuten? Kannte sie den jungen Mann? Es sollte mich nicht wundern, dachte Stadler, wenn dieser braungebrannte Bursche am Strand derselbe war, den er auch schon auf dem gleichgroßen Foto mit dem Fischerboot gesehen hatte.

An der Haustür klapperte es, Renate Hausdörfer kam zurück. Sie stellte einen kleinen Korb auf den Tisch, entnahm ihm eine Thermoskanne und Kaffeegeschirr für zwei Personen. Stadler räumte seine Sachen vom Tisch, sodass dort ein wenig mehr Platz wurde. Dann zauberte die Hausdörfer aus den Tiefen ihres Korbes noch zwei Stück in Papier geschlagenen Pflaumenkuchen.
„Frau Hausdörfer", staunte er, in der Tat freudig überrascht. „Sie haben sich aber Mühe gegeben."
„Ach was", sagte sie nur und schenkte geschäftig den Kaffee ein.
Nachdem er den ersten Bissen des Pflaumenkuchens verputzt hatte, er schmeckte ein wenig nach Kindheit, sagte er, dass er nicht so recht wisse, wie er den ungeheueren Packen Arbeit, den Renate Hausdörfer für seine Mutter und für ihn geleistet hat, überhaupt honorieren sollte; ob sie da vielleicht eine Idee habe. Doch sie lachte nur, den Handrücken vor dem noch halbvollen Mund. Sie würde das mehr für ihre eigene Mutter tun, gestand sie. Auf dem Totenbett noch habe diese ihr das Versprechen abgenommen, sich um Maria Stadler zu kümmern. Schließlich habe die niemanden mehr als ihren Sohn, und der sei in der Ferne. Außerdem waren die alte Hausdörfer und seine Mutter einst die besten Freundinnen.
Stadler stutzte. Das konnte er sich beim besten Willen nicht vorstellen. Im Gegenteil. Soweit er sich erinnern konnte, sprach die Mutter selten von der alten Frau Hausdörfer, die bei ihr immer nur „die Hausdörfer" war. Und wenn sie sich äußerte, dann ließ sie kein gutes Haar an ihr. Mehr noch: Solange er in die Schule ging, schickte ihn seine Mutter oft in den Dorfladen zum Einkauf. Sie mochte nur ungern hingehen, merkte er schnell. Dass die alte Hausdörfer die Eigentümerin oder Pächterin des Ladens war, brachte er damals nicht mit dieser Ablehnung in Verbindung. Doch nach den schlechten Erfahrungen, die er mit Fragen nach seinem Vater gemacht hatte, nahm er auch das irgendwann hin. Und: Hatte seine Mutter überhaupt Freundinnen, also so richtige?
Stadler beugte sich etwas vor.

„Liebe Frau Hausdörfer, das ist so eine Sache, die für mich völlig neu ist“, sagte er. „Soweit ich mich erinnern kann, hat meine Mutter über ihre Mutter nicht immer freundlich gesprochen, wenn ich das mal zurückhaltend formuliere. Und ich kann mich auch nicht entsinnen, dass die beiden sich besucht hätten.“

Renate Hausdörfer nickte.

„Ja, das glaube ich Ihnen gern“, sagte sie. „Das können Sie auch gar nicht wissen, wenn Ihre Mutter Sie da nicht eingeweiht hat.“

„Nun, dann weihen Sie mich doch ein“, ermunterte er sie.

Wieder nickte die Frau, schluckte einen Bissen Pflaumenkuchen herunter und trank einen Schluck Kaffee. Sie will Zeit gewinnen, dachte Stadler. Sie weiß nicht, wie sie es mir erzählen soll.

„Es ist ja auch egal, nach so langer Zeit, nicht wahr?“, sagte die Hausdörfer. „Meine Mutter war mal die Lehrausbilderin Ihrer Mutter. Und dabei wurden die beiden Frauen beste Freundinnen.“ Sie ließ eine kleine Kunstpause. Die brauchte Stadler auch, um das Gehörte zu verarbeiten.

„Warten Sie, da komme ich schon wieder nicht mehr mit. Ihre Mutter war doch auch ...“ Er scheute sich, das Wort ‚alt‘ auszusprechen. Aber sie ahnte schon, worauf er hinauswollte.

„Ja, in der Tat, die beiden waren nur fünf Jahre auseinander. Aber vergessen Sie nicht, damals begann die Lehrzeit mit 14 oder 15, da galt man mit 20 schon als erfahren. Jedenfalls, meine Mutter war Ausbilderin oder Ausbildungsbeauftragte im Kaufhaus Roringer in der Stadt. Da haben die beiden sich kennengelernt. Vielleicht war es ja die relativ geringe Altersdifferenz, die diese Freundschaft begünstigte.“

Das leuchtete Stadler nicht ein, aber er nickte.

„Jedenfalls haben meine Eltern nach dem Krieg den Dorfladen hier in Leithofen übernommen, während Ihre Mutter in der Stadt blieb. Ihre eigene Mutter, also Ihre Großmutter, hatte ja keinen Mann mehr.“

„Ja, das stimmt“, pflichtete ihr Stadler bei. „Mein Großvater ist in der Schlacht von Stalingrad geblieben.“
Während beide die letzten Krümel vom Pflaumenkuchen – er war wirklich köstlich, dachte Stadler – vertilgten, hingen sie ihren Gedanken nach.
„Nach dem, was ich weiß“, fuhr dann Renate Hausdörfer fort, „hat Ihre Mutter immer nach einer Gelegenheit gesucht, wieder mit meiner Mutter zusammenzukommen. Beste Freundinnen eben.“ Sie hob die Hände und lachte.
„Was ja dann auch irgendwie geklappt hat“, ergänzte Stadler. Er wollte den Kern der Geschichte hören, das Zerwürfnis. Er ahnte, das sei der Schlüssel für irgendeine Erkenntnis, die ihn und seine Kindheit betreffe.
„Genau. Ihre Mutter hat ja dann auf Lehramt studiert ...“
„Meine Mutter hat nicht studiert. Sie war an einer sogenannten Lehrerbildungsanstalt“, korrigierte Stadler. „Die gab es nach dem Krieg, weil die alten Nazi-Lehrer nicht mehr unterrichten durften. Zumindest solange nicht, bis sie einen Persilschein vorweisen konnten. Ich erinnere mich noch, wie das meine Mutter immer betonte. Als ‚Aushilfslehrkraft‘ habe sie angefangen und sei dann auf die ‚Anstalt‘ geschickt worden.“ Mit den Fingern malte Stadler dazu die imaginären Gänsefüßchen in die Luft.
„Ja, das deckt sich mit den Geschichten, die ich zu Hause gehört habe. Dann ist an der Schule in Leithofen eine Stelle frei geworden, und Ihre Mutter hat sich sofort beworben.“
„Und ist angenommen worden.“ Sie warfen sich die Bälle zu.
„Richtig. Da war die Welt für die beiden wieder in Ordnung.“
„Aber was“, unterbrach Stadler, „hat denn nun dazu geführt, dass sie sich ... entfremdeten, wenn man das so sagen kann.“
Renate Hausdörfer schenkte sich Kaffee nach, nachdem Stadler mit der flachen Hand über seiner Tasse, einer wohl überall verständlichen Geste, einen weiteren Schluck abgelehnt hatte. Sie stellte die Thermoskanne wieder behutsam auf den Tisch.
„Entfremden ist wohl kaum das richtige Wort. Die beiden

haben sich regelrecht entzweit. Aber was der tatsächliche Grund dafür war, das kann ich Ihnen auch nicht sagen."
„Erzählen Sie, was sie wissen", bat er.
„Nun", sie zupfte sich die Hose an den Knien zurecht, „das Ganze ereignete sich im Jahr vor Ihrer Geburt. Sie müssen wissen, dass meine Eltern noch nie einen gemeinsamen Urlaub gemacht hatten. Erst der Krieg, dann ich, dann der gemeinsame Laden – es ging einfach nicht."
Stadler nickte. Da gab es nicht viel zu verstehen.
„Dann hatten sie eine Angestellte. Und in den Schulferien 1956 – sie mussten ja auf mich Rücksicht nehmen, da sollte es nach Italien gehen. Sie wissen schon: Eine Reise in den Süden, das Sehnsuchtsziel des Wirtschaftswunderlandes."
„Sie gingen schon zur Schule?" Eine bessere Gelegenheit, Renate Hausdörfer ganz unverblümt nach ihrem Alter zu fragen, würde sich nicht bieten.
„Ja, ich war damals, lassen Sie mich nachrechnen ... Ich war damals zehn Jahre alt."
Stadler nickte.
„Meine Eltern haben Ihre Mutter dazu eingeladen. Sie war auch noch nie im Urlaub und so fuhren wir zu viert nach Süditalien. Es war eine abenteuerliche Reise, erst die Zuckelei nach München, dann mit der Bahn über den Brenner nach Verona. Ich kann mich noch gut daran erinnern, wie enttäuscht ich war. Ich hatte bis dahin den Brenner für einen gewaltigen Alpengipfel gehalten. Auf jeden Fall, wir haben auf einer winzigen Insel bei Neapel eine Woche verbracht, aber es war wunderschön."
Sie hielt inne, und Stadler nickte ihr aufmunternd zu. Sie möge doch bitte weitererzählen.
„Da gibt es nicht mehr viel zu erzählen. In diesem Urlaub muss irgendetwas geschehen sein, was unsere Mütter auf Jahre entzweite. Jedenfalls sind meine Eltern mit mir alleine nach Hause gefahren. Der Name Stadler war danach auf Jahre tabu."

Stadler nickte. Ihm kam eine Idee, aber die würde er nicht mit Renate Hausdörfer erörtern.
„Verzeihen Sie, wenn ich darauf zurückkomme“, sagte er behutsam. „Aber sie sprachen vorhin von einem Versprechen am Totenbett.“
Renate Hausdörfer nickte heftig.
„Ja genau. Meine Mutter hatte Krebs, aber sie war sehr tapfer, hat nie geklagt. Am Ende wollte sie in ihrem Zuhause sterben.“ Sie schluckte.
Stadler hatte das Bedürfnis, seine Hand auf ihre zu legen. Doch er saß nur still da.
„Am Tag vor ihrem Tode hat sie mich gerufen. Ich war in der Küche und die Türen zum Flur und zu ihrem Zimmer waren offen. Ich eilte gleich an ihr Bett und sie nahm mit beiden Händen meine. Da sei noch etwas, was sie bedrücke, hat sie gesagt. Und dass sie Ihrer Mutter schrecklich Unrecht getan habe. Sie hätte ihr längst vergeben und sie hoffe, dass auch Ihre Mutter ihr vergibt. Und ich möge mich um Ihre Mutter kümmern. Schließlich, die Maria habe ja nur noch ihren Sohn und der sei weit weg im Ausland. Ob ich das für sie tun werde.“ Sie machte erneut eine Pause.
„Frau Hausdörfer, Sie müssen nicht ...“, fing Stadler an, doch sie wischte mit einer Handbewegung durch die Luft.
„Schon gut“, sagte sie. „Natürlich habe ich mich um Ihre Mutter gekümmert. Was man seinen Eltern am Totenbett verspricht, das muss man auch halten, nicht wahr? Aber als ich mit Ihrer Mutter darüber sprechen wollte, hat sie nur abgewinkt. Sie wüsste gar nicht, wovon ich rede. Es sei doch alles in Ordnung.“ Renate Hausdörfer zog umständlich ein Taschentuch aus der Hosentasche und wischte sich eine Träne aus dem Augenwinkel.
„Und jetzt sitze ich hier und weiß gar nicht, was ich sagen soll. Ich weiß wirklich nicht, was zwischen den beiden Frauen war, mehr als ihr halbes Leben lang.“ Sie schniefelte ins Taschentuch.

„Wirklich nicht?“, fragte Laurenz Stadler verwundert.
„Nein“, sagte sie, und es klang aufrichtig.
Es war empfindlich kühl in seiner Münchner Wohnung, als er an diesem Abend aus dem Dorf zurückkehrte. Doch Laurenz Stadler nahm sich nicht die Zeit für den Griff zum Heizungsregler, der für behagliche Wärme gesorgt hätte. Er zog sich entgegen seinen Gewohnheiten nicht einmal die Schuhe im Flur aus. Noch im Mantel trug er den Umzugskarton, den er in Leithofen gepackt hatte, ins Wohnzimmer, stellte ihn auf den Tisch, nahm das Buch von Piroschka heraus, knipste die Lampe über dem behelfsmäßigen Schreibtisch an, zog einen Stuhl heran und den kleinen Kartondeckel, der ihm als Schreibtischschublade diente.
Stadler war ein alter Bürohengst. So, wie einem mit den Jahren gewisse Tätigkeiten zur Routine wurden, so gab es auch Utensilien, die man griffbereit in seiner Nähe wissen wollte. Dinge, die zwingend in seine Schreibtischschublade gehörten, ohne die er gar nicht hätte arbeiten können. Eine kleine Rolle mit Tesafilm, Reservestifte, die alle ordentlich schreiben mussten. Ein gelber und ein roter Textmarker – niemals orange, er hasste orangefarbene Textmarker –, Bleistiftanspitzer, Feuchttücher für den Bildschirm, sein Schweizer Offiziersmesser und: eine große Lupe. Es war eine Ständerlupe mit ausklappbarem Griff. Sie lag in einer Pappschachtel mit schon angestoßenen Ecken. Er hatte sie irgendwann einmal auf einem Flohmarkt erstanden, zu Zeiten noch, als er statt Google Maps Atlanten benutzte, auf deren Karten er die Lupe platzierte.
Jetzt stellte er die Lupe so über das Foto mit dem jungen Mann, dass das Licht der Schreibtischlampe das Zentrum des Bildes erhellte. Der Mann, den er sah, war jung, vielleicht Anfang, vielleicht Mitte 30. Er hatte dichte schwarze Locken und eine makellose Figur. Kein Gramm Fett zu viel, dicht mit Muskeln bepackt, die eher aussahen, als kämen sie von harter Arbeit und nicht, wie das heute als schick galt, von überdiszipliniertem Training. Vor allen Dingen war er, von Körperbau

und Physiognomie eher ein europäischer Typ, braungebrannt wie ein Nordafrikaner. Stadler kannte nur einen Menschenschlag dieser Hautfarbe – Süditaliener. Der Mann war mit einer Badehose bekleidet, die rot sein mochte, die Schwarzweiß-Aufnahme ließ keine exakten Aussagen zu, es war ein helleres Grau, das sich deutlich von der Hautfarbe des Mannes abhob. Sie war geschnitten, wie sie in den 1950er Jahren modern sein mochten und gerade wieder modern werden: Eine Art Slip, aber mit hoch angesetztem Bund bei normalem Beinausschnitt.

Es war unmöglich, Einzelheiten des Gesichtes zu erkennen. Nicht nur, weil das Objektiv der Rollfilmkamera keine Punktschärfe fokussieren konnte. Auch das relativ grobe Korn der Aufnahme, die schwachen Kontraste und das Alter des Abzuges ließen die Konturen unscharf verschwimmen.

Stadler stand wieder auf, merkte, dass er noch immer den Mantel anhatte, zog ihn aus, warf ihn achtlos auf die Couch und öffnete den Karton mit den Familienfotos. Er wühlte nicht hastig darauf los, sondern legte Schicht um Schicht der Fotos sorgsam beiseite, bis er in das Niemandsland vorstieß, das nur wenige Bilder bereithielt, den Zeitraum zwischen der Schnellausbildung seiner Mutter zur Lehrerin im Nachkriegsdeutschland und seinen eigenen ersten Babyfotos. Warum gab es keine Fotos von seiner Mutter und der alten Frau Hausdörfer. Hatte Mutter sie später vernichtet?

Stadler war das Verfahren aus der Kulturgeschichte durchaus bekannt. *Damnatio Memoriae*, diese Verdammung des Andenkens. Das Auslöschen von Bildern war im römischen Kaiserreich eine gängige Praxis, um Erinnerungen aus dem kollektiven Gedächtnis zu tilgen. Er glaubte, das habe mit Kaiser Caligula seinen Anfang genommen. Das zumeist untaugliche Verfahren hat sich über die Jahrhunderte gehalten. Vor allen Dingen in Diktaturen wurde es gerne angewandt, unter Stalin war es wohl an der politischen Tagesordnung und auch seine Jünger in Osteuropa scheuten sich nicht vor Versuchen zurück, die Geschichte auf diese Art und Weise umzuschreiben.

Auch seine Mutter? Er würde es ihr zutrauen – schließlich hatte sie es auch bei seinem Vater auf diese Weise versucht. Nein, es blieb dabei: Zwischen dem ersten Klassenfoto von ihr als Lehrerin und dem ersten Foto von ihm selbst als Baby gab es nur die zwei Bilder, die offenbar aus ihrem Italien-Urlaub stammten. Er legte das Bild der zwei Fischer auf dem Boot neben das Foto aus dem Buch. Immer wieder schob er die Fotos unter der Lupe hin und her, dann legte er sie so übereinander, dass die beiden jungen Männer direkt nebeneinander zu sehen waren.
Mag sein, dass es in der Forensik mittlerweile Verfahren gab, bei solchen kleinen Bildern biometrische Merkmale von Gesichtern und Körpern so zu vergleichen, dass man wissenschaftlich fundierte Aussagen treffen konnte. Laurenz Stadler standen nur die allmählich nachlassende Sehkraft seiner Augen und eine Lupe zur Verfügung. Und so konnte er sagen: Doch, diese beiden Männer sahen sich verdammt ähnlich, und ja, es hätte sich bei den beiden um ein und denselben Mann handeln können. Aber mit Gewissheit konnte er das natürlich nicht sagen. Doch selbst wenn er gestochen scharfe Farbaufnahmen zur Verfügung gehabt hätte, selbst wenn er sagen könnte: Jawohl, das ist ein und derselbe Mann, heutzutage hätte man ihn möglicherweise anhand eines Tattoos identifizieren können, Stadler wäre so klug wie zuvor. Der Zugewinn an Erkenntnis ginge gegen Null. Mutter hatte einen jungen Mann am Strand fotografiert. Mutter hatte einen jungen Mann auf einem Fischerboot fotografiert. Und weiter? Um einen gerne strapazierten Spruch seiner Mutter zu verwenden: Für Hätte, Wenn und Aber gibt der Kaufmann nichts. Doch immerhin wäre es ja möglich, dass dieser junge Mann ...
„Hallo!“
Der Ruf brauchte ein wenig, um Stadler in die Wirklichkeit zurückkehren zu lassen.
„Hallo, Herr Stadler!“
Er schüttelte sich. Ach ja, er war in seiner Wohnung. Aber wie zum Teufel kam jemand hier herein?
„Ja?“

Stadler stand auf und ging zum Flur, wo die Nachbarin im Türrahmen stand.
„Was wollen Sie?“, fragte er, eine Spur unbeherrschter, als er es wollte.
„Entschuldigen Sie nur“, sagte die Nachbarin mit aufkommender Empörung in der Stimme. „Aber Ihre Tür steht sperrangelweit offen und die Wohnung ist düster. Es hätte Ihnen ja auch was zugestoßen sein können. Oder Einbrecher, bewahr der Herrgott!“
Stadler fasste sich an die Schläfe. So langsam kam er wieder in der Realität an.
„Ich muss mich entschuldigen, Frau Oberhuber“, sagte er und musste sich nicht allzu sehr um einen zerstreuten Eindruck bemühen. „Ich habe einfach vergessen, zuzusperren.“
Die Nachbarin reckte den Hals, als versuche sie, an ihm vorbei ins Wohnzimmer zu sehen.
„Und es ist wirklich alles in Ordnung bei Ihnen?“, fragte sie mit unverhohlener Neugier.
„Ja ja, alles bestens, nochmals vielen Dank. Und Ihnen einen schönen Abend.“
Er schloss die Tür so, dass sie einen Schritt zurückgehen musste. Ihr „Ihnen auch, Herr Stadler, Ihnen auch“, hörte er nur noch gedämpft; er hatte sich mit dem Rücken an die Tür gelehnt und holte tief Luft. Nicht nur die Nachbarin hatte ihm einen gehörigen Schrecken eingejagt, auch sein Verhalten. Es entsprach sonst nicht seiner Art, einfach die Tür offenstehen zu lassen. Für gewöhnlich war er, wie sagt man heute, ein wenig organisierter.
Nun, es war auch ein harter Tag gewesen, einfach zu viel für ihn. Laurenz Stadler ging zurück ins Wohnzimmer, stellte sich vor die Anrichte und blickte unschlüssig auf seine Alkoholvorräte. Dann nahm er sich ein Glas, schenkte sich einen Scotch ein und holte sich aus dem Kühlschrank zwei Eiswürfel. Er setzte sich mit dem Whisky wieder an den Schreibtisch und fixierte die beiden Bilder unter der Lupe.
„Wer bist du, mein Freundchen?“, fragte er leise.

30. Kapitel

Laurenz Stadler hatte es nicht einfach, was die Kommunikation mit Carlotta anbetraf. Er wollte den Anschluss an die Zeit behalten, war deswegen aktiv sowohl in den sogenannten neuen als auch in den sozialen Medien.
So hatte er sich bereits vor über einem Jahr einen Facebook-Account eingerichtet. Mit 69 Freunden stand er über Facebook in Kontakt. Also Freunden in dem Sinne, wie das Netzwerk sie als Freunde bezeichnete. Ihn irritierte das, er nannte sie lieber „Kontakte". Zwar konnte er die panische Angst mancher, meist ebenfalls älterer Kollegen vor diesem Medium nicht teilen, schließlich blieb er weitestgehend Herr des Verfahrens, doch bekam er tatsächlich ab und an sogenannte Freundschaftsanfragen von Menschen, die er gar nicht oder nur ganz flüchtig kannte. Würde er dort auf „Annehmen" klicken, wären sie nach Lesart des Netzes seine Freunde. Nein, so weit würde er dann doch nicht gehen wollen. Selbst die 69 Kontakte in seiner Liste würde er nur bedingt als Freunde bezeichnen – erhielt er doch in den ersten Wochen seiner Aktivität viele Anfragen von Kollegen aus München und von Bekannten oder Kollegen aus Rom. Doch inzwischen hatte er sich daran gewöhnt und auch gelernt, dass man mit so einem Netzwerk oft schneller kommunizieren konnte als mit der E-Mail.
Selbstverständlich stand auch Carlotta in seiner Kontaktliste, und es hatte schon auf Procida Abende gegeben, da haben sie sich scheinbar endlos in einem Chat unterhalten – dabei lagen

zwischen seinem Hotelzimmer und ihrem Zimmer gerade mal 600 Meter Luftlinie. Carlottas Eltern waren nach wie vor nicht begeistert von ihrer Beziehung, und dass sie täglich auch nach Feierabend im Hotel auftauchte, erschien sowohl Carlotta als auch Laurenz nicht unbedingt ratsam.
Auf Carlottas Empfehlung und dank einiger Tipps von ihr verfügte Laurenz Stadler jetzt sogar über eine eigene Adresse bei Skype. Das lernte er erst richtig zu schätzen, seit er wieder in Deutschland war. Unterhalten per Videotelefonie, ein Segen. Auf große Distanzen erschien ihm das Telefon, auch wenn es in einem so modernen Gewand wie Skype daherkam, die effektivste Methode, in Kontakt zu bleiben; mag sein, dass das altmodisch klang, ihm war es so am liebsten.
Doch die erweiterten Möglichkeiten der neuen Kommunikationstechnik bargen zugleich erweiterte Möglichkeiten, sich der Kommunikation zu entziehen.
Damit aber konnte er nicht richtig umgehen. Offenbar. Denn immer dann, wenn sich Carlotta einem Gespräch entzog, reagierte er verärgert. Sprachen sie dann wieder miteinander, lachte sie ihn regelrecht aus. Oder sie belehrte ihn, als wäre er ein kleines Kind. Ich bin dir doch nicht Rechenschaft darüber pflichtig, wo ich bin oder war, sagte sie dann. Und hatte natürlich Recht damit. Ich war gar nicht online, behauptete sie, und er konnte es natürlich nicht nachweisen. Jedenfalls wusste er nicht, wie das geht.
Wie vor ein paar Tagen. Er hatte sich abends in Skype eingeloggt, weil er Sehnsucht nach ihr hatte. Wie groß war die Freude, als er sie online sah. Wie groß war die Enttäuschung, als sie auf seine Nachrichten einfach nicht reagierte. War sie böse mit ihm? Hatte er etwas Falsches gesagt? War sie am Ende gar nicht am Rechner? Nach einer Weile hatte er es satt, zu betteln. Schließlich hat er sich wütend wieder ausgeklinkt. Die halbe Nacht konnte er nicht schlafen. Ein anderes Mal ein ähnliches Spiel bei Facebook. Sie unterhielten sich per Chat, er kam an einer Stelle ihrer Unterhaltung auf ihre Beziehung zu sprechen, wollte wissen, warum sie ihn nicht in Deutsch-

land besuchen wolle – obwohl sie noch Urlaub hat – und sie wich aus. Das heißt, sie ignorierte es. Schmollst du mit mir, wollte er wissen. Sie antwortete nicht. Wollen wir mal telefonieren, bot er ihr an. Das grüne Lämpchen hinter ihrem Namen erlosch, sie ging offline. Wieder stieg die stille Wut der Ohnmacht in ihm auf, und wieder konnte er die halbe Nacht nicht schlafen. Als er sie anderntags zur Rede stellen wollte, sagte sie, die Leitung sei plötzlich zusammengebrochen, es sei alles gut, ob er etwa einen Groll auf sie habe.
Kurz: Sie schwatzte manchmal daher, als sei sie ein kleines Mädchen. Das brachte Laurenz regelmäßig auf die Palme. Dieses Verhalten stand in so einem krassen Gegensatz zu ihrer Lebenstüchtigkeit und ihren klugen Entscheidungen im Alltag, dass es nervte. Er erinnerte sich an die heftige Grippe-Attacke, die ihn im August so erschreckt hatte, und bei der sie so umsichtig und pragmatisch reagiert hatte, als wären sie ein seit Jahren vertrautes Paar. Natürlich gehörten das nachpubertäre Geplapper und die rotzig-provokanten Ausfälle ebenso zu Carlotta, aber er hatte noch keine Strategie, mit ihnen umzugehen. Auch jetzt wusste er einfach nicht, was er machen sollte. Er war ein Getriebener in dieser Beziehung. Briefe oder Karten schrieb Carlotta nicht. Ihm blieb nur das Telefon, wobei man sagen muss, dass ihr Handy dauernd ausfiel und sie sich von ihm kein neues kaufen lassen wollte; ihm blieben die E-Mail und der Chat per Skype oder per Facebook. Sie bot ihm noch Instagram an, aber er war mit neuen Medien schon gut bedient, ja beinahe überfordert, und wollte sich nicht noch eine weitere Sache aufhalsen lassen, die seine permanente Aufmerksamkeit erforderte.
An diesem Morgen jedoch konnte die Nachricht nicht eindeutiger sein.
„Mein Geliebter,“ hatte sie ihm bei Facebook eine Nachricht hinterlassen, „ich wollte erst warten, bis ich ganz sicher bin. Jetzt bin ich es. Ein Wunder ist geschehen. Ich erwarte ein Kind. Ich liebe dich. Carlotta“. Die Nachricht war auf den Vorabend datiert, 23.35 Uhr. Eine Zeit, und das wusste Car-

lotta ganz genau, zu der Laurenz Stadler tief und fest zu schlafen pflegte. Und manchmal, auch das wusste sie selbstverständlich, schnarchte er dabei sogar.
Doch ihre Nachricht war nicht von der Sorte, die ihn irgendwie wütend machen konnte. Es war eine passende Nachricht, um sofort in Panik zu geraten. Carlotta! Das war wieder so typisch. So typisch Carlotta. Eine solche Meldung setzte sie per Facebook ab. Sie wusste genau, dass sie ihn nachts per Handy erreichen würde, wenn sie nur hartnäckig genug war. Stadler stürzte vom Schreibtisch zu seinem Bett, wo auf dem Nachtschrank sein Handy lag. Er wählte ihre Nummer, doch der Ruf ging ins Leere. Schließlich eilte er zum Schreibtisch zurück und antwortete bei Facebook, aber Carlotta war nicht online. Er loggte sich in Skype ein, aber dort war ihr Status auf „Beschäftigt" gesetzt. Er wusste, dass sie dann nicht über eintreffende Nachrichten informiert werden würde.
Carlotta war schwanger.
Er würde eine ganze Weile brauchen, um das zu verdauen. Nun starrte er zwei oder drei Minuten wie gelähmt auf den Bildschirm, der ihm die Neuigkeit so ungerührt und teilnahmslos präsentierte. Dann versuchte er es ein zweites Mal per Handy, allerdings gleichermaßen glücklos.
Unruhe packte ihn. Er sprang auf. Ich muss zu ihr, sagte er sich. Ich muss sofort zu Carlotta. In ihrem kleinen zarten Bauch wächst etwas von uns beiden.
Dann erschrak er und hielt inne. In ihrem kleinen zarten Bauch wuchs etwas. Und es würde ohne Zweifel größer und größer, und irgendwann würde es hinaus wollen. Und dann? Carlotta war so klein und so zart, er konnte sie sich gar nicht mit einem Schwangerschaftsbauch vorstellen. Und dann die Geburt erst. Das hält sie nicht durch.
Ich muss zu ihr. Sofort.
Wieder griff er zum Handy. Wieder versuchte er, seine Geliebte zu erreichen. Wieder klingelte es so lange, bis sich die Mail-Box meldete.
Wieder legte er verstört auf.

Was soll ich tun, fragte er sich, was soll ich bloß tun?
Doch nicht nur der Umstand, dass Carlotta nicht erreichbar war, machte ihn konfus. Auch der Gedanke an eine Vaterschaft drängte sich nach vorn. Er würde Vater werden. Vater. Das klang komisch. Und das klang danach, dass er sofort, auf der Stelle, Vernunft annehmen müsse. Rational und verantwortungsvoll müsste er jetzt sein. Eine Entscheidung fällen, nicht kopflos wie ein Huhn durch die Wohnung rennen. Was soll sein Sohn von ihm denken? Er würde Vater werden! Dabei wusste er nicht einmal, wie man Vater ist. Er hatte ja kein Vorbild.
Er musste sofort mit Carlotta sprechen. Bei Facebook und Skype war sie nicht online, eine Mail wäre viel zu lange unterwegs, bis sie Carlotta erreichte – was wusste er schon, wann sie das nächste Mal online gehen, ihren Mail-Account prüfen würde.
Die Uhr zeigte 8.35 Uhr.
Er tastete sich durch die Kontaktliste seines Handys. Böhringer stand ziemlich weit vorn. Laurenz Stadler hatte selbstverständlich die Privatnummer seines Chefredakteurs. Nicht nur, weil Böhringer bis zur Kündigung glaubte, dass sie wirklich enge Freunde waren. Auch, weil er als Desk-Chef zum engeren Führungskreis der Zeitung gehörte. Er zögerte, den Daumen über dem entsprechenden Feld. Er müsste nur noch das Display berühren, dann würde sein Handy ihn mit seinem Chefredakteur verbinden.
Reglos verharrte er, er wusste nicht, wie lange. Die Reaktion auf seine Kündigung war heftig gewesen. Böhringer hatte ihn anderntags noch vor der ersten Redaktionssitzung unter vier Augen dermaßen abgebürstet, dass mit ihm vermutlich noch immer kein konstruktives Gespräch möglich war.
Stadler war nicht ganz klar, was zu tun war. Fest stand: Er musste so schnell wie möglich zurück auf die Insel, zurück zu Carlotta. Um Urlaub würde er nicht bitten können. Zwar hatte er noch acht Tage seines Jahresurlaubs übrig, aber nichtsdestotrotz war er in einer Einarbeitungsphase. Es war nirgends

schriftlich festgelegt, aber er fühlte sich dennoch in einer Art Probezeit. Und Böhringer würde mit Sicherheit Nein sagen. Das würde Stadler an Böhringers Stelle übrigens auch tun. Man lässt niemanden in Urlaub, der gerade mal ein paar Wochen arbeitete, nachdem er sich drei Monate erholen konnte. Also kein Wort von Italien. Er würde einfach nur um ein paar freie Tage bitten. Drei freie Tage hatte er ohnehin noch auf seinem Konto. Vielleicht funktionierte es ja mit diesem Trick, vielleicht konnte er auf diese Art und Weise pokern. Paar freie Tage klang nicht so schlimm wie zwei Wochen Urlaub.
Stadler schaute noch einmal nach dem Status Carlottas bei Facebook und bei Skype. Unverändert. Auch auf dem Handy ging nur die Mailbox an. Verdammt. Er wurde langsam wütend. Sie muss doch damit rechnen, dass er sie erreichen will. Es gab nur eine Erklärung für dieses Verhalten: Sie wollte nicht mit ihm reden. Sie wollte ihm die Nachricht zukommen lassen und ihn dann allein lassen mit all seinen Fragen und seinen Gefühlen. Auch das war so typisch Carlotta.
Zögerlich tippte er auf dem Handy das B und das Ö in die Suchmaske seiner Kontaktliste. Sofort tauchte der Name auf. Und diesmal zog er es durch. Die Uhr zeigte 8.51 Uhr.
Der Chefredakteur nahm sofort ab.
„Wer stört?“, fragte er, fröhlich fast.
„Ich bin’s, Laurenz“, sagte Stadler.
„Weiß ich doch, hab doch deinen Namen längst gesehen. Was gibt es denn so Unaufschiebbares?“
Stadler wurde sofort misstrauisch. Böhringer hatte gute Laune. Irgendwie wäre es Stadler lieber gewesen, sein Chef hätte ihn angeknurrt.
„Jaaa“, sagte er gedehnt. „Es ist mir ja beinahe peinlich, aber bei mir hat sich da ein Problem aufgetan...“
„Ja, nun sag schon.“ Böhringer drängelte.
„Also kurz und gut: Ich brauche ein paar Tage frei.“
Ein paar Sekunden war Totenstille in der Leitung.
„Aber nicht jetzt!“ Jeglicher Frohsinn war aus Böhringers Stimme gewichen.
„Hör mal, es ist wirklich wichtig.“

„Daran zweifle ich nicht." Abwartende, aber distanzierte Sachlichkeit. Vielleicht, dachte Stadler, sollte ich mich wirklich von dem Gedanken verabschieden, dass das mein Freund ist.
„Nur ein paar Tage." Er hasste es, zu betteln.
„Ich sagte, jetzt nicht." Schneidende Schärfe klang da mit. „Du weißt genau, dass wir am Mittwoch das neue Online-Portal scharf schalten wollen."
Was habe ich mit dem neuen Online-Portal zu schaffen, dachte Stadler, sagte aber nichts.
„Und das geht dich sehr wohl was an. Du koordinierst den Nachrichtenfluss."
Als könnte er Gedanken lesen. Es würde nicht viel Sinn haben, weiter zu bitten. Böhringer wollte ihn in seiner Nähe haben und basta. Ob es nun für die Zeitung wichtig war oder nicht, ob nun Stadler gebraucht wurde oder nicht. Es war ein Sandkastenspiel. Böhringer hatte die Macht, also nutzte er sie. Stadler startete einen letzten Versuch.
„Irgendwie hat mir das mit der Kündigung mehr zugesetzt, als ich es glauben wollte. Mir geht es nicht so gut, ehrlich jetzt." Es war nie Stadlers Art, über irgendetwas zu jammern. Aber er hatte keine Karten mehr. Und offenbar die falsche gespielt.
„Jetzt pass mal auf, mein Freund!" Böhringers Stimmer bekam einen drohenden Beiklang. „Du willst doch nicht etwa halbe Kraft fahren, so nach dem Motto: Meine Tage sind sowieso gezählt. Bis zum letzten Tag, du hast es mir versprochen."
„Und dabei bleibt es auch. Du wirst mir doch nicht etwa unterstellen wollen ..."
„Gar nichts will ich dir unterstellen. Ich will nur klarstellen. Und jetzt schwing deinen Arsch in die Redaktion. Wir haben viel zu tun."
Böhringer legte auf, ohne eine weitere Antwort abzuwarten, und Stadler starrte entgeistert auf das Telefon. „Schwing deinen Arsch" – das war ja fast Studentenjargon. Wo blieb da der stets überkorrekte Chefredakteur?

Egal. Er musste nach Procida. Nun war er froh, mit Böhringer keinen Klartext geredet zu haben.
Jetzt ging es nur noch darum, einen Weg zu Carlotta zu finden.
Mir geht es nicht so gut. Hatte er nicht selbst gerade schon im Gespräch die Lösung aufgezeigt? Dann geht es mir eben noch schlechter, dachte er trotzig.
Der Name Horstmann fiel ihm plötzlich ein. Dr. Andreas Horstmann. Der Allgemeinmediziner hatte ihn vor Jahren einmal behandelt wegen des Verdachts auf Depressionen. Stadler hatte sich damals das eingefangen, was er heute leise lächelnd einen „Herbstblues" nannte. Er war ohne erkennbaren Grund verstimmt und traurig, war ständig müde und antriebslos, atmete nur noch ganz flach und musste sich regelrecht ans Atmen erinnern. Horstmann hatte ihn gründlich untersucht und befragt, ihn dann für zwei Wochen aus dem Verkehr gezogen und ihm leichte Antidepressiva sowie kleine Spaziergänge verordnet. Stadler konnte sich nicht mehr genau erinnern, ob er damals Ärger mit seiner Mutter hatte, aber wegen irgendetwas hatte er ja immer Ärger mit seiner Mutter. Doch er wusste noch genau, dass er die Antidepressiva nach einer Woche weggeworfen hatte, und dass aus den leichten Spaziergängen ausgedehnte Märsche durch bevorzugt menschenleere Landschaften wurden. Das und die Sonne, die er dabei reichlich genoss, kurierten ihn schnell.
Laurenz Stadler war kein Mensch, der krank wurde. Er hatte schon frühzeitig beschlossen, dass er mit den Wochen und Monaten an Klinikaufenthalten schon in jungen Jahren, mit der jahrelangen Behandlung seiner Finger und Hände sein Soll an Krankheiten erfüllt hatte. Deswegen war er auch nur ein seltener Gast bei Dr. Horstmann. Der fragte ihn regelmäßig nach seinen nicht vorhandenen Depressionen, prüfte per Bluttest ab und an mal einen möglichen Rheuma-Status, weil er sich um Stadlers Hände sorgte, und nahm an ihm in Zwei- oder Drei-Jahres-Abständen, immer während Stadlers „Heimaturlaub" all die Vorsorgeuntersuchungen vor, die man alten Männern in der Regel anempfiehlt.

Doch, Dr. Horstmann würde ihm sicherlich weiterhelfen können. Sofern er noch praktizierte, Stadler war seit zwei Jahren nicht mehr bei ihm gewesen.
Vor ungefähr zwei Jahren hatte er auch aufgehört, sein kleines Telefonregister zu aktualisieren, das er neben einem Notizbuch stets bei sich trug. Kollegen hatten schon gewitzelt, wenn er das abgegriffene Büchlein herauszog, um sich eine Nummer zu notieren. Giuseppe war es dann, der ihm gezeigt hatte, wie bequem man eine Kontaktliste im Handy anlegt. Ohne Radiergummi, ohne Tipp-Ex und immer in der richtigen Reihenfolge aufgelistet. Doch in seinem Handy fand sich Horstmann nicht – er hatte die Nummer einfach nicht übertragen. Und ein gedrucktes Telefonbuch gab es in seinem neuen Münchner Haushalt noch nicht.
Aber der Rechner war noch an, und bei der Suche nach Horstmann wurde er rasch fündig. So häufig war der Name in München nicht. Die Schwester hatte er inzwischen gewechselt, es war eine junge Stimme, die ihm verkündete, dass er heute nicht mehr mit einem Termin rechnen könne, und dass er, wenn es akut sei, doch bitte die Notfallambulanz des nächsten Krankenhauses aufsuchen möchte. Er brauchte ein wenig Überredungskunst, bis sie ihm wenigstens mit gnädiger Stimme gestattete, sich auf gut Glück in die Nachmittagssprechstunde zu setzen.
Er nahm seinen E-Book-Reader mit. Zwar mochte er Bücher lieber in Papierform, aber er schätzte inzwischen die Möglichkeit, quasi eine ganze Bibliothek in der Jackentasche mitführen zu können. Zumal es die meisten Klassiker und auch viele moderne Literaten für kleines Geld oder ganz umsonst gab. In Wartezimmern erwies sich der Reader gleich in mehrerlei Hinsicht als nützlich. Zum einen gehörte das dort ausliegende Illustrierten-Material nicht zu Stadlers bevorzugter Lektüre – mit einer Autozeitschrift konnte er ebenso wenig anfangen wie mit einem Frauenheft –, zum anderen mochte er die Zeitschriften nicht anfassen, weil er in Wartezimmern immer leichte bakteriophobe Anwandlungen bekam. Er

zuckte schon zusammen, wenn einer der anderen Wartenden geräuschvoll hustete oder sich ungeniert schnäuzte. Bloß nicht anstecken, er wollte ja gesund bleiben.
Nun, beim Anblick der rund 20 Patienten, die in Dr. Horstmanns Praxis auf ihre Behandlung warteten, seufzte Laurenz Stadler leise auf, suchte sich, nachdem er sich bei der hochmütigen Schwester angemeldet hatte, eines der wenigen freien Plätzchen, zog seinen Reader aus der Tasche, schaltete ihn ein und las.

Als Esther diesen furchtbaren Spruch vernahm, der in einem einzigen Wort – und was für einem Wort, begleitet von was für einem Tonfall! – Ausdruck fand, fühlte sie sich von einem nicht unberechtigten Mißtrauen ergriffen. Dieses Wort wirkte wie ein Donnerschlag, der ein ausbrechendes Gewitter verrät.

„Glanz und Elend der Kurtisanen“. Stadler wusste nicht, ob er sich wirklich vornehmen sollte, die ganze „Menschliche Komödie“ zu lesen, aber Giuseppe hatte ihm „Verlorene Illusionen“ empfohlen, und die „Kurtisanen“ nahmen den Faden der Geschichte um den jungen Dichter Lucien wieder auf. Mit der Lektüre dieser beiden Bücher hätte er sich zumindest einen Überblick über das Kernstück der „Menschlichen Komödie“ verschafft.
Doch heute wollte es Stadler nicht gelingen, sich aufs Lesen zu konzentrieren. War von Esther die Rede, sah er Carlotta vor sich, die im Buch heraufbeschworene Katastrophe schien seine ganz persönliche Katastrophe zu sein, ja, alsbald merkte er, dass er sich von der Schwangerschaft seiner Freundin gleichermaßen emporgehoben und bedroht fühlte.
Das Warten wurde zu einer Quälerei. Mehr als zwei Stunden saß Stadler in dem Wartebereich und noch immer kamen neue Patienten herein. Die Luft war verbraucht, doch als er ein Fenster öffnen wollte, wies ihn die Schwester mit knappen Worten scharf zurecht. Er möge bitte Rücksicht auf die

anderen Patienten nehmen, denen vielleicht nicht so warm war wie ihm. Einigermaßen entgeistert setzte er sich wieder hin. Man darf sich nicht wundern, wenn Patienten erkrankt vom Arzt wiederkommen, offenbar hielt man Sauerstoff hier für eine Art Gift.
Als endlich sein Name aufgerufen wurde, musste er sich keine Mühe geben, blass und kränklich auszusehen – er hatte inzwischen tatsächlich Probleme mit der Atmung.
Dr. Horstmann nickte ihm knapp zu und bedeutete ihm, Platz zu nehmen. Dann blätterte er scheinbar ziellos in Stadlers Krankenakte.
„Nun, Herr Stadler", begann er dann fast fröhlich, „gesund sieht anders aus. Sie waren lange nicht hier. Was haben wir denn? Sind es wieder die Finger oder die Depressionen?"
Stadler atmete tief ein.
„Ich denke, eher Letzteres."
„Hm, hm, schön, schön ... Ist denn etwas Akutes vorgefallen, irgendein Ereignis, an dem wir Ihre, nun ja, Ihre Verstimmung festmachen können?"
„Eigentlich nicht."
„Und seit wann fühlen Sie sich depressiv?"
„Schon eine ganze Woche bin ich so antriebslos, so interesselos, ich könnte den ganzen Tag nur schlafen." Stadler log ein wenig, er passte die Symptome dem gewünschten Krankheitsbild an.
„Nun, wir haben Ende Oktober. Es gibt viele Patienten mit leichten Depressionen, denen es im Herbst schlechter geht, wissen Sie. Wir sollten die Sache beobachten. Aber ich will mir Sie dennoch genauer ansehen, um andere Erkrankungen ausschließen zu können."
Stadler machte wortlos den Oberkörper frei, ließ die Untersuchung kommentarlos über sich ergehen und antwortete geduldig und meist wahrheitsgemäß auf die Fragen des Arztes.
„Nun ja", sagte der, als sich Stadler das Hemd wieder zuknöpfte. „Wir hatten das auch schon mal, dass Sie den Über-

gang vom Stress der Arbeit auf die Ruhe des Urlaubes nicht gut vertragen haben, Sie erinnern sich?“
Stadler winkte ab.
„Ich bin nicht auf Urlaub, ich arbeite wieder in München.“
„Das ist aber schön“, sagte Dr. Horstmann, und Stadler fragte sich, inwiefern und für wen das schön sei.
„Ich denke, ich schreibe Ihnen das Mittel auf, das Sie beim letzten Mal hatten – damit haben wir ja gute Erfahrungen gemacht. Und ich werde Sie zwei Wochen aus dem Verkehr ziehen. Das dürfte genügen.“
Stadler druckste herum.
„Nein, nein“, sagte der Arzt, ohne aufzublicken. „Ich kann mir schon denken, was Sie wollen. Aber es ist wirklich besser, Sie aus dem Arbeitsprozess herauszuholen. Sie müssen sich erholen, müssen auf andere Gedanken kommen.“
„Sagen Sie, bestehen ihrerseits Einwände gegen eine kleine Reise?“ Stadler hielt fast die Luft an.
„Reise? Ein kleiner Urlaub. Ja, tun Sie das ruhig, das wird Sie ablenken.“
„Auch ins Ausland?“
„Nun, einen längeren Flug würde ich Ihnen aber nicht empfehlen ...“
„... ich meine Italien.“
Der Doktor schaute auf und lächelte.
„Ah, Bella Italia. Sie haben wohl Sehnsucht, was?“ Dann dachte er einen Moment nach. „Doch, wenn Ihnen die Fahrt nicht zu anstrengend ist. So ein goldener Herbst am Gardasee ... da bekommen Sie auch noch eine ordentliche Portion Sonne ab, das wirkt in Ihrem Zustand mit Sicherheit stimmungsaufhellend. Da habe ich nichts dagegen.“
„Danke, Doktor.“ Stadler stand auf und reichte dem Arzt die Hand. „Ich glaube auch, dass dies genau das Richtige für mich ist.“
Draußen an der frischen Luft, nach den ersten zwei, drei tiefen Atemzügen, fing Laurenz Stadler an, vergnügt zu pfeifen. Wieder musste er über die Fußgängerbrücke, die über die

Bahngleise führte. Er blieb auf halbem Wege stehen und beobachtete die Züge, die aus dem Bahnhof kamen beziehungsweise in Richtung Bahnhof rollten. Abflugsatmosphäre. Vorfreude kam auf. Gleich, wenn er in seiner Wohnung war, wollte er den Koffer packen – und dann ab nach Procida. Er griff in die Hosentasche und zog den Tabaksbeutel mit den Murmeln hervor. Er hatte sie lange nicht gezählt, aber wenn er nicht irgendwann schusseligerweise vergessen hatte, eine Mittwochs-Murmel zu entnehmen, dann müssten es noch genau 26 Stück sein. Eine Murmel werfen? Warum? Er wird Vater. Er würde einen Sohn bekommen. Oder eine Tochter. So groß war der Unterschied nicht. Er hatte eine neue Aufgabe. Und da war etwas, was bleiben würde, wenn er dereinst ginge. Hoffentlich nicht so bald. Er ließ die Murmeln aus dem Säckchen in seine Hand rollen, ja, es genügte schon eine Hand, um die restlichen Murmeln zu halten. Dann holte er weit aus und warf sie in hohem Bogen über die Schutzwand aus Acrylglas auf die Gleise.

„Na hören Sie mal!“, empörte sich eine Frau, die gerade mit dem Fahrrad vorüberfuhr und ins Schwanken geriet, als sie sich nach Stadler umblickte.

„Und Sie dürfen hier nicht Rad fahren, das ist eine Fußgängerbrücke“, rief er ihr hinterher. Aber es klang nicht böse, eher fröhlich. Kopfschüttelnd rollte die Frau weiter.

Auch nachdem er von seiner Wohnung aus Böhringer angerufen hatte, pfiff er noch heiter vor sich hin, wenngleich ein wenig leiser. Sein Chefredakteur hatte getobt und geflucht, es aber nicht gewagt, ihm irgendeine Absicht zu unterstellen. Je mehr sein Chef die Kontrolle verlor, desto ruhiger wurde Stadler bei dem Gespräch. Am Ende hatte er nur noch geschäftsmäßig angekündigt, den Krankenschein per Post schicken zu wollen. Und diesmal war es Stadler, der das Gespräch unangekündigt beendete.

31. Kapitel

Laurenz Stadler musste sich den Wecker ungewöhnlich früh stellen. Schon vor neun ging seine Maschine vom Flughafen München-Erding. Er hatte die Air Italy mit einmal Umsteigen in Mailand gewählt. Die Lufthansa bot zwar Direktflüge an, aber das zu Preisen, für die man auch günstig bis nach New York käme. Er hatte Glück mit dem Flieger, sein Sitzplatz war der vor einem Notausgang, sodass er sich über genügend Beinfreiheit freuen konnte.

Sollte ich eigentlich ein schlechtes Gewissen haben, fragte sich Stadler. Seit Jahrzehnten hielt er seiner Zeitung die Treue. Seit Jahrzehnten verhielt er sich loyal – nicht nur seinem Arbeitgeber gegenüber. Kaum, dass er sich erinnern konnte, mal einen Tag krank gewesen zu sein. Und seine Loyalität Böhringer gegenüber reicht bis in die Studentenzeit zurück, bis weit vor seinem Start bei der Zeitung, schließlich, Böhringer war sein Freund. Dass er später sein Chef wurde, hatte an Stadlers Loyalität nichts geändert, hatte sie eher noch verstärkt. Gerade, weil er wusste, dass Böhringer im Falle eines Falles stets hinter ihm stand, stand er, Stadler, auch fest hinter Böhringer, ja, er hatte ihn schon das eine oder andere Mal gegen Kritik der Kollegen verteidigt. Sogar gegen berechtigte Kritik. Und nun? Nun hinterging er ihn. Nun hatte sich Stadler nach einem Streit einen Krankenschein besorgt, um seine Interessen durchzusetzen. Das war in höchstem Maße illoyal. Andererseits – nicht nur Böhringer hatte sich verändert, nicht

nur der Zeitungsverlag war schon lange nicht mehr der, für den Stadler gerne kämpfte. Auch er selbst war nicht mehr derselbe, der er noch vor ein paar Jahren gewesen war. Was heißt Jahre? Monate. Nein, Wochen. Die Prioritäten in seinem Leben hatten sich verschoben, er dachte eben nicht mehr von Beitrag zu Beitrag, er hatte plötzlich ein Privatleben, das sich nicht immer den betrieblichen Belangen unterordnen ließ. Nein, beschloss Stadler für sich und beinahe trotzig, nein, er müsse kein schlechtes Gewissen haben. Zumal sich der Schaden für die Zeitung in Grenzen halten würde. Die Kollegen am Newsdesk würden wie immer eine ordentliche Arbeit abliefern, völlig egal, ob ihr Sklaventreiber im Glaskasten säße oder nicht. Und würde er tatsächlich fehlen, wenn Böhringer das neue Online-Portal scharf schaltete. Dazu brauchte man ihn nun wirklich nicht.
Ab Mailand war es mit der Gemütlichkeit vorbei. Schon beim Check-in hatte Stadler das Gefühl, im Flugzeug wären nur noch Stehplätze frei. Schließlich saß er eingeklemmt zwischen einem dicken Herrn, der von einer Messe kam, und einer ebenso dicken Frau, die offenbar unter schlimmer Flugangst litt. Sie hyperventilierte und griff mehrmals nach Stadlers Handgelenk, um sich gleich darauf dafür zu entschuldigen.
Der *Alibus*, der den Flughafen Neapel-Capodichino mit dem Hauptbahnhof im Herzen der Stadt verband, fuhr pünktlich, blieb dann aber auf der Corso Malta im Verkehr stecken und sein Vorortzug nach Pozzuoli war weg.

Er nahm das *Traghetto*, das um 16.30 Uhr in Pozzuoli ablegte. Seine erste Überfahrt auf die Insel war noch nicht einmal ein halbes Jahr her, dachte er, als er aufs Oberdeck stieg und sich den Wind um den Kopf blasen ließ. Die Luft war immer noch mild, doch Touristen sah er auf der Fähre überhaupt keine. Das war im Juli noch ganz anders gewesen. Im Juli. Seither war so viel geschehen. Im Juli hatte er weder die Insel gekannt noch Carlotta. Mauros Laden hatte in Stadlers Universum noch nicht existiert. Und inzwischen war ihm sogar

Paolo Tozzi, den er nicht mehr kennenlernen durfte, nähergekommen, erschien ihm wie ein väterlicher Freund.
Er erinnerte sich nicht nur an die Fahrt und an den Soldaten und an den kleinen Jungen, mit dem er sich beinahe angefreundet hatte. Er erinnerte sich vor allen Dingen an dessen Mutter, die junge schöne Schwangere. Nicht eine Sekunde hätte er damals geglaubt, dass er in seinem Leben noch einmal irgendetwas mit Schwangerschaften zu tun haben würde. Und nun war er gewissermaßen selbst schwanger. Aber er war sich, wie so oft, seiner Gefühle nicht sicher. Freute er sich auf das Kind oder freute er sich nicht? Diese Frage hatte nichts mit der nach der Verantwortung dafür zu tun. Er wusste nur nicht, ob ein Kind für ihn das Richtige sein würde, ja, er wusste nicht einmal, ob ein Kind für Carlotta das Richtige sein würde. Sie war noch so jung und oft selbst so kindisch. Auf jeden Fall hatte die Ankündigung, dass sich neues Leben in ihrem zarten Bauch regte, dafür gesorgt, dass er mit dem seinen nicht mehr haderte. Die Glasmurmeln waren vergessen, auch die Gedanken an ein nasses kaltes Grab im Mittelmeer.
Die Insel, das war schon klar, würde bei seiner erneuten Ankunft auf jeden Fall nicht mehr so sein, wie er sie verlassen hatte. Als die Fähre um das *Capo Miseno* herumkurvte und sich die Silhouette von Procida vor dem dunklen Bergmassiv der großen Schwester Ischia abzeichnete, bekam Stadler für einen kleinen Moment so etwas wie Heimweh. Ein gutes Zeichen? War Zuhause da, wo die Familie war? Und hatte er jetzt wieder ein Zuhause, jetzt, wo seine Liebste sein Kind erwartete?
Er sah sich auf der Fähre um und musterte ganz unverhohlen seine Mitreisenden, gerade so, wie er es bei seiner ersten Überfahrt auch getan hatte. Sie alle waren unterwegs, sie alle hatten eine Geschichte, sie alle hatten etwas auf dieser Insel zu tun. Es waren unsichtbare Fäden, die die Menschen auf dieser Fähre mit dem winzigen Eiland da hinten verbanden. In den Memoiren von Paolo war diese Fähre ebenfalls mehrmals ein Thema gewesen. Das erste Mal, als er über seinen

Lehrer sprach, der täglich vom Festland rüber auf die Insel gefahren kam. Die Bedeutung dieser Fähre wurde Stadler erst jetzt so richtig bewusst. Sie war seit Generationen der Ort, an dem sich die Gedanken sammelten und ganz auf die kleine Insel fokussiert wurden. So wie jetzt bei ihm. Abschied vom Festland, hin zu der kleinen, überschaubaren Welt mit ihren ganz eigenen Freuden und Sorgen.
Laurenz Stadler hätte das kleine Schiff am liebsten anschieben mögen. Alles ging ihm zu langsam, dieses Drosseln des Motors, das gemächliche Dahingleiten auf die Anlegestelle zu, das Wendemanöver, der Gegenschub. Er wollte rasch zu Carlotta eilen, sie in den Arm nehmen und ihr das zweitägige Schweigen verzeihen, auch wenn er ihr im Grunde seines Herzens deswegen grollte. Aber er würde es nicht fertigbringen, ein böses Wort zu sagen, er wollte nur noch seine Geliebte halten und den Duft ihres Haares und ihrer Haut riechen. Seine Frau. Sein Kind.
Dabei – eigentlich brauchte er nichts dringender als ein Bett. Die Nacht hatte Stadler kaum geschlafen. Die Gewissheit, früher als sonst aufstehen zu müssen, die kleinen, lächerlichen Ängste, ob auch Busse und Bahnen pünktlich fuhren, damit er auf gar keinen Fall seinen Flieger verpasste. Dann das nervöse Warten vor dem Check-in; Stadler war so zeitig gefahren, dass er in Erding noch mehr als eine Stunde Aufenthalt hatte – das alles hatte an seinen Nerven gezerrt, die ohnehin dieser Tage nicht die besten waren.
Mit einem sanften Ruck legte das *Traghetto* im Hafen an. Ein Bootsmann entriegelte das kleine Schiebegitter, das den Weg auf den Anleger frei gab. Stadler packte seinen Rollkoffer und ging an Land. Diesmal stand niemand da, der ihn willkommen heißen wollte.
Dafür war er sich sicher, dass das Hotel ein freies Zimmer für ihn haben würde. Um diese Jahreszeit war die Saison auf Procida längst beendet.

Der Portier war schon zum Kofferraum geeilt, als Laurenz aus dem Taxi stieg. „Signor Stadler", rief er freudig erregt, um sich gleich darauf die Hand erschrocken vor den Mund zu schlagen.
Stadler lächelte arglos.
„Carlotta ist nicht da", entfuhr es dem Rezeptionisten. „Sie ist im Urlaub."
Stadler blieb eine Sekunde wie angewurzelt stehen.
„Ich weiß", sagte er dann, wusste aber im selben Moment, dass es unsicher klang. In ihm baute sich eine stille Wut auf. Doch der Portier schien davon nichts zu bemerken. Zu dessen Beruhigung genügte es, dass sein Gast vom Urlaub seiner jungen Freundin wusste. Er zog den Koffer in das dunkle Foyer, das im Sommer stets eine angenehme Kühle spendete.
„Wollen Sie wieder Ihr Zimmer", fragte er, als ob Stadler ein prominenter Dauergast war, der ein ganz selbstverständliches Anrecht auf „sein Zimmer" habe.
„Das wäre schön", sagte Stadler und fürchtete sich vor der nächsten Frage. Es würde die nach der voraussichtlichen Dauer seines Aufenthaltes sein, und er hatte keine Ahnung, was er darauf antworten sollte. Wie lange wollte er bleiben? Wie lange würde er bleiben, wenn Carlotta gar nicht auf der Insel war? Wenn die Italiener vom Urlaub als der *Vacanza* reden, dann meinen sie nicht nur ein, zwei freie Tage. Andererseits konnte er sich auch nicht vorstellen, dass Carlotta verreist war. Sie hatte, so gut kannte er sie immerhin schon, die Insel in ihrem ganzen Leben erst drei- oder viermal verlassen. Und in ihrem Zustand erschien es nicht sehr wahrscheinlich, dass sie die Reiselust gepackt hätte. Viel wahrscheinlicher erschien Stadler die naheliegendste Antwort: Carlotta hat sich bei ihren Eltern verkrochen, muss sich erst in die neue Situation hineinfinden. Er würde ihr dabei helfen. Und er beschloss, dabei sehr feinfühlig zu sein, auch wenn er selbst noch keine genaue Vorstellung hatte, was die Gestaltung der gemeinsamen Zukunft betraf. Die Vaterschaft war das eine, eine Familie zu gründen etwas ganz anderes. Und auf die Frage, wo

sie wohnen sollten – bei ihrem letzten Streit die Kernfrage überhaupt, hatte er noch immer keine Antwort.
Doch der Hotelangestellte wollte nicht wissen, wie lange er bliebe. Er stellte überhaupt keine weiteren Fragen. Er schaute etwas in seinem Computer nach, füllte dann das Anmeldeformular für Stadler selbst aus, drehte es einfach um und schob es Stadler zur Unterschrift hin. Dann stellte er ein Schild mit der Aufschrift *Torno subito* auf den Tresen, eilte um diesen herum, griff sich wieder Stadlers Koffer und ging voraus.
Der Anblick seines alten Zimmers berührte Laurenz Stadler auf eine ganz eigentümliche Art. Er fühlte sich auf Anhieb heimisch, mehr als er es in seiner Übergangswohnung in München je sein konnte. Er strich mit den Fingern über die alten Möbel, und er empfand beinahe eine fast kindliche Freude, als er feststellte, dass die Schranktüren noch immer klemmten und sich seit dem Sommer noch kein Installateur an der klapprigen Toilettenspülung zu schaffen gemacht hatte.
Er legte sich auf das Bett, nicht zu hart, nicht zu weich, woran sich sein Rücken augenblicklich erinnerte, und war innerhalb von einer Minute eingeschlafen. Die Strapazen der langen Reise hatten ihm doch mehr zugesetzt, als er sich selbst eingestehen würde. So viel zum Thema alter Mann, das war sein Gedanke, bevor er in einen tiefen Schlaf hinüberglitt.
Im Traum führte er ein heftiges und bösartiges Streitgespräch mit seinem Chefredakteur. Böhringer hatte erfahren, dass Stadler seine Krankschreibung nur vortäuschte, um seine privaten Probleme zu klären. Er tobte und brüllte und sprach Stadler schließlich eine fristlose Kündigung aus. Keine Abfindung, kein Gehalt, keine Rente ... Und der Rechtsanwalt, an den sich Stadler wegen einer Kündigungsschutzklage wandte, machte ihn restlos fertig. Mit Simulanten wie dir kann man kein gesundes Unternehmen führen, an solchen Typen krankt die ganze Gesellschaft, hatte er Stadler angebrüllt. Dabei wuchs er immer mehr, der Oberkörper beugte sich schon unter der Zimmerdecke, der Mund in dem hochroten Gesicht wurde immer größer und aus den Mundwinkeln troff der

Geifer. Schweißnass und mit rasendem Herzen war Stadler aufgewacht und hatte sich geschüttelt. Immer diese existenziellen Ängste. Doch er durfte nicht damit rechnen, dass sich seine Zukunftssorgen verkleinerten, jetzt, wo er sich um eine kleine Familie, um seine kleine Familie kümmern musste. Er nahm eine heiße Dusche und hoffte, mit dem Angstschweiß auch diese negative Gedankenspirale wegspülen zu können. *Tutto andrá a Posto*, sagte Giuseppe immer. Alles kommt auf seinen Platz, alles wird gut.
„Hoffentlich", murmelte Stadler, als er sich abtrocknete.

Der Wind, der schon am Nachmittag beständig vom Meer auf die Insel wehte, ließ ahnen, dass der Abend empfindlich kühl werden würde. Dennoch wartete Stadler, bis es dämmerte, bevor er sich anzog, sich einen dünnen Mantel über den Arm warf, seinen Hut aufsetzte und sich auf den Weg zum Elternhaus von Carlotta machte.
Carlottas Eltern konnten ihn nicht leiden. Sie hatten es ihm nie gesagt, auch nicht Carlotta, nein. Es war etwas Ablehnendes weniger in dem, was sie sagten oder taten, sondern vielmehr in dem, wie sie es sagten oder taten. Laurenz hatte nur wenig Kontakt mit ihnen, aber sie gaben ihm stets das Gefühl, nicht dazu zu gehören, das Gefühl, es ihnen nie recht machen zu können, das Gefühl, unwillkommen zu sein. Aus seinem Munde hätten sie wohl selbst die Behauptung angezweifelt, dass Procida eine Insel sei. Bei Tisch waren die Eltern höflich, schlossen ihn aber aus den Gesprächen aus. War er auf Carlottas Zimmer, so verhielten sich die Eltern ruhig, was ihn ab und zu auf die eigentlich abwegige Idee brachte, die Eltern könnten sie belauschen. Er war sich sicher, dass das nicht stimmte, aber es war eine verdächtige Stille im Haus, ja eine vorwurfsvolle. Carlottas Zimmer war auch der einzige Ort in dem Haus, an dem er sich geborgen fühlte und auch das nur, wenn sie bei ihm war. Es war eine seltsame Geborgenheit, eher die einer Studentenbude als die eines wirklichen Zuhauses. Schon hinter der dünnwandigen Zimmertür begann für

ihn eine feindlich gesinnte Welt. Sicher fühlte er sich nur in ihren Armen.
Eine merkwürdige Stille herrschte auch heute in der Via Vittorio Emmanuele, in der das Häuschen der Familie Petacchi stand. Obwohl es sich um die längste Straße der Insel handelte, schien sie heute für den Verkehr gesperrt. Keine knatternden Roller, nicht einmal einen Radfahrer oder einen Fußgänger konnte Stadler ausmachen. Offensichtlich war der November auch auf der kleinen Insel ein Monat der Stille. Sicherlich empfanden die Einwohner die frühe Dunkelheit und die für süditalienische Verhältnisse niedrigen Temperaturen ebenso trist, wie die Deutschen die kahlen Bäume, die Stürme und den ersten Schnee, der einen langen Winter ankündigte.
In die steinerne Säule neben dem schmiedeeisernen Tor war eine kleine runde Messingklingel eingelassen. Stadler erinnerte sich, wie er das erste Mal scheu auf den verbeulten Knopf gedrückt hatte. Tief hinein musste man ihn drücken, sonst schloss der Kontakt nicht. Wenn man Pech hatte, dann klemmte der Knopf am Gehäuse und das Klingeln wollte und wollte nicht aufhören. Einmal war ihm das passiert, und Carlottas Vater hatte mit einer Pappe zwischen Glocke und Klöppel aus dem Klingeln ein ersticktes Schnarren gemacht, bevor er mit einem schon bereitliegenden Schraubenzieher den Knopf wieder aus dem Gehäuse befreite. Sicher nicht das erste Mal – der Knopf war schon ganz schartig. Repariert wurde er dennoch nicht. Es dauerte eine Weile, bis Carlottas Mutter angeschlurft kam. Sie war deutlich jünger als Stadler, bewegte sich indes schon wie eine alte Frau, den Rücken immer leicht gebeugt wie unter einer unsichtbaren Last.
Sie öffnete die Tür und richtete sich ein Stück auf, als sie Stadler sah. Sie war überrascht.
Er hatte nicht wirklich eine herzliche Begrüßung erwartet, aber wenigstens einen höflichen Gruß, mochte er auch nicht aufrichtig gemeint sein. Doch nicht einmal das hatte sie für ihn übrig.
„*Allora*“, sagte sie nur, und der Tonfall ließ offen, wie sie das meinte.

„Carlotta ist nicht da."
„Ich freue mich auch, Sie wiederzusehen, Signora Petacchi", antwortete Stadler mit Höflichkeit. So leicht würde er sich nicht ins Bockshorn jagen lassen. „Wo ist Carlotta denn hin?"
Die Mutter zuckte mit den Schultern.
„Das hat sie mir nicht verraten. Sie ist ja schon erwachsen." Dabei betonte sie das Wort „erwachsen" so, als wolle sie es ins Lächerliche ziehen.
Stadler reagierte nicht.
„Sie hat uns ja auch nichts verraten, als sie mit Ihnen ein Verhältnis angefangen hatte." Nun klang das Wort „Verhältnis" so, wie zuvor das Wort „erwachsen".
„Signora Petacchi, ich versichere Ihnen, ich hatte nur die besten Absichten."
Die Mutter lachte bitter auf.
„Beste Absichten, so so. Das hat ja auch funktioniert. *Sie* haben ja offensichtlich Ihren Spaß gehabt." Sie verschränkte die Arme vor der Brust.
Er schüttelte den Kopf.
„Mit Verlaub, aber ich glaube, Sie wollen das nicht verstehen, Signora Petacchi. Ich liebe Ihre Tochter und sie liebt mich."
„Weiß meine Tochter auch davon?" Eisige Ablehnung schlug ihm entgegen. Dieses Gespräch würde keinen Sinn ergeben, egal, wie viel Mühe er darauf verwenden würde.
„Fragen Sie sie doch", gab er zurück, besann sich dann aber wieder auf einen freundlichen Ton. „Signora Petacchi, Carlotta ist kein Kind mehr. Sie kann gut für sich alleine entscheiden."
„Das habe ich gemerkt", sagte die Mutter und schnaubte. „Jedenfalls, sie ist nicht da, und ich habe nichts mit Ihnen zu schaffen. Ist sonst noch etwas?"
„Danke für den freundlichen Empfang", sagte Stadler und wandte sich ab. Nachdem er hörte, wie die Tür ins Schloss fiel, drehte er sich wieder um. In Carlottas Zimmer brannte kein Licht. Aber die Gardine bewegte sich. Er blieb mitten

auf der Straße stehen und starrte diese Gardine an. Er fühlte sich benommen.
Wie geht es nun weiter, was soll nun werden, fragte er sich. Er könnte die Straße ein Stück hinuntergehen und von der nächsten Ecke aus spähen, ob das Licht in Carlottas Zimmer wieder angeht. Aber dabei käme er sich kindisch vor.
Stadler machte kehrt und trottete den Weg in Richtung Hotel zurück. Er fühlte sich gedemütigt. An der nächsten Ecke bekam er Begleitung. „Maaoooo", machte es lang und klagend auf der anderen Straßenseite. Eine Katze löste sich aus dem Schatten und kam mit steil aufgerichtetem Schwanz zu ihm herüber.
„Na, Micio, haben sie dich auch nicht reingelassen?", fragte Stadler. Er bückte sich, um das Tier zu streicheln. Doch die Katze zierte sich. Leichtfüßig lief sie ein paar Meter vor und rieb ihren Körper an einer Steinsäule. Stadler ging auf sie zu, da huschte sie wieder weg. Und ein drittes Mal: Fast bis auf Armlänge ließ sie Stadler herankommen, bettelte mit ihrem dumpfen Maunzen um Zärtlichkeit, um dann wieder vorauszulaufen. War sie wirklich so schüchtern oder spielte sie ein Spiel mit ihm?
Stadler wusste genug über die Neugier und das Zärtlichkeitsbedürfnis von Katzen, um sich nicht an der Nase herumführen zu lassen. Er wechselte die Straßenseite, überholte die Katze, ohne sie zu beachten, und setzte sich schließlich auf einen Mauersockel. Von der Katze war nichts mehr zu sehen.
„Na, Micio, bist du noch in meiner Nähe", fragte er wie im Selbstgespräch. „Maaoooo", machte es nur wenige Meter entfernt. Langsam kam die Katze angeschlichen. Die Neugier siegte über die Scheu. Als er sie dann hinter den Ohren kraulte und auf der Stirn, schnurrte sie laut und behaglich. Immer wieder strich sie um seine Beine, rieb sich an ihm und konnte nicht genug Streicheleinheiten bekommen.
„Na dich haben sie ja vernachlässigt, du kleine Stromerin", sagte Stadler halblaut. Aber vielleicht hatte sie ja auch gar kein Zuhause, vielleicht war sie ja das Tier, das er schon im

August oben auf der *Terra murata* beobachtet hatte. Katzen sind freiheitsliebend, das hielt Stadler für die dominanteste ihrer Charaktereigenschaften.
Freiheitsliebend und eigensinnig.
So wie Carlotta?
Oder so wie er?
War vielleicht nicht er es, sondern sie, die plötzlich Angst vor einer festen Bindung hatte, nun, wo ein Kind unterwegs war und das erste spürbare Band zwischen ihnen knüpfte?
Er kraulte die Katze hinter den Ohren.
„Du weißt es wohl auch nicht, Micio?“, fragte er sie. Dann stand er auf.
„Hast mir trotzdem gut getan, danke schön.“ Die Katze blickt zu ihm herauf und maunzte.
Stadler straffte sich und setzte seinen Weg in Richtung Hotel fort.

32. Kapitel

Laurenz Stadler versuchte beim Frühstück am nächsten Morgen, sich nicht anmerken zu lassen, wie aufgewühlt er im Moment war. Er hatte nämlich das Gefühl, dass jeder Angestellte ihn aufmerksam beobachtete, ja, ihm die Bissen in den Mund zählte und zu ergründen versuchte, was mit dem Deutschen los ist; schließlich, so hatte ihm der Portier schon letztens beim Abschied erzählt, war er im *Principe* zu einer Art Lieblingsgast avanciert.
Nach dem Frühstück ging Stadler gar nicht erst wieder auf sein Zimmer. Er ging hinunter zum Strand, lief hin und her und musste aufpassen, dass seine Schuhe nicht im weichen und nassen Sand versanken. Während ihm ein kalter Wind vom Meer die Haare zauste, überlegte er, wie er weiter vorgehen würde. Ihm lief die Zeit davon, er müsste in zwei Wochen wieder in seinem Glaskasten in München sitzen.
Die Nachricht, die er Carlotta heute gleich nach dem Aufstehen auf ihr Handy gesendet hatte, blieb bislang unbeantwortet. Wenn sie zu Hause war, warum hatte sie ihm gestern nicht geöffnet? Seit ihrer Nachricht auf Facebook über ihre Schwangerschaft hatte sie sich nicht mehr gemeldet. Es gab quasi keinen Kontakt. Was sollte dieses Schweigen? Dieses Schmollen? Oder was war es? Er kroch doch schon zu Kreuze, er lief ihr doch längst hinterher, und wenn ihre Eltern nicht so wären, wie ihre Eltern waren, er würde sich auch vor Carlottas Tür zusammenrollen wie ein kleiner treuer Hund und

warten, bis sie ihn vorließ. Er war, alles in allem genommen, verzweifelt.
Und wenn sie nun wirklich nicht zu Hause war?
Wo sollte er sie suchen? Wo mit der Suche anfangen?
Er dachte angestrengt nach, aber es wollte ihm partout nichts einfallen, ihm kam keine Idee, wo er ansetzen könne.
Stadler stiefelte missmutig zurück zum Hotel, säuberte seine Schuhe, nahm seinen Mantel und machte sich wieder auf den Weg in die Via Vittorio Emmanuele. Unterwegs ging er in einen kleinen Blumenladen. Er ärgerte sich, dass er nicht gestern Abend daran gedacht hatte, und kaufte für Carlotta neun langstielige Rosen, die dunkelsten, die ihm die Verkäuferin anbieten konnte. Dann nahm er noch ein kleines Handsträußchen für ihre Mutter. Er kam sich dabei furchtbar albern vor, er hatte auch keine Ahnung, wie ihre Mutter auf diese Geste reagieren würde, aber er durfte in dieser Angelegenheit wohl nichts unversucht lassen.
Wieder bei Petacchis angekommen, bohrte er seinen Daumen in die Klingel. Sollte sie doch klemmen bleiben, verdammt noch mal. Es musste ihn doch mal jemand einlassen. Dann sah er, dass das Tor zur Garage offen stand. Mindestens einer der Familie war demnach ausgeflogen. Wenn er Pech hatte, alle drei. Er klingelte noch einmal und wartete geduldig. Bewegte sich da oben wieder die Gardine? Es könnte ja gut möglich sein, dass *Mamma* Petacchi Carlotta gar nichts von seinem Besuch gesagt hat. Zuzutrauen wäre es ihr. Am Ende wusste Carlotta noch gar nicht, dass er wieder auf der Insel war. Doch das war Blödsinn, sie hätte nur ihre Mails und ihren Facebook-Account checken müssen. Nein, hinter dieser merkwürdigen Geschichte musste irgendetwas anderes stecken.
Er trat einen Schritt zurück. Doch da war nichts zu sehen am Fenster. Ob er rufen sollte? Er blickte sich um, da sah er eine dicke Matrone, die es sich in einem Fenster auf der gegenüberliegenden Seite bequem gemacht hatte. Sie schüttelte den Kopf, als sich ihre Blicke trafen.
„Die Petacchis sind nicht da", rief sie. „Die sind mit dem Auto weg."

„Alle drei?“, fragte Stadler.
Die Frau machte das Fenster zu. Sie hatte ihn entweder nicht gehört oder sie befand, dass er nun genug wusste.
Stadler schüttelte verständnislos den Kopf und spähte wieder nach den Gardinen in Carlottas Zimmer. Aber da rührte sich noch immer nichts.
Er sah unschlüssig auf die Blumen. Eine Liedzeile fiel ihm ein.
...ihre Köpfe abgerissen,
und dann in den Fluss geschmissen ...“
Wie absurd, dachte er und musste dennoch lächeln.
„Ach Anneliese“, murmelte er dann und legte den Strauß Rosen auf einen der beiden gemauerten Torpfosten, den Handstrauß auf den anderen. Petacchis würden sich ihren Teil denken können.
Er ging langsam zurück in Richtung Hotel. Er hatte keine Eile, er wusste nicht, was er im Moment sonst tun könnte. Unterwegs schaute er in jedes Auto, er ging in jede Kirche, die auf dem Weg lag. Könnte ja sein, Carlotta ist beten gegangen, schließlich, sie war noch mehr katholisch als er, wenn man das überhaupt so sagen konnte. Doch es war nirgends auch nur ein Zipfelchen von Carlotta zu sehen.

In seinem Hotelzimmer legte er sich auf sein Bett und griff nach einem Buch. Manche brachten sich mit Alkohol auf andere Gedanken, ihm half die Musik, aber auch das Lesen. Hatte er sich einmal in den Text gesaugt, konnte er wegdriften – an andere Orte, in andere Zeiten, in andere Welten als diese. Er blätterte in Elsa Morantes „Arturos Insel“. Seit er Procida im September verlassen hatte, waren Paolo Tozzis Erinnerungen und Elsa Morantes Roman die von ihm bevorzugte Lektüre. Und während er die Memoiren seines unbekannten Freundes behandelte wie einen kostbaren Bildband, wie das sprichwörtliche rohe Ei eben, so benutzte er den alten Roman wie andere Bücher auch. Wie ein struppiger Haarschnitt ragten kleine Lesezeichen oben aus dem Buchblock heraus.

Stadler nutzte dafür immer zerrissene Notizzettel, dementsprechend unordentlich sah das auch aus. Unordentlich, aber gut gelesen.
Hier, Kapitel 6. Ausgerechnet Mozart hat sich Elsa Morante als das Motto ausgesucht, das sie dem Kapitel voranstellte. Stadler lächelte verträumt. „*Ricerco un bene fuori di me. Non so chi'l tiene, non so cos'è.*" – Die Arie des Cherubino, jenes liebeskranken Pagenjungen. Doch auch wenn er in weiter Ferne sein Glück sucht, so weiß er doch nicht, wie er es finden soll. Stadler summte sofort die ersten wohlbekannten Takte mit. „*Voi che sapete che cosa è Amor*". Sagt, holde Frauen, die ihr sie kennt, sagt, ist es Liebe, was hier so brennt? Er schloss die Augen und dachte nach. Wo suchte er sein Glück. Wo suchte er Carlotta? War sie sein Glück? War sie die Lösung aller Probleme?

Am Nachmittag unternahm er einen zweiten Versuch, Carlotta zu finden. An Carlottas Haus in der Via Vittorio Emmanuele hatte sich etwas verändert. Die Blumen waren verschwunden, das Garagentor geschlossen. Stadler blieb hartnäckig und klingelte erneut. Warum nicht einen dritten Versuch? Doch in dem Haus rührte sich nichts. Er vermutete, dass Carlottas Eltern ihn gesehen hatten, aber keinerlei Anstalten machten, ihn ins Haus zu lassen. Aus ihrer Sicht war wohl alles gesagt. Aber wo war Carlotta?
Er ging weiter die Straße entlang, bis ihm plötzlich eine Idee kam. Er straffte sich und schritt zügig aus, er hatte einen weiten Weg.
Eine gute halbe Stunde später erst bog er auf die Cristoforo Colombo ein. Er ging hinunter bis zum Meer, bummelte die Promenade von Ciracciello entlang und suchte sich hinter dem Restaurant *Vivara* einen Abgang zum Strand. Nur noch ein paar Surfer waren bei dem Wetter unterwegs, er sah auch ein, zwei tapfere Schwimmer. Ansonsten war der Strand wie leergefegt. Er zog Schuhe und Strümpfe aus und zuckte ein wenig zusammen, als seine nackten Füße mit dem kal-

ten Sand in Berührung kamen. Er nahm sein Schuhwerk in die Hand und lief weiter in Richtung Süden, immer auf die Brücke zu, die Procida mit der Insel Vivara verband. Hier, sozusagen im Schatten der hinter der Küste aufsteigenden Via Santa Margherita, hatte er den ersten Kuss von Carlotta empfangen. Anfang August war das, und Stadler kam es wie eine Ewigkeit vor.

Dort, wo die Küste immer steiler wird, wo der Kies längst den Sand abgelöst hatte und die ersten großen Steine lagen, saß sie mit angezogenen Knien auf einem dieser Steine. Sie trug derbe Jeans und eine Windjacke, neben sich hatte sie eine Handtasche. Er lief schneller und musste sich bemühen, nicht zu rennen. Sie bemerkte ihn nicht. Ihre Augen waren starr auf das Meer gerichtet.

Erst auf den letzten Metern wurde sie ihn gewahr, drehte den Kopf zu ihm. Sie hatte fiebrige Augen und eine glänzende, feuchte Haut. Die Haare klebten ihr in der Stirn. Er sank vor ihr auf die Knie.

„Carlotta, Liebste, was ist mit dir?“

Sie schüttelte unwillig den Kopf und blickte wieder hinaus aufs Meer.

„Carlotta“, wiederholte er. „Ärger mit den Eltern?“

Sie zog die Schultern hoch, als friere sie.

„Was willst du hier, Lorenzo?“, fragte sie.

„Ich bin zurückgekommen, zurück auf die Insel.“

„Das sehe ich.“

Er schwieg, sie beobachtete ihn aus den Augenwinkeln heraus.

„Wirst du bleiben?“, fragte sie schließlich.

Er zögerte mit einer Antwort, wollte ihr nicht versprechen, was er nicht halten konnte.

„Ich habe darüber nachgedacht.“

„Und? Wirst du bleiben?“

„Das kann man nicht mit einem Wort sagen …“

Sie unterbrach ihn mit einer unwirschen Handbewegung.

„Warum nicht. Ja oder nein, was ist daran so schwer?“
„Ach Carlotta, du weißt doch, die Arbeit ... Wir müssen reden.“ Würde er falsche Hoffnungen wecken, wenn er ihr sagte, dass er seinen Job gekündigt hatte. Nicht jetzt und nicht am Strand. Sie verdrehte die Augen und sah aufs Meer hinaus.
„Reden“, schnaubte sie. „Ja, reden kannst du gut. Und was wird das ändern?“
„Carlotta, du bekommst ein Kind.“ Freute sie sich denn gar nicht, ihn zu sehen?
Sie lachte kurz und böse auf. „Das weiß ich.“
„Du bekommst ein Kind, und als ich das erfuhr, habe ich Himmel und Hölle in Bewegung gesetzt, um sofort zu dir zu kommen. Überall habe ich dich gesucht. Ich hatte schon Angst, dich gar nicht mehr zu finden.“
„Angst“, sagte sie verdrossen, und sah wieder geradeaus. „Immerzu hast du Angst. Möchte schon gern wissen, warum das bei dir so ist.“
„Na ja, so schlimm ist es ja nun auch wieder nicht.“
„Doch ist es so. Schlimm ist es.“ Sie bückte sich nach ihrer Handtasche und holte eine Flasche Rotwein heraus, gut verkorkt und schon halb leer.
„Aber Liebste, du wirst doch nicht trinken wollen. Denk an das Kind.“
Sie lachte böse, entkorkte die Flasche und nahm einen Zug. Dann hielt sie die Flasche Stadler hin. Dem war gar nicht nach Trinken zumute, er war eher erschrocken über Carlottas Zustand. Doch instinktiv nahm er das Angebot an.
Carlotta wischte sich die Lippen mit dem Handrücken ab.
„Ich wüsste gerne, wie es sich anfühlt, zu Hause zu sein“, sagte sie dann leise. Er setzte sich neben sie und legte einen Arm um ihre Schultern.
„Also doch Ärger mit den Eltern.“
Sie sah ihn aufmerksam an.
„Sag doch, Lorenzo, sag, wenn du es weißt: Wie fühlt es sich an?“

„Komm mit nach München. Ich würde es dir gerne zeigen.“
Sie blickte unverwandt aufs Meer. „Lass uns gehen“, sagte er dann behutsam und berührte sie am Arm. „Du erkältest dich sonst noch.“
Sie nickte, schniefelte ein wenig und verstaute die Flasche wieder in der Handtasche.
„Wohin gehen wir?“, fragte sie, als sie aufgestanden war. Sie wirkte wie entrückt, Stadler schob es auf den Alkohol.
„Ins Hotel?“, fragte er.
Sie schüttelte den Kopf.
„Wir gehen zu mir.“
„Wie du meinst“, sagte er und holte sein Handy aus der Manteltasche. „Ich rufe uns ein Taxi.“

Carlotta starrte während der Fahrt schweigend aus dem Fenster. Sie schloss die Haustür auf und wies mit dem Kopf auf die Treppe. „Ich bin wieder da“, rief sie übertrieben laut. Und zu Stadler sagte sie leise: „Wir gehen gleich hoch, meine Eltern müssen dich nicht sehen.“
„Was ist mit deinen Eltern? Was sagen sie? Setzen sie dich unter Druck?“, wollte er wissen.
Sie schüttelte den Kopf.
„Was hast du denn? Bist du krank? Wie kann ich dir helfen?“ Stadler wiederholte all die Fragen, mit denen er Carlotta schon am Strand und im Taxi gelöchert hat.
Sie ging zum Schrank, holte zwei Weingläser und teilte den Rest in der Flasche auf. Sie nahm ein Glas und runzelte die Stirn.
„Ich weiß einfach nicht, was ich machen soll.“
„Komm mit nach München“, erneuerte Stadler seinen Vorschlag, auch wenn er sich selbst noch nicht sicher war, ob das wirklich die beste Idee für sie beide war.
„Ich kann nicht“, sagte sie, nahm einen Schluck Wein und biss sich auf die Unterlippe. „Was wissen wir denn überhaupt voneinander?“
Stadler erschrak.

„Ich denke ... wir lieben uns doch“, sagte er, und seine Stimme verriet Unsicherheit. „Du bist meine Liebste und du bekommst mein Kind.“
Sie lachte auf.
„Mein, mein. Ich gehöre dir doch nicht. Was denkst du dir da nur aus? Man kann doch nicht einen anderen Menschen besitzen. Eigentlich besitzen wir doch überhaupt nichts?“
Er sah sie irritiert an.
„Wie, nichts besitzen, wie meinst du das?“
„Na hier, schau dich doch mal um.“ Sie machte eine weit ausladende Geste. „Alles Plunder. Und da unten, meine Eltern. Was ist das schon? Sie gehören doch nicht mir. Ich kann morgen ein Leben in Neapel anfangen oder übermorgen in München. Was bedeutet das schon? Besitz, pah!“
„Schau mal, Carlotta“, begann er behutsam, „ich habe ein kleines Häuschen im Allgäu, das ich jetzt verkaufe. Wir könnten uns ein eigenes Nest bauen. Für dich, für mich, für unser Kind.“
„Ach, du verstehst mich nicht.“ Sie machte eine wegwerfende Handbewegung und trank.
„Dann hilf mir, dich zu verstehen“, sagte er. „Und trink nicht so viel.“
Sie funkelte ihn böse an.
„Ein eigenes Häuschen? Du Langweiler. Besitz macht abhängig. Nur wer nichts besitzt, der ist glücklich. Schau doch dein Häuschen an. Du könntest genauso gut auf Procida wohnen. Aber nein, der Herr *Filisteo* haben ja ein Häuschen. Und wünscht sich ein Weibchen und ein Kindchen. So läuft das Leben nicht, so soll *mein* Leben nicht laufen.“
„Aber es ist doch unser Kind, unser gemeinsames Kind.“
Sie schüttelte beharrlich den Kopf.
„Auch das Kind gehört uns nicht. Wenn es groß ist, kann es von uns genauso weglaufen wie ich vor meinen Eltern.“
Stadler wusste noch immer nicht, worauf Carlotta hinauswollte. Da kam ihm plötzlich eine absonderliche Idee.

„Oder ist das Kind gar nicht von mir?“, fragte er. „Bist du dir sicher, dass ich der Vater bin?“
Er wusste, dass Carlotta voller Leidenschaft war. Doch jetzt funkelten ihre Augen wie glühende Kohlen.
„Wie kannst du so etwas nur denken“, fuhr sie auf. Es hielt sie nichts mehr auf dem Stuhl, auf dem sie eben noch saß, als wäre sie angewachsen. Sie sprang auf, ruderte mit den Armen, dass Laurenz Angst hatte, der Rest Wein in dem Glas, das sie wie eine Fackel umklammert hielt, könnte herausschwappen. „Aber ich weiß ja, wie du auf so etwas kommst, ich weiß ja die Antwort schon lange“, redete sie sich in Rage. „Was du tust, tust du aus Angst. Nicht aus Liebe.“
Er holte Luft, um zu protestieren, doch sie ließ ihm gar keine Möglichkeit. „Jawohl! Seit du weißt, dass ich schwanger bin, ist es nicht ein einziges Mal anders gewesen. Immer nur Angst. Angst, dass du keinen Urlaub bekommst, Angst, den Flieger zu verpassen, Angst, ich wäre mit der Schwangerschaft überfordert, Angst, es könnte dem Kind schaden, wenn ich ein Glas Wein trinke, Angst, ich wäre zornig auf dich ... Nein, das war ich nicht, bestimmt nicht, aber jetzt, jetzt bin ich zornig auf dich. Was kann dir schon geschehen, eh? Ich liebe dich, hast du das noch nicht begriffen?“
„Pass auf, du verschüttest sonst noch den Wein“, wollte er ihr überschäumendes Temperament bremsen.
Sie hielt kurz inne, betrachtete das Glas in ihrer Hand wie einen Fremdkörper, dessen sie sich erst jetzt bewusst wurde. Dann schleuderte sie es an die Wand, wo es krachend zersprang, und der rote Wein nur so spritzte, bevor er langsam herunterlief, eine Spur wie von Blut an der Wand hinterlassend.
„... und du hast Angst, dass ich Wein verschütten könnte.“ Ihre Stimme überschlug sich, so schrie sie. „Warum?“
Laurenz machte eine beschwichtigende Handbewegung.
Unten im Erdgeschoss rumpelte etwas. Es war ein dumpfes Geräusch, gerade so, als hätte jemand etwas auf den Boden geworfen. Dann knallte eine Tür.

„Mach dich nicht unglücklich“, drang die flehende Stimme von *Mamma* Petacchi nach oben.
„*Adesso basta*“, rief der Vater.
Carlottas Augen funkelten immer noch Stadler an, aber nun konzentrierte sie sich mehr auf ihre Eltern.
Dann polterten die Schritte des Vaters schwer die Treppe hinauf.
„Stadler“, rief er. Und noch einmal: „Stadler!“ Er brüllte es fast.
Laurenz schaute ratlos zu Carlotta. Die zuckte mit den Schultern. Dann flog die Tür auf.
Carlottas Vater stand mit hochrotem Kopf im Türrahmen. In der Hand hielt er ein Jagdgewehr.
„Es reicht, Stadler“, rief er. „Verlassen Sie mein Haus!“
„Du sollst anklopfen, bevor du hier hereinkommst“, schrie Carlotta ihren Vater an. Doch der beachtete sie gar nicht.
„Verlassen Sie mein Haus!“, wiederholte er, den Blick stur auf Stadler gerichtet.
Dieser machte Anstalten, sich zu erheben.
„Du bleibst“, fuhr ihn Carlotta an. Dann wandte sie sich wieder an ihren Vater.
„Es ist nichts! Ich war das, das ist meine Schuld.“ Sie deutete mit dem Daumen nach hinten an die Wand, wo der Rotwein ein bizarres Muster hinterlassen hat. „Er hat mir nichts getan.“
Der Vater hob das Gewehr an.
„Nein“, schrie Carlotta.
„Mach dich nicht unglücklich“, war wieder die Mutter vom Fuß der Treppe zu hören.
Stadler wurde kreideblass. Er stand langsam auf.
„Was soll das?“, fragte er, äußerlich ganz ruhig. „Wir sind doch alle erwachsen.“
Doch Petacchi hatte offenbar nicht vor, zu reden. „Ich habe Schrotpatronen geladen“, sagte er und seine Stimme zitterte vor Wut. „Wenn ich abdrücke, fliegt dein ganzer Schädel auseinander.“
„Ist gut, ist gut.“ Stadler hob beschwichtigend eine Hand. Er bückte sich langsam und tastete nach seinem Mantel auf dem Bett.

„Komm wieder runter, mach dich nicht unglücklich“, rief die Mutter.
Carlotta stand nur da und wimmerte.
„Kommst du mit?“, fragte Stadler leise in ihre Richtung, ohne dabei den Mann mit dem Gewehr aus dem Auge zu lassen.
„Ich kann nicht.“
„Wir telefonieren“, sagte er und ging langsam zur Tür. Carlottas Vater ließ das Gewehr sinken und trat einen Schritt beiseite.
Stadler ging langsam und vorsichtig aus dem Zimmer und auf die Treppe. Er spürte den hasserfüllten Blick von Carlottas Vater im Rücken. Und er ahnte auch, dass der Gewehrlauf noch immer auf ihn gerichtet war. Hoffentlich merkt niemand, wie weich meine Knie sind, dachte er, als er langsam die Treppe hinabstieg.
Carlottas Mutter starrte ihn mit weit offenen Augen an. In ihnen lag Angst. Und Laurenz sah noch etwas. Ihm kam es so vor, als wollte sie ihn mit einem Blick um Verzeihung bitten.
Erst auf der Straße wagte es Stadler, wieder richtig Luft zu holen. Nach einigen Metern wandte er sich vorsichtig um. Doch das Haus stand friedlich da, als hätte es diese Eskalation eben gar nicht gegeben. Im Flur und in Carlottas Zimmer brannte noch Licht, man hörte indes nichts.
Hoffentlich haben sich alle wieder etwas beruhigt, dachte er. Sein Herz raste und die Knie waren ihm noch immer weich. Er wusste nicht, wie er sich verhalten solle. Seinen ersten Impuls, die Polizei zu rufen, unterdrückte er. Er war hier nicht in Deutschland, er wusste nicht, wie die Polizei reagieren würde. Immerhin: Petacchi befand sich in seinem eigenen Haus, Stadler, der Ausländer, war der Eindringling, auch wenn er von Carlotta hineingelassen wurde. Und: Das italienische Waffenrecht war nicht gerade seine Spezialstrecke.
Er horchte weiter in die Nacht.
Wer war hier der Gewinner? Der Sieger?
Waren alle Verlierer?

Im Hause der Petacchis blieb es ruhig. Als im Flur das Licht gelöscht wurde, ging Stadler mit pochendem Herzen ins Hotel zurück.
Kaum auf dem Zimmer, zückte er sein Handy und wählte ihre Nummer. Doch sie drückte den Anruf weg. Stadler starrte irritiert das Gerät an. Im selben Moment vibrierte es – er war so erschrocken, dass es ihm aus der Hand fiel. Carlotta hatte ihm eine SMS geschrieben.
„Ich kann jetzt nicht."
„Was ist los?", schrieb er zurück.
„Wir können jetzt nicht sprechen."
„Warum?"
„Ich will meinen Vater nicht noch mehr reizen."
„Du bist 24 Jahre alt!"
„Mein Vater ist jähzornig."
„Er hat halt Angst um dich."
„Du immer mit deiner verdammten Angst!"
„Bedroht er dich?"
„Nein"
„Soll ich die Polizei rufen?"
„Bist du verrückt? Auf gar keinen Fall."
„Wir müssen reden!"
„Ja. Aber nicht heute."
„Wann?"
„Ich ruf dich an."
„Wann?"
Sie schwieg. Er starrte lange auf das Display, aber da kam nichts mehr. Sie wollte einfach nicht mehr weiterschreiben. Sie ist überfordert von der Situation, dachte er. Und er war es auch. Ihm fiel nicht ein, wie er ihr helfen konnte oder sich. Alles lief immer wieder auf sein Angebot hinaus: Er würde sie mitnehmen nach München und eine Familie gründen. Er hatte noch immer Angst – er zuckte vor dem Wort zurück – vor diesem Schritt. Aber er sah keine Alternative.
Laurenz Stadler setzte sich auf sein Bett und wartete. Carlotta schwieg.

33. Kapitel

Laurenz Stadler hatte unruhig geschlafen. Als er aufwachte, hielt er das Handy noch immer in der Hand, obwohl er sich sicher war, dass er es in der Nacht weggelegt hatte, als er sich auszog. Wie dem auch sei. Es gab noch immer keine Nachricht von Carlotta. Er unterdrückte das Bedürfnis, sie sofort anzurufen und ging zunächst ins Bad, wo er seine Morgentoilette verrichtete.

Doch dann drückte er den Knopf für die Wahlwiederholung. Es klingelte. Zweimal, dreimal. Dann wurde die Leitung unterbrochen. Carlotta hatte ihn abermals weggedrückt. Ein paar Sekunden später kam eine Nachricht von ihr.

„Ich komme in einer halben Stunde ins Hotel."

„Frühstück?", fragte er.

„Nicht im Restaurant."

„Okay."

Stadler zog sich an, ging nach unten und bestellte beim Portier ein Frühstück aufs Zimmer. Ein Frühstück für zwei. Der Portier hob die Augenbraue, enthielt sich aber jeglichen Kommentars. Er behandelte Stadler genauso zuvorkommend, wie er es auch schon im Sommer getan hatte.

Carlotta kam pünktlich. Sie huschte ins Zimmer, ein bisschen verlegen, den Blick gesenkt.

„Tut mir leid wegen gestern Abend, glaub mir", sagte sie leise. „Ich bin so froh, dass ich dich habe." Stadler fasste sie vorsichtig bei der Schulter und schob sie ein wenig auf Distanz.

„Carlotta! Was ist mit deinen Eltern? Was ist mit Dir?“
Ihre Augen füllten sich mit Tränen.
„Verzeih mir, Liebster, ich war ekelhaft zu dir. Und von meinen Eltern will ich nicht reden, okay.“ Sie lächelte ihn an, als seien damit der Streit und der Ärger vom Vorabend abgetan.
„Aber wir können doch nicht so tun, als sei nichts geschehen.“
„Doch. Lass uns so tun, lass uns einfach den Tag vergessen.“
Sie frühstückten eine Weile schweigend, und während Stadler nicht so recht bei Appetit war, langte sie tüchtig zu.
„Ich muss doch jetzt für zwei essen“, scherzte sie, als sie einen seiner irritierten Blicke bemerkte.
Sie war wirklich wie ausgewechselt, aber es musste so oder so eine Entscheidung getroffen werden. Stadler hatte am heutigen Tag viel Zeit. Aber es war nicht wie im Sommer, er konnte nicht wochenlang den Unbekümmerten geben.
Ach, Carlotta. Nach dem Frühstück räumte er das Geschirr zusammen und wollte nach dem Zimmerservice klingeln.
„Warte“, rief Carlotta. Sie stand auf, drehte sich zu Stadler und sprang ihn unvermittelt an. Sie schlang ihre Arme um seinen Hals und die Beine um seine Hüften. Zu seinem Glück war sie ja nur so ein Fliegengewicht.
„Hab mich lieb“, flüsterte sie dicht an seinem Ohr.
„He, he“, brummte er, sie gutmütig abwehrend.
Sie klammerte sich fest an ihn und bedeckte sein Gesicht mit heißen Küssen. Sie ließ keine Stelle aus, wurde immer hitziger.
„Schlaf mit mir! Tu es gleich.“
Und noch während sie ihn mit den Beinen umfangen hielt, nestelte sie an ihrer Bluse, an seinem Hemd, ihn unablässig küssend, bis sie sich schließlich auf das Bett sinken ließen.

Danach drehte er sich erschöpft auf den Bauch und sie malte mit den Fingerspitzen Kreise um seine Schulterblätter, während sie leise eine Melodie summte. Es klang wie ein Kinderlied.
„Erzähl mir von damals. Erzähl mir, warum du kein Klavier mehr spielen willst.“

Erst gestern hatte sie ihm diesen Vorwurf gemacht: Was wissen wir denn überhaupt voneinander, hatte sie gefragt. Und was weiß ich schon über dich, fragte sich Laurenz jetzt.
„Und unser Kind?“ fragte er.
„Später“, antwortete sie. „Erzähl!“
„Wo soll ich anfangen, Carlotta?“ Er atmete tief, beinahe klang es wie ein Seufzer. Wird er wieder einen Panikanfall bekommen?
„Es hat mit deinen Fingern zu tun, nicht wahr?“
Wie klug sie war. Laurenz nickte unmerklich und schloss für einen Moment die Augen.
„Ja“, sagte er ruhig. „Ich sollte mal Musiker werden, ich hatte dir schon davon erzählt.“

17 Jahre war er alt, als er sein erstes Solokonzert gab. Es gab nichts mehr, was ihn aufhalten konnte. Dachte er, als er im selben Herbst einen Studienvertrag für das renommierte Stolzenberg-Konservatorium erhielt. Sein Stern stieg. Er musste nur noch die Abiturprüfungen ablegen. In der Musik bereitete ihm das keinerlei Probleme, auch die Prüfungen in den allgemeinbildenden Fächern absolvierte er mit Bravour.
Da geschah das Unfassbare.
Der Kalender zeigte den 30. April 1975. Es war ein strahlend blauer Tag, wie geschaffen für die Maifeier. Die jungen Burschen, sofern sie nicht in der Stadt arbeiteten, hatten von ihren Vätern frei bekommen und saßen schon am frühen Nachmittag im Wirtshaus. Das eigentliche Spektakel jedoch begann erst um 18 Uhr. Während sich auf dem Dorfplatz ein Schwein am Spieß drehte und Bier ausgeschenkt wurde, richteten die jungen Burschen den Maibaum auf. Laurenz hatte nie daran teilnehmen dürfen – er war nicht nur zu schwach, er war auch ausgeschlossen, ausgeschlossen zumindest aus dieser Gemeinschaft. Aber ihm lag auch nicht allzu viel daran. Dennoch war er alljährlich mit seiner Mutter dabei. Sie aß meistens eine Scheibe Fleisch mit Kraut und trank eine Brause dazu. Dann gingen sie brav wieder nach Hause.

Laurenz blinzelte, um sich zu vergewissern, dass Carlotta noch bei ihm war. Sie sah ihn ernst und aufmerksam an. Er machte die Augen wieder zu und konnte fast die Bänder sehen, die die kleineren Kinder am Maibaum befestigt hatten, und die nun in luftiger Höhe flatterten. Wenn er sich nur ein wenig anstrengte, würde er die Burschen nach der Zeremonie im Wirtshaus singen hören. Seine Mutter saß auf ihrem Holzstuhl, ein Bild wie immer: Die große Handtasche auf dem Schoß und ein kleines Taschentuch zerknüllt in der Hand. War es weiß oder rosa?
Plötzlich sah er sich als introvertierten Jüngling vor dem Klavier sitzen. Nur, dass es dieses Mal kein Konzertflügel in einem Festsaal war, sondern das einfache Instrument im heimatlichen Wirtshaus. Eigentlich ein schönes Stück. Ein helleres Nussbaumholz, rechts und links geschnitzten Säulen, von kleinen vorspringenden Kapitellen gekrönt. – Er würde sich immer an dieses Klavier erinnern, obwohl er doch nur zwei, drei Mal darauf gespielt hatte.
Wie er an jenem Abend vor dieses Klavier geraten ist, hat er sich hunderte Male gefragt. Er weiß es bis heute nicht. Es gab da einige Burschen, die ihn provoziert hatten.
„Hör mal, du kannst keinen Maibaum aufrichten, aber du könntest was machen!“ Das war noch einer der harmloseren Sprüche.
„Geh her, setz dich ans Klavier und zeig mal, dass du *irgendwas* kannst.“
Ehemalige Klassenkameraden waren es, die ihn zum Spielen nötigen wollten. Doch Laurenz zierte sich. Er spürte instinktiv, dass es nicht die Freude an der Musik war, die die Burschen antrieb. Sie wollten ihn vorführen, wollten, dass er nach ihrer Pfeife tanzt.
„Geh, lasst mich in Ruh‘ “, wehrte er ab und nippte an seinem Bier. Eine ganze Maß, daran würde er sich den ganzen Abend festhalten müssen, weil er nicht mehr vertrug.
„Los, spiel schon!“
Der Wirt nickte ihm aufmunternd zu.

„Lasst ihn in Ruhe, der spielt nicht für uns einfache Leut‘, der glaubt, der ist was Besseres.“
„Hat er schon immer geglaubt.“
„Nur weil er keinen Vater nich‘ hat, ist er noch lange nichts Besseres.“
„Jeder hat einen Vater.“
„Spielen soll er!“
„Sicher, dass er nicht mehrere Väter hat, der Bankert?“
Nun mischte sich der Wirt ein.
„Jetzt reißt’s euch zammanander! Die Frau Stadler ist auch mein Gast“, donnerte er durch die Wirtschaft.
Es wurde ruhiger.
„Nun tu ihnen schon den Gefallen und spiel etwas.“
War das die Stimme der Mutter? Laurenz, der sich für die Sprüche der anderen geschämt hatte, hob den Blick und sah ihr in die Augen. Tränen glitzerten, als sie ihm zunickte, mit Stolz in den Augen.
„Der Bankert ans Klavier“, zischte jemand aus dem Hintergrund.
„Spiel etwas“, bat die Mutter mit leiser Stimme. „Du bist doch so gut.“
Da stand Laurenz auf. Zögernd erst. Im Wirtshaus wurde es still.
Er zog sich den Klavierhocker heran, klappte den Deckel auf und schlug das C an. Es entsprach nicht ganz seinem Gehör, man hätte das Klavier erst stimmen müssen. Sein Blick glitt über die Gesichter der Gäste. Feiste Burschen, die Wangen schon vom Bier gerötet. Alte Männer, das Kinn gehoben, erwartungsvoll auf den Jungen starrend. Und seine Mutter. Die Hände wie zum Gebet vor der Brust gefaltet, das Taschentuch knetend, als wäre es ein Rosenkranz. Sie würden es nicht merken, dass das Klavier verstimmt war. Nicht einmal seine Mutter.
Er brachte die Finger in Position. Er begann mit einer einfachen Etüde. Mozart natürlich. Was sonst. Sanft schlug er an, ließ die Finger über die Klaviatur gleiten, machte sie geschmeidig, nahm Fahrt auf.

Nach den ersten Takten setzte Gegröle ein.
„Ja!"
„Der Bankert spielt für uns."
Abgesehen von der gewohnt grausamen Wortwahl der Gleichaltrigen stand sein Publikum kurz vor dem Jubel.
Bis sich eine Stimme mit einem scharfen Unterton meldete.
„Den Schneewalzer!"
Es wurde wieder leiser, hier und da wurde gemurrt.
Die Stimme wieder: „Er soll den Schneewalzer spielen, nicht so ein vornehmes Zeug. Wir sind hier in Leithofen und nicht in der feinen Stadt."
Laurenz störten die Zwischenrufe. Er war Publikum gewohnt, er war, schon allein vom Gymnasium her, auch ein unruhiges Publikum gewohnt. Aber er saß am Klavier, er allein würde entscheiden, was hier gespielt wird. Und gerade spielte er die Etüde ... Er würde sie zu Ende spielen.
Der Unmut im Wirtshaus wurde größer.
„Den Schneewalzer, verdammt noch mal!"
Jetzt erkannte Stadler die Stimme. Dem Mooslechner Schorsch gehörte sie. Ein Raufbold übelster Sorte. Er ging lange Zeit mit Laurenz in eine Klasse und war auch lange Zeit der Klassenstärkste. Bis sie eines Tages beschlossen hatten, dem Mooslechner Schorsch eine Abreibung zu verpassen. Klassenkeile hatten sie es genannt. In der Hofpause hatte ihn dann einer am Ärmel gerissen, ein anderer zu Boden gestoßen. Dann waren sie über ihm, es hatte Stöße und Püffe gehagelt. Nichts Ernstes, aber der Mooslechner Schorsch ist heulend wie ein Wolf vom Platz gezogen. Und unter Ausstoßung der übelsten Verwünschungen. Und tatsächlich hatte sich der Bursche später einige „gekauft", in denen er die Anstifter der Klassenkeile vermutete. Einem hatte er sogar die Zähne eingeschlagen. Laurenz hatte sich nicht an der Klassenkeile beteiligt. Körperliche Gewalt war für ihn keine Option, um Meinungsverschiedenheiten zu klären.
Und jetzt riss der Mooslechner hier das Maul auf.

Er hatte nur noch wenige Takte und überlegte, was er als Nächstes spielen würde. Vielleicht sollte er in der Auswahl der Musik doch mehr auf sein Publikum eingehen und etwas Populäreres spielen. Es muss ja nicht gleich der Schneewalzer sein. Aber die Arie des Papageno, die könnte doch gut im Dorf ankommen, die müsste doch eigentlich jeder kennen. „Der Vogelfänger bin ich ja, stets lustig, heißa hoppsassa".
Neben Stadler tauchte er auf. Mooslechner stand plötzlich neben dem Klavier und knallte seinen Maßkrug auf den Aufsatz.
„Bist du taub, oder was?", brüllte er mit hochrotem Gesicht. „Den Schneewalzer sollst du spielen."
Den Schneewalzer hatte Stadler schon als kleiner Junge spielen können. Das war nichts, was man in einem öffentlichen Spiel zum Besten gab. So unter Wert würde er sich nicht verkaufen.
Er machte eine kleine Pause, sammelte sich. Mooslechner grinste breit. Dessen Vater, den Stadler in Mooslechners Blickrichtung ausmachte, nickte seinem Spross anerkennend zu.
Laurenz beugte sich ins Klavier und griff wieder in die Tasten. Er hatte beschlossen, sich selbst zu begleiten, holte tief Luft und hub an: „Der Vogelfänger bin ich ja, stets lustig, heißa hoppsassa."
Mooslechner hob den Maßkrug hoch und drehte sich langsam um die eigene Achse. „Jaaa", grölte er.
Dann warf er den Bierkrug achtlos beiseite, ließ sich nach vorn fallen, griff hinter den Klavierdeckel und schlug ihn mit seiner ganzen Kraft und seinem ganzen Gewicht auf Laurenz Stadlers noch spielende Hände. Mit einem grellen Misston – dem letzten Aufbäumen der angeschlagenen Saiten und dem Brechen von zahlreichen Knochen in Stadlers Händen – hörte die Musik auf.
Eine Flamme des Schmerzes raste durch Stadlers Arme und explodierte in einem roten und violetten Sprühnebel hinter seinen Augen. Er sprang auf, wobei er sich, wie die Ärzte später rekonstruierten, noch einmal zwei Knochen brach und

eine Sehne zerriss, weil sich Mooslechner noch immer mit seinen 92 Kilogramm auf den Klavierdeckel stützte und dieser daher nicht nachgeben konnte.
„Und Schluss mit Hoppsassa“, grölte Mooslechner.
Stadler schrie, langanhaltend und grell.
Da erschrak sich Mooslechner, blickte einen Augenblick verstört auf sein Werk. Sanft hob er den Klavierdeckel wieder an. Doch bevor Stadler seine zerschlagenen Hände zurückziehen konnte, besann er sich und schlug den Deckel erneut und mit aller Kraft zu. Und noch einmal. Dreimal sauste das helle Nussbaumholz auf die schon leblosen Hände von Stadler, bevor ein beherzter Gast den rasenden Mooslechner vom Klavier wegriss.
Stadler brach neben dem Klavierhocker zusammen. Er krümmte sich und steckte die zertrümmerten Hände in seinen Schoß zwischen seine Beine, bevor er das Bewusstsein verlor.

Vieles von dem, was sich noch im Wirtshaus sowie wenig später im Rettungswagen und auf der Intensivstation ereignete, musste sich Laurenz Stadler nach Tagen und Wochen berichten lassen. Zum Beispiel, dass es nach dem Vorfall im Wirtshaus eine richtiggehende Schlägerei mit drei Verletzten gegeben hat. Einer davon war Mooslechner selbst gewesen, dem man einen Zahn ausgeschlagen hat. Auch sein Vater hat Prügel bezogen, aber das war alles nichts im Vergleich zu dem Hauptereignis des Abends: Dem brutalen Zermalmen der Finger eines jungen und hoffnungsvollen Pianisten, dem Zermalmen des künftigen Lebens eines hoffnungsvollen Pianisten.
Es hat Jahre gedauert, bis sich Stadler an die Forderung nach dem „Schneewalzer“ erinnern konnte. Sein Trauma war so schwer, dass sein Gehirn die Ereignisse des Abends einfach ausgeblendet hat. Das letzte, woran er sich erinnern konnte, war, dass das Klavier im Wirtshaus verstimmt war. Aber inzwischen war dieser „Schneewalzer“ ein Signal für sein Gehirn, und wann immer er ihn hörte, flammte der Schmerz in

beiden Händen auf, sodass sie sich regelrecht verkrümmten.
Das Erste, was er nach seiner Bewusstlosigkeit wahrnahm, war eine Schwesternschülerin, nur wenig älter als er selbst, die ihn mit Brei fütterte. Das war auf der Intensivstation des Klinikums, nachdem man ihn aus dem künstlichen Koma geholt hatte, in dem er drei Tage gelegen hat. Nicht wegen der Lebensbedrohlichkeit seiner Verletzungen, vielmehr hatten die Ärzte gefürchtet, dass es wegen der starken Schmerzen Komplikationen mit dem Herz-Kreislauf-System geben könnte. Und so viel Morphium, um ihn schmerzfrei zu spritzen, hätte sein Organismus gar nicht verkraftet.
Erst nach weiteren quälenden Tagen, die er im Dämmerzustand starker Schmerzmedikamente verbrachte, erfuhr Laurenz Stadler, was sich unter den dicken Verbänden seiner beiden fixierten Unterarme verbarg: Trümmerbrüche in acht Fingern und der kompletten Mittelhand.
An dem Tag, an dem er es erfuhr, hat er die Schwestern gebeten, seine Mutter wegzuschicken, weil es ihm nicht gut ginge. Sie kam trotzdem – sie war seine Erziehungsberechtigte und er noch nicht volljährig.
„Weißt du Bescheid?“, fragte er, die Verbände anblickend.
Seine Mutter knetete nur immerfort ihr Taschentuch und weinte. Ja, offenbar wusste sie Bescheid, denn genau das hatte sie bei den letzten Besuchen auch schon getan. Ab und zu schluchzte sie „Mein armer Bub“ oder „Was soll jetzt nur werden“. Stadler war an diesen Tagen nie lange genug klar im Kopf, um das Ende ihrer Besuche bewusst mitzuerleben. Irgendwann dämmerte er einfach wieder weg und irgendwann ging die Mutter wieder.
Als er dann wieder klarer denken konnte, es war Ende Mai und er hatte bereits die dritte Operation hinter sich, da wiederholte er leise für sich immer wieder einen Vorsatz: „Ich werde ihn töten. Eines Tages werde ich ihn töten, so wahr mir Gott helfe. Und ich will, dass er mich dabei ansieht.“
Doch vorerst hatte er anderes zu tun, als den Racheengel zu spielen, als denjenigen umzubringen, der ihm dies angetan

hat. Er musste gesund werden. Ein Prozess, der sich länger hinzog, als er es in den ersten Wochen dachte. Und ein Prozess, bei dem er mehr Schmerzen litt, als er annahm, aushalten zu können. Er konnte.

Winzige Schrauben und Silberdrähte hielten Knochen und Knochensplitter zusammen, interne Fixationen wurden verschraubt, Sehnen wurden geflickt und neue Wunden gerissen, besser gesagt, geschnitten, um externe Fixateure zu befestigen, kleine metallene Gestelle, von denen einige überhaupt das erste Mal zur Anwendung kamen. Krankenwagen fuhren ihn von Klinik zu Klinik. Professoren kümmerten sich mit Feuereifer um die Hände von Stadler, Studenten standen staunend um ihn herum, Röntgenbilder und Skizzen in der Hand, auf denen sein Schicksal eine reproduzierbare Gestalt angenommen hatte. Zwischen den Operationen mühten sich Physiotherapeuten darum, die Beweglichkeit erst der Handgelenke, dann der einzelnen Finger wieder herzustellen. Stadler verzweifelte fast.

Als er aus dem Krankenhaus entlassen wird, ist es schon wieder Frühling und er fast 19.

Obwohl er seine Mutter darum gebeten hatte, den Zeitpunkt seiner Rückkehr geheim zu halten, wussten alle im Dorf Bescheid. In Leithofen ließ sich nichts geheim halten. Fast nichts. Immerhin war er mit seiner Mutter allein. Doch Kuchen, Schinken, Früchte, Präsentkörbe und Blumensträuße legten ein beredtes Zeugnis darüber ab, dass man im Dorf doch sehr erschüttert über die Geschehnisse von der Maifeier 1975 war – Außenseiter hin oder her.

Auf einen besonders schönen und großen Blumenstrauß machte ihn die Mutter aufmerksam. Der sei von den Eltern seines Peinigers, die ihm auch viel Gesundheit wünschten. Stadler musste sich anstrengen, ihn mit seinen kaputten Händen zu halten. Doch er schaffte es, ihn vors Haus zu tragen und auf die Straße zu werfen. So viel hatte er ungeachtet der frömmelnden Barmherzigkeit seiner Mutter von der Dorfgemeinschaft begriffen: In Leithofen galt noch immer Sippen-

haft. Der Strauß lag bis zum Samstag dort – niemand im Dorf hatte sich getraut, sich an dem welkenden Bündel zu vergreifen, nicht mal seine Mutter. Die hat ihn dann zur Kehrwoche mitsamt dem anderen Unrat aus dem Rinnstein gefegt.
Der Freistaat Bayern, so erfuhr Stadler von seiner Mutter, hatte von Amts wegen Klage gegen den jungen Mooslechner erhoben. Nach dem Jugendstrafrecht wurde er wegen beabsichtigter schwerer Körperverletzung zu einem Jahr Gefängnis, ausgesetzt auf drei Jahre Bewährung verurteilt. Er musste 1000 Mark Strafe an den Staat zahlen und 120 Stunden gemeinnützige Arbeit verrichten. Es hätte auch die Möglichkeit gegeben, Mooslechner über eine Zivilklage zur Zahlung eines Schmerzensgeldes verurteilen zu lassen, doch dazu hätte die Mutter klagen müssen. Das hat sie nicht getan.
„Der Herrgott wird ihn bestrafen“, erklärte sie.
„Der auch“, knurrte Stadler und fuhr seiner Mutter über den Mund – das erste Mal in seinem Leben. Er möchte in diesem Hause nie wieder den Namen Mooslechner hören, befahl er barsch. Die Mutter, die erschrocken eine Hand vor den Mund geschlagen hatte, nickte nur. Und so war es denn auch.
Laurenz Stadler musste eine Weile warten, bis er wieder allein im Haus war. Dann ging er hinunter in die gute Stube und setzte sich vor sein Konzertpiano. Es war ein beklemmendes Gefühl, den Klavierdeckel anzuheben. Er schlug einen Ton an. Das klappte. Doch schon als ihm beim Aufsetzen der Finger ein stechender Schmerz durch die Hände jagte, wurde ihm klar, dass es vorbei war. Er schloss den Deckel wieder, behutsam, behutsam, ging hinauf in sein Zimmer und weinte still.
Insgesamt drei Jahre quälte er sich mit Operationen und mit verschiedenen Reha-Maßnahmen. Am Ende konnte er bis auf seinen linken Daumen alle Finger wieder einigermaßen bewegen, wusste aber gleichwohl, dass er nie wieder Klavierspielen können würde.
Dann begann die Phase der Umorientierung. Irgendetwas musste er ja anfangen mit seinem zweiten Leben, wenn ihm schon das erste von diesem brutalen Bauerntrottel so nachhaltig zerstört worden war.

Seine Mutter hatte sich noch weiter in sich selbst zurückgezogen. Wenn sie nicht in der Kirche war, saß sie in ihrem Sessel und strickte, murmelte unverständliches Zeug oder betete Rosenkränze und murmelte weiter.
Trost und Zuspruch fand Laurenz Stadler im Hause Förster. In dem Maße, wie Almuts Eltern ihm wieder ein normales Leben zeigten, eines mit bildender Kunst und Literatur und Musik, versuchte er, Almut zu bewegen, dem Klavier treu zu bleiben, aber da war wohl nichts mehr zu machen. Sie hatte inzwischen ein freiwilliges Jahr in einem Krankenhaus absolviert, wo sie mit Hingabe die Bettpfannen leerte. Zunächst hatte er den Eindruck, sie hätte auf ihn gewartet.
Almut Förster ging auch noch zum Klavierunterricht, aber ein Studium der Musik kam für sie nicht infrage. Sie hatte sich um ein Medizinstudium beworben, er wusste nicht mehr recht, wie die Sache ausgegangen war. Immer wieder stritten sie sich um die Musik und als es schon fast zu Ende war, als er sich entschlossen hatte, sich in Eichstätt um ein Journalistikstudium zu bemühen, mied sie die Wohnung, wenn er zu Besuch bei ihren Eltern war.

Laurenz Stadler verstummte. Für einen Augenblick war ihm nicht ganz klar, was er von dieser Geschichte nun laut erzählt hatte, und an was er sich nur erinnert hatte. Es war, als erwache er aus einer Art Trance. Er nahm seinen Herzschlag bewusst wahr, seine Atmung, und er freute sich, dass er von einer Panik weit entfernt war. Dann sah er Carlotta an. Sie hatte sich neben ihm hingesetzt und die Arme um die Knie geschlungen. Sie war noch immer nackt und sah einfach hinreißend aus. Seine Carlotta. Die Augen waren weit geöffnet, in einer Art schockierter Aufmerksamkeit. Sie wagte kaum, zu atmen.
„Alles gut, Kleines“, sagte er.
„Du hast sie geliebt“, flüsterte sie. „Du hast diese Almut richtig geliebt, stimmt's.“
Er lächelte.
„Ich denke schon“, sagte er.

„Aber sie hat dich nicht geliebt. Nicht so wie ich dich. Ich wäre bei dir geblieben, das weißt du."
Stadler nickte.
„Was ist aus dem Kerl geworden, der dir das angetan hat?", wollte sie wissen.
„Er ist tot, er ist verunglückt. Vor drei Wochen erst."
Carlotta schlug erschrocken die Hand vor den Mund.
„Lorenzo", flüsterte sie. „Du hast dich doch nicht etwa versündigt."
Er drehte sich auf die Seite und lächelte sie an. Sie hatte recht. Sie wussten wirklich fast nichts voneinander.
„Ach du, so was würde ich nie tun", sagte er. „Ich war gar nicht dabei, als es geschehen ist."
„Auf jeden Fall hat er seine gerechte Strafe bekommen."
Er schüttelte den Kopf.
„Das spielte schon längst keine Rolle mehr."

34. Kapitel

Nun war Laurenz Stadler doch einer Panik nahe. Eine Feuersbrunst unglaublichen Ausmaßes näherte sich ihm scheinbar von allen Seiten. In seinen Ohren gellten Sondersignale, bis ihm bewusst wurde, dass es sein Handy auf dem Nachttischchen war, das er am Vorabend nicht ausgeschaltet hatte.
Er fuhr aus dem Schlaf hoch, er war benommen, er brauchte eine ganze Weile, um zu realisieren, dass er nicht in München in seiner Übergangswohnung war, sondern in seinem Hotelzimmer auf Procida. Carlotta kam aus dem Badezimmer gehuscht, nur im Sport-BH und im Slip lief sie barfuß über die Fliesen und stupste ihn an der Schulter.
„Lorenzo, dein *Cellulare.*“ Sie flüsterte, obwohl das Handy ihre Stimme übertönte. Stadler erhob sich träge und tastete nach dem Gerät. Böhringers Name stand auf dem Display. Verdammt. Warum hatte er das Handy gestern Abend überhaupt eingeschaltet? Er konnte sich nicht erinnern.
Nein, er wollte nicht rangehen, hatte Angst, sich zu verplappern. Er wusste, dass sein Chefredakteur unduldsam sein konnte, wenn es um Krankschreibungen ging. Er ahnte auch, dass Böhringer es ihm nicht durchgehen lassen würde, erführe er, wo er sich befand. Aber mit Verlaub – das ging den Mann nichts an. Nun nicht mehr. Er verschwendete einen kurzen Gedanken daran, das Gespräch wegzudrücken, doch dann ließ er den Anruf einfach ins Leere laufen.

Carlotta war vor seinem Bett stehen geblieben und hatte eine Weile abwechselnd auf ihn und sein Handy geblickt. Sie lächelte. Nein, sie strahlte.
„Willst du noch weiterschlafen, mein Geliebter“, flüsterte sie.
Stadler schüttelte unwillig den Kopf. „Ich bin jetzt munter.“
Sie hockte sich auf den Bettrand, nahm seine Hand und streichelte sie.
„Ich bin dir so dankbar, dass du mir gestern die Geschichte von diesem grässlichen Menschen erzählt hast“, sagte sie. „Ich weiß nun wirklich alles von dir!“
Wie naiv sie doch manchmal ist, dachte sich Laurenz, freute sich aber dennoch, weil das immer so ein wenig den Beschützerinstinkt weckte. Sein Mädchen. Sein Mädchen, in dem ihr gemeinsames Kind wuchs. Er lächelte verträumt.
„Lach mich nicht aus“, schmollte sie.
„Ich lach dich doch nicht aus, Kleines, höchstens an.“
„Ich weiß doch jetzt wirklich alles von dir, oder?“
Laurenz lächelte wieder und schloss die Augen. Was wussten sie schon voneinander? Die Frage stand nicht erst seit vorgestern im Raum. Auch nicht erst seit Carlottas Schwangerschaft. Die Frage war schon viel älter. Aber es gab noch immer keine Antwort.
Carlotta strich ihm mit der Hand sanft über den Kopf. „Schlaf wohl, mein Liebling“, flüsterte sie und hauchte ihm einen Kuss auf die Stirn.
„Ich schlafe nicht“, brummte er. „Lass deine Hand ruhig da.“
„Ich muss jetzt gehen. Ich will noch mal zu meinen Eltern.“
Er schlug die Augen wieder auf. Sie streichelte ihn weiter.
„Weißt du“, fuhr sie fort, „du hast ja so recht. Vorgestern diese ... diesen ... Ausbruch. Ich muss reden mit meinen Eltern.“
Er holte Luft, um etwas zu sagen, sie legte ihm die Hand auf den Mund.
„Nein, sag nichts. Ich werde dort allein hingehen. Ich muss.“
Sie huschte ums Bett herum und begann, sich anzuziehen.

Laurenz nahm das Frühstück im Hotelrestaurant beinahe vergnügt ein. So gefiel ihm seine Carlotta. In ihrer Jugend ein wenig naiv, aber voller Zärtlichkeit und Liebe, und nun offenbar auch entschlossen, an einer Lösung für ihre Probleme mitzuarbeiten. Es waren ja ohnehin Luxusprobleme, fand er.
Nach dem Frühstück legte er sich wieder auf das Bett und griff sich die Erinnerungen von Paolo Tozzi.

Die Touristen kamen schon ein paar Jahre auf unsere Insel, da lernte ich meine Eva kennen. Sie hieß eigentlich Eva-Maria, aber ich habe sie immer nur Eva genannt, weil sie aus Deutschland kam und süß wie das Paradies war. Eva trug ihr kastanienbraunes Haar zu einem dicken Zopf geflochten, und wenn die Sonne darauf schien, dann glänzte es mal rot und mal golden, je nach Sonnenstand. Einmal durfte ich ihr Haar offen sehen. Im Abendrot aufgelöst auf dem nassen Sand in einer kleinen Bucht an der Westküste.
Es war an Ferragosto, als ich Eva das erste Mal gesehen habe. Wir waren zur Messe an diesem Tag in der einzig angemessenen Kirche für so einen Anlass, der Santa Maria Delle Grazie. Sie saß links von mir, eine Bankreihe weiter vorn. Wenn ich zur Kanzel sehen wollte, musste ich direkt an ihr vorbei blicken. Als erstes fiel mir ihr starker Zopf auf, kräftig wie ein Unterarm. Dass sie eine Ausländerin sein musste, merkte ich daran, wie sie betete. Sie bewegte die Lippen anders zu den Gebeten, sie betete sicher in einer anderen Sprache. Es erschien mir ganz und gar außergewöhnlich, dass eine Touristin an einem Feiertag zur Messe in die Kirche kam und sich unter die Gemeinde mischte. Ich beschloss, sie anzusprechen.
Nach der Messe entschuldigte ich mich bei meinen Eltern und beeilte mich, zum Portal zu kommen, wo ich die Besucher der Kirche aufmerksam musterte. Dann kam sie. Sie trug ein leichtes, schlichtes Kleid, nichts Farbenfrohes wie die Touristen, aber auch nichts Rabenschwarzes wie meine Mutter, hielt in der linken eine Handtasche und raffte mit der rechten eine dunkle Strickjacke über der Brust zusammen. Ihr Zopf

hing vorn über der Schulter. Ich stellte mich ihr in den Weg. Verzeihen Sie, Signorina, sprach ich sie an. Sie zuckte zusammen, blickte sich scheu um und entschuldigte sich dann auf Italienisch, sie sei eine Ausländerin. Ich sagte, dass ich das schon bemerkt hätte, aber sie blickte mich nur irritiert an, offensichtlich reichte ihr Italienisch nicht aus, um mich zu verstehen. Ich versuchte es mit dem bisschen Englisch, das ich konnte, und es klappte. Sie lächelte schüchtern. Mein Versuch, zu erfahren, was sie in dieser Kirche wollte, scheiterte. Sie sagte nur, sie sei eine catholic Christian. Ich verabschiedete mich höflich und wünschte ihr einen guten Tag. Noch immer scheu lächelnd, deutete sie ein Winken an, sagte immerhin Arrivederci und eilte davon. Ich weiß nicht mehr, ob ich durch ihre harte Aussprache schon zu diesem Zeitpunkt wusste, dass sie eine Deutsche sein musste, oder ob ich das erst später feststellte. Jedenfalls, meine Eltern und meine Schwester hatten die Szene bemerkt. Und während meine Mutter mich drängte, zu erzählen, was ich mit der jungen Fremden zu schaffen hätte, machte mein Vater nur eine unbestimmte Kopfbewegung und stapfte voraus in Richtung unseres Hauses. Vater machte nie viele Worte.

Am anderen Tag sah ich Eva wieder.

Wir waren an diesem Tag früher in den Hafen zurückgekehrt, weil wir wirklich einen guten Fang gemacht hatten. Seehecht, rote Barben und eine ganze Menge Meerbrassen waren dabei. Während ich die Kisten an Land hob, wo sie gleich auf eine Sackkarre gestapelt und zum Wiegen gefahren wurden, sah ich plötzlich zwei blasse Waden zwischen dunkelblauen Schuhen und einem bunten Sommerkleid. Mein Blick wanderte an dem Kleid hoch und ich sah wieder die schöne Ausländerin, woraufhin ich wie angewurzelt stehenblieb. Bis mein Vater mich anstieß. „Träum nicht, Paolo“, sagte er barsch und drückte mir die nächste Kiste in die Hände. Natürlich träumte ich weiter, aber so, dass es Vater nicht auffiel. Die schöne Ausländerin hatte die kleine Szene beobachtet. Ich weiß nicht, ob es ihr peinlich war. Auf jeden Fall drehte sie sich um und

ging weiter. Doch wenig später tauchte sie an anderer Stelle wieder auf, diesmal noch näher, und sie nickte mir vorsichtig zu. Ich winkte. Dann ging sie.
Ich musste sie unbedingt wiedersehen.
Am nächsten Tag dauerte es viel länger, bis wir wieder anlandeten. Die Fische wollten einfach nicht so, wie ich wollte. Dabei war es vorhersehbar – der Wind hatte gedreht und drückte gegen die Strömung kälteres Wasser in den Golf. Jedenfalls, als wir in den Hafen einfuhren, war sie wieder da. Sie musste auf mich gewartet haben, dachte ich. Mein Vater bemerkte diesmal nichts und schickte mich zum Hafenmeister.
Das war die Gelegenheit für mich. Hinter der Baracke schlich ich mich an die schöne Ausländerin heran und sprach sie an. Ob sie Lust hätte, heute Abend tanzen zu gehen. Ich kannte da ein kleines Lokal auf der anderen Seite, da wurde jeden Abend Musik gespielt. Nicht nur einheimische, auch die Titel aus Amerika, der Rock 'n' Roll und wie die Tänze damals alle hießen, das vergisst man ja im Laufe der Jahre. Sie sagte, sie könne doch nicht einfach so mit einem Fremden mitgehen. Ich fasste mir ein Herz und entgegnete, sie konnte ja auch einfach im Hafen einem Fremden zusehen, da könne sie auch mit ihm tanzen gehen. Da lachte sie und sagte zu.
An dem Abend war ich ganz schnell mit dem Abendbrot fertig. Mutter löcherte mich mit Fragen, weil ich mich rasierte und mir mein einziges weißes Hemd anzog. Ich wolle noch einmal spazierengehen, log ich. Ich konnte ja schlecht sagen, dass ich mich amüsieren wolle. Amüsieren an einem Dienstag, das hätte nicht einmal meine Mutter gutgeheißen, obwohl sie nie so streng war wie der Vater.
Wir tanzten und wir tranken Wein. Ich sollte sie Eva-Maria nennen. Wie schön – eine Mischung aus heiliger Jungfrau und aus paradiesischer Liebe. Ich wollte sie Eva nennen, sie wollte, dass ich Maria sage. Sie konnte zu wenig italienisch und ich zu wenig englisch, um uns richtig darüber zu verständigen. Ich weiß nur, dass die Deutschen zu dieser Zeit den Namen Eva nicht so gern hörten. Aber das war mir egal,

am Ende setzte ich mich durch. Meine Eva war stolz und kokett zugleich. Es sei ihr erster Urlaub in Italien, gestand sie mir, und dass sie das Land und seine Menschen wunderschön fand. Später tanzten wir eng beieinander und wenn ich meine Hand auf ihren Rücken legte, gefiel mir, was ich fühlte.
Eva blieb zwei Wochen auf unserer Insel. Aber sie wohnte bei Romina Cipollini, einer kleinen bösartigen Witwe, die in ihrem Häuschen zwei Fremdenzimmer vermietete und „Villa Anna“ an die Fassade geschrieben hatte. Die Cipollini bewachte ihre Gäste streng. Nie hätte sie Männerbesuch bei Eva geduldet. So mussten wir uns heimlich treffen. Und wir trafen uns täglich.
Schnell war klar, dass ich Eva liebte. Und Eva liebte mich. Aber sie konnte sich ein gemeinsames Leben mit mir nur vorstellen, wenn ich mit nach Deutschland ginge. Das war schon verlockend. Jedermann wusste, dass in Deutschland bessere Löhne gezahlt wurden als in Italien. Die Welle der Gastarbeiter war damals noch weit entfernt, aber ganz ehrlich: Was sollte ich in Deutschland? Ich war Fischer und ich konnte mir auch gar nichts anderes vorstellen, als Fischer zu sein. Außerdem: Wer sollte hier die Familientradition fortsetzen? Nein, ich konnte die Insel nicht verlassen. Aber Eva wollte nicht zu mir ziehen.
Wir ließen dann dieses Thema, wir wollten uns nicht die süßen Stunden mit fruchtlosen Diskussionen verderben. Viel schöner war es, wenn wir uns gegenseitig Liebe schenken konnten.
Und wir liebten uns bald so oft es ging, wir waren in Leidenschaft zueinander entbrannt. Zunächst liebten wir uns nur heimlich am späten Abend am Strand. Dann überall. Wir liebten uns in Mauernischen, wir liebten uns hinter der Tanzkneipe, wir liebten uns sogar auf dem Klo. Eva hatte sich einfach mit den Händen an der Wand abgestützt und ich ihr Kleid hochgehoben. Ich hatte nur Angst, dass sie mit dem Fuß in das Abortloch abrutscht. Aber wir waren wie von Sinnen, wir waren so voller Leidenschaft, dass wir uns gar keine Zeit ließen, über solche nebensächlichen Sachen nachzudenken.

Einmal liebten wir uns sogar draußen auf der Mole und es war uns egal, ob uns der Leuchtturmwärter dabei beobachtete oder nicht. Auch nach den vielen vielen Jahren schäme ich mich kein bisschen. Wir liebten uns, daran kann ich nichts Schlimmes finden.
Ich hätte Eva auch zum Altar geführt. Aber dazu hätte ich zunächst bei ihrem Vater um ihre Hand anhalten müssen. Eva lachte, ich dachte zuerst, sie fände die Idee albern, aber dann sagte sie mir, dass ihre Eltern beide im Krieg geblieben seien und dass wir nur den Herrgott fragen müssten. Ich spürte, dass auch sie richtig auflebte, wenn sie in meinen Armen lag. Es war alles richtig so, wie es war. Es waren starke Gefühle, und ich konnte nie wieder so lieben, wie ich Eva geliebt habe.
Aber ich kam nicht mal mehr dazu, Eva meinen Eltern vorzustellen. Eva war eines Tages verschwunden. Als sie nicht zum vereinbarten Treffpunkt kam, fasste ich mir ein Herz und ging zur Witwe Cipollini. Die hatte mein Kommen schon erwartet. „Ich habe eine Nachricht für dich, Paolo", sagte sie mit einem verächtlichen Zug um den Mund. Aus ihrer Kittelschürze zog sie schließlich einen Briefumschlag und gab ihn mir. „Dein deutscher Schatz ist heute früh mit der ersten Fähre abgereist", sagte sie, und es klang wie ein Triumph. Da wusste ich, dass die Cipollini alles weiß. Auf Procida hältst du nie lange was geheim. Alle wussten alles, aber das bekam ich erst später mit. An diesem Tag rannte ich mit dem Brief in der Hand wie um mein Leben. Ich rannte raus auf die Mole, als könnte ich die Fähre noch sehen, als könnte ich von dort aus meine Eva zur Umkehr bewegen. Ich riss den Briefumschlag auf und faltete das Papier auseinander. Dort stand nur ein einziger Satz: „Ich kann das nicht. Verzeih mir, liebster Paolo". Dahinter war ein unbeholfenes Herz gemalt.
Ich war wie von Sinnen. Zunächst wollte ich mich nahe des Carcere von den Klippen stürzen. Ich weiß nicht, wo ich mich in der Nacht überall rumtrieb. Ich weiß nur, dass ich erst im Morgengrauen nach Hause kam, als mein Vater schon beim

Rasieren war. „Du bist spät dran“, sagte er nur. Mutter nahm mich in den Arm, aber ich wehrte sie ab. Niemand konnte mich trösten. Ich fuhr mit hinaus, aber ich habe an den Tag keinerlei Erinnerung mehr. Tagelang lebte ich wie betäubt, als hätte mir jemand ein starkes Beruhigungsmittel gegeben. Die Nachricht habe ich noch heute. Aber ich habe Eva nie wieder gesehen. Ein halbes Jahr später habe ich einen Brief von ihr erhalten. Sie sei schwanger, schrieb sie, aber das Kind habe keinen Vater. Ich verstand sie nicht. Wenn es unser Kind war, warum sagte sie es dann nicht? Und wenn es das Kind eines anderen war, warum schrieb sie mir dann überhaupt? Der Herrgott würde sie mit dem Kind für ihre Sünden bestrafen, stand in dem Brief.
Ich unternahm einen Versuch, Eva zu finden. Doch ich wusste nicht, wo ich suchen sollte. Eine Adresse von ihr hatte ich nicht, der Poststempel war unleserlich. Die alte Cipollini war inzwischen verstorben, ihre Söhne behaupteten, keine Unterlagen über ihre Vermietungen zu haben. Selbst beim Croce Rosse habe ich es versucht, aber die hätten nur geholfen, wenn Eva im Krieg verschollen geblieben wäre. Mir blieb nur, auf ein weiteres Lebenszeichen meiner lieben Eva zu warten. Ich warte bis heute.

Laurenz legte das Buch beiseite. Erst jetzt merkte er, wie schwer er atmete. Die Lektüre hatte ihn mitgenommen. Er litt mit dem Fischer. Und er staunte über die Parallelen zwischen Paolos *Amour fou* und seiner eigenen. Vielleicht konnte sich ja Carlotta nur aufgrund ihrer wenigen Erfahrungen kein Leben mit ihm in Deutschland vorstellen. Nur würde er nicht wortlos gehen, wie das Paolos Liebste getan hatte. Wie dem auch sei, es war eine spannende Geschichte. Wie viel doch an Erlebnissen und Gefühlen in so ein einfaches Leben passt, darüber staunte er jedes Mal, wenn er den grünen Leinenband aufschlug.
Das Wissen um Stadlers dunkelste Stunde hatte nur kurzzeitig Carlottas Verhalten geändert. Schon am Tag darauf war sie

wieder launenhaft. Über das Gespräch mit ihren Eltern wollte sie nicht reden, hakte er deswegen auch nur ein kleines bisschen nach, wurde sie zickig und bissig. Das sind die Hormone, redete er sich ein. Schließlich, Carlotta ist schwanger und Schwangere haben nun mal einen anderen Hormonhaushalt. Kopfmensch, wie er war, nahm Stadler sich fest vor, diese Zusammenhänge noch einmal ausführlich zu recherchieren.
In ihrer Launenhaftigkeit war sie jedoch andererseits auch regelrecht kindisch und verspielt. Das hatte er schon im Sommer geliebt, immer dann, wenn es mit seinem eigenen Spieltrieb harmonierte, wenn er gerne ihr großer weißer Brummbär war. Dann neckten sie sich, nahmen sich in die Arme, lieferten sich Scheingefechte um den Namen für das Baby und suchten nach untrüglichen Anzeichen dafür, welches Geschlecht das Kind wohl haben würde. Nur beim Thema Wohnungssuche auf Procida reagierte Carlotta empfindlich und blockte rasch ab. Er nahm es als gutes Zeichen: Vielleicht fand sie ja langsam Gefallen am Gedanken, mit nach München zu kommen, wollte sich aber noch nicht festlegen.
Es war zwei Tage später, als er zu ihr nach Hause ging. Sie hatte sich bei ihren Eltern irgendwie durchgesetzt und wenigstens einen Teilsieg errungen. Ihr Vater hatte das Haus verlassen, als er wusste, dass Laurenz zu Besuch kommen würde. Die Mutter öffnete auf sein Klingeln, verschwand aber sofort wieder ins Wohnzimmer, nachdem sie ihm die Tür geöffnet hatte.
Als er in Carlottas Zimmer schlüpfte, stand sie vor dem Spiegel und hatte sein Hemd an, das er ihr schon im Sommer überlassen hatte. Mit dem Daumen einer Hand hatte sie ihren Slip ein Stück herunter gezogen, mit der anderen streichelte sie sich in kleinen kreisförmigen Bewegungen über den Bauch. Eine rührend intime Geste, Stadler wagte nicht, sich zu bewegen. Er schloss so lautlos wie irgend möglich die Tür und blieb dort stehen. Auch wenn sie schlank wie eh und je schien, aber dort war ein neues Leben – Carlotta streichelte ihr Kind.

„Weißt du“, plapperte sie dann plötzlich drauflos, „ich möchte vier Kinder, alles Söhne, und die gehen dann alle auf das *Istituto nautico*, und dann, wenn sie groß sind, schicke ich sie in alle vier Himmelsrichtungen.“

„Wir können sofort damit anfangen“, griff er ihren Ton auf.

„Aber du bist ja schon schwanger.“

„Ja“, seufzte sie. „Und es könnte ein Mädchen werden.“

„Würdest du kein Mädchen wollen?“

„Und du? Möchtest du eine Tochter?“

„Ich würde mich darüber freuen. Sie würde so werden wie du und ich würde sie verwöhnen.“

Sie drehte sich vor dem Spiegel und hörte nicht auf, unablässig ihren Bauch zu streicheln.

„Man sieht schon was“, behauptete sie.

„Auf jeden Fall“, log er. Seine Stimme war trotz der Fröhlichkeit etwas belegt. Ihn hatte die Erregung gepackt. Er wollte sich vor sie knien, bei den Hüften fassen ihr den Slip runterziehen und sie auf den Bauch küssen. Auf den Bauch und auch darunter, die ganze schlüpfrige Herrlichkeit. Er ging rasch auf sie zu und umfing sie von hinten. Sie wand sich aus seinem Griff.

„Meine *Mamma* hat gesagt, ich muss heiraten. Das Kind braucht einen Vater.“

„Dann lass uns heiraten, Carlotta, Liebes. Lass uns sofort heiraten. Lass uns heiraten und vier Söhne haben und glücklich sein bis ans Ende unserer Tage.“

Sie drehte sich wieder vor dem Spiegel, wie verliebt in ihr eigenes Bild.

„Aber ich werde dich nicht heiraten“, sagte sie, als hätte sie sein Vorschlag überrascht.

Laurenz lachte.

„Keine Angst, nicht morgen. Ich mache dir schon noch einen richtigen Antrag, auf den Knien und mit Ring. Wenn du magst, halte ich auch bei *Mamma* und *Papà* um deine Hand an, kleine *Principessa*, obwohl wir deren Antwort wohl schon kennen, nicht wahr.“

Mit einer schnellen Bewegung wand sie sich aus seinen Armen. Sie zog den Slip wieder hoch.
„Darum geht es doch gar nicht“, sagte sie mit großem Ernst. „Es geht doch nicht um einen blöden Antrag. Es geht um das Heiraten an sich. Ich habe lange darüber nachgedacht und bin zu dem Entschluss gekommen, dass wir es besser bleiben lassen sollten.“
Er dachte nach. Wurde sie nun wieder ernsthaft, oder? Zumindest machte sie ein ernstes Gesicht, aber das behielt sie manchesmal auch bei ihren Kindereien bei.
„Carlotta! Ich liebe dich.“
„Ich weiß.“
„Wir bekommen ein Kind, Junge oder Mädchen. Egal.“
„Ich weiß.“
„Dann lass uns heiraten.“
„Nein.“
Stadler war perplex. In seinem Kopf überschlugen sich die Gedanken. Nicht zu heiraten war ja nicht nur ein Affront gegen die katholische Kirche. Er selbst wusste wohl am besten, wie es war, in einem katholischen Umfeld ohne komplette Familie aufzuwachsen. In Carlottas Fall wäre es auch ein Aufbegehren gegen ihre Mutter gewesen. Doch vielleicht wollte sie das ja. Er würde sie mit nach Deutschland nehmen – damit hätte sich ein Problem, das ihm in den letzten Monaten so manche Stunde Schlaf geraubt hat, von allein erledigt. Es würde nicht einfach werden, das war ihm auch klar. Er hätte plötzlich zwei Kinder. Nun ja, eins zumindest konnte schon ein wenig auf sich aufpassen.
Er lächelte sie an.
„Ich sag dir was, mein Schatz: Ich werde dich einfach mitnehmen. Mit nach Deutschland. Wir kaufen uns ein kleines Häuschen und kümmern uns um unsere ...“ Stadler hielt inne. Eben noch hatte Carlotta voller Leidenschaft beschlossen, ihre Söhne auf die Seefahrerschule schicken zu wollen. War er unbedacht schnell mit seinem Vorschlag?

Sie machte große Augen, offensichtlich war sie überrascht. Hatte sie denn noch gar nicht über diese Möglichkeit nachgedacht?
Dann lachte sie. Es war nicht ihr kokettes Jungmädchenlachen, sondern ein dröhnendes, eines aus vollem Halse. „Ach du lieber Dummkopf“, unterbrach sie sich glucksend. „Du hast es immer noch nicht verstanden? Natürlich werde ich heiraten, aber ich werde nicht dich heiraten, verstehst du?“
Stadler verstand gar nichts. Wollte sie ihn auf die Probe stellen?
„Was soll das heißen, du wirst heiraten, aber nicht mich?“
„Na ich werde einfach jemand anderen heiraten.“
„Ach *Principessa*, deine Scherze sind manchmal nur schwer zu verstehen.“ Er seufzte.
„Das ist kein Scherz“, sagte sie leise und ernst.
Er runzelte die Stirn.
„Ich bin doch der Vater, oder?“
Sie schüttelte den Kopf. „Ach, du Dummer, natürlich bist du der Vater.“
Er verstand überhaupt nichts mehr, und er war zunehmend verärgert. Sie sollte anders mit mir reden, dachte er. Ich bin weder ein Dummerchen noch ein Dummkopf.
„Aber warum willst du dann einen anderen heiraten? Wie kommst du nur auf solche Gedanken? Ich denke, du liebst mich?“
Sie wandte sich von ihm ab, ging ans Fenster und blickte hinaus auf die Straße. Dann kaute sie gedankenverloren an einem Fingernagel herum.
„Schau mal, Lorenzo“, sagte sie dann leise zum Fenster. „Ich bin jetzt 24 und werde *Mamma*. Auch wenn ich dich liebe, aber ich kann unmöglich einen Mann heiraten, der bald sterben wird. Das bin ich unserem Kind schuldig.“
Als die Worte ihn erreichten, war er fassungslos.
„Was sagst du da?“
Sie reagierte nicht.

„Was redest du da für einen Blödsinn? Und sieh mich an, bitte, wenn du so etwas ..., wenn du sowas … sagst." Er war laut geworden und es tat ihm schon wieder leid.
Als sie sich umdrehte, sah er, dass sie weinte. Und ihre Augen, ihre klugen feuchten dunklen Augen hatten den Glanz der Leidenschaft verloren, stumpf und leer blieben da nur zwei dunkle Höhlen des Verrates. Er begriff, dass sie die Wahrheit gesagt hatte, die ganze Zeit schon. Die Erkenntnis zerriss ihn.
Der Klavierdeckel schlug zu. Einmal, zweimal, dreimal.
Stadler drehte sich um und ging zur Tür hinaus. Diesmal ließ er sie offen.
„Lorenzo", flehte sie. „Warte!"
Doch er wollte nichts mehr hören. Es gab eine Grenze. Es gab eine Grenze. Wie konnte sie ihm nur so weh tun. Er sah nicht zurück, so blieb ihm der Anblick erspart, wie sie ihr Gesicht an die Fensterscheibe presste, schon von Tränen verschmiert. Er konnte nicht mehr denken, er wollte nicht mehr denken. Laurenz Stadler kam irgendwie ins Hotel zurück. Vom Portier ließ er sich eine Flasche Whisky aus der Bar holen. Es war ein billiger Whisky, und sie würden ihn teuer dafür zahlen lassen. Er trank ihn aus der Flasche. „Ich bin so ein Narr", sagte er. Immer wieder. „So ein Narr". Er lallte es noch, als der Alkohol bereits seine gnädige Wirkung entfaltete und ihn in einen komatösen Schlaf entließ.

35. Kapitel

Laurenz Stadler war seit seiner Studentenzeit nicht mehr betrunken gewesen und auch da, so glaubte er sich zu erinnern, nur versehentlich. Gestern hingegen war er betrunken. Beim Aufwachen hatte er für eine Weile geglaubt, eine Plüschdecke im Mund zu haben, bis er merkte, dass es der geschwollene und seltsam fühllose Muskel war, den er sonst als Zunge benutzte. In seinem Kopf hämmerte und pochte es und ihm war speiübel. Es dauerte ziemlich lange, bis er sich aus dem Bett erheben konnte, um sich ein wenig frisch zu machen und zu duschen. Der Mann, der ihm aus dem Spiegel entgegensah, hatte kleine, rot unterlaufene Augen. Stadler trank eine halbe Flasche Wasser und legte sich wieder hin. Erst kurz vor Mittag war er in der Lage, sich zu rasieren und damit einen halbwegs ordentlichen Menschen aus sich zu machen. Die Augen waren noch immer ein wenig glasig und verquollen. Appetit hatte er keinen, doch er wusste, dass er eine Kleinigkeit essen musste, damit es ihm wieder besser ging. Er brauchte Nahrung, um den Restalkohol aufzusaugen.

Doch in das Hotelrestaurant wollte er nicht gehen, so schlich er sich lieber an der Rezeption vorbei.

„Signor Stadler, ich habe eine Nachricht für Sie“, sagte der Portier ungerührt, als Stadler schon glaubte, ungesehen bis an die Tür gekommen zu sein.

„Ich hole sie mir nachher ab“, nuschelte Stadler über die Schulter.

„Von Carlotta“, setzte der Portier hinzu und wedelte mit einem Briefumschlag.
Stadler zögerte. Sein Herz schlug heftig, aber irgendwie, als hätte es Aussetzer.
„Ich bin bald zurück, danke“, presste er zwischen den Lippen hervor und ging festen Schrittes und klopfenden Herzens nach draußen. Das ist noch der Alkohol, suchte er sich einzureden. Doch insgeheim wusste er natürlich, dass es weit mehr als nur der Alkohol war.
Es dauerte nicht lange, da stand er vor dem *Il Capitano*. Die Rollständer mit den Postkarten waren verschwunden, nur noch die Zeitungen und Zeitschriften hingen rechts und links der immer offenen Tür – die Touristen kamen nur noch ganz spärlich vom Festland herüber.
Mauro Paolini trat in den Türrahmen. Er sah aus wie immer: tadellose schwarze Hose mit Bügelfalten, das dunkelblaue Hemd mit der modischen Knopfleiste, die Haare wie frisch geölt.
Als er Stadler gewahr wurde, warf er das Geschirrtuch über die Schulter.
„Eh, La-urenz, Amico vecchio, che Sorpresa!“
Das kann ich mir vorstellen, dass ich überraschend komme, dachte Stadler, während er sich um ein Lächeln bemühte.
Mauro breitete theatralisch die Arme aus. Nach den obligatorischen Küsschen legte er Stadler die Hand um die Schulter und schob ihn vor sich her in den Gastraum.
„Du siehst nicht gut aus, mein Freund“, sagte er besorgt. „Wirklich nicht gut. Bist du krank?“
„So könnte man es auch nennen, ich bin gestern Abend völlig versumpft, verstehst du, ich habe mich betrunken?“
„Party?“ Mauro, der inzwischen an der Kaffeemaschine herumhantierte, blickte prüfend auf.
Stadler schüttelte den Kopf.
„*Roba da Matti*“, fluchte Mauro, „du hast Liebeskummer.“
Stadler sagte nichts und setzte sich auf einen Barhocker.
„Was ist mit Carlotta, habt ihr euch gestritten?“ Das Mitgefühl schien echt zu sein.

„Vor allen Dingen muss ich irgendeine Kleinigkeit essen“, wich Stadler aus.
Paolini stellte Stadler einen *Caffè* auf den Tresen, einen doppelten.
„Ich bin sofort wieder da“, sagte er und eilte durch die Tür neben der Bar, die, wie Stadler von der ausgiebigen Besichtigungstour wusste, auf den Flur und von dort in die Küche führte. Nur Sekunden später kam er wieder zurück.
„Meine Rosa bereitet dir ein Frühstück *speciale*, danach ist dein ganzer Kater wie weggeblasen.“ Paolini machte eine genießerische Geste mit den Fingern.
„Willst du erzählen, mein Freund?“
Wollte er? War Mauro sein Freund? Stadler blinzelte Paolini an. Als er im Altmühltal studierte, da hatte er, nicht zuletzt aus den Erfahrungen seiner Kindheit heraus, den Begriff Freund sehr hoch angebunden. Ja, er hätte damals seine Hand ins Feuer gelegt, überhaupt nur einen Freund zu haben. Das war Hans Böhringer. Nun gut, Stadler war jetzt auch nicht der gesellige Typ, nicht das, was man später einen Party-Löwen nannte. Dennoch hatte sich im Laufe der Jahre, vor allem aber während seiner Zeit in Rom, der Begriff des Freundes stark gewandelt. Inzwischen, doch, ja, er würde Mauro Paolini durchaus zu seinen Freunden zählen. Auf Procida war Mauro der Mensch, der ihm nach Carlotta am nächsten stand.
Stadler atmete tief ein und aus.
„Ach Mauro“, sagte er.
„Das bin ich“, versuchte sich dieser mit einem Scherz.
„Erst will ich mal wieder richtig nüchtern werden. Und dann muss ich nachdenken. Ich erzähl es dir bestimmt mal.“
Paolini machte ein enttäuschtes Gesicht, erklärte aber, ihn verstehen zu wollen.
Das Frühstück war herzhaft, und die Übelkeit wich langsam aus Stadlers Körper. Er wollte schon zahlen und aufbrechen, da winkte ihn der Wirt wieder an die Bar. Er hatte ein großes Glas mit Eistee gefüllt, gab reichlich Eiswürfel hinzu und stellte es auf ein kleines Tablett.

„Komm mit, La-urenz." Er macht mit dem Kopf eine vage Bewegung in Richtung Tür und ging voraus. Sie marschierten durch die Küche in ein Gärtchen. Der Garten war schmal, weitestgehend verwildert und von einer niedrigen Natursteinmauer begrenzt. Auf langen Bohlen, die Paolini einfach über zwei Holzböcke gelegt hatte, standen große Töpfe mit diversen Küchenkräutern. Ein paar verblichene Plastikstühle um einen zerbeulten Standaschenbecher, hier war die Raucherecke. Ein Trampelpfad schlängelte sich durch kniehohes, strohtrockenes Gras zu einer verschwiegenen Sitzecke. Neben den Fenstern von Paolinis bibliografischer Schatzkammer standen weißlackierte Eisenstühle um zwei kleine Tischchen.
„Hier findet dich keiner, hier spricht dich auch keiner an", sagte Paolini und stellte das Glas mit dem Eistee auf eins der Tischchen. „Wenn du möchtest, bringe ich dir auch eine Illustrierte", sagte er.
Stadler musterte das stille Gärtchen.
„Ich danke dir", sagte er, plötzlich ganz gerührt. „Aber ich brauche keine Zeitung. Ich ruh' mich hier einfach nur ein wenig aus, ja?"
Paolini klopfte ihm sacht auf die Schulter und verschwand wieder im Haus.
Der einzige unbebaute Teil von Mauro Paolinis Grundstück war ein winziges, idyllisches Fleckchen Erde. Nur zwei Armlängen von dem Gebäude entfernt, hinter dessen Mauern so viel Papier von so viel Leben kündete, saß man versteckt in dem hohen, vom langen Sommer verbrannten Gras, das sanft hin und her wogte, wenn der schon empfindlich kühle Herbstwind darüberstrich.
Laurenz saß einfach nur da und sah zu, wie in trägen Schlieren das Eis in seinem Tee auftaute. Er war schon beinahe am Wegdämmern, als eine winzige Bewegung am äußersten rechten Rand seines Gesichtsfeldes plötzlich seine Aufmerksamkeit weckte. Auf der obersten Platte der Trockensteinmauer war eine Eidechse aufgetaucht. Ein schönes Tier von einer smaragdgrünen Farbe und mit einem fetten Bauch, auf dem

sich in Längsstreifen Verdickungen zeigten. Sie stand auf ihre Vorderpfoten gestützt und reckte den Kopf hoch, gerade als würde sie den großen Menschen neben sich mit ihren winzigen schwarzen Knopfaugen beäugen. Laurenz äugte zurück. Dann lugte eine zweite, wesentlich zierlichere aus der Mauer hervor, zwei drei Steinplatten tiefer. Wie ein Blitz schoss sie nach oben und verharrte reglos gut einen halben Meter hinter dem dicken Exemplar, aber in einer identischen Pose, als wolle sie es nachahmen.
Männchen und Weibchen, ging es Laurenz durch den Kopf. Mutter und Kind? Oder eine ganz andere Beziehung? Er atmete flach, ja, schien sich kaum bewegen zu wollen, um die scheuen Tiere nicht zu verjagen.
Bald gesellte sich ein drittes Tier zu der kleinen Gesellschaft. Es lief die Mauer kopfüber hinab, blieb zehn, fünfzehn Zentimeter über dem braunen Gras sitzen und hob den Kopf. Dann sprang die Eidechse ins Gras, flitzte einen halben Meter nach vorn und war ebenso blitzartig wieder zurück an der Mauer. Im Maul trug sie eine Fliege, und sie schien stolz darauf zu sein. Sie sprang wieder auf die obere flache Steinplatte und begann, ihre Beute zu verspeisen. Das dicke und schöne Tier, das Laurenz zuerst gesehen hatte, drehte ruckartig den Kopf und schoss dann auf die erfolgreiche Jägerin zu. Die jedoch dachte nicht daran, ihre Beute zu teilen, und machte einen Satz zur Seite. Sie bewegten sich mit einer Geschwindigkeit, dass der Beobachter ihren Bewegungen im Detail nicht mehr folgen konnte, es sah aus, als spränge ein flach geworfener Stein über das Wasser.
Er erinnerte sich an einen der ersten Spaziergänge mit Carlotta. Auch da hatten sie eine Eidechse beobachtet. Carlotta war völlig verblüfft gewesen, als er ihr sagte, dass er sich, wenn er so eine Eidechse beobachtete, sich in deren Welt hineinversetzte und versuchte, die Welt durch ihre Augen zu sehen. Und dann hatte sie sich gewünscht, dass er sie in seine Welt mitnahm.

Was ist davon geblieben, fragte er sich nun voller Wehmut. Will sie von seiner Welt überhaupt noch etwas wissen. Hat sie nicht immer nur der Laurenz des Augenblickes interessiert, höchstens noch der Laurenz der Geschichte, der Laurenz der Geschichten, der Anekdoten und Schnurren aus seinen Jahren in Rom. Hatte es für sie zu irgendeinem Zeitpunkt einen Laurenz der Zukunft gegeben?
Es wäre ein Leichtes, aus dem Dialog des gestrigen Abends zu folgern, sie habe nie an eine gemeinsame Zukunft gedacht. Aber so einfach war es wohl nicht. Sie konnte ihm ja schlecht die ganze Zeit etwas vorgelogen haben. Andererseits: Carlotta war auch ein Kind des Momentes, ein Schmetterling des Sommers, das hatte er öfter so empfunden. Eine, die gar nicht bis zum nächsten Tag denken wollte. Er hatte das als liebenswerte Marotte abgetan. Schließlich, er hatte den Eindruck, dass sie mit der Dauer ihrer Beziehung auch ein wenig erwachsener geworden war, vernünftiger. Hätte sie ihn nicht abserviert, er wäre davon angetan gewesen.
Nach dem gestrigen Abend blieb ihm nicht mehr viel zu tun. Er könnte seine Koffer packen und sofort abreisen, das wäre die erwartbare Konsequenz nach diesem Auftritt, nach dieser Entscheidung, nach dieser Verletzung.
Er brauchte Bedenkzeit, wie damals, als Böhringer ihm die Nachricht übermittelt hatte, dass seine Dienste in Rom nicht länger gebraucht würden. Damals! Stadler lachte auf, kurz und bitter. Gerade mal ein halbes Jahr war das her.
Doch Zeit vergeht anders, wenn sie mit Erlebnissen gefüllt ist. Und dieses halbe Jahr war ereignisreicher als die letzten drei Jahre in Rom zusammengenommen. Dabei hatte er immer geglaubt, dass die Korrespondentenjahre die spannendsten und aufregendsten seines Lebens waren. Überhaupt schien sich sein Zeitempfinden im Alter zu verändern. Wie schnell verging doch ein Monat in seinem Büro in Rom, wenn der Terminkalender prall gefüllt war, wenn er von morgens bis abends unter Strom stand und erst bei einem kühlen Glas

Weißwein in der Dämmerung Ruhe fand. Und wenn ein Jahr vorüber war, dann schien diese erlebnisreiche Zeit in den Erinnerungen einen viel größeren Raum einzunehmen. Eine Liedzeile fiel ihm ein: *Un anno non e un secolo – torneró.* Ein simpler Schlager, ein Ohrwurm halt, deswegen bleibt er ja auch haften. Ein Jahr ist kein Jahrhundert. Aber manchmal, so dachte Stadler, kommen einem drei Monate länger als ein Jahr vor. So wie diese Monate auf Procida.
Würde er wiederkommen, wenn er heute seine Koffer packte? Wie würde wohl Paolo Tozzi über das Verstreichen der Zeit denken? Beim Lesen seiner Erinnerungen hatte Stadler nie das Gefühl, das sich Tozzi gelangweilt hätte. Dabei müsste doch so ein Leben, bei dem man tagein tagaus mit dem Fischerboot aufs Meer fährt, an Eintönigkeit kaum noch zu überbieten sein. Vielleicht war er damit auch wesentlich glücklicher. Andererseits bewiesen Tozzis Erinnerungen, dass er sehr wohl oft und tief über das Leben, über sein Leben nachgedacht hatte.
Schade, dass man ihn nicht mehr fragen kann, dachte Stadler und seufzte. Aber möglicherweise könnte er eine stumme Zwiesprache mit ihm halten, vielleicht lag er ja auf der Insel irgendwo begraben. Ein letzter Besuch bei seinem unbekannten Freund, der ihm, Fakten hin oder her, in den vergangenen Monaten so etwas wie ein Vater geworden war. Das wäre ein schöner Abschied von der Insel.

„Tozzi? Begraben?“ Mauro lachte. „Mein Freund, Paolo Tozzi war ein Fischer. Seine Asche wird man dem Meer übereignet haben, das ist bei uns so Sitte. Wusstest du das etwa nicht?“
Stadler blickte betroffen drein. Natürlich. Das Seemannsgrab. Zwar glaubte er, bei einem seiner früheren Spaziergänge auf der Insel schon einen Friedhof mit einem Kolumbarium entdeckt zu haben, aber möglicherweise wurde das nur für die Insulaner benutzt, die nichts mit der Fischerei oder der Seefahrt zu tun haben.
Er schaute seinem Freund in die Augen.

„Sag mal“, fing er nachdenklich an. „Verkaufst du auch Murmeln? Solche kleinen Glasmurmeln zum Spielen?“
Paolini schüttelte den Kopf. „Da hättest du im Sommer nachfragen sollen. Ich habe immer ein paar Beutel. Manche Kinder spielen damit im Sand. – Soll ich dir welche besorgen?“
„Nein, nein.“ Stadler schüttelte den Kopf. „Ist wahrscheinlich auch gar nicht so wichtig. Aber ..., wenn du Carlotta siehst ...“. Er stockte.
„Ja? Was soll ich ihr sagen?“
Stadler holte tief Luft.
„Sag ihr bitte nicht, dass ich hier war.“
Paolini verkniff die Lippen und nickte. Offenbar wäre ihm die Rolle als Postillon d'Amour wesentlich lieber gewesen.
Er nahm Stadler in die Arme. „Wenn du wieder einen Freund brauchst oder ein Frühstück – du weißt, wo du mich findest.“
„*Tornerò*“, log Stadler. Er würde nicht zurückkommen. Und er drehte sich nicht um.
Laurenz Stadler bummelte zum Hafen. Irgendeine Spur von Paolo Tozzi musste man doch noch finden. Es könne schließlich nicht sein, dass von so einem Leben nichts weiter übrig bleibt als dieser dicke, in grünes Leinen gebundene Wälzer mit Paolos Erinnerungen.
Stadler überlegte, wie wohl der Hafen von Sancio Cattolico, die *Grande Marina* vor 30 Jahren, vor 40 Jahren ausgesehen haben mag. Die Boote waren sicherlich älter, die Autos am Kai waren andere, aber Gravierendes, das sah auch der Fremde, hat sich hier in den letzten 60 Jahren nicht geändert. Der große Schriftzug auf dem hoch über den Hafen aufragenden Gebäude des *Istituto Nautico* sah mit dem abstürzenden ersten I noch aus, als stamme er aus den 50er Jahren, möglicherweise noch aus der Zeit des Faschismus in Italien. Von den in Pastelltönen gestrichenen Hausfassaden fiel der Putz, Salpeter und Schimmel waren Resultat der beständigen Feuchtigkeit hier unten in unmittelbarer Nähe des Meeres. Auf den Loggien und Balkonen hing auf Leinen und Ständern die Wäsche und wurde doch nur im Sommer richtig trocken.

Die Boote aber faszinierten ihn am meisten. Es waren Arbeitspferde, keine Renommierstücke. Man sah es ihnen an, dass ihr Leben auf Jahrzehnte angelegt war. Ein wenig erinnerten sie Stadler an die Landmaschinen aus seiner Kindheit.
Kein Freizeitspaß, kein Hobby, nichts zum Polieren am Wochenende. Die Boote, die nur schick sein wollten, lagen ein Stück weiter östlich, im Jachthafen. Hier hingegen gab es nur die Fähren und die Fischerboote. Neben einem Berg von Tauen, einem Gewirr von Netzen und einem Durcheinander von schmutzigen leeren Styropor-Kisten, in denen die Fischer heute ihren Fang anlandeten, saßen zwei Fischer auf billigen Plastikstühlen und flickten ein Netz. Sie arbeiteten konzentriert, verbissen fast. Der ältere von beiden, er trug einen dicken dunkelblauen Rollkragenpullover, hatte eine Schiebermütze tief ins Gesicht gezogen und warf dem anderen ab und an ein paar Worte zu. Es hätten Vater und Sohn sein können.
Stadler schlenderte unschlüssig ein paar Schritte auf die beiden zu, verharrte und beobachtete.
„Was gaffst du, he?“, fragte da plötzlich der Alte, aber es klang nicht unfreundlich. Er hatte den Kopf nicht gewendet dabei, auch vorher nicht. Es gab kein Zeichen, dass er Stadlers Näherkommen überhaupt bemerkt hätte.
„Ich schau euch beim Arbeiten zu“, sagte Stadler wahrheitsgemäß.
Der Alte spuckte zur Wasserseite aus.
„So. Hast selbst nichts zu schaffen?“
Stadler wusste keine Antwort auf die Frage. Der Alte spuckte wieder aus und widmete sich seinem Flickwerk.
„Es ist nur so ... Wie Sie da sitzen und Ihre Netze flicken, erinnern Sie mich an jemanden.“
„So“, sagte der Fischer, ohne aufzusehen. „An wen denn?“
„An Paolo Tozzi.“
Jetzt unterbrachen die beiden gleichzeitig ihre Tätigkeit und blickten Stadler an. Der Alte überlegte angestrengt.
„Tozzi, eh?“ Der Alte wendete den Kopf und schaute Stadler

neugierig an. „Du bist eindeutig zu jung, um Tozzi zu kennen“, entschied er dann. Und setzte nach einer Weile hinzu: „Paolo fischt schon lange nicht mehr.“

Stadler folgte mehr einer plötzlichen Eingebung als einem konkreten Plan, als er fragte: „Haben Sie ihn gekannt?“

„Was heißt haben? Natürlich kenne ich ihn. Jeder von uns kennt den alten Paolo.“

„Ja, ist er denn nicht ... Ich meine ...“

„Tot? Jungchen, Paolo ist aus einem anderen Holz geschnitzt. Er ist zwar alt, aber nicht tot.“

Eine plötzliche Unruhe erfasste Laurenz Stadler. Im Kopf überschlug er das Lebensalter des ihm schon so Vertrauten. Der müsste doch schon ... auf die hundert zugehen. Ihm wurde heiß.

„Und wo kann ich ihn finden?

„Wer bist du, dass du Paolo Tozzi besuchen willst?“ Der Fischer hatte sein Netz beiseitegelegt und war plötzlich ganz hellhörig.

Wieder so eine Frage, dachte Laurenz Stadler. Tja, wer bin ich eigentlich? Wo anfangen?

„Ich habe Tozzis Memoiren gelesen“, begann er, „Ich bin ein ehemaliger Journalist, ich würde gerne den Verfasser kennenlernen.“ Wenig überzeugend, fand Stadler selbst.

„Memoiren?“

„Ja, Mauro aus dem *Il Capitano* hat sie mir verkauft.“

„Eh, in Paolinis Lügenkabinett warst du also“, sagte der Alte, und der Junge lachte hämisch.

Der Alte blinzelte in die Sonne, ließ dabei aber Stadler nicht aus den Augen. Dieser hielt es für besser, nicht zu antworten. Der Tonfall des Alten ließ nicht erkennen, ob es sich nur um einen derben Scherz handelte oder gar um Hass.

„Wenn Tozzis Memoiren in Paolinis *Tabaccheria* stehen, dann wird er wohl im Heim wohnen. Paolini lässt alle seine Bücher dort schreiben.“

Wieder kicherte der Jüngere.

Das Kapitänsheim. Schon im Sommer hatte sich Stadler vorgenommen, Mauro Paolini danach zu fragen, was es mit diesem Heim auf sich hat. Von Carlotta wusste er, dass es eine Art Seniorenheim war, in dem alte Seeleute wohnten – überwiegend sogar tatsächlich Kapitäne, Männer, die in ihrer Jugend einst am *Istituto Nautico* ausgebildet worden waren. Stadler erinnerte sich an eine ähnliche Einrichtung in Mailand, ein Seniorenheim für Theaterschauspieler und Opernsänger. Mauro hatte das Heim kurz angedeutet, bei Stadlers erstem Besuch war das, aber Stadler vergaß, bei einem späteren Besuch nachzufragen. Jetzt tauchte das Heim plötzlich wieder auf.

Stadler beschloss, die Kommentare des Alten zu ignorieren, mochten sie nun gehässig gegenüber Paolini oder eher provozierend ihm selbst gegenüber gemeint sein.

„Wo finde ich dieses Heim?“, fragte er.

Der Alte wurde wieder ernst.

„Es steht oben in *Terra Murat*a. Frag nur nach, jeder kennt es. Hübsch ist es dort, und die Alten haben eine prächtige Aussicht. Sie können den ganzen Golf sehen. Von oben.“ Er wandte den Kopf weg und spuckte aus.

„Danke“, sagte Stadler nur und wandte sich ab.

Zur *Terra Murata* also. Er war im Sommer schon mehrfach dort oben gewesen, im ältesten bebauten Teil von Procida, im Herz der Insel, wie die *Procidani* sagten. Jetzt würde ihm der Aufstieg leichter fallen. Die Hitze des Sommers war längst vorbei, dennoch war es deutlich wärmer als im schon frühwinterlich kalten München. Und er erinnerte sich auch an das Gebäude, das *Casa di Riposo*. Das war das schön sanierte Haus gleich hinter dem Toreingang auf der linken Seite. Das, was er für das frühere Verwaltungsgebäude des Kerkers gehalten hatte.

Dennoch verschob er seinen Besuch. Ihm war trotz des kräftigen, wenngleich späten Frühstücks bei Mauro noch immer ein wenig flau im Magen, und er wollte vollkommen klar sein, wenn er Paolo gegenübertrat, das war er dem alten Mann schuldig. Mindestens das.

So ging er zurück zum Hotel, um sich noch einen Mittagsschlaf zu gönnen. Erst als der Portier aufgeregt mit einem Brief wedelte, fiel ihm ein, dass da ja noch diese Nachricht von Carlotta war. Und noch immer ging ihm der Schlager nicht aus dem Kopf.
„La rosa che mi hai lasciato, si è ormai seccata ..." – die Rose, die du mir gelassen, ist schon getrocknet.
Laurenz Stadler nahm den Briefumschlag und bemühte sich dabei um einen möglichst gleichgültigen Gesichtsausdruck. Es musste niemand bemerken, in welch aufgewühltem Gemütszustand er sich befand. Er bedankte sich beim Portier und eilte aufs Zimmer. Noch in der Tür riss er den Briefumschlag auf. Er enthielt einen liederlich aus einem Notizbuch ausgerissenen Zettel mit Carlottas akkurater kleiner Handschrift.

Du hättest mich da suchen sollen, wo Liebe ist, und nicht dort, wo Pflicht und Plan stehen. Du glaubst, du wärst klug, und das mag ja auch sein, aber deine Welt ist so, dass ich ersticke. Danke, dass es dich gibt, danke für jede Stunde, die wir zusammen waren. Aber ich kann das nicht.
Verzeih. C.

Laurenz Stadler ging einen Schritt ins Zimmer. Er schlug die Tür mit dem Fuß zu und trat ans Fenster. Ein Krampf schnürte ihm die Brust zu. Beim Einatmen spürte er ein heftiges Stechen. Nicht das Herz, sagte er sich. Bitte nicht das Herz.
Er ging schleppenden Schritts in die kleine Küche und goss sich ein Glas kaltes Wasser ein. Das trank er in sehr kleinen Schlucken. So war es besser. Er setzte sich auf die Bettkante und sah auf den Brief, der achtlos auf den Boden gesegelt war. Er atmete ein paar Mal tief ein und aus.
Dann griff er nach dem grünen Leinenband, der auf seinem Nachttisch lag. Er schlug ihn dort auf, wo er sein Lesezeichen hinterlassen hatte.
Ich kann das nicht. Verzeih mir, liebster Paolo.

Das stand in dem Brief, den Tozzi einst von seiner deutschen Geliebten bekommen hatte. Ein läppischer Zufall, dachte Stadler. Und so musste es ja auch sein. Dennoch blieb die Frage, ob sich Geschichte einfach so wiederholen konnte. Wie ähnlich waren sich doch diese beiden Liebesgeschichten – von ihrem zarten traumhaften Beginn bis zu ihrem tragischen Ende.
Er nahm noch einen Schluck von dem herrlich kühlen Wasser. Der Druck in der Brust ließ allmählich nach. Du wirst alt, Laurenz, sagte er sich. Du bist alt. Jetzt bist du alt.

36. Kapitel

Die *Terra murata* war eine einzige Festungsanlage, die aus den Felsen wuchs. Viele Weinbauern, das wusste er von Carlotta, hatten hier oben Keller angemietet, die tatsächlich unter den Häusern in den Felsen hineingehauen waren. Das Kapitänsheim befand sich in einem für die beengten Verhältnisse der Insel geradezu prächtigem Gebäude, an dessen Schmalseite man aus einem vielleicht 12 mal 15 Meter großen Gärtchen einen kleinen Park geschaffen hatte, einschließlich Pergola und Springbrunnen. In eine Marmortafel gehauen prangte neben dem hohen Eingangsportal der Name der Einrichtung: *Casa di Riposo della Gente di Mare*.

Der Eingang war unverschlossen, und im Vestibül mochte im Sommer die angenehme Kühle dicker Mauern herrschen. Jetzt wehte Laurenz Stadler eine unangenehme Melange von abgestandener Luft, kaltem Urin und bevorstehendem Tod entgegen. Der Geruch eines Altenheims. Ein verblichener Teppich, der einmal rot oder braun gewesen sein mochte, führte zu einer Art Pförtnerloge, die jedoch unbesetzt war. „Besucher bitte anmelden“ stand dort auf einer schwer zu übersehenden Tafel. Ein Pfeil wies auf eine aufgeschraubte Klingel. Stadler drückte den Knopf, woraufhin in weiter Ferne ein Schnarren ertönte.

„Ich komme sofort“, rief eine Frauenstimme von irgendwo.

Ab und an drangen Gesprächsfetzen oder Musik aus den oberen Stockwerken an Stadlers Ohr. Dann schlug eine Tür, und es herrschte wieder Stille.

Er musste fast fünf Minuten warten und wollte gerade wieder auf den Klingelknopf drücken, da hörte er Schritte auf dem Flur. Kleine, rasche und energische Schritte. Sie passten perfekt zu der Frau, die da auftauchte. Höchstens 1,65 Meter groß, Mitte bis Ende dreißig, die glatten Haare streng nach hinten gekämmt und in einem Pferdeschwanz gebändigt. Ihr strenger Blick hellte sich auf, als sie ihn ansah.
„Sie müssen Signor Stadler sein", sagte sie und reichte ihm die Hand. „Ich bin Nadia Campanaro, wir hatten telefoniert." Ihr Händedruck war fest und warm.
„Ich freue mich", sagte Stadler. Hatte er da gerade einen russischen Dialekt gehört? Obwohl er neugierig war, beschloss er, nicht weiter zu fragen.
„Sie wollen also Signor Tozzi besuchen. Kommen Sie, setzen wir uns kurz." Sie wies auf eine kleine Sitzgruppe mit roten Kunstledersesseln, die ihre besten Tage schon länger hinter sich hatten.
„Sehen Sie", begann die Heimleiterin, „Ihr Anliegen ist durchaus ungewöhnlich. Zum einen hat Signor Tozzi noch nie Besuch gehabt – unseres Wissens gibt es keine Angehörigen mehr. Zum anderen ist es unüblich, dass wir Besucher einlassen, die nicht mit unseren Bewohnern verwandt sind. Deswegen wollte ich Sie auch unbedingt persönlich sprechen."
„Das ist freundlich von Ihnen", begann Stadler vorsichtig, setzte aber nicht fort.
„Am Telefon sagten Sie, dass Sie Journalist sind", setzte Nadia Campanaro fort. Stadler griff in sein Jackett und wollte seinen Presseausweis zücken.
„Nein, nein, ich glaube Ihnen durchaus", wehrte die Leiterin ab. „Es ist nur so, dass der Vorstand unserer Genossenschaft, also der Genossenschaft, die Träger dieses Heims ist, sich bei Presseartikeln vorbehält, sie vorher zu genehmigen. Das ist eine Voraussetzung dafür, dass Sie überhaupt hier in dieses Heim kommen, verstehen Sie?"
Sie sah Stadler mit einem Ausdruck ehrlichen Bedauerns an. Der brauchte eine Weile, um zu begreifen, dann machte sich ein entspanntes Lächeln auf seinem Gesicht breit.

„Nun“, sagte er, „da habe ich mich möglicherweise unklar ausgedrückt.“ Das stimmte zwar nicht, aber das sagte er immer, wenn er falsch verstanden wurde. Ein kleiner Kommunikationstrick, mit dem er die Schuld an dem Missverständnis bereitwillig auf sich nahm und keine Schärfe in den Dialog brachte. „Ich bin zwar Journalist ...“ Er zögerte. Beinahe hätte er darauf hingewiesen, dass er mit seinem Beruf inzwischen abgeschlossen hatte, zumindest äußerlich. Aber das hatte nichts mit diesem Heim und seiner Mission zu tun. Er setzte neu an. „Ich bin zwar Journalist, aber ich möchte weder über Signor Tozzi noch über das Heim publizieren. Von daher kann ich Ihnen zusichern, dass es keine Veröffentlichung irgendeiner Art geben wird.“
„Dann sind Sie nur wegen dieses ... wegen dieses Buches hier?“ Sie sprach das Wort ‚Buch‘ aus, als handele es sich um etwas Anstößiges.
„Nicht wegen des Buches“, widersprach Stadler sanft. „Ich komme wegen Signor Tozzi selbst.“ Und als er das ungläubige Staunen in den Augen der jungen Frau bemerkte, setzte er rasch fort. „Wissen Sie, seine Lebenserinnerungen haben mich sehr bewegt, und eigentlich bin ich zurückgekehrt, um sein Grab zu besuchen und ihm eine letzte Reverenz zu erweisen. Bis vor ein paar Tagen nämlich habe ich überhaupt nicht gewusst, dass sich Signor Tozzi noch bester Gesundheit erfreut.“ Das mit der Rückkehr war ein kleines bisschen gelogen, natürlich war er nur wegen Carlotta hier, aber das musste die Frau nicht wissen. Wahrscheinlich konnte sie es sich ohnehin denken – die Geschichte von dem alten Deutschen und der jungen hübschen Kellnerin war doch garantiert schon bis in den letzten Winkel dieser kleinen Insel gedrungen.
Die Heimleiterin sog die Luft zwischen den Zähnen ein und kniff die Augen ein wenig zusammen.
„Nun, bei bester Gesundheit ist nicht unbedingt das, was wir dazu sagen.“
Stadler benötigte einen Moment, um das zu verarbeiten, er war in Gedanken noch bei seiner Geliebten. Oder bei seiner Ex-Geliebten, je nachdem.

„Ist Signor Tozzi krank?“, erkundigte er sich rücksichtsvoll.
Die Heimleiterin beugte sich ein wenig vor und senkte die Stimme, so als verrate sie ihm ein Geheimnis.
„Wissen Sie, genau genommen ist Signor Tozzi sogar schwer krank, aber das darf ich Ihnen eigentlich nicht sagen.“
Stadler nickte verständnisvoll.
„Natürlich nicht. Ist er denn ... kann er denn noch Besuch empfangen?“ Er wies auf den üppigen Blumenstrauß und die kleine Flasche hochwertigen Grappa, die er mitgebracht hatte.
Nadia Campanaro lächelte nachsichtig.
„Das ist aber lieb von Ihnen. Nun ... Signor Tozzi kann durchaus noch Besuch empfangen.“ Das ‚durchaus‘ zog sie etwas in die Länge.
„Das klingt, als käme da noch ein Aber“, hakte Stadler nach.
Die Heimleiterin seufzte.
„Ja, so ist es in der Tat. Schauen Sie, Signor Tozzi hat die neunzig schon deutlich überschritten. Und manchmal ist er, nun ja, ein wenig wirr, wenn sie verstehen, was ich meine.“
Sie machte eine vielsagende Bewegung mit dem Finger an ihrer Schläfe.
Stadler nickte.
„Natürlich“, sagte er.
„Wenn Sie also unter diesen Umständen lieber auf einen Besuch verzichten, wäre das ja durchaus verständlich.“
Stadler zog verwundert die Augenbrauen hoch.
„Nein, nein, ich will durchaus nicht verzichten. Wirklich, ich will Signor Tozzi unbedingt einen Besuch abstatten.“
„Also schön“, sagte die Heimleiterin und schlug sich mit der flachen Hand entschlossen auf den Schenkel. „Ich bringe Sie gerne hin.“ Sie stand auf.
Der Fahrstuhl war erstaunlich modern, roch aber noch stärker als das Foyer. So einen Fahrstuhl kann man schlecht lüften.
Im zweiten Stock stiegen sie aus.
An Tozzis Zimmertür klopfte die Heimleiterin, allerdings kam keine Reaktion. Sie klopfte noch einmal, stärker jetzt.
„Signor Tozzi“, rief sie.
Wieder nichts.

„Wahrscheinlich sitzt er draußen."
Sie öffnete behutsam die Zimmertür und spähte hinein. Dann nickte sie Stadler zu und ging voran. Das Zimmer von Paolo Tozzi war außerordentlich geräumig und eigentlich eine kleine Suite. Denn linker Hand schloss sich an den Wohnraum noch eine kleine Küche an, die offensichtlich sogar benutzt wurde. Nadia Campanaro blieb Stadlers erstaunter Blick nicht verborgen.
„Signor Tozzi kocht gerne, aber wir müssen ihm dabei helfen."
Der Alte saß auf der Loggia, wo er einen Plastikstuhl in die Sonne gestellt hatte. Von hinten sah man nur einen schrecklich dünnen Hals und einen winzigen Kopf, um den ein paar dünne Haare wehten. Die Heimleiterin ging durch das Zimmer und auf die Loggia, wo sie dem Alten die Hand auf die Schulter legte und leise mit ihm sprach.
Stadler sah sich im Zimmer um. Rechts von der Tür stand eine breite Kommode. Das Bett war mit der langen Seite an die Wand gerückt, so blieb Platz für einen einfachen Tisch mit drei Stühlen. Neben dem raumhohen Fenster stand ein Bücherregal mit nur wenigen Titeln, den Rücken nach Bildbände und Fachbücher, die sich mit Schiffen oder mit dem Meer beschäftigten. Auf dem Regal thronte ein riesiges Schiffsmodell, ein Segelschiff mit mehreren Masten, Stadler konnte es keiner Schiffsklasse zuordnen. Eine halbe Wand trennte den Wohnraum von einer Küche, an ihr stand ein großer Kleiderschrank.
Nadia Campanaro kam zurück und nickte ihm zu.
„Sie dürfen. Er hat heute einen guten Tag." An der Tür drehte sie sich noch einmal um. „Sagen Sie mir bitte Bescheid, wenn Sie wieder gehen?"
„Klar", sagte Stadler zerstreut.
Mit fast andächtigen Schritten ging er durch den Raum. Es war für ihn ein feierlicher Augenblick. Gleich würde er dem Mann gegenüberstehen, der ihm auf 382 Seiten sein Leben offengelegt hatte.

Der Alte auf dem Plastikstuhl regte sich nicht.
Die Haare auf seinem Kopf waren ebenso weich und weiß wie Stadlers, bloß dass diese hier nur noch auf ausgedünnten Inseln wuchsen, die Haut dazwischen war über und über mit Altersflecken bedeckt, an einer Stelle saß grindiger Schorf. Stadler stand noch immer hinter dem Mann. So sieht mein Kopf in dreißig Jahren auch aus, dachte er. Plötzlich überfiel ihn eine solche Zärtlichkeit, dass er am liebsten die Haare des alten Mannes gestreichelt hätte. Er ging um ihn herum.
„Guten Tag, Signor Tozzi", sagte er, vielleicht eine Spur zu laut.
Der Kopf des Alten drehte sich nur langsam, es kostete ihn offenbar Mühe, sich zu bewegen. Er bleckte die Zähne zu einem schauerlichen Grinsen.
„*Buona Sera*", sagte er, und behielt sein mechanisches Grinsen bei.
„Ich habe Ihnen etwas mitgebracht", sagte Stadler. „Blumen, und ein wenig Grappa, ein Lebenswasser."
Es dauerte eine Weile, bis der Alte reagierte.
„Ja, Wasser, immer nur Wasser."
Stadler sah sich unschlüssig um, legte dann die Blumen auf den Tisch und stellte den Grappa daneben, zog sich einen zweiten Plastikstuhl heran, der in der Ecke der Loggia stand, und setzte sich.
Der Alte hatte den Kopf wieder abgewendet. Er sah entweder ins Nichts oder er schaute auf den Golf hinaus. Stadler entschied sich für die zweite Deutung und folgte mit den Augen dem Blick des Alten. Es war ein schöner, klarer Tag und die Wolken türmten sich einen Himmel hinauf, der unendlich schien. Auf dem Wasser waren unzählige weiße Punkte zu sehen – unmöglich, von hier die Größe und Bestimmung der Boote und Schiffe auszumachen.
„Einen schönen Ausblick haben Sie von hier oben", versuchte Stadler, ein Gespräch zu beginnen.
„Früher gab es viel mehr Fisch. Heute fahren sie alle durcheinander und fangen nichts mehr."

Offenbar verfolgte Paolo Tozzi ganz genau, was sich da unten abspielte.
„Sie haben ja Ihr ganzes Leben am Golf verbracht."
„Wasser, immer nur Wasser."
Es würde schwer werden, ein einigermaßen flüssiges Gespräch mit dem Mann zu führen.
„Es ist so", begann Stadler, „dass ich Ihre Memoiren gelesen habe. Ihre Erinnerungen. Ich habe sie bei Mauro erworben, Sie wissen, Mauro Paolini, aus der Bar."
„Wasser", sagte der Alte. „Immer nur Wasser."
Ob er Durst hatte? Stadler hatte das Gefühl, den Mann zu verlieren. Dessen Augen, blau wie die seinen, wurden von einer milchigen Flüssigkeit getrübt, der Kopf schaukelte sanft hin und her. Registrierte Tozzi überhaupt, dass er Besuch von einem Fremden hatte?
„Ich hatte gehofft, Sie könnten mir etwas über den Sommer mit Eva erzählen", versuchte Stadler einen Frontalangriff auf die Festung hinter Tozzis Stirn.
Plötzlich kam Bewegung in den alten Mann. Der Mund verzog sich schief, im linken Mundwinkel bildete sich ein Sabberfaden. Stadler war beinahe versucht, ihn mit einem Taschentuch abzuwischen, aber etwas hielt ihn zurück.
„Eva?", fragte Paolo Tozzi.
Stadler nickte eifrig.
„Ja, Eva, die Deutsche, Sie erinnern sich? Ihre Liebe. Eva."
Der Alte runzelte die Stirn, er dachte angestrengt nach. Da kommt doch noch was an, freute sich Stadler. Er drängelte nicht, wartete.
„Eva." Eine lange Pause. Seine Augen glänzten und huschten unruhig herum.
„Eva hatte Zöpfe."
„Ja ..."
Wieder eine Pause.
„Eva war Boot. Und Wasser. Wie die Dinger im Kaufhaus. Alles glänzt."

Der alte Mann war vollkommen von der Rolle, er faselte, faselte zusammenhangloses Zeug. Nun sah Stadler hinaus aufs Meer und hing seinen Gedanken nach. Würde er noch etwas erwarten können? Könnte man mit Paolo Tozzi noch über irgendetwas sprechen? Stadler schwankte zwischen tiefer Enttäuschung und unendlichem Mitleid mit dem Bündelchen Mensch, das da neben ihm saß. Es verging eine kleine Ewigkeit.

„Sie haben geschrieben, dass Sie Eva immer nur so genannt haben, dass sie einen anderen Namen hatte. Wie hieß Eva wirklich, wissen Sie das noch?"

Nun, er, Stadler, wusste natürlich, wie Eva mit vollem Namen hieß. Und er wusste auch, dass Tozzi genau das aufgeschrieben hatte. Er wollte einfach testen, inwieweit der alte Mann noch mitdenken konnte.

Tozzi ließ das Meer nicht eine Sekunde aus den Augen. Er holte tief Luft und seufzte, wobei sich ein kleiner Rülpser den Weg ins Freie bahnte.

„Eva", sagte er wieder. „Alles glänzt."

Es gab offenbar keine Möglichkeit mehr, sich mit Paolo Tozzi zu unterhalten, irgendwelche Informationen von ihm zu erhalten.

Eine tiefe Traurigkeit erfasste Stadler. Der alte Mann war ihm schon ans Herz gewachsen, als er dessen Lebenserinnerungen las. Als er dann überraschenderweise die Parallelen zu seinem eigenen Leben, eigentlich die Parallelen zum Leben seiner Mutter zu ahnen begann, entstanden über das Verbundensein eines Lesers hinaus auch die ersten behutsamen emotionalen Bindungen. Immerhin, es könnte sein ... Procida hat schließlich nur wenige Einwohner. Wie viele junge deutsche Frauen mochten im Spätsommer des Jahres 1956 auf der Insel Urlaub gemacht haben? Ein Dutzend oder nur vier? Und wie viele haben dabei ein Verhältnis mit einem der Einheimischen angefangen? Zwei, eine? Keine?

Diese Haare. Diese Augen.

Sicherlich, er könnte diesem alten Mann hier neben ihm mit seinem Taschentuch den Sabber wegwischen. Er könnte auch aus dem Kamm im Badezimmer ein Haar mitnehmen. Auf diese Weise hätte er Material für einen DNA-Test. Aber wollte er wirklich den anonymen Mitarbeitern eines sterilen Labors die Antwort auf die vielleicht wichtigste Frage überlassen, die er seiner Kindheit stellen konnte. Was würde ihm denn eine Gewissheit bringen, was würde sie ihm mehr bringen können als dieses Gespräch. Die Zeit, die er jetzt, die er in diesem Moment mit Paolo Tozzi verbrachte, würde die einzige in seinem Leben sein. Es würde keine zweite Chance geben. Was war dagegen schon so ein bisschen Wissenschaft.
Er legte dem Alten eine Hand auf den Unterarm. Auch was er unter dem Ärmel des viel zu weiten Jacketts spürte, ließ ihn erschrecken, er hatte kaum mehr als einen Knochen in der Hand.
„Signor Tozzi", sagte er behutsam.
„Junger Mann?"
„Ich werde jetzt gehen. Ich danke Ihnen, dass ich Sie kennenlernen durfte."
Tozzi nickte nur, das Gesicht auf den Golf gerichtet.
Stadler stand auf und ging ins Zimmer. Er war schon fast an der Tür, als er Tozzis Stimme vernahm.
„In der Kommode", rief er.
„Wie bitte?" Stadler drehte sich um.
„In der Kommode sind Fotos. Da ist auch eins von Eva."
Stadler ging zurück.
„Ob ich sie sehen darf?"
„Deswegen sage ich es ja. Aber Sie müssen sie schon selbst suchen, es strengt mich zu sehr an. Lassen Sie mich bitte einfach hier sitzen."
Stadlers Puls schoss hoch, er war plötzlich ganz aufgeregt. Vollständige Sätze. Tozzi war wieder da, wieder im Hier und Jetzt. Und er hatte alles verstanden.
Für einen Moment dachte Stadler daran, die Heimleiterin hinzu zu bitten, bevor er in einer fremden Kommode nach Bildern wühlte, die ihm nicht gehörten.

„Die Blechdose. Links unten im obersten Fach."
Tozzi sprach klar und deutlich. Als ob er Stadlers Gedanken lesen konnte. Er kniete sich hin und öffnete die Schranktür. Da stand sie, eine große Keksdose aus Blech.
„Ich bringe sie mit raus", sagte er, noch immer verwundert, wo der alte Mann plötzlich die klaren Gedanken und die präzise Sprache hernahm.
Die Dose enthielt das, was sich auch in den „Familienkartons" der meisten Deutschen befand. Man kennt das ja: Fotos von Geburtstagen oder Urlauben werden nach dem Betrachten in den Karton gelegt. Irgendwann machen wir daraus mal ein Album. Nach zwanzig Jahren dann staunt man, wie die Zeit vergeht, und nach vierzig lachen dann Kinder und Enkel mit, wenn sie in dem unsortierten Haufen wühlen.
Die Fotos in dieser Keksdose indes hatte seit Jahren niemand mehr in die Hand genommen. Obenauf lagen Bilder von irgendeinem Geburtstag in den Siebzigern, die Farben waren schon verblichen. Tozzi tanzte darauf ausgelassen in einer Reihe mit einigen Männern, es sah fast wie bei einem Sirtaki aus, im Hintergrund an Kneipentischen saßen die Frauen. Ein Foto aus den Sechzigern, offensichtlich von einem Profi aufgenommen. Paolo Tozzi auf seinem Fischerboot, neben dem Führerstand. Er stand aufrecht und stolz, den rechten Arm auf das Fensterbrett gelegt. Das Bild war ausgeleuchtet wie im Studio, ganz offensichtlich hatte der Fotograf Scheinwerfer mit auf das Boot gebracht.
„Ein schönes Foto", sagte Stadler. „Ein stolzer Mann, ein schönes Boot. Man sieht, dass Sie Ihren Beruf geliebt haben."
Paolo Tozzi hatte Mühe, seinen Kopf zu drehen. Nur aus den Augenwinkeln sah er hin. Dann huschte ein winziges Lächeln über sein Gesicht. Aber vielleicht war es auch nur ein Lichtreflex.
„Jeden Tag meines Lebens", sagte er. Seine Stimme hatte ein wenig an Festigkeit gewonnen. Und er schien Stadler noch immer folgen zu können. Zumindest phasenweise.

Das nächste Bild war in einen dünnen schwarzen Blechrahmen eingefasst, der ganz stumpf war. Einige kleine Rostflecken hatten schon die darunter liegenden Fotos beschmutzt. Das Bild zeigte ein junges Paar vor einem gemalten Prospekt, der Bäume, den Mond und ein mit Schilf bewachsenes Ufer darstellte. Die Frau drehte einen kleinen Sonnenschirm auf der rechten Schulter, der Mann hielt sie halb umfasst, ganz der Erwählte. *Il Gabinetto Fotografico Muratore Napoli* war am unteren Rand in erhabenen Buchstaben eingraviert.
„Ihre Eltern?“, fragte Stadler.
Wieder dieser Schulterblick, dieses Spähen um die Ecke, das Lächeln. Es war, als wäre das für ihn ein Spiel und würde ihm Spaß machen.
„Den Teer für das Boot hat er einfach nachts beim Straßenbau gestohlen.“ Er lachte kurz und verschmitzt auf. Paolo Tozzi kam in Fahrt.
Es müssen die Eltern sein, auf dem Bild, das konnte man schon aus dem Alter schließen.
„Vielleicht sollten wir das Bild woanders hinlegen, der Rahmen hat schon Rostflecken.“
Jetzt schnellte der Kopf mit Tempo herum, die Augen waren zusammengekniffen.
„Die Bilder bleiben alle hier, ich hab ja sonst nichts mehr“, herrschte Tozzi Stadler an.
„Natürlich, natürlich bleiben alle hier. Ich habe nichts anderes gesagt.“
„Weißt du, ich brauche diese Blechdose sehr selten. Ich habe ja die Bilder alle noch hier drin.“ Mit einem knochigen Finger tippte sich Tozzi an den weiß umwehten Kopf. „Aber sie fallen mir raus. Es gibt immer mehr Bilder, an die ich mich nicht erinnern kann.“ Er sah Stadler prüfend an, gerade so, als wolle er sich vergewissern, ob er das Gesagte auch verstünde. Nach einer Weile setzte er fort: „Nachts, manchmal, wenn die Schwester nach unten gegangen ist, dann hole ich mir die Dose und schaue nach den Bildern. Und ich muss aufpassen. Die legen mir manchmal Fotos von Fremden rein. Also nichts

durcheinanderbringen, Freundchen.“ Er hob die Hand und drohte mit dem Finger.

Stadler blätterte weiter. Und dann fand er, was er suchte. Es war ein kleiner Schwarzweiß-Abzug, vielleicht sieben mal neun Zentimeter groß. Er zeigte eine junge Frau in einem altmodischen Rock und einer altmodischen ärmellosen hellen Bluse, die am Hafen stand. Mit beiden Händen hielt sie vor dem Körper eine Handtasche, der Kopf war leicht aufgeworfen, einer ihrer beiden langen dunkelblonden Zöpfe hing auf der Brust, der andere auf dem Rücken. Sie lachte in die Kamera. Es war ein neckisches Lachen, gerade so, als flirte sie mit der Kamera. Leider war das Bild in einem erbarmungswürdigen Zustand. Es war zerknittert, eine Ecke fehlte, an zwei Stellen gingen Brüche durch die fotografische Beschichtung, sodass der Filz des Fotokartons sichtbar wurde. Zudem war es leicht unscharf. Stadler suchte nach Ähnlichkeiten mit seiner Mutter. Natürlich tat er das. Doch es war nicht einfach.

Er kannte nur eine Handvoll Fotos aus der Kindheit und Jugend seiner Mutter. Auf einem einzigen trug sie Zöpfe, aber das war aus ihrer Backfischzeit, wie sie selbst sagte. Weihnachten 1942 war das. Sie strahlte neben dem Weihnachtsbaum aus einer Matrosenbluse. Weil ihr Vater zwei Wochen darauf im Häuserkampf in Stalingrad fiel, würde sie dieses Weihnachtsfest nicht vergessen, sagte sie jedes Mal, wenn sie das Bild in die Hand nahm.

Maria Stadler war zweifellos ein hübsches Mädchen gewesen. Doch an Fotos aus der Zeit zwischen dem Kriegsende und seiner Einschulung konnte er sich beim besten Willen nicht erinnern. Als ob es nie welche gegeben hat. Doch auch das wäre erklärlich.

War das Blondchen mit den langen Zöpfen nun seine Mutter? Er würde es gerne glauben, weil einfach alles passte. Aber Gewissheit, Gewissheit wäre nicht zu bekommen. Die Größe kam in etwa hin, die Figur wohl auch, für alle anderen Vergleiche war das Bild weder von Schärfe, Größe und Erhaltung einfach nicht mehr geeignet. Dennoch.

Stadler holte sein Handy hervor und schaltete es ein.
„Ich würde mir gerne von dem Bild eine Kopie machen“, sagte er zu Tozzi.
„Da ist nichts gegen einzuwenden“, entgegnete dieser. „Wenn du mir nur das Bild lässt.“
„Ist das Eva?“
Der Alte lachte, es klang wie ein trockenes Meckern.
„Was glaubst du denn? So viele Frauen habe ich in meinem Leben nicht gehabt.“ Und nach einer Weile setzte er hinzu: „Es war ein Fehler.“
Stadler blieb ganz still sitzen, wartete auf weitere Erklärungen. Doch da kam nichts mehr.
„Was war ein Fehler“, fragte er schließlich.
„Dass ich mein ganzes Leben aufgeschrieben habe.“
„Dein Geheimnis ist bei mir in guten Händen“, beeilte sich Stadler zu versichern.
„Es ist kein Geheimnis. In dem Moment, wo du es aufschreibst, ist es kein Geheimnis mehr.“
Als er wieder zu Tozzi sah, war der weggenickt. Oder er tat nur so. Der Kopf war ein wenig in Richtung Brust gesunken, die Augen geschlossen. Nur die Bläschen Spucke in seinem linken Mundwinkel, die schäumten ein wenig auf, wenn er ausatmete.
Stadler legte die Fotos wieder in die Dose und verschloss sie. Dann erhob er sich, ging behutsam um den Schlafenden herum und stellte die Dose auf den Tisch. Er sollte sich an die Begegnung erinnern, wenn er aufwachte. Obwohl, so sicher war er sich da nicht.
An der Tür drehte er sich noch einmal um.
Es gab nichts mehr zu tun.
„*Ciao Papà*“, sagte er leise. Dann ging er.
Nadia Campanaro wartete im Foyer.
„Na Sie haben aber lange gebraucht.“ Es klang eher verwundert als empört.
„Wir haben uns gut unterhalten.“
Die Heimleiterin runzelte die Stirn.

„Haben Sie erfahren, was Sie interessiert hat“, fragte sie ganz direkt.
Stadler schüttelte betrübt den Kopf.
„Ich habe es Ihnen ja gleich gesagt: Heute ist er hellwach, und morgen nicht mehr ansprechbar, manchmal für mehrere Tage. Man weiß nie genau, was bei ihm da oben noch ankommt.“ Sie machte eine vorsichtige Handbewegung zum Kopf hin.
„Wenn Sie wüssten“, sagte er, nickte grüßend und ging.
„Wie meinen Sie das“, rief sie ihm hinterher.
Stadler blieb ihr die Antwort schuldig.

Er ging hinunter zum Hafen.
Die Fähre würde ihn zurück zum Festland bringen, auf den Heimweg.
Auf dem Flughafen in Capodichino kaufte er sich ein Ticket nach Rom.

Nachwort des Autors

Am Schluss dieses Buches möchte ich Ihnen, liebe Leser, die Tür zu meiner Werkstatt einen Spalt öffnen, und Ihnen verraten, wie dieses Buch entstand.

Es war im Frühsommer 2009, da las ich in einer Fernseh-Illustrierten einen Bericht über „Italiens vergessene Insel“. Auf Procida im Golf von Neapel, so erfuhr man dort, schrieben alle Fischer, wenn sie in Rente gingen, ihre Memoiren auf, die dann in einer kleinen Buchhandlung verkauft werden. Ich schnitt den Beitrag aus, um diese Idee irgendwann einmal zu verwerten – eine Keimzelle, so nenne ich das. Im Jahr darauf skizzierte ich auf zwei Blatt einen groben Plot für diesen Roman, der noch nicht viel Ähnlichkeit mit dem Buch hatte, das Sie gerade gelesen haben. Wieder verging ein Jahr. Mit Unterstützung des Goethe-Institutes bekam ich 2011 Gelegenheit, ein paar Wochen als Austauschredakteur bei einer italienischen Zeitung zu arbeiten. Erst, als diese drei Komponenten zusammentrafen, nahm die Idee für dieses Buch Gestalt an.

Doch sie ruhte noch ein paar Jahre, bevor ich schrieb. Es bedurfte noch vieler Überarbeitungen, bis ich es für druckreif befand. Dann begann die immer schwierige Suche nach einem Verlag. Durch verschiedene Fügungen und vier vorausgehende Kriminalromane hatten mich die Verleger und das Publikum längst in die Krimi-Schublade gesteckt, da war es schwer, wieder herauszukommen.

Der Verlag Tasten & Typen war es schließlich, der dem Roman eine Chance gab, ein Buch zu werden. Bei einer gemeinsamen Wanderung im Herbst 2018 erzählte ich Verleger Siegfried Nucke von der Geschichte, er wollte das Manuskript lesen, es gefiel ihm – und so nahmen die Dinge ihren Lauf.

Personen und Handlungen in diesem Buch sind frei erfunden. Eventuelle Ähnlichkeiten mit existierenden Menschen, Institutionen oder Unternehmen sind rein zufällig und nicht beabsichtigt. Aber Vorsicht: Wer sich erkennt, ist möglicherweise auch gemeint.

Das Entstehen dieses Romans verdankt sich einer ganzen Reihe von Helfern, denen ich Dank schulde. Vor allem meiner Frau Beate: Sie ist wie immer erste Leserin und erste Kritikerin dieses Romans gewesen. Und sie erträgt ohne Murren das Leben mit einem Typen, der sich am liebsten in seine Höhle zurückzieht und den Tag mit Schreiben und Lesen verbringt. Eine wahrlich starke Leistung!

Danke an alle Freunde bei der „Gazzetta di Parma“, die mir einen tiefen Einblick in das Leben und Arbeiten in Italien gegeben haben. Danke an die Freunde vom „Italien-Stammtisch“, die geduldig meine leidenschaftliche Werbung für diesen Roman ertrugen. Bedanken möchte ich mich bei meiner Testleserin Katharina Anding, die mir aus der Sicht des professionellen Büchermenschens wertvolle Tipps und Hinweise gegeben hat.

Mein Verleger Siegfried Nucke ist mir nicht erst bei der Arbeit an diesem Roman zu einem Freund geworden. Er hat unter anderem dafür gesorgt, dass allzu banale Weitschweifigkeiten und jede Menge Reiseführer-Poesie aus dem Manuskript verschwunden sind. Mit seiner Hilfe ist es ein besseres Buch geworden. Dafür meinen herzlichsten Dank. Sollten sich dennoch Unzulänglichkeiten in dem Buch finden, so sind sie ausschließlich auf mich und meine Sturheit zurückzuführen.

Der größte Dank aber gebührt Ihnen, liebe Leser! Dafür, dass Sie dieses Buch gelesen haben. Ohne Menschen, die sich für Bücher interessieren, hätte der Beruf eines Schriftstellers überhaupt keinen Sinn. Wenn es Ihnen gefallen hat, sagen Sie es all Ihren Freunden und Bekannten. Wenn nicht, lassen Sie es mich wissen.

Klaus Jäger
Apolda im Februar 2020

Leseprobe

Klaus Jäger: Die Gruppe
Roman

... Es war der 28. April 1989, 14.39 Uhr, als Frank Weingart an einem bahnähnlichen Schalter der diensthabenden Krankenschwester das Überweisungsformular durch den schmalen Schalterschlitz schob. „Moment bitte", sagte die, ging an einen weiter hinten stehenden Schreibtisch und schlug ein Buch auf. Mit dem Zeigefinger fuhr sie lange Listen auf und ab, schüttelte den Kopf, leckte sich den Finger, blättert um und suchte wieder in der Liste. Dann kam sie stirnrunzelnd wieder nach vorn und öffnete das ovale Schalterfenster. „Herr Weingart", sagte sie streng. „Ich habe Sie nicht in meinen Unterlagen."
„Aber sie haben doch die Überweisung", wandte er ein.
„Moment bitte!" Sie klappte das Fenster wieder zu und ging zurück zum Schreibtisch, auf dessen rechter Seite eine große Telefonanlage mit Kippschaltern stand. Die Schwester legte zwei davon um. Ein rotes Lämpchen blinkte und sie begann zu sprechen. Er konnte sie nicht verstehen, sah aber, wie sie etwas auf der Überweisung vorlas, dann verstohlen zu ihm blickte und mehrmals bestätigend nickte.

Sie stand auf und kam mit energischen Schritten zu einer Seitentür, öffnete sie und trat Weingart gegenüber. „Kommen Sie bitte mit“, sagte sie in einem Ton, der verriet, dass sie nur wenig Widerspruch gewöhnt war. Weingart griff nach seiner Tasche und stiefelte ihr nach, eine breite Steintreppe nach oben bis in den zweiten Stock. Mit einem Vierkantschlüssel öffnete sie eine hohe Holztür und bedeutete ihm, einzutreten. „Wenden Sie sich bitte an die Stationsschwester“, wies sie ihn an und ließ ihn eintreten. Dann krachte die Tür hinter Frank Weingart ins Schloss. Eine Tür, die von innen keine Klinke hatte.
Er bemerkte es ohne Erschrecken, mehr mit einem überraschend trägen Interesse an seiner Umwelt. Der Schalter der Stationsschwester hier hatte eine Schiebeluke in einem massiven Holzrahmen. Aber die Schwester selbst war wesentlich freundlicher als die robuste Ausgabe unten im Foyer. „Na Herr Weingart, was machen wir denn nun mit Ihnen?“, fragte sie, als ob er das tatsächlich entscheiden könne.
„Ich soll mich hier melden“, meinte der Angesprochene nur knapp.
„Wir haben keine Unterlagen über Sie hier“, wiederholte die Schwester, was schon der anderen aufgefallen war.
„Vielleicht kommen sie ja noch“, sagte Weingart, nun schon deutlich verunsichert.
„Weswegen sollen Sie sich denn hier melden“, interessierte sich die Schwester.
„Ich komme von der Armee, meine Dienststelle ist in Prora. Ich bin Hauptmann der NVA und habe so ein Magenproblem, also ein psychosomatisches. Deswegen soll ich mich hier melden.“
„Hauptmann der NVA, soso“, sagte sie und lächelte. Täuschte er sich oder war da ein spöttelnder Unterton in ihrer Stimme. Vielleicht hätte ich meinen Rang nicht so betonen sollen, ärgerte sich Weingart über die vermeintlich abfällige Reaktion.
„Na dann setzen Sie sich mal da drüben hin und warten Sie“, bat die Schwester und wies auf eine Sitzgruppe mit kunst-

lederbezogenen Clubsesseln und einem niedrigen Tischchen. Weingart setzte sich und stellte seine Reisetasche zwischen den Beinen ab. Er ärgerte sich über die offenbar miserable Dienstorganisation in diesem Haus. Typisch Zivilisten. Freitag nach eins ... Zeitungen waren auf dem Tisch nicht zu finden, so hatte er Muße, sich umzusehen. Hinter ihm fand sich eine Front hoher und feingliedriger Sprossenfenster. Keines davon hatte einen Knebel, um es zu öffnen, bemerkte er. Noch fasste er es lustig auf. Wahrscheinlich muss das so sein in einer Klapsmühle. Ihm gegenüber war das Schwesternbüro, dessen Tür offen stand, während die freundliche junge Frau offenbar Akten in einen grauen Stahlschrank einsortierte. Ihre dunkelblonden Haare waren zu einem imposanten, fast armstarken Zopf geflochten, der ihr fast bis zur Hüfte reichte. Möchte mal wissen, wie diese Haare aufgelöst auf einem Kopfkissen aussehen, dachte Weingart und musste unwillkürlich lächeln.
Nach links erstreckte sich ein Flur mit reichlich Türen in gleichmäßigem Abstand. Einige standen offen, andere waren geschlossen. Pfleger eilten geschäftig hin und her, ein alter Mann stand trotz der Hitze fest in einen Bademantel gehüllt am Fenster und rauchte. Eine Tür ging auf und ein jüngerer Mann kam heraus – er war vielleicht im gleichen Alter wie Frank Weingart, vielleicht auch zwei Jahre jünger. Sein Mund stand offen und ein Speichelfaden schaukelte ekelhaft vor seinem Kinn hin und her. Der Mann kam direkt auf Weingart zu. „Wann gibst du mir endlich mein Mosaik wieder, das du mir gestern weggenommen hast?“, fuhr er ihn an. Weingart schreckte zusammen – nicht nur wegen des unverständlichen Inhaltes der Forderung, mehr noch wegen der Art, in der sie vorgetragen wurde. Der Sabbernde sprach mit hoher, lauter und schriller Stimme. Und er klang gefährlich. Ein Pfleger mit stattlicher Figur kam aus demselben Zimmer wie der Patient und erfasste mit einem Blick die Situation. „Machst du dich zurück, du Mistkerl“, bellte er quer über den Flur. Der Mann mit dem Speichelfaden machte noch einen halben Schritt auf Weingart zu. Fast schien es, als wolle er nach ihm grapschen,

da brüllte der Pfleger noch mal: „Zurück jetzt!“ Der Mann hielt in seiner Bewegung inne, als überlege er sich noch immer, den vermeintlichen Zeitungsdieb anzugreifen. Frank empfand das Bedrohliche der Situation fast körperlich. Alles in ihm spannte sich, den Angriff abzuwehren. Doch der Mann mit dem Sabberfaden drehte sich langsam, und ging friedlich wieder zurück und verschwand in seinem Zimmer. Dafür gab es offenbar weiter hinten Ärger. „Uuuuuuh“, brüllte ein Mann auf. Und wieder, lauter diesmal: „Uuuuuhuuuuh!“ Ein Pfleger riss die Tür auf, aus der der Schrei kam.
Frank Weingart war, als tauche er aus einem Nebel auf. Jetzt erst begann er, langsam zu begreifen. Die Tür ohne Klinke, die Fensterflügel ohne Knebel. Das kann doch nicht wahr sein. Das ist ein Irrtum. Die wollen ihn doch nicht etwa auf so einer Station einsperren, zusammen mit diesen Bekloppten.

Anne Gallinat

Hannes' Bistro

Ein Sozial-Märchen

Die Gäste in „Hannes' Bistro" trennt nur ein Fußbreit von einem Leben auf der Straße. Von ihnen wird erzählt: Skurril, komisch, tragisch und ein bisschen märchenhaft. Da verschwindet ein „Zauberspiegel", der schon mehr als ein Liebesbeweis ist, aus dem Sperrmüll. Ein verrostetes Fahrrad, das sein Besitzer liebevoll Ulrikchen nennt, bringt das Leben einer ganzen Stadt durcheinander. Und Herr von Meisegeier bedroht Ruths Liebesnest. Bedroht ist auch „Hannes' Bistro"...

Elisabeth Wesuls schreibt zu diesem Roman:
„Ein intensiver, warmherziger Text, mit dem nötigen Humor, schnell und genau erzählt. Hannes' Bistro ist ein Glücksfall."

ISBN 978-3-945605-12-7
Preis: 9,95 Euro

Johanna Marie Jakob

Inhalt: Äußerst bedenklich

Die Großmutter ist eine Schmugglerin. Ihre Enkelin hat eine Freundin, die einen Totenkopf besitzt. Einen echten. Die Postfrau weiß, dass weihnachtliche Pakete Charakter haben und der Fleischer will nicht immer nur Fett essen.
Aus dem Blickwinkel der kleinen dörflichen Welt erzählen die Geschichten leise und genau: Vom Blick eines Kindes in den Schrank des katholischen Pfarrers, vom Erinnern der Verkäuferin aus dem Konsum, die einmal im Intershop gearbeitet hatte. Oder dem Tankwart, der auf Ablösung wartet. Und zwischen allen ein zotteliger gelber Hund. Irgendetwas stimmt nicht mit seinem Ohr.
Geschichten wie Mosaiksteine aus den achtziger Jahren in der DDR. Vor und nach der Wende. Keine Sentimentalität, ein präzises Erzählen zwischen Gegenwart und Vergangenem. Historisch für die einen und wahrhaftig für die anderen. Lebensbilder aus einem ausklingenden Land.

ISBN: 978-3-945605-26-4
Preis: 9,95 Euro

Ingrid Annel

Ein Kleid, ganz aus Schnee

Märchenhafte Geschichten über Pegasi, Schneeflockenspitze und das Glück – so blau wie der Himmel

Apfel und Glasmurmel, Flöte und ein hölzernes Pferd finden sich in den Taschen eines alten, schwarzen Mantels – und mit ihnen beginnen die Abenteuer. Öffnen Drachenzungen alle Wege? Welches Wunder erschaffen der achte und der neunte Zwerg aus einem Klumpen Teig? Findet Dornrose ihr Glück?
Warum kreist Pegasus alljährlich einen Tag lang über einer menschenleeren Insel? Ist eine Traumbrille die Lösung aller Probleme? Vielleicht, denn auch die kleine Eisverkäuferin kann einen berühmten Magier verzaubern und dahinschmelzen lassen. Leise, mit Poesie und Ironie, manchmal schräg und augenzwinkernd, locken uns Ingrid Annels Geschichten in Welten, die wir sonst beinahe aus den Augen verloren hätten.

Hardcover mit Umschlag, Lesebändchen, Fadenheftung
ISBN 978-3-945605-39-4
Preis: 19,80 Euro

1. Auflage 2020

Satz und Layout: Mdoc, Wolfgang Möller, Waltershausen
Coverdesign: Irene Repp
https://daylinart.webnode.com/
Bildrechte: © Apidach Sackmong – 123rf.com; © Klaus Jäger

Druck & Bindung:
Druck- und Medienservice Jörg Winge, Weimar

ISBN 978-3-945605-45-5

Die Deutsche Nationalbibliothek verzeichnet diese Publikation in der Deutschen Nationalbibliografie; detaillierte bibliografische Daten sind im Internet abrufbar über http://dnb.dnb.de